श्रेष्ठ भारतीय साहित्य

भारतीय ज्ञानपीठ

# दासी की दास्तान

[राजस्थान के सात प्रेमाख्यान]

# दासी की दास्तान

[राजस्थान के सात प्रेमाख्यान]

विजयदान देथा

भारतीय ज्ञानपीठ

लोकोदय ग्रन्थमाला : ग्रन्थांक 1016

ISBN 978-81-263-1868-1

प्रकाशक :
भारतीय ज्ञानपीठ
18, इन्स्टीट्यूशनल एरिया, लोदी रोड
नयी दिल्ली-110 003

मुद्रक : आर.के. ऑफसेट, दिल्ली

आवरण-चित्र : राधेश्याम अग्रवाल
आवरण-सज्जा : ज्ञानपीठ कला प्रभाग



DASI KI DASTAN
(Stories)
by Vijaidan Detha

Published by
Bharatiya Jnanpith
18, Institutional Area, Lodi Road, New Delhi-110 003
Ph. : 011 24698417, 24626467; 23241619 (Daryaganj)
Mob. : 9350536020; e-mail : bjnanpith@gmail.com
sales@jnanpith.net, website : www.jnanpith.net

**Third Edition : 2020**
**Price : Rs. 450**

मेरे
बाल-बन्धु लक्ष्मी को,
जिसे सगर्व कहते हैं सभी
डॉक्टर लक्ष्मीमल्ल सिंघवी।

**—बिज्जी**

# आभार

सन् 2005 में मुझे भारतीय ज्ञानपीठ के द्वारा अधिसदस्यता प्रदत्त हुई। जिसके आर्थिक सहयोग से मुझे सम्बल मिला। फल-स्वरूप इस संग्रह के सात प्रेमाख्यान सम्पन्न हुए। जिसके लिए हार्दिक आभार! धन्यवाद!

# अनुक्रम

1

# अनदेखा अन्तस्

**॥ राजस्थान और गुजरात में प्रचलित 'जसमा-ओडण' की अपूर्व कथा ॥**

ओडों का काम कल्याण का। स्वार्थ का स्वार्थ और परमार्थ का परमार्थ। भूख मिटाने के लिए तो कई झंझट करने पड़ते हैं, लेकिन प्यास बुझाने के लिए तो फ़क़त पानी ही पर्याप्त है। पानी भी दो तरह का। एक गहरे स्रोतों से निकाला हुआ वाकल पानी और दूसरा बरसात का पालर पानी। धरती के गर्भ से पानी प्राप्त करने के लिए कुएँ खुदवाने पड़ते हैं, बावड़ियाँ खुदवानी पड़ती हैं। उन्हें पक्का बनवाना पड़ता है, पानी निकालने के लिए कई उपकरण जुटाने पड़ते हैं। वहीं वर्षा के पालर पानी को सहेज कर रखना आवश्यक है। इसके लिए ताल-तलैया, बाँध-सरोवर बाँधने पड़ते हैं। फिर चौमासे में उन्हें भरने के लिए दूर-दूर तक आड़ बनवानी पड़ती है। और इन कामों का हुनर ओड खूब जानते हैं। उनके खोदे हुए जलाशयों से बस्ती के लोग-बाग तो प्यास बुझाते ही हैं, पर उनके साथ-साथ असंख्य पंछी-जानवर भी अपने सूखे गले तर कर लेते हैं, आँतों की जलन मिटा लेते हैं। पनिहारिनें अपनी पायल खनकाती सिर पर बेवड़ा उठाए सारे घर का पानी वहीं से भरती हैं। इस तरह ओडों को परोक्ष रूप में कई जीवों की अबोली आसीस मिलती रहती है!

कई बार अपने नाम को अमर रखने के लिए भी लोग कुएँ, बावड़ियाँ—तालाब और बाँध बनवाते हैं। जगत् में अपने अस्तित्व की स्मृति छोड़ जाने का मुगालता पालते हैं। शायद यही सोचकर पाटन के राव खंगार ने हठ पकड़ा कि वह भी एक ऐसा जंगी सरोवर बनवाए जो दुनिया में सबसे बड़ा हो और भविष्य में भी कोई उसकी होड़ न कर सके। जोशी-पण्डितों को राजा की यह सनक बहुत पसन्द आयी। सराहना के पुल बाँधते हुए पंचांग टटोले और श्रेष्ठ मुहूर्त निकाला। राजा ने इस सम्बन्ध में सभी रजवाड़ों को अदेर आवश्यक सूचना भिजवा दी कि इस मांगलिक कार्य के लिए हजारों ओडों की ज़रूरत है। ख़बर मिलते ही मालवा, मेवाड़ और मारवाड़ जैसे रजवाड़ों से झुण्ड-के-झुण्ड ओड परिवारों

ने गुजरात का रास्ता लिया। राह चलते प्रत्येक ओड परिवार के मुँह से राम-नाम के साथ-साथ राव खंगार का नाम भी सुनायी पड़ने लगा। तीन-चार बरस का रोजगार पक्का। काम की तलाश में इधर-उधर भटकने की जरूरत नहीं! कहने वालों ने ठीक ही कहा है कि जन्म देने वाले से रोजगार देने वाला बड़ा होता है!

वैसी अचीती सहूलियत के विश्वास पर तीन-तीन सौ कोस की दूरी तक ओड नाम का कोई प्राणी तक पीछे नहीं रहा। उन सबके साथ-साथ गधे-गधियों के भाग जागे। एक ही ठौर घास चरेंगे, मोटे-ताजे होंगे और तबीयत से चींभो-चींभों का राग अलापेंगे! शायद भूले-भटके एकाध गुणीजन तो उनके तरानों का मर्म समझेगा! मनुष्यों की भीड़-ही-भीड़ और गधों के झुण्ड-के-झुण्ड धरती पर समा नहीं रहे थे। गधों की पीठ पर लकड़ी के ढाँचे, जिन पर कुदालें, फावड़े, गुदड़ियाँ, बरतन-बासन और तरह-तरह का अगड़म-बगड़म कबाड़। दूध पीते बच्चे, गोद में उठाए बालक, पाँवों चलते टींगर, मुटियार और बूढ़े-बुजुर्ग सब एक ही दिशा में बढ़ रहे थे। ओडों के कन्धों पर भी कुदालें, फावड़े और खाली गूणतियाँ। चिलमों के उड़ते धुएँ के साथ, दूरी काटने का अदम्य हौसला! चलना, चलना और चलना...!

जो चल पड़ते हैं, वे देर-सबेर अपनी मंजिल पर पहुँचते ही हैं। अलग-अलग ठौर-ठिकानों से आये ओड वहाँ पहुँचते ही अपनी-अपनी झोंपड़ियाँ बनाने में जुट गये। देखते-देखते एक भरी-पूरी बस्ती बस गयी। चूल्हों की जगह चूल्हे और मटकियों की जगह मटकियाँ सज गयीं। अपने-अपने बदन में खोयी स्त्रियाँ रोटी-पानी के जुगाड़ में लग गयीं। गधों ने राहत की साँस ली। वे नये चारागाह में बेफिक्र हो चरने लगे।

वैसे भी मेहनतकश ओड स्त्रियाँ रूपवान होती हैं, लेकिन जसमा ओडन की खूबसूरती के सामने इन्द्रलोक की अप्सराएँ भी पानी भरती थीं। उसे देखने पर विश्वास ही नहीं होता कि विधाता को ऐसा साँचा मिला तो मिला ही कहाँ से? मानो हजार स्त्रियों का रूप एक ही देह में समा गया हो! उसका रूप देखकर लगता कि पुराने कवियों की ढेरों-ढेर उपमाएँ फीकी पड़ गयीं हों। ठौर-ठौर से आयीं ओड-स्त्रियाँ झुण्ड बना कर जसमा को देखने आतीं। बूढ़े और बुढ़ियाएँ बिना देखे ही उसके रूप की चर्चा सुनकर थुथकी डालते और जब वह उनके सामने आती तो वे अपनी सुध-बुध ही खो बैठते। दो बच्चे होने पर तो उसका रूप और अधिक निखर आया! लज्जा से सिमटती जसमा कई बार सोचती कि किसी कलजीभी औरत की नजर लग जाती और वह बदसूरत हो जाती तो आफत

ही मिट जाती! एकटक घूरने वाली आँखों से पीछा छूट जाता। और तो और सुहागरात के मद्धिम उजाले में उसके रूप की झलक पड़ते ही पति की आँखें मुँद गयीं! ऐसा झटका लगा कि नौ महीने तक उसे छूने का साहस तक नहीं जुटा सका! उसके ख्याल से ऐसा अनोखा रूप तो फ़कत देवताओं के लिए ही होता है, मृत्युलोक के जीवों से उसका कोई वास्ता नहीं।

संयोग की बात कि कुछ दिन बाद राव खंगार घोड़े पर सवार हो सरोवर की खुदाई देखने की मंशा से वहाँ आया। यकायक उसकी नजर पाल से नीचे उतरती जसमा की पीठ पर पड़ी और अगले ही क्षण मूर्छित हो गया! यदि पास खड़े दो ओड युवक उसे नहीं सँभाल पाते तो वहीं ढेर हो जाता! समाचार पहुँचने में देर हुई-सो-हुई, पर राज-दरबार से चार घोड़ों का रथ आने में कतई देर नहीं हुई। अन्तःपुर की अत्यधिक रूपवती दासियाँ उस मूर्छा का टोना जानती थीं। तुरत-फुरत रथ में सुलाकर उसे रंग-महल की सेज पर सुलाया। आखिर मूर्छा टूटने पर राजा ने डरते-सहमते पलकें उघाड़ीं। याचक दृष्टि घुमा कर उसने इधर-उधर देखा। पलंग के पायों से सटी हुई चारों दासियाँ पंखियाँ झलती हुई मुस्करायीं, जिसका मर्म पाटन का राजा अच्छी तरह समझता था। अदेर आँखें मूँदकर बड़बड़ाने लगा, ''नहीं...नहीं...ओडन... ओडन...!''

तत्पश्चात् दो-तीन बार फिर पलकें उघड़ीं। दासियाँ फिर मुस्करायीं। उसके होठों से फिर वही जाप, ''नहीं...नहीं...ओडन...ओडन...!'' पर चौथी बार उसके जाप का राग बदल गया, ''तुम सब तो बिजूका हो...बिजूका! रूप-रूप तो सरोवर की पाल पर दमक रहा है!'' सोलह सिंगार सजी तीनों रानियों का भी कुछ वश नहीं चला। राजा के अधरों पर तो फ़क़त एक ही सुमिरन, ''नहीं... नहीं... ओडन... ओडन...!''

सारे शहर में जसमा ओडन के रूप का हल्ला फूट गया। लेकिन राजा की मूर्छा और सुमिरन की बात सुनकर किसी की भी हिम्मत सरोवर के पास तक फटकने की नहीं हुई। दीवान और सेनापति का भी दाँव नहीं लगा। उनका मन तो मार फड़फड़ाने लगता, पर हिम्मत एकदम पस्त हो गयी थी। ऐसे कारनामों के लिए राजा की कड़कती खीझ किसी से भी छिपी हुई नहीं थी। बारी-बारी से सभी सजा भुगत चुके थे।

दूसरे दिन अल्ल-सवेरे राजा ने किसी दासी या चाकर को पास नहीं बुलाकर, अपनी इच्छा से अपने ही हाथों पहली बार स्नान किया। रेशमी लिबास पहना। इत्र-फुलेल की खुशबू छिड़की। दो-तीन बार काले-भँवर बाल सँवारे। सुनहरी मोजड़ियाँ पहनीं। पाँवों से मानो सूरज की किरणें चमक रही हों। उन पर इत्र

लगाया। अस्तबल में जाकर अपने-आप ही सफेद बुर्राक घोड़े पर जीन कसी और सरोवर की पहचानी राह शुरू होते ही घोड़े को एड़ लगायी। सरपट उड़ते हुए उसे तेज हवा लगी। दुबारा के शराब पर मानो पाँखें उग आयी हों। उसकी चेतना के परे ही होठ फरफराने लगे, "मैं पाटन का सिरमौर राव खंगार हूँ...राव खंगार और वह एक अदनी ओडन! गधों की पीठ पर भर-भर गूणतियाँ माटी ढोने वाली। पाज पर माटी का ढेर लगाने वाली। धूल से अटी हुई। राजा के मन की बात सुनकर अपना भाग्य सराहेगी!"

किन्तु राजा की मनचीती नहीं हुई। उसके चेहरे की झलक देखते ही उसे लगा कि आज दिन तक उसने किसी स्त्री का स्वाद ही नहीं चखा है! औरत का रूप तो जैसे आज पहली बार ही देखा हो! फकत औरत जात के भरम-ही-भरम में लिपटा रहा! अभी-अभी घोड़े पर सवार राजा ने सरोवर की तीन बार परिक्रमा लगायी। तमाम ओड-ओडनियों ने 'खम्मा-घणी, खम्मा-घणी' की जय-जयकारों से आसमान ऊपर उठा लिया, मगर जसमा तो जैसे निपट अन्धी और बहरी हो! अपने गधे को हाँकने के उन्माद में उसके घोड़े की ओर आँख उठाकर भी नहीं देखा। वह तो सिर्फ अपने दन्द-फन्द में मगन! ईकड़ से बुनी गूणतियों में लीन। धूल से सटी सूरत ऐसी दिखाई दी मानो चाँद पर छितरी बदरिया छाई हो। रज्जी पर स्वेद की लकीरें ऐसी लगतीं जैसे सुरंगे माँडने उकेरे हुए हों! उसके रूप की झाँकी मिलते ही राजा-वाजा और सिंहासन-विंहासन का पूरा मद झड़ गया। राज्य की हेकड़ी मिट्टी में मिल गयी। उसने आवाज देने की व्यर्थ चेष्टा की, पर जिह्वा तो मानो तालू से चिपक गयी हो। आखिर घोड़े से उतरकर वह पास आया। हकलाते पूछा, "रूपसी, तेरा नाम...?"

एक बार तो उसने सुनी-अनसुनी कर दी। गधे का लम्बा ललाट सहलाते-सहलाते सरोवर की पाल से नीचे उतर आयी! राजा की नज़र और उसकी वाणी का मैल उससे किंचित् भी छिपा नहीं रहा। उसने तो अब तक किसी भिखारी को भी कड़वा जवाब नहीं दिया था। लेकिन यह तो राजा होकर मँगते से भी बुरा क्यूँ दिख रहा है? काफी दूर तक उसके पीछे चलते-चलते बमुश्किल वही सवाल फिर दुहराया, "रूपसी, तेरा नाम तो बता...?"

जसमा के मन में मामूली मज़ाक करने की जँची। इन राजा-महाराजाओं का पानी तो परखे...। इतने बरस केवल नाम-ही-नाम सुना था। माटी और गधों की पूजा से फुरसत ही नहीं मिलती! पहनावा तो चमाचम चमक रहा है, पर हिम्मत मसोते से भी बदतर! शहद की नाईं मीठे सुर में बोली, "मेरा नाम, भगवान का नाम तो नहीं है, सो उसकी माला जपोगे!"

किसी मनुष्य बन्दे की ऐसी अमृत-वाणी भी हो सकती है? जैसे वीणा के तार झनझनाए हों! ऐसे रूप के साथ, यही...केवल यही बोली सुहाती है! ग़ज़ब आश्चर्य की बात उसने तो अपने काम की उपासना के दौरान राजा की तनिक भी परवाह नहीं की। कहीं उसका ध्यान बँट नहीं जाए! निर्बल की नाईं उसका पीछा करते हुए फिर दीन भाव से पूछा, ''एक बार तेरा नाम बता तो सही, मैं उसे आठों पहर जपूँगा...!'' राजा के मन में अकस्मात् एक नयी बात कौंधी— चलो, और कुछ नहीं तो उसके पीछे-पीछे चलने से ही उस में कुछ-कुछ बुद्धि तो बढ़ने लगी! पहले तो ऐसी बातें उपजती ही कहाँ थी! अचानक खिलखिल हँसी सुनकर चौंका, मानो उगते सूरज की किरणें हँसी हों! अचरज करते पूछा, ''मेरा नाम क्यों जपोगे...और वह भी आठों पहर, तुम्हारी अक्ल भाँग तो नहीं चरने लगी...?''

बेचारे राजा की बची-खुची हिम्मत भी पैंदे बैठ गयी। इस रूप और इस वाणी का तो जादू ही निराला है। इसने तो शायद मृत्युलोक में जन्म ही नहीं लिया हो! मानो किसी अदृष्ट-लोक से अवतरित हुई हो! सम्भवतः इसने राजा-महाराजाओं के ठाठ-बाट देखना तो दूर, उनके बारे में सुना तक नहीं हो। बताने पर जरूर रुतबा मानेगी। यह बात तो बढ़िया सूझी। उतावली दरसाते कहा, ''मेरा नाम राव खंगार है...राव खंगार! पाटन का राजा हूँ। तुम लोगों को काम पर लगाने की खातिर यह सरोवर खुदवाने की इच्छा हुई। तू कहे तो मैं हर रोज तुझे सोने की मोहर मजूरी में दूँ...!''

जसमा को यह बात काफी बुरी लगी। सुगम्भीर भाव से जवाब दिया, ''मेरा नाम जसमा ओडन है—जसमा ओडन। सब जानते हैं कि ऐसी बेहूदी बातें मुझे सपने में भी नहीं सूझतीं। मजूरी से एक कौड़ी भी अधिक लेना गाय का लहू समझती हूँ! तुम जैसे अनेक ठाकुरों ने, सेठ-साहूकारों ने मुझे बहुतेरे लालच दिये, पर मैंने उधर कान तक नहीं दिया। मेरे गधे भले, लकड़ी का ढाँचा भला और यह माटी भली! काम, काम और काम ही मेरा इष्ट है! मेरी आस्था है! लोभ-लालच के मारे इधर-उधर झाँकती भी नहीं! रही सुख-दुख की बात, अपने से सुखी मैं ईश्वर को भी नहीं मानती! मैं बामन-पण्डितों की तरह पढ़ी-लिखी भी नहीं हूँ। पर तुम्हारी बातें सुनकर मुझे लगा कि जानना चाहो तो तुम्हें बहुत-कुछ बता सकती हूँ। समझ नहीं पड़ता कि तुम जैसा ठोट राजा क्योंकर राज चलाता है? कैसा न्याय करता होगा...?''

जब वह किशोर हुआ ही था, तब पण्डितों से खूब विद्या सीखी थी— क्या महाभारत, क्या रामायण, क्या वेद-पुराण, क्या पंचतन्त्र। अब यह जसमा

ओडन कोई नयी विद्या सिखाना चाहे तो सिखाने दो। इसी बहाने उसकी संगत का अवसर तो मिलेगा! माटी खोदने का गन्दा काम छुड़वाकर इसे सोने की मैड़ी में रखूँगा! हमेशा दोनों जून नया भोजन पाकर यह बहुत खुश होगी। वहाँ धूल का तो वास्ता ही नहीं। बिना नहाए भी दमकती रहेगी, फिर नहाने के बाद तो कहना ही क्या, जैसे पूनम का चाँद नहाया हो! इससे पहले कई सुन्दर-सुन्दर औरतों का सहवास मिला। पाँच सातेक नखराली औरतें नहीं मानीं तो उनके साथ ज़बरदस्ती भी करनी पड़ी। पर जसमा की तो रंगत ही निराली है! कैसा भी जहरीला साँप इसे डसते समय सात बार सोचेगा! इसका रूप तो ऐसा पवित्र है, जिसे देखने को मन तो बार-बार मचलता है, पर छूने का मन ही नहीं करता। अन्य रानियों और बाँदियों के ठाठ देखने पर यह तो चकित रह जाएगी। पति को छोड़कर मेरे आगे-पीछे न घूमे तो अपना नाम बदल दूँ। इसके नाखून की एवज में सारा राज्य भी लुटा दूँ, यदि यह मान जाए तो...! कम-से-कम हजार विधाता ने मिल-जुलकर ऐसे रूप और ऐसी अमृत वाणी का साँचा गढ़ा होगा! जब वह स्वयं अपनी मर्जी से फँसने को तैयार है तो मग़ज़मारी करने की ज़रूरत ही क्या है! ऐसे अकल्पनीय रूप की महारानी और इतनी भोली! उसने बिना किसी हील-हुज्जत के उसी क्षण हामी भरी, ‘‘तू जो भी सिखाए, सीखने को तैयार हूँ। किन्तु यहाँ जंगल में नहीं, महलों में, स्वर्ण-निकेतन में! उसके सुनहरे चित्र देखकर तू बौरा जाएगी। यदि तूने मुझे पारंगत कर दिया तो अमोलक हीरे-मोतियों से तेरी टोकरी भर दूँगा। तेरी इच्छा होगी तो आधा राज्य सौंप दूँगा। मुझे ऐसी-ऐसी विद्या सिखा, जिसे अब तक कोई सीख नहीं सका!’’

‘‘लेकिन अपना काम छोड़कर मैं तो स्वर्ग में भी नहीं जाना चाहती! काम करते-करते ही काफी-कुछ सिखाती चलूँगी। सबसे पहले धरती को बाँचने का हुनर बताऊँगी! बस, आँखें खुली रखने की ज़रूरत है! इस सरोवर के बहाने हम इसका कलेजा खोदते हैं, अनगिनत घाव करते हैं, फिर भी वह मुस्कराती है! जब ज़रूरत के हिसाब से इसका कलेजा खोदना बन्द करेंगे और इसी चौमासे में वह छिलाछिल भर जाएगी, तब हजारों पंछी-जानवर, ढोर-डंगर और बटोही इसका पानी पीकर अपनी प्यास बुझाएँगे। पनिहारिनें पायल झनकातीं पानी भरेंगी। कुओं के बहाने गहरे घाव खोदेंगे, तब भी वह लहू की बजाय ऐसा अमृत सौंपेगी, जिसके सहारे हम सबकी काया टिकती है! हल की तीखी नोक से उसकी देह उघाड़कर जब उस में बीज गेरते हैं तो एक दाने के बदले अनेक दाने लुटाती है। धरती पर चलने वाले प्राणियों को बाँचो, हवा में उड़ते पंछियों को बाँचों, झाड़-बिरछ और फूलों को बाँचो, चाँदनी और उजाले को बाँचो। रात के अँधेरे में टिमटिमाते असंख्य तारों को बाँचो तो सुख और आनन्द का पार नहीं रहेगा।

एक बात पूछती हूँ। सच बताना कि तुमने बादल बिजली और बरखा को कभी भूल-चूक से भी बाँचा है? बरसती बूँद-बूँद में तो अथाह ज्ञान भरा है...!''

राव खंगार तो उसकी वाणी सुनकर ही तुष्ट हो गया, मगर उसकी बातों का झीना मर्म तो कुछ पल्ले ही नहीं पड़ा। उसका मज़ाक़ उड़ाये जैसी औकात तो उसकी नहीं थी, फिर भी उसके अज्ञान का आभास कराने की मंशा से गुमान के लहजे में कहने लगा, ''ये भी कोई बाँचने की चीजें हैं...! मेरे गुरुजी की सीख के अनुसार महाभारत बाँचो, गीता-रामायण बाँचो, पंचतन्त्र बाँचो तो बुद्धि पर ऐसी चमक आये कि क्या कहना...!''

जसमा ठहाका मार कर इतने जोर से हँसी कि राव खंगार का सारा जोश ही पैंदे बैठ गया। लेकिन पाण्डित्य की दृष्टि से वह भी किसी से कम नहीं है। शास्त्रों की कई सूक्तियाँ उसे याद थीं। बरसों पहले रटे हुए कई श्लोक उसे आज भी कण्ठस्थ हैं। वह सुनना चाहे तो अभी सुना दे। विद्या और ज्ञान की शक्ति भी कम नहीं होती। तिस पर पाटन का सिंहासन और उसका अखूट खजाना! आँखों से देखने की देर, वह तो अपनी सुध-बुध ही बिसर जाएगी! न राजा का पीछा छोड़ेगी और न राज-महल से एक कदम बाहर रखेगी।

बोलने से पहले जसमा के दमकते ललाट में त्रिशूल-सा उभर आया। धीरज के स्वर में बोली, ''शुरुआत में आपसे एक बात मैंने छिपाई, इसलिए कि तुम मेरे लिए निपट अजाने थे, दुराव रखना ही चाहिए था! अब कुछ पहचान हो गयी तो बता रही हूँ कि तुमने जिन पोथियों के नाम बताए उन्हें अच्छी तरह समझने के बाद ही कह सकती हूँ कि कुदरत के कण-कण में उनसे ज्यादा ज्ञान भरा है! हाँ, अलबत्ता उन्हें लिखने वाले बहुत अनुभवी और ऊँचे ज्ञानी थे। लेकिन अब तोते की नाईं बिना समझे रटने से उस मरम को नहीं समझा जा सकता। तुम्हारे सुनहरे महल और उनकी चमकती पच्चीकारी को देखने पर भी मेरे मन में रत्ती भर भी ईर्ष्या नहीं होगी! उलटे मेरी झोंपड़ी ज्यादा सुन्दर लगेगी! मनुष्य बाहर की सम्पत्ति से मालदार नहीं बनता, भीतर की पूँजी से बड़ा बनता है। रात को समय मिले तो जरूर आना, अपने पति से मिलाऊँगी। वह सचमुच मुझ से अधिक गुणवान है। दो नन्हे-मुन्ने बच्चे हैं मेरे! एक बेटा और एक बेटी। मेरा वश चला तो उन्हें खरा मनुष्य बनाऊँगी, जो भीतर से भी धनवान हों! उनके अन्तस् में चाँद जैसी चाँदनी घुली रहे! हमारी तरह काम ही उनका धर्म और ईश्वर हो और वे उसी की पूजा करें! काम करते-करते ही बात करने का मन हो तो दिन के समय चाहे जब आ जाना।'' कुछ सोचकर थोड़ी देर बाद कहा, ''जो राजा भीतर से इतना कंगाल हो उसे राज करने का कोई अधिकार नहीं है!''

भरी हुई गूणतियाँ गधे की पीठ पर लाद कर वह पाज की तरफ मुड़ी। एक गँवार ओडन के मुँह से ऐसी बातें सुनकर राजा हतप्रभ-सा हो गया। कुछ

देर तक चुपचाप पीछा करने के बाद उसके मन में घुमड़ती घुटन पूरी मिट गयी, तब उस से बोले बिना रहा नहीं गया। अचरज और हताशा के लहजे में कहने लगा, "मैं तो तुम्हें अक्षत युवती मान रहा था! दो बच्चों की माँ का शरीर ऐसा गठा हुआ नहीं होता! तेरा पति कितना भाग्यशाली है कि उसे तुझ जैसी बहू मिली। सच बताना, दोनों एक ही खाट पर सोते हो...?"

जसमा ने बीच में ही मुस्कराते प्रतिवाद किया, "खाट पर तो हम अब तक नहीं सोये! साफ़-सुथरा आँगन ही हमारी सेज है! सहवास की वेला में एक-एक तारे को बीनकर अपने हृदय में जड़ती हूँ! तुम कभी इस तरह के आनन्द को बरतकर तो आजमाओ! जब दो बार मेरी कोख में आशा का संचार हुआ तो पहले तेरस का चाँद कोख में जड़ा और दूसरी बार पूनम का! मेरे कहने से ही रानीजी को पूछना कि उन्होंने कोख में किस चाँद या सितारे को धारण किया? इस पें संकोच जैसी कोई बात नहीं। यदि तुम नहीं पूछ सको तो रानीजी को यहाँ ले आना, मैं पूछ लूँगी। यही तो बातें हैं पूछने की...!"

वह आकबाक-सा मुँह फाड़े ओडन की आँखों में घूरने लगा। कुछ होश आते ही आश्चर्य-चकित होकर पूछा, "पाटन की रानियों को यहाँ लाऊँ, ओडों की बस्ती में...तेरी अकल तो नहीं मारी गयी...?"

जसमा ने फिर जोर से ठहाका लगाया। हँसते-हँसते ही कहा, "मेरे ख़्याल से राजा तो रानियों से बढ़कर ही होता है! जब वह एक भिखारी के उनमान मुझ जैसी ओडन के पीछे-पीछे लार टपकाता है, तब उसकी शान नहीं घटती? फिर रानियों के यहाँ आने पर उनका मान क्योंकर घटेगा? ऐसी दोगली मर्यादा से राजा का काम चल सकता है, हम ओडों का नहीं चलता! कल मेरी पीठ देखने से ही तुम बेहोश हो गये थे, तभी मुझे अनुमान हो गया कि पाटन के राजा को मेरे तलवे चाटने में कतई आनाकानी नहीं होगी...!"

राजमद को झटका लगते ही उसके चेहरे पर खीझ उभर आयी। कड़कते सुर में पूछा, "क्या कहा...मैं तेरे तलवे चाटूँगा...?"

जसमा ने मुस्कराते हुए धीमे से कहा, "मैं चाटने दूँ तब ना...!"

राजा अपने ही जाल में फँसता गया। हकलाते पूछा, "क्या मैं इतना गया-गुजरा हूँ कि तू मुझे अपने तलवे भी नहीं चाटने देगी? एक अदनी ओडन का इतना गुमान...!...याद रखना मैं तेरे तलवे चाटकर ही रहूँगा! सच्ची मुहब्बत गाल, होठ, हथेली और तलवों में भेद नहीं करती! अभेद की पवित्र भावना ही प्यार की सही पहचान है...!"

जसमा ने खुशी का अभिनय करते गम्भीर स्वर में पूछा, "क्या सचमुच आप मुझ से सच्ची प्रीत करते हैं...?"

"हाँ सच्ची प्रीत...सोलह आने सच्ची प्रीत...!"

होठों तक उछली मुस्कान को दबाने की व्यर्थ चेष्टा करते जसमा ने फिर पूछा, ''मुझ से पहले कितनी रानियों और बाँदियों से सोलह आने सच्ची प्रीत कर चुके हैं...?''

राजा कुछ देर तक असमंजस में उलझा रहा। फिर यह सोचकर कि राजा पर कैसा अंकुश! गर्व के साथ कहने लगा, ''रानियाँ तो केवल तीन...पर बाँदियों का कोई हिसाब ही नहीं! राजा तो जितनी औरतों से प्रीत करे, उसकी उतनी ही शान बढ़ती है! उसकी सत्ता और शक्ति की यही पहचान है! वह तो भगवान का अवतार होता है! तेरा रूप देखकर मुझे पहली बार यह महसूस हुआ कि पहले वाली प्रीत सच्ची नहीं थी, प्रीत का वहम था, फक़त वहम...!''

राजा को आश्वस्त करने की मंशा से जसमा ने कहा, ''मानती हूँ, आपकी बात एकदम सही मानती हूँ। यदि मुझ से बेशी रूप वाली कोई अप्सरा मिल गयी तो मेरे प्रति जो आपकी खरी मुहब्बत है, वह वहम की धुँध मात्र रह जाएगी! और तुम्हें नयी अप्सरा से सच्ची प्रीत हो जाएगी—सोलह आने सच्ची प्रीत...!''

राजा ने चुनौती के लहजे में कहा, ''ऐसी बात सपने में भी नहीं हो सकती...तुझ से अधिक रूपवती अप्सरा सारी दुनिया में नहीं मिल सकती, मेरे कहे पर विश्वास कर...।''

''कैसे विश्वास करूँ...?'' जसमा ने मजबूरी के आशय से जवाब दिया, ''यह दुनिया बहुत लम्बी-चौड़ी है। सभी सुन्दर औरतों की तलाश करने में हजार जनम भी थोड़े हैं! मेरे हिसाब से तो पहुँच के परे की औरत सबसे ज़्यादा खूबसूरत होती है...!''

उस मन-पसन्द बातचीत के बीच जसमा के पति ने दोनों की पीठ पीछे बाधा उपस्थित कर दी, ''बातचीत भले ही करो, पर काम में नुकसान नहीं होना चाहिए। अपने लिए काम ही राम है...!''

दोनों ने चौंक कर पीछे देखा। जसमा ने बेहिचक परिचय कराया—ये मेरे पति हैं, मेरे बच्चों के पिता! इनके अलावा दूसरा पुरुष मुझे नज़र ही नहीं आता...!

पाटन के राजा ने नज़र भरकर उस बन्दे को निहारा—मनुष्य क्या था, प्रत्यक्ष अग्नि का ही वंशज! बज्र-बट्ट! भरपूर लम्बा-तगड़ा। साँवला रंग। सिर पर घुँघराला ताज, काला-स्याह! लम्बी भुजाएँ। माँसपेशियाँ मछलियों-सी थिरकतीं। प्रीत-सनी मतवाली आँखें! तीखी नासिका। दमकती बत्तीसी। पतले होठ। सुहानी सूरत।

मौन का बोझ असह्य लगा तो जसमा ने हाथ का इशारा करते कहा, ''ये पाटन के राजा हैं, मुझ से सच्ची प्रीत करते हैं...!''

''कोई बात नहीं, प्रीत करना बुरा नहीं है...!''

"लेकिन प्रीत के बदले आधा राज्य देना चाहते हैं...!"

"यह बुरी बात है! प्रीत के बदले भाव-ताव तो वेश्याओं से किया जाता है! प्रेम तो बदले में निखालिस प्रेम की ही माँग करता है! तू इनसे प्रेम करे तो मुझे एतराज नहीं होना चाहिए! यह बहुत बेजा बात है...!"

"ऐसे लिजलिजे आदमी की प्रीत फकत रानियों और बाँदियों के भाग्य में ही लिखी होती हैं!" फिर हँसते-हँसते कहने लगी, "इस तरह के राजा या महाराजा से प्रीत करने की खातिर मेरी गधी भी तीन बार सोचेगी...तीन बार! दुनिया की किसी औरत को मँगते वाली प्रीत सपने में भी नहीं सुहाती! प्रीत करे तो रिरियाने की दरकार ही कहाँ है! भले ही वह राजा हो चाहे अखूट मायापति। सच पूछिए तो मुझे बेचारी रानियों और बाँदियों पर तरस आता है कि उन्हें एक ढुलमुल राव-उमरावों से मुहब्बत करनी पड़ती है...!"

पाटन के प्रतापी राजा की आज बेजा कलई उतरी! युद्ध में बिना लड़े ऐसी बुरी हार तो कभी नहीं हुई! यह कोई औरत है या कोई बला है! न इसके रूप की सीमा और इन इसकी निर्लज्जता का कोई दायरा! पति के रूबरू ऐसी गन्दी बात करने में इसे किंचित् भी संकोच नहीं हुआ? और न पति को ऐसी फूहड़ बात सुनकर गुस्सा ही आया! सचमुच इस दम्पती के सामने तो वह जूँ के समान है! आज पहली बार उसे अपना सही आकलन करने का अवसर मिला। जाने यह कैसी औरत है और यह कैसा आदमी है! कभी इस तरह के व्यक्तियों से साबका भी तो नहीं पड़ा। स्वार्थी तो बिल्कुल नहीं हैं! किसी भी तरह के लोभ-लालच से कोसों दूर! या तो राज-दरबार के लोग मनुष्य नहीं हैं या ओड जाति के ये दोनों लोग-लुगाई मनुष्य नहीं हैं! यह तो बानगी ही अलग है! यह तो किस्म ही दूसरी है! क्या करने से ये कब्जे में आ सकते हैं? सत्ता, माया और तलवार की शक्ति को तो ये शक्ति ही नहीं मानते! और भीतर की शक्ति का तो उसमें तनिक भी अंश नहीं है। वह तो हमेशा से ही बाहर की सम्पदा को ही सब-कुछ मान रहा था! किसी मन्त्र या जादू-टोने से यह आन्तरिक शक्ति हाथ नहीं लगती। यह तो एक जन्मजात अन्दरूनी देन है! कुदरत के हाथों सौंपी हुई, जिसका इन्होंने अच्छी तरह पोषण किया है! ऐसी विरासत तो भाग्य से ही मिलती है! फलीभूत होती है! आया तो था राज्य सिंहासन का रुतबा जताने, पर जसमा और उसके पति ने तो उसे इल्ली से भी गया-गुजरा साबित कर दिया...! ऐसी बातें न तो उसने शास्त्रों में ही बाँची और न पण्डितों के मुँह से ही सुनीं! यह तो जैसे बादल-बरखा की वाणी हो...!

जसमा ओडन पाज पर गूणतियाँ डालकर वापस लौट रही थी, तब तक पाटन का राव खंगार वहीं खड़ा रहा, जैसे एक ठौर चिपक गया हो! न एक बाल

भर आगे बढ़ा और न तिनका भर पीछे खिसका। उसकी ऐसी हालत देखते ही पहले तो हँसी का वातचक्र ही फूट पड़ना चाहता था, पर निरीह राजा के भीतर आलोड़न का आभास होने पर उसे थोड़ी-सी चिन्ता होने लगी! पास आते ही मीठे सुर में पूछा, ''ऐसी क्या बात हो गयी? किस गुत्थी में उलझे हो...?''

राव खंगार की सारी ख्याति डगमगाने लगी, फिर भी उसने झुकना नहीं चाहा। तनिक रुआब से जवाब दिया, ''बात तो हुई जैसी ही हुई है! पर अभी बताना नहीं चाहता। तीन बरस बाद सरोवर पूरा खुदने पर मन की बात दरसाने की योग्यता मुझ में हुई तो अवश्य बताऊँगा! मगर उस से पहले एक छोटी-सी बात अभी बताना चाहता हूँ, मान ले तो मैं जीवन भर तेरा एहसान मानूँगा। पहले वचन दे...!''

''पहले वचन कैसे दूँ...! कितनी बचकानी बात करते हैं? मानने जैसी बात होगी तो पल भर की भी देरी नहीं करूँगी और न मानने जैसी होगी तो उम्र भर नहीं मानूँगी...!''

''बात तो माने जैसी ही है, पर कहने में संकोच होता है...।''

''ठहरो मत, चलते रहो...मेहनत और पसीने की नियामत ही मेरे लिए सब-कुछ है! इसका नुकसान मैं झेल नहीं सकती! पूरा काम न करूँ तो मुझे नींद नहीं आती। निशंक बताओ...!''

''बिना बताए मुझे चैन नहीं पड़ेगा। मगर बताना आसान भी नहीं है! तू वचन देती तो मेरा हौसला बढ़ जाता! फिर भी बताना ज़रूरी है कि जब से तुम लोग काम पर लगे हो, उस दिन से मैं मजदूरी तिगुनी करना चाहता हूँ। प्रत्यक्ष देखने पर ही मुझे पता चला कि तुम लोगों का काम बहुत कठिन और कल्याणकारी है...!''

जसमा ने जो बात सोची, वही सामने आयी! गहरा विचार करे जैसा मसला नहीं था। सहज भाव से बोली, ''यदि शुरुआत से ही यह मजदूरी खुल जाती तो किसे भी एतराज नहीं होता। लेकिन अब यह बात मानने पर हर व्यक्ति यही सोचेगा कि मेरी प्रीत की वजह से ही यह दक्षिणा मिली है! दूसरों की बात तो दरकिनार, मुझे और मेरे पति को भी यह इनायत मंजूर नहीं होगी! हम ओड हैं, बामन नहीं! बेबात की यह दक्षिणा हमें पचेगी नहीं! फिर भी इतनी जल्दबाजी करने की ज़रूरत ही क्या है? तीन बरस बाद जब यह तालाब हिलोरें लेने लगेगा तब अपने पसीने का उचित प्राप्य हम राजी-खुशी कबूल कर लेंगे! परन्तु होना चाहिए प्रीत की बजाय मेहनत और पसीने का मोल! आपको मंजूर हो तो मैं अभी वचन देने को तैयार हूँ...!''

पाटन के राव खंगार को तत्काल कुछ उत्तर नहीं सूझा। तब जसमा ओडन

का धीरज छूटने लगा। तकाजा करते बोली, ''कुछ जवाब तो दो...यों चुप रहने से क्या पता चलेगा!'' राजा का हृदय होठों की राह प्रकट हुआ, ''आज जवाब देने का कुछ मतलब नहीं है! जिस शुभ-घड़ी में यह तालाब छिलाछल भर उठेगा, तब तट पर खड़े रहकर जो भी जवाब सूझेगा, वही सच्चा जवाब होगा...!''

राव खंगार के ये खरे बोल सुनकर जसमा ओडन विचलित तो जरूर हुई, पर उसके कदम डगमगाये नहीं! उतावली दरसाते कहने लगी, ''चलते चलो, रुको मत...!''

उसने मुस्कराते हुए अदेर जवाब दिया, ''अब साथ चलने की शक्ति नहीं है! रुकना ही पड़ेगा! मगर याद रखने की सार बात यही है कि हम सात कदम से अधिक साथ चले हैं...!'' इतना मन्त्र सुनाकर पाटन का राव खंगार तत्काल मुड़कर तेज कदमों से चलने लगा! जसमा ओडन थोड़ी देर ठहरकर तब तक देखती रही, जब तक वह ढलान से उतरकर अदीठ नहीं हो गया! उम्र के इस पड़ाव पर पहली बार वह तनिक ऊहापोह में उलझ गयी थी! हाँ, कुछ ऊहापोह में...!

*20 अगस्त, 2006*

2

# भरम

**॥ राजस्थान में बहु प्रचलित मूमल-महेन्द्र की प्रेम कथा ॥**

भरम का भूत बुरी तरह डुबोये। औरत का कलंक विधाता भी न धोये। मुच्छड़ दुराचारी सदा निश्चिन्त सोये। पत्नी बेचारी हरदम रोये-तो-रोये। तो तमाम दुनिया का साँई भलों को भले और बुरों को बुरे दिन दे कि गुजरात के हमीर जाड़ेजा ने अमरकोट की सोढ़ी से ब्याह रचाया। हमीर गठीला नौजवान। बजरबट्ट! भरपूर लम्बा। ताँबे-सी चमकती आभा! आँखों में गहरी ललाई। भुजाएँ घुटनों को छूएँ। हथेलियाँ मानो तलवार की मूठ थामने के लिए ही बनी हों! लेकिन शरीर की तुलना में मन काफी कमजोर। क्या मजाल कि दूसरों को उस कमजोरी की भनक भी पड़ जाए! मन की बात मन में...!

सावन की तीज के मांगलिक अवसर पर हमीर बड़ी उत्सुकता से ससुराल पहुँचा। हम-उम्र का सयाना साला। जिसका अच्छा-सा नाम—महेन्द्र। मानो सूरज का ही टुकड़ा! रोम-रोम से उजास छलछलाये। सौ हमजोली विधाताओं ने उसे शौक से गढ़ा! नज़र के साथ ही अन्तस् में उतरे। गर्व-गुमान रंचमात्र भी नहीं, निर्लिप्त निर्भय और तेज-तर्राट। साला-बहनोई शतरंज या चौपड़ साथ खेलें तो एक भी दाँव झगड़े बगैर नहीं टले। खेल में तो बाप-बेटे का भी परस्पर लिहाज नहीं रहता। घुड़दौड़ में एक बार भी उसने हमीर को आगे नहीं जाने दिया। मुस्कराते हुए हर बार चुनौती! लेकिन हमीर हमेशा साले से आत्मीयता रखता, छोटे भाई की तरह। दो-तीन बार विदाई की बात कही तो महेन्द्र ने रूठकर रोक लिया। आखिर तो दामाद को ससुराल से विदा होना ही पड़ता है। एक दिन साले से छिपाकर ससुरजी से विदा होने की बात कही तो नहीं चाहते हुए उन्हें मानना पड़ा। माला में ध्यान अटका हुआ था। फिर तो काफी अफसोस हुआ। उनकी इजाजत के बाद मना करने की कौन हिम्मत करता!

विदाई से दो ढाई घड़ी पहले जब हमीर ने सच्चे मन से साथ चलने की मनुहार की तो महेन्द्र राजी-खुशी तुरन्त मान गया। वह उम्र ही एक ठौर अधिक

रुकने से परहेज रखती है! वह कई बार बादलों से होड़ लेता। तारों के साथ खेलता। चाँदनी में तैरता। बिजलियों से बातचीत करता। किसी भी नये ठौर पहुँचा नहीं और दूसरे दिन अन्यत्र जाने के लिए उत्सुक रहता। बहुतेरे रिश्तेदार या मित्र उसका स्वभाव अच्छी तरह जानते थे, इसलिए चाहते हुए भी मना नहीं करते थे।

पर घरवालों को उसका स्वभाव अच्छा तो शायद ही लगता हो। वैसे स्वभाव वाले बेटों की खातिर सभी घरवालों की दृष्टि में फकत एक ही रामबाण उपाय है कि ऐसे अलमस्त बेटे का ब्याह कर दो। फिर घर छोड़ना तो दूर, अपनी सेज भी नहीं छोड़ेगा। भोजन के लिए भी देर हो जाय तो भी खास बात नहीं। नयी बात के लिए उत्साहित होकर महेन्द्र ने उसी वक़्त हामी भर ली। मगर नयी बात नौ दिन, खींची-तानी तेरह दिन! रंग-मैड़ी में तीन महीने ही गुजारने मुश्किल हो गये तो इकलौते बेटे को बन्धन में रखने के लिए घरवालों ने उसका दूसरा ब्याह कर दिया। बेटे की तो फकत एक ही लालसा थी कि नयी दुल्हन में कुछ-न-कुछ नयी बात अवश्य होगी। नयी बात की आशा-उम्मीद में सात ब्याह के बाद पति का मन भर गया। किसी में कुछ भी नयी बात नजर नहीं आयी। नयी दुलहनें अपरिचित अवश्य होतीं पर सहवास का आनन्द एक जैसा ही! कुछ ही दिनों में रंग-मैड़ी उसके लिए बन्धन-सी महसूस होने लगी! विदाई की वेला में जब एक बहिन और बहनोई ने साथ चलने का फिर आग्रह किया तो उसे निर्णय लेने में एक मिनट भी नहीं लगा। फुर्ती से रखे कपड़े-लत्ते जस-तस ठूँसे, मगर हथियार की ओर देखा तक नहीं। बहिन रथ में चढ़ी और बहनोई घोड़े पर चढ़ें उसके पहले अपने मन-पसन्द घोड़े की लगाम उसके हाथ में थी। पीछे घोड़े-घोड़ियों और ऊँटों का हुजूम, मानो बरात चढ़ी हो। महेन्द्र ने छोटी-बड़ी एक भी दुल्हन से मिलने की जरूरत नहीं समझी। क्या पता आगे कौन-सी नयी बात बने! शायद किसी तालाब या सरोवर पर इन्द्रलोक की कुछ अप्सराएँ ही मिल जाएँ। पहले कई राजकुँअरों को मिली भी थीं। वह भी तो अमरकोट का राजकुँअर है। सोढ़ा राज-कुँअर। रूप और बहादुरी में अव्वल। भीम और अर्जुन से भी बढ़कर!

साला-बहनोई सबसे आगे घोड़ों पर टपाटप चल रहे थे कि अचानक हमीर के मन में मजाक करने की जँची। उसका स्वभाव परखने की मंशा से हाथ का इशारा करते कहा, "इस पठार की चढ़ाई उतरने पर कुछ-न-कुछ नयी बात अवश्य नज़र आएगी। मैं आगे दौड़कर पता लगाऊँ...।"

"नहीं नहीं, पहले मैं तलाश करूँगा।" यह कहते ही उसने रान भींचकर लगाम को झटका दिया तो उसका घोड़ा चढ़ाई उतरते ही अपने-आप रुक गया।

जैसे उसने सवार का मन बाँच लिया हो। इधर-उधर देखने लगा, तभी हमीर का घोड़ा भी पास आकर रुक गया, "कुछ-न-कुछ नयी बात नज़र आयी होगी...?"

"अभी तो देख रहा हूँ। दुनिया बहुत लम्बी-चौड़ी है। कुछ-न-कुछ नयी बात जरूर नज़र आएगी। जंगल में घुसते ही बाईं ओर तीतर बोला था और शकुन-चिड़िया ने भी बढ़िया शकुन दिए थे। मुझे तो पुख्ता विश्वास है।"

"देखें, क्या बात बनती है? तुम्हारी देखादेखी मेरे मन में भी नयी बात के लिए उत्सुकता जगने लगी है। लेकिन अकेला होते ही जो हाजिर है, उस से ही सन्तुष्ट हो जाता हूँ। वही ज्यों-का-त्यों बना रहे तो अच्छा। लाख भरपाये। दिल्ली के बादशाह का हरदम भय बना रहता है। नयी आफत से बच जाऊँ तो जैसे कोई नया राज मिल गया हो!"

"पर मेरी प्रकृति एकदम अनोखी है। नयी बात की तलाश करने में कैसी भी आफत आ जाय तो मेरी खुशी का पार नहीं रहता!"

यों चलते-चलते, नयी बात की चर्चा करते-करते एक भीम-तालाब की पाज पर पूरे सात बरगद का एक कुटुम्ब नजर आया, जिसे ढलते सूरज की एक भी किरण छेक नहीं सकी। हरे-भरे सघन बरगदों की घनी बस्ती निहारकर महेन्द्र की नस-नस लहरा उठी! तुरन्त घोड़े से उतरा। लम्बे-लम्बे कदम भरता तेजी से चलने लगा। उसकी देखभाल के लिए हमीर भी पीछे-पीछे रवाना हो गया। पास आते ही उत्सुक भाव से पूछा, "कुछ नयी बात नजर आयी...?"

"ऐसे ही घने बरगदों के नीचे अप्सराएँ विमान से उतरती हैं। तालाब में तैरती है। नहाती हैं। उनके आधे वस्त्र आप छिपा लेना और आधे मैं छिपा लूँगा। जब वे किनारे आकर वस्त्रों की माँग करें तो विवाह की हामी भरने के बाद ही वापस सौंपेंगे...।"

"लेकिन मैं तो शुरू से ही हाजिर को सब-कुछ मानता हूँ। मुझे नयी बात की बिल्कुल ही चाह नहीं है। क्या पता...।"

"अपनी-अपनी पसन्द है...कोई बात नहीं। शायद मैं अकेला सारे वस्त्र उठा नहीं सकूँ तो कुछ मदद जरूर कीजिएगा...।"

"इस में कुछ भी एतराज नहीं। ज़रूर आपका हाथ बटाऊँगा...आप कहें पूरी गठरी ही उठा लूँगा। दो मन का मुग्दर चुटकियों में उठा लेता हूँ...इस से अधिक बोझ तो क्या होगा! सुना है कि अप्सराओं के वस्त्र काफी झीने और हलके होते हैं!"

किन्तु महेन्द्र के दिल की आशंका नहीं मिटी। होशियारी अपनी है...! उतावले स्वर में हिदायत दी, "लेकिन कौल-वचन किये बिना गठरी की भनक भी मत पड़ने देना...।"

"आप कहें तो कौल करने के बाद एक धागा भी क्या बता दूँ...।" मेरा नाम हमीर है...हमीर!"

"नहीं-नहीं, फिर तो वे कुछ-न-कुछ शाप दिए बिना नहीं मानेंगी...।" कि अचानक महेन्द्र की नजर सफेद चाँद पर पड़ी। उत्साहित होकर कहने लगा, "संयोग का चमत्कार ऐसा ही होता है...सचमुच आज तो पूनम है। पूनम की चाँदनी में तो परियाँ निश्चित रूप से विमान लेकर नीचे उतरेंगी ही! इस से पहले मैं ऊपर चढ़कर प्रत्येक बरगद की पड़ताल कर लूँ...।"

हमीर के मन में संशय की कसक उठी। साले को सचेत करते कहने लगा, "बचपन में कई बार सुना था कि ऐसे ही घने बरगदों में जहरीले साँप छिपे रहते हैं। यदि अनजाने ही कोई...।"

"आप तो खाँमखाँ चिन्ता कर रहे हैं। वह भी तो एक नयी बात होगी! बासी-कुसी हाजिर बातों की अपेक्षा हजार गुना बेहतर होगी। मुझे तो बचपन से ही नयी-नयी बातें जानने का रोग ही लगा हुआ है!"

तत्पश्चात् फालतू बहस-बाजी में एक पल भी बरबाद किये बिना महेन्द्र तो बरगद पर चढ़कर नयी बात की पड़ताल करने लगा। आखिर हताश होकर दुखी मन से नीचे उतरा। तब भी नयी आशा की ललक बची हुई थी। आधे-अधूरे उत्साह के स्वर में कहा, "अभी तो चाँदनी रात सारी बाकी है। यदि आपको नींद आती हो तो ज़रूर सो जाएँ। पास ही रथ खड़ा है। पर मैं आधी रात ढलने तक विमान का ध्यान रखूँगा। यदि अप्सराएँ उतरीं तो आपको जगा दूँगा। कपड़ों का पूरा ख्याल रखिएगा। पर आपके रथ के सिवा बाकी सारा हुजूम दूर ही ठीक है। आज पहली बार अपने मन की दबी सच्चाई आपके सामने प्रकट की। अन्य किसी को भनक तक नहीं पड़ने दी। आप घरवालों से अधिक मुझ से अपनापन रखते हैं। अब मैं अमरकोट की बजाय आपके पास गुजरात ही रहूँगा। अमरकोट की तो कोई भी ठौर मुझ से छिपी हुई नहीं है। पर गुजरात की धरती को तो कदम-कदम मापना ज़रूरी है। सच पूछें तो अमरकोट की जागीर का मुझे कोई गुमान नहीं है...। पर आपके अलावा मैंने अपनी बहिन को भी मन खोलकर नहीं बताया। कोई समझे तो बताऊँ!"

हमीर जाड़ेजा समझ तो गया। लेकिन समझने के बावजूद यह तय करना कठिन हो गया कि दोनों में अधिक बावला कौन है? महेन्द्र या वह स्वयं। मगर इतनी बात तो वह निःसन्देह जानता था कि इस तरह की सनक के बूते पर घर-गृहस्थ, ठिकाना या राज्य चलाना असम्भव है। लेकिन घर-गृहस्थी, ठिकाना या राज्य चलाना बड़ा काम है या बावले की नाईं नयी-नयी बातों की खोज करना बड़ी बात है! इतने दिन जिस प्रशस्त पथ पर धड़ल्ले से चलता रहा, उस में कहीं-

कहीं गहरी नालियाँ बनने लगी थीं।

साले के बार-बार आग्रह करने पर भी बहनोईजी रथ में बिल्कुल ही नहीं सोये। आधी रात ढलने तक चाँदनी रात में पलकें उघाड़कर उसे निहारते रहे, कहीं नयी बात के साक्षात्कार से बच नहीं जाएँ। सब-की-सब पुरानी बातें झूठ थोड़े ही हो सकती हैं! बचपन में इन बातों पर अडिग विश्वास था। मौज-मस्ती के माहौल में सूरज उगने और अस्त होने का ही पता नहीं चलता था। परन्तु अब पेट भरने के प्रपंच में सब छकड़ी भूल गये। नींद न आने से माथा भारी-भारी-सा जान पड़ा तो रथ में सोढ़ी की बगल में लेट गये। मधुर-मधुर खर्राटे सुनायी पड़ने लगे। उसका रूप-यौवन भी किसी अप्सरा से कम नहीं था, किन्तु अब उस में नयी बात कहीं नजर नहीं आती थी! सिर्फ आज ही साले की बावली बातें सुनने पर उनके मन में भी यही जिज्ञासा मचल उठी। इसकी अच्छी तरह छानबीन करने पर ही सही बात का पता चलेगा।

किन्तु महेन्द्र के लिए तो सब-कुछ स्पष्ट था और आज मुँह से जतलाने पर तो पुख्ता पड़ताल हो गयी कि नये की तलाशी बगैर जीने का कोई अर्थ नहीं है! उसने तो कई रातें निद्रा-रहित बितायी हैं और थकावट या शिथिलता की बजाय उसे ऐसा महसूस होता कि संज्ञा-विहीन निःस्वप्न नींद तो आज ही आयी। टिम-टिम चमकते तारे डूबने लगे तब तक वह आकाश की ओर देखता रहा कि अब भी परियाँ विमान से उतरें, अब भी परियाँ कपड़े उतार कर तालाब की ओर बढ़ें। बहुत सम्भव है आज इन्द्र भगवान ने आने की इजाजत ही न दी हो। यह रसिक-शिरोमणि किसी भी भूत-प्रेत से कम नहीं है! आज और इन्तजार कर लें। शायद आज की रात तारों में कोई नया उजास जगमगाये!

मगर हमीर के समझाने पर पूरे दिन बरते हुए बासी पड़ाव को पीछे छोड़कर सारा हुजूम गुजरात की राह आगे बढ़ा। साला-बहनोई घोड़ों पर बैठे हुए सबसे आगे। पीछे नागौरी बैलों का रथ, जिस में सोढ़ी रानी बिराजी हुई थी। फिर सारा हुजूम। महेन्द्र मन-ही-मन सोचने लगा, शायद इन्द्र भगवान इधर-उधर विहार करते समय ऐसा ही हजूम रखते होंगे!

घना जंगल और उम्दा घोड़ों की सवारी के कारण जाने-अजाने शिकार करने की इच्छा तो स्वतः जाग उठती हैं। हमीर कहने लगा, "अभी-अभी एक बात ध्यान में आयी कि सोढ़ी-रानी को बिना जताये हम दोनों किसी दूसरी दिशा में मुड़ जाते हैं। उसके सामने शिकार करूँ तो वह अन्न-पानी छोड़ देगी। दूर रहने पर शायद कोई स्वर्ण-मृग नज़र आये तो उसे निश्चित पकड़ना है। पंछी-जानवरों को पालने का उसे बेहद शौक है...।"

महेन्द्र ने बीच में ही एक गहरा निश्वास छोड़ते कहा, ''शिकार का चस्का लगते ही सबसे पहले नयी बात जानने की आशा में खूब भटका, खूब भटका, पर स्वर्ण-मृग की तो बात ही छोड़ो, कोई रुपहला या सफेद हिरण भी हाथ नहीं लगा। आखिर तंग आकर मैंने शिकार का लफड़ा ही छोड़ दिया। चार बरस हो गये मैंने एक बटेर तक नहीं मारी। नफरत-सी हो गयी। ईश्वर की माया ईश्वर ही जाने!''

साले की बात सुनकर हमीर का सारा उत्साह ही ठण्डा पड़ गया। उसी मारग पर वापस लौट आये। चलते-चलते एक सुरंगा बगीचा नज़र आया। बगीचा भी एकदम शानदार, जिसका कोई सानी नहीं। दोनों ने ही खुश होकर अचरज भरी आँखों से एक-दूसरे की ओर देखा, मन-ही-मन आशा सँजोये कि इस हरे-भरे सपने के बहाने जरूर कुछ-न-कुछ नयी बात नज़र आएगी...! वाकई वह वास्तविक नजारा एक सपना ही था। अनगिनत पौधे तो विभिन्न फूलों से लदे हुए थे ही, पर लम्बे-लम्बे गाछ-बिरछ भी रंग-बिरंगे फूलों से महक रहे थे, मुस्करा रहे थे। इस सूने जंगल में ऐसा बगीचा! अकल चकराने में तो कुछ भी कसर बाकी नहीं थी। इच्छा हुई कि दो-तीन पखवाड़े यहीं पड़ाव डाला जाय। ऐसे मनोहारी नजारे के बीच खाने-पीने की शायद मन में ही न आये। यह हरियाली तो किसी जादूगरनी से कम नहीं। असंख्य रंग-बिरंगे फूल, महक के बहाने उन्हें आमन्त्रण दे रहे हों! महेन्द्र तो आनन्द के मारे स्तब्ध-सा रह गया। उसी क्षण घोड़ा रोक कर पाषाण पुतले की नाईं स्थिर आँखों से उधर ही एकटक देखने लगा। हमीर जाड़ेजा भी तनिक चिन्तामग्न हो गया। कहीं प्रेत-लीला तो नहीं है! खाँमखाँ किसी नयी आफत में तो न फँस जाएँ! आग लगे इस प्रत्यक्ष नजारे को! चारों तरफ इस मरुस्थल के बीच ऐसा अपूर्व बगीचा आधी रात ढले कहीं इन्द्रलोक से तो नहीं उतर पड़ा...! लगता है किसी अनोखी लीला का ही अचीता परिणाम है। साले की ओर एकटक आँखें फाड़े देखा—या तो वह किसी अदीठ टोने की गिरफ्त में आ गया है या इसका दिमाग चल गया है! घोड़े पर बैठा-बैठा ही उसके पास आया और उसका बायाँ कन्धा झँझोड़कर बोला, ''इस प्रेत-लीला की ओर एकटक देखना अच्छा नहीं है। चलो अपनी परिचित राह पर ही चलें। तुम्हारी बहन की भी ठीक यही बान है। तुम अपना घोड़ा इधर बढ़ाओ तो मैं भी उसे समझाने की चेष्टा करूँगा। अपने हठ पर उतर आयी तो फिर किसी की भी नहीं मानेगी। तुम्हारे जूठे स्तन ही उसने चूँघे हैं....। फिर कम क्यों उतरेगी?''

किन्तु महेन्द्र ने तो उनके कहे की कुछ भी परवाह नहीं की, जैसे एक अक्षर भी उसके कान में न पड़ा हो। आश्चर्यचकित होकर जैसे एकटक दृष्टि

गड़ाये वनस्पति का पान-पान और सुरंगे फूलों को बींध रहा हो! पलकें तक नहीं हिलायीं। दूसरी बार कुछ जोर से कन्धा झँझोड़ कर वही बात फिर दुहरायी। गरदन घुमाये बगैर ही उसी तरह एकटक निहारते धीमे-से कहा, जैसे सपने में प्रलाप कर रहा हो, "मैं तो इस नजारे की अच्छी तरह छानबीन करना चाहूँगा। मेरा कहा मानें तो आप भी यहीं रुकें, नहीं तो राजी-खुशी पधारें। पर यह बात निश्चित है कि आपका साथ बहुत अच्छा रहा, जीवन भर आपका एहसान नहीं भूलूँगा...।"

हमीर थोड़ी-बहुत दुविधा में फँस गया। मुस्कराने की चेष्टा करते कहने लगा, "अपनी बहन का स्वभाव अभी तक नहीं समझ पाये। आपको पीछे छोड़कर मुझे कहीं भी नहीं जाने देगी। आपने यही तय किया है तो उनके साथ सारे हुजूम को रवाना कर दें। अब जो होना हो सो हो! दोनों मिलजुल कर सामना करेंगे...।" महेन्द्र ने बीच में ही हामी भरते कहा, "जो मैं चाहता था, वही हुआ। अब तो जैसा कहा वही करके दिखाइए। मेरा घोड़ा तो आपके आने पर ही खिसकेगा।" फिर कैसी ढील...।

सोढ़ी रानी बहुत मुश्किल से मानी, आखिर हमीर ने अपने जी की कसम दिलायी तो इच्छा न होते हुई भी पड़ाव छोड़ा। मगर हठीले आँसुओं पर उसका भी वश नहीं चला!

हमीर ने भी उदास-उदास भाव से साले के पास आकर घोड़ा रोका तो महेन्द्र का समझदार घोड़ा अपने-आप रवाना हो गया। महेन्द्र मन-ही-मन सोचने लगा कि यहाँ ऐसा बगीचा लगा तो लगा ही क्योंकर? पहाड़, टीले, नदियाँ और वनस्पति के उनमान कहीं सृष्टिकर्ता का ही चमत्कार तो नहीं है...? मनुष्य के हाथों की तो यह करामात हो नहीं सकती! कुछ दूर चलने के बाद एक नदी आयी। दोनों ही घोड़े एक साथ ही हिनहिनाये और नदी में उतर गये। घुटनों-घुटनों तक पानी हिलोरें ले रहा था। एक नदी तो घोड़ों की टापों के साथ छपक...छपक नीचे बह रही थी और दूसरी नदी महेन्द्र के भीतर—आनन्द, उत्साह, आशा और उमंगों की लहरें छितरा रही थीं! जिसका न तो आदि था और न अन्त।

मखमल की तरह सुकोमल हरे बगीचे पर पाँव धरते ही असंख्य फूलों से आच्छादित बगीचा महेन्द्र के दिल में उतर गया। पर हमीर के मन में सोढ़ी रानी का विछोह अंगारों की नाईं साल रहा था। फिर भी साले की संगत का मोह छूट नहीं रहा था। सहचरी का सगा भाई जो है! अकेले को किसके आसरे छोड़े...? दूब का शीतल और कोमल स्पर्श पाकर महेन्द्र नंगे पाँव ही चलने लगा तो उसकी देखादेखी हमीर ने भी जूतियाँ खोल दीं। साले की ओर मुखातिब होकर कहने लगा, "शिकार के शौकीन किसी मनमौजी राजा ने ही ऐसा बगीचा लगाया होगा।

और सामने दिख रही इस सुन्दर मैड़ी के झरोखे में बैठी रानियाँ, राजकँवरियाँ और दासियाँ उन उमरावों का इन्तजार करती रही होंगी।''

महेन्द्र इस भाव से मैड़ी को एकटक घूरता रहा, मानो दृष्टि की राहें उसे भीतर उतार रहा हो! बहनोई की बात सुनकर उससे चुप नहीं रहा गया। होठों-ही-होठों में गुनगुनाते कहने लगा, ''मुझे तो कुछ ऐसा महसूस हो रहा है कि अब भी कुछ औरतें भीतर सो रही हैं। साँझ-सकारे हरी-भरी दूब पर घूमती हैं। बातचीत करती हैं। जिसके स्पर्श से मेरे पाँव में सुहानी खुजली चल रही है। मेंहदी की सुगन्ध आ रही है। हवा में इत्र-फुलेल की सौरभ घुली हुई है। फूल अपने-आप ही झड़ गये होंगे। पुरुषों के हाथों तोड़े हुए फूलों का बिलखना आसानी से मिटता नहीं। पुरुषों की बर्बर दृष्टि का परस पाते ही फूलों की रंगत गमगीन नजर आती, पर ये तो बाल-कन्हाइयों के उनमान चहक रहे हैं। मुस्करा रहे हैं। यह तो औरतों की मधुरी-मधुरी दृष्टि का करिश्मा नजर आ रहा है''...कि इतने में मैड़ी की गोल सीढ़ियों पर दो महिलाओं की आहट सुनाई दी। महेन्द्र की आवाज स्वतः बन्द हो गयी। एक का गुलाबी वेश और दूसरी का चम्पई। उघड़े चेहरे। दिप-दिप दमकते हुए। झिझक-संकोच का वास्ता ही नहीं। जैसे बटोहियों की मान-मनुहार करना ही इनका स्वभाव हो। पास आते ही एक युवती ने कहा, ''मेरा नाम गुलाब और इसका चम्पा...।'' अपने नाम का सम्बोधन अपने ही कानों सुनने पर वह होठों-ही-होठों में तनिक मुस्करायीं। और मुस्कान घुली वाणी में कहने लगी, ''भले पधारे। इस बाड़ी के सुरंगे फूल सभी बटोहियों की अबोली मनुहार करते हैं, सुनी होगी...?''

''थोड़ी-बहुत गुनगुनाहट सुनी थी। मैड़ी की स्वामिनी का शुभ नाम...?'' महेन्द्र ने बहुत गहरे-ही-गहरे सोचते पूछा।

गुलाबी वेश वाली रूपसी के ललाट पर सलवटें उभर आयीं। गम्भीर स्वर में कहा, ''यदि मैं ही इस मैड़ी की स्वामिनी हूँ तो...।''

उतावले स्वर में दृढ़ता के साथ महेन्द्र ने कहा, ''मैड़ी के अनुपम झरोखे, इनकी सूक्ष्म कारीगरी और मखमल की नाईं सुकोमल दूब इस बात की साख नहीं भरतीं। जब सच्चाई प्रकट हो गयी तो नाम छिपाने में कोई तुक नहीं।'' दोनों युवतियों के चेहरों पर अचरज की झाँईं घुल गयी। एकटक उनकी ओर देखती रहीं। इस तरह चकित भाव से देखने पर कुछ संकोच हुआ तो चम्पा ने सुगम्भीर स्वर में कहा, ''आखिर नाम तो बताना ही पड़ेगा, लेकिन परीक्षा में खरे उतरने के बाद। खरा नहीं उतरने पर कोई तीसमारखाँ भी इस बाड़ी में एक पल भी नहीं ठहर सकता...।''

हमीर के स्वाभिमान को उस युवती की हेकड़ी पची नहीं। फड़कती मूँछों के जोश में पूछा, ''यदि कोई सूरमा जबदरस्ती रुकना चाहे तो...।'' दोनों युवतियाँ एक साथ जोर से हँसीं। हँसते-हँसते ही व्यंग्य के स्वर में गुलाब ने जवाब दिया, ''अभी तक तो दो सिर वाला कोई सूरमा इस बाड़ी में आया नहीं। इसके लिए हम दोनों ही काफी हैं! कुँअरी तक बारी नहीं आने देंगी। कहीं बिल्ली फलाँगकर तो नहीं आये...?''

महेन्द्र के गुस्से का पार नहीं रहा। बड़ी मुश्किल से संयम रखा। नयी बात की पड़ताल किये बिना उसे चैन नहीं पड़ेगा! हमीर मन-ही-मन सहमा तो अवश्य ही, पर औरत जात के सामने कमजोरी बताने पर मूँछों की शान बिगड़ जाएगी! निमूँछी औरतें तो छिपकली देखकर चिल्लाने लगती हैं। ऊपर से अक्खड़ का स्वाँग भरते पूछा, ''ऐसी क्या ताकत है तुम्हारे पास, जो थोथी हेकड़ी जतला रही हो...!''

''यह तो मौका आने पर ही पता चलेगा! फकत काले-गौरे भैरव को याद करने की जरूरत है। हजार नौ-हत्थी सिंहनियाँ अभी हुँकारती हुई आएँगी, जिनके सामने दिल्ली के बादशाह की फौज भी नहीं टिक सकती! बेकार बकवास में कोई सार नहीं। यदि परीक्षा के लिए आये हो तो संकोच मत रखना। सुना भी होगा कि कभी-कभी ठीकरी भी घड़ा फोड़ डालती है! जब आ ही गये तो मन में मत रखना। बाँकी मूँछों का कुछ तो खयाल रखो। एक दिन मरना तो है ही! अब भी हिम्मत न हो तो अपनी राह पकड़ो।''

हमीर की मूँछें फड़कने लगीं। तलवार की मूठ कसकर थामी। निर्भय होकर पूछा, ''कैसी परीक्षा है? बताओ तो कुछ पता भी चले। खाँमखाँ गीदड़-भभकी से घबराने वाले और कहीं तलाश करना। समझ लीजिए कि हम दोनों यहाँ परख करवाने ही आये हैं।''

''धन्य हो... बातों से लगता है कि तुम दोनों की जोड़ का सूरमा दुनिया में है ही नहीं। केवल एक बन्दा ही हमारे साथ चलेगा। उसकी परख होने के बाद दूसरे सूरमा की बारी। फालतू बकवास-बकवास में इतनी देर हो गयी। कुँअरी जाने क्या सोचेगी?'' इतना कहकर वे अपने-आप मैड़ी की तरफ आगे बढ़ीं। महेन्द्र का इशारा समझते ही हमीर उनके पीछे रवाना हो गया। बाएँ हाथ में भाला और दाहिने हाथ में तलवार। मूठ की पकड़ और सख्त हुई। मूँछों में सिहरन बढ़ने लगी। या तो प्रत्येक सीढ़ी पर चुम्बक लगे हुए हैं, जो ऊपर चढ़ते सूरमा की ताकत हर लेते हैं या आँत-आँत में दुबका भय कुछ-न-कुछ बहाना खोज रहा हो। थप्पड़ खाकर यों ही गालों पर लालिमा कायम रखनी होती है! अन्तिम

सोढ़ी पर चढ़ते ही हमीर का तो हौसला ही पस्त हो गया। छिलाछिल कुण्ड की बाईं बाजू नौ-हत्थी सिंहनी की मूँछें फड़क रही थीं। दाहिनी बाजू सात पुरस लम्बा और एक पुरस मोटा अजगर मुँह फाड़े भक्षण के लिए तैयार है! कुण्ड में पाँव धरने की देर और मौत के मुँह में—गपाक! किसे पता कि कुण्ड सात बाँस गहरा है या आठ बाँस! तैरकर प्राण बचाये कि तलवार-भाला सँभाले। बावरे साले की सनक के मारे तो मरे बिना पीछा नहीं छूटने वाला! बिजली की एक कौंध में कई बातें दिख गयीं। उसने तो पास खड़ी युवतियों की ओर झाँकने की भी हिम्मत नहीं की। उलटे पाँवों सीढ़ियाँ उतरने लगा। हँसी का बवण्डर सुना तो बचा-खुचा पौरुष ही पैंदे बैठ गया! जगदम्बा ने लाज रख ली या सोढ़ी रानी के सुहाग से जिन्दा रह गया...!

हमीर जाड़ेजा का यह तमाशा देखा तो साले ने बमुश्किल अपनी हँसी रोकी, ''बहनोईजी, ऐसी क्या अनहोनी बात हुई कि आप इस तरह घबरा गये! कुछ बताएँ तो मुझे भी पता चले...।''

मगर बहनोईजी के होठों पर वाणी की बजाय झाग चढ़े हुए थे! बोलने का होश आये अब तक राह पकड़नी उचित है। इस चिन्ता के अलावा उनकी तमाम चेतना को जैसे लकवा ही मार गया हो! साले से आँखें मिलाने में ही जोखिम है। घोड़े की लगाम हाथ लगते ही वे तो नंगे पाँव ही रवाना हो गये। जूतियाँ पहनने की भी सुधि नहीं रही! पीछा करने की नीयत से महेन्द्र तीन-चार कदम आगे बढ़ा ही था कि युवतियों की परिचित आवाज सुनायी पड़ी, ''आप भी नंगे पाँव पीछा करेंगे कि जूतियाँ पहनकर...?''

महेन्द्र के कानों में बबूल की तीखी शूलें चुभीं या बिच्छू का जहरीला दंश। वह तेजी से घूमकर सामने मुड़ा। बारी-बारी से दोनों की सूरत पर नजर गड़ाकर उसने सख्त स्वर में कहा, ''अब बात बढ़ाने में कुछ भी सार नहीं है। चलिए, मुझे भी ठेठ वहीं पहुँचना है। कौन नंगे पाँव चलेगा, अभी पता चल जाता है!'' इतना कहकर वह जोश के साथ गुलाब और चम्पा से भी आगे सीढ़ियाँ चढ़ने लगा तो चम्पा ने उसके कुरते का पल्ला खींचते कहा, ''जीने से तंग आ गये हों, तब भी कायदे का उल्लंघन करना ठीक नहीं। हमारे पीछे-पीछे चलिएगा।''

महेन्द्र ने पीछे मुड़कर कहा, ''आगे-पीछे का मुझे ध्यान ही नहीं रहा। जब से समझने-बूझने लगा हूँ, जीने से तंग आ गया हूँ। हर नये सूरज नयी-नयी बातों की पड़ताल करना ही मेरा उद्देश्य है। जीऊँ या मरूँ, ऐसा कोई झमेला नहीं है! मौत से घबराने वालों को आखिर तो मरना पड़ता है! तब डरने से क्या गरज सरती है?'' इतना मन्त्र सुनाकर वह दोनों के पीछे हो गया। उतावली दरसाते

बोला, ''बड़भागिनो, अब तो जल्दी करो। सूरज के पास जाकर अन्धा भले ही हो जाऊँ, पर वहाँ पहुँचने की ललक नहीं छोड़ूँगा। ललक छोड़ना तो मरने से भी बदतर है।''

आगे चलती दोनों सखियाँ इशारे-इशारे में बात करने लगीं कि ऐसा बावला बन्दा तो पहली बार ही आया। हाथों में भाला या तलवार कुछ भी नहीं। अपनी अदम्य शक्ति पर ऐसा अडिग भरोसा...! नामी तैराक की घरवाली, यों ही विधवा होती है! किन्तु अब देर ही क्या है...? अन्तिम सीढ़ी पर पहुँचते ही दोनों युवतियाँ कुण्ड के आजू-बाजू खड़ी हो गयीं। महेन्द्र कुछ देर तो किसी गहरे चिन्तन में खोया रहा। फिर न जाने क्या सोच कर कुण्ड में पाँव धरते ही सूखे आँगन पर मजे से चलने लगा। न जूतियाँ भीगीं और न धोती। पानी हो तो भीगना हो! पानी के भरम-भरम में न तो प्यास बुझती है, न स्नान होता है और कपड़े-लत्ते गीले होते हैं। दमकते काँच के प्रतिबिम्ब से पानी का भरम होता था। युवतियों के लिए न आनन्द का कोई पार था, न अचरज का और न दुख का। दुख इसलिए कि बरसों का भरम आज ही मिटा था। भरम की सच्चाई भी झूठ नहीं होती! देखें, आगे क्या गुल खिलता है। इतने बरस तो स्वामिनी की प्रीत ही दोनों सहेलियों के लिए पूरमपूर ममत्व थी। अब इस युवक की भागीदारी सुनिश्चित है...!

कुण्ड पार करने के बाद उसने बुरा-भला कुछ भी नहीं सोचा। सीधा नौ-हत्थी सिंहनी के पास पहुँचा। उस पर मजे से सवारी गाँठकर जम गया। वह तो अपनी ठौर से हिली तक नहीं और न ही उसने हौकार की। उसकी खाल के भीतर मसाला भरा हुआ था। जिसे देखकर जीजाजी के होश गुम हो गये थे। सिंहनी का भरम मिटने पर वह अजगर के सामने आकर क्षण भर के लिए रुका। फिर मुस्कराते हुए उसने अपना दाहिना हाथ ठेठ भीतर तक घुसेड़ा। उस पर भी थोड़ी देर के लिए सवारी गाँठी। अपनी छवि सिंहनी जैसी तो मजेदार नहीं लगी। मगर भरम की सच्चाई उघड़ गयी थी। पर्याप्त खुश होने की बजाय, वह थोड़ा उदास हो गया। दोनों सहेलियों की ओर देखते हुए कहने लगा, ''कुण्ड, सिंहनी और अजगर का भरम मिटने पर आगे की नयी-नयी बातों का भरम भी साफ हो गया। यह मेरे लिए बुरी बात ही हुई...!''

''अभी तो कुछ भी नहीं हुआ, बहुतेरे भरम बाकी हैं। कुँअरी के रूप-यौवन को आप झेल नहीं सकेंगे! फिर भी झेलने का मौका तो मिला, नहीं तो सैकड़ों ठाकुर-ठेठर, सेठ-साहूकार, राजा-महाराजा और कई राव-उमराव कुण्ड की अथाह दमक देखते ही भाग छूटते। कोई दो-दो सीढ़ियाँ और कोई तीन-

तीन सीढ़ियाँ फलाँगते हुए आखिर धरती की शरण...! धक-धक सिहरते कलेजे बड़ी मुश्किल से ठिकाने आते। पिछले पाँच बरसों से यह अनहोना तमाशा चलता रहा। तब कुँअरी का धीरज भी डगमगाने लगा। आगे की सम्पूर्ण आशा-आकांक्षाएँ ध्वस्त नजर आने लगीं, फिर भी अध-कचरे, धुँधले अहम की लीक पीटने का सन्तोष भी तो निराला होता है! लग रहा था कि जीवन का एक उद्देश्य है, एक सोचा-समझा ढर्रा है, चलने की खातिर अपनी एक नयी भरत (नट-नटनियों के करतब दिखाने हेतु मजबूत चमड़े का गुँथा हुआ लम्बा रस्सा) है। आज उसकी थाह मिल गयी। अखण्ड स्वामिनी को खुशी अधिक होगी या दुख अधिक होगा, इतने बरस साथ रहते हुए भी हम इसका अनुमान करने में अक्षम हैं। पहेली का अर्थ नहीं सुलझे तब तक जिज्ञासा बनी रहती है। और जिज्ञासा का अपना निराला ही स्वाद है! आनन्द है!'' चम्पा ने इतना कहकर तृप्ति की साँस ली। और गुलाब की परितृप्त आँखों में पूर्ण सहमति झलक रही थी।

''सो तो ठीक है, आपकी अखण्ड स्वामिनी से मिलने के बाद उम्र भर इन्हीं बातों की जुगाली करनी है! इस से पहले स्वामिनी की सूरत तो दिखाओ...।''

इस बार गुलाब मुस्कान छिटकाती गम्भीर स्वर में बोली, ''सूरत कहीं उड़कर जाने वाली नहीं है, कन्धे पर ही चिपकी रहेगी। पर मेरे ख्याल से देखने की बजाय, देखने की चाहना में अधिक पुलक है! अधिक उन्माद है! हम जितना और जो कुछ भी जानती हैं, सब उन्हीं के मुँह से सुना हुआ है। ईश्वर जाने उन्हीं ऐसी नयी-नयी और उजली बातें कहाँ से उपजती हैं! उन्हें ऐसा उजाला सूरज या चाँद से शायद ही मिलती हो! वे तो कभी-कभार पुरजोर शब्दों में कहती हैं कि उन्हें अमावस के असंख्य तारों से यह प्रकाश मिलता है! सच पूछो तो वे हम से भी काफी-कुछ छिपाकर रखती हैं, लेकिन अब आपको गहरे मर्म की कई बातें बताएँगी। उन्हें सपने में भी आस नहीं थी इस जीवन में उनकी परख के अनुरूप कोई बन्दा खरा उतरेगा...।''

''तो इस में क्या बुरी बात हो गयी...इसका जवाब तो दो। तुम्हें नहीं सूझे तो इस मैड़ी की स्वामिनी से पूछकर बताओ...।''

वे एक-दूसरे का मुँह देखने लगीं कि इस बात का कौन जवाब दे कि इतने में चम्पा को अपने-आप ख्याल आ गया कि यह जिम्मेदारी तो उसे ही सलटानी है। कहने लगी, ''आखिर पूछना तो उन्हें ही पड़ेगा। लेकिन आज नहीं, सात दिन बाद। तीन दिन तो हमें भी बात करने की इजाजत नहीं है...।''

''क्यों...?''

''अभी तक ऐसे सवालों के बुदबुदे भी हमारे मन में नहीं उठे, फिर क्या

जवाब दें, कुछ समझ नहीं पड़ता।'' निमिष भर के लिए कुछ रुककर गुलाब कहने लगी, ''मुझे तो इस समय इतनी ही बात समझ में आ रही है कि जब तक वे हमें जवाब नहीं बताएँ, तुम्हें अपने ठिकाने पहुँचना ही ठीक रहेगा। फिर आपकी मरजी...।''

महेन्द्र के होठों पर हँसी खिल उठी। कहने लगा, ''अब मेरी मरजी का तो सवाल ही पैदा नहीं होता। आज से पहले मैं अपनी मरजी के अलावा किसी की बात नहीं मानता था। अब आप ही बताएँ कि मैं यहीं ठहरूँ या अमरकोट चला जाऊँ। आज मैं क्योंकर इस बन्धन में जकड़ गया...?''

बात तो इक्कीस आना सही थी, लेकिन ऐसे साँच का निपटारा करना उनके वश में नहीं था। चम्पा को मजबूरी में कहना पड़ा, ''केवल इस बाड़ी में ही नहीं, इस क्षेत्र की सीमा के भीतर किसी पुरुष को ठहरने की आज्ञा नहीं है...।''

''यदि ठहरूँ तो...?''

''आपको जीवन जीना तक दूभर हो जाएगा।'' दोनों सहेलियों ने एक साथ चुनौती दी।

बड़े अचरज की बात कि ऐसी चुनौती सुनने के बावजूद उसे बिल्कुल ही गुस्सा नहीं आया। यह क्या चमत्कार हुआ? इस बगीचे की ऐसी ही तासीर मालूम होती है! हृदय की ठेठ गहराई से कहा, ''यह नजारा देखने के बाद ही जीने की नयी चाह जगी है। जीना तो पड़ेगा ही...। आपकी क्या यही राय है कि वापस अमरकोट चला जाऊँ...?''

''आप जानें...।'' गुलाब ने पीठ फेरकर जवाब दिया। इशारा एकदम साफ था। आगे एक आखर भी उचारे बिना महेन्द्र धमधम सीढ़ियाँ उतरने लगा।

रकाब पर पाँव धरते ही घोड़ा जोर से हिनहिनाया। मैड़ी की मालकिन के पास दोनों सहेलियाँ खड़ी थीं। आपस में मशविरा करने का विचार किया ही था कि उनके कानों में अचीती हिनहिनाहट सुनायी पड़ी। ऐसा महसूस हुआ जैसे उनके हृदय से ही वह हिनहिनाहट गूँजी हो! किसी ने कुछ भी प्रतिक्रिया नहीं दरसायी। चुपचाप शान्त-भाव से एक-दूसरी का मुँह ताकती रहीं। मूमल की सूरत एकदम सूनी थी—न खुशी की झाँईं और न क्लेश की छाया! गुलाब का मन खुला था। हिम्मत करके पूछा, ''बाईसा, अब तो आपका प्रण पूरा होता दिख रहा है...।''

''देखें, क्या होता है...?'' मूमल सुगम्भीर स्वर में कहने लगी, ''मुझे यह युवक भरोसे-काबिल नहीं लगता! अपने आपको ही भरम में रखना चाहता है! तुम सात दिन लगातार पूछ-ताछ करती रहना। तीन परीक्षाओं में तो सफल हो गया। आठवें दिन तो प्रण के मुताबिक मुझे मुलाकात करनी ही होगी। परन्तु

बातचीत बहुत कम करूँगी। तुम दोनों मेरे पास ही बैठी रहना। यदि मेरे रूप की कौंध से मूर्छित हो गया तो तुम्हें ही सँभालना होगा! मैं अपनी ठौर से हिलूँगी भी नहीं। तुम उसको मान-मर्यादा के अनुरूप सीढ़ियों के पास सुला देना। होश आने पर उसे जाने का इशारा करूँ तो बगीचे से बाहर निकलने के लिए कह देना, जिस तरह आज कहा। बेहद सावचेती रखनी है। ऐसा न हो कि लिहाज-लिहाज में मेरा प्रण गड़बड़ा जाए!''

इस बार मूमल की वाणी में पहले जैसी दृढ़ता नहीं थी! यह भेद न तो दोनों सहेलियों से छिपा रहा और न मैड़ी की मालकिन से भी। कहीं ऐसा न हो कि वह जाने-अनजाने पस्त हो जाए! दोनों सहेलियों ने महेन्द्र के रूप का ऐसा ही बखान किया था। बाकी अपनी समझ और हिम्मत का परिचय तो उसने कुण्ड, सिंहनी और अजगर के बहाने दे ही दिया था। मूमल को अपने मन का कच्चापन महसूस हुआ तो वह एकदम सतर्क हो गयी—नहीं, नहीं वह किसी भी पुरुष का सपने में भी लिहाज नहीं रखेगी! लाखों में कोई एकाध पुरुष ही विश्वास के योग्य होता है! मानो मनुष्यता का सर्वत्र अकाल ही पड़ गया हो!

और उधर घोड़े पर चढ़ा महेन्द्र भी बेइन्तहा उलझन में पड़ गया था। आज उसकी बहादुरी, हेकड़ी और उसके उफनते जोश पर कैसा अचीता पाला पड़ा! क्या सचमुच उन्हें काले-गोरे भैरव का अडिग इष्ट है! तभी तो ऐसी वीरांगनाएँ निशंक-निर्भय यहाँ रह रही हैं। क्या वाकई वे अस्त्र-शस्त्र में बेहद प्रवीण हैं, वरना ऐसे निर्जन अरण्य में एक रात बिताना भी मुश्किल है। कुछ-न-कुछ शक्ति तो है ही—अदम्य शक्ति! मगर मेरा राम इस तरह क्योंकर निकल गया कि एक चाकर के उनमान इनका आदेश मानूँ। ठेठ अमरकोट जाकर शीघ्र ही वापस लौटने में क्या तुक है! इस नये रहस्य का भेद जाने बिना एक पल के लिए भी चैन नहीं पड़ेगा। ननिहाल वालों का तो नाम ही उठ गया, फिर भी अमरकोट का डंका तो सर्वत्र बजता है! पता चलते ही मान-मनुहार का ताँता लग जाएगा। करीब पन्द्रह-सोलह कोस दूर ही उसका ननिहाल था। उसी दिशा में घोड़े की लगाम खींची।

घोड़ों के लिए कैसी दूरी! फिर महेन्द्र का घोड़ा तो हवा को भी पीछे छोड़ता था! ननिहाल के खास चौक में ही चौपाल जमी हुई थी। अमरकोट का नाम सुनते ही सभी सरदार खड़े हुए। भानजे की मेजबानी के लिए कोई भी पीछे नहीं रहना चाहता था। महेन्द्र के पिता वीसलदे की दुहाई सौ-सौ कोस तक फैली हुई थी। महेन्द्र को कुछ-न-कुछ बहाना बनाना ही था। कहा कि एक प्रचण्ड जंगली सूअर तो बचा ज्यों ही बचा! आखिर उसका शिकार करने पर उसे चैन मिलेगा। चाहे

कितने दिन भी पीछा करना पड़े...!

एक गलमूँछों वाले सरदार ने बीच में जोश छौंकते कहा, "आप कहें जितने बेजोड़ शिकारी साथ कर दूँ...।" महेन्द्र तत्काल बात सँवारते बोला, "नहीं नहीं, इस बात का तो मैंने प्रण ही कर लिया कि शिकार तो अकेला ही करूँगा, चाहे प्राण की बाजी ही क्यों न लगानी पड़े! शिकार का असली आनन्द तो अकेले ही शिकार करने में है!"

आगे बात चलाने की कोई गुंजाइश ही नहीं रही। ब्यालू के लिए यों भी देर हो चुकी थी। गलमूँछों वाले सरदार ने हाथ जोड़कर मनुहार की तो महेन्द्र उसके साथ रवाना हो गया। भोजन करने के बाद कहा, "पिछली रात को जागरण है, आँखें घुल रही हैं। अब जमकर नींद लूँगा।" लेकिन नींद लेना उसके वश की बात नहीं थी। पलंग पर बैठते ही उसके दिल में फाँस गड़ी कि आज सरासर झूठ बोलने की ऐसी क्या मजबूरी हो गयी! हाँ, अलबत्ता थोड़ी-बहुत तो मजबूरी थी ही। सच बताने पर तो हर कोई अपनी राय बघारता। जाने कितनी बातें पूछता!

पीलजोत के मद्धिम-मद्धिम उजाले के बिना उसे नींद आती ही नहीं थी। मगर आज उसे सातों बत्तियाँ आँखें निकालती-सी नजर आयीं। ताजे घी की महक भी आज अच्छी नहीं लगी। शायद सघन अँधियारे में कुछ नया प्रकाश कौंधे... वह कुछ देर तक तो आँखें फाड़े खोजता रहा, लेकिन बेकार। तब वह जोर से आँखें मूँदकर सो गया। घड़ी अधघड़ी तक करवटें बदलने के पश्चात् उसकी पलकों में कब नींद दुबक गयी, उसे कुछ पता नहीं चला। प्रत्यक्ष देखने पर भी उसे सिंहनी और अजगर का किंचित् भी डर कहाँ लगा, किन्तु नींद के जंजाल में उसे सिंह की हौकारों और अजगर की फुफकारों का बहुत डर लगा।

अल्ल-सवेरे अजगर को उड़ते देख उसका रोम-रोम सिहर उठा। जब अजगर दो पुरस मुँह फाड़कर उसकी ओर झपटा तो वह चिल्लाकर उठ बैठा। अजगर के अदीठ होने पर भी उसकी कँपकँपी मिटी नहीं। चीत्कार सुनते ही गलमूँछों वाले सरदार ने घबराते पूछा, "कोई बुरा जंजाल तो नहीं दिखा...?" उससे कुछ भी जवाब देते नही बना।

तबीयत से कलेवा करके जब वह गाँव से बाहर घोड़े पर चढ़ा तो उसका डर बिल्कुल ही मिट गया। मन-ही-मन सोचने लगा कि औरतें कुछ भी टोना-टोटका जानें तो क्या हुआ! यदि कोई युवक उन से डरे तो कितनी शर्म की बात है! घोड़ा बड़गड़-बड़गड़ हवा से होड़ ले रहा था। तब महेन्द्र का जोश इतना बढ़ गया, जैसे युद्ध जीतकर आया हो!

लेकिन बड़े अचरज की बात कि मैड़ी के झरोखे नजर आते ही उसका

कलेजा सिकुड़ने लगा। मजबूत रहने की खूब ही चेष्टा की पर अकारथ। भीतर की सिहरन मिटी नहीं। घोड़े की हिनहिनाहट सुनते ही दोनों सहेलियाँ सीढ़ियाँ उतरने लगीं। पास आकर अभिवादन किया तो वापस आदर से जुहार करना पड़ा। औरतों से जुहार करना चाहिए कि नहीं, उसे कुछ भी पता नहीं था। इस से पहले ऐसा संयोग ही कब हुआ था। जब वे विनम्र-भाव से अभिवादन करें तो जवाब देना ही पड़ता है। कोई दूसरा तो देखने-सुनने वाला था नहीं। उसे खामोश जानकर गुलाब ने ही पहल करके बात चलायी, "घोड़े की रंगत देखकर तो ऐसा नहीं लगता कि आप अमरकोट गये हैं! मेरे ख्याल से तो पन्द्रह-सोलह कोस की राह काटी है!" महेन्द्र ऐसी दुविधा में पड़ा कि उसे कुछ भी जवाब नहीं सूझा—हाँ कहे या ना कहे! क्या हवा ने तो इस मैड़ी तक यह जानकारी नहीं पहुँचायी! ये औरतें हैं या कोई देवियाँ हैं? डरने जैसी तो कोई बात नहीं थी पर उसका कलेजा ही बैठ गया। अजाने ही उसके होठों से सवाल उछला, "तुम्हें क्योंकर पता चला? मैंने तो किसे भी इसकी भनक तक नहीं पड़ने दी फिर आपने...!"

इस बार चम्पा ने उत्तर दिया, "पता लगने वाली बातों का अपने-आप पता चल जाता है! आँखें खुली रहें तो कुछ भी छिपा नहीं रहता। आप जानवरों की बोली समझते हैं कि नहीं, मगर हमें तो मनुष्यों की बोली की बजाय, जानवरों की बातें अधिक साफ सुनायी पड़ती हैं! मनुष्यों की बोली में झूठ-साच का मेल रहता है, इसलिए सही पता नहीं चलता, किन्तु आखिर कुछ-कुछ अनुमान तो ही हो जाता है।" वह हतप्रभ-सा होकर चुपचाप सुनता रहा। जवाब कुछ सूझे तो बताये! लेकिन दोनों सहेलियों को किसी तरह का कुछ भी संकोच नहीं था। गुलाब ने सहज भाव से पूछा, "ऊपर मैड़ी में चलें कि नहीं चलें, आपकी इच्छा! कलेवा करने के बाद भोजन करने चाहें सब-कुछ तैयार है। बाईसा के प्रण की तीनों बातें पार पटकने के कारण आपको मैड़ी तक चढ़ने की छूट है, वरना बगीचे में कदम रखने की मन में रह जाती!"

महेन्द्र ने सोचा कि अब नहीं बोलने पर सब गड़बड़झाला हो जाएगा। धीमे-से बमुश्किल बोल पाया, "मैड़ी की मालकिन के दर्शन कराओ तो चलूँ।" महेन्द्र की 'दर्शन' जैसा शब्द काम में नहीं लेना चाहता था, किन्तु बरबस छिटक पड़ा। वक्त पर जबान ने कैसी दुश्मनी बरती! लेकिन दोनों सहेलियों की जबान उनके वश में थी। इस बार फिर गुलाब ने ही जवाब दिया, "यहाँ के शूल-काँटे भी दुहरी बात नहीं करते! आठवें दिन अपने-आप दर्शन हो जाएँगे। कामना करती हूँ कि आपकी मंशा सफल हो। आप में इस किस्म के दाने हैं!"

"फिर तो आठवें दिन ही आऊँगा। पहले आने का मतलब ही क्या है...!"

"ना, आना तो हर रोज ही पड़ेगा।" चम्पा ने कहा, "एक दिन की भी नागा होने पर यहाँ बेकार चक्कर ही मत काटना। वरना लच्छनों के मुताबिक फल मिल जाएगा!"

अभी तक तो डर जैसी कुछ भी बात नहीं हुई। सहज ही कहने लगा, "बावरा नहीं हूँ कि इतनी जानकारी के बाद भी नागा करूँ। शौक से आऊँगा। नयी बात की पड़ताल के निमित्त जितनी देर हो उतना ही अच्छा। इक्कीस बरस गुजरे ज्यों सात दिन भी गुजर जाएँगे। तो अब विदा दीजिए...।"

"हम किसे भी विदा नहीं करतीं। जाना हो तो जाइए, रुकना चाहें तो रुकिये। भोजन करना चाहें तो हाजिर है। हम से बातचीत करना चाहें तो कीजिए।" चम्पा ने कहा। चिकनी-चुपड़ी बातें किसे भी करनी नहीं आती थीं।

"अब तो अन्त-पन्त इस मुँह से जिसके साथ बातचीत करनी है, उसी से बात किये बिना शोभा नहीं देगा। किसी नयी बात से रूबरू होना बहुत कठिन है! अब है तो है, बीच में हताश होना मर्यादाजनक नहीं है।"

तत्पश्चात् बिना कुछ कहे-सुने वह चुपचाप रवाना हो गया। सहेलियों ने मैड़ी की खास बैठक का दरवाजा खोलकर मुस्कराते हुए कहा, "प्रण के अनुरूप इस अपूर्व युवक ने एक भी बाजी नहीं हारी। यहाँ आये बिना ही अपनी राह लगा। लगता है सात दिन से पहले मैड़ी चढ़ने की इच्छा नहीं करेगा। आपका प्रण पूरा होने पर हमारा भी बेड़ा पार हो जाएगा।"

मूमल ने मुँह से बोलकर तो कुछ नहीं कहा मगर आँखों एवं चेहरे पर मनचीते सन्तोष की आभा झलक रही थी।

सचमुच महेन्द्र के मन में जाने क्या सुमति सूझी कि वह सातों ही दिन नियमित रूप से आता और मैड़ी की मालकिन को देखे बिना ही लौट जाता। नयी बात जानने की अदम्य जिज्ञासा ने उसकी लाज रख ली...!

आज आठवाँ दिन है। कहीं मैड़ी के छज्जे पर पूनम से भी सवाया चाँद तो नहीं उगेगा? उगे तो उगे, इस में कुछ भी खास नयी बात नहीं। पहले मगज लड़ाने का कोई अर्थ नहीं। जो भी नयी सच्चाई होगी, वह आँखों से तो दिखायी पड़ेगी ही। कहीं ऐसा न हो कि उस जगमगाते सच को निहारने के पहले ही आँखों पर जाला उघड़ जाय। क्या हुआ...उघड़े तो उघड़े! कुछ ऐसे सत्य भी होते हैं, जो जन्म के अन्धे को भी दिख जाते हैं!

आज घोड़े की हिनहिनाहट कुछ मीठी-मीठी और काफी तीखी थी। अचरज की बात कि आज दोनों सहेलियाँ मुस्कराती हुई आयीं। गुलाब के चम्पई वेश और चम्पा के गुलाबी पहनावा। चेहरे तो वही थे। यदि नीचे का धड़ बदला हुआ

हो तो महेन्द्र को इसकी जानकारी नहीं थी। इस मैड़ी की माया तीन लोक से न्यारी है! जीजाजी हमीर तो शुरुआत में ही भाग छूटे! वापस मुड़कर मैड़ी की ओर झाँका तक नहीं। कहाँ वे और कहाँ वह! आधा गढ़ तो देखते-देखते फतह कर लिया। मन में अटूट विश्वास हो तो इच्छानुसार बातें उघड़ती रहती हैं!

मैड़ी की सीढ़ियाँ चढ़ने से पहले गुलाब ने मुस्कराते बताया, "मैड़ी की मालकिन का नाम है मूमल। आज पहली बार किसी मनुष्य-बन्दे को नाम बताने की अनुमति मिली। आप भाग्यशाली हैं। आपके अलावा अब तक किसी ने भी ऐसा साहस नहीं दिखाया। सचमुच यह तो एक करिश्मा ही है। बड़े-बड़े पहाड़सिंहजी, परबतसिंहजी कुण्ड का पानी देखते ही चकरा जाते। फिर सिंहनी और अजगर की झलक पड़ते ही होश खो बैठे और उलटे पाँव भागने में ही खैरियत समझते।" महेन्द्र को अपने साहस और शौर्य का आज ही अनुमान हुआ। जब एक ही लक्ष्य हो तभी सफलता पाँव चूमती है!

अन्तिम सीढ़ी पर पाँव धरते ही महेन्द्र को वही कुण्ड हिलोरें भरता नजर आया। अपनी-अपनी ठौर पर अजगर और सिंहनी उसी तरह स्थापित थे। नौ-हत्थे नाहर का भी कलेजा दहल उठे ऐसा भयंकर नजारा था! ईश्वर ही जाने कि वह क्योंकर इतना अडिग रहा! जिसके परिणाम-स्वरूप ही चरम रहस्य से साक्षात्कार हुआ। चम्पा के बाएँ हाथ में चन्दन का बाजोटिया, दाहिने हाथ में चाँदी का थाल। चाँदी की पाँच कटोरियों में पाँचों ही पकवानों की सौरभ फूट रही थी। गुलाब के हाथ में रेशमी चँवर।

महेन्द्र के मन में जाने क्या सूझी कि उसने चुनौती के स्वर में निसंकोच कहा, "खूब चँवर डुलाओ, चाँदी की बजाय सोने के थाल में परोसगारी करो, मैं तो मूमल के दर्शन किये बिना थाल की ओर झाँकूँ तक नहीं। इसकी अपेक्षा तो भूखों मरना बेहतर है! मैं साध-बामन नहीं हूँ, जो भोजन के लिए लार टपकाऊँ...!"

"यही बात मैं सुनना चाहती थी...!" सचमुच यह तो किसी तीसरे कण्ठ से वीणा झंकृत हुई है! कानों में मानो अमृत घुल गया हो! महेन्द्र ने अतिरेक आनन्द के वशीभूत उधर देखा तो दरवाजे के बीच जैसे हेमन्त का सूरज उगा हो—बेहद सुहाना...परन्तु अगले ही क्षण सूरज के तप-तेज पर काला-स्याह ग्रहण पुत गया कि आँखों की पुतलियाँ पथरा गयीं। संज्ञा-विहीन-सा होकर नीचे गिरने वाला ही था कि मूमल ने तत्परता से आगे बढ़कर उसे अपनी बाँहों में थाम लिया! दोनों सहेलियों को क्या हिदायत दी थी और उन्होंने क्या किया? उसकी चाहना के परे स्वतः ही काम हो गया। मूर्छित युवक को सँभालना बहुत ही टेढ़ा काम

है! मूमल पूर्णतया शान्त-भाव से कुण्ड में बैठ गयी। उसकी गोद में महेन्द्र का सिर। पलकें मुँदी हुईं। कहीं अन्धा न हो जाए!

दोनों सहेलियों ने अपनी-अपनी गोद में सुलाने का इशारा किया, मगर मूमल ने साफ मना कर दिया! जब बरसों के बाद आज उसका प्रण पूरा हुआ और उसकी गोद का ऐसा अचीता भाग्य फला तो उसे सादर स्वीकार करने के सिवाय दूसरा उपाय भी क्या था!...कि अचानक अचेत महेन्द्र के होठ हिले, जैसी किसी गहरे तहखाने से प्रलाप कर रहा हो...मू...म...ल!...मू...म...ल...! ऐसा नाम तो सुनना ही कहाँ बदा है...!" कुछ समय तक मूमल के नाम की माला जपते हुए फिर बेहोश हो गया। लोथ की नाईं निर्जीव! मूमल ने नाड़ी देखने के लिए अँगुलियों का परस किया तो धीरे-धीरे चल रही थी। उसके रूप की अप्रत्याशित चौंध का ऐसा ही असर था! कई बेजोड़ सूरमा मूर्छित होकर अपने प्राण गँवा चुके थे! लेकिन उसकी गोद में तो पहला ही प्रत्याशी हुलसा था! रूप की ऐसी अपूर्व विद्युत हजार योद्धा मिलकर भी नहीं झेल सकते, तब अकेले महेन्द्र की बिसात ही क्या थी! हंस उड़ा नहीं सो भाग्य की बात! किस का भाग्य—मूमल का या अमरकोट के राजकुँअर का? उसका भेद कौन जाने? नयी बात की खोज करने वाला चिर जिज्ञासु अचेत पड़ा था! पूछने पर जवाब दे सकने की चेतना ही उसे कहाँ थी! कैसी निजोरी बात हुई...!

मूमल कुण्ड के दमकते आँगन में गुमसुम बैठी थी। दोनों सहेलियाँ गुलाब और चम्पा बगल में खड़ी चँवर डुला रही थीं। पीलजोतें हलकी-हलकी चाँदनी छितरा नहीं थीं। वैसी ही यथावत् स्थिति में समय के साथ रात भी ढल गयी। समय की गति तो किसी के रोकने से रुकती नहीं। न मैड़ी की स्वामिनी मूमल के द्वारा और न अमरकोट के कुँअर महेन्द्र के द्वारा—उस में तो वैसा होश-हवास ही कहाँ था! नयी बात के साक्षात्कार का संयोग तो बना, लेकिन उसे झेल सकने योग्य उस में शक्ति कहाँ थी? मूमल के तप-तेज का ऐसा ही विकट प्रभाव था!

उगते सूरज का धुँधला-धुँधला उजियार मैड़ी का भेद जानने की मंशा से इधर-उधर ताक-झाँक कर रहा था कि विमूर्छित महेन्द्र के होठ हिले...'ऐसा पता होता तो सात दुलहनों से हथलेवा ही नहीं जोड़ता! नयी-नयी बातें जानने के उछाह में सात बार बेकार ही ब्याह रचाया...! एक मूमल की तुलना में इन्द्रलोक की असंख्य अप्सराएँ भी झख मारती हैं! लेकिन उसका तप-तेज झेलने की शक्ति कहाँ से लाता...?"

उन अचेत अक्षरों का डंक मूमल के रोम-रोम में, उसकी आँत-आँत में और उसकी नस-नस में टीस रहा था! सपना तो बीच में ही टूट गया! उसके दिल में घृणा का अन्धड़ साँय-साँय मचाने लगा! माथे के केश-केश की जड़ों

में चिनगारियाँ चटखने लगीं! सपने के राजकुँअर का मत्था कुण्ड में टेक कर खड़ी हुई और डगमगाते पाँवों से बमुश्किल भीतर पहुँची और बड़ी बहन सूमल के कन्धों से लिपट गयी। सूमल के कहने का विश्वास ही कहाँ किया...? मगर अपने ही कानों सुनने पर और कुछ भी जानना बाकी नहीं बचा। फिर भी कुछ-न-कुछ अवशेष तो बचा ही...उत्कट आशा की बिखरी हुई पँखुड़ियाँ और किरच-किरच सपना...!

लेकिन वह दुर्दशा काफी देर तक स्थिर नहीं रही। मूमल का चेतन-अवचेतन दोनों ही अदम्य शक्ति-सम्पन्न थे। अन्तस् का वातचक्र कुछ समय तक तेजी से घूमा और शान्त हो गया। और दूसरे ही क्षण उसकी चेतना का ऐसा उद्रेक हुआ जैसे भीतर आसमान में एक साथ सात सूरज उगे हों! जिनका असीम उजियारा उसकी आँखों में समा नहीं रहा था। जाने क्या सोच कर धुर-बचपन के उन्मुक्त खेल में रम गयी...! जो पहले भी कई बार खेल चुकी थी। मूमल का इशारा पाते ही सूमल मरदाना वेश पहनने लगी!

और उधर तीन-चारेक करवटें बदलने के बाद महेन्द्र की मूर्च्छा भी टूटी। चारों तरफ आँखें फाड़ कर इधर-उधर देखा—मानो किसी नयी खोज से भिड़ना चाहता हो, जिसका सपना उसने अब तक नहीं देखा था! पास ही खड़ी सहेलियों के होठों पर किसी गहरे मर्म की मुस्कान तैर रही थी! अदेर खड़ा होकर सीधा सवाल पूछा, "मेरी मूमल कहाँ है...?"

पहले तो उन्होंने सुनी-अनसुनी कर दी। तब दूसरी बार कड़कते स्वर में जानना चाहा, "मेरे नये सपने की राजकुँअरी कहाँ है...?" इस बार उन्होंने गहरे मर्म की मुस्कराहट दबाते पीठ फिराकर जवाब दिया, "अपनी खास मैड़ी में आराम कर रही हैं...।"

"आराम कर रही है...! मैं तो कुण्ड के दमकते पानी में अचेत पड़ा था और वह आराम कर रही है...!"

फिर तो किसी को पूछे बिना ही वह गुस्से में उबलता हुआ खास-मैड़ी के उघड़े दरवाजे तक पहुँचा। दोनों हाथ फैलाकर उसने पर्दा हटाया ही था कि आँखों की बिजली सारे शरीर में फैल गयी! ऐसा लगा कि उसकी देह का कतरा-कतरा बिखर कर ढेर हो जाएगा—उसके सपने की मूमल एक ऐसे दिव्य-पुरुष की बगल में श्रान्त होकर बेसुध पड़ी है, मानो वापस उठेगी ही नहीं! उस युवक की निरुपम श्री के सामने वह तो बिजूके जैसा लग रहा था! इस दिव्य-सौन्दर्य के मद में वह अँगरखी और साफा उतारना ही बिसर गया था! इस तरह के मुक्त सहवास की वेला इन अकिंचन बातों का ध्यान ही कहाँ रहता है...? महेन्द्र की

आँखों में आरक्त लालिमा घुलने के साथ ही काले-गोरे भैरव का क्रोध फुफकारने लगा! भीतर का ज्वालामुखी फूटने से पहले 'छिनाल' शब्द का लावा बहने ही वाला था कि दोनों सहेलियों के हाथों ने उसकी कलाइयाँ इतने जोर से पकड़ीं जैसे विद्युत लिपट गयी हो! नाड़ियों का बहता वेग थमने-सा महसूस हुआ। माथे की नसें फटने-सी लगीं! गुलाब की कड़कती गाज सुनायी पड़ी, ''नयी-नयी खोज के उछाह में हजरत ने सात बार ब्याह रचाया और यह नया नजारा देखते ही आँखों में अंगारे दहक उठे? चुपचाप सीढ़ियाँ उतर कर अमरकोट की राह पकड़ने में ही खैरियत है, वरना ये निरीह भुजाएँ दूसरों की देह पर ही नजर आएँगी...!''

महेन्द्र की तमाम ताकत जैसे दम तोड़ चुकी हो। कलाइयों की जकड़ कड़कती गाज से भी ज्यादा कठोर थी! असह्य दबाव के परिणाम-स्वरूप उसके प्राण ही फड़फड़ाने लगे थे। मरदानी जबान तो मानो तालू से ही चिपक गयी हो! पर पाँवों की अतिशय सावचेती के आसरे वह गरदन झुकाये गोल-गोल सीढ़ियाँ उतरने लगा मानो पानी भरे बादलों से छिटक कर बबूल के तीखे शूलों के बीच फँस गया हो...!

*30 अगस्त, 2006 बुधवार*

# 3

# हिम–समाधि

**॥ राजस्थान व गुजरात की एक प्रसिद्ध प्रेम-कथा ॥**

कभी-कभार कहानी को सपने के उनमान ही उठा लेना चाहिए और वैसे ही ताने-बाने के साथ उसे गुम्फित भी करना चाहिए कि गिरनार पर्वत की गोद में एक छोटा-सा गाँव। गोरियावली जिसका नाम। साठेक घर-गवाड़ियों का ठाँव। जिस में एक गवाड़ी वेदा चारण की। सारे इलाके में पूरा दबदबा। अच्छी-खासी पहचान। दूध-दही की इफरात। साँचोरी गायों की हेड़। ऊँची नस्ल का साँड़, बादलों-सी गर्जन!

चाँद के उनमान इकलौती बेटी। गुड़ जैसा मीठा नाम—सैणी। नाखून के परस से लहू झलक आये। मानो गुलाब का आसव साँचे में ढला हो। काले-भँवर केशों से कस्तूरी की महक उठती। कजरारी आँखें। उजले दाँत। मीठी वाणी। अँगुलियाँ पतलीं और कोमल। गुलाबी नाखून। एड़ियाँ भी गुलाल के उनमान आरक्त। वह सचमुच किसी अद्वितीय चित्रकार द्वारा चित्रित एक विलक्षण छवि थी!

हम-उम्र की लड़कियाँ सैणी के रूप-यौवन से ईर्ष्या करने की बजाय उस से बेहद जुड़ाव महसूस करतीं, जैसे आईने में अपना ही प्रतिबिम्ब निहार रही हों! सिर्फ मुलाकात से ही वे पूर्णतया आश्वस्त हो जातीं। मगर पटेलों के घर की बैणी उसकी अभिन्न सहेली थी। जिसके आकर्षण का एक मात्र कारण था, हलका फीरोज़ी रंग। जैसे मोतियों के भीतर से झीनी आभा छिटक रही हो! काली बरौनियों से आच्छादित लम्बी आँखें। निर्मल चितवन। परस्पर झाँकी मिलते ही उनका रोम-रोम नाच उठता। अपनी छाया का साथ छूटे तो उनका साथ छूटता। वे साथ-साथ ही तालाब की कुइयों पर पानी सींचने जातीं। साथ ही वापस लौटतीं। साथ उठतीं, बैठतीं, और जागतीं। साथ ही खाना खातीं। कभी-कभार देखने वाली आँखों में ऐसा भ्रम उपजता कि जैसे सैणी-बैणी के रूप-रंग में अदला-बदली हो गयी हो! एक-दूजै के प्रति दोनों के मन में गुमान का पार नहीं था।

बैणी साथिन से सुहाती मजाक करने में भी नहीं चूकती, ''तेरी जोड़ का सुन्दर युवक बेमाता ने शायद ही रचा हो। ऐसा बेजोड़ साँचा वह कहाँ से लायी? तुझे चाँद से कम सुहावना वर सपने में भी पसन्द नहीं। तेरे पीले हाथ करने की चिन्ता के मारे बाई (सैणी की माँ को दोनों सहेलियाँ बाई कहती थीं) को अच्छी तरह नींद भी नहीं आती। दूर-दूर तक सारे इलाके में चारण का एक भी घर नहीं छोड़ा। कहीं घर के योग्य वर नहीं तो कहीं वर के योग्य घर नहीं। कैसा भी खूबसूरत युवक तेरे नाखून की भी होड़ नहीं कर सकता!''

बैणी को सैणी की अपेक्षा बोलने का ज्यादा शौक था। शायद इसीलिए उसका नाम बैणी पड़ गया। जहाँ तक बन पड़ता सैणी चुप रहती। साथिन के होंठों पर हाथ धरते वह कहने लगी, ''इस तरह हरदम बखान करने से हँड़िया भी दरक जाए। फिर मैं तो साँस लेने वाली चलती-फिरती काया हूँ...।'' उसका हाथ हटाकर बैणी ने कहा, ''काया नहीं माया...साम्प्रत माया...।'' सैणी फिर हाथ धरने लगी तो वह कलाई थामकर बोली, ''मुझे वाकई चुप रखना चाहती है तो हथेली की बजाय तेरे होंठ धर दे...।'' बैणी ने मुँह आगे किया तो सैणी ने उसके होंठों पर अपने होंठ धर दिए। ऐसा महसूस हुआ कि जैसे इस उम्र में दुबारा स्तन-पान के बहाने वे अमृत पी रही हों। कुछ देर बाद बच्चे की नाईं खुश होकर सैणी ने मुस्कराते कहा, ''यह तरकीब तूने बढ़िया सुझायी। जब चाहूँ, तुझे चुप कर सकती हूँ।'' दोनों सहेलियाँ इस कदर ठहाका मारकर जोर से हँसी जैसे उनके मुँह से धारोष्ण दूध की चरम पवित्रता छलक रही हो! हँसी थमने पर सैणी अकृत्रिम भाव से कहने लगी, ''यदि किसी भी जाति में तुझ जैसा सुन्दर युवक मिल जाय तो मैं जीसा (पिता) को जैसे-तैसे मना लूँ...।''

बैणी रूठने का अभिनय करते बीच में बोली, ''तुझे कितनी बार समझाया कि मेरी झूठी तारीफ मत कर। तेरे नाखून की होड़ भी मैं नहीं कर सकती!''

''जिसका अन्दाज तुझे नहीं, मुझे है।''

''तब तो तेरी अक्ल में दो दाने भी नहीं है। किन्तु एक बात हमेशा के लिए गाँठ बाँध ले कि जीसा दूसरी ज़ात में हरगिज तेरा ब्याह नहीं करेंगे, फिर ऐसी बेहूदी बात करती ही क्यूँ है?''

''जानती हूँ, सब जानती हूँ। कई बार नींद के बहाने बाई और जीसा की बातचीत मैंने सुनी है। सिर्फ तुझे चिढ़ाने की खातिर मज़ाक कर रही हूँ।''

जो भी परिचित या अपरिचित व्यक्ति घर में आते वे सैणी का रूप निरखकर थुथकी डालते! और यूँ सच्ची बात यह है कि आस-पास या दूर-दराज के लोग सैणी के रूप की अत्यधिक प्रशंसा सुनकर उसे देखने के लिए ही आते। और उसके अनिन्द्य रूप की झाँकी पाते ही आँखों में मन-वांछित शीतलता व्याप्त हो जाती।

अपने रूप की इतनी प्रशंसा सुनकर पत्थर भी आपा बिसर जाय, तब सैणी के मन में कुछ तो हरकत मची होगी। कभी-कभार उसके हृदय की अतल गहराई में ऐसे अनर्गल बुदबुदे उठते कि बाद में चितारने पर उसका मन कसैला हो जाता। दूज का चाँद देखकर वह सोचती कि उस पर सवार होकर चारणों के गाँव-गाँव चक्कर काट आये और अपने लिए योग्य वर की तलाश कर ले। उसे कई बार ऐसा भी भ्रम होता कि चाँद की किरणें पकड़कर इन्द्रलोक से कोई देवता उसके घर-आँगन में उतरकर जीसा के निहोरे कर रहा है। उड़न खटोलों में बैठकर कई राजकुमार उसे ब्याहने की होड़ मचा रहे हैं। गाँव के युवक और अन्य राहगीरों का हुलिया देखकर उसे उबकाई आती और मन-ही-मन संकल्प करती कि इन मनुष्यों से तो वह घूरा भी साफ नहीं कराये।

तालाब की कुइयों पर जाते समय उसे बैणी के अलावा किसी का भी साथ अच्छा नहीं लगता। किसी-न-किसी बहाने मण्डली से दूर हटकर वह आगे-पीछे हो जाती। यदि बैणी दूसरी सहेलियों के संग बातचीत करती तो उसे बड़ी झुँझलाहट होती। भीतर-ही-भीतर छीजती। मगर हिये की बात होंठों पर नहीं लाती। परम्परागत वाणी के शब्दों पर उसे जाने क्यों एतबार नहीं था! कोई दूसरी वाणी ईजाद करनी होगी! लेकिन इतना सामर्थ्य कहाँ से लाती? चुपचाप सब्र कर लेती। कभी तड़पती कि दहकते अंगारों की नाईं मन की बात होंठों से निकले तो आधी-अधूरी साध पूरी हो। कभी हालियों को चारे की कुट्टी करते देखती तो उसे महसूस होता कि गले की वाणी इसी तरह झटाझट काटने का काम करे तो शब्दों की ताकत का कुछ तो अन्दाज हो। कभी सोचती कि चूल्हे की आँच से हँड़िया का दूध उफने त्यूँ अक्षरों में भी उबाल आना चाहिए। मन्थन करने पर शब्दों से भी नवनीत निकलना चाहिए। वरना कोरे-मोरे थूक बिलौने में क्या सार...!

जब कभी दोनों सहेलियाँ बाजरी के सोगरे पर शहद, मक्खन और मलाई बारी-बारी से खातीं तो सैणी के मन में स्थिति के अनुरूप वैसी ही बात उपजी कि शहद की तरह मीठे, मक्खन की तरह चिकने और मलाई की तरह स्वादिष्ट बोल समय पर न निकलें तो वे निरर्थक हैं! हरी मिर्च की नाईं तिक्त बोल मौके पर प्रकट हों तो वे कुछ असरदार साबित हो सकते हैं। वरना वही फीकी-फच्च बासी बोली, किसकी कितनी गर्ज पूरी कर सकती है? और यदि बैणी से बातचीत करती वेला झरझरते हलवे की नाईं शब्द तरबम न हों तो मन क्योंकर परितृप्त हो सकता है? ये औंधी-उथली, ऊल-जलूल बातें पार नहीं पड़ने पर बहुत ही कम बोलती। जब बोले बिना काम सरता ही नहीं, तब उसे मजबूरी में बोलना पड़ता। और बोलने पर उसे विश्वास नहीं होता कि हृदय का उन्मथित आलोड़न

अच्छी तरह व्यंजित हुआ है। लेकिन बैणी का स्वभाव सैणी से एकदम विपरीत था। उसे महसूस होता कि होंठों से छिटकी बात हूबहू उसके अन्तस् की ही प्रतिध्वनि है! इसीलिए बोलने जैसा आनन्द उसे खाने-पीने में भी नहीं आता। दूध पीते समय, कलेवा या ब्यालू करते समय बोलने के परिणाम-स्वरूप उस से न निगलते बनता और न उगलते, तब भी चुप रहना उसके लिए सम्भव नहीं था। अक्षरों की उलटी न होने पर उसे हमेशा यह आशंका रहती कि कहीं पेट अफराकर तड़क न जाए! नींद में प्रलाप की भाँति वह जागते समय भी प्रलाप करती। सम्भवतया इसीलिए सैणी की खामोशी और बैणी की वाचालता में ऐसी आत्मीयता थी। परस्पर विरोधी गुण आपस में गुँथ गये थे!

संयोग न किसी का लिहाज रखता है और न किसी मुहूर्त की प्रतीक्षा करता है! जिस घड़ी-पलक में उसे घटित होना है, उस में एक क्षण की भी ढील नहीं होती। एक दिन सूर्योदय की वेला दोनों सहेलियाँ ख़ाली तालाब की कुइयों से पानी सींच रही थीं। बैणी अपने जिम्मे का काम पूरा करके पीठ फिराये निश्चिन्त खड़ी थी। मवेशियों के कुण्ड में इक्कीस डोलियाँ गेरकर सैणी का कलश और उसकी कलशी भर दी। अब सैणी को उसी कुण्ड में इक्कीस डोलियाँ गेरकर बैणी का बेवड़ा भरना था। कुई के चारों तरफ़ कुण्ड आधे से अधिक भरे हुए थे।

वेदा चारण केवल गाँव का ही नहीं, सारे इलाके का नामजद मुखिया था। उसने ही यह नियम बनाया कि जो भी व्यक्ति वहाँ पानी पीने या सींचने आये वह मवेशियों के कुण्ड में इक्कीस डोलियाँ डाले। जाँच करने के लिए कौन आता, पर वेदा की गैर-मौजूदगी में भी किसी पनिहारी या बटोही ने उस नियम का उल्लंघन नहीं किया। यहाँ तक कि उसके घरवालों को भी छूट नहीं थी। सारे क्षेत्र के लोग—क्या बूढ़े, क्या युवक, क्या बच्चे सभी वेदा चारण की मर्यादा का ध्यान रखते। वक्त-बेवक्त वह सबके काम आता। तिस पर कुण्डों को भरा रखने की लाग कोई वेदा चारण के लिए नहीं, ढोर-डंगरों के लिए थी। उसका तो फ़क़त इतना ही आग्रह था कि जब अपना परिण्डा खाली नहीं रहता तो मूक मवेशियों का परिण्डा क्यों खाली रहे? उन्हें भी तो हम सब की तरह प्यास लगती है। यदि कोई मवेशियों की बड़ी छाँग या भेड़ों का रेवड़ लेकर वहाँ आता तो स्वयं मालिक को ही पानी की पूर्ति करनी होती।

सैणी से पूछकर बैणी तालाब की परली बाजू गयी। एक ही पेड़ को फ़क़त एक बार हिलाने से जो बेर नीचे गिरे, उन्हें बीन रही थी। बेरों के साथ-साथ पत्ते भी उठाकर तालाब की मेड़ से बाहर डाल रही थी। यह भी वेदा चारण

का ही मौखिक नियम था। यदि एक पेड़ को सिर्फ एक ही बार हिलाने का नियम नहीं होता तो कोई भी एक पनिहारिन बार-बार हिलाकर सारे बेर गिरा देती। और बाकी पनिहारियाँ बेरों को तरस जातीं। पत्ते बाहर नहीं डालने पर तालाब का पानी गँदला हो जाता। मेड़ से बाहर कुइयाँ थीं। किसी का भी रेवड़ या किसी के भी मवेशी क्यों न हों, उन्हें तालाब के भीतर आने की इजाजत नहीं थी। वह तालाब की बजाय गोरियावली गाँव का साफ-सुथरा परिण्डा था! सबके ठाने बिना वह क्योंकर स्वच्छ रहता!

बैणी झुक-झुककर हरे पत्ते बीन रही थी कि अकस्मात् प्यासी गायों की विदग्ध चीत्कारें सुनायी पड़ीं, जैसे पिघला हुआ सीसा कानों के भीतर रिस गया हो! बैणी ने चौंककर उधर देखा—सबसे आगे शिवजी का साँड़ और पीछे गायों का बड़ा झुण्ड। साँड़ की दाहिनी बाजू एक काला-भुसण्ड ग्वाला, कन्धे पर लम्बी लाठी। डगमगाता हुआ बड़ी कठिनाई से चल रहा था। प्यास के मारे मानो सुध-बुध ही बिसर गया हो! लड़की पर नज़र पड़ते ही ग्वाले ने होंठों पर अंजलि धरकर पानी की ठौर जाननी चाही। उत्तप्त गले से बोल नहीं फूटे तो उसने मूक वाणी अपनायी। थोड़ी दूरी कम होते ही बैणी से छिपा नहीं रहा कि ग्वाले के तमाम चेहरे पर चेचक के दाग-ही-दाग भरे पड़े हैं। मानो चूहों ने तीखे दाँतों से बेतरतीब चित्रकारी की हो। नाक भी उस चित्रकारी से अछूता नहीं रहा! फिर रूप का क्या कहना? इस से पहिले वैसा बदसूरत मानुष बैणी ने कभी नहीं देखा। अबूझ बच्चे तो डर के मारे मूर्छित हो जाएँ!

हठात् बैणी के होंठों पर चंचल मुस्कराहट कौंधी। साथिन से मजाक करने की सूझी। सरपट भागी। पास पहुँचते ही आश्चर्य के स्वर में पुकारकर कहने लगी, ''सैणी...सैणी! आज तेरे योग्य दूल्हा अवतरित हुआ है। श्रीकृष्ण भगवान को भी मात करे जैसा! आज सोने का यह सूरज खूब ही उगा! घर पहुँचते ही गुड़ का झरझरता हलवा खाऊँगी...।''

सैणी ने विस्मय भरी दीठ से उधर देखा। तालाब की मेड़ के पीछे फक़त डंगरों की खेह दिखायी दी! उनका चीत्कार ही सुनायी पड़ा। कुछ ही देर बाद एक बदसूरत ग्वाले पर निगाह पड़ी तो वह बड़ी मुश्किल से अपनी मूर्छा रोक पायी! साथिन की खिलखिलाहट सुनकर उसे चेत हुआ। मुँह से बोलने की बजाय उसने सुलगती नज़र से बैणी की तरफ देखा तो उसके होंठों पर छलकती हँसी एकदम मुरझा गयी! भीतर-ही-भीतर काफी भयभीत हुई। साथिन का रोष परखा हुआ था। रूठने के बहाने यदि सामने देखना ही बन्द कर दिया तो उसकी नींद जाने कहाँ उड़ जाएगी? भूख तक मर जाएगी। मुँह से बोलकर तो सैणी ने एक

अच्छर भी प्रकट नहीं किया। पर अंगारों-सी दहकती आँखों से ये बोल चिनगारियों की नाईं उछल रहे थे कि ऐसी बेहूदी मजाक करते उसे शर्म नहीं आयी! बैणी ने घबराकर आँखें झुकालीं। डगमगाते ग्वाले ने पपड़ाये होंठों पर बूक माँडी तो घिन के मारे सैणी को उबकाई आते-आते बची। कीचड़ का सूअर भी इतना बदसूरत नहीं होता। ये निर्लज्ज जानवर जीने की हिम्मत क्योंकर जुटाते हैं? बलिहारी है इनकी वज्र छाती को! यदि दुर्भाग्य से ऐसा हुलिया उसको मिल जाता तो वह समझ वापरते ही कुआँ-बावड़ी कर लेती! काँच में देखने का साहस न भी जुटा पाया हो पर जाने-अनजाने पानी में सूरत तो देखी होगी। उसने घृणा से मुँह मोड़ लिया। पीछे देखने की उस में शक्ति ही कहाँ बची थी? कि सहसा उसके कानों में जैसे अमृत बरसा हो, "जोगमाया, तुम्हारा भला करे, बारम्बार भला करे। प्यास के मारे प्राण गले में अटके हुए थे! मेरा जीवन तो बिगड़ता सो बिगड़ता ही, मगर मेरी गायों का बुरा हाल होता। मेरे अलावा किसी की परवाह नहीं करतीं।"

इतनी देर तक सैणी ने बड़ी मुश्किल से पीठ फिराये रखी। ऐसा बदसूरत वनमानुस और ऐसा मिठ-बोला! इसकी बोली तो मानो मिश्री का ही घोल या शहद का ही घूँट हो! कुदरत भी बिल्कुल अनाड़ी मालूम होती है। पीठ फिराकर जो नजारा उसने देखा तो चोटी से एड़ी तक आग सुलग उठी। कलशी से पानी पिलाकर बैणी आश्वस्त मुद्रा में खड़ी मुस्करा रही थी। जाने क्यूँ? क्रोध के आवेश में उधर झपटी। बैणी के हाथ से कलशी छीनकर कुएँ में फेंक दी। दीवारों की टकराहट के साथ-साथ कड़कती आवाज कानों में पड़ी, "बेशऊर! मेरी कलशी से इस काले भुसण्ड को पानी पिलाया? गुस्सा तो ऐसा भभक रहा है कि तेरा माथा बिखेर दूँ। मनुष्यों की खोल में ऐसे कलूटे भैंसे जीकर क्या निहाल करेंगे?" उम्र में पहली बार सैणी ने एक साथ इतने शब्द अपने मुँह से दरसाये थे। वश के परे की बात थी वह!

प्यास बुझने पर ग्वाले के जी-में-जी आया, मानो एक ही काया के भीतर उसका नया जन्म हुआ हो! एक गहरा निश्वास भरकर बोला, "अब मर भी जाऊँ तो वेदाजी चारण अपने-आप गायों की सार-सँभाल सवाई कर लेंगे। लेकिन मरने से पहिले सैणी के दर्शन तो हो गये, वरना मन में रही जाती! सात जनम में भी मेरी सद्गति नहीं होती!"

आदमजाद की ऐसी वाणी तो सपने में भी नहीं सोची थी! बदसूरत हुलिए की आधी खामियाँ धुल-पुँछ गयीं। वनमानुस की सूरत पहिले जितनी अटपटी नहीं लगी! फक़त गिरगिट ही बार-बार अपना रंग नहीं पलटता, मनुष्य की दृष्टि भी उसी तरह अपनी तासीर पलटती है! रंग बदलती है! उसके मुँह से सैणी

का नाम सुनते ही दोनों सहेलियाँ स्तब्ध रह गयीं! इसने कब देखा, कब नाम सुना? सैणी की तो जीभ ही तालू से चिपक गयी! मगर उसके नाम की मधुर झंकार अभी तक दोनों के कानों में गूँज रही थी। बैणी से धीरज नहीं रखा गया तो उसने अचरज से पूछा, ''मेरी साथिन का नाम तुम्हें किसने बताया...?''

कोड़ियाले दाँतों की पीली मुस्कान छलकाते ग्वाले ने जवाब दिया, ''बताये फिर कौन? सैणी का नाम तो हवा के रेशे-रेशे में घुला हुआ है! लेकिन यह रूप तो वाणी में बँधे जैसा है ही नहीं! आखिर धीरज नहीं हुआ तो अकाल के दिन तोड़ने की मंशा से वेदाजी चारण की शरण में आया। एक पंथ दो काज! मेरे मवेशी भी आराम से रहेंगे। और सैणी के दर्शनों का भी संयोग सधता रहेगा। लेकिन ऐसा तो सपने में भी नहीं सोचा था कि उसके सींचे हुए पानी से मेरी प्यास बुझेगी! अगले प्राण तो आप दोनों सहेलियों के ही दिए हुए हैं। मरने के उपरान्त भी अहसान नहीं भूलूँगा।'' ग्वाले के चुप होते ही दोनों को एक साथ महसूस हुआ कि साँस लेना कुछ कठिन हो गया है! जैसे हवा चलते-चलते रुक गयी हो! धूप कुछ कुम्हलाती नजर आयी! देव-वाणी का फ़क़त नाम-ही-नाम सुना था, आज साम्प्रत सुनी। बैणी से सब्र नहीं हुआ तो मुस्कान सने अक्षरों में कहा, ''बोलते-बोलते बीच में क्यूँ रुक गये? तुम तो फ़क़त बोलते ही रहो, बोलते ही रहो और हम सुनती ही रहें।''

वही पीली मुस्कान और वह रणकती बोली, ''मैं बावरा थोड़े ही हूँ, जो सन्निपात के रोगी की नाईं बोलता ही जाऊँ। और यूँ मुझे बोलने का भी शौक है। लेकिन मेरे मवेशियों ने जितना कुण्ड खाली किया, पहले उतना वापस भरूँगा। इस लाग के लिए भी मेरा गन बेताब हो रहा है। मगर मेरी बोली की बजाय मेरी काँगरी और मेरा गाना हजार गुना अधिक सुहाना है। सुनने के बाद सपनों में भी पीछा नहीं छूटेगा...!''

सैणी के होंठों से निचाट नाम ही उछला, ''बीजानन्द...?''

ग्वाला हामी भरे उस से पहले ही बैणी ने अधीर होकर पूछा, ''क्या आप बैणप गाँव के बीजानन्द तो नहीं हैं, जिनकी राग का जादू सुनकर चौकड़ी भरते हिरण कठपुतलियों की नाईं एक जगह गड़ जाते हैं। ऐसा बेजोड़ गुण और ऐसा बदसूरत हुलिया! मुझे तो बेमाता अन्धी और बावरी लगती है...!''

बीजानन्द के ललाट पर बाँकी सलवटें पड़ गयीं, मानो न चाहने पर भी बोल स्वतः प्रकट हो रहे हों, ''बेमाता तनिक भी अन्धी और बावरी नहीं है। हम अन्धे और बावरे हैं। हमारी निगाहें भ्रष्ट हो गयी हैं। इसीलिए सुन्दर और असुन्दर के बोल उगलते रहते हैं! बेमाता को चींटी भी प्यारी और हाथी भी प्यारा।

हिरण भी प्यारा, गडूरड़ा (कीचड़ का सूअर) भी प्यारा। कौआ भी प्यारा और हंस भी प्यारा। काँटे भी प्यारे और फूल भी प्यारे। बेमाता के लिए सोना भी वैसा और राख भी वैसी! वह हीरे मोतियों में और कंकरों में भेद नहीं करती...। कुण्ड भरे बिना काँगरी बजाने में पूरा मन नहीं लगेगा। पहिले यह काम पूरा कर लूँ। अन्तस् की रणकार से संगीत के साज जितने सुरीले बजते हैं, उतने हाथ और मुँह से नहीं बजते! एक बार सुनने पर ही आपको मेरी बात पर भरोसा होगा, वरना लाख बकवास करूँ तब भी बेकार है!''

सैणी के लिए आगे सुने बिना एक पल भी धकेलना मुश्किल था, मानो समय छाती में खूँटा गाड़कर जम गया हो, बैणी को इशारा किया तो वह कहने लगी, "कुण्ड भरने का काम हम पूरा कर देंगी, आप तो पहले काँगरी सुनाइए। मेरी साथिन अब धीरज नहीं रख सकती। कुई में उछाली कलशी कई दिन तक सालती रहेगी। कुण्ड भरकर कुछ तो प्रायश्चित कर लें!''

"नहीं, सवासणियों से लाग पूरी कराऊँ तो थोर में मेरे हाथ नहीं उग जाएँगे?'' इतना कहकर बीजानन्द अदेर चबूतरे पर चढ़ गया। डोली गेरकर गजब की फुर्ती से पानी सींचने लगा। उवाला खाली होते ही वापस भर देता। उसके हाथ यन्त्र की नाईं इस कदर तेजी से चलने लगे कि घड़ी-सवा-घड़ी में चारों तरफ के कुण्ड छलकने लगे। दोनों सहेलियाँ उसकी ताकत, निष्ठा और उसकी उमंग को चित्रलिखी-सी देखती रहीं!

तत्पश्चात् बीजानन्द बोरड़ी की छाँह तले चट्टान पर बैठकर अतिशय उछाह से काँगरी के तार झनझनाने लगा, मानो इन्द्र-धनुष झंकृत हुआ हो! उस क्वणन-ध्वनि की भनक के साथ ही हरी घास चरती गायों ने एक साथ ऊपर देखा, जैसे बची हुई भूख इस अद्भुत झंकार से अपने-आप पूरी हो जाएगी! सबकी गरदनें ऊँची क्या उठीं मानो हुलसी हुई धरती ने आपा सँभाला हो! गाएँ धीरे-धीरे नजदीक खिसकने लगीं। कान तकात हिलने बन्द हो गये। पूँछें मानो काठ की छड़ियाँ हों। कुछ ही देर में राग-पिपासु हिरण और साँभर हौले-हौले एक जगह एकत्रित हो गये। पेड़-पौधों पर बैठी चिड़ियों ने मौन धारण कर लिया। शिवजी का साँड इस तरह अविचलित खड़ा था जैसे पाषाण के साँचे में ढल गया हो! मन्द-मन्द चलती बयार भी एक ठौर दुबक गयी थी। धूप पिघलती-सी महसूस हुई! बोरड़ियों का पत्ता-पत्ता मानो कान बन गया हो! काँटे-काँटे की रंगत बदल गयी। सैणी-बैणी की आँखों का काजल चुपचाप बहने लगा, जिसकी उन्हें कोई सुध-बुध नहीं थी!

कुछ देर बाद बीजानन्द मगन होकर 'सैणां रौ बायरियौ' गाने लगा। काँगरी

के सुर और कण्ठ की राग एकमेक होकर चारों दिशाओं में थिरक उठीं। काँगरी के तारों में कसी बयार, राग से उन्मोचित होकर मन्द-मन्द बहने लगी! यह कैसा जादू हुआ कि भाँति-भाँति के विभिन्न चित्र बदलने लगे, जैसे कोई मायावी अपने अदीठ हाथों से चित्र उकेर भी रहा है, पोंछ भी रहा है! और उधर समय भी चुपचाप अपनी गति सँवेटकर काँगरी के तारों में दुबक गया था। पिघली हुई धूप के बदले मानो चाँदनी झरने लगी हो—रुन-झुन, रुन झुन! एक ठौर अवस्थित गाछ-बिरछ घूमर लेने लगे! बीजानन्द अपने अदीठ अन्त:करण में ठेठ गहरे-ही-गहरे डुबकियाँ लगा रहा था कि चार होंठों के अपूर्व मिलन से उसका कण्ठ अवरुद्ध हो गया। अँगुलियाँ जहाँ-की-तहाँ थम गयीं। मानो किसी के झिंझोड़ने पर सपना टूट गया हो! पर सैणी के नयनों में जैसे एक-दूसरे ही सपने की मांगलिक शुरुआत हुई हो। बीजानन्द चौंककर उठ बैठा, मानो बरसों की एकत्रित नींद उचट गयी हो! जाने कब पनिहारिनें चारों ओर आस-पास खड़ी हो गयी थीं, किसी को कुछ भी ध्यान नहीं था! डालियों पर दुबके हुए पंछी सबसे पहले चहकने लगे। कबूतरों की गुटरगूँ-गुटरगूँ सुनायी पड़ने लगी, जैसे वे भी बीजानन्द से होड़ करने लगे हों! गाएँ माथा धुनकर हरी-हरी दूब चरने लगीं। शिवजी का साँड इतने जोर से हुँकारने लगा, जैसे बीजानन्द का विरुद बखान रहा हो...!

यही है, स्वर्ग का आनन्द यही है! यही है, मानव-जीवन की चरम-सिद्धि यही है! अब यह नारकीय जीवन क्योंकर भुगता जा सकेगा? भुगतने के अलावा दूसरा विकल्प ही क्या है? जस-तस भोगना ही पड़ेगा। इच्छा-अनिच्छा का मायना ही व्यर्थ है। पनिहारियों की चेतना लौटते ही वे अपनी-अपनी गिड़गिड़यों के आसरे अपने-अपने बेवड़े भरने लगीं। फिर पायलों की झनकार बजाती हुईं गाँव की कदीमी राह चल पड़ीं। उन्हीं नारकीय खूँटों व शृंखलाओं से बँधने की खातिर! पीछे रहीं बीजानन्द की गाएँ, सैणी-बैणी और सुरजी का साँड! एक बार फिर उतने ही जोर से दहाड़ा। बैणी ने झिझककर सैणी की ओर निहारा। दुनिया में आज से पहले नारी के श्रेष्ठतम रूप की ऐसी किरकिरी कभी नहीं हई होगी! जैसे भीतर का वीभत्स रूप बाहर आ गया हो और बाहर का स्वरूप भीतर छिप गया हो! वापस दृष्टिगोचर होगा कि नहीं? यह कैसी अनहोनी घटित हुई, जिसकी तुलना में सपने का छल-बल भी नगण्य है। बैणी के हृदय में भी अकथ झंझावात झाँय-झाँय करने लगा!

औरत के अस्तित्व का औचित्य क्या है, डोलियाँ-डोलियाँ पानी सींचकर माथे पर बेवड़ा उठाये प्रतिदिन सूर्योदय की वेला परिण्डा भरना, घर आँगन बुहारना, ठाँव-ठीकरे माँजना। धोना। चूल्हा फूँककर बेवणी की राख से आँखें भरनीं। ब्याह

होने पर ससुराल में भी यही काम-धाम। फक़त एक काम पीहर से अलग और नया। पति की सेज की हाजरी बजाना! नवमे महीने टाबर-टींगर पैदा करने। स्तन चुँघाना। पोतड़े धोना। गोबर पाथना। वयस्क होने पर अपनी बच्चियों को ससुराल के लिए विदा करना। युग-युगान्तर से यही ढर्रा और यही चलन! औरतों के लिए काँगरी बजाना तो दर-किनार, सुनने का भी अवसर कहाँ मिलता है? इस राग और इस सुर के बिना क्या जीना और क्या जागना? लेकिन नित्य-हमेस यह अनहद-नाद किसे पोसये? इतना अवकाश ही कहाँ हैं? अब तक अपनी लीक पर गणमण गाड़ी चल रही थी। आज अचानक राह के बीच यह कैसा गड्ढा आया? न टला जा सकता है न गिरा जा सकता है! टलने पर किस दिशा में आगे बढ़े? गड्ढे में गिरने पर पता नहीं क्या दुर्दशा हो? पैंदा कहीं आर-पार तो नहीं है? भीतर गिरे बिना क्या पता चले? एक ही घड़ी में यह क्या अलग-जंजाल प्रकट हुआ है? सैणी के रूप की प्रशंसा सुन-सुनकर मजे से दिन अस्त होता और उगता। अब तो मानो चिर-परिचित राह के बीच काँटे-ही-काँटे बिछ गये हों!

दोनों सहेलियाँ चुपचाप गाँव की राह चल रही थीं। बैणी के सर पर भारी बेवड़ा था। सैणी के माथे पर ताँबे का कलश। कल की अपेक्षा बोझ कुछ हलका, फिर भी अत्यधिक भारी और असहनीय महसूस हुआ। जैसे बीजानन्द की गायों का साँड कलश पर चढ़ बैठा हो! मगर यह कैसी अकल्पनीय बात कि असह्य बोझ के फलस्वरूप आत्मा फूल की नाईं हलकी हो गयी थी! अकस्मात् सैणी की मूर्छा टूटी। वह सहेली की सूरत निहारती इस तरह बोली मानो उसे पहली बार ही देखा हो! दबे-दबे स्वर में पूछा, ''अब...?'' बैणी को कुछ भी जवाब नहीं सूझा तो उसके होंठों से भी वही शंका निःसृत हुई, ''अब...?...?''

उस आशंका की प्रतिध्वनि हवा में गूँजने लगी...अब...अब...? पूरी राह तक शंका-ही-शंका! निवारण का उपाय कहीं नजर नहीं आया!

चौक के दरवाजे पर खड़ी माँ कब से बाट निहार रही थी। पास आते ही पूछा, ''आज देर बहुत कर दी? शायद बेर खाने के लिए ठहरी होंगी।''

''हाँ बाई।'' सैणी ने बमुश्किल हामी भरी, ''आज तीखली बेर बहुत ही मीठे लगे!''

''ऐसी क्या नयी बात हुई?''

''हाँ, ऐसी ही नयी बात हुई, जिसे बताया नहीं जा सकता...।''

माँ आगे भी कुछ पूछताछ करना चाहती थी कि कलश कुछ सूना-सूना सा लगा तो झट पूछा, ''कलशी वहीं भूल आयी क्या?''

सैणी की समूची देह में बिजली-सी दौड़ गयी! फिर भी दोनों हाथों से

कलश को अच्छी तरह थमाकर बोली, ''भूली तो नहीं। ऊपर धरते समय लड़खड़ायी तो कलशी कुई में गिर पड़ी।'' माँ ने फिर पूछताछ नहीं की। उलटे राजी हुई कि बिटिया को तनिक भी चोट नहीं पहुँची।

माँ-बाप को तो बेटी की दीखती चोट ही नजर आती है और उसी के लिए चिन्तित होते हैं। मगर भीतर की चोट उन्हें बिल्कुल ही नहीं दिखती। इसलिए उसकी चिन्ता उन्हें कभी नहीं होती। बेटी के बताने पर भी वे उसकी परवाह नहीं करते। आज सैणी के कलेजे में जो गहरा घाव हुआ, उसकी असह्य पीड़ा का इल्म उसे भी कहाँ था! यह घाव तो धीरे-धीरे टीसता है। शुरुआत में मीठा-मीठा दरद सालता है। फिर प्रतिदिन दूना, तिगुना बढ़ता रहता है! सैणी को आज पहली बार इतना अभिज्ञान तो अवश्य हो गया कि अन्तस् में गहरा घाव हो गया है! परन्तु घाव के अनुरूप अभी वैसी कसक महसूस नहीं होती। माँ के मुँह से कलशी का मायना पूछते ही उसके कलेजे में आग भभकी और दूसरे क्षण बुझ भी गयी। लेकिन उसकी दाझ कुछ समय तक जरूर अपना असर दिखाएगी। औरत के जीवन में ऐसी अनुभूति होना ही महत्त्वपूर्ण है! उसकी पूर्ति होना-न-होना तो गौण है! अनुभूति की राह में कोई व्यवधान नहीं, लेकिन पूर्ति की राह में कदम-कदम पर व्यवधान हैं! अटूट बन्धन हैं! आखिर औरत को मन मारकर हार कबूल करनी पड़ती है! उसके ललाट पर अन्याय के ये अंक न तो मिटते हैं और न फीके पड़ते हैं...!

परिण्डे की मटकी में कलश खाली करके मैड़ी में जाने का विचार किया ही था कि बैणी तितली की नाईं नाचती-कूदती सहेली के पास आकर खड़ी हो गयी। सैणी के बदन में उसे एक अनोखा ही स्वरूप नजर आया। जिसकी रंगत दुनिया के दीखते रूपों से सर्वथा भिन्न थी। कोई दूसरी साथिन होती तो पहचान में ही चूक पड़ जाती। मगर बैणी तो साथिन की काया का ही आधा अंग थी! फिर भी सैणी का नया रूप निहारने पर उसके आश्चर्य का पार नहीं रहा! मानो उसके रूप में सौरभ घुल गयी हो! आखिरी सीढ़ी चढ़ते ही बैणी ने अपनी ओढ़नी के पल्लू से साथिन के होंठ दो बार पोंछे। सैणी अच्छी तरह मायना समझ नहीं पायी तो बैणी खुद ही अपनी मरजी से परिहास करते बोली, ''होठों पर कालिख चिपकी हुई थी, साफ कर दी! अब मेरे अलावा किसे भी नजर नहीं आएगी!''

सहेली के बोल सुनते ही सैणी का मुँह तर्र से उतर गया और दूसरे ही क्षण उसके डाबर नयन डबडब भर आये। एक साथ ही दो बूँदें गिरीं। दो बूँदें और आतुर दिखीं तो उसी पल्लू से सैणी की आँखें पोंछकर वह उसके गले लटूम गयी। पछतावे के सुर में कहने लगी, ''ऐसी बकवास अब कभी नहीं करूँगी।

मुझे क्या पता कि आजकल तू मसखरी का भी बुरा मानने लगी है! मैं तो पहिले वाली साथिन के भरोसे मजाक करती हूँ और तू रूठ जाती है! अब सपने में भी ऐसी नादानी करूँ तो तेरी जूती और मेरा सर! वापस चूँ तक नहीं करूँगी।''

मुँह पर बैठी भरम की मक्खी उड़ाकर सैणी साथिन की आँखों-में-आँखें गड़ाकर कहने लगी, ''मेरे बदले सोचने की शायद तूने जिम्मेदारी सँभाल ली है। मैं तो भँवर में फँसी सो फँसी ही, क्या तू भी मेरे साथ भँवर में उतर गयी...?''

''तेरे फँसने पर मैं तो अपने-आप ही फँस गयी! साथ बँधने की यह जोखम तो झेलनी ही पड़ेगी...।'' बैणी मुस्कराते हुए कहने लगी, ''तेरा सोच ही ठीक है। बीजानन्द के यहाँ रहने पर मैं तो आग के बिना ही जल मरूँगी! अपने-आप को समझाने की खातिर ही मैंने इतना विवाद किया। तेरे रूप का बेहद बखान सुनकर बीजानन्द यहाँ आया। और यही उसका सबसे बड़ा कसूर हो गया। इसीलिए अपनी खातिर उसका गाँव छूटना निहायत जरूरी है! तेरे जीसा का सारे इलाके में थूक बिकता है! वे चाहें तो बारह-और-बारह चौबीस कोस की दूरी तक उसे नजदीक ही नहीं फटकने दें!''

सैणी कोई दूसरी बात कहना चाह रही थी कि बरबस उसके मुँह से ये अचीते बोल उफ़न पड़े, ''इसके लच्छन तो ऐसे हैं कि इसे दुनिया से बाहर खदेड़े बिना मुझे शान्ति नहीं मिल सकती! मुझे सपने में भी यह आशंका नहीं थी कि यह मेरे साथ ऐसा बदला लेगा!'' खुद के मुँह से उबलते बोल सैणी के कानों में दहक उठे। ऐसी औंधी और निराधार बात उसके मुँह से निकली ही क्योंकर? मुँह माँगा हुआ हो तब भी ऐसे कुबोल बाहर नहीं आ सकते। अपने अन्तःकरण से एकदम विपरीत और विषाक्त! उसके रोम-रोम में कँपकँपी फैल गयी। बैणी के सामने देखते ही हिम्मत नहीं हुई तो वह इधर-उधर झाँकने लगी। स्पष्ट सुनने के बावजूद बैणी को विश्वास नहीं हुआ कि सैणी के मुँह से इस कदर मिथ्या बोल छिटक सकते हैं! बड़ी मुश्किल से बोल पायी, ''सैणी क्या अपना कसूर बीजानन्द के मत्थे उड़ेलने से तेरा मन शान्त हो जाएगा?''

''अपने पास दूसरा जोर ही कहाँ है, सो उसे आजमाएँ! सब जानते-बूझते अजान बनना पड़ता है! मैं दीन-हीन बनकर नहीं जीना चाहती। किसी भी तरह अपने बावरे मन को छलने के अलावा दूसरा उपाय ही क्या है? औरत का मायना सिर्फ लाचारी ही है! शायद चींटी भी इतनी लाचार नहीं होती! कहीं से भी अपने दाने-पानी का जुगाड़ कर लेती है! और चार हाथ-पाँव होते हुए भी हम एकदम असहाय हैं। धूप के उजाले में भी हमें कोई पगडण्डी नजर नहीं आती; जिस पर लड़खड़ाते हुए हम आगे बढ़ सकें। अपनी मनवांछित मंजिल पा सकें...।''

"मगर अपनी मंजिल क्या है? कितनी दूर है?"

"यही तो पता नहीं...।"

"मेरे खयाल से हमें तो अपने मन का भी पता नहीं चलता...!"

"ठीक कह रही है तू, यदि हमें अपने मन का पता चल जाय तो अपनो मंजिल का भी पता चल जाय कि हमें जाना कहाँ हैं? आठों पहर दिशा-भ्रमित रहना ही हमारी नियति है! बीजानन्द की मुलाकात के बाद ही धीरे-धीरे आँखें उघड़ने लगी हैं। और अब उसे ही आँखों से ओझल करना होगा! कोई भी गुरु या गोविन्द औरत का मार्ग-दर्शन नहीं कर सकता। स्वयं औरत ही अपनी गुरु है! दूसरा कोई भी ऋषि-मुनि उसे दीक्षित नहीं कर सकता! सभी उसकी कूख के मुहताज हैं! और यही औरत की एकमात्र विडम्बना है! और उस से जूझना आसान नहीं है। आज तो केवल इतना ही समझ पायी हूँ कि सूरज भी हमें पकाश नहीं दे सकता, हमें ही अपना प्रकाश खोजना है! प्रकाश न भी मिले तब तक हमें अन्धकार का पीछा नहीं छोड़ना चाहिए! उसकी सीमा लाँघने पर ही सम्भवतया मुक्ति की किरण नजर आये! यह मेरे मुँह की बात नहीं है बैणी, सच, कोई दूसरा ही मेरे मुँह से बोल रहा है! पता नहीं कौन है यह मायावी...?"

"कहीं बीजानन्द तो नहीं...? अच्छी तरह से पहचानने की कोशिश कर, शायद पता चल जाय...।"

सैणी ने रोष जतलाते कहा, "यह तो उस से भी बेहूदी मजाक है! मेरी अक्ल ने भाँग थोड़े ही खायी है सो तेरे लिए जूती में हाथ डालूँगी।"

बैणी ने कुछ दूर खड़ी होकर साथिन का चेहरा टुकुर-टुकुर देखते कहा, "तू माने-न-माने आज बीजानन्द के मिलाप से हम दोनों की अक्ल पूरी भाँग खा चुकी है! अब इस भाँग की लहरें जाने जितनी मुश्किल हो जाएँगी! किसे दरसाएँ! क्योंकर दरसाएँ? न किसी के कानों में ऐसे परदे और न किसी के नयनों में ऐसी जोत। तू जाने और मैं जानूँ। लेकिन हम विकलांग धीवड़ियों से अपने लिए कोई उपाय नहीं हो सकता। भीतर-ही-भीतर सुलग रही हैं। क्या करें, क्या न करें? कुछ नहीं सूझता।"

सैणी एक गहरी डुबकी मारकर वापस बाहर निकलते बोली, "कोई दूसरा उपाय सूझे कि नहीं सूझे, लेकिन एक बात तो निश्चित है कि जीसा से कहकर बीजानन्द को अपना गाँव छुड़वा दें। उसके यहाँ रहने से बड़ा झंझट होगा। न रहेगा अंगार और न लगेगी। आग!"

"तू समझती है कि उसके जाने से आग बुझ जाएगी...?"

सवाल तो निहायत छोटा था, पर उसका जवाब जाने जितना दूभर हो गया! सैणी थूक निगलते हुए गम्भीर स्वर में बोली, "हाँ, बुझेगी तो शायद ही, पर

अधिक बढ़ेगी नहीं।''

बैणी का मन भी अपनी ठौर से खिसकने लगा था। स्वयं को आश्वस्त महसूस करने के लिए पूछा, ''तुझे पूरा विश्वास है?''

''हमारे विश्वास का कुछ आधार हो तो पुख्ता जवाब भी दूँ।'' सैणी एक उत्तप्त आह भरकर कहने लगी, ''आज तो ऐसा ही महसूस हो रहा है कि इसके गाँव छोड़ने पर बुझी हुई आग धुआँ तो जरूरी देगी, लेकिन दुबारा चेतन नहीं होगी! यहाँ रहने पर तो मैं बीजानन्द का सामना भी नहीं कर सकूँगी। बिना लड़े ही ऐसी बेजा हार तो दुनिया की किसी भी औरत ने कबूल नहीं की होगी! मेरे जीसा तो चाँद के टुकड़े की खातिर छटपटा रहे हैं, तब इस कोयले के लिए क्योंकर हामी भरेंगे? माँ तो ऐसे दामाद को दही देते ही मूर्छित हो जाएगी। मुझे क्या पता था कि मेरे साथ भी मायावी मन ऐसी विश्वासघात करेगा! मेरी आँखों की तासीर इस तरह बदल जाएगी, मुझे सपने में भी ऐसा आशा नहीं थी! अब मेरे लिए बीजानन्द से बढ़कर मनुष्य सूरज भी तलाश नहीं कर सकता...।''

सैणी आगे भी कुछ और कहना चाह रही थी, लेकिन बैणी के टोकने पर उसे बीच में रुकना पड़ा। सैणी की ओर थुथकी डालते अचरज से बोली, ''बीजानन्द के होंठों का ऐसा चमत्कार तो नहीं जाना था कि उनका पहला परस पाकर ही तेरी दबी-दबी वाणी इस तरह खुल जाएगी! यदि एक जरस भी यह दीक्षा चालू रहे तो तेरी जबान रुकना भी भूल जाएगी!''

एक गहरी आह भरकर सैणी कहने लगी, ''इसी खतरे से बचने के लिए बीजानन्द को दूर-ही-दूर खदेड़ना चाहती हूँ...!''

''पर हतभागे ग्वाले का कसूर?''

मानो बैणी के बहाने सैणी अपने-आप से जवाब तलब करती हो। अपराधी के उनमान कहने लगी 'कसूर तो सब मेरा ही है! परन्तु सजा उसे मिलनी चाहिए, यही ताकतवर लोगों का न्याय है! हमारे जीते-जी इस में फेर-बदल नहीं हो सकता। अगले प्रकाश या अँधियारे का पर्दा हटाकर किसने देखा? फिलहाल तो इसके सिवाय दूसरा कोई उपाय नहीं कि बड़ों के कसूर का दण्ड गरीब को मिले ही मिले!''

बैणी की सूझ-बूझ पर धार लगती जा रही थी। फ़क़त एक घड़ी के उस अपूर्व नज़ारे की वजह से मानो एक साथ कई बरस फलाँग गये हों! उसे अपने-आप ही नयी-नयी बातें उपज रही थीं। नये-नये स्रोत खुल रहे थे, मानो प्रकृति के हाथों उसे कोई नया ही वरदान मिल गया हो! नाक सिकोड़कर पूछा, ''क्या उसके दूर जाने पर सचमुच दूरी बढ़ जाएगी? मुझे तो लगता है कि वह और

भी नजदीक आकर हिये में बस जाएगा!''

कुछ देर सोचकर सैणी कहने लगी, ''ऐसा लगता है कि बीजानन्द की काँगरी मेरे भीतर झनझना रही है! शायद उसी झनझनाहट को वाणी मिल गयी हो...!''

बैणी ने अधीर होकर बीच में ही पुरजोर हिदायत दी, ''नहीं, अब हमें बीजानन्द और उसकी काँगरी से कोई वास्ता नहीं है।''

''सो तो है ही...पर मन की बात तुझे न कहूँ तो किसे कहूँ...?''

बैणी के होंठ आत्मीय मुस्कान से दमक उठे। बोली, ''तेरे मन की बात मैं बिना कहे ही समझ लेती हूँ...।''

''सो तो है ही...फिर भी बिना कहे मुझे सन्तोष नहीं होता...।''

''सो तो है ही...बिना सुने मुझे भी सन्तोष कहाँ होता है!''

यों सन्तोष...असन्तोष की ऊहापोह के उपरान्त दोनों सहेलियाँ आटीपाटी लेकर गोबर लिपे आँगन पर सो गयीं। न बोलें न पलकें टमकारें। दोनों के माँ-बाप मना-मनाकर हार थके, लेकिन उन्होंने रूठने का कारण नहीं बताया। तमाम घरवालों का खाना छूट गया। किसी की भी समझ कुछ काम नहीं आयी।

संयोग की लीला कि दूसरे दिन वेदा चारण ने काँकड़ में बीजानन्द की काँगरी और उसका गाना सुना तो वह चकित रह गया। ऐसे आनन्द का स्वाद तो उसने कभी नहीं चखा। खुशी में फूला हुआ घर आया। दोनों बेटियों के सर पर हाथ फिराते-फिराते उछाह के आवेग में कहने लगा, ''आज मैंने बीजानन्द का चमत्कार देखा। ऐसा हुनर तो गन्धर्व, किन्नर और देवताओं के पास भी नहीं है। यदि एक बार भी तुम उसकी काँगरी और उसके गले का नाद सुन लो तो आजीवन रूठने का नाम तक नहीं लो! अपनी गाएँ लेकर वह मेरी शरण में आया। अकाल का मारा और करता भी क्या? पर मैंने हमेशा के लिए उसे यहाँ बसाने का निर्णय कर लिया। वह नित साँझ हम सबका दिल बहलाएगा। अन्तस् को नहलाएगा! मैंने उसी क्षण इक्कीस रेबारी (गड़रिये) तेज ऊँटों पर रवाना कर दिए। इलाके के अधिकांश आमन्त्रित मोतबर यहाँ आएँगे। मैंने पूरी हिदायत दी है। रूठना बन्द करके सिंगार करो। तबीयत से ब्यालू करो। इन्द्रलोक का आनन्द भी बीजानन्द का काँगरी के सामने फ़ीका है! मेरी दुलारी बच्चियों इस से पहिले तुमने मेरा कहा कभी नहीं टाला, लेकिन आज तो तुम मेरे कहे की परवाह ही नहीं कर रही हो।''

यदि अब भी आटीपाटी का मायना नहीं बताया तो बात इतनी उलझ जाएगी कि फिर किसी के सुलझाए भी नहीं सुलझेगी। बैणी उठकर बोली, ''क्या परवाह

करें...हमने तो बीजानन्द को गाँव से बाहर खदेड़ने की खातिर रूठना किया और आपने उसे ही अपनी गवाड़ी न्योता दिया और उसे हमेशा के लिए यहीं बसाना चाहते हैं!''

जीसा का माथा ठनका। बेटियों के रूठने का कुछ-न-कुछ गहरा मतलब है! ये बिना बात आटीपाटी हरगिज नहीं लेतीं। लाड़ से पुचकार पूछा, ''यदि इस काले-भुसण्ड ने तुम्हारी खातिर नीयत बिगाड़ी हो तो मैं इसके नाक-कान कटवाकर काले-कोसों दूर खदेड़ दूँ! इसकी सारी गाएँ छीन लूँ...!''

सैणी के हिये में क्रन्दन-सी हूक उठी तो अदेर उठ बैठी। अवसर तो बहुत ही अनुकूल था। लेकिन मनचीती होते हुए भी उसके मुँह से सरासर झूठ नहीं निकला। टिचकारी देते बोली, ''हमारी बात तो दूर, बीजानन्द परायी औरत के लिए नीयत बिगाड़े, उस रात उसका जन्म ही नहीं हुआ। लेकिन वह इतना बदसूरत है कि एक बार उसकी भोंड़ी सूरत देखने पर तीन दिन तक हमारे गले रोटी नहीं उतरेगी!''

''हाँ, मुझे भी उसका हुलिया देखकर उबकाई आती है। परन्तु जिस शुभ घड़ी में उसके अन्दरूनी गुणों का पता चला तो मेरा दिमाग चकरा गया! बस, आज की रात तुम उसकी काँगरी सुन लो, फिर तुम कहोगी, वैसा ही करूँगा। तुम्हारी इच्छा होगी तो उसे गाँव में बसाऊँगा, वरना दूर-ही-दूर भेज दूँगा। तब उसकी भोंड़ी सूरत का सपना भी क्या आ जाय! यदि अब भी मेरी बात नहीं मानी तो मेरे जी की सौगन्ध है!''

फिर तो प्रतिवाद की कोई गुंजाइश ही नहीं बची। बीजानन्द की काँगरी के प्रथम चमत्कार से ही वे अपना आपा खो चुकी थीं, अब दूसरी बार के साक्षात्कार से न जाने उनकी क्या दुर्दशा होगी? अपने मन का दरद वे किसे सुनाएँ? सुनने वाले कान ही कहाँ हैं? कुछ भी हो, वे बीजानन्द को यहाँ हरगिज नहीं बसने देंगी, यह निश्चित है! जीसा के वचनों से वे पूरी आश्वस्त हो चुकी थीं। फिर भी आश्वासन की तह में बेचैनी भी कम नहीं थी। शान्ति का भरम भी कम नहीं था! घुटन का धुआँ भी कम नहीं था! सुख-दुख के अपूर्व सम्मिश्रण की ऐसी विचित्र रसानुभूति संयोग के अलावा कभी सम्भव नहीं हो सकती! तो क्या स्वयं बीजानन्द ही संयोग का प्रतिरूप है? अब है तो है! संयोग की गुत्थी, संयोग के द्वारा ही सुलझेगी! और आज दिन तक ऐसा शुभ-संयोग किसके भाग्य में घटित हुआ है? संयोग की गुनगुनाहट से सम्प्रेरित होकर वे काफी देर तक नहायीं। पानी के परस की वैसी अपूर्व अनुभूति उन्हें पहली बार ही हुई। निपट सादा वेश पहना। माँ ने ब्यालू के लिए पूछा तो उन्होंने मना कर दिया। रसोई के भोजन

से वह भूख मिटने वाली नहीं थी! फिर काम-काज में रुँध गयीं। आँगन का छिड़काव सूखने पर सुरंगी जाजमें बिछायी गयीं। आसपास के गाँवों से मोतबर एकत्रित हुए। दारू-माँस की महफिल के लिए बीजानन्द ने पुरजोर मनाही की तो सभी मान गये।

नवमी के चाँद की खातिर आकाश में तारों की सभा जुड़ी हुई थी और धरती पर बीजानन्द की काँगरी सुनने के लिए वेदा चारण की गवाड़ी मोतबरों की महफिल जमी हुई थी! चिरागों के उजाले में बीजानन्द की अधीर आँखें किसी की छवि निहारने के लिए खूब मचलीं पर उसकी वांछना पूरी नहीं हुई। और न तालाब की कुइयों पर बोरड़ियों की छाँह तले दिन भर जिनकी पल-पल प्रतीक्षा की, उनकी भनक ही सुनायी पड़ी। उम्र में पहली बार अपने मन के अलावा दूसरों को काँगरी सुनाने के लिए उसका समूचा अन्त:करण अधीर हो उठा। काँगरी की झंकार के साथ ही 'ढोला-मरवण' के प्रेमाख्यान की पहली पंक्ति का शुभारम्भ ही उसने ऐसे मीठे स्वर में किया कि सुनने वालों के कलेजे कण्ठों में समा गये थे। कुछ ही देर पश्चात सबकी आँखों में अनहद आनन्द के आँसू बहने लगे सो थमे ही नहीं। लेकिन किसी की भी अपने आँसुओं का चेत नहीं था। नीलाकाश के नौ-लख तारों ने खूब ही धीरज रखा, लेकिन अल्ल-सवेरे उनका संयम टूट गया तो उनके भी आँसू टपक पड़े, जिनकी निशानी पान-पान पर अंकित थी! वियोग की रागिनी छिड़ते ही चाँदनी का अन्तस् भी भर आया! पेड़-पौधे अपनी पुश्तैनी ठौर छोड़कर बीजानन्द की परिक्रमा देने लगे! औरतों के बीच पर्दे की ओट में बैठी सैणी-बैणी की अजीब मनोदशा थी। मानो उनके अन्तस् में एक प्राण की बजाय सहस्त्र प्राण मचल उठे हों! उनके नयनों से आनन्द की बदरिया बरसी कि विषाद की, उन्हें कुछ भी पता नहीं था। जिन्दा रहते हुए भी प्राणी क्योंकर समस्त ब्रह्मांड में विचरण करने लगते हैं, उन्हें पहली बार उस परम सत्य का अहसास हुआ!

न बीजानन्द को सुध-बुध थी कि वह गाते-बजाते कब रुका और न सुनने वालों को भी उस स्थिति का चेत था। बीजानन्द के रुकने पर भी उनके कानों में उस अप्रतिम संगीत के स्वर गूँज रहे थे। काफी देर बाद जब वह नाद थमा तो श्रोताओं को महसूस हुआ कि उनकी नींद उड़ गयी! सपना, सपने की अलंघ्य ठौर पहुँचा! वेदा चारण अदेर खड़ा हुआ। बीजानन्द के पास आकर जोर से बोला, "माँग...माँग...बीजानन्द माँग। जो माँगे वही तेरे चरणों में हाजिर कर दूँगा। आज तो मेरे प्राण माँगे तब भी मना नहीं करूँगा! फिर वित्त-मवेशी, जमीन-जायदाद की बिसात ही क्या? माँग...माँग!"

वेदा चारण बार-बार आग्रह करता रहा। मगर बीजानन्द तो वैसा ही अप्रभावित बैठा रहा, जैसे निपट गूँगा बन गया हो। कभी वेदा की ओर स्थिर आँखों से देखता और कभी आँखें फाड़कर मोतबरों की ओर निहारता। जब मोतबरों से भी नहीं रह गया तो वे एक साथ बोले, "माँग, माँग, बीजानन्द माँग। आज वेदाजी चारण कुछ भी कसर नहीं रखेंगे। यदि कसर रह गयी तो हम पूर्ति करेंगे।" आखिर बैणी के बाबा से नहीं रहा गया तो वे खड़े होकर बोले, "हम इतने लोग निहोरे कर रहे हैं और तुझे कुछ परवाह ही नहीं?"

बीजानन्द सिर झुकाये चुपचाप स्थिर दृष्टि से उधर ही देख रहा था। वेदा चारण ने फिर अत्यधिक उछाह से कहा, "दूर-दूर तक सारे इलाके में मेरे वादे की प्रतिष्ठा है। माँग...माँग। यूँ टुकुर-टुकुर मेरा मुँह क्या ताक रहा है...?"

इस बार बीजानन्द के होंठ खुले, "मुझे कुछ कमी हो तो माँगूँ! मैं भला, मेरा बदसूरत चेहरा भला, मेरी काँगरी भली और मेरी गाएँ भलीं! इनके अलावा मुझे किसी चीज की जरूरत नहीं है! आपकी उदारता आजीवन याद रखूँगा!"

तिस पर भी वेदा चारण ने अपना आग्रह नहीं छोड़ा। उसकी नामवरी को गहरी ठेस लगी कि एक अदना ग्वाला माँगने के लिए साफ मना कर रहा है। वह अपनी ही जबान के बन्धन में फँसता गया। ठेठ गहरे दुबके हुए 'मैं' का दर्प ऐसा ही होता है। दो कदम आगे बढ़कर जोर से बोला, "यदि अब भी मेरी बात नहीं माने तो मेरी मर्यादा घटती है। तुझे जगदम्बा की सौगन्ध है—माँग, माँग! निःशंक माँग!"

तब बीजानन्द ने अपनी समूची हिम्मत बटोरकर गम्भीर स्वर में कहा, "माँगने के लिए तो मेरी ना नहीं है, मगर आप दे नहीं सकेंगे! फिर अपनी जबान क्यूँ गँवाऊँ...?"

उसके कानों में जैसे बर्र ने डंक मारा हो, "क्या कहा कि मैं दे नहीं सकूँगा? क्या तेरी जीभ मेरी जबान से बढ़कर है? तू माँगकर देख तो सही! मेरा नाम वेदा चारण है...!"

उधर पर्दे की ओट में बैणी का दिल डूबने लगा तो उसने सैणी की ओर देखा। उसके चेहरे पर कभी अपार आनन्द की कान्ति मँडराती तो कभी घनघोर अवसाद की छाया! सहेली की ऐसी अजीबो-गरीब रंगत उसने कभी नहीं देखी! और उसे भी अपनी नयी पहचान की जानकारी अभी-अभी हुई। बैणी का यह दूसरा स्वरूप अब तक कहाँ छिपा था? ठेठ उसके भीतर या बाहर? लेकिन उसकी झलक देखकर उसे आश्चर्य भी कम नहीं हुआ, घबराहट भी कम नहीं हुई और आनन्द भी कम नहीं हुआ!

अन्तिम बार बैणी के बाबा और वेदा चारण ने आग्रह किया तो बीजानन्द ने माथा नवाकर कहा, "आपका आदेश सिर-आँखों पर, मगर गुस्ताखी माफ करें, मुझे न तो वित्त-मवेशी चाहिए और न जमीन-जायदाद। आपकी लाड़ली बिटिया सैणी मेरे आँगन में घूँघट निकाले, बस, मेरी एकमात्र कामना यही है! इसके अलावा मुझे न तो इन्द्र के राज्य की दरकार है और न कुबेर की खजाने की...!"

पूरी बात सुनने के पहले ही वेदा चारण की समूची देह में सहस्त्र बिच्छुओं के दंशन का जहर घुल गया! आँखों में अंगारे दहक उठे। दाँत किटकिटाते जोर से चीखा, "क्या कहा तूने? एक बार फिर कहकर तो देख...?"

"मुझे जो कहना था, सर नवाकर कह दिया। अब आप जानें और आपकी जबान जाने!"

"शरण में आये चण्डाल की इतनी हिम्मत?" वह थूक उछालते बोला, "कौआ चाँद के लिए तरसे...? गुस्सा तो ऐसा आ रहा है कि नाक-कान कटवाकर गाँव के बाहर खदेड़ दूँ।"

सैणी बैणी के कानों में शब्दों की बजाय फक़त साँय-साँय गूँज रही थी, जिसका कुछ भी मायना समझ में नहीं आया! वे संज्ञा-विहीन-सी अविचल बैठी थीं। प्राण रहते हुए भी मरण की अनुभूति शायद ऐसी ही होती होगी...!

बीजानन्द आगे क्या विवाद करता? मन-ही-मन उसके पश्चाताप का पार नहीं रहा कि क्यों उनका आग्रह मानकर अपनी मंशा दरसायी? लेकिन देखते-देखते सारे मोतबर उसके पक्ष में जुड़ गये। वेदा चारण को फटकारने में कोई कसर नहीं रखी कि उसने माँगने के लिए क्यों बढ़-बढ़कर आग्रह किया? बेचारा बीजानन्द तो बार-बार मना करता रहा। तब जबान वश में रखनी थी। यह भी चारण का बेटा है। सुन्दर या असुन्दर होना तो विधाता के हाथ है और अमीर-गरीब होना भाग्य की बात है! गवाड़ी में धन-दौलत की इफ़रात है। एकाएक बेटी है। घर-जमाई बनाकर रखने से पुरखों की माया भी बच जाएगी। और वह अपनी कला के प्रताप से सारे देश में नाम करेगा। बात भी रह जाएगी। थूककर चाटने से उसकी साख-पेठ पर पानी फिर जाएगा। अच्छी तरह सोच ले। यदि अब भी उनकी बात नहीं रखी तो वे इस गवाड़ी का पानी तक नहीं पीएँगे। गाँव-गाँव कोशिश करेंगे कि चारण समाज उसे जात-बिरादरी के बाहर कर दे। उसने नाहक बीजानन्द जैसे बेजोड़ कलावन्त की शान मिट्टी में मिलायी है। आज अभी सबके सामने जो फैसला होना है, हो जाय!

वेदा चारण का कुछ भी वश नहीं चला। लाचार होकर उसे मोतबरों का मान रखना पड़ा। मगर उसने तत्काल ही एक दाँव सोच लिया। हाथ जोड़कर बोला, "पंचों का आदेश मेरे लिए परमेश्वर का आदेश है! बीजानन्द की माँग

कबूल। फिर भी भावी दामाद के हौसले की परख तो करनी ही होगी। उसे तीन महीनों की मोहलत देता हूँ, यदि दस-दस चन्दरमा वाली निन्यानबे भैंसियाँ आखिरी दिन तक मेरे बाड़े में ले आया तो मेरी धिया सैणी के साथ उसका हथलेवा जोड़ दूँगा। वरना जहाँ मेरी इच्छा होगी, वहीं सगाई का नारियल भेजूँगा। इसे कुछ भी एतराज नहीं होना चाहिए।''

मोतबर कुछ सोचकर जवाब दें उसके पहले ही बीजानन्द बोल उठा, ''न तो मुझे पहले कुछ एतराज था और न अब एतराज है।'' उसने शालीनता पूर्वक हामी भरते कहा, ''मुझे आपका कौल मंजूर है। मेरी गायों की सार-सँभाल रखिएगा। घोर तपस्या के बिना ईश्वर मिले या न मिले पर मन-वांछित सिद्धि प्राप्त नहीं होती! शंख और सीपियाँ तो समुद्र के तट पर बाहर ही बिखरी पड़ी हैं! लेकिन अमोलक मोतियों की खातिर बहुत गहरे पैठना पड़ता है! तब एक पल भी व्यर्थ न गँवाकर मुझे इसी क्षण प्रस्थान करना चाहिए। अब तो एक-एक क्षण मेरे लिए अमूल्य है। काँगरी और कण्ठ मेरी लाज रखेंगे! आप सबको मेरा जुहार। बासी मुँह कामना करिएगा कि मेरी तपस्या सार्थक हो!''

बीजानन्द की स्वीकृति के बाद मोतबर भी क्या पंचायती करते। सभी श्रोतागण एकटक देखते रहे और बीजानन्द नाक की सीध में अजानी राह चल पड़ा। कोई सौ-सवा सौ कदम आगे बढ़ते ही उसने काँगरी की झंकार के साथ गाना शुरू किया, ''सूती और गौरांदे रंग-भर म्हेल में, सूतौड़ी नै आयौ रे जंजाळ! कुरजां अे म्हारौ भंवर मिळाद्यौ नीं अे।'' हवा के रेशे-रेशे में दोहरा अमृत घुलने लगा। सुनने वालों का रोम-रोम कान बन गया और आँखें अपना नैसर्गिक गुण छोड़कर देखने की बजाय सुनने का काम करने लगीं!

समय तो जैसे उलटे पाँव पीछे खिसकने लगा हो! मगर उसके खिसकने की सीमा थी। घड़ी-सवा-घड़ी के उपरान्त दूसरों के कानों में काँगरी की झंकार और बीजानन्द की राग एकदम बन्द हो गयीं। लेकिन सैणी-बैणी के कानों में उसकी अनुगूँज निरन्तर बजती रही—सूतौड़ी नै आयौ रे जंजाळ...!

परन्तु वह तो जागृत अवस्था का जंजाल था—कैसा अप्रत्याशित, कैसा कल्पनातीत और कैसा अनिवर्चनीय! कुछ देर पश्चात् वह अनुगूँज कानों की बजाय उनके अन्तर में बजने लगी। आत्म-विस्मृति और अद्‌भुत संचेतना की वह विलक्षण अवस्था थी!

बैणी, सैणी की आँखों में कुछ मर्म खोजना चाह रही थी और सैणी, बैणी की आँखों में कुछ दूसरा ही रहस्य तलाश करना चाह रही थी! लेकिन किसी के कुछ भी हाथ नहीं लगा। तब बैणी ने आँखें चुराते पूछा—अब...?''

सैणी ने नीचे झुककर दाएँ पैर के अँगूठे से आँगन कुचरते जवाब दिया जैसे

भीतर-ही-भीतर क्रन्दन कर रही हो "अब...?"

दोनों के होंठों पर कई मूक प्रश्न फरफराये! पर उनका उत्तर दूर-दूर तक दिखायी नहीं पड़ा। न उगते उजाले के क्षितिज पर और न पसरते अँधियारे की छाँह पर! तब भी अपने वश रहते उन मूक प्रश्नों का पीछा तो वे करेंगी-ही-करेंगी!

अब? अब? का फुफकारता सवाल उनके अन्तस् में घुमड़ रहा था कि गृह-स्वामी ने अपनी दुलारी बिटिया के पास आकर उछाह भरे लहजे में मुस्कराते कहा, "करणी-माँ ने हाथोंहाथ बडेरों की लाज रखली! साँप भी मर गया और लाठी भी नहीं टूटी! तू जो चाहती थी, वही हुआ और न बुराई की हँड़िया मेरे माथे पर फूटी! अपने-आप ही काँगरी के जोश-खरोश में रवाना हो गया, लेकिन उसकी सात पीढ़ियाँ मिलकर भी दस-दस चन्दरमा वाली पचास भैंसियाँ इकट्ठी नहीं कर सकतीं। मैंने बहुत सोच-विचारकर यह गहरी चाल चली! अब तो खुश...!"

सैणी ने व्यंग्य में मुस्कराते कहा, "भला आपके अलावा ऐसी चाल और कौन चल सकता है? मैं बहुत खुश हूँ...! ऐसी अपार खुशी का योग तो कभी नहीं बना! आपका अहसान मरने के बाद भी भूल नहीं सकूँगी!" इतना कहकर वह खिलखिलाकर हँसी सो रुकी ही नहीं! तब कहीं जीसा के जी-में-जी आया। बैणी का हाथ थामकर वह माँ के पास आयी। रूठने का अभिनय करते बोली, "बाई, जबरदस्त भूख लगी है, जो कुछ भी मौजूद हो, झट परोस दे।"

"अभी परोसती हूँ। आवाज देना ही चाह रही थी कि तुम आ गयीं। भूख का क्या कसूर, वह तो लगेगी ही। दो दिन हुए अनाज का दाना तक मुँह में नहीं डाला। साथ बैठोगी कि अलग-अलग?"

"क्यूँ आज अलग-अलग क्यूँ? ऐसी क्या नयी बात हुई?" बैणी ने गरदन हिलाते पूछा।

बाई, जीसा से भी अधिक खुश नजर आयी। ममता भरे स्वर में कहने लगी, "इस से बड़ी बात और क्या हो सकती है? जैसा सैणी ने चाहा, ठीक वैसा ही हुआ! फक़त काँगरी बजाने से बदसूरत हुलिया थोड़े ही सुधर सकता है! पैरों में जूतियाँ होतीं तो उन में पानी डालकर अपना चेहरा देखता! ऐसे भैंसे का नाक पकड़कर दही दूँ भला? निर्लज्ज को ऐसी बात उगलते तनिक भी हिचक नहीं हुई? मेरी पार्वती को शंकर भगवान से सवाया वर मिलेगा। तेरी तपस्या बेकार नहीं जाएगी...!"

"बाई, तेरी बातों से तो पेट भरेगा नहीं। मेरे प्राण निकल रहे हैं और तू बातें बघार रही है!" फिर माँ के भरोसे नहीं रहकर सैणी अपने-आप ही काँसी

के तसले में खीर लेने लगी तो माँ ने बरजते कहा, "नहीं, बिटिया नहीं, दो दिन की भूखी-प्यासी पहले गाय के दही का मट्ठा पी लो, बाद में थोड़ी-सी खीर, वरना आँतें खराब हो जाएँगी...।"

"नहीं बाई, यह भूख-प्यास वैसा नहीं है, जिसके कारण कुछ गड़बड़ हो! इस भूख-प्यास से तो बरसों की बीमारी ठीक हो सकती है!"

"सो कैसे...?"

"तू नहीं समझ सकती! समझने की उम्र कब की बीत चुकी, अब तो अगले जनम में शायद समझ सके...!"

बाई आश्चर्य-चकित होकर बेटी का मुँह जोहने लगी। फिर वही चिर-प्रचलित ब्रह्म-वाक्य सुनाया, "मैंने तुझे जनम दिया कि तूने मुझे?" बाई के दोनों हाथ पकड़कर उसे नचाती हुई सैणी कहने लगी, "यदि तू चाहे तो मैं अब तुझे जनम दे सकती हूँ...!"

बाई झटके से हाथ छुड़ाकर बोली, "तेरा माथा तो खराब नहीं हो गया, जो इस तरह अंट-शंट बकने लगी है!"

"सच बाई, मेरा माथा बरसों से खराब था, अभी तीन दिन पहले ही ठीक हुआ है! माथे-वाथे का चक्कर छोड़। बता, क्या तू मुझे दुबारा जनम दे सकती है?"

"ले सुन इसकी अबूझ बातें...!" बाई ने बैणी की ओर देखते कहा, "कल से ही गाय के कच्चे दूध में मिश्री और बताशे घोलकर अपने हाथ से पिलाऊँगी। वरना यह भी छोटी मामी की तरह बौरा जाएगी...!"

"तुम लोगों की समझदारी के मुकाबले छोटी मामी का पागलपन हजार गुना बेहतर है! अच्छा बाबा अच्छा, पहले खीर तो खाने दे। कल कच्चे दूध में तेरे हाथ से जो इच्छा हो पिला देना—मिश्री, बताशे या संखिया!" फिर बाई के गाल पर चुम्मा देकर वह खीर के भगोले की ओर मुड़ी। उसके पेट में जैसे भैरव घुस बैठा हो! किनारों तक तसला भरकर बैणी के हाथ में थमाया। फिर वैसा-का-वैसा तसला भरकर मैड़ी की सीढ़ियाँ चढ़ने लगी। बैणी हतशून्य! स्तब्ध! सैणी के इस निराले बरताव का मायना उसकी समझ में नहीं आया। वह तसले की कोर होंठों से लगाकर पीने लगी तो बैणी ने कहा, "बावरी! आज तुझे हुआ क्या है? लाज का लवलेश तक नहीं! ऐसे मौके पर खिलखिलाकर हँसना तुझे शोभा देता है? तुझे ऐसी निर्मोही तो नहीं जानी थी! बीजानन्द के लिए तो छाछ-राबड़ी का भी जुगाड़ नहीं और तू खीर सबोड़ रही है? तिरिया-चरित की लोग यूँ ही निन्दा नहीं करते! मैं मन-ही-मन तुझे अपना गुरु मान रही थी और तूने

यह स्वाँग रचा? दस चन्दरमा वाली भैंसियों के लिए वह कहाँ-कहाँ भटक रहा होगा? कैसे-कैसे पाजियों की खुशामद कर रहा होगा? कहाँ बिछौना और कहाँ नींद? मेरी आँखें तो आज ही उघड़ीं...।''

"अभी कहाँ उघड़ी?'' सैणी ताने-तिसने के बहाने मुस्कराते बोली, "आगे और अधिक उघड़ेंगी! आज तो पहला ही दिन अस्त हुआ है!'' यह कहकर उसने फिर खीर-पीने का इरादा किया ही था कि बैणी ने गुस्से में आग-बबूला होकर उसके होंठों से सटी तसली झपटकर मजूस पर धर दी। सैणी के गले में डगडग हँसी समा नहीं रही थी! हँसी थमने पर बोली, "मेरी साथिन होकर तू ऐसी भोंदू कैसे रह गयी, समझ नहीं पड़ता? तू कहे तो खीर सबोड़ने के पहले समझाऊँ या बाद में...?''

"नहीं, पहिले। अब ज्यादा पहेलियाँ मत बूझ। साफ-साफ बताये सो बात कर।''

तत्पश्चात् सैणी ऊँचे पाट पर बैठकर गम्भीर स्वर में कहने लगी, "मैं भी पहले कब जानती थी? दूसरी लड़कियों की तरह मैंने भी माँ-बाप की पोशाल में पहाड़े और बारहखड़ी सीखी। 'सिद्धो-वरणा' याद किया। ढंचे-ढाये कण्ठस्थ किये। लेकिन उस शुभ वेला कुई में कलशी डूबने के साथ मेरी पुरानी सिखावन और पुराने संस्कार भी डूब गये! फिर बीजानन्द की काँगरी और उसके अनहद नाद से मैंने मनुष्य-योनि का समूचा आनन्द एक घड़ी में भर पाया! और चेतना के अभेद्य अँधेरे में डूबते-उतराते जब बीजानन्द के होंठों का मैंने चुम्बन लिया तो हजार-हजार बरसों की प्रीत उस अमृत-पान से वसूल हो गयी! प्रीत के उन्मेष में जो पवित्र आनन्द है, वह उसके भोग में कहाँ? फिर तो प्रीत की लीक पीटनी पड़ती है! एक बार जिसके अन्तस् में प्रीत अंकुरित होने लगे, फिर न तो ब्याह के फेरों की जरूरत है और न वेदी के धुएँ की! न सुहाग-सेज की प्रतीक्षा और न कोख की हवस! अन्तस् में प्रीत की झंकार से बढ़कर दूसरा कोई सुख नहीं है! प्रीत की लगन ही मानव-जीवन का पहला और अन्तिम सुख है! दुख, सन्ताप और घुटन का रेशा भी प्रीत करने वाले के पास नहीं फटकना चाहिए! संयोग और वियोग के गठबन्धन से ही प्रीत पूर्ण और मुक्त होती है! प्रीत की आँखों में आँसू आएँ, विछोह में क्लेश और दाह उपजे, वह सच्ची प्रीत नहीं होती! और जिसकी काँगरी और कण्ठ का ऐसा जादू हो, उसके सामने चक्रवर्ती साम्राज्य भी पानी भरता है! उसके वैभव का कोई पार है भला! बीजानन्द से अधिक ऐश्वर्यशाली तो कुबेर भी नहीं हो सकता! बीजानन्द को दस चन्दरमा वाली भैंसियाँ मिलेंगी कि नहीं मिलेंगी, उसका कौल पार पड़ेगा कि नहीं पड़ेगा और मुझ से

उसका पाणिग्रहण होगा कि नहीं होगा, यह सब सामान्य लोगों की सामान्य बातें हैं! हिसाबी लोगों की जोड़-बाकी है! एक पल भी ढील किये बिना ही उसका अदेर प्रस्थान ही सबसे श्रेष्ठ और सर्वोत्तम मिसाल है! परिणाम या फल के प्रपंच में कुछ भी सार नहीं है! प्रीत का पहला चुम्बन ही पवित्र और निर्दोष होता है! मेरा आधा-अधूरा मौन तो पहले ही अमृत पान से ध्वस्त हो गया! और उसी क्षण मेरी बन्द आँखों के सामने सूर्योदय का आलोक जगमगाने लगा! प्रीत करने वाला परमेश्वर आहें भरे, आँसू बहाये, छटपटाये और दुख पाये, यह कोई सच्ची प्रीत नहीं, प्रीत का ढकोसला है! छलना है! अब तुझे क्या-क्या बताऊँ...? यह तो केवल जानने का स्वाद है, समझाने से समझ में नहीं आता! प्रीत के लिए क्या तो नजदीक और क्या दूर? जो जितना ही पास है, वह उतना ही दूर है! और जो जितना ही दूर है, वह उतना ही पास है! नौ लाख सितारे और चाँद पाँवों के पास बिखरे पड़े हों तो उन्हें कौन पूछे? वे असीम दूरी पर हैं, तभी लुभावने लगते हैं! ईश्वर या परमेश्वर दृष्टि के दायरे में हो तो उसका महत्त्व भेड़ जितना भी नहीं होगा! वह अगोचर है, निराकार है तभी सारी दुनिया उसका सुमिरन करती है, पूजा करती है! वह नजर नहीं आता, इसीलिए दुनिया उसकी तलाश कर रही है! बीजानन्द जिसे सुख-माने, सन्तोष माने, वही तो एकमात्र सत्य है! दूसरों के द्वारा उसे दुख और टोटा मानने का मतलब ही क्या है? ज्ञान का अखूट उजाला तो क्षण-पल में ही दमकता है, वरना बरसों तक रटने पर भी अज्ञान दूर नहीं होता! मेरी बकवास कुछ समझ में बैठी कि नहीं? तू मुझ से अधिक समझदार है!''

''लेकिन वैसे चुम्बन के बिना समझ आती ही कहाँ हैं?'' बैणी ने उतावली प्रकट करते कहा, ''तेरी समझ कुछ ज्यादा ही बढ़ने लगी है! लगता है तुझे चुप कराने के लिए वही नुस्खा आजमाना होगा।'' और उसने आगे बढ़कर अविलम्ब वही नुस्खा आजमाया। सैणी बोलना चाहने पर भी बोल नहीं सकी। लेकिन उस मौन से अधिक सशक्त और सहज वाणी का आविष्कार आज भी शेष है और अनन्त काल तक शेष रहेगा...!

मुक्त होने के पश्चात् भी सैणी कुछ देर तक चुप रही! बैणी ने मुस्कराते कहा, ''तेरे बहाने बीजानन्द के होंठों का परस अपने-आप ही हो गया। अब खीर ज्यादा मीठी लगेगी! प्रीत की पोशाल में शायद ही किसी औरत ने ऐसा ज्ञान अर्जित किया हो, यह मैं दावे के साथ कह सकती हूँ, मगर तू मानेगी नहीं!''

सैणी मानो अगाध ऊँघ से जागी हो। अलसाये भाव से बोली, ''इस में मानने लायक बात ही क्या है? जिस तरह प्रत्येक औरत की काया अलग होती

है, उसी तरह उसकी माया भी अलग होती है, प्रीत भी अलग होती है!''

ऐसी अजीब बातों से उनका साबका पहली बार ही पड़ा था। खीर खाते-खाते उनके मन में एक नये ही चिन्तन का स्रोत उमग पड़ा कि आज बीजानन्द की काँगरी कहाँ अमृत बरसा रही होगी? जाने किस गीत के बोल उसके कण्ठ से छलक रहे होंगे? दस चन्दरमा वाली भैंसियाँ पास होने पर शायद ही कोई उसे मना करे! उसकी काँगरी का जादू ही ऐसा है!

...उसकी जुदाई के बाद दिन बीतना तो नहीं चाहिए, लेकिन वह तो सचमुच बीत रहा है। पूरा दिन ढल गया! पूरी रात ढल गयी! मगर दूसरे ही क्षण उन्हें खयाल आया कि समय नहीं बीतने पर कौल के तीन महीने क्योंकर पूरे होंगे? काश! समय की रफ्तार इतनी तेज हो जाय कि तीन दिन में तीन महीने उथल पड़ें! नहीं, नहीं, ऐसा होने पर तो बीजानन्द को घूमने के लिए पर्याप्त समय भी कहाँ मिलेगा? समय को तो अपनी आदिम गति से ही चलना चाहिए! यही प्राणीमात्र के लिए कल्याणप्रद है! क्या यह तटस्थ समय भी बीजानन्द की काँगरी का लिहाज रखेगा? रखना तो चाहिए। लेकिन संसार में असंख्य प्राणी हैं, वह किस-किसका खयाल रखे? लेकिन बीजानन्द तो बीजानन्द ही है, उसकी होड़ करने वाला दूसरा कोई बन्दा है ही कहाँ? विधाता के कुशल हाथों से कैसा भी रूप गढ़ा जा सकता है, परन्तु बीजानन्द जैसा कलावन्त नहीं रचा जा सकता! वैसी काँगरी भला कौन बजा सकता है? साँई का कोई नया अवतार पैदा हो तो हो!

वे अल्ल सवेरे जल्दी उठकर तालाब की कदीमी राह रवाना हुईं तो ऐसा प्रतीत हुआ कि वे पहली बार मृत्युलोक में अवतरित हुई हों! चारों ओर का परिवेश उन्हें एकदम अपरिचित और अजनबी लगा! या तो वे स्वयं अपनी ही पहचान भूल चुकी थीं या उनकी स्मृति धूमिल होने लगी है! वे चुपचाप अजाने पथ पर चलती रहीं! जैसे वे निपट अकेली हों। लेकिन ज्योंही वे कुँइयों के पास पहुँचीं कि उनकी सुषुप्त स्मृति में एक अपूर्व आलोक-पुंज प्रज्वलित हो उठा! सूखा तालाब उन्हें मानसरोवर के उनमान लहराता नजर आया! कँटीली बोरड़ियाँ उन्हें कल्प-वृक्ष की नाईं गहर-घुमेर महसूस हुईं। तीखली बेर अमरफल को ही मात करें जैसे! बड़ा-सा अनघड़ प्रस्तर इन्द्रासन से भी सुन्दर, मोतियों से भी महँगा प्रतीत हुआ! जिस पर बिराजमान होकर उस अवधूत ने काँगरी के तार झनझनाये थे, सुमधुर कण्ठ से अनहद नाद सुनाया था!...और...और...! जिसके परिणाम-स्वरूप सैणी की समझ के प्राचीन, सड़े-गले संस्कार झड़े थे! नयी कोंपलें फूटी थीं! देखने-सुनने की तासीर बदली थी! जिसके प्रताप से सच्ची प्रीत का मर्म समझ में आया था! जीने के औचित्य की झलक मिली थी! सच्ची प्रीत सुख-

दुख में भेदभाव नहीं मानती! जीवन और मरण के प्रति एक-सा लगाव रखती है! जीवन सो ही मरण और मरण सो ही जीवन! उम्र या बरसों के हिसाब से जीवन का कूता नहीं होता! जीवन के वास्तविक आनन्द की खातिर एक क्षण भी पर्याप्त है, वरना सौ बरस का नारकीय अस्तित्व सर्वथा बेमानी है!

उस आत्म-विभोर स्थिति से उबरकर दोनों सहेलियाँ अपनी निर्धारित कुँइया पर पानी सींचने के लिए आयीं। जब बैणी गिड़गिड़ी से अपनी डोली उतारने लगी तो सैणी कुछ देर तक कुँइया में एकटक ताकती रही, जैसे आँखों की ज्योति से पानी में डूबी कलशी को बाहर खींच लेना चाहती हो! लेकिन ऐसा हुआ नहीं। तब आधी से अधिक झुककर इधर-उधर झाँकने लगी। सहसा दोनों हाथ फैलाकर वह इतने जोर से हँसी, मानो उस पर पागलपन का दौरा पड़ गया हो। बैणी ने चौंककर उधर देखा। पानी से भरी डोली हाथ में थामे चित्रलिखी-सी खड़ी रही। घबराकर पूछा, ''सैणी! तुझे हुआ क्या है... ?''

सैणी ने हँसते-हँसते ही कहा, ''मुझे कुछ नहीं हुआ...शायद तुझे कुछ हुआ हो!'' इतना कहकर वह और जोर से हँसी। हुलसकर कुँइया में झाँका तो उस हँसी की प्रतिध्वनि चारों दिशाओं में गूँज उठी। फिर तो सैणी की हँसी और उस प्रतिध्वनि में परस्पर होड़-सी मच गयी। बैणी ने हाथ पकड़कर पीछे खींचा। सैणी हँसते-हँसते ही सहेली के गले से लटूमकर कहने लगी, ''तू खाँमखाँ घबराती है।...जब किसी असह्य वेदना के कारण आँसू कहीं भीतर अटक जाते हैं, तब वे हँसी का रूप धरकर मुँह से फूटते हैं! रोने की बजाय हँसने से ही उस वेदना का दंश शमित होता है!'' इतना कहते ही उसका गला रुँध गया! आँखों में आँसू छलछला आये! पर होंठों पर हँसी उसी तरह टिमटिमा रही थी। शायद दोनों स्त्रोत खुलने से ही सैणी का आन्तरिक आलोड़न व्यक्त हो सकता था! उस अद्‌भुत बालसुलभ नजारे की अप्रतिम छवि निहार कर बैणी स्तब्ध रह गयी। और दूसरे ही क्षण उसके चेहरे पर भी वही नजारा प्रतिबिम्बित हो उठा—आँखों में आँसू और होंठों पर हँसी! प्रकृति की कैसी भी अनुपम छटा उस नजारे की होड़ नहीं कर सकती!

समय अपनी गति से चलता है। मनुष्य अपनी मति से चलता है। गति और मति के जुड़ाव से जीवन-मरण का महातम उजागर होता है! वेदा चारण की अपनी मति थी। सैणी-बैणी की अपनी गति थी। पिता को अपने सुख-दुख का पूरा ख्याल था। सैणी-बैणी को अपना सुख-दुख का पूरा ध्यान था। लेकिन सुख-दुख के मापदण्ड और दृष्टिकोण अलग-अलग थे! पिता को बेटी के सुख-दुख की खातिर निर्विघ्न आशा थी कि बीजानन्द से दस चन्दरमा वाली निन्यानबे

भैंसियाँ एकत्रित करना असम्भव है। और उधर दोनों सहेलियों को अपने सुख-दुख की खातिर अडिग विश्वास था कि बीजानन्द एक दिन पहले अपना कौल पूरा कर देगा। करना ही चाहिए! प्रेम का आशा-दीप तूफान के बीच भी नहीं बुझता! उस चरम आनन्द के निमित्त वे एक बार फिर उसकी काँगरी का सुर और उसके कण्ठ का नाद सुनेंगी! इसके अतिरिक्त मनुष्य-जीवन का दूसरा माहात्म्य ही क्या है? दोनों सहेलियों ने मन-ही-मन पुख्ता निश्चय कर लिया कि बीजानन्द के आजू-बाजू बैठकर एक साथ ही हथलेवा जोड़ेंगी! जब दोनों आँखें, दोनों कान, दोनों हाथ और दोनों पाँव आपस में ईर्ष्या करने की बजाय एक ही देहयष्टि को पर्याप्त सहारा देते हैं, तब वे अपने साँवरिया के सुख की खातिर ईर्ष्या क्यूँ करेंगी? ईर्ष्या का कुछ आधार भी तो हो...!

जिस तरह छाया प्राणी-जगत का साथ नहीं छोड़ती, उसी तरह दोनों सहेलियाँ वेला-कुवेला जब इच्छा होती, तालाब की कुँइयों पर पानी सींचने के लिए जातीं। रुनझुन-रुनझुन माथे पर बेवड़े लातीं। परिण्डा भरतीं। अपनी हँसी-खुशी में मशगूल। अपने आँसुओं से परितुष्ट! अपने सपनों में मग्न! बीजानन्द के कौल का क्षण-पल, एक-एक घड़ी, प्रहर और दिन व्यतीत होने पर उनके बदन की आभा दिन-ब-दिन खिलने लगी! तब गाँव और घरवालों को पूरा विश्वास हो गया है! तभी तो वे हँसती मुस्कराती हैं! खुश रहती हैं! दोनों सहेलियाँ माँ की कोख में तो समा गयीं। लेकिन आँगन में नहीं समातीं! समय रहते उनके पीले हाथ करने की चिन्ता सताने लगी। योग्य घर-वर की तलाश होने लगी। सैणी-बैणी से कुछ भी छिपा हुआ नहीं था। लेकिन वे जान-बूझकर अनजान बनी हुई थीं।

बैणी के मन में उमगती शंकाएँ बिना जताये सैणी समझ रही थी। एक दिन उस से रहा नहीं गया तो बैणी से कहने लगी, "तू बेकार माथा मत लड़ा। बीजानन्द के प्रति मेरे मन में कोई बँधी-बँधायी धारणा नहीं है! वह अकारण ही बदलती रहती है! और इस बदलाव को मैं खुद भी समझ नहीं पाती! पर जाने क्यूँ, प्रत्येक नयी धारणा मुझे सच्ची जान पड़ती है! कभी सोचती हूँ कि उसके बिना जीवन का कोई भी पल सार्थक नहीं है! और दूसरे ही क्षण ऐसा लगता है कि परमात्मा के लिए भी क्यों अपना जीवन अर्पित किया जाय? जीवन की एकमात्र सार्थकता जीने में ही है! कोई भी हस्ती उस में व्यवधान क्यों बने? अपना जीवन अपने पाँवों पर ही अडिग रहना चाहिए! दूसरे के पाँवों पर चलना किसी भी दृष्टि से उचित नहीं है! कभी सोचती हूँ वह एक सपना था सो टूट गया! उसे टूटे हुए सपने की खुमारी के पीछे अपना जीवन तोड़ने में क्या तुक है? कभी सोचती

हूँ कि सपनों के बिना जिन्दगी हराम है! मैं खुद ही अपने वश में नहीं हूँ! जाने किस अदीठ शक्ति के वशीभूत मेरा जीवन नियन्त्रित हो रहा है? वे लोग कितने सुखी हैं, जो मजे से चरते हैं और मजे से ऊँघते हैं! वे जागते हुए भी सोते हैं और मैं भरपूर नींद में भी जागती रहती हूँ...!''

बैणी ने आश्चर्य से पूछा, ''तू अपने मन की बात कह रही है या मेरे मन की?''

''कुछ भी समझ ले। हाँ, यह भी हो सकता है कि मैं तेरे मन की ही बात बता रही होऊँ! मुझ से अधिक मैं आजकल तेरे लिए ही चिन्तित रहने लगी हूँ! तू विश्वास थोड़े ही करेगी कि मैं सर्वथा दूसरा ही जीवन जी रही हूँ, जो पहले वाले जीवन से कितना भिन्न है! सच, मैं अपनी चेतना के परे जीने लगी हूँ! क्या बीजानन्द को भी कुछ ऐसा ही महसूस हो रहा होगा?''

''यह हम कैसे जान सकती हैं?''

''पर जानना तो चाहिए न? फिर मैं तेरे मन की बात कैसे जान लेती हूँ?''

''हाँ, यह बात तो सही है।''

इस तरह जानने-समझने की अजीब प्रक्रिया में समय अपनी मौज में चलता रहा। बीजानन्द के कौल की अन्तिम रात ढलते ही वेदा चारण के लिए चारों दिशाओं में प्रकाश-ही-प्रकाश जगमगा उठा! और उधर दोनों सहेलियों के लिए उनकी आँखों में एकबारगी तो अभेद्य जाला छा गया! लेकिन कुछ ही देर पश्चात् एक दूसरा ही आलोक शनैः-शनैः प्रकट होने लगा था कि अकस्मात् उनके कानों में ढोल-नगारों की तुमुल-ध्वनि और थाली की झंकार सुनायी पड़ी! वेदा चारण की अपनी समझ थी! उसके हिये में हर्ष-आनन्द का उछाह समा नहीं रहा था! पानी से पहिले मेड़ बाँधे सो मनुष्य समझवान! पूरा जुगाड़ बिठा लिया था। घोड़ा दौड़े, घोड़ी दौड़े, कोई टट्टू कैसा दौड़े? जाने कब कौन-सा अचीता व्यवधान खड़ा हो जाय? होशियारी अपनी है, किसी के बाप की नहीं! यदि बीजानन्द अपने कौल से घड़ी भर बाद भी आये तो बेटी के पिता को कहने के लिए सौ ठौर है! वह पूरममूर कौल से मुक्त है और बीजानन्द बँधा हुआ है! बड़गाँव के ठाकुर ने भी सैणी के रूप की अतिशय प्रशंसा और वेदा चारण की बहबूदी सुन रखी थी। समाचार मिलते ही अदेर—नाई, नाइन, और चारेक भाइयों के साथ सगाई की खातिर अपनी प्रतिष्ठा के अनुरूप शानदार दस्तूर भेजा—इक्कीस तोलों की भरकम आड, तिसपर खरे नगीनों का जड़ाव, ग्यारह तोलों की दो-दो गूजरियाँ। असली जरी-गोटे के दो वेश और अमर-सुहाग की निशानी के प्रतीक स्वरूप कुंकुम की सुनहरी डिबिया। गाँव में घर-घर बाँटने के लिए गुड़, बताशे, मिश्री

और छुहारों की टोकरियाँ। उधर ढोलनियों ने गीत शुरू किया और इधर सैणी के जीसा उल्लास दरसाते हुए मैड़ी में आये और उछाह से कहने लगे, ''मेरे लिए बेटी मानो तो तू है और बेटा मानो तो तू है! बीजानन्द का कौल पूरा न होने पर अपनी हैसियत के मुताबिक तेरी सगाई का दस्तूर आया है...!''

''दस्तूर आया कि पण्डितजी के हाथ नारियल भेजकर दस्तूर मँगवाया है?'' सैणी ने व्यंग्य से मुस्कराते पूछा।

''एक ही बात है बिटिया! माँ का क्लेश बच्चों की समझ में नहीं आता। ब्याह के बाद आँगन में सन्तान खेलने लगती है, तब अपने-आप समझ में आ जाता है! अब दोनों सहेलियाँ नहा-धोकर बनाव-सिंगार करो तो मुहूर्त के अनुसार सब काम पूरे हों। बैणी बिटिया, आज के मांगलिक अवसर पर सैणी को सजाने का जिम्मा तेरा...!''

सैणी के कलेजे में कोई अचीती कसक नहीं उठी। सहज भाव से बोली, ''जीसा, इतनी भी क्या जल्दी थी। कुछ तो धीरज रखते। मेरा मन कहता है कि बीजानन्द देर-सबेर जरूर आयेगा! कौल के मुताबिक पूरी भैंसियाँ लाएगा!''

''नहीं बिटिया, यह असम्भव है। कोई लाख चाहे यह कौल सपने में भी पूरा नहीं हो सकता! सारे मुल्क में बारह महीनों तक भटके, निन्यानबे तो बड़ी बात, दस चन्दरमा वाली पचास भैंसियाँ भी इकट्ठी नहीं हो सकतीं। मुझे गाँव-गाँव की जानकारी है। तभी तो मैंने इस कौल का फन्दा फँसाया! ऐसे काले-भुसण्ड कौवे को मैं बेटी की छाया भी नहीं छूने दूँ! गँवार को माँगने का भी शऊर नहीं! नाली जैसे मुँह से झट उगल दिया कि उसके आँगन में मेरी बेटी घूँघट निकाले! पहिले आँगन का सराजाम तो करले, फिर घूँघट की बात करना! लेकिन हमें चिन्ता करने की जरूरत ही क्या है? उसकी बात, वही जाने। हम कौल से बाहर हैं! मैंने बड़ी तरकीब भिड़ाकर उस से हामी भरवायी थी!''

''पर मैंने अभी तक हामी नहीं भरी! आप भले ही कौल से बाहर हों, मैं कौल से बाहर नहीं हूँ! मैंने बीजानन्द को मन-वचन से वर माना है! मेरा रोम-रोम उस कौल से बँधा है! मेरी मृत्यु के बाद भी यह कौल नहीं टूटेगा!'' इस तरह के आत्म-विश्वास की सैणी को कल्पना तक नहीं थी। उसका स्वर सहज होते हुए भी पूर्णतया दृढ़ था!

एक बार तो बाप को यह भरोसा ही नहीं हुआ कि उसकी बेटी यों उसके रूबरू साफ मना कर देगी! लेकिन धम-धम सीढ़ियाँ चढ़ती माँ ने बेटी के मुँह से यह मन्त्र सुना तो वह बौरा गयी! थूक उछालते बोली, ''फिर इक्कीस तोलों की आड से क्या मैं अपना सिर फोड़ूँ...?''

''सर फोड़ने की जरूरत ही कहाँ है?'' सैणी ने गम्भीर स्वर में उपाय सुझाया, ''दस्तूर का तामझाम जिस तरह आया, उसी तरह वापस लौट जाएगा... !''

चिनगारियों के उनमान माँ के मुँह से ये अक्षर उछले, ''फिर तेरे जीसा की जबान का क्या होगा? नागडसी तेरी बजाय पेट से पत्थर पैदा होता तो दीवार में काम आता!''

''मुझ से पूछकर जबान देते तो मैं कुछ जवाब भी देती... !''

बेटी के निर्भीक बोल सुनकर माँ के हृदय पर जैसी आरी चली हो! आँखें फाड़कर बोली, ''बेटियों से पूछने का रिवाज शायद तू ही शुरू करेगी?'' फिर पति की ओर देखकर कहा, ''अब अपनी दुलारी बिटिया को तुम्हीं सँभालो! कितनी बार कहा कि इतना छूट मत दो। लेकिन मेरी कौन परवाह करे? तिनके की पूछ हो तो घर में मेरी पूछ हो! लाड़-दुलार से बौरायी बेटी के निहोरे करते रहो! मैं तो चली, काम के मारे मरने की भी फुरसत नहीं है! वक्त पर जूती काम नहीं लेने का यही नतीजा होता है, अब भुगतो... !''

हतशून्य बाप, बेटी की ओर एकटक देखता रहा! क्या करे, क्या न करे, कुछ भी समझ में नहीं बैठी! लड़ने-पीटने से यह हठीली लड़की शायद ही माने। आखिर कुछ भी दूसरा उपाय नहीं सुझा तो गोद में खिलायी बेटी के सामने देखकर कहा, ''मेरी लाड़ली बिटिया, तुझे हाथ जोड़ता हूँ, मेरे सफेद बालों की लाज अब तेरे हाथ है! तू हामी भरे तो मैं दस्तूर कबूल करूँ! वरना सारे इलाके में मुँह बताने लायक नहीं रहूँगा!''

बैणी कुछ कहना चाह रही थी कि ऐन मौके पर आँसुओं ने दुश्मनी बरती। गला रुँध गया, जैसे मुँह में कुछ फँस गया हो! बातों के पहाड़ खड़े करना कितना आसान है, परन्तु एक मामूली बात को पार पटकना कितना मुश्किल है! देखूँ, सैणी क्योंकर बच निकलती है? और यों सैणी पर उसे ईश्वर से भी ज्यादा भरोसा था!

सैणी की आँखें भी सूखी कहाँ बचीं! लेकिन चुप रहने से तो झमेला अधिक बढ़ जाएगा। संस्कारों का फन्दा आसानी से ढीला नहीं होता! समझाने से समझ आ जाय तो वे संस्कार ही क्या? उसकी आँखों का अटूट जाला बीजानन्द की काँगरी और उसकी तान के बिना कब कटता? और कटने के बाद जो दिव्य आलोक उसकी आँखों के सामने प्रकट हुआ, अब आँखें मूँदने पर भी ओझल नहीं होता! जब तक जाला नहीं कटे, सफेद बालों की लाज कदम-कदम पर आड़े आती है! किसी भी बेटी का कुछ कसूर नहीं, फिर भी प्रत्येक बेटी को कसूरवार बनना पड़ता है! किसी को भी अपने से परे संस्कारों का अदीठ गोरखधन्धा नजर भी

तो नहीं आता! वर्तमान के आसन्न क्षण में जीना असाध्य है! लेकिन अब इसके अलावा जीवन का कुछ भी महत्त्व नहीं है! ऐसे क्षण की कौंध सहस्र वर्षों का अतिक्रमण कर जाती है! जिस तरह काँटे से काँटा निकलता है, उसी तरह संस्कारों की बेड़ियाँ लोहे की तलवार से नहीं कटतीं, खरे अक्षरों की ज्वाला से कटती हैं! निरर्थक बकवास के द्वारा इसका समाधान असम्भव जानकर सैणी ने कठोर स्वर में कहा, ''जीसा! सफेद बालों की अपेक्षा काले बालों की मर्यादा रखना हजार गुना ज्यादा मुश्किल है! सिर पर सफेदी छाने पर युवक अपने बालों की कालिख बिल्कुल ही बिसर जाते हैं। आप स्वयं अच्छी तरह जानते हैं और सारे इलाके में यह बात किसी से छिपी नहीं है कि आपके काले बालों में भी कम कालिख पुती हुई नहीं है! लेकिन याद होते हुए भी चित्त उसका समर्थन नहीं करना चाहता! क्योंकि अपने दोषों से सहमत होना सर्वाधिक कठिन है! यह संस्कारों का परिणाम है! भूले तो आप भी नहीं होंगे? मर्दों के लिए तो एक भी कायदा नहीं, लेकिन औरतों के लिए तो हजार कायदे हैं! क्यूँ, हैं कि नहीं? जिनकी जकड़न से वे कभी मुक्त नहीं हो सकतीं...!''

सच्ची बात कहने के लिए सभी उत्सुक रहते हैं! किन्तु सच्ची बात सुनना कोई नहीं चाहता! खुले सीने पर भालों के प्रहार सहने की अपेक्षा, सच्ची बात सुनना ज्यादा कठिन है! बेटी के मुँह से साँच की भनक सुनते ही जीसा निरुत्तर हो गये! निगाहें नीची हो गयीं! हाथों में खिलायी बेटी ने उस कालिमा की डिबिया कब उघाड़कर देखी? तीनों प्राणियों के लिए पास खड़े रहना दुश्वार हो गया तो सैणी को अपनी इच्छा के विरुद्ध बात सँवारनी पड़ी! जीसा की ओर देखकर बोली, ''थोड़ी देर के लिए बड़े ठिकाने की नाइन को मेरे पास भेज दीजिए, मैं सब निबटारा कर दूँगी।''

जीसा तो मानो डूबते हुए उबरे हों! धीरे-से बोले, ''तू जाने बिटिया! लेकिन घर की प्रतिष्ठा का पूरा ध्यान रखना...!''

कड़वे आक को निगलते हुए सैणी ने जवाब दिया, ''आप निश्चिन्त रहें, पूरा ध्यान रखूँगी...!''

जीसा आधी सीढ़ियाँ ही उतरे थे, पर बैणी धीरज नहीं रख पायी, ''बावरी! तेरे मुँह में तो लगाम ही नहीं है? जीसा के सामने उनकी कालिख उजागर करते तुझे कुछ भी झिझक नहीं हुई? कुछ तो बाप-बेटी का रिश्ता निभाना था...!''

''अब तो बस एक ही रिश्ता निभा लें तो गनीमत है, जिसके सामने परमात्मा का रिश्ता भी गौण है!'' सैणी सुगम्भीर स्वर में भीगे कण्ठ से कहने लगी, ''आँखों में लाल-सुर्ख तकुआ घोंपे बिना मर्दों को कुछ दिखलाई नहीं पड़ता! इनकी

मन:स्थिति जन्मान्ध से भी बदतर होती है—चाहे माँ हो, चाहे दादा हों, चाहे बाप या भाई! खून के रिश्ते से बढ़कर दूसरा कोई हितैषी नहीं और खून के रिश्ते से बढ़कर कोई बैरी नहीं! परिवार ही व्यक्ति का पोषण करता है, परिवार ही व्यक्ति का विघटन करता है, उसे विकृत करता है! परिवार ही व्यक्ति की ऊर्जा है और परिवार ही उसका अटूट बन्धन है! महामूर्ख या अति-सामान्य व्यक्ति को समाज बर्दाश्त कर सकता है, लेकिन वह प्रतिभा और असाधारण मेधा को बर्दाश्त नहीं कर सकता! वह चोर, डकैत, धूर्त, भ्रष्ट, लम्पट या हत्यारे को बर्दाश्त कर सकता है पर नेक या आदर्श व्यक्ति को बर्दाश्त नहीं कर सकता! हमारे समाज में वेश्या का तो सम्मान है, लेकिन मीरा को जहर दिए बिना उसे शान्ति नहीं मिलती...!''

सीढ़ियों पर पायल की स्वच्छन्द झंकार सुनायी पड़ी तो खवासन के आने की अग्रिम सूचना मिल गयी; जीसा को इतना धीरज कहाँ? वह मन्द-मन्द मुस्कराती हुई मैड़ी में आयी। आखिरी सीढ़ी चढ़ते ही बोली, ''फरमाइये बाईसा, क्या अलग से नेग चुकाने की खातिर मुझे याद किया? मेरे लिए तो समधिन भी लिए-दिये बैठी हैं! कुछ भी कमी नहीं रखी!''

लाग-लपेट, लौकिक-व्यवहार या शिष्टाचार के दिखावे से किसी भी बात का निपटारा नहीं होगा, यह सोचकर सैणी ने तो भिड़ते ही ऐसा नेग चुकाया कि खवासन मरते दम तक भूल नहीं सकती! आँखों-में-आँखें गड़ाकर बोली, ''आप तो हम से अधिक समझवान हैं! थोड़ा कहने पर भी अधिक समझने की चेष्टा करिएगा। सच्ची बात हवा से भी पहिले पहुँचती है! सारा ठिकाना जानता है कि कुँअरजी आपके पति खवासाजी की सन्तान हैं! सूरत भी काफी मिलती है! इसीलिए ठाकुर ने इतनी दूर सगाई का दस्तूर करना चाहा कि हमें भनक भी क्या पड़ जाय! पर मैंने सारे भेद की छानबीन कर ली। फिर भी आप से पूछना जरूरी था! यदि सच्ची बात नहीं छिपायी तो जो माँगेंगी, वही नेग चुकाऊँगी...!''

खवासन के मुँह में तो जैसे गुड़ दिया हो! बोलना चाहने पर भी बोल नहीं सकी। मुँह पर साँवली झाँई पुत गयी। ऐसी बेहया, बेशऊर लड़कियों पर कैसा अंकुश! कई दूसरी बातें और न उगल दे। चुगली करने वाले जी भरकर चुगली न करें, तब तक उन्हें सन्तोष नहीं होता! खवासन ने मुँह से बोलकर कुछ भी प्रकट नहीं किया, तब भी सारा भेद उजागर हो गया! मुँह नीचा करके चुपचाप सीढ़ियाँ उतरने लगी। मगर लौटते समय पायल की झंकार कुछ धीमी सुनायी पड़ी...!

बैणी की ओर मुखातिब हुई तो सैणी ने आश्चर्य से पूछा, ''अरे! तेरा मुँह

क्यों उतर गया? तुझे तो खुश होना चाहिए!'' सैणी ने उसकी ठुड्डी छूने के लिए हाथ बढ़ाया तो वह पीछे सरककर तनिक रोष के स्वर में कहने लगी, ''आज तुझ पर यह कैसा भूत सवार हुआ है? कहीं होश तो नहीं खो बैठी? न जीसा का लिहाज, न ससुराल की खवासन का लिहाज! इन बेजा हरकतों का अन्त क्या होगा?'' बैणी को घबराहट के मारे आगे कुछ भी बात नहीं उपजी तो सैणी कहने लगी, ''सच बैणी, तेरी सौगन्ध, ऐसा होश तो मुझे कभी नहीं रहा! और न अब मुझे किसी अन्त की चिन्ता है! परिस्थितियों के अनुकूल प्रतिक्रिया जतलाये बिना मैं रह नहीं सकती! नतीजा जो भी हो, उस पर मेरा रंचमात्र भी ध्यान नहीं है। अब मैं मौजूदा क्षण में जीना चाहती हूँ, शून्य में नहीं! वर्तमान क्षण में आग लगी है तो मैं छाँह की तलाश नहीं करूँगी! लपटों को बुझाने की भरसक कोशिश करूँगी या उस में जल मरूँगी! यह सीख मुझे तेरी संगति से ही मिली है और तू ही मुझ से पूछताछ कर रही है...?''

बैणी ने तनिक विस्मय से हकलाते पूछा, ''कहाँ...मैं तो इस ज्ञान की बारहखड़ी भी नहीं जानती...?''

''जानेगी कहाँ से...? चोरी में माहिर जो हूँ! बड़ी सफाई से मैंने तेरा समूचा ज्ञान चुरा लिया है और तुझे भनक तक नहीं पड़ने दी! अब तेरे पास बचा ही क्या है...?''

''जब तक तू बची है, मेरे लिए सब-कुछ बचा हुआ है...!''

अकस्मात् गवाड़ी के दरीख़ाने में मचे शोर-शराबे से बैणी की बात अधूरी रह गयी। दोनों ने अकबकाकर मैड़ी के झरोखे से देखा—सभी सरदार आग-बबूला होकर जाजम से उठ रहे हैं। जवान और बुजुर्ग सभी जोर-जोर से चिल्ला रहे हैं। हमारे साथ सरासर धोखा हुआ है! उलटा चोर कोतवाल को डपट रहा है? ऐसा पता होता तो इस गवाड़ी की दिशा में हम झाँकते भी नहीं! हमें जूठी कन्या कबूल नहीं है! पनघट की सभी पनिहारियों ने अपनी आँखों से वह तमाशा देखा! ऊपर से बढ़चढ़ कर बातें बना रही है? कुँआरी बाई ने उस काले-भुसण्ड ग्वाले के होंठों का चुम्बन लिया?

सच्ची बात कभी हवा से पहले पहुँचती है तो कभी बाद में! दरीखाने की हवा ठेठ मैड़ी के भीतर पहुँच रही थी। हवा किसी का अंकुश नहीं मानती! बैणी की आँखों में फिर वही प्रश्न कौंधा—अब...? अब...? और सैणी की आँखों में उसका समाधान मिल गया—कोई बात नहीं!

वेदा चारण भी अपना आपा बिसर गया था। जोर-जोर से बोलने लगा, ''घर आया, माँ जाया! मगर यह तो कहकर कहलवाना है! तुम्हारे कुँअरजी तो

विशुद्ध दोगले हैं! मेरा मुँह क्यों गँदला करवाने पर तुले हो? तुम सब अच्छी तरह जानते ही हो। मैं नयी बात तो कुछ भी घटा-बढ़ा नहीं सकता। पहले अपने खोटे बाटों की पड़ताल करनी थी, फिर ठिकाना छोड़ते! चलनी—सुई पर दोष मँढ़े तो उसे शोभा नहीं देता। सुई में तो सिर्फ एक छेद ही है, लेकिन चलनी में सैकड़ों...हज़ारों!"

गवाड़ी के स्वामी की एक ही ललकार में चलनी के तमाम छेद एक साथ बन्द हो गये! लेकिन सुई का नन्हा छेद भी उसको तोप के मुँह से भी सवाया नजर आया! निर्लज्ज छोकरी बाप को भी ताना देने से नहीं चूकी? मनुष्य की कैसी निराली बान है कि उसे रीछ जितने बड़े और रोम-युक्त अपने अवगुण मकोड़े की अपेक्षा छोटे नज़र आते हैं और दूसरों के मकोड़े जितने अवगुण उसे रीछ जितने बड़े दिखलायी पड़ते हैं! बीजानन्द के होंठों पर बेटी के चुम्बन का विस्फोट सुनते ही उसके क्रोध की सीमा नहीं रही! कुलच्छनी बाप के बालों की कालिख उघाड़ने चली है! और अपनी कालिख का पता ही नहीं? उलटे उस हुनरमन्द ग्वाले को गाँव से दूर खदेड़ने के लिए आटीपाटी ली! दो दिन तक भूखी-प्यासी रही! तिरिया-चरित की माया का पार स्वयं भगवान भी नहीं पा सकता! कल की छोकरी अपने बाप को ही घास चरा गयी? अब उसकी खैर नहीं है...!

धमधम सीढ़ियाँ चढ़ते हुए बेटी को जोर से आवाज दी। आवाज की हाँक सुनते ही दोनों सहेलियाँ समझ गयीं कि खीच पूरे उबाल पर है! बैणी भीतर-ही-भीतर भय से काँप उठी, लेकिन सैणी अपने पूरे होश-हवास में थी। उसकी चेतना के परे ही, जैसे कोई अदीठ शक्ति उसे उद्‌बोधित कर रही हो! आसन्न क्षण में जीने का हौसला ऐसा ही होता है...!

बाप ने बेटी का रिश्ता भूलकर गवाड़ी के मुखिया की बागडोर सँभाली! शिष्टाचार का आवरण हटाकर सीधा प्रश्न किया, "सारे गाँव में बदनामी फैल रही है कि तूने बोरड़ी की छाँह तले बीजानन्द के होंठों का चुम्बन लिया, जब वह काँगरी बजाने में तन्मय था...?"

बाप ने सोचा कि सही बात सुनते ही बेटी परास्त हो जाएगी! आँसू बहाकर उसकी चिरौरी करेगी! पाँव पकड़कर माफी माँगेगी! फिर कभी मरते दम तक बाप के काले बालों की कालिख का जिक्र नहीं करेगी! अपराध-बोध से दबी कैसी भी डपट सुनकर वापस चूँ तक नहीं कर पाएगी! कोढ़ी को ब्याहूँ तो भी चुपचाप ससुराल के लिए विदा हो जाएगी। बाप की हैसियत का उसे अनुमान नहीं है! लाड़-दुलार में पली छोकरी ने अपने साहस का कूता कुछ ज्यादा ही कर लिया...!

बाप के मुँह से ऐसी गर्हित बात सुनकर सैणी निमिष भर के लिए तनिक विचलित हुई, किन्तु अगले ही क्षण उसके हिये में बीजानन्द की काँगरी के तार झंकृत हो उठे, मानो भीतर ठौर-ठौर सहस्र सूरज चमकने लगे हों! आनाकानी करने की बजाय सहज भाव से बोली, "आपको बहुत देर बाद पता चला? मैं यह सोचकर चुप रही कि किसी-न-किसी पनिहारी ने आपको अवश्य बता दिया होगा! वह कोई छिपाने लायक बात नहीं थी! मैंने अपनी बेखुदी के हाल में सबके सामने वह चुम्बन लिया था! उस समय वैसे जादूगर के लिए मेरे पास वही उपहार था! वही पूजा थी! यदि वह स्वयं चकित होकर दूर नहीं खिसकता तो वह पूजा बीच में नहीं छूटती...!"

बाप की संज्ञा पर जैसे बिजली पड़ी हो! एकबारगी तो वह अपना आपा ही बिसर गया! लेकिन घर-परिवार का मुखिया होने के नाते वह जल्दी ही सँभल गया! प्रलाप करता हुआ-सा जोर से बोला, "बड़ी शानदार पूजा थी? तेरे सिवा ऐसी पूजा भला कौन कर सकता है? बड़ा अहंकार हुआ होगा तुझे? बाप के सामने इस तरह अपना अकर्म स्वीकार करते हुए तुझे शर्म नहीं आती? पास ही में अनेक कुँइयाँ थीं, किसी एक में डूब मरती तो आज यह काला दिन देखना नहीं पड़ता! या तो मैं कहूँ वहाँ ब्याह की खातिर बिना चीं-चपड़ किये मान जा, वरना इस गाँव में तुझे कहीं ठौर नहीं है! अपनी बिगड़ैल सहेली के साथ जहाँ भी इच्छा हो चली जा! कुसंगति का परिणाम तो ऐसा ही होता है! मुझे तो आरसी की नाईं साफ दिख रहा था! अब इस गवाड़ी के आँगन में तेरी छाया भी नहीं देखना चाहता...!"

गृह-स्वामी का अन्तिम ब्रह्मास्त्र भी दोनों सहेलियों को विचलित नहीं कर सका! उनके होंठों पर एक साथ ही किसी अदीठ किरण की आभा दिप-दिप करने लगी! वैसी निर्मल ज्योति न तो पहले चमकी और न कभी चमकेगी। बैणी ने आत्माभिमान की दृष्टि से सैणी की ओर देखा तो उसके मुँह से फुहार की नाईं ये आखर बरसे, "मैं तो फक़त यही कामना करती हूँ कि मुझे बैणी की संगत जनम-जनम मिलती रहे तो दूसरे सुख की सपने में भी दरकार नहीं! शायद स्वर्ग-लोक के देवता भी ऐसी संगत के लिए तरसते होंगे! लेकिन यह अजीब सच्चाई किसी के गले नहीं उतरेगी! मैं जानती हूँ या बैणी जानती है। ईश्वर या परमेश्वर भरसक छटपटाये तब भी इसका सुराग नहीं लगा सकता!" यह मन्त्र सुनाकर सैणी ने आँखें गड़ाकर सहेली की ओर देखा तो उसे पहली बार यह इल्म हुआ कि वह तो साम्प्रत उसी का भीतरी स्वरूप है और वह स्वयं उसकी बाह्य छवि है! कभी-कभार विधाता भी युग-युगान्तर के पश्चात अपनी मौज में ऐसा हुनर

प्रकट करता है! वह अपनी कला के प्रदर्शन का मोह छोड़ नहीं पाता...!

बैणी तो जैसे सैणी के चुप रहने का ही इन्तजार कर रही थी। जनम-जनम की साथिन के हिये की बात हथियाकर अगला मन्त्र सुनाया, "हम तो यही सोचकर जाने के लिए खड़ी हैं—हिमालय की धवल गोद के अलावा मनुष्यों की सड़ी-गली बदबूदार बस्ती में अब हमारे लिए साँस लेना भी दूभर है! बीजानन्द के बहुत-बहुत आभारी हैं कि उसने हमें इस कीचड़ की पहचान कराई, जो पहले हमें महकती खुशबू का कुण्ड लगता था! अब इस कीचड़ में कीड़ों की तरह किलबिलाने की बजाय मरना श्रेयस्कर है! इस तरह मुरदों की नाईं जीने में सार ही क्या है? और यूँ तो कुत्ते व गडूरड़े भी जीते हैं, मन-ही-मन खुश होते हैं कि क्या शानदार जिन्दगी है! छोटे-मोटे दड़बे का आसरा अब हमें नहीं सुहाता! राजमहल और हवेलियाँ भी घूरे से बेहतर नहीं लगतीं! बीजानन्द आयेगा, जरूर आयेगा, तब आप उसे हिमालय का ठिकाना बता दीजिएगा। उसके शीतल आश्रय में हमारे लिए ठौर-ही-ठौर है! बीजानन्द हमारे पद-चिन्ह खोजता-खोजता हमारे पास आ जाएगा! यह दुनिया उसकी काँगरी सुनने के योग्य नहीं है! और हमारे लिए उस काँगरी की झंकार के बिना जीना और झख मारना बराबर है...!"

वे दोनों सहेलियाँ तो एक ही साँचे में ढली हुईं। भावना और विचारों के गठजोड़ से बँधी हुईं। काँगरी की क्वणन ध्वनि सुनने के लिए लालायित। जिस में वैसी समझ है, फक़त वही समझ सकता है। गोरियावली गाँव का मुखिया क्या सोचकर आया और क्या गुजरी! ये कोई लड़कियाँ हैं कि कोई बला हैं! एक ही लोटे नें नमक पी हुईं! न लौकिक में समझती हैं और न मरजाद में। न इज्जत में समझती हैं और न आबरू में। न पुरखों के आदर-भाव में समझती हैं और न कदीमी रीत-रिवाज में। न मोह में समझती हैं और न माया में। न अपने पराये का भेद ही जानती हैं। ग्वाले की काँगरी उसने भी सुनी थी, लोगों ने भी सुनी, सुनकर खुश भी हुए थे। मगर गाँठ की अक्ल तो नहीं गँवाई! दोनों को धमकाने की गरज से आँखें दिखाईं और ये हिमालय के आश्रय की बात करती हैं! धनिये की जड़ कितनी गहरी! इस थोथी हेकड़ी में कुछ नहीं धरा। जो उफनेगा, वह राख में मिलेगा! हिमालय तो जैसे गाँव की सीमा के बाहर ही हो! तीन-चार दिन ऊजड़ में भटकीं तो अपने-आप अक्ल ठिकाने आ जाएगी। फिर बाबुल की शरण के अलावा ठौर कहाँ? वहाँ दूध-खाँड और चूरमा लिए कौन बैठा है? दिमाग दुरुस्त होने पर कभी सामने नहीं बोलेंगी! औरतों में दम ही कितना होता है! तिनके से भी कम! लाड़-दुलार में पली हुईं छोकरियाँ फिर कभी बकवास न करें, इसलिए घर के मालिक ने लम्बे हाथ से इशारा करते हुए कहा, "रहो

तो अपना घर है, जाओ तो राज का मारग है...!''

औरत को परास्त करने के लिए यही एकमात्र शस्त्र था सो किंचित् भी कारगर साबित नहीं हुआ! सैणी की अलौकिक मुस्कान में तारे टिम-टिमाने लगे! धीरज से बोली, "राज का मारग आप जैसे बड़े मनुष्यों को ही शोभा देता है! हम तो टेढ़ी-बाँकी निर्जन पगडण्डी पर ही चलेंगी। जिसके लिए हमारे पाँव खूब सक्षम हैं! दस हिमालयों पर विचरें तब भी थकावट का नाम न लें! चल बैणी...काँगरी की झंकार के बिना जीने में कोई तन्त नहीं...!''

बेटी को रोकने के लिए माँ खूब गिड़गिड़ायी, पर बाप ने डपटकर उसे चुप कर दिया। मालिक-का-मालिक कौन? बेचारी माँ का कुछ वश नहीं चला! यही आदिम मजबूरी औरत का सर्वोपरि धर्म है, जिसका बन्धन सैणी-बैणी को अब सपने भी स्वीकार नहीं था! जो बन्दा काँगरी के मर्म को एक बार भी आत्मसात कर लेता है, फिर उस से आजीवन पीछा नहीं छूटता! अपनी-अपनी समझ और अपनी-अपनी जोखम!

बाप-बेटी, माँ-धिया के रिश्ते की जड़ें या तो बरगद से भी गहरी या धनिये जितनी कमजोर! मामूली झटके से ही उखड़ गयीं। रक्त-सम्बन्धों की ऐसी भी परिणति होती है, इस में कुछ भी अनहोनी, या नयी बात नहीं...!

इच्छा न हो तो अहदी-आलसियों के लिए सामने का बिछौना भी काफी दूर है और इच्छा हो तो उन्हीं पाँवों के लिए हिमालय भी एकदम पास है! सपने की गति से पहुँचा जा सकता है! जब सैणी-बैणी गाँव की सीमा पर पहुँचीं तो उनके मन में दूर-दूर तक कहीं भी अटक नहीं थी, भीतर तूफान जो मचा था! न किसी से पूछा और न कहीं विश्राम किया। नाक की सीध, आँखों की जोत और आत्मबल के आसरे न तो धूप की परवाह की और न अँधियारे की! प्रकाश को अँधियारा मानकर और अँधेरे को प्रकाश मानकर वे नये इन्द्रधनुष चित्रित करतीं गिरिराज की खोज में आगे बढ़ीं तो निरन्तर बढ़ती ही गयीं। मानो ननिहाल के लिए रवाना हुई हों! आश्चर्य की बात बस इतनी ही थी कि आधी दूरी पार करने के बाद भी किसी पुरुष बन्दे की राह, उसकी पगडण्डी या उसके पद-चिह्नों का भूलकर भी सहारा नहीं लिया! उसके बारे में सोचना तक उन्हें गवारा नहीं था! मानो वे दोनों सहेलियाँ स्वयं प्रकृति का ही प्रतिरूप हों! कितना अडिग था उनका आत्मविश्वास कि हिमालय की गोद में पहुँचते ही वे खिलखिलाकर हँसीं, सो हँसती ही गयीं। उस दिव्य हँसी का अनुकरण करते हुए हिमालय भी उसी तरह खिलखिला उठा! तब वे और भी जोर से हँसीं! जवाब में वापस उतनी ही जोर से प्रतिध्वनि सुनायी दी! यदि उनकी महागाथा को पर्वतराज आद्योपान्त

सुनाना चाहे तो उसकी समूची बर्फ न पिघले तब तक सम्पूर्ण नहीं हो सकती!

हँसी थमने पर उन्होंने हाथ जोड़कर, सर नवाकर चारों दिशाओं में प्रणाम किया। फिर विनती करते हुए कहा, ''हे पर्वतों के सिरमौर, हम दुनिया का बदबूदार कीचड़ छोड़कर तेरी शरण में आयी हैं! मरने के लिए नहीं, अमर होने के लिए! अपने विशाल हृदय में आसरा दे!'' फिर उन्होंने चहकते-मुस्कराते उसके निर्मल अन्तस् को अपनी कमर तक उघाड़ा और भीतर प्रतिष्ठित हो गयीं। सचमुच प्रकृति ने उसे बर्फ जैसा शीतल हृदय सौंपा है, लेकिन वह लाख चाहने पर भी किसी का भला नहीं कर सकता! उसके स्वभाव की नैसर्गिक तासीर किसी के दुख-सुख की खातिर नहीं बदल सकती! वह प्रकृति के सदृश सर्वथा तटस्थ एवं निर्विकार है! हालाँकि पहली बार अपने स्वभाव के विपरीत उसका मन द्रवित हुआ, मगर पार नहीं पड़ी। वरना बीजानन्द की आर्त-पुकार सुनकर उन्हें पाँवों पर खड़ी नहीं कर देता?

''सैणी...सैणी, बैणी...बैणी...।''

ठीक उनकी हँसी के समान ही वही बीजानन्द की अन्तर्वेदना को प्रतिध्वनित करके ठहर गया, जिसे सुनकर वे एकबारगी तो चौंकीं! फिर उल्लास के मारे उठने के लिए बहुत कसमसायीं, मगर पाँवों पर खड़ी होना तो दर-किनार, उन से इधर-उधर हिला तक नहीं गया। नीचे की आधी देह पूर्णतया सुन्न हो चुकी थी! अपनी शीतल प्रकृति की खातिर शायद पहली बार पर्वतराज के मन में हलकी-सी झुँझलाहट हुई होगी...!

''सै...णी...बै...णी...! दस चन्द्रमा वाली एक सौ आठ भैंसियाँ वेदाजी चारण को सँभला दी हैं! तुमने इतनी उतावली क्यूँ की? यदि तीन दिन तक और रुक जातीं तो तुम दोनों के साथ मेरा हथलेवा जुड़ जाता!''

''लेकिन अब...अब...?'' दोनों सहेलियाँ भीतर-ही-भीतर गुनगुनायीं!

उन्होंने आधी पलकें उघाड़कर देखा—बीजानन्द हाँफता-कराहता ऐन सामने ही खड़ा है! बाएँ हाथ में काँगरी! तार ढीले पड़े हुए! बजाने की हरकत की, परन्तु मामूली झंकार तक नहीं निकली। तब काँपते स्वर में बड़ी मुश्किल से नाद फूटा ''...सूतौड़ी नै आयौ रे जंजाळ...! सैणी...तुझे इतनी उतावली नहीं करनी थी।...बैणी...इसे तीन दिन तो और रोकना था...!''

तत्पश्चात् लड़खड़ाता हुआ बीजानन्द काँगरी सहित उन पर हुलस गया! फरफराते होंठों से दो-दो चुम्बन लेकर वह उनकी गोद में गिर पड़ा! सैणी-बैणी की पलकें पूरी मुँद गयीं! मामूली होंठ हिले...बी...ज...! पूरा नाम भी उनके होंठों से निःसृत नहीं हुआ! पता नहीं पहले सैणी-बैणी का अन्तिम साँस छूटा

या बीजानन्द का! मेरा अनुमान है कि तीनों का साँस एक साथ छूटकर ब्रह्माण्ड में विलीन हो गया! हिमालय की शरण में आकर वे तीनों महाप्राण उसके उज्ज्वल घट में समा गये! और अपाहिज पर्वतराज का कुछ भी वश नहीं चला! पर उनकी पावन समाधि के फलस्वरूप उसका गर्वोन्नत मस्तक आज भी आकाश को छू रहा है!

ऐसी अपूर्व आकांक्षित मृत्यु भला किसके भाग्य में बदी है? सौ-सौ जीवन भी जिस से डाह करें वैसा निर्वाण...!!

*6 अगस्त, 2003, गुरुवार*

# 4

# मरवण

**॥ राजस्थान में प्रचलित ढोला-मरवण की प्रसिद्ध प्रेम-कथा ॥**

बरसों-बरस पुरानी बात है कि पूँगलगढ़ नामक एक प्रसिद्ध राज्य था। वहाँ का राजा पिंगल अपनी प्रजा को सन्तान की नाईं प्यार करता था। ठेठ बचपन से ही कृष्ण भगवान के समान राजा को गायें चराने-पालने का शौक था। अपनी देखभाल में चरवाहों से चारा डलवाता, पानी पिलवाता। दोनों जून पर्याप्त बाँटा। गर्मियों में अच्छी तरह नहलवाता। सर्दियों में गायों-बछड़ों की पीठ पर आथरे बँधवाता। एक सौ आठ गायों में कमी पड़ने पर अदेर पूर्ति करवा लेता। सभी गायें बगुलों की नाईं सफेद-बुर्राक! साँझ-सकारे राजा पिंगल उनका मुँह देखकर ही खाना खाता था। सौभाग्य से उमादे देवड़ी जैसी गुणवती रानी। इन्द्र की अप्सरा के उनमान बेहद रूपवन्ती। निर्मल, धीमा स्वभाव। किसी भी डावड़ी या हाजरिये के लिए कठोर शब्द क्या निकल जाए! राज्य की तमाम प्रजा माँ के समान उसका आदर करती।

एक बार उस राज्य में लगातार दो बरस ऐसा भयंकर अकाल पड़ा कि अधिकांश प्रजा ढोर-डाँगर लेकर मालवा की ओर चल पड़ी। दयावंत राजा ने प्रजा के लिए खजाना ही खुलवा दिया। जरूरत मुताबिक प्रत्येक घर के लिए उधार की व्यवस्था करवा दी। हर व्यक्ति के कण्ठ से यश के आखर हवा में गूँजने लगे! राजा हो तो ऐसा हो...। रानी हो तो ऐसी हो...!

राजा पिंगल और उसका कुटुम्ब तो सात अकाल का सामना मजे से कर सकता था, पर गायों के लिए चारे की तंगी होने लगी। उन मूक जानवरों की अबोली व्यथा राजा-रानी से बिल्कुल ही बर्दाश्त नहीं हुई। जरूरत मुताबिक माल-असबाब, पचासेक सिपाही, बीसेक घोड़े, तीसेक चाकर और कुछ दासियाँ लेकर बूढ़े पुष्कर जाने की तैयारी होने लगी। जोशी ने पंचांग देखकर शुभ मुहूर्त की मांगलिक वेला बता दी थी। बूढ़े पुष्कर में घास-चारे व पानी की इफरात थी। एकाएक छोटे भाई गोपालदास को गढ़ की पूरी जिम्मेवारी सौंप कर राजा-रानी

दोनों ही पूर्णतया मुक्त हो गये थे। जब छोटे भाई से गलबहियाँ मिलकर पिंगल राजा ने प्रस्थान किया, तब सवा-घड़ी दिन मुश्किल से चढ़ा था। रानी उमादे देवड़ी और पिंगल राजा एक ही रथ में बैठे। गायों के गलों में बँधे टकोरों की सम्मिश्रित मीठी टनकारें ऐसी सुहानी लगतीं, जैसे माँ की गोद में लेटी मरवण को लोरी सुना रही हों! डेढ़ बरस की अबोध बिटिया माँ की सूरत में आँखें गड़ाये टुकुर-टुकुर देख रही थी। काली-स्याही भौंहें और बरौनियाँ। हिरणी जैसी सुहानी आँखें। छोटी-सी गुलाबी मूँफाड़। वीर-बहूटियों की नाईं सुकोमल और गुलाबी होंठ। विस्मय-जनक दृष्टि, किंचित् खुली हुई, मानो गुलाब की कली खिलने के लिए आतुर हो!... उसकी मौन वाणी के वे अकथ्य आखर राजा-रानी को स्पष्ट सुनायी दे रहे थे। रेशम की झुगला-टोपी पहने शिशु ने इस तरह होंठ मुलमुलाये कि रानी ने अदेर कंचुकी उघाड़कर स्तन थमा दिया। घूँघट खींच कर आड़ा पल्लू कर दिया। घूँघट के भीतर दो चेहरे टिमटिमा रहे थे। एक माँ का और दूसरा उमादे की बाल्य सूरत का, जब वह फक़त डेढ़ वर्ष की थी। और दूसरी ओर मरवण युवती होने पर हूबहू माँ के साँचे में ढल जाएगी!... राजा पिंगल ने माँ-बेटी के ऐसे जीवन्त चित्र देखकर मुँह मोड़ लिया, मानो अधिक समय तक उस आनन्द को इकट्ठा करने की खातिर उसके पास पर्याप्त ठाँव नहीं हो...!

उस अनहद हर्ष के झूले पर झूलते हुए दिन अस्त होने में कितना समय लगता है! क्षण भर पहले सूर्य का अथाह उजाला धरती पर समा नहीं रहा था और क्षण भर पश्चात् उसका अनन्त उजाला जाने कहाँ गुम हो गया? गर्व-गुमान किसी का भी स्थिर नहीं रहता! जब पश्चिम दिशा की गोद में सूरज ही सोने लगा, तब मरवण क्यों जागती रहती! स्तन चूँघते-चूँघते अपने-आप ही उसकी पलकें मुँदने लगीं। रानी उमादे ने गोद में सोते नन्हे-मुन्ने शशि को गद्दी पर सुलाकर, रथ रोकने के लिए कहा। राजा-रानी दोनों नीचे उतरे। असाढ़ सुदि दूज का नया चाँद निहारकर एक-दूसरे की सूरत निहारी। फिर एक-एक गाय का मुँह देखकर जाने किसको सिर नवाया, वे ही जानें। जिसका मायना किसी ने भी किसी से नहीं पूछा, मगर मन-ही-मन दोनों ही जानते थे। मरवण के जन्म की खुशी में राजा-रानी दो कटोरे दूध और फलों का ही आहार करते थे। बचा हुआ दूध डावड़ियाँ, सिपाही और अन्य चाकर पीते। बाकी घोड़े-घोड़ियों के निमित्त। राज्य की गरीब जच्चाओं के लिए घी की पूरी छूट थी। रानी-माँ खुद अपने हाथों से डालतीं।

सातम को सवेरे दो घड़ी दिन चढ़े राजा पिंगल का लवाजमा बूढ़े पुष्कर पहुँचा। मैदान को समतल और साफ-सुथरा करने के बाद छौलदारियाँ व तम्बू

ताने गये। तीसरे दिन गायों और घोड़ों के लिए छप्पर तैयार हो गये, खूँटों सहित। बछड़े व बछियों के लिए छोटे छप्पर। दो एक छप्परों के नीचे मीठे पानी की मूणें भर डाली गयीं। रसोई की व्यवस्था अलग से बना दी गयी। आमिष भोजन के लिए सख्त प्रतिबन्ध।

संयोग कुछ ऐसा बना कि तीनेक खेतों की दूरी पर नरवर गढ़ के राजा नल का पड़ाव। इकलौता पुत्र साल्हकुँअर, तीन बरस का। रानी दमेती ने राजकुँअर के जन्म पर बूढ़े पुष्कर की बोलवाँ बोली थी सो शुभ-मुहूर्त की मांगलिक वेला जेठ सुदि तीज को ही यहाँ डेरा डाल दिया। आधे भादों तक पुष्कर के दरीखाने आनन्द-उत्सव। राजा नल का ठाट-बाट निराला ही था। सारे दिन तापड़धिन्न का माहौल। लेकिन दारू-माँस वहाँ भी निषिद्ध। रानी का सख्त आदेश था। पहुँचे हुए सन्त के आशीर्वाद से सात बरस पश्चात् रानी की कोख उघड़ी थी। पूज्यवान सन्त से शुरुआत ही में किसी तीर्थ पर राजा-रानी दोनों को ही शपथ दिलवायी थी। जब कुँअर पँखुड़ियों से बाहर आया, तब दाई-माँ नजर उतारने होंठों-ही-होंठों में गुनगुनाई थी कि दूसरे बच्चों के लिए तो विधात्री नौ या दस महीने ही कारीगरी रचती है। किन्तु इनके लिए पूरे सात बरस कारीगरी की, तब कहीं ऐसा अतुल्य स्वरूप गढ़ा गया! करोड़ों में एक। छप्पर छाने और तिमंजली हवेली बनाने में समय का दखल तो रहता ही है! किसी की नजर न लग जाय इसलिए असल नाम की जगह लाड़ से ढोला नाम रखा। और वाकई उस नाम के अनुरूप राजकुँअर काफी भोला ही दिखने लगा था। उसकी भोली और अबोध मुस्कराहट के कारण ढोला नाम खूब जचा। सोना और सुहागा एक ही ठौर कम ही मिलता है!

एक बार धाय मारवणी को गोद में खिलाती-खिलाती हिरण-हिरणी के पास आकर उन से आधी-अधूरी वाणी में बातचीत कर रही थी। मारवाणी उन दोनों प्राणियों को देखकर उन पर बैठने के लिए मचल रही थी कि जोग-संजोग से राजा नल अकेला ही घूमते-घामते उधर से निकला। अकस्मात् बच्ची की सलोनी सूरत पर नजर अटकी सो ऐसी अटकी मानो जादू ही हो गया! वहीं पुतले के उनमान ठहर गया। इतनी नन्ही बिटिया और ऐसा अथाह रूप, जो आस-पास की सघन वनस्पति में समा नहीं रहा था! हिरणों का जोड़ा स्थिर भाव से उसकी ओर एकटक निहार रहा था। वैसा अप्रतिम बाल-रूप निहारकर तो पत्थर भी सजीवन हो जाय! कुछ देर बाद राजा को चेत हुआ तो स्वत: धीरे-धीरे बच्ची की ओर पास आने लगा, जैसे गहरी नींद में कोई सपना देख रहा हो। पास आते ही गोद में लेने की मंशा से उसने बाँहें पसारी। धाय भी असमंजस में फँस गयी कि वहीं खड़ी रहे या अपनी राह लगे। लेकिन बड़े आश्चर्य की बात की मारवणी उस अजनबी मानुस की ओर इस तरह मचली, जैसे ठेठ जन्म से ही उसे अच्छी

तरह पहिचानती हो! राजा ने भी बिना पूछताछ किये उस चन्द्र-शिशु को गोद में उठाया और अपने पड़ाव की ओर चुपचाप चलने लगा, जैसे इसी उद्देश्य से घूमने निकला हो। धाय के साथ-साथ हिरणों का अबोध जोड़ा भी रवाना हो गया। न धाय ने कुछ भी पूछताछ की और न अपरिचित मानुस ने ही कुछ बताया। जैसे हिरणों की नाईं वे भी गूँगें हों। डेरे के पास पहुँचते ही धाय की सुध-बुध लौटी कि नरवर गढ़ के राजा नल का पड़ाव सुना था, वही तो नहीं है! डर नाम की चीज तो उसके आस-पास होकर ही नहीं फटकी थी, उलटे मन-ही-मन उसे मोद ही हुआ।

राजा नल तो बिना कहीं ठहरे सीधा रानी के पास आकर ही रुका। रानी उस समय राजा के नाश्ते की खातिर चाँदी की थाली में परोसगारी कर रही थी। चाँदी के कटोरे में गाढ़ा दही। एक तासली में चार-पाँचेक पुड़ियाँ और दूसरी में कैर-साँगरी का साग। जिसका राजा को बड़ा चाव था। जिन्हें मारवाड़ या जैसलमेर के गड़रिये हर साल लाकर देते थे। मूँगों के उनमान छोटे कैर और धागों जैसे पतली-पतली साँगरियाँ! राजा की गोद में गुलाब को भी मात करे जैसी गुलाबी बच्ची देखी तो रानी देखती ही रह गयी। एक बार हिरणों की आँखों में नजर गड़ाकर वह तेज कदमों से रवाना हुई सो दूसरे ही क्षण अपनी गोद में ढोले को लेकर आयी। दोनों के चेहरे नजदीक करके बारी-बारी से निहारने लगी तो धाय का धीरज भी चुक गया। होंठों-ही-होंठों में फुसफुसायी, "आपके पास हमारा भी पड़ाव है। पिंगल राजा की रानी उमादे की बिटिया...।"

रानी बीच ही में बोली, "मैं तो देखते ही पहिचान गयी कि ऐसा चाँद का टुकड़ा और किसका हो सकता है, जो मेरे ढोले से चौगुना खूबसूरत हो...!" फिर राजा के सामने देखकर कहने लगी, "पोकरजी की बोलवाँ ऐसी सुफल पड़ेगी, सपने में भी नहीं सोचा था। अब तो लगता है कि हम स्वार्थ के पदचिह्नों को खोजते हुए यहाँ आये हैं। वरना ऐसा संयोग कैसे बनता?" फिर धाय की ओर मुँह करके पूछा, "इस चिड़िया का नाम...?"

"मरवण...।" मानो धाय का मुँह अमृत से छलक उठा हो!

"ढोला और मरवण...मरवण और ढोला। वेमाता (विधात्री) की मंशा का कभी-कभार यों पता चलता है। जैसे एक-दूसरे के लिए ही दोनों का जन्म हुआ हो! यों तो नरवर गढ़ की दमेती रानी बेहद धीरज वाली थी। पर मरवण के बहाने ऐसा अचीता सपना देखने पर उसे एक क्षण की ढील भी बर्दाश्त नहीं हुई। राजा के सामने देखती हुई कहने लगी, "चलो, पिंगल राजा के डेरे पर चलें। राजा-रानी से मरवण को ढोले के लिए माँगें...।"

"हम अपनी ओर से चलकर...।" राजा अचरज दरसाते हुए आगे भी कुछ कहना चाहता था परन्तु रानी की उतावली का कोई पार नहीं था। मानो मरवण

की माँग करते ही दोनों बच्चे दूसरे ही क्षण भरपूर युवक बन जाएँगे। बोली, ''यह आपसी बड़प्पन का सवाल बिल्कुल नहीं है। सीधे संयोग का मसला है...।''

''किन्तु किसी जोशी से मुहूर्त तो पूछ लें...।''

''किसी को कुछ भी पूछने की दरकार नहीं है। वेमाता की इच्छा का साफ पता चलने पर बेचारे जोशियों की क्या बिसात! कलेवा भी वापस लौटकर कीजिएगा। समझना कि नवरात्रि का उपवास ही किया...!''

''तुम्हारे उछाह के सामने कलेवे का क्या मोल...! तुमने सोच लिया है तो अबेर करने में सार ही क्या...! किन्तु घर में अच्छी तरह विचार तो कर लें...।''

रानी के पाँवों पर तो मानो चींटियाँ चिपक रही हों! एक-एक क्षण पहाड़-सा महसूस हो रहा था। रूखी वाणी में जवाब दिया, ''ईश्वर की इच्छा पर विचार करना हमें शोभा नहीं देता! बेकार बातचीत करने के लिए आपको यही समय मिला! साथ चलते हो तो चलिए, वरना मैं अकेली ही काफी हूँ...।'' रानी का मन वश में नहीं रहा तो मरवण को अपनी गोद में लेकर तीन बोसे लिए, जैसे तीनों लोक उसकी गोद में समा गये हैं। फिर राजा कब पीछे रहने वाला! अन्य किसी को भनक तक नहीं पड़ने दी। रानी से दो कदम आगे चलने लगा। फकत धाय की पीठ पीछे, हिरणों के नैसर्गिक लवाजमे के साथ, पिंगल राजा के डेरे पहुँचे! राजा-रानी दोनों ही सोच कर रहे थे कि आज धाय ने इतनी देर क्योंकर की! हमेशा तो एक पलक भी देर नहीं करती! माँ का दूध चूँघने के बाद मरवण को कुदरत की छवि दिखलाने, समय पर जाती और समय पर लौट आती। पखवाड़े में एक बार भी अबेर नहीं हुई। क्या आज सुरंगी तितलियों को उड़ते देखकर या कोयल की मीठी राग सुनकर या हरे सुग्गों की टिव-टिव तान सुनकर अभी तक नहीं अघायी...! बच्ची जो है! कि अचानक माँ की प्रतीक्षारत नजर नरवर गढ़ के राजा-रानी पर पड़ी। धाय के दोनों हाथ खुले थे। पास आते ही पता चल गया कि रानी के दोनों हाथ रुधे हुए हैं। उसकी गोद में मरवण और राजा की गोद में कोई दूसरा शिशु किलोलें कर रहा है। उम्र में मरवण से कुछ बड़ा। पीछे हिरणों का वही चिर-परिचित जोड़ा, जो उनके डेरे में सर्वत्र निशंक घूमता है। मरवण उनसे अच्छी तरह हिली हुई थी।

पास आते ही नरवर गढ़ की रानी अपनी पहिचान बताये बिना ही मीठी वाणी में बोली, ''आप दोनों से एक अमोलक रत्न माँगने आये हैं, बेइन्तहा आस सँजोकर।''

रानी उमादे ने अदेर उनकी मंशा भाँप ली। माँ के पारदर्शी अन्तस् से कुछ भी छिपा नहीं रहता। सहज भाव से उत्तर दिया, ''आना तो हम दोनों को पहले

था, उसकी एवज में आप दोनों ने इतनी बड़ी विचारी! आज का सूरज हमारे सौभाग्य में अचानक इतना अथाह उजास फैलाएगा, ऐसी आशा नहीं थी! हम दोनों हाथ जोड़कर मरवण के लिए वर माँगने की आज्ञा चाहते हैं।''

''पहिले हमारी साध पूरी कीजिएगा, फिर आपकी माँग पर विचार करेंगे...!'' नरवर गढ़ के राजा-रानी ने मुस्कराते शब्दों में अपने मन की बात प्रकट की।

रानी उमादे ने और भी अधिक उत्साह से कहा, ''दोनों की मंशा का मायना एक ही है। आपकी मंशा में हमारी साध शामिल है और हमारी मंशा में आपकी साध एकदम घुली हुई है! शायद वेमाता ने यही अंक लिखे हों। तभी तो पोकरजी जैसे बड़े तीर्थ में अपना मिलना हुआ।'' एक साथ पाँच-सातेक मोर टहूके, मानो उमादे की अमृतवाणी का समर्थन कर रहे हों...।

तब नरवर गढ़ की रानी ने कहा, ''हमने यही बात सोचकर यहाँ आने की पहल की। सचमुच आज ही यह एहसास हुआ कि दुनिया के सभी मानुस किसी अदीठ हाथ की कठपुतलियाँ हैं, वो नचाये ज्यों ही नाचना पड़ता है! आज का दिन जितना शुभ और मांगलिक है, उतना कोई दिन नहीं होगा। आपका 'सावा' कबूल किया। आज साँझ को ही वेमाता की मंशा के अनुरूप भाँवरों का दस्तूर सम्पन्न करें। मरवण के इस बेजोड़ रूप की खातिर देवता भी तरसते होंगे, फिर ऐसी जोखम झेलने की हमारी क्षमता नहीं है। साँझ को ही बारात लाकर प्रवास के यथायोग्य आपके डेरे हाजिर होंगे...।''

पिंगल राजा ने बीच में ही अरदास की, ''विवाह के लिए आपके योग्य व्यवस्था की खातिर तीन-चार दिन की और इजाजत मिल जाती तो दोनों को ही अच्छा लगता...।''

राजा नल ने तत्काल वैसा ही जवाब दिया, ''जिस बड़ी शक्ति को समूची दुनिया के अच्छे-बुरे का ध्यान है, उसी के अदीठ हाथों में यह जिम्मेवारी सौंप दें तो अपना अच्छा-बुरा अपने-आप तय हो जाएगा! बातचीत के मोह में ऐसा शानदार मुहूर्त चूकना ठीक नहीं है, मेरा मन यही साख देता है। जब अपने विचारने से यह काम नहीं हुआ तो अबोध बच्चों के अनुसार एकदम सादा विवाह करें तो और भी संगत रहेगा। ऐसा उत्तम विचार मेरे मन में अभी-अभी उपजा...!''

''आपके मन में उपजा सो एकदम सही है। आपके कहने से हमारा मन भी इसी बात की साख भर रहा है...।'' उमादे देवड़ी ने अतिशय विनम्रता-पूर्वक यह बात प्रकट की।

फिर क्या देर! नरवर गढ़ के राजा-रानी तो तय करके ही आये थे। रानी का संकेत पाकर राजा नल ने मरवण की गोद भरवाने का दस्तूर किया। उस अबोध

अनजान बच्ची के लिए तो वह गुड़ियों का खेल ही था। दो-तीन बार मुस्करा कर चुप हो गयी। उम्र के साथ-साथ ही सब बातें धीरे-धीरे समझ में आती हैं। कैसा भी तीसमारखाँ कुदरत की प्रक्रिया को फलाँग नहीं सकता!

नरवर गढ़ के राजा-रानी की इच्छा पूर्ण होते ही वे अपने डेरे आये। किन्तु इस बार हिरणों का जोड़ा उनके पीछे-पीछे नहीं चला। परिचित डेरे में रुक गया। अबोध होते हुए भी मरवण उनके नेह को भली-भाँति समझती थी। मगर होंठों से व्यक्त करने लायक वाणी उसे अभी तक मिली नहीं थी। फिर भी उनकी पीठ पर बैठने की खातिर वह माँ की गोद से जबरन मचलने लगी। तब माँ की ममता ने बेटी का मन रखने के निमित्त दोनों की पीठ पर बारी-बारी से बिठाने का कर्तव्य पूरा किया और वह सचमुच कोरे-मोरे कर्तव्य का मान रखने के निमित्त ही मुस्कराने लगी। मानो सूरज की पहली किरण उसके होठों से उगी हो...।

जो धाय मरवण को गोद में खिलाते-खिलाते नल राजा के डेरे तक गयी, उसी के जिम्मे विवाह की सारी जिम्मेवारी सौंप दी गयी। जैसा आदेश था, उस में कुछ भी कमी नहीं रही। बूढ़े पुष्कर में ही एक अधेड़ सुथार से तोरण बनवा लिया। आले-गीले बाँस कटवाकर चँवरी मँडवाई। माँडने उकेरे। निहायत सादे ब्याह में कुछ भी झंझट नहीं था। सेर मूँगों से भी ब्याह सम्पन्न होता है और सेर अमोलक मोतियों से भी...!

किसी भी जोशी-वोशी को पूछे बिना ही गोधूलि वेला में काँसी के बड़े थाल में तीन बरस का दूल्हा बैठा था। उसकी धाय के दोनों हाथ थाल को सँभालने में रुँधे हुए थे। मरजीदान खवासण ने दूल्हे को अच्छी तरह सँभाल रखा था। और उधर डेढ़ बरस की बनी (दुलहन) ममतामयी धाय के हाथों सँभली हुई थी।

धम-धमाधम ढोल की गाति के साथ काँसी का निरन्तर रणकारों से सभी लोगों-बागों के मन में आनन्द-उछाह समा नहीं रहा था। एक बार तो उस अचीती गूँज और रणकारों के परिणाम-स्वरूप दूल्हा-दुलहन दोनों ही एक साथ चौंके कि यह क्या बला है...? जब कुछ भी समझ में नहीं आया तो अपने-आप ही मुस्कराने लगे, मानो उन से कुछ भी छिपा न हो। किन्तु वाकई सब-कुछ छिपा हुआ ही था। आखिर मरवण तो धमाधम का वह तमाशा सुनकर रोने लगी। मगर दूल्हे पर उसका कुछ भी असर नहीं पड़ा। वह इधर-उधर चारों तरफ देखता हुआ मन्द-मन्द मुस्कराने लगा। बच्चों के विवाह में उनके अनुरूप ही वक्त लगता है। सभी बारातियों ने पिंगल राजा की माकूल व्यवस्था के लिए जी भर कर सराहना की।

नरवर गढ़ के राजा-रानी को तो ढोला की बोलवाँ खातिर पुष्कर आना ही था, इसलिए समधियों के पड़ाव दो-तीन बार गोठ-मजलिस करके तबीयत से

गले मिलकर वापस प्रस्थान कर गये। लेकिन पिंगल राजा को तो पूरे लवाजमे के साथ अकाल का सामना करना था। सो बूढ़े पुष्कर की शरण में किसी बात की कमी नहीं थी। गायों के झुण्ड की मस्ती का तो कोई पार ही नहीं था। कदम-कदम पर पानी और हरा घास। मजे से रम्भाने लगीं। बछड़े कूदते-फाँदते और किलोलें करते। खीजे हुए ऊँट बलबलाते। हिनहिनाते घोड़े अपनी मनमानी करते। सभी हालिक एवं दासियों की आब दमकने लगी। दूध-दही, घी-मक्खन और छाछ की बहुतायत के ठाट ही निराले थे!

चौमासे की गड़-गाज में जेठ महीना लगते ही दल-बादल ऐसे जमकर बरसे कि वनस्पति और घास का पौधा-पौधा मगन हो गया! पूँगल के पाँच-सात ऊँट-सवारों ने मन-चीती उम्दा बरसात के शुभ-समाचार दिए तो असाढ़ ढलते ही सारे लवाजमे ने अपने राज्य की राह कूच किया सो समय पर पहुँचना ही था। गोपालदास जैसे स्वामीभक्त छोटे भाई के पाँवों पर तो चीटियाँ चिपटने लगीं। आधे सावन तक तो राज्य की तमाम प्रजा राजी-खुशी अपने-अपने ठौर ठिकाने आ पहुँची। राह चलते जन-जन के मुँह से राजा-रानी का यश गूँजने लगा—राजा हो तो ऐसा! रानी हो तो ऐसी! इन्तजाम हो तो ऐसा...!

रानी उमादे ने तो आते ही तकाजों-पर-तकाजे किये तो राजा ने पुख्ता हामी भरने के बाद सातवें दिन विश्वास-पात्र गड़रिये के साथ कागज भेजा—अकाल का मौज मस्ती से सामना करके हम सभी राजी-खुशी अपने राज्य में पहुँच गये हैं। यहाँ के समाचार मंगलदायक हैं, आशा करते हैं कि आपके भी पूर्णतया मंगलदायक होंगे। पोकरजी के बड़े धाम आपकी बहुत मेहर-मया रही। राजकुँअर ढोलाजी का खूबसूरत चेहरा आँखों के सामने हरदम घूमता रहता है, जैसे हवा में ठौर-ठौर चाँद-ही-चाँद उगे हों। समय पर किसी का भी अंकुश नहीं चलता, वह तो अपनी मौज-मस्ती से सरकता है! इसलिए धीरज रखने के अलावा दूसरा चारा ही क्या है!

वापस हाथोंहाथ उसी गड़रिये के साथ समाचार भिजवाये। फकत राजकुँअर ढोले की बजाय राजा-रानी की आँखों के सामने मरवण की सूरत एवं उसकी मुस्कान हवा में घूम रही थी। यदि उनका वश चलता तो तीसरे दिन ही पन्द्रह बरस उलट जाते! मगर कुदरत के सामने राजाओं को भी हार माननी पड़ती है। लेकिन अखण्ड सुहागवती आशा का महातम अपार है, अन्यथा एक क्षण ठेलना भी असम्भव हो जाता। आशा का मायना ही जीवन है और जीवन का आसरा ही आशा है...!

एकाध बरस तो सातवें-सातवें दिन समाचारों का ताँता चलता रहा। फिर पखवाड़े-दर-पखवाड़े। तत्पश्चात् दूसरे-तीसरे महीने। फिर होली-दीवाली के

मौकों पर। आखिर बरस-दर-बरस। समय के चमत्कार का अन्तत: ऐसा ही सहज परिणाम होता है! उत्साह की हिलोरें कम होती रहती हैं। नरवर गढ़ का स्वामी राज-काज में व्यस्त हो गया। पूँगल गढ़ के दरबार में काम-काज का कोई अन्त ही नहीं था। और रानी उमादे को मरवण की ममता के वशीभूत दिन उगने और अस्त होने की भी सुधि नहीं थी! जब वह झमरक-झमरक घुटनों के बल चलने लगी तो माँ को यह महसूस होता कि समूची धरती, वनस्पति और समस्त कुदरत इसी तरह घुटनों के बल चल रही हैं! नौ लख सितारे और चाँद-सूरज भी धीरे-धीरे सरक रहे हैं। जब उसके गुलाबी अधरों से पहला अक्षर बरसा—माँ...माँ, तब तक उसके अन्तस् का आनन्द-उछाह हवा की गति से सर्वत्र घुल-मिल गया। जब वीरबहूटियाँ की नाईं दोनों पाँवों में घुँघरुओं की छमाछम बजती तब उसके कानों में ऐसा महसूस होता, जैसे ठौर-ठौर रामजी की चिड़ियाँ चहक रही हैं! घुँघराले बालों का स्याह मुकट ऐसा लगता कि गुलाब के इर्द-गिर्द भँवरों की न्यात जुड़ी हो! कभी-कभार रानी उमादे इस तरह ऊहापोह में घिर जाती कि भगवान की भक्ति का महातम बड़ा है या माँ के मन की ममता का महातम बड़ा है? कहीं ममता का दूसरा नाम ही तो भक्ति नहीं है? पहिले पूजा-पाठ के बिना पानी का घूँट ही गले नहीं उतरता था, सो उनके अनजाने ही अब किशन-भगवान की भक्ति का समय घटते-घटते एकदम ही समाप्त हो गया! मरवण की ममता के मारे समय ही नहीं मिलता था...!

एक दिवस राजा पिंगल ने अचरज से पूछा, "जुकाम-बुखार में भी पूजा-पाठ का टकोरा कभी बन्द नहीं होता था, सो आज-कल उसकी रणकार भी सुनायी नहीं देती! ऐसी अनहोनी बात हुई तो क्योंकर हुई...?"

पति के मुँह से ऐसी बात सुनकर उसके आश्चर्य का पार नहीं रहा। लेकिन दूसरे ही क्षण माकूल जवाब सूझा, "पूजा-पाठ के ढर्रे बदलते रहें तो भक्ति का स्रोत सूखता नहीं। वरना स्रोत के अभाव में भक्ति संजीवन नहीं रहती...!"

"ऐसा गुरु तुम्हें कौन मिला?" सब जानते-बूझते भी राजा-रानी के मुँह से सुनना चाहता था।

"मरवण...मरवण...! दूसरा गुरु कहाँ खोजती!" रानी ने निशंक सही जवाब दिया। सच बताने में कैसा संकोच!

जब चन्दन का गाडूला लेकर, उसकी कोख से जन्मी मरवण चानण-चौक में घूमर लेने लगी तो रानी को ऐसा भरम हुआ कि तैंतीस करोड़ देवी-देवता उसके आँगन में एकत्रित हो गये हैं! जब वह हिरणों की जोड़ी के साथ बाग में आई तो सुअटों के कबीले ने उसका अभिवन्दन किया। कोयलों के कुटुम्ब ने आम की डालियों पर जमकर उसे बधावा गाया। कहीं सचमुच कुदरत ही तो

शिशु का स्वाँग लेकर प्रत्यक्ष प्रकट नहीं हो गयी? धाय-माँ पर पूर्ण विश्वास के बावजूद माँ के हिवड़े में उमंगे लहराने लगीं तो वह उस सपने का पीछा करती अजाने ही उसके पीछे चलने लगी। सपना भी कैसी अद्वितीय था कि मानो तीनों लोकों की बेजोड़ छवि बाग में एकत्रित हो गयी हो! बाल-मन के जचने की अपनी मौज! मरवण गाडूला लुढ़काती डगमग-डगमग पानी के पास आकर रुक गयी। परसों की बरसात का पानी एक ठौर इकट्ठा होकर सोने-सा दमक रहा था। मरवण नजर गड़ाकर निहारने लगी। जाने क्या सोचकर उसने ऊपर देखा। सर पर चढ़े सूरज की तप्त ज्वाल से उसकी आँखें चौंधियाने लगीं। आँखों पर दोनों हथेलियाँ धर कर फिर ऊपर देखा। इस बार आँखों में चौंध नहीं जागी। उसने दमकते शीतल पानी की ओर देखा। सूरज की शीतल प्रतिच्छवि पानी में तैर रही थी। एक बार माँ की ओर तनिक झाँक कर ऊपर गगन में जड़े सूरज की ओर हाथ बढ़ाकर मुस्करायी। मानो दमकते सूरज की नन्ही-सी फाँक उसके गुलाबी अधरों पर अंकित हो गयी हो! थोड़ी देर बाद जाने क्या सोचकर उसकी मुस्कान अस्त हो गयी। ललाट में कुछ-कुछ सलवटें खिंचने लगीं। अपने-आप ही गाडूले के सहारे राजमहल की ओर रवाना हुई—डगमग-डगमग। वह सोचने में इस कदर डूबी थी कि उसने न तो माँ की ओर देखा और न धाय की ओर! अचानक पाँव कुछ धीमे पड़ने लगे। चुपचाप चानण-चौक में आकर रुक गयी। आँखों पर हथेली का छज्जा बनाकर ऊपर देखने लगी। सूरज भी उसकी ओर देख रहा था! धाय और रानी उमादे दबे-दबे पाँवों उसका पीछा करती ठहर गयीं। मरवण ने मुड़कर देखा—माँ की आँखों से नजर मिलते ही वह खिलखिल हँसने लगी, जैसे कोई निराली बात सूझी हो। फिर गाडूला पीछे छोड़कर वह पाँवों पर खड़ी रही। अपने-आप ही एक-एक पाँव आगे धरती हुई, उनके सामने बढ़ने लगी। माँ और धाय की खुशी का पार नहीं रहा। जैसे वे स्वयं दूसरी बार पाँवों चलना सीख रही हों! यदि गगन का चाँद इस तरह चलने लगे तो कैसा जचे...!

मरवण धाय का हाथ पकड़कर सीधी रसोई में पहुँची। पछीत पर रखी ताँबे की परात की ओर हाथ बढ़ाते उसे नीचे उतारने का इशारा किया। मरवण के कहे-कहे धाय ने चौक के बीच परात धर दी। किनारों तक पानी भरा ही था कि मरवण की मंशा भाँप गयी। ऊपर दमकता सूरज परात के पानी में झलमल-झलमल तैरने लगा। मरवण बारी-बारी से दोनों का तप-तेज जाँचने लगी। परात का सूरज कैसा शीतल और धीमा, आकाश का सूरज कितना उत्तप्त, मानो अगन का गोला ही हो! तत्पश्चात् कुछ गहराई से सोचकर मरवण परात के पास आकर बैठ गयी। दोनों हाथों से पानी झकोलने लगी। ताप का भरपूर गोला टुकड़े-टुकड़े होकर चारों तरफ बिखर गया। गोरे-गोरे नन्हें हाथों से तालियाँ बजाकर किलोलें करती-

सी माँ व धाय की ओर गुमान से देखने लगी। फिर दूसरे ही क्षण ऊपर देखा—वह तो वैसा ही गोल-मटोल और साबुत। पूरा-का-पूरा। मामूली कोर भी इधर-उधर कहाँ हुई! इधर परात का पानी थिर होने पर बिखरा हुआ गोला फिर से जुड़ने लगा। किन्तु मरवण को इतना धीरज कहाँ? पानी झकोलने लगी सो पूरे पानी में घोल दिया। फिर पाँवों पर खड़ी होकर परात की परिक्रमा देने लगी तो काफी देर तक रुकी ही नहीं। जब सूरज पूरा-का-पूरा जुड़कर अपने-आप गोला बन कर दमकने लगा और ठण्डी नजर उठाकर मरवण की ओर देखकर मुस्कराने लगा तो मरवण जोर से ताली बजाकर कहने लगी 'माँ, आज से ही सूरज मेरा दोस्त बन गया। जब मन होगा मेरे साथ खेलने के लिए नीचे बुला लूँगी!

धाय और माँ दोनों ही चकन-बकन कि ऐसी निराली बात मरवण को उपजी ही क्योंकर? धाय, रानी-माँ की ओर देखते कहने लगी, "अब तो मेरे कहने का आपको जरूर विश्वास होने लगेगा कि मरवण ने इतनी देर से बोलना और चलना शुरू किया? दिमाग में कहीं कुछ कसर तो नहीं रह गयी? और मैं चुनौती के भाव से हमेशा कह रही थी कि जो शिशु जितना ही अधिक बुद्धिमान और प्रतिभाशाली होगा वह उतनी ही देरी से बोलना सीखेगा! अभी क्या हुआ है, समय आने पर पता चलेगा कि मरवण जैसी बच्ची करोड़ों में एक पैदा होती है! इसकी मन्द-मन्द मुस्कान में तो जैसे गीता का समूचा ज्ञान झलमला रहा हो! फकत देखने वाली आँखें चाहिएँ...!"

रानी उमादे ने अदेर अपने मन की बात दरसायी, "दुनिया में ऐसी कौन-सी माँ है जो अपने जाये-जन्मे को सबसे अधिक सुन्दर और समझदार न मानती हो! यदि माँ का मन ऐसा न हो तो उसका नाम माँ ही नहीं पड़ता। संसार की सभी माँओं का मन एक जैसा ही होता है, अपना बच्चा उन्हें सबसे प्यारा व लाड़ला लगता है।"

मरवण के साथियों की मण्डली धीरे-धीरे बढ़ने लगी। दूज का चाँद भी उसका मित्र और पूनम का चाँद भी उसका मीत! नवलख तारों के साथ-साथ अनगिनत जुगनू भी उसके मित्र। तरह-तरह के रंग-बिरंगे फूल भी उसे उतने ही प्रिय लगते। तोते, तीतर, कोयलें, कौवे, मोर और फाख्ताएँ सभी उसकी मण्डली में शामिल। बरखा की बूँद-बूँद से उसका वैसा ही प्यार। चाँदनी की किरण-किरण से वैसा ही स्नेह!

कुदरत की नित्य नयी मण्डली बढ़ाते-बढ़ाते मरवण को पाँचवाँ बरस उतरने लगा तो राजा-रानी विचार करने लगे कि अब मरवण की उम्र विद्या सीखने लायक हो गयी है सो राज्य के पण्डित-विद्वानों से चुनकर सर्वोत्तम गुरु के हाथों इसे सौंप दें। जन्म देने वाले माँ-बाप तो सन्तान की काया को पालते-पोसते हैं। गुरु—

शिष्य का मन, मस्तिष्क और आत्मा सँवारता है। गुरु का महातम माँ-बाप से कहीं बढ़कर होता है...!

लेकिन मरवण के लिए तो जैसे सारी बातें पहले से ही सोची हुई हों। गुरुजी की चरचा शुरू होते ही उसने मुस्कराते कहा, "इतनी उतावली भी क्या है? अभी तो कुदरत ही मेरे लिए सच्ची गुरु है। उसकी गोद में जब तक पूरी तरह खेल न लूँ, तब तक मेरा मन कहीं और नहीं लग सकता। धाय-माँ की अप्सराओं, राजा-रानियों, राजकुँअर-राजकुँअरियों, सेठ-साहूकारों, चोर-डकैतों, भूत-पलीतों और डायन-चुड़ैलों से फिलहाल पूरी पहिचान ही कहाँ हुई? आखर-बारहखड़ी से पहले पाताल लोक, इन्द्रलोक एवं नागलोक की जानकारी जरूरी है। यह धाय-माँ तो सब-जगह परिक्रमा दे चुकी है। पहले इसकी बातें तो जी-भरकर सुन लूँ। विद्वान-पण्डितों से पहले हमजोली सहेलियों की मण्डली में ज्यादा ज्ञान मिलेगा। अब उनके बिना मेरा कहीं भी जी नहीं लगता।"

फिर धाय-माँ की ओर देखते कहने लगी, "सच बताना, खापरिया चोर से तो रात को ही मिलना हुआ। दुनिया का कोई गुरु उसकी अकल तक नहीं पहुँच सकता...!"

राजा-रानी और धाय-माँ तीनों को ही अत्यधिक अचरज हुआ कि ऐसी-ऐसी गहरी बातें उसके मन में कहाँ सहेज कर रखी हुई थीं, किसी को भी भनक तक नहीं पड़ी। आज उस से चरचा करने पर उसके बाल अधरों से ऐसा अमृत बरसा, जिसकी सपने में भी कल्पना नहीं थी। पिछला जन्म हो-न-हो किसी पूज्यवान ऋषि-मुनि का ही होना चाहिए, इस में कोई सन्देह नहीं। माँ-बाप को अपने बच्चों की बहुत देर से पहचान होती है...!

न समय के चमत्कार का पार था और न कुदरत के करिश्मे का! देखते-देखते मरवण कब आठ बरस की हो गयी, माँ को पता तक नहीं चला। नित रोज-रोज देखने से तो तिल जितनी भी बढ़ती नजर ही कहाँ आयी...तो क्या आठ बरस एकदम ही उलट पड़े? कोख के करिश्मे से जनमी बेटी को अब माँ के साथ की बजाय सहेलियों की संगत कहीं ज्यादा सुहानी लगने लगी। उनकी संगत का लगाव ही ऐसा है कि खाने-पीने तक की सुधि नहीं रहती। जब सहेलियों की मण्डली की तुलना में माँ का साथ अखरने लगा तो रानी से कुछ भी छिपा नहीं रहा। एकबारगी थोड़ी देर के लिए माँ का मन उचट अवश्य गया। फिर अपने-आप ही समझ ठिकाने आ गयी। कुदरत की नाईं उमादे की समझ का भी कोई पार नहीं था। माँ के जीवन का आधार ही सब से अलग होता है। उसका मन अधिकांशतया सम्पत्ति, सिंहासन और माया से तुष्ट नहीं होता। या तो ममता का आधार जुड़ने पर या भक्ति का केन्द्र जुटने पर। ममता का पलड़ा हलका पड़ने

पर पूजा-पाठ का स्रोत फिर उमगने लगा। कृष्ण भगवान की शरण फिर से टकोरे की रणकार सुनायी पड़ी तो राजा को अधिक अचरज नहीं हुआ। रंग-महल की पीलजोतों के बढ़ते उजाले में राजा की शंका जगमगायी तो उसे पूछे बिना नहीं रहा गया, "पूजा-पाठ और धूप-ध्यान की खातिर फिर से अचानक भक्ति-भाव कब जागा... ?"

एकबारगी तो रानी भी असमंजस में उलझ गयी। कुछ भी जवाब नहीं सूझा। लेकिन सिर्फ निमिष भर के लिए। फिर कहने लगी, "जब से मरवण को अपनी समझ पर भरोसा होने लगा और मेरी बजाय सहेलियों की संगत उसे अच्छी लगने लगी, तब से। उसकी समझ का तो कहीं ओर-छोर ही नजर नहीं आता। तब मैंने भी अपनी खोयी हुई राह फिर से पा ली।"

राजा को पूरा सन्तोष नहीं हुआ। अपनी गुणवती रानी से अपनी बजाय राजा को अधिक लगाव था। उस पर अडिग विश्वास था। मन की रजामन्दी न होते हुए भी पूछा, "मरवण के प्रति अथाह ममता को भूलाकर, पूजापाठ में पहले की तरह तुम्हारा मन रम तो जाएगा... ?"

सवाल जितना आसान था, उसका जवाब उतना सरल नहीं था। एक गहरा निश्वास छोड़ कर कहा, "जीने का आधार जुटाने के लिए ज्यों-त्यों मन तो रमाना ही पड़ता है...! मगर अबोला अदीठ स्नेह, प्रत्यक्ष रूबरू नेह की अपेक्षा अधिक भारी होता है... !"

रानी की बात एकदम सही थी, फिर भी राजा के मन में तनिक चुहुल करने की जची, "अब मेरी खातिर तुम्हारे मन में अधिक लगाव नहीं है। पहले तो गढ़ में रहते हुए भी थोड़ा दूर होने पर तुम्हारी आँखों का पानी कभी सूखता ही नहीं था, लेकिन अब वैसी बात नहीं रही!"

रानी को जैसे किसी ततैये ने डंक मारा हो! अदेर राजा की आँखों में झाँका तो उसकी अपनी आँखें छलक उठीं। न रानी को और न राजा को यह मायना समझ में आया कि वे आँसू मरवण के लिए थे या राजा के लिए या कि खुद अपने लिए! भारी गले से बोली, "ऐसी नासमझ मैं कभी नहीं थी कि अपने वियोग की खातिर ऐसी ओछी बातें सोचती रहूँ। समय की मनमानी पर किसी को जोर नहीं चलता! कुदरत की लीला कुदरत ही जाने।" राजा ने फिर कुछ भी विवाद नहीं किया।

मरवण के लिए सहेलियों की मण्डली अपनी देह से कभी जुदा महसूस नहीं होती थी। आँखें, कान, नाक, हाथ-पाँव और अँगुलियों की नाईं सभी सहेलियाँ उसकी गोरी काया से जुड़ी हुई थीं! क्या तो दीवान की दोनों बेटियाँ,

सेनापति की बेटियाँ, खजांची की बेटी, नगर-सेठ की बेटी, धाय-माँ की बेटी, राज-खवास की बेटी और माली की बेटी इत्यादि। मात्र बरस-सवा-बरस की कमी-बेशी। दीवान की बड़ी बिटिया उस से दस महीने बड़ी थी। सभी सहेलियाँ मरवण का लिहाज-आदर रखती थीं। लेकिन मरवण के लिए उस विभेद का कुछ भी अर्थ नहीं था। वह उन्हें समझाती कि सभी बच्चे अपनी मरजी के महाराजा होते हैं। वे किसी को भी छोटा-बड़ा नहीं मानते। मगर सहेलियाँ कुछ समझना ही नहीं चाहती थीं, तब क्योंकर समझ में आता? आखिर उसे ही हार माननी पड़ी। लेकिन अपने मन में वह किसी से भी स्वयं को बड़ा नहीं समझती थी, वे न मानें तो उनकी मरजी।

झुरनी, घूमर, आँधल-घोटा और कबड्डी में कौन छोटा, कौन बड़ा! पर कौशल, चतुराई और दाँव-पेच अपने-अपने। इन सब खेलों में राज-खवास, धाय-माँ और माली की बेटियाँ सबसे तेज और अव्वल रहती थीं। इसलिए मरवण उनका मान रखती, उन्हें बड़ा मानती लेकिन भीतर-ही-भीतर छटपटाती कि वह उनसे जीते, एक बार तो जीते। मगर उसकी इच्छा पूरी नहीं हुई। एक बार राज-सेठ की बिटिया अपनी हवेली से सुरंगी चौपड़, हाथीदाँत की गोटियाँ, शतरंज और चन्दन के मोहरे लेकर आयी। तीन दिन तक मरवण ने उनके साथ खेलते हुए सारी चालें और दाँव-पेंच अपने मन में जमाये। फिर तो मरवण ने एक बार भी किसी सहेली को जीतने नहीं दिया!

रानी उमादे अपने नित्य-नियम में भले ही व्यस्त हो, परन्तु बच्चों के खान-पान का पूरा ध्यान रखती थीं। तीन दासियाँ आठों पहर कलेवा, खाना, ब्यालू के निमित्त सपने में भी चूक नहीं करती थीं। और न मरवण और उसकी सहेलियाँ उनका कहा टालतीं। फिर भी खाने-पीने की बजाय खेलने का उत्साह बहुत अधिक था। बचपन की उम्र ऐसी ही होती है!

खेल-कूद में भी समय बीतता है, सोने पर भी वह चलता रहता है और जागने पर भी वह रुका नहीं रहता। विश्राम समय के भाग्य में ही नहीं लिखा! उसकी गति-मति में न कुदरत का कोई दखल और न ईश्वर-परमेश्वर का ही! वह तो पूर्णतया स्वतन्त्र और इकरंगा है! कुदरत की गोद में रमते-खेलते मरवण दस बरस की हो गयी। एक बार संयोग से मरवण सपने में किसी सुनहरी पोथी के पन्ने उलटने-पलटने लगी। न एक भी अक्षर उघड़ा और न एक चित्र ही ने अपना रंग खोला! सवेरे आँखें, मलती-मलती वह माँ के पास आयी। गम्भीर स्वर में कहने लगी, ''माँ, नींद में सोते-सोते मैंने एक सुनहरी-पोथी के पन्ने पलटे। न तो एक अक्षर भी उघड़ा और न एक चित्र ही मुझ से खुला। मैं आज से ही

पढ़ना चाहती हूँ। सीखना-समझना चाहती हूँ। मेरे गुरुजी को जो भी हिदायतें देनी हैं, दे देना।''

रानी उमादे को इसी अमोलक घड़ी का इन्तजार था। मुँह से तो बोलकर कुछ भी नहीं कहा किन्तु नीचे झुककर मरवण के दमकते ललाट पर दो चुम्बन जड़ दिये! फिर तो कुछ भी कहना-सुनना बाकी नहीं बचा! यह भाषा अधिक सम्प्रेषणीय होती है!

समय की गति-मति, उसकी मनमानी और उसकी इकडंकी चाल सारे संसार में एक-सी रहती है। न किसी का लिहाज, न किसी के प्रति रोष और न किसी भी तरह का पक्षपात! उधर नरवर गढ़ में समय, हवा, धूप और चाँदनी को देखते-निहारते ढोला की कद-काठी जाने कब बढ़ गयी और जाने वह कब अतिशय सुन्दर, स्वस्थ और भरपूर युवक बन गया तो राजा-रानी के आश्चर्य व आनन्द का पार नहीं रहा। फिर भी उसकी बजाय, मरवण के साथ उसके ब्याह की आतुरता और हर्ष-उन्माद कहीं बेशी था। वे खुली आँखों से भी वही सपना देखते और मुँदी आँखों से वही सपना देखते कि समूची दुनिया में न तो ऐसा लाजवाब ब्याह हुआ और न आगे भी होगा। देखने वाले लोग-बाग जब तक जिन्दा रहेंगे, चाहने पर भी भूल नहीं सकेंगे। लेकिन एकाएक लाड़ला राजकुँअर ढोला तो अपनी मरजी का महाराजा होने पर सारी दुनिया को ही भूला बैठा था! उसे न तो सूरज के उगने का ध्यान था और न अस्त होने का। वह तो यही समझ रहा था कि सूरज तो उसकी पलकों पर ही उगता है, तपता है और अस्त होता है! उसके सपनों की चाह के अनुसार ही चन्द्रमा अपनी सोलह कलाएँ रचता है! सोलवाँ बरस क्या उतरा, जैसे सोलह चाँद और सोलह सूरज उसकी आँखों में जगमगाने लगे, जिनकी चकाचौंध में उसे राजा-रानी के सपनों की चरचा सुनने का भी समय नहीं मिलता। जाँझरके दो घड़ी रात रहते यार-दोस्तों के साथ कुदरत की विभिन्न छवियाँ निहारने की खातिर घोड़े दौड़ाता ही रहता। वापस राजमहल लौटने की कोई पाबन्दी नहीं थी। कभी-कभार तो आधी रात भी ढल जाती। पाँचों मित्रों का वश चलता तो वे आकाश-गंगा में घोड़े झोंक देते! चन्द्रमा के घेरे में घोड़ों को घूमर नचवाते। जहाँ भी मन करता पेट का भाड़ा चुकाकर बेफिक्र हो जाते! नरवर गढ़ के राज-घराने की भनक मिलते ही सेठ-साहूकारों और अमीर-उमरावों के बीच सत्कार करने की होड़ मच जाती! नये-नये पर्वत, नयी-नयी नदियाँ, भाँति-भाँति के गाछबिरछ और भाँति-भाँति की वनस्पति। भाँति-भाँति के पंछी-जानवर। जहाँ-कहीं भी पहुँचते मनुष्यों की अपेक्षा कुदरत उनकी ठौर-ठौर मनुहार करती। बलैयाँ

लेती। राजा-रानी ने कुलच्छनों की, दुर्व्यसनों की या बदफैली की सुगबुगाहट नहीं सुनी तो काफी-कुछ निश्चिन्त हो गये। पोकरजी के पवित्र धाम बचपन के विवाह की मांगलिक बात आज कहें, कल कहें का सुनहरा सपना नवलख तारों के झूले पर झूलता रहा, टलता रहा और वे बेजोड़ विवाह की अमिट लालसा में रात-दिन बहलते रहे!

कहावत की सच्चाई में कभी चूक नहीं होती कि बाड़-काँटों के भी कान होते हैं, फिर अनन्त, असीम और अविराम हवा से क्या बात छिपी रहती! मालव देश की राजकुँअरी मालवणी के अपूर्व सौन्दर्य की सौरभ हवा में इस तरह घुली हुई थी कि साल्हकुँअर के एक राजपूत मित्र ने उस रूप की भनक सुन ली। मित्र तो मित्र ही होता है, उनके बीच कैसा दुराव! आखिर राजकुँअर के कान में मन्त्र फूँक कर वह आश्वस्त हुआ! फिर साल्हकुँअर के कैसी ढील! मन-सुहाती बात थी! कुदरत की नयी-नयी छवियों के बीच दबा हुआ रहस्य आखिर यों उजागर हुआ! संयोग की लीला के जाने कितने-कितने रूप होते हैं! प्रकट होने पर ही पता चलता है। सो उस मनचीते सपने की तलाश में नरवर गढ़ के घोड़े मालव देश की राह धूल के बगूले उड़ाते हुए अप्रतिहत वेग से आगे बढ़ने लगे। घोड़ों की अनवरत टापों के आगे कैसी दूरी! गाछ-बिरछ सामने दौड़ते हुए बलैयाँ लेने के लिए आतुर रहते!

मालव गढ़ के अनुपम बाग में ही पड़ाव डाला। नहाये-धोये। इत्र-फुलेल की महक चारों तरफ घुल गयी। सहेलियों की मण्डली के साथ मालवणी भी झूलने आयी। जब हवा में फैली परिचित सुगन्ध मालवणी की देह में घुली तो वह आश्चर्य-चकित रह गयी। उस से भी बेहतर मिट्टी का अप्रतिम इत्र किसके पास है? मालवणी के बेजोड़ रूप की झलक पाने की खातिर उजाले की सघन हरियाली बेध कर शायद एकाध किरण मुश्किल से मालवणी की आभा छू सकी! धन्य घड़ी, धन्य भाग!

मालवणी की सहेलियों ने ढोला के साथियों से पूछताछ की तो उन्होंने कुछ भी नहीं छिपाया। मन की बात होंठों से दरसायी कि राजकुँअरी के रूप की सौरभ राजकुँअर के अन्तस् में घुली तो उनसे क्षण भर के लिए भी धीरज नहीं रखा गया। यदि एक बार भी राजकुँअरी के रूप की झलक मिल जाए तो यहाँ आना सार्थक हो जाय। सहेलियाँ अदेर कुँअरी के पास पहुँची और हाथोंहाथ खुश-खबरी सुनायी कि उसकी झलक मिलने के बाद विवाह करना लाजिमी है। एक घड़ी की भी ढील नहीं चल सकती। ऐसा ही उन्होंने प्रण किया है। बारात के नाम पर ये चार मित्र ही पर्याप्त हैं। अतिशय आनन्द-उल्लास की बात सुनते ही साल्हकुँअर का मुँह उतर गया। नरवर गढ़ के राजकुँअर के ब्याह में फकत चार

बाराती! राजा-रानी किसी भी सूरत में मना तो नहीं करेंगे, लेकिन उनकी अनुमति के बिना क्योंकर हामी भरे! हाथी-घोड़े, ढोल-नगारों के माहौल में शादी होनी चाहिए। सहेलियों ने जो भी बात सुनी राजकुँअरी को बता दी। वे सलाह-मशविरा करके वापस लौटीं। स्पष्ट कहा कि ब्याह होना है तो आज ही होगा, अन्यथा वे अपनी राह पकड़ें। जल्दी रवाना होंगे तो जल्दी पहुँचेंगे! राजकुँअरी किसी भी शर्त पर अपना प्रण नहीं तोड़ेगी। साल्हकुँअर थोड़ी देर तक चुपचाप सोचता रहा। सहेलियाँ जवाब की खातिर उसकी ओर एकटक देखने लगीं तो उस को मजबूर होकर हामी भरनी पड़ी। तब एक चंचल सहेली ने मसखरी के भाव से कहा, "ऐसी बेइन्तहा खूबसूरत राजकुँअरी से ब्याह की हामी भरते चेहरे पर दुविधा क्यों झलकी? बड़े-बड़े राजकुँअरों की पार नहीं पड़ी और आपकी मुराद राह चलते ही पूरी हो गयी। पिछले जन्म की तपस्या का फल ही समझिए! आप सोच-विचार तनिक भी नहीं कीजिएगा। राजकुँअरी के विवाह में नव-लाख तारों की बारात उतरेगी। आप भी कम सुन्दर नहीं हैं। ऐसी अनुपम जोड़ी जचेगी कि चाँद-सूरज तक को थुथकी डालनी पड़ेगी।" विधाता की मंशा के सामने भला किसकी बहादुरी चल सकती है! अलौकिक मुस्कान की आभा से साल्हकुँअर का चेहरा दिप-दिप करने लगा।

राजा-रानी ने ढोला का रूप निहारा तो उनके हर्ष-उछाव की सीमा नहीं रही। यह तो सचमुच भगवान के द्वारा भेजा हुआ ही वर मिला। जोशी ने जन्म की वेला ही राजकुँअरी के नक्षत्र शानदार बताये थे। अब पुख्ता तौर पर तय हो गया कि बेटी आप-करमी होती है! उसी साँझ गोधूलि वेला में दोनों का हथलेवा जुड़ गया। उम्र भर के लिए गठबन्धन हो गया। राजा-रानी और राज्य के दरबारियों ने सोचा कि ईश्वर का भेजा हुआ वर है, उसके सामने बड़प्पन का क्या दिखावा करें! उसकी छाया के सामने नवाब-बादशाह तक भिखारी लगते हैं, फिर मालव राज्य की वैसी औकात ही क्या है? विवाह तो एकदम सादा ही किया। लेकिन दत्त-दहेज में रत्ती भर भी खामी नहीं रखी। तीन सौ हाथी, पाँच सौ घोड़े। खूब गहने-गाँठे! नरवर गढ़ के राजा-रानी की खातिर हीरे-मोतियों का अमोलक हार। राजकुँअरी मालवणी के हाथ-खर्च के निमित्त बीस हजार मोहरें। चारों बारातियों के गलों में राजा ने अपने हाथ से नव-लखे हार पहनाए।

दूल्हे-दुलहन के संगाती और सहेलियों के मुँह से सुहाग-रात का फकत नाम-ही-नाम सुना था। वैसी कल्पना भी नहीं की थी। यदि सचमुच सुहाग-रात ऐसी ही होती है तो उम्र भर तक सुहाग-रात ही मनाएँ! एक घड़ी तो बहुत दूर की बात, सुहाग-रात का एक क्षण भी व्यर्थ गँवाये सो महा-मूर्ख! पीलजोतों के मन्द-मन्द उजाले और घी की भीनी-भीनी सौरभ, सेज की सुरंगे फूलों के

बीच वर-वधू ने एक-दूसरे की आभा-युक्त सूरत देखी तो आँखें चौंधिया गयीं। गहरी नींद में कोई सपना तो नहीं देख रहे हैं! विधाता ने ऐसे सौन्दर्य की कल्पना ही क्योंकर की! गढ़ा तो गढ़ा ही किस तरह! दुनिया के सभी दूल्हे-दुलहनों को ऐसे ही रूप की युग-युगान्तर से ही अविरल चाह रहती है। प्रत्यक्ष निहारते ही इस सच्चाई का पता चल गया! एक-दूसरे के लिए ही अलग-अलग काया का महातम है! किसी एक दुर्लभ मांगलिक घड़ी में एक होना ही अलग-अलग काया का अन्तिम श्रेय है! जन्म-जात बच्चों को जो कुदरत स्तन-पान करने की युक्ति सुझाती है। यौवन की देहरी चढ़ती दो भिन्न कसमसाती इकाईयों को एक होने का उपाय भी सुझाती है! किसी भी अन्य गुरु से दीक्षा लेने की जरूरत ही नहीं पड़ती। कुदरत जैसा अनन्य गुरु मिलने पर क्या खामी...! मानो मालवणी का रूप-यौवन ढोला के निमित्त पका हो और ढोला का रूप यौवन मालवणी के निमित्त ढला हो! लेने के अनहद आनन्द में देने का आनन्द भी घुला रहता है! इस तरह की चार सुहाग-रातें मनाकर पाँचवे दिन ढोला की बारात रवाना हुई। वर-वधू तो चन्दन के रथ में बिराजमान थे। चारों साथी अपने-अपने घोड़ों पर। इक्कीस दहेज वाली दासियाँ सादे रथ में बैठी थीं। ग्यारह गाड़ियों में दहेज की तमाम सामग्री! जिसकी सुरक्षा के लिए इक्कावन सैनिक मुस्तैद थे...!

अत्यधिक आनन्द-उत्साह से वर-वधू गढ़ में आये। लेकिन विवाह के अप्रत्याशित समाचार सुनते ही राजा-रानी के अन्तस् में ऐसी ज्वाला धधकी, मानो खुद के मरने की खबर सुनी हो! मालवणी रानी के चरणों में धोक देने झुकी तो रानी अदेर दो कदम पीछे सरक गयी। फिर पीठ फिराकर सीधी अपने महल में पहुँची। पाँवों पर खड़ी रहने की क्षमता चुक गयी तो वहीं नीचे बैठ गयी। राजा के लिए तो जैसे उसके माँ-बाप आज ही मरे हों! मरवण जैसी बहू की आशा में क्या-क्या सपने सँजोये थे! एक साथ ही ध्वस्त हो गये! पहल करके जिस मुँह में ढोला के लिए जिस उत्साह से मरवण की माँग की, अब वही बेहया-निर्लज्ज चेहरा किसी को भी कैसे बताएँगे? राजा पिंगल, रानी उमादे और मरवण की धाय-माँ को सूरत दिखाना तो दूर रहा, स्वयं अपने-आप ही आरसी में देख सकने की हिम्मत भी नहीं बची! साल्हकुँअर के बचपन में कई बार उसे ब्याह की बात विस्तार-पूर्वक बताने की प्रबल इच्छा हुई, मगर उसे तो समझ लायक उम्र होने पर उतना समय ही कहाँ मिला! कब गढ़ से घोड़ों पर सवार होकर निकलता और कब वापस लौटता, चार साथियों के अलावा किसी को सुराग नहीं मिलता। आज-कल, आज-कल सोचते-विचारते आखिर यह कुघड़ी आयी! मालवणी के

उघड़े मुँह की झलक मिलते ही रानी ने अदेर पहचान कर ली कि बहू छत्तीस लक्षणों वाली है! मरवण की बाल्य-सूरत जितनी भोली और निर्मल दिखती थी, मालवणी उतनी ही चालाक और निर्मम है...!

जिस तरह चोर की माँ मटकी में मुँह डालकर चुपके-चुपके रोती है, ठीक वैसी ही दुर्गति नरवर गढ़ के राजा-रानी की हुई। अपने सिवाय और किसे दोष दें! किससे शिकायत करें! भाग्य से या भगवान से? ऐसे दुर्योग की थोड़ी-सी भी भनक मिल जाती तो ढोला को पुष्कर से लौटने पर ही ब्याह की बात ब्योरेवार बता देते तो उस पर लौकिक मर्यादा का अंकुश अवश्य रहता। लेकिन विधाता को तो सब-कुछ पता था, तब उसने किस जन्म का बदला लिया? तिस पर कैसी बुरी मसखरी हुई कि एक दिन पहले ही पूँगल गढ़ से कुंकुम के छींटे लगे कागज आया, ''मरवण अब ससुराल सिधाने के योग्य हो गयी है। आपको जानकर अत्यधिक हर्ष होगा कि पोकरजी के पावन धाम वाली बाल-बनड़ी (दुल्हन) के रूप, ज्ञान और उसकी समझ का पार नहीं है! इस तरह के धीरज की अधिकारिणी और बुद्धिमान राजकुँअरी सूरज के खोजने पर भी नहीं मिल सकती! हम दोनों तो किसी भी सूरत में उसके पासंग बराबर भी नहीं है! मांगलिक मुहूर्त बँचवाकर जितनी जल्दी यहाँ पधारने की मेहरमया हो जाय तो आप जैसे उमरावों की हजार-हजार बलैयाँ लें! आपके पधारने पर हमारा मनवांछित मान बढ़ेगा। इसलिए आपके स्वागत की पल-पल प्रतीक्षा रहेगी। वही सोने का सूरज उगे और आपके चरणों की रज पूँगल गढ़ के चौक में पहुँचे!''

राजा के चेहरे पर दमकती आभा एकदम बुझ गयी, मानो चाँद को ग्रहण लगा हो! मगज के भीतर पसीना-सा होने लगा। दूसरा कुछ भी उपाय नहीं सूझा तो पत्रवाहक गड़रिये और खवास की आवभगत के लिए हिदायतें देकर वह रानी के महल की ओर रवाना हुआ। नरवर गढ़ के राजा की ऐसी संज्ञा-विहीन दशा देखकर उनके मन में दया तो क्या उमगती, उनकी सात-पीढ़ियों की ऐसी औकात नहीं थी, लेकिन उन दोनों के दुख, पछतावे और अचरज का पार नहीं रहा। उनके निरीह हृदय में ऐसी धधकती पीड़ा की जलन हुई कि वैसा दुख इस से पहले कभी नहीं हुआ! वे समझते थे कि राजा-महाराजाओं से बढ़कर सुखी दुनिया में और कोई नहीं है। आज की दुर्दशा का आभास होने पर उनके अवेचतन में तनिक सन्तोष हुआ कि ऐसे मजबूर तो वे कभी नहीं हुए! दोनों मन-ही-मन दुखी होते रहे। परन्तु उस दुख को दरसाने योग्य उनके पास वैसी वाणी नहीं थी! खवास गड़रिये की तरफ बेचारगी से देखने लगा और देवासी खवास की ओर नजर गड़ाकर ताकने लगा। आज अभी-अभी उनकी आँखों से वाणी छलकने लगी थी। आँखों से बोलने के निमित्त पहली बार काम पड़ा था। सौ तालू और सौ जिह्वाएँ भी

उस अनहद वाणी का मुकाबला नहीं कर सकतीं! लेकिन पूँगल गढ़ पहुँचने पर तो कैसी भी व्याख्या करना उसके लिए सम्भव नहीं था! राजा पिंगल और रानी उमादे ने उस पर कितना भरोसा किया था! अब उन्हें मुँह दिखाने जैसी हिम्मत ही नहीं बची! अपने दोनों राजा-रानी मरवण को ससुराल विदा करने के लिए आनन्द उछाह में चाँद के आसपास पहुँच चुके हैं, वहाँ से गिरने पर उनका क्या हाल होगा! और इस अशुभ खबर का रानी की तुलना में वह बेहद बुद्धिमान है, धीरज की अधिकारिणी है, ज्ञान की प्रत्यक्ष अप्सरा है। उसे समझने के योग्य राज्य-दरबार में कोई विद्वान या पण्डित नहीं है। लाख विश्वास है कि वह कुछ पूछेगी ही नहीं! यदि पूछ लिया तो उनका जवाब देवों के देव महादेवजी से भी दे सकना शायद ही सम्भव हो...!

राजाजी ने रवाना होते समय उनकी खातिरदारी के लिए कितनी हिदायतें दी थीं। अपने दुख का कुछ भी खयाल नहीं रखकर उनका अधिक ध्यान रखा था। हवा में साँस तो लेना ही पड़ता है, लेकिन अन्य खातिरदारी के निमित्त सपने में भी इच्छा कर लें तो उन्हें धिक्कार है! पानी की बूँद भी क्या गले उतर जाय...!

उधर नरवर गढ़ के राजा का रानी के महल में जाना और भी मुश्किल हो गया, मानो सौ योजन की दूरी हो! समय का उन्हें तनिक भी अनुमान नहीं रहा कि क्षण बीता या घड़ियाँ बीतीं! पहले रानी की सूरत देखने पर कितना आनन्द मिलता था, मगर आज उसके चेहरे की उदासी देखकर उसके दुख का पार नहीं रहा। उसके दाहिने हाथ में पूँगलगढ़ के राजा का पत्र था, जिस पर कुंकुम के छींटे मँडे थे। रानी की मरजीदान डावड़ी ने समाचार दे दिये थे। बिना बाँचे भी कागज का सार उस से छिपा नहीं रहा। रानी की आँखों में अचानक बिजली कौंधी...यदि इस तरह दोनों ही चिन्ता में डूब गये तो सब मामला चौपट हो जाएगा। राजाजी को कुछ हो गया तो किसी की कोई गरज नहीं सरेगी, चाहे हनुमानजी हों, चाहे रामजी हों या भगवान ही क्यों न हो। यदि दोनों ही धैर्य-पूर्वक बात सँभालें तो मामला सुधर सकता है। रानी के मन में मानो कोई अदीठ जोश घुल गया हो। पलंग से उठकर धीरज के साथ आगे बढ़ी। मेहँदी लगा हाथ आगे बढ़ाया तो संज्ञा-विहीन राजा में इतनी ही शक्ति नहीं थी कि रानी के हाथ में कागज सौंप दे। समाचार तो कागज की बजाय राजा के चेहरे पर ज्यादा स्पष्ट थे। फिर भी राजा का मन रखने के लिए कागज के अक्षरों में नजर फिराने लगी। केवल भाँड ही स्वाँग नहीं लाते, बड़े-बड़े उमरावों को भी स्वाँग लाना पड़ता है। कागज पढ़ने के बहाने रानी को यथायोग्य समय मिल गया तो उसने सब बातों पर अच्छी तरह विचार कर लिया। राजा की ओर मुँह करके आश्वस्त स्वर में कहने लगी, "आज जैसा घुप्प अँधेरा कल नहीं रहेगा। धीरे-धीरे अपने-आप छँट जाएगा। ढोला

से अजाने भूल हो गयी सो हो गयी। मेरा मन कहता है कि पोकरजी के पावन धाम किया हुआ सम्बन्ध व्यर्थ नहीं जाएगा। एक बार जैसी-तैसी झलक मिली, पता चल गया कि बहू बेहद चालाक और धूर्त है। आसानी से मानने वाली नहीं है। सुना कि मारवणी बहुत समझदार है, गम्भीर व धीमे स्वभाव की है। मौका मिलने पर सब सँभाल लेगी...!''

''पर वैसा मौका राम जाने कब आये, न भी आये।'' राजा ने अपने मन की शंका बतायी। रानी की आशा के बल पर वे अपने-आप को सुदृढ़ करना चाहते थे। और राजा को समझाने के बहाने रानी स्वयं भी समझना चाह रही थी! मनुष्य के मन की दशा भी जाने कितनी तरह की होती है। रानी ने फौलादी लहजे में आश्वस्त करते कहा, ''आयेगा, वैसा मौका भी आयेगा! सब दिन एक जैसे नहीं रहते। मेरे अपने दूध का मुझ पूरा भरोसा है। लेकिन अभी ढोला रूप के मद में सराबोर है! पहले यह खुमारी निथर जाए, तब तक धीरज रखना पड़ेगा। मन में शान्ति रखकर राजा-रानी को पाती लिखो कि वे बिल्कुल ही विचलित न हों। हम उनके दुख से जुड़े हुए हैं और हमेशा जुड़े रहेंगे। गलती सब हमारी है। बड़ा होने पर ढोला को एक बार भी पोकरजी वाली बात नहीं बतायी। आज-कल, आज-कल के भरोसे टालते रहे। अब आप से भी अधिक हमें मरवण की चिन्ता है। वही सोने का सूरज उगे, जब किसी मांगलिक घड़ी में मरवण के कुंकुम पद-चिह्न हमारे आँगन में उघड़ें...!''

रानी के वचनों का जादू ही ऐसा था कि राजा के मन में काफी शान्ति छा गयी। रानी के पास बैठकर अपने हाथ से पत्र लिखा। रानी ने कुंकुम-केसर के छींटे दिये। राजा स्वयं अपने हाथ से कागज सौंपना चाहता था। रानी के महल में आते समय जितना मन भारी था, उतना लौटते समय नहीं रहा। गड़रिये को पत्र सौंपने पर दासी ने शिकायत की, भोजन करना तो दूर रहा, इन्होंने पानी तक नहीं पीया। इन्हें कौन समझाये...? मना करने के अलावा कुछ नहीं जानते।''

''मैं समझाऊँगा, ये मेरी मरवण के पीहर वाले हैं...।'' फिर तो कुछ भी समझाने की जरूरत नहीं पड़ी। राजा का उछाह ऐसा उमड़ा कि उसने अपने हाथों से थाल परोसा। पास खड़े रहकर बार-बार मनुहार करते रहे। उस समय वे पूरी तरह बिसर गये कि वे नरवर गढ़ के राजा हैं। अब तक ऐसी सनक उन्हें एक बार भी नहीं सूझी। क्या साल्हकुँअर की भूल के लिए उनका वह पछतावा तो नहीं था! मनुष्य के कुछ काम ऐसे होते हैं कि बिना सोचे-समझे वे स्वत: हो जाते हैं। गड़रिये और खवास के मन में गर्व-गुमान का पार नहीं था कि मरवण के श्वसुर ने राजा होने पर भी इस तरह खातिरदारी की। अभिमान या अहंकार दूर-दूर तक नहीं। उनके इस बरताव से साफ पता चलता है कि मरवण के लिए

उनके मन में कितना मान है!

गड़रिये और खवास को इक्कावन-इक्कावन मोहरें विदाई में देते कहा, "ज्यादा कहने-सुनने में कोई सार नहीं, थोड़ा जितना ही मीठा! पाती में जरूरी समाचार लिख दिये हैं।...सारे दरबार में फैली हुई बात तुम दोनों से भी छिपी नहीं रही होगी। साल्हकुँअर और मालवणी का विवाह हमारे अजाने ही हो गया सो हो गया। फिर भी मौके पर सारी बात सँभल जाएगी, हमें पूरा विश्वास है।" उन्हें आश्वस्त करके राजा ने उनकी पीठ थपथपायी तो उन्हें काफी राहत मिली।

बख्शीश के दो अबलक घोड़ों पर सवार होकर जब वे पूँगलगढ़ राज-दरबार में पहुँचे तो राजा-रानी उन्हीं के आने की प्रतीक्षा कर रहे थे। उनके चेहरे खुशी में दमकते दिखलाई पड़े तो गड़रिये और खवास दोनों का मुँह उतर गया। अत्यधिक धैर्य के साथ राह काटी थी। उछाह की बजाय उनके चेहरे पर उदासी देखी तो रानी-राजा दोनों एक साथ सहम गये। रानी ने बमुश्किल सँभलते पूछा, "ऐसी क्या बात हो गयी, बताओ तो सही...।" तब देवदासी ने जेब से पाती निकालकर काँपता हाथ आगे बढ़ाया। पर खवास धीरज खो बैठा। मन में घुटता धुआँ बाहर निकालते कहा, "नरवर गढ़ के राजकुँअर ढोला ने शिकार खेलते-खेलते मालव देश की राजकुँअर मालवणी से ब्याह कर लिया...।" राजा-रानी पर जैसे कड़कड़ाती बिजली गिरी हो! रानी के सिहरते हाथ से पाती नीचे गिर पड़ी। और वह खुद भी लुढ़कने वाली थी कि राजा ने बीच ही में थाम ली। पलंग पर सुलाकर आदेश किया कि वे दोनों जाएँ। उनका कोई कसूर नहीं। लेकिन किसे भी इसकी भनक न पड़ने दें। सीधे घर जाओ...। यह तो रानी पहल कर गयी, वरना राजा पहले मूर्छित होने वाला था। रानी को इस तरह बेहोश होते देखा तो स्वयं अदेर सँभल गया। थोड़ी देर बाद रानी ने पलकें उघाड़ीं—राजा धीरे-धीरे पंखी झल रहा था। उसकी नजर रानी के चेहरे पर गड़ी हुई थी। पलकें पूरी खुलते ही राजा का हाथ जल्दी-जल्दी चलने लगा। रानी ने बैठने की कोशिश की तो राजा ने कँधा दबाकर वापस सुला दिया। रानी ने पलकें मूँद कर धीरे-से कहा, "पानी...।" राजा उठकर जाने लगा तो रानी बैठ गयी। राजा के हाथ से लोटा लेकर रानी ने पहले तो होंठ भिगोये। फिर चारेक घूँट पानी पीया। लोटा लेने के लिए राजा ने हाथ बढ़ाया तो रानी ने धीरे-से कहा, "अब क्यों भार बढ़ा रहे हो...मुझ में इतनी शक्ति नहीं...!" रानी आगे कुछ कहने जा रही थी कि मरवण दोनों हाथों में काँपते सुग्गे को सँभालती हुई तेजी से आयी, "माँ, पहले एक कटोरे में केवड़ा-जल डाल, घायल तोते को पिलाऊँ...फिर...।"

"बिल्ली ने नोचा है, शायद...?"

मरवण ने भीगी वाणी में हामी भरते कहा, "हाँ, जीसा...।" इसके तकदीर

अच्छे थे कि पीछे गेंद फेंकते ही वह इसे छोड़कर भाग गयी। मौत के मुँह से बचा ज्यों ही बचा... ! अब इसकी मरहम-पट्टी करूँगी।'' इतना कहकर वह मुड़ने लगी कि उसे पाँवों के पास कुंकुम-केसर के छींटे लगा एक कागज नजर आया। झुक कर हाथ नीचे किया ही था कि माँ और जीसा ने एक साथ मना करते कहा, ''नहीं बेटी, दूसरों का कागज नहीं बाँचना चाहिए...।'' मौली से बँधा कागज उठाते हुए प्रश्न किया, ''माँ-बाप कब दूसरे हुए...। फिर भी आपका आदेश तो मानना ही पड़ेगा...।'' दूसरे ही क्षण उसकी सुध-बुध कौंधी। मुस्कराते पूछा, ''नरवर गढ़ से आया लगता है...।'' फिर जीसा की ओर कागज बढ़ाते बोली, ''मुझे यों भी कागज बाँचने की वेला ही कहाँ है! यह लीजिए...!''

मरवण तो अजाने ही मुस्करायी थी, पर राजा-रानी तो सारा भेद जानते थे। उनके रिसते घावों पर जैसे ठेस लगी हो। जब राजा का हाथ तनिक भी आगे नहीं बढ़ा तो उसने दूसरी बार फिर कहा, ''लीजिए... सुग्गे की मरहम-पट्टी के लिए देर हो रही है...।''

राजा का काँपता हाथ मुश्किल से आगे बढ़ा तो उसने उसी क्षण सुपुर्द कर दिया और तेज-तेज कदमों से रवाना हो गयी। राजा-रानी के गलों में जैसे कुछ फँस गया हो! कुछ देर तक तो वे हतप्रभ, सूनी-सूनी आँखों से जाने क्या देख रहे थे, सो उन्हें भी कुछ पता नहीं चला। अचानक राजा के होंठों से भरी-भरी जिज्ञासा प्रगट हुई, ''अब... अब...।'' रानी ने सुगम्भीर स्वर में धीरज बँधाते समझाने की चेष्टा की, ''अच्छा हुआ कि मरवण को पता चल गया। आखिर पता तो चलना ही था। अब कुछ भी छिपाने की जरूरत नहीं। पहला मौका मिलते ही उसे पोकरजी के पावन तीर्थ पर हुए सम्बन्ध की बात पूरी बता देनी है। फिर तीनों मिलकर ही इस समस्या को सामना करेंगे। तोते की अपेक्षा मरवण के भाग्य तो अच्छे ही होंगे। हमें बेहद हिम्मत रखनी है। यदि हमने हिम्मत छोड़ दी तो मरवण का क्या हाल होगा!''

तत्पश्चात् राजा कागज के बहाने अपना ही कलेजा उघाड़ कर बाँचने लगा! एक-एक अक्षर बाहर निकालते समय मानो गला छिल रहा हो। और रानी के कानों में अक्षर पैठते समय जैसे चिनगारियाँ चिपक रही हों। पूरा कागज बाँचने के बाद वे कुछ देर तक इस तरह गुम-सुम बैठे रहे, मानो एक-दूसरे से निपट अपरिचित हों। बाप के स्नेह की अपेक्षा माँ की ममता का जोर अधिक होता है। रानी एक गहरा निश्वास छोड़कर कहने लगी, ''फकत दुर्योग के अलावा, किसी का भी दोष नहीं है। यदि राजकुँअर साल्हकुँअर को मरवण के सम्बन्ध की सपने में भी जानकारी होती तो वह हर्गिज ऐसी भूल नहीं करता।''

''मुझे पुख्ता विश्वास है कि नरवर गढ़ के राजा-रानी मगजमारी करें तो

सब मामला सुलझ सकता है। हजारों में बड़ी मुश्किल से एकाध राजा एक रानी से सन्तुष्ट रह सकता है। राजा के लिए जितनी रानियाँ हों, उतनी ही शोभा की बात है। यदि नरवर गढ़ का परम सौभाग्य हुआ तो मरवण का वहीं पदार्पण होगा।'' इन शब्दों के साथ ही राजा का आधा-अधूरा दुख-दर्द छँट गया। मगर माँ की ममता बिल्कुल आश्वस्त नहीं हुई। कहने लगी, ''मुझे चिन्ता फकत मरवण की है। उस में कमी केवल एक बात की ही है कि अपार ज्ञान और कुदरत के साथ तादात्म्य के कारण उसका मन अन्य किसी भी आनन्द की खातिर नहीं ललचाता। स्वामी की 'जूठ सेज' की बजाय वह चिता पर चढ़ना श्रेयस्कर समझती है। मैं उसकी प्रकृति थोड़ी-बहुत समझने लगी हूँ। उसकी बातें सुनने पर मेरे अचरज और आनन्द का पार नहीं रहता। ऐसा वहम होने लगता है, जैसे उसने मुझे जन्म दिया हो!''

जब तक हरियाला सुग्गा पूरा ठीक नहीं हुआ, मरवण बाकी सारी बातें भुला चुकी थीं। वह जो काम करती, उसी में सारा चित्त समाये रहती थी। अपने मन-पसन्द काम के अलावा किसी भी काम में उसका जी नहीं लगता था। जब तोते का नाम रखने की इच्छा हुई तो उसे सोचने में एक क्षण भी नहीं लगा। उसकी पाँखें सहलाते-सहलाते धीमे-से गुनगुनायी...'कबीर...कबीर...।'' अपने नये नामकरण की तनिक-सी गुनगुनाहट सुनते ही कबीर ने थोड़ी-सी पाँखें फड़फड़ायीं। टिव-टिव करते बोला, ''यह नाम मुझे पसन्द आया। सीताराम तो बहुतेरे उड़ते रहते हैं। अब नाम के अनुरूप मुझे नये-नये सद्‌गुण और नित्य नया ज्ञान सीखना पड़ेगा। आप सिखाने में खामी मत रखिएगा...। जितना भी जानती हैं, सब बता दीजिएगा।''

''और तू भी कसर मत रखना।'' मरवण ने लाड़ से पुचकारते हुए, उसकी आँखों का चुम्बन लिया। कहने लगी, ''तुम पंछी-जानवर तो कुदरत के ही लाड़ले होते हो। तुम्हारा ज्ञान मनुष्यों से एकदम भिन्न है। उसे जानकर मेरे हृदय में आनन्द हिलोरें भरता है! अब चलें माँ और जीसा के पास, तुझे स्वस्थ-दुरुस्त देखकर वे बेहद खुश होंगे...।''

''तो फिर मैं आगे-आगे उड़ूँ और आप...।''

मरवण ने मुस्कराते हुए रूठे स्वर में कहा, ''फिर वही 'आप' वाला प्रपंच...।''

कबीर ने तर-गुलाबी हँसी छलकाते कहा, ''तुम मनुष्यों से भी चूक हो जाती है, फिर हम तो पंछी हैं। आप नाराज हों तो भले ही हों, तूकारा देने के लिए मेरा मन नहीं मानता...।''

''तब मैं भी मुझे 'आप' कहूँगी...।''

कबीर ने एकदम पलटा खाया, ''बस...बस, अब कुछ भी समझना बाकी

नहीं रहा। पूरा होश ठिकाने आ गया।'' दोनों के रजामन्द होने में यह देर लगी! देर तो मनुष्यों के समझौते में लगती है।

जब कबीर काफी आगे निकल गया तो अचानक जाने क्या सोचकर वह वापस मुड़ा और मरवण के ऐन सिर की सीध में उड़ने लगा। उसकी समझदारी का आभास होते ही मरवण तेज-तेज कदमों से चलने लगी। रानी के रंग-महल में दोनों ही गम्भीरता-पूर्वक मशविरा कर रहे थे। मरवण के साथ-साथ उड़ते हुए सुग्गे पर दोनों की नजर एक साथ पड़ी। मुस्कुराहट के बहाने चालू बातचीत को झटकने में उन्हें कुछ भी आशंका नहीं हुई। और न मरवण को वैसा सन्देह करने की वेला ही थी। पर कबीर की सुतीक्ष्ण दृष्टि से कुछ भी छिपा नहीं रहा कि राजा-रानी ने मुस्कराहट की ओट में कोई गहरी बात छिपाने का प्रयास किया है!

मगर मरवण तो अपने ही आनन्द-उछाह में तैर रही थी। उमंग भरी वाणी में कहने लगी, ''आप दोनों से तो घायल कबीर की कँपकँपी छिपी हुई नहीं थी। और आज सातवें दिन बाद ही खरूँट का निशान तक नहीं है। कबीर की निराली सूझ-बूझ के कारण ही ऐसा सम्भव हुआ...अन्यथा काफी भुगतना पड़ता, उसके साथ मुझे भी...।''

माँ-बाप के दिल पर करारी ठेस भी लगी मगर अभी मरवण की हर बात में हामी भरना जरूरी है। पोकरजी के पवित्र धाम, उसका बालपरिणेता, साल्हकुँअर युवा होते ही दूसरी अप्सरा ब्याह लाता। औरत के लिए इस से बड़ी त्रासदी और क्या हो सकती है...उसकी किंचित् भी परवाह न करके एक मात्र सामान्य तोते के उपचार से ही खुशी में बावली हो रही है। लेकिन फिलहाल इस हादसे की खातिर होंठ सिले रखने ही संगत हैं। आखिर पता तो लगना ही है। जब तक अनजान रहे, ठीक है। माँ ने स्वयं को भ्रम की ओट में रखते हुए अतिरेक उत्सुकता से पूछा, ''तो इस सुग्गे का नाम तूने कबीर रखा? ऐसा बेजोड़ नाम तुझे क्योंकर सूझा कि सुनते ही हमारी बाँछें खिल गयीं...!''

कबीर ने अचरज करते पूछा, ''जीसा के दिल की बात का आप को कैसे पता चला?''

रानी-माँ के लिए मन-सुहाता सवाल था। जवाब देने में तनिक भी देर नहीं लगी, ''बीस बरस साथ रहने पर भी एक-दूसरे के दिल की बात छिपी रहे तो उस मेल का कुछ मायना नहीं है। परन्तु इसके विपरीत फकत पन्द्रह दिन साथ रहने से भी तू मनुष्यों के मन का भेद भाँप गया, यह अचरज की बात है! तिस पर तू तो पक्षी है और मरवण मनुष्य है...समझा कि नहीं...?''

कबीर ने दो-तीन बार गर्दन हिलाकर हामी भरते हुए कहा, ''समझ गया...समझ

गया।'' फिर माँ ने उन्मुक्त भाव से कबीर की पाँखें और माथा सहलाते आसीस दी। तब कहीं मरवण के अन्तस् में पूरी तसल्ली हुई। एक दिन से अपने मन में घुमड़ती आँधी पर बड़ी मुश्किल से नियन्त्रण रखा, वरना कबीर के उपचार में जाने-अनजाने कमी रह जाती। उसने पहले माँ फिर जीसा के चरणों में तीन बार सर नवाकर नितान्त सहज भाव से कहा, ''आप दोनों को तो केवल अरदास ही कर सकती हूँ कि अपने विश्वास पात्र देवासी और खवास के साथ अब कभी पत्र लिख कर नरवर गढ़ भेजा तो मेरे साथ निश्चित ही बुरी बीतेगी। वहाँ के राजा-रानी तो आपकी जोड़ के ही हैं—सद्गुणों के ही सरोवर! कुँअरजी भोले जरूर हैं, किन्तु धूर्त व दुष्ट नहीं। निर्मल स्वभाव के हैं। फिलहाल मालवणी के मदभरे मोह से मुक्त होना कठिन है। हों-न-हों, उनकी वे जानें। मात्र गठ-बन्धन की दुहाई देने से पंछी-जानवरों के संग खेलते बिटिया की गलफाँसी नहीं कट सकती। और उसकी जरूरत भी क्या है? क्यों है? ब्याह के बहाने ससुराल के खूँटों पर बँधने के अलावा दूसरा कोई उपाय नहीं है? सूरज भगवान के अनन्त सर्वव्यापी प्रकाश के रहते क्या ससुराल के सिवाय कहीं अन्यत्र उजाला नहीं है? ससुराल के सीमित आँगन के अलावा कहीं सुरंगी बाड़ियाँ, बाग-बगीचे नहीं हैं, जहाँ हरदम रंग-बिरंगे फूल खिले रहते हैं, कबीर जैसे बुद्धिमान पंछी नहीं है, झरने नहीं हैं। नदियाँ नहीं हैं। हरियाली से छाये हुए पहाड़ नहीं हैं! तितलियाँ नहीं हैं। माँ, तू तो मुझे से कहीं ज्यादा समझदार है कि औरत के पिण्ड, फकत उपस्थ, उरोज, अधर एवं कोख ही तो नहीं होती। उस में बुद्धि, बोध, हृदय और आत्मा भी तो है! पुरुषों की तुलना में उसकी देह का विस्तार एवं उसकी शक्ति सहस्र गुना अधिक है! जब तक कुँअर ढोलाजी अपनी भूल के लिए पछतावा न करें, अपनी इच्छा से पहल करके इधर न आएँ, तब तक हमें इतना धीरज रखना है, मानो पोकरजी के पावन धाम हमारा बचपन में विवाह ही नहीं हुआ! दूसरी औरतों के उनमान विछोह में आहें भरूँ, आँसू बहाऊँ, रति-क्रीड़ा के लिए छटपटाऊँ तो मेरा ज्ञान और कुदरत के प्रति मेरी असीम प्रीत सब बेकार है! स्वाँग है! पाखण्ड है! प्रकृति के विभिन्न स्वरूप केवल एक व्यक्ति की खातिर अदृष्ट नहीं रह सकते! ससुराल की पगडण्डी को छोड़कर क्या औरत के लिए दूसरी कोई राह नहीं है? आप दोनों के आशीर्वाद से मैं उसी राह पर चलते-चलते मनुष्य-जीवन को सार्थक करना चाहती हूँ। यदि मेरे संकल्प में तनिक भी सच्चाई हुई तो नरवर गढ़ के कुँअर यहाँ आकर अवश्य नमन करेंगे। मुझे आप दोनों के साथ-साथ नरवर गढ़ के राजा-रानी की भी मर्यादा रखनी है! धाय-माँ के मुँह से उनकी जितनी भी प्रशंसा सुनी, वे आप जितने ही मेरे लिए आदरणीय हैं। ऐसी ही कुछ आशा लेकर मैंने आपके पास आने की हिम्मत जुटायी है। यदि आपको मेरी बातें उचित नहीं

लगें तो जैसा आप कहें, मानने के लिए तैयार हूँ। आज के बाद सपने में भी विवाद नहीं करूँगी। क्या सीता को हमेशा ही हार माननी पड़ेगी? उसकी अपनी इच्छा का कभी महत्त्व नहीं होगा...?''

मरवण की वाणी में कुछ ऐसा ही अमृत घुला था कि एक-एक अक्षर के प्रभाव से उनके मन का समूचा सन्ताप छँट गया और दुख की बजाय अन्तस् में अपार शान्ति व सन्तोष समा गया! राजा की अपेक्षा रानी उमादे के हृदय में धीरज और विश्वास छलक उठा। उत्साह के लहजे में कहने लगी, ''तुझ से ऐसी ही उम्मीद थी। तेरी सूझ-बूझ पर अडिग भरोसा था। एक बार भूल हो गयी सो हो गयी। अब हमेशा के लिए कोहरा छँट गया। तेरे सुख-सन्तोष में ही हमारा सुख-सन्तोष है! ठेठ बचपन से ही हमें तेरी समझ-बूझ का अनुमान हो गया था। आज से तू कहेगी उतने ही कदम भरेंगे...।''

रानी उमादे आगे भी कुछ कहने जा रही थी कि मरवण ने दोनों के चरण स्पर्श करके बीच में ही टोका, ''नहीं माँ, ऐसे बैन सुनने पर भी पाप लगता है। मैं तो आप जैसी महान हस्तियों के पाँवों की धूल हूँ। आपकी संगति के अलावा ऐसी समझ कहाँ पड़ी थी?'' थोड़ी देर रुककर फिर कहने लगी, ''कबीर के प्रवचन सुनने की खातिर आज चौक में उसकी न्यात के हजारों तोते इकट्ठे होंगे। उनके लिए तरह-तरह के फल खरीदने हैं। हम दोनों जा रहे हैं। धाय-माँ इन्तजार कर रही होगी! मामूली अबेर तो ही हो गयी।''

राजा पिंगल की आँखें भर आयीं। मरवण के सिर पर दोनों हाथ फिरा कर अबोली आसीस दी। अब तक कबीर ध्यान-पूर्वक सारी बातें सुन रहा था। मरवण चलने के लिए आतुर हुई थी कि चन्दन की खूँटी से उड़कर कबीर ने तीन बार पाँखें फड़फड़ाकर राजा-रानी के चरणों में धोक दी। फिर मरवण के बाएँ कँधे पर बैठ कर कहने लगा, ''इस रजवाड़े का तो ढर्रा ही अलग है। आज से पहले न तो सुना और न देखा। अच्छा हुआ कि बिल्ली ने मुझे घायल किया और आप सबके दर्शन हुए। धाय-माँ ने तो जैसे मुझे जन्म ही दिया हो! मरहम-पट्टी करते समय महसूस होता जैसे मेरी बजाय बिल्ली ने उसे नोचा हो...!''

उधर नरवर गढ़ के राज्य में साल्हकुँअर मालवणी के रूप-यौवन और उसकी प्रीत में ऐसा मगन हुआ कि न तो उसे दिन उगने का पता और न अस्त होने का खयाल। फूलों से महकती सेज पर रति-क्रीड़ा में ऐसा लिप्त हुआ, मानो तीनों लोकों के आनन्द की भरपायी कर रहा हो! उसे शिकार खेले बिना चैन ही नहीं पड़ता

था, सो मालवणी की गलबहियों से मुक्ति मिले तो शिकार की ओर ध्यान खिंचे! शिकार का शौक इस तरह विस्मृत हुआ, जैसे अब तक कभी शिकार किया ही नहीं हो! शिकार खेलने के बहाने ही मालवणी जैसी अप्सरा का वरदान फला और उसके साथ ही मानो उसकी सार्थकता सम्पूर्ण हो गयी हो! ईश्वर या भगवान की मंशा शायद इसी बहाने फलीभूत हुई हो! ऐसे रूप-सौन्दर्य के बदले सौ चक्रवर्ती साम्राज्य न्योछावर करूँ जितने ही थोड़े हैं! बावरे भक्तगण भगवान के साक्षात्कार हेतु युगयुगान्तर से तप कर रहे हैं, हठयोग कर रहे हैं, तपस्या कर रहे हैं, उन पगले भक्तों का भगवान तो मालवणी के रोम-रोम में वास कर रहा है, जो पल-पल साल्हकुँअर अपनी आँखों से टुकुर-टुकुर देख रहा है! शिकार खेलने का ऐसा फल तो नहीं सोचा था! धर्म की बजाय शिकार खेलने का ऐसा फल तो नहीं सोचा था! धर्म की बजाय शिकार का पुण्य सहस्र गुना अधिक होता है। प्रत्यक्ष आजमायी बात पर कोई नासमझ ही अविश्वास करे! पंछी-जानवरों को निकृष्ट जिन्दगी से छुटकारा मिलने पर उनकी शुभकामनाएँ जरूर फली होंगी...!

राजकुँअर की रंग-मैड़ी में तो इन्द्रलोक का नजारा था। ऐश-आनन्द का पार नहीं था और दूसरी ओर राजा-रानी के आवास में उदासी, सन्ताप एवं घुटन की वजह से साँस तक लेना दूभर था! एक-एक दिन की अवधि वर्ष के समान असह्य जान पड़ रही थी। जिस हादसे की पीड़ा उनके दिल में खटक रही थी, भगवान न करे उनके दुश्मन को भी वैसी पीड़ा से गुजरना पड़े! भूख लगे, न लगे भोजन तो करना ही पड़ता। आधी-अधूरी ऊँघ के बीच राजा पिंगल, रानी उमादे, धाय-माँ और मरवण की स्मृति मानो अँतड़ियाँ छील रही हों! दमकती आभा धीरे-धीरे फीकी पड़ने लगी थी, जैसे कोई असाध्य बीमारी भुगती हो या असह्य यातनाओं से गुजरे हों! नरवर गढ़ के समूचे राज्य में उन जैसा निरीह और अभागा व्यक्ति दूसरा कोई नहीं होगा! सूरज उगने के बावजूद उन्हें कहीं किसी भी दिशा में उजाला नजर नहीं आता था! दरबार में कैसे भी उलझे हुए जटिल न्याय को सुलझाने में क्षण भर का भी विलम्ब नहीं हुआ। राजा नल को तत्काल सही निर्णय सूझ जाता था। किन्तु घर का अन्तरंग न्याय गले पड़ते ही सुध-बुध को जैसे लकवा ही मार गया हो...!

अकस्मात् रानी दमेती के होंठ सहमे, ''बैरिन पूनम तो फिर आ गयी? किसी राजा-महाराजा पर आफत आये तो मनहूस समय की वही गति और किसी रंक पर आफत आये तो समय की वही चाल! किसी का कुछ भी लिहाज नहीं! मुरौवत नहीं!''

राजा नल ने एक गहरी आह भरकर कहा, ''आज साल्हकुँअर को यहाँ

आये एक महीना और पाँच दिन ऊपर हो गये, रंग-मैड़ी से बाहर तक नहीं निकला। रूबरू मिलें तो कुछ बात भी करें...।" रानी ने मुस्कराने की चेष्टा की तो उसके होंठों पर महीन-सी एक लपट कौंध गयी, जिस में रुलाई से भी अधिक पीड़ा थी! कहने लगी, "रूप-यौवन के इन छलकते दिनों की यही तासीर होती है, भूल गये! आपको भी तो दरबार में गये, इतने ही दिन हो गये। इस तरह जिन्दगी क्योंकर गुजरेगी...? आपको कुछ उपाय सूझे तो बताओ...!"

"मुझे न तो दिन के उजाले में कुछ सूझता है और न रात के अँधेरे में कुछ लौ नजर आती है, जैसे अक्ल को दीमक चाट गयी हो! ऐसा निर्बल और हताश तो मैं कभी नहीं हुआ...।" राजा के गले से बमुश्किल इतने ही बोल निकले कि रानी के कानों में तेज कदमों की आहट सुनायी पड़ी। नयी मोजड़ियों की चरमराहट सुनते ही उसका सोया मन जागा, "शायद ढोला आ रहा है...!" दोनों की ललचायी नजर खुले दरवाजे के पार कुछ टोहने लगी...!

आनन्द-उछाह से सराबोर ढोला भीतर आया तो उसके दुख और अचरज का पार नहीं रहा। मुश्किल से बोल पाया, "आप दोनों क्या एक साथ ही बीमार पड़ गये ? ऐसी हालत क्योंकर बिगड़ी...? मुझे बुलावा तो भेजना था!" पछतावे के साथ ही उसने दोनों के पाँव छुए। फिर रानी के चरणों में बैठकर दुखभरे स्वर में बोला, "क्या हुआ माँ...? चाँदनी जैसी दमकती आभा इस तरह फीकी क्योंकर पड़ गयी...? जीसा का तप-तेज कहाँ खो गया...? क्या मैं इतना अयोग्य हूँ कि मुझे कुछ कहना तक उचित नहीं समझा...? क्यों माँ...?"

जिस मौके की चिर प्रतीक्षा थी, वह साम्प्रत पाँवों चलकर सामने आया। अब नहीं बताने पर सब गड़बड़झाला हो जाएगा। माँ-बाप की नाराजगी को मिटते क्या देर लगती है! बताये बिना उसे पता भी कैसे चलेगा...! माँ ने ढोला के गालों को सहलाते हुए कहा, "आज तुझे रंग-मैड़ी से बाहर आने की वेला तो मिली! हमारा सौभाग्य कि तुझे हमारी सुधि लेने का खयाल आया...! सच बताना, बहू के आग्रह करने पर आया कि अपनी मरजी से आया?" साल्हकुँअर स्वभाव से भोला जरूर था, पर माँ-बाप के सामने कभी झूठ नहीं बोला तो आज क्योंकर बोल पाता! मामूली-सा घबराकर धीमे-से कहा, "आखिर बहू के बार-बार कहने पर ही मुझे ध्यान आया। भारी गलती हुई माँ...। जीसा जो भी दण्ड देंगे, राजी-खुशी कबूल करूँगा...।"

माँ की तुष्टि के लिए वही सब-कुछ था। उसके सर पर दोनों हाथ धर कर आशीर्वाद दिया। फिर बाँह पकड़कर उसे पलंग पर अपने पास बिठाया। ललाट पर अतिशय दुलार से चुम्मा जड़कर कहने लगी, "गोद में खिलाने की उम्र बीत

गयी, वरना गोद में भी बिठाती।''

ढोला के मन में बहुत उम्दा बात सूझी तो बताये बिना उस से नहीं रहा गया, ''बेटा तो हमेशा के लिए बेटा ही रहेगा। उसकी उम्र कभी आड़े नहीं आती, माँ! मुझे तो अब भी गोद में बैठना अच्छा लगता है। माँ की गोद तो चक्रवर्ती सिंहासन से भी बड़ी होती है! और वह सचमुच माँ की गोद में बैठ गया। तब उसके भोलेपन पर राजा से हँसे बिना नहीं रहा गया। रानी मन-ही-मन सोचने लगी कि ढोला की इस सरल प्रकृति ने ही सारा कबाड़ा किया! वरना माँ-बाप का कहना वह सपने में भी टालने वाला नहीं। माँ को अपनी कोख पर पूरा भरोसा था! इतने बरस चूक रही, काफी है। यदि उसे पोकरजी के पवित्र धाम के ब्याह की सच्ची बात बता देते तो यह झंझट हरगिज खड़ा नहीं होता। अब तो जो हो चुका, उसे सँवारना ही उचित है। बहू भी राह चलते यों ही साथ नहीं हो गयी! ढोला की इच्छा होने पर ही गाजों-बाजों से गठबन्धन किया है। उसका भी कोई कसूर नहीं। लेकिन विधात्री को तो सब बातों की सही जानकारी थी, तब उसे तो पूरा ध्यान रखना था। लेकिन उसे तो सारी दुनिया का खयाल रखना पड़ता है। कुछ गिनती के महानुभवों की खातिर अपना कर्तव्य क्योंकर भूल सकती है! लेकिन एक बात निश्चित है कि हमें तो वर्तमान क्षण से आगे कुछ भी नहीं दिखता। वह तो त्रिकाल-दर्शी है। आगे की बात उस पर छोड़ देना ही संगत है। हमारे पास समय ही समय था। जब हम से भयंकर भूल हो गयी, तब किसको क्या पड़ी है कि हमारा ध्यान रखे! ढोला के मानने पर सारी बातें सलट सकती हैं।...परन्तु अब अकेले साल्हकुँअर की ही बात नहीं रही। मालवणी अपने वश रहते ढोला को क्यों ऐसा काम करने देगी, जिस से उसको क्षति पहुँचे? वह क्यों अपनी रंग-मैड़ी में किसी की हिस्सा रखने देगी? सौत तो माटी की भी बुरी होती है! तिस पर मारवणी के रूप, उसके गुण और उसकी समझ के मुकाबले मालवणी तो उसके पासंग बराबर भी नहीं है। अकेले रूप से क्या होता है? बड़ी बात है गुण और समझ की। ढोला चाहे कितना भी भोला हो, दोनों की सही परख में उसके चूक नहीं हो सकती, क्योंकि वह मन का कुटिल नहीं है...! अजाने भूल हो सकती है, पर वह जान कर भूल नहीं कर सकता। दोनों को परखने के बाद उसे मरवण की ओर झुकना ही पड़ेगा। मगर मालवाणी अपने वश रहते हरगिज ऐसा काम नहीं करने देगी। साल्हकुँअर से चूक हो गयी सो हो गयी। उसे सँवारने की कोई गुंजाइश नजर नहीं आती। परन्तु राजा-रानी दोनों के मुँह से माँगी हुई मरवण का पक्ष लिए बिना तो सात जन्म में भी उनकी गति नहीं हो सकती! अब तो मात्र मरवण की इकलौती समझ का ही, एकमात्र भरोसा है...!

जब रानी के अन्तस् में इन बातों की वातचक्र तेजी से घूम रहा था, तब राजा के मन में राम जाने क्या जची कि वह तत्काल खड़ा होकर रानी से कहने लगा, "मेरे खयाल से तू अकेली ही पोकरजी वाली बात साल्हकुँअर को ब्योरेवार बता दे तो ज्यादा ठीक रहेगा।" इतना कहकर वे जाने लगे तो साल्हकुँअर उन्हें रोकते हुए कहने लगा, "कल ही मुझे सारी बातों का पता चला और मैं आज ही स्वयं आपके पास आ गया। जाइएगा नहीं, यहीं बिरजिएगा। मेरे खयाल से पोकरजी से वापस लौटने पर शायद ही आप दोनों ने मरवण को कभी देखा हो। जब वह सातेक बरस की हुई उसे सत्ताइस दिन का 'निकाला' निकला। सर के बाल काफी झड़ गये। रंग काला-स्याह हो गया। तत्पश्चात् शीतला-माँ के प्रकोप से एक आँख में फूली पड़ गयी। सारे मुँह पर दाग-ही-दाग भर गये। आवाज कर्कश हो गयी—कौओं की काँव-काँव को भी मात करे जैसी...।"

वह आगे भी बहुत-कुछ कहने जा रहा था कि राजा-रानी का धीरज चुक गया। रानी के कानों में बेटे के तीखे बोल शूलों की नाईं चुभने लगे। बीच ही में टोकती हुई सख्त स्वर में कहने लगी, "बस, बहुत हो चुका, अब चुप कर। तू अभी मालवणी के छल में फँसा हुआ है! मानती हूँ कि मालवणी भी कम सुन्दर नहीं है, पर पूँगलगढ़ की मारवणी की तुलना में कहीं नहीं ठहर सकती! और मरवण के गुणों का तो पार ही नहीं है! मुझे तो फकत एक बार ही बहू के चंचल नयनों की झलक मिली और पूरा पता चल गया कि उसका स्वभाव कैसा है? तू केवल भ्रान्ति में डूबा होता तो हमारे कहने से समझ भी जाता, लेकिन तू तो उसके रूप-जोबन में आकण्ठ धँस चुका है, तब दूसरी किसी बात का तुझ पर कोई असर नहीं पड़ेगा। मात्र एकाध घड़ी ही नहीं, तू तो लगातार तीस दिन साथ रहने पर भी उसे नहीं पहचान सका तो अब कभी पहचान भी नहीं सकेगा...!"

राजा तो हतप्रभ-सा होकर माँ-बेटे की बातचीत सुनता रहा। कुछ समझ नहीं सका कि वह बीच में पंचायती करे या नहीं करे। तब रानी छूटे सूत्र को जोड़ते हुए आगे कहने लगी, "बाकी बातें सब छोड़, तेरी आँखों से प्रत्यक्ष देखने पर तो मानेगा! मेरे कहने से ही एक बार पूँगलगढ़ जाकर अपनी परिणीता मरवण को देख तो ले। फिर तुझे कुछ भी समझाने की जरूरत नहीं रहेगी। पोकरजी की यात्रा के प्रताप से ही गोद में खेलती बाल-मरवण की झलक देखते ही तेरे जीसा पर तो जादू ही चल गया। हम तो तुम दोनों को साथ-साथ लेकर उनके डेरे गये। तेरे लिए उसकी माँग की और ब्याह की भाँवरे फिरा कर ही हमें चैन मिला...!"

"तब एक बार तो मुझसे उस बात का जिक्र करना था, किसी भी सूरत में दूसरा ब्याह नहीं करता।" इतना कहकर ढोला ने बारी-बारी से उनकी ओर

देखा। तब रानी ने आगे बात चलाई, ''तब तू निरा अबोध था, इसलिए बताने की जरूरत नहीं समझी। कल के लिए टालते रहे। जब तेरी उम्र समझने योग्य हुई, तब तुझे शिकार खेलने के अलावा फुरसत ही कहाँ थी! दूज के चाँद के दरसन तो एकदम सुलभ थे पर तेरे दीदार की खातिर तो हम महीनों तरसते रहते। उन दिनों तू दूसरी बात सुनता ही कब था...!''

''सुनता कि नहीं सुनता, उसकी जाँच तो बताने पर ही होती। लेकिन तूने तो उसकी धोक ही कबूल नहीं की, पीछे खिसक कर मुँह ही मोड़ लिया। आखिर वह मेरे पीछे चलकर आयी तुम्हारी बहू थी! कोई सूनी औरत तो नहीं थी! पा-लागन का नेक चुकाना तो दूर, उसके दिल पर ऐसी चोट लगी कि तीन दिन तक पलक ही नहीं झपा पायी और न रोटी का कौर ही तोड़ा। रो-रो कर आँखें सुजा लीं। मायके जाती को किस तरह रोका, मेरा जी जानता है...!''

''और मेरा जी नहीं निकला सो तेरे मुँह से ऐसी सुहानी बात सुन रही हूँ। परायी बहू से तो कोई रिश्ता नहीं, पर तुझे तो दूध पिलाकर बड़ा किया, तू न सुनाएगा तो ऐसे बैन कौन सुनाएगा...!'' माँ के इतना कहते ही साल्हकुँअर सकते में आ गया। मालवणी ने जितनी चाबी भरी, तब तक सुनाता रहा। गुस्सा जतलाता रहा। चाबी का जोर हटते ही घबरा गया। आँखों से आँसू झरने लगे। रुँधे गले से कहने लगा, ''मैं तो दोनों तरफ ऐसा फँसा कि कुछ भी वश नहीं चलता। अब करूँ तो क्या करूँ? उधर जाऊँ तो वह कोप से भरी रहती है और इधर आऊँ तो तू गुस्सा झाड़ती है और जीसा तो मेरे सामने ही नहीं देखना चाहते! अब किधर मुँह लेकर चलता बनूँ! कुछ भी समझ नहीं पड़ता। यदि पा-लागन करते समय उसे आशीर्वाद मिल जाता, तो वह समझाने से मान सकती थी...।'' आगे के बोल अक्षरों की बजाय, सुबकियों के बहाने झरने लगे! ढोला को चक्कर आने लगा तो वह माँ की गोद में लुढ़क पड़ा। माँ के हाथ थे, अपने-आप ढोला की पीठ पर फिरने लगे! तब राजा नल से भी रहा नहीं गया। उसके हाथ भी ढोला के बालों पर चारों तरफ घूमने लगे। थोड़ी देर बाद ढोला का होश भी लौट आया। परसों हीरा-मोती और मानिक-पन्ने बेचने वाला जौहरी पूँगलगढ़ रवाना होगा। यदि उसको मरवण पसन्द आ गयी तो आप जैसा कहेंगे वैसा ही करूँगा। क्या पता चेचक और अन्तर्ज्वर की बात निरी गप्प ही हो...।'' नरवर गढ़ के एकाएक कुँअर ने यह बात कहकर सिर ऊँचा ही नहीं उठाया। तब उनके अचरज की सीमा न रही कि ढोला सवा-महीने में इतना समझदार क्योंकर हो गया? सेज पर क्रीड़ा करती दुल्हन से बड़ा गुरु दूसरा कोई नहीं होता! मालवणी की चाबी का ऐसा प्रभाव तो नहीं सोचा था! दोनों के हाथ जहाँ थे, वहीं थम गये। रानी ने नियन्त्रण रखते हुए कहा, ''नहीं बेटा, इतनी उतावली करने की

जरूरत नहीं। थोड़ा धीरज रख...।''

साल्हकुँअर अदेर उठ बैठा। तेज स्वर में बोला, ''नहीं माँ, अब मुझ से धीरज नहीं रखा जाएगा! ऐसा सुयोग जाने कब आये। जब जौहरी अपने ही काम से वहाँ जा रहा है तो अब उसे मना करना अच्छा नहीं...।''

यहाँ साल्हकुँअर काफी चकरा गया। राजा नल तो कई जटिल फैसले कर चुके थे। पूछा, ''क्या तूने स्वयं जौहरी से बात कर ली, उसे अच्छी तरह हिदायतें दे दीं...?''

''हाँ, दे दीं...।'' हामी भरने के साथ ही ढोला का सर भन्नाया। इतनी होशियारी रखी, तब भी पार नहीं पड़ी। दस दिन तक जो पाटी पढ़ायी, वह अध-घड़ी में ही सामने आ गयी। उम्र के अनुसार नेह-प्रीत बदलते रहते हैं। माँ की ठौर माँ है, जीसा की जगह जीसा हैं और मालवणी की ठौर मालवणी है। दुनिया का कोई सम्बन्ध इसकी होड़ नहीं कर सकता। स्तनपान की उपादेयता अलग है, सेज की केलि-क्रीड़ा का आनन्द अलग है। वहाँ तो पाणिग्रहण की दुल्हन से ही पार पड़ता है। कि इतने में राजा का दूसरा सवाल हवा में लहराया, ''बहू के सामने हिदायत दीं या नितान्त अकेले में...?''

जो सच्ची बात थी वह साल्हकुँअर के मुँह से छलक पड़ी, ''बहू के रूबरू ही...।'' ढोला को अगले ही क्षण पता चल गया कि सही बात अपने-आप ही होंठों से छलक पड़ी। मना करने के आशय से गर्दन हिलाते भूल सुधारी, ''नहीं नहीं, निपट एकान्त में। इतनी पूछताछ करने पर किसी का भी मगज ठिकाने नहीं रहता। मैं आप दोनों के सामने वचन देता हूँ कि जौहरी जो भी समाचार लाएगा, मैं उन्हीं के अनुरूप चलूँगा। यदि आपके कहे अनुसार मारवणी रूप और गुणों में बेहतर हुई तो आपकी बात का इक्कीस आना पालन करूँगा। आपके सवाल सुनकर ब्रह्माजी का भी दिमाग ठिकाने नहीं रहे, फिर मेरी तो बिसात ही क्या...!'' और भोला साल्हकुँअर बिना कहे-सुने ही रवाना हो गया। रानी ने उतावले स्वर में कहा, ''मेरी बात तो सुन, बेटा...।''

ढोला ने चलते-चलते ही जवाब दिया, ''अब तो जौहरी के आने पर ही बात करूँगा।''

कुँअर के जाने पर राजा रानी की ओर देखने लगा और रानी, राजा के सामने टुकुर-टुकुर निहारने लगी। दोनों की आँखों में एक ही सवाल कौंधा, ''यह क्या हुआ...यह क्या हुआ...?'' राजा-रानी के सदमे पर आखिरी चोट थी। भूल से वह चोट हँसने की ठौर पड़ गयी। वह रानी के वश के परे की बात थी, घनघोर व्यथा के बावजूद उसके होंठों से वातचक्र घनघनाया। हँसते-हँसते ही बोली, ''समय-समय का खेल है। किसी एक वक्त के मुहाने पर माँ बच्चे को जन्म

देकर अपना बन बहलाती है। अबोध बच्चा भी अपनी उम्र के मुताबिक खेल खेलता है। कोख के जाये-जन्मे को पाल-पोसकर माँ अपना कर्तव्य निभाती है। वह खेल सारी उम्र नहीं चलता। आज रंग-मैड़ी के सेज बिछे फूलों का खेल अलग है। आज तो दो बराबरी के हमउम्र सूरज अपना फर्ज अदा कर रहे हैं! तब बहू से डाह करने में कुछ भी सार नहीं है। राम जाने क्योंकर अदृष्ट अन्तस् में मरवण की समझ पर उसका अगाध भरोसा है। यह कैसा विवेक रहित विश्वास उसका कि जो काम विधाता से पार न पड़े, वह अन्ततः मरवण की सूझ-बूझ से सलट सकता है, निसन्देह सलट सकता है। उसके बचपन में ही उसे कुछ ऐसा आभास हो गया था!

फिर राजा क्यों रानी से कम रहता! सिंहासन के मद के साथ-साथ उस में पौरुष के गर्व-गुमान का पुट भी पर्याप्त घुला हुआ था। ऊपर ढही विपदा को परे हटाकर अहंकार के स्वर में बोला, "तभी तो पोकरजी के पावन धाम मरवण की झाँकी मिलते ही मैंने अपने पाँवों चलकर उसकी माँग की थी! अजाने चेतना के परे किये काम कभी व्यर्थ नहीं जाते। समय के हाथों सम्पन्न किया गया गठ-बन्धन समय के प्रभाव से ही सुदृढ़ होगा। यह कुदरत का नियम है!

मनुष्य का मन जितना जल्दी बहलता है, उतना जल्दी चींटी का मन भी नहीं बहलता! क्षमता और अपार शक्ति के सहारे मनुष्य के जटिल और टेढ़े काम पार नहीं पड़ते, जितने बहलाने से पार पड़ जाते हैं, ढोला की घनघोर प्रत्यक्ष उपेक्षा से राजा-रानी के मन में सुलगी ज्वाला का उपचार न तो सिंहासन के द्वारा सम्भव था और न अकूत खजाने के द्वारा, न फौज की ताकत के सहारे और न बुद्धि के भरोसे, वह तो केवल मनुष्य के सुकोमल मन के बहलावे से ही सम्भव था। सो नरवर गढ़ के राजा-रानी अपने रंग-महल के जस-तस माहौल में मगन थे। अपने बहलावे में खोये थे। उधर ढोला और मालवणी अपनी रंग-मैड़ी में फूलों सजी सेज पर मद-होश थे। स्तनों के दूध से बहलने वाले दिन राम जाने कहाँ गुम हो गये, जो सूरज के खोजने पर भी वापस हाथ नहीं लग सकते...?

मायापति जौहरी की न तो माया का कोई पार था और न उसके लोभ की कोई सीमा थी! मुफ्त में एक मोहर भी हाथ लगती तो वह दाँतों से पकड़ने को तैयार रहता। चाहे वह मोहर कीचड़ में पड़ी हो, चाहे गन्दी नाली में पड़ी हो। जब मरवण को तेजाब से बदशक्ल करने पर बीस हजार मोहरें हाथ लगती हों, पूँगलगढ़ आने-जाने का खर्च पेशगी मिलता हो तो उसकी खुशी का क्या पार! पहले तो जौहरी अपनी हवेली में मोहरें रखने की खातिर साफ इनकार कर गया। दोनों

की इच्छानुसार काम पूरा होने पर ही मोहरें हाथ में लेना चाहता था। मगर मालवणी मनुष्य के लोभ की तासीर खूब समझती थी। आधी रात ढलने पर विश्वासपात्र सईस और सैनिकों के द्वारा सारी मोहरें उसकी हवेली पर पहुँचा दीं। सवेरे जौहरी ने विदा होते समय, दोनों हाथ जोड़कर अरदास की, ''अन्नदाता की जबान ही हजार मोतियों से अधिक महँगी है। आपकी तो छत्र-छाया ही काफी है। फिर भी एक बात तो बतानी ही पड़ेगी कि दुर्योग से राह चलते-चलते ही मैं ऊपर पहुँच गया तो...!'' मालवणी के स्वभाव में अतिशय जल्दबाजी थी और साल्हकुँअर उसकी जल्दबाजी पर ही बेहद फिदा था। मुस्कराते हुए मालवणी ने बीच ही में टोका, ''तेरी इच्छा हो तो सारी मोहरें ऊपर पहुँचा दूँगी, वरना तेरे बेटे-पोते जानें और मोहरें जानें। ये मोहरें तो इस क्षण से ही हम दोनों के मन से उतर गयीं। कहावत भी है कि तेली से खली उतरी, हुई ईंधन के योग्य। यही सोचूँगी कि मायके से हाथ-खर्च मिला ही नहीं। फिर भी कुछ कमी हो तो अभी बता दे...।''

ऐसा तो स्वप्न भी देखा हुआ अच्छा, सो खुली आँखों के सामने चाँद के टुकड़े जगमगा रहे थे। हाथ जोड़कर कहने लगा, ''कमी फिर कैसी ? सात पीढ़ियों का हिसाब मेरी अँगुलियों पर है—पाँच हजार मोहरों की भी जोड़ नहीं बैठती। झूठ के आसरे ही हमारा व्यापार चलता है, सो झूठ बोलने का हमें खूब अभ्यास है! आपकी आज्ञा हो तो मरवण के रूप को भयंकर बदशक्ल कर दूँ।'' ढोला किसी दूसरे ही विचार में उलझा हुआ था कि मालवणी गहरे मर्म के ठेठ पैंदे तक पहुँच गयी। धीमे-से पूछा, ''तेजाब तो असली है...?''

जौहरी भी कम धूर्त नहीं था। आधी वाणी और आधी सानी के बहाने उत्तर दिया, ''असली का बाप है...बाप! चिकने कंकर तक गल जाएँ...!''

चिकने कंकर का हवाला सुनते ही साल्हकुँअर ने चंचल वाणी में पूछा, ''चिकने कंकर...? चिकने कंकरों की क्या जरूरत पड़ गयी?'' जौहरी के होंठों पर बरबस हँसी फूट पड़ी, लेकिन अदेर वापस खाम लगा दी। बड़े राव-उमरावों का मान रखने में ही सार है। लेकिन मालवणी खुलकर हँसी। हँसते-हँसते ही पूछा, ''बचपन में चिकने कंकर हीरे-मोतियों से भी बढ़कर लगते थे ना? तो मैं चिकने-कंकरों की पेटी साथ लेकर सोती थी। आपको सुनकर आश्चर्य होगा कि मैं वह पेटी दहेज में साथ लेकर आयी हूँ। आप कहें तो अभी लाकर दिखा दूँ...!'' साल्हकुँअर ने सोचा कि मालवणी अभी तक कितनी अबोध और बच्चों के समान भोली है! उसे भी ठेठ बचपन में चिकने कंकर इकट्ठे करने का कितना शौक था! दूर-नजदीक कहीं भी नजर आते, दौड़कर जेबों में भर लेता। मुस्करा

कर गुमान करते कहने लगा, "तेरी पेटी, कुठले से शायद ही बड़ी हो! ताँबे का कुठला मेरे कँधे जितना ऊँचा था!" मालवणी ने यहाँ हार कबूल करना उचित समझा। सुगम्भीर स्वर में कहने लगी, "फिर तो मेरे जैसी पचास पेटियाँ खाली हो जाएँ तब भी आपका कुठला आधा भी नहीं भरेगा! मुझे भी बचपन में चिकने कंकर इकट्ठ करने का बहुत शौक था। पर आपका शौक मुझ से पचास गुना ज्यादा था। आप जीते, मैं हारी...!"

साल्हकुँअर ने झटपट उलाहना दिया, "बात हार-जीत की नहीं, अपने-अपने शौक की है...शौक की! ठेठ बचपन में इन कंकरों के लिए हमें कितना उत्साह था!" मालवणी ने आँखों-ही-आँखों में इशारा किया तो ढोला बीच में ही रुक गया। फिर वह जौहरी के सामने देखकर कहने लगी, "सुन रे जौहरी...सौ खतों की एक ही फारखती है कि मुझे झूठ बरदाश्त ही नहीं होता। जैसा भी हुलिया हो हुबहू वही बताना। यदि तेरे खयाल से मारवणी, मुझ से भी अधिक सुन्दर लगे तो ढोलाजी के सामने वैसी ही प्रशंसा करना। मेरे साजन जिस में राजी, मैं पहले राजी! अब एक क्षण-भर की भी देर मत कर। पूँगलगढ़ के राजा-रानी मनुहार करें तो चार-पाँच दिन अधिक रुक जाना। वहाँ के तो ठाट ही अलग हैं...!

जौहरी के प्रस्थान करने पर मालवणी पीठ फिराकर बोली, "जौहरी वापस आये तब तक आप महल में पधारें, मैं इस मैड़ी में ही ठीक हूँ। नींद न आये तो न आये, आपकी याद में तो कमी नहीं पड़ेगी। मैं तो आपकी याद के सहारे ही खुश रह लूँगी...!"

साल्हकुँअर को एक बढ़िया बात सूझी, "पानी की मछली बाहर रेत पर जीवित रह सके तो मैं मैड़ी से बाहर जिन्दा बच सकूँ। ऐसी बात फिर कभी भूल से भी मत करना। यह मेरी पहली और अन्तिम हिदायत है। हमेशा याद रखना...!"

मालवणी के लिए सुहाती बात थी। वैसी हिदायत के बिना भी वह ढोला की संगत एक क्षण के लिए भी छोड़ना नहीं चाहती थी। एक अबोध बच्चे की अपेक्षा ज्यादा आसान ढोला को बहलाना था। वह ज्यों चाहे त्यों अँगुलियों पर उसे नचा सकती थी! उसके नचाने में स्वयं का नाचना भी शामिल था! वह उम्र ही वैसी थी! उम्र का प्रभुत्व तो मानना ही पड़ता है! भले ही राजकुँअर हो, भले ही संन्यासी...!

जौहरी की आजमायी हुई बात थी कि रामस्नेही का वेश पहचानकर कोई भी हमला नहीं करता। चोर, डकैत या हत्यारा ही क्यों न हो, भेस की झलक पड़ते ही

उनके भीतर की सब हिंसा और बर्बरता नष्ट हो जाती है और 'मूरत' के चरणों में धोक देकर वे सर नवाने लगते हैं। चैत मास की सुहानी धूप में जौहरी के कदम अपने-आप ही आगे बढ़ रहे थे। रुण्ड-मुण्ड दमकते सर पर सूरज का ताप असह्य होने लगता तो तर-गुलाबी गमछा ऊपर डाल लेता। एक कँधे पर मेखली और दूसरे कँधे पर झोली। अमूल्य हीरे-मोतियों का बराबर वजन। नीचे और ऊपर दो रेशमी कुरते। मलमल की दो धोतियाँ। सोने के बटन, बहुमूल्य जड़ाव। दो अँगूठियाँ। मोतियों का एक वेशकीमती कण्ठा, स्वयं अपने लिए मरवण के खरीदने हेतु तरह-तरह के अमोलक नगीने। उसके लिए सोने के महीन तारों से सिली मोजड़ियाँ। पन्नों से जड़ी तरह-तरह की अँगूठियाँ। सेठ-साहूकारों की हवेलियों पर माल-मलीदा गटककर वहीं मजे से रात बिताता और सवेरे झर-झरता हलवा या खीर-मालपूए खाकर राजी-खुशी आगे की राह लगता। प्रत्येक भक्त-जन के लिए मन्द-मन्द मुस्कराहट और आशीर्वाद की कोई कमी नहीं थी। असल रामस्नेही तो था नहीं। मायापति जौहरी था! लम्पट होने पर करोड़ों की माया बहने में क्या देर लगती! औरतों के रूप-यौवन की बजाय माया का लोभ बेशी था। सेवा-बन्दगी करने वाले भक्तों को बड़ा अचरज होता कि यह कैसा रामस्नेही जो किसी भी औरत की ओर चोर-नजर से देखता तक नहीं। नन्हीं बालिका हो या युवती, दस कदम दूर से माँ कहकर पुकारता। लोग-बाग मन-ही-मन प्रशंसा करते।

सुई की नोक-नोक सरकती चींटियाँ भी अन्ततः अपनी मंजिल तक मजे से पहुँच जाती हैं, फिर वे तो मनुष्य के बढ़ते कदम थे! मरवण से मिलने का मन में अगाध उत्साह था। मालवणी के बताये आवश्यक काम के प्रति पूरी सतर्कता थी, असल तेजाब की बड़ी शीशी जो कपड़ों के बीच दबाकर रखी थी, उसे सुबह-शाम अच्छी तरह सँभाल लेता। कहने को तो शीशी में तेजाब था, पर उस में सचमुच लाखों की माया घुली हुई थी। क्षितिज की थाह भले ही मिल जाय, पर मनुष्य के द्वेष और लोभ का कहीं अन्त नहीं है...!

बीच राह में पूँगलगढ़ से कोस भर दूर बटोहियों के लिए एक बगीची थी। विभिन्न किस्म के फूलों की महक हवा में घुली थी। कमोद के उनमाल निर्मल पानी की बावड़ी। पानी सींचने के लिए गिड़गिड़ियों की सुविधा। दसेक कदम दूर कपड़े धोने के लिए, स्नान करने के लिए सफीट खापटे बिछे हुए। गिड़िगिड़ियों के पास तीन पीतल के कलश, ताँबे के कड़े लगे हुए। मजबूती से गुँथी हुई ईकड़ की रस्सियाँ। लम्बे-चौड़े खिलापटों के पास पत्थर की कुंडियाँ। पीतल के पाँच-सात लोटे। धुले कपड़े सुखाने के लिए सूत की मजबूत तनियाँ। जौहरी ने कई रजवाड़े परखे, पर ऐसी साफ-सुथरी माकूल व्यवस्था कहीं नजर नहीं आयी।

पूँगलगढ़ के राजा-रानी की प्रशंसा सुनी सो इक्कीस आना सही थी। धनपत जौहरी की तुष्टि और खुशी का पार नहीं था। अब तक माया के प्रलोभन की वजह से नहाने-धोने का पर्याप्त समय ही कहाँ मिलता था! झटपट चार-पाँचेक लोटे डालकर कान भिगो लेता। नहाने का नाम हो जाता। गमछे से आधा-अधूरा शरीर पोंछा, न पोंछा! तुरत-फुरत धोती लपेटी और कुरता ठसाया! आराम से रोटी खाने का भी समय कहाँ मिलता था! आज न तो कोई जल्दबाजी थी और न किसी भी प्रकार की उतावली। मौज-मस्ती में मजे से कपड़े धोये। सुखाये। पहला लोटा बदन पर उड़ेलते ही रोम-रोम में ठण्डक फैल गयी। कलाइयाँ, भुजाएँ, कँधे, पिंडलियाँ और जंघाएँ जोर देकर मसलीं तो मैल की लड़ियाँ उतरने लगीं। मानो धन-माया के साथ-साथ भरपूर मैल भी संचित किया हो! लेकिन एड़ियों और पगतलियों का मैल अँगुलियों से उतरने वाला नहीं था। इधर-उधर देखा चौरस खापटे पर कई खुरदरे पत्थर पड़े थे, मानो उन्हीं की व्याकुल प्रतीक्षा हो। झटपट खड़ा हुआ। मनुष्य अपनी जरूरत के अनुरूप क्या-क्या उपाय सोच लेता है! खुरदरा पत्थर रगड़ने पर मैल छूटने लगा। एक भी पत्थर उड़क-धुड़क नहीं था। मैल उतारने बन्द करके सारे पत्थरों का मिलान किया। एक ही नाप के चौकोर। एक जैसी मठाई। कभी मन करता वह पत्थर उठा ले, कैसे भी अमूल्य नगीने को देखते ही परख कर लेता। पर आज मैल उतारने वाले पत्थर को छाँटने में काफी समय लगा। एक-एक पत्थर को मिलाकर देखा-परखा। आखिर हैरान होकर एक पत्थर का चयन किया। तिल जितना भी फर्क नहीं। फिर भी उसे वहम हुआ कि सबसे उम्दा पत्थर का चयन किया है! उसके आनन्द-उछाह का पार नहीं रहा, जैसे अमूल्य हीरा अचानक मिल गया हो! पदार्थ का अपना मोल नहीं होता, मनुष्य के मन का मोल होता है! सवा-घड़ी तक पानी उड़ेलता रहा, मैल उतारता रहा। स्नान से निवृत्त होकर, गमछे से बार-बार शरीर पौंछा। रामस्नेही वाला भेस झोली में सबसे नींचे जमाया। रेशमी कुरता, मलमल की धोती, कसीदे की मोजड़ियाँ पहनीं। कमण्डल को वहीं अपने हिसाब से छिपा दिया। मेखली में केसरिया पगड़ी बँधी-बँधाई जमी हुई थी। सलीके से ऊपर धरी। दोनों कानों में मिट्टी के इत्र सने फोहे दबाये। भीनी-भीनी खुशबू। अमूल्य मोतियों का कण्ठहार जब गले में झूलने लगा तो उसका मोद-गुमान चौगुना बढ़ गया! कुरते के भी इत्र चुपड़ा। मनुष्य की भरकम देह फूल से भी हलकी महसूस हुई! नहाने का ऐसा आनन्द पहले कभी नहीं आया! यात्रियों के लिए ऐसा माकूल इन्तजाम नवाब-बादशाहों के महलों में भी नहीं मिलता। तुस के बराबर भी कसर नहीं थी!

राज-दरबार में अता-पता किया तो एक जिम्मेवार सैनिक ने बताया कि मरवण तो सहेलियों के साथ सवेरे ही अपनी बगीची में गयी, सो अब तक नहीं

लौटी। समाचार सुनते ही धनपत जौहरी अदेर मुड़ गया। एक सवार बगीची बताने के लिए साथ हो लिया। सवार को जो पुख्ता जानकारी थी, संक्षेप में बतायी, ''आप तो हीरे-मोती और मानिक-पन्नों की बातें करते हैं, हमारी मरवण बाईसा को तो ये महँगी चीजें खरीदने का बिल्कुल ही शौक नहीं है। वे तो वेश भी एकदम सादा पहनती हैं। सुहाग के नाम पर लाख की पाँच-पाँच चूड़ियाँ और ललाट पर कुंकुम की बिन्दी।'' सवार से विवाद करने में क्या सार! जौहरी विनम्रता से कहने लगा, ''ये बातें तू मुझ पर छोड़, मैं अपने-आप सलट लूगाँ। राजकुँअरी और नगीने नहीं मँगवाये तो मुझे उलाहना देना! मेरा नाम धनपत जौहरी है। उज्जैन के धनपत जौहरी को कौन नहीं जानता? यदि फिलहाल उनके हाथ-खर्च की तंगी है तो मुझे रंचमात्र भी उतावली नहीं है। जब उनकी इच्छा होगी, फिर हाजिर हो जाऊँगा। केवल कुँअरानी के लिए ये चुनिन्दा जवाहरात लाया, एक बार उनके दर्शन तो करवा दे। मुँह-माँगी बख्शीश दूँगा...!''

सवार ने आश्चर्य से दोहराया, ''बख्शीश...! यदि बख्शीश का गुमान है तो अभी दूसरे रजवाड़े की राह पकड़ें! यहाँ समय बरबाद करना बेकार है! खूब तनख्वाह मिलती है। इधर-उधर मुँह मारने की कसम है! मिलना चाहते हो तो बिना बख्शीश ही मिला दूँगा। हमारी कुँअरानीजी यात्रियों का बड़ा सत्कार करती हैं। तुम्हारी आव-भगत में कुछ भी कमी रहे तो मुझे उलाहना देना। अब किसी दूसरे सैनिक के सामने बख्शीश की बात भूलकर भी मत करना!''

जौहरी काफी चिन्तित हो गया। पछतावे के लहजे में कहने लगा, ''माफ करना भाई। मुझे इस रजवाड़े की चाशनी का पता नहीं था। फकत कुँअरानीजी से मिला दे, तेरा एहसान मानूँगा...।''

''इस में एहसान मानने जैसी क्या बात...!'' सवार मुँह बनाकर कहने लगा, ''यह तो मेरा काम है और काम की तनख्वाह मिलती है।''

बगीची के दरवाजे से सटा हुआ एक कमरा बना हुआ था। आव-आदर से वहीं बिठाकर वह मरवण को समाचार देने के लिए चल पड़ा। सहेलियों की मण्डली में मरवण आँगन पर ही बैठी हुई थी। गोद में घायल खरगोश के बच्चे को प्यार से सहला रही थी। बाज के खूनी पंजों से बचाये बच्चे की कँपकँपी अभी मिटी नहीं थी। डर के मारे श्वेत रूई-सी जड़ों में समाया डर अभी मिटा नहीं था! बाज की अनुगूँज में अभी मौत की गाज सुनायी दे रही थी! आधे प्राण तो सुनते ही निकल जाते हैं। आहत खरगोश ने पलकें उघाड़कर ऊपर देखा तो बाल सहलाती बाला की भीनी आँखों में करुणा का समन्दर लहराता नज़र आया। हाथ के स्पर्श में मानो हजार-हजार ममतामयी माँओं का नेह घुला हुआ हो! अब किसका डर...! अदेर खड़ा हुआ। इधर-उधर देखा—चारों ओर सुरंगे वेश उसकी

सेवा के लिए हाजिर हैं!

एक सहेली कटोरे में पानी लायी। निर्भय होकर पीने लगा। थोड़ा और दिल खुला! मरवण के सुहाने मुँह की ओर भूखी निगाहों से देखा। उसका इशारा मिलते ही एक सहेली कटोरी में गरम-गरम दूध लायी। दूध पीते ही नन्हें खरगोश की अँतड़ियों में जैसे अमृत लहरा उठा हो! इधर-उधर फुदकने लगा। धाय-माँ उसे गोद में उठाकर खिलाने लगी। मरवण ने इधर-उधर चारों ओर नज़र घुमायी तो उसी समय टिवटिव करता कबीर उसके कँधे पर बैठ गया। पास ही खड़ा सवार ऐसे ही मौके की तलाश में था। अरदास की, "उज्जैन का धनपत जौहरी आप से ज़रूरी काम के लिए मिलना चाहते है।" आज्ञा मिलते ही वह तेज-तेज कदमों से रवाना हुआ। धनपत जौहरी ने हर किसी से मरवण के स्वभाव की खूब प्रशंसा सुनी—रूप और गुणों का कहीं वारापार नहीं है। दसेक कदम दूर से मरवण के मुस्कराते चेहरे की झाँकी मिली तो उसकी आँखें, अक्ल और दिल तीनों ही चकरा गये! औरत की ऐसी पावन छवि का तो विधात्री को भी अनुमान नहीं होगा! तीन सौ तरेपन मालवणियाँ भी इसके नाखून की भी होड़ नहीं कर सकतीं! प्रकृति के स्वप्न बिना ऐसी पवित्र कल्पना और किसकी हो सकती है? यह तो कुदरत के अलावा विधाता के भी वश की बात नहीं है! जौहरी तो वहीं एक ठौर खूँटे की नाईं गड़ गया। न जीने की सुधि रही और न मरने की! जैसे दोनों के सन्धि-स्थल की शरण गही हो! निपट संज्ञा-विहीन हालत देखकर मरवण स्वयं उसके पास आयी। उसकी आँखें और अधिक फटने लगीं, मानो दोनों पुतलियाँ बाहर आ पड़ेंगी! मरवण ने एक गहरा निश्वास छोड़ते कहा, "खरगोश के प्राण मुश्किल से वापस लौटे कि इधर जौहरी होश खो बैठा। राम जाने इस पर किसका बाण चला..।" सहेलियाँ तो सब कुछ जानते-बूझते चुपचाप खड़ी रहीं। क्या जवाब देतीं! पर चंचल कबीर से चुप नहीं रहा गया। खिल-खिल हँसते कहा, "किसका क्या, तेरा...तेरा...। नीम की शीतल छाया में सुलाकर गमछे से बयार करो, वरना यह पागल हो जाएगा...पागल! सारी उम्र तेरा नाम रटता रहेगा!"

कबीर का इतना कहना हुआ कि सवार ने अविलम्ब उसे कँधे पर उठाया और नीम की छाया में सुला दिया। दो सहेलियाँ भीगे गमछे से झपटने लगीं तो कुछ ही देर बाद जौहरी ने पलकें उघाड़ीं। इधर-उधर टोह लेकर प्रलाप करने लगा, "ऐसी चाँदनी के रूप पर किसी रीछ के हाथों ही तेजाब फेंका जा सकता है! मैं तो अलबत्ता मनुष्य हूँ, जौहरी हुआ तो क्या हुआ!" इतना मन्त्र सुनाकर वह वापस अचेत हो गया। त्रिकालदर्शी क़बीर से आगे कुछ भी भेद छिपा नहीं रहा। लेकिन मरवण की मर्यादा के लिहाज से वह चुप रहा। बिल्ली, साँप और

सिंह पर भरोसा किया जा सकता है, लेकिन मनुष्य के जाये-जन्मे पर क्योंकर विश्वास किया जाय! वह तो छल, कपट और नीचता का ही पुतला है...!

मरवण फकत कलेवा करके ही बगीची में आयी थी। जौहरी की हालत देखकर उसकी भूख एकदम मिट गयी!... तो क्या यह जौहरी मालवणी के सिखाने से यहाँ आया? क्या पता साल्हकुँअर का भेद भी शामिल हो...! सुमति का दायरा तो अवश्य सीमित है, पर कुमति की कहीं कोई सीमा नहीं! कुमति के सामने मनुष्य का कुछ भी वश नहीं चलता। तब मनुष्य का कुछ भी कसूर न होकर, सारा कसूर कुमति का ही है! तब दण्ड का जिम्मेवार मनुष्य या उसकी कुमति? पर कुमति का अस्तित्व मनुष्य से अलहदा कहाँ है? कुमति को दण्ड देने पर स्वयं मनुष्य ही दण्डित होता है और मनुष्य को दण्डित करने पर उसका शरीर ही कष्ट पाता है! सजा को भोगने वाला तो मनुष्य का अपना शरीर है। कुमति फिर अलग-की-अलग। सर्वनाश तो मनुष्य का ही होता है! तो आखिर इसका क्या उपाय है? वे अपनी इच्छा हो सो करें, मैं अपनी इच्छा हो सो करूँ। मरवण सोचने लगी, वह किसी को कुछ भी तकलीफ नहीं देती, फिर भी वे मेरा पीछा नहीं छोड़ते...! कुछ-न-कुछ निराकरण तो अवश्य होना चाहिए, मगर फिलहाल मेरी इतनी क्षमता नहीं है। कबीर के लिए तो इशारा भी काफी है। परन्तु दोगला मनुष्य तो समझाने पर भी समझना नहीं चाहता! सहेलियों की मण्डली जौहरी के इर्द-गिर्द खड़ी थी। दूर से ही धाय-माँ को आवाज देकर पास बुलाया और उसे हिदायत दी, "जौहरी को गरम-गलवाणी पिलाओ। राज की बगीची में कुछ गड़बड़ हो गयी तो दोष अपना ही होगा। पूरा होश आने पर ही इसकी कुशल-क्षेम पूछूँगी। तब-तक इसकी सेवा-बन्दगी में कुछ कमी मत रखना।" जौहरी को आधा-अधूरा होश था। मरवण के मुँह से हिदायत के बोल सुनते ही उसका जोश फिर से उमड़ा। झटके से उठ बैठा और अण्ट-शण्ट बकने लगा, "अब मेरा कुछ भी नहीं बिगड़ सकता। एक बार, सिर्फ एक बार आँखें चौंधिया गयीं सो चौंधिया गयीं। उस चौंध के कारण मूर्च्छित होते ही सात पीढ़ियों की अक्ल एक साथ ठिकाने आ गयी! होश-हवास में बदमाशियाँ-ही-बदमाशियाँ सूझती हैं। किन्तु बेहोशी में एक ही झटके के साथ सारे छल-कपट जाने कहाँ बिला गये! ऐसा महसूस हुआ, जैसे सहस्र नदियों और झरनों के प्रबल प्रवाह के फलस्वरूप तमाम मल-कीचड़ मेरी अँतड़ियों से बाहर छिटक पड़ा हो। मैं यहाँ आया तो था बीस हजार मोहरों के लालच में। हजार-हजार जन्म भला हो मालवणी का—कि आज मेरा नया जन्म हुआ! चाँद भी जिसका रूप चुराये...वैसी सुन्दर मारवणी के चेहरे पर तेजाब छिड़कने आया था! विश्वास न हो तो अभी मेखली से निकाल कर शीशी बताऊँ!" फिर इधर-उधर चारों दिशाओं में देखकर सवार

से विनम्रतापूर्वक कहा, "जा रे भैया, उस कोठरी से मेरी मेखली और झोली लेकर आ। तेजाब वाले करतब से पहले आपको आश्वस्त करने की मंशा से असंख्य मोहरों की कीमत के बराबर हीरे-मोती और मानिक-पन्ने साथ लिए। आपके लिए बेशकीमती अँगूठियाँ और सोने के कसीदे की मोजड़ियाँ लाया था। उन में मशगूल होने के साथ ही पूरी चाँदनी बदशक्ल हो जाती और आँखों की ज्योति गलकर काले-स्याह अँधेरे में तब्दील हो जाती! फिर मालवणी का ढोला पर अखण्ड राज्य स्थापित हो जाता! फिर हिस्सा बँटाने के लिए कोई भी नहीं बचता...।" कि इतने में मेखली और झोली लटकाये सवार को आते देखा तो उतावले स्वर में बोला, "ला रे भैया, मेरी माया मुझे सँभला। इसके लिए मैंने कितने दुख उठाये और जाने कितने अकर्म किये! आज इसे ठिकाने लगाकर ही मानूँगा! यह सारा चमत्कार मरवण के अलौकिक आलोक का है!" अमूल्य माया के बाद कमण्डल और लिबास बाहर निकाले। रामस्नेही का वेश दूर फेंका। तत्पश्चात् मेखली और झोली उलटकर अमोलक नगीने गिराये। जिन में स्वर्ण-कसीदे की मोजड़ियाँ, बेशकीमती अँगूठियाँ और तेजाब की शीशी। उसका डाट खोलने की चेष्टा करते कहने लगा, "कभी तो इच्छा होती है कि यही असल तेजाब मालवणी के चेहरे पर पूरा उड़ेल दूँ। कभी सोचता हूँ कि यही शीशी गले उतार कर सूअर वाली जून का सफाया कर डालूँ! मनुष्य-योनि में आकर अब तक मैंने कीचड़ के सूअर वाली जिन्दगी ही भोगी है!"

सपने केवल नींद के भरोसे ही नहीं रहते, कभी-कभार वे खुली आँखों से प्रत्यक्ष दिखायी देते हैं, तब नींद के सपने उनके पासंग बराबर भी नहीं ठहरते। सभी मूकदर्शक खुली आँखो से एक ही सपना देख रहे थे—सहेलियाँ, सवार, कबीर और मरवण सहित। उस सपने से बड़ी सच्चाई मानवीय संसार में दूसरी कुछ नहीं थी। शीशी का डाट खुलने के साथ ही धनपत जौहरी कीचड़ के सूअर वाली जिन्दगी नष्ट करने ही वाला था कि कबीर ने तेजी से पँख फड़फड़ाकर एक ही झपट्टे में शीशी दूर उछाल दी। जिस दूब के बड़े गुच्छे पर वह औंधी हुई, वह जलकर भस्म हो गया! गन्दे सूअर की जून साबुत बच गयी! उसका केश तक नहीं जला!

रानी उमादे देवड़ी का महल। राजा पिंगल, धनपत जौहरी, धाय-माँ, नन्हा खरगोश और मरवण इत्यादि सभी मौजूद थे। सुग्गा कबीर दीवार में गड़ी सुरंगी खूँटी पर बैठा बहुत ध्यान-पूर्वक सबकी बातचीत सुन रहा था। राजा-रानी तो बार-बार आग्रह करके हार थके, किन्तु जौहरी का फौलादी संकल्प नहीं बदला सो

नहीं बदला! हर बार एक ही टेर दुहराता रहता कि केवल मरवण की खातिर यह सब अमूल्य जवाहरात लाया। अँगूठियाँ और मोजड़ियाँ फकत उसी के लिए बेहद शौक से बनवायीं। वह तो अब इस घिनौनी माया की ओर देखना भी नहीं चाहता। सारी उम्र बेशुमार झूठ-ही-झूठ बोलता रहा, किन्तु अब सपने में भी झूठ बोले तो उसके रोम-रोम में कीड़े पड़ें, कोढ़ उघड़े! लाया तो सचमुच बेचने के लिए ही था। लेकिन बेचने के बहाने उसके मुँह पर तेजाब की शीशी औंधा कर, अपना कौल निबाहना चाहता था। लेकिन मरवण की पावन छवि और कुदरत की नाईं उसके विराट स्वरूप की झलक मिलते ही, पहले वाला जौहरी तो अपनी खोल में ही विलुप्त हो गया। माया की अमिट लालसा और होश की जिन्दगी जितने बरस जीता रहा, नयी समझ का लेशमात्र भी उसके पास होकर नहीं फटका! उसे अब भी पता नहीं कि मूर्छा की बेहोशी कितनी देर तक रही—क्षण भर तक या घड़ी भर तक, उतने ही वांछित समय में उसी पुरानी जून में मेरा आमूल-चूल नया जन्म हुआ। मेरी संचित माया के अनन्त घूरे के सामने कीचड़ की यह ढेरी तो एक तुस के बराबर भी नहीं है। यदि आप सब मिलकर इसका सार्थक उपयोग करें तो मेरी जिन्दगी किंचित् सफल हो...।'' फिर व्यंग्य सनी मुस्कान के लहजे में कहने लगा, ''कौल निबाहने के उद्देश्य वाली बीस हजार मोहरें तो फिर अलग हैं! मालवणी की अमानत के हिसाब से रखें तो पहल आपकी है, वरना सूर्य-ग्रहण के पुण्य की खातिर तो बामनों की कोई कमी नहीं है, छौंक भी नहीं लगेगा! निर्णय आप ही को करना है, जब भी करें। अब तो नन्हें-मुन्ने खरगोश की नाईं मरवण के गुरुकुल में पढ़ेगा, सीखेगा और आत्मसात करेगा...!'' फिर रानी की ओर देखकर भिखारी के उनमान याचना की, ''इस से अधिक मेरी समझ नहीं है, औकात भी नहीं है। जैसा हूँ, हाजिर हूँ। पुचकारें तो आपकी मरजी, दुत्कारें तो आपकी मरजी। अब मेरे सामने जीने का कोई दूसरा विकल्प नहीं है!''

सबकी जिह्वाएँ जैसे तालुओं से चिपक गयी हों। किसी को कुछ भी जवाब नहीं सूझा। समझ के परे की बात थी! आज के सूर्य की रोशनी में यह दीप्ति कहाँ छिपी थी, किसी को भी नजर नहीं आयी! और अभी नजर आयी तो पिछला समग्र उजाला, इस दीप्ति के तले दब गया। सबको ही ऐसा महसूस हुआ कि अपनी ही गतिमति से चलते समय का वेग एकदम रुक गया हो। दुख-सन्ताप के चौदह बरस भुगतने आसान, मगर रुके हुए समय के एक क्षण को भी धकेलना कठिन है, अत्यन्त कठिन! समय साँस लेता है कि नहीं लेता, वही जाने, लेकिन अभी सबका साँस करीब-करीब थम गया था! कि इतने में कबीर ने जाने क्या सोचकर पूछा, ''एक बात तो बताइए जौहरी-महाराज कि मालवणी के इस हीन

कार्य के लिए ढोलाजी की अनुमति भी थी क्या...?''

काया-कल्प होने के पश्चात् जौहरी को सच बोलने की खातिर अलग से कुछ सोचने की जरूरत ही कहाँ थी! वह स्वयं पहल करके अपने मन में घुमड़ती यह बात बताना चाहता था। कबीर के पूछने पर उसकी मनचीती हुई। अदेर जवाब दिया, ''बिल्कुल ही अनुमति नहीं थी और यों पूरी सहमति थी! फिर भी उनका कसूर नहीं है, कुदरत का ही कसूर है! जैसा नाम, वैसे ही गुण। वे केवल दिखने में ही भोले नहीं हैं, मन से भी भोले हैं! बच्चे के समान बच्चे! मालवणी के रूप-यौवन और उसके छल-छिद्र का ऐसा चमत्कार हुआ कि उनका अपना स्वतन्त्र व्यक्तित्व ही नहीं रहा! वे अलग रहते हुए भी शामिल हैं और शामिल रहते हुए भी अलग हैं! मालवणी की अपूर्व सुन्दरता के वशीभूत वे माँ-बाप का रिश्ता ही बिसर गये। कसूरवार होते भी वे जिम्मेवार नहीं हैं! सौन्दर्य के जादू का असर...अफीम के नशे से गहरा होता है! लेकिन मेरा मन कहता है कि जिस क्षण भी उन्हें अपने भिन्न वजूद का एहसास होगा, तब वे किसी के भी प्रभाव में नहीं रहेंगे! लाख मालवणियाँ भी उनका कुछ बिगाड़ नहीं सकेंगी! यदि जल्द ही कुछ उपाय नहीं हुआ तो मालवणी नरवर गढ़ की महारानी होगी। फिर न तो ढोलाजी की दाल गलेगी, न राजा नल की और न दमेती रानी का कुछ वश चलेगा! सन्त या भले आदमियों की बजाय दुष्टों की मनमानी जल्दी पार पड़ती है! मेरे वश रहते जब तक जिन्दा रहूँगा, दुष्ट-दुर्जनों का सामना करता रहूँगा। यह नयी जिन्दगी किसी भी सूरत में व्यर्थ नहीं जाने दूँगा, यह मेरा प्रण है! इससे कम या इससे अधिक मुझे कुछ भी नहीं कहना है। अब जो कुछ भी कहना-सुनना हो, ना ना, करना-कराना हो, आप ही को करना है। मैं तो फकत ताबेदार हूँ, कबीर का भी ताबेदार! पक्षियों में जितना ज्ञान होता है, यदि उतना मनुष्यों में हो तो दुनिया की रंगत ही दूसरी होती...!''

रानी-माँ के पलंग की छाँह में दुबका नन्हा खरगोश सामने आकर कहने लगा, ''बाज के ज्ञान का परचा तो प्रत्यक्ष देख लिया! अब बगुलों, कौओं और गिद्धों के ज्ञान का परिणाम भी पहचान लीजिएगा... एक भी प्राणी जीवित क्या रह जाए...!''

खरगोश की भोली बात सुनकर कबीर गम्भीर लहजे में कहने लगा, ''नन्हें खरगोश! अब तक तेरी धुकधुकी शायद मिटी नहीं है। बावरे, इन हिंसक पक्षियों के साथ नाहर, चीते, साँप, बिज्जू, रीछ और लोमड़ियाँ भी जुड़ जाएँ तो कुछ भी विशेष नुकसान नहीं होगा। यह समस्त दुनिया तो मनुष्यों के चलाये, चलती है। जब तक वे नहीं सुधरें, तब तक कुछ नहीं हो सकता! इन मालवणियों के राज में धाय-माँ या, मरवण कभी सुखी नहीं रह सकतीं। यह राज्य-सत्ता का

अमिट नियम है...!''

मरवण के अन्तस् में कई वातचक्र साँय-साँय मचा रहे थे। उन्हें एक तरफ धकिया कर, माँ-बाप की चिन्ता का खयाल करके बोली, ''दूसरों के किसी बेहूदे काम से मैं तो सपने में भी दुखी होने वाली नहीं हूँ और न धाय-माँ को भी दुखी होने दूँगी, यह तो तुझ से भी छिपा हुआ नहीं है!''

कबीर का बोध क्षण-क्षण बढ़ता ही रहता था। खूँटी से उड़कर रानी-माँ के कन्धे पर बैठते कहने लगा, ''मेरी प्राण-दाता मरवण, तेरी संगत के बाद ही मैंने कई बातें सीखी-समझी हैं, फिर भी बहुतेरी बातें अज्ञात हैं। प्रत्यक्ष दिखने वाली चेतना की तह में कई अदृष्ट परतें होती हैं! उनके आर-पार किसी ऋषि-मुनि को कुछ सूझे तो सूझे। मनुष्य के वश की यह बात नहीं है। बरसों-बरस चेष्टा करने के बावजूद मनुष्य स्वयं को पहिचान ले तो बड़ी बात है! और यों सभी मनुष्य सामान्य रूप से स्वयं को ग़लत ही समझते रहे हैं! यह धनपत जौहरी सबके सामने खड़ा है, बरसों के पश्चात् इसे अपना नया स्वरूप नज़र आया...!''

''अभी पूरा कहाँ नज़र आया, धीरे-धीरे प्रत्यक्ष होता रहेगा।'' धनपत जौहरी को अपने मन की बात बताने का अवसर मिला तो उससे रहा नहीं गया, ''अभी तो श्रीगणेश ही हुआ है। आगे प्रत्यक्ष दृष्टिगोचर होने पर अपने-आप परख हो जाएगी। जंगल में ठौर-ठौर उपले तो ढेरों-ढेर नजर आते हैं, लेकिन चाँद-सितारे किसी बिरले भाग्यशाली के ही हाथ लगते हैं!'' यह मन्त्र सुनाकर धनपत जौहरी तो बारी-बारी से सबके चेहरे देखने के बाद कहने लगा, ''नहीं समझे हो तो अब स्पष्ट समझा देता हूँ कि आकाश के बिचारे चाँद-सितारे तो मरवण के नाखून-नाखून में दमकते रहते हैं। ठेठ अबोध बचपन में भाँवरे खाने के बाद भी किसी एक ढोला के हाथ आसानी से नहीं लगते। बरसों की तपस्या के बाद भी कहाँ भाग्य में बदे होते हैं! वरना कोरी-मोरी सेज के भरम, मन बहलाओ। कौन मना करता है...?''

धनपत जौहरी की अण्ट-शण्ट बातें सुनकर राजा-रानी और धाय-माँ तो बेहद खुश हुईं। लेकिन मरवण की सूरत पर लाज की झाँई पुत गयी। महल की हवा मानो उलट गयी हो। आहत खरगोश का धड़कता हृदय धीरज नहीं रख सका, तो जबरन मुस्कराने की चेष्टा करते हुए कहने लगा, ''वाह रे धनपत जौहरी! तू देर से सोया और उठा जल्दी! हमारे सिवाय दूसरा कोई भी तेरी बातों पर विश्वास नहीं करेगा। न करे तो न करे...! मुझ अकेले का विश्वास ही तेरे लिए पर्याप्त है। दुनिया की परवाह करने पर तो मामूली काम भी पार नहीं पड़ता!''

राजमहल की हवा वापस सीधी बहने लगी। सबके चेहरों पर आभा झलकने लगी। पर आगे बात जारी रखने के लिए किसी को कुछ नहीं सूझा। चुपचाप

मन-ही-मन सोचने लगे। रानी-माँ के दिल में सुहाती-सुहाती बेचैनी घुटने लगी, तो उसके होंठ फड़कने लगे, "कोरी-मोरी बातों से पेट भरता हो तो दुनिया में कोई भी भूखा-प्यासा न रहे!" फिर धाय-माँ की ओर देखते कहने लगी, "जसोदा, तुझे तो हमेशा बिना कहे ही अपने-आप सब सूझता है, आज भूल क्योंकर हुई! धनपत जौहरी की मान-मनुहार तो कर। खाने की जो भी इच्छा हो, वे पकवान बना। आज का सूरज इसी के प्रताप से उगा है। अब मुझे मरवण की अधिक चिन्ता नहीं है। मालवणी की ज्यादा चिन्ता है। साल्हकुँअर की चिन्ता है। राजा नल और दमेती रानी की चिन्ता है! केवल अपने ही परिवार के सदस्यों की चिन्ता करने से पार नहीं पड़ता। माँ की ममता का दायरा असीम होना चाहिए! उस में कीड़े-मकोड़ों की चिन्ता भी शामिल हो, तभी माँ होना सार्थक है...।"

कहने को तो रानी उमादे ने धाय-माँ को कह दिया कि धनपत जौहरी की मान-मनुहार करे। पर दूसरे ही क्षण उनका विचार बदल गया। धाय-माँ के साथ-साथ राजा पिंगल, रानी और मरवण इत्यादि सभी जुड़ गये। जब वह पैदल चलकर नरवर गढ़ से यहाँ आया, राह की कठिनाइयाँ बरदाश्त कीं और अन्त में सब-कुछ सही-सही बता दिया, अपना कसूर कबूल कर लिया। मरवण माने चाहे न माने, वह बात अलग है। फिर भी अमोलक मोती, नगीने जड़ी बेशकीमती अँगूठियाँ और सोने के कसीदे की मोजड़ियाँ वह लाया तो था ही। भले आदमी को क्या पता कि मरवण, खाने-पहनने के निमित्त एकदम सादगी से रहती है। सभी कह-कहकर हार थके, किन्तु अपने विचार से रंचमात्र भी नहीं डिगी!

मायापति जौहरी मन-ही-मन बहुत शर्मिन्दा हो रहा था कि इतने बड़े राव-उमराव उसकी खातिरदारी में जुटे हैं, मानो कोई आत्मीय आ गया हो! उसके आने पर सारी मानसिक व्यथा समाप्त हो गयी, तब वे क्यों किसी बात की कसर रखें। भोजन करते समय धनपत जौहरी को ऐसा महसूस हुआ कि आज पहली बार एक-एक कौर पेट की बजाय उसकी आत्मा में सीधा उतर रहा है! भोजन करने के पश्चात् सभी व्यक्ति वापस उमादे के महल में ही एकत्रित हुए। कबीर और नन्हा खरगोश भी, जैसे वे राज-परिवार के प्रमुख सदस्य हों। रानी-माँ ने एक पखवाड़े तक ठहरने की मनुहार की तो जौहरी राजी-खुशी मान गया। अब नरवरगढ़ पहुँचने पर जो होगा सो होगा, जिसका उसे रत्ती-भर डर नहीं था। जब धाय-माँ ने अपने भीतर का डर उजागर किया कि धनपत-बीर कभी भी पहुँचे, उसकी मौत निश्चित है! मालवणी किस तरह मारे, वह बात अलग है, लेकिन

मरने में कोई कसर बाकी नहीं है। वचन से डिगने वाले को वह स्वप्न में भी माफ नहीं कर सकती। वह केवल कौल-वचन से ही नहीं डिगा, अपने साथ बँध भी गया है!''

धनपत जौहरी से यह भेद तनिक भी छिपा नहीं था। निसंकोच जवाब दिया, ''यहाँ आकर आप सबके दर्शन करने पर, जीने का सही मायना समझने पर, सबसे बड़ी बात यह हुई कि मरने का डर एकदम मिट गया। जब कोई बन्दा मरने से नहीं डरता, उसे कोई नहीं मार सकता! पहले मुझे मौत का डर ही सबसे ज्यादा लगता था, यह कोई कम बात है—सहस्त्र चक्रवर्ती राज्य से भी बढ़कर। माया की लालसा के अलावा मैं पहले दूसरी कोई बात समझता ही नहीं था। माया नहीं तो वह मनुष्य ही क्या...! अब माया का मोह टूटने पर ही मैं सर्वथा मुक्त हुआ हूँ! बाड़ी में खरगोश का उपचार करती मरवण की सूरत देखकर ऐसा महसूस हुआ कि धरती पर एक ऐसा नया सूरज उगा, जिस में चन्द्रमा की शीतलता छलक रही है! चेतन ज्ञान की बजाय अवचेतन ज्ञान सदैव बढ़कर होता है! अपने स्तर पर तो मैं यही बात समझा हूँ। मैं फिर रानी-माँ के सामने अरदास कर रहा हूँ कि मेरे इस नये आत्मबोध के बदले मरवण मेरी यह अकिंचन भेंट स्वीकार करे तो मेरी यह यात्रा सार्थक हो!''

इस बार मरवण के होंठ हिले, ''जौहरी मामा, मुझे बार-बार मनुहार करवाने का बिल्कुल मोह नहीं है! मेरे राज्य की प्रजा तो पेट भरने की खातिर आठों पहर मेहनत करती है और मैं ऐसे अमोलक नगीनों का सिंगार करूँ तो मेरे मरण में क्या कसर रह जाएगी! देह ढकने के निमित्त वस्त्र तो पहनने ही पड़ते हैं, यह मनुष्य की लाचारी है या यों कह लें कि उनका शिष्टाचार है, इस से अधिक की चाह रखना तो अपराध है! यदि पूँगलगढ़ राज्य के खजाने में यह भेंट मर्यादाजनक हो तो पिताजी जानें और आप जानो। मगर मुझे तो इन नगीनों की बजाय धरती की मिट्टी ज्यादा अमूल्य लगती है, जिस में प्राणी-मात्र के पेट की आग बुझाने के निमित्त घास उपजती है, अनाज पैदा होता है और गाछ-बिरछों की छाया उत्पन्न होती है, जो राह चलते बटोहियों को विश्राम की खातिर आमन्त्रित करती है, हाथ हिलाकर आह्वान करती है। यदि थोड़े से काम चल जाय तो अधिक की लालसा करना पाप है, पाप का मूल है! मैंने तो कुदरत के गुरुकुल में, पंछी-जानवरों की पाठशालाओं में, यही पाठ पढ़ा है, उसे हमेशा याद रख सकूँ, तो सुख-सन्तोष में कोई कसर नहीं रहेगी...!''

जौहरी के आश्चर्य और आनन्द में भी कोई कसर नहीं रही। इतनी उम्र पाकर भी किसी मनुष्य बन्दे के कण्ठ से ऐसी वाणी सुनने को नहीं मिली! जाने

किस लोक में आ गया...? किस लोक में...? मरवण की बातें तो सत्य से भी परे की सच्चाई हैं अब झोली-मेखली की यह माया तो उसके लिए कलंक है, जो हर घड़ी इस हेय लोभ की याद दिलाता रहेगा। इस राज्य के खजाने में जुड़कर गरीब-गुरबों के काम आये तो उसका लोभ अन्ततः सार्थक हो। अभी तो हुआ ही क्या है, नरवर गढ़ की हवेली के तहखानों में अकूत माया बिखरी पड़ी है, उसके धुआँ लगाने पर ही मेरा कलेजा ठरेगा!" उसने पिंगल राजा के चरणों का परस करके अपनी समूची माया स्वीकार करने की अरदास की तो पिंगल राजा ने अदेर हामी नहीं भरी। थोड़ी देर के लिए किसी दूसरे विचार में खो गया। कुछ देर बाद सुगम्भीर स्वर में कहने लगा, "अभी तो राज्य के खजाने में कुछ भी कमी नहीं है, जिस दिन कमी पड़ेगी, तुझे अवश्य याद करूँगा। तब तक तेरी यह अमानत हमारे खजाने में सुरक्षित रहेगी। पहले मुझे भी अन्य राजाओं की नाईं लूट-खसोट की बेहद लालसा रहती थी, लेकिन रानी की बारम्बार सीख और उसकी संगति से मेरे कई हिंसक एवं बर्बर नख-दन्त झड़ गये! यों कहने को तो मरवण मेरी बिटिया है, परन्तु उस से बड़ा गुरु मुझे आज दिन तक कोई नहीं मिला। न तो उसने शब्दों के द्वारा मुझे कुछ सिखाया और न मैंने कुछ सुना...!

मरवण के मन पर जैसे अरावली पहाड़ ढह पड़ा हो! दबते स्वर में बोली, "जीसा...। इन शब्दों की बजाय आप कोड़े से चमड़ी उधेड़ते तो अच्छा था...!"

"न हो तो इन्हें कोड़े के प्रहार ही मान ले! आज मौका मिला है, मुझे रोक मत। कई दिनों से मन-ही-मन घुट रहा हूँ। धनपत जौहरी की मुलाकात के बाद मेरा दुख-सन्ताप जाने कहाँ गुम हो गया! तेरी करनी और तेरे स्वभाव से एक ऐसी महक फैलती कि जिसके द्वारा मेरे काले-बहरे अन्तस् में उजाला-ही-उजाला समा गया, वरना इतनी माया के लिए तो मैं हजार मनुष्यों की हत्या करने में भी नहीं हिचकता! गुरु भी तरह-तरह के होते हैं, बिटिया। कभी-कभार तो चींटी भी गुरु का काम सारती है! संसार में न तो गुरुओं की कोई कमी है और न चेलों की। आज से ही यह धनपत जौहरी मेरा नया गुरु बन गया! इस पर दूसरों की बात तो अलग, स्वयं धनपत भी विश्वास नहीं करेगा! मेरे खयाल से सब के दिखते प्रचलित ज्ञान की बजाय एकान्त का अबोला ज्ञान ज्यादा बेहतर है! जिसे सीखने के लिए आँखों और कानों की तासीर ही अलग होती है! इतने दिन तो संकोच-संकोच में ये बातें मैंने गुप्त रखीं और आज उजागर करने में मुझे रंचमात्र भी शंका नहीं है। सच्ची बात को कबूल नहीं करने से ही दुनिया में सब गड़बड़झाला होता है! लेकिन ये राजा-महाराजा और नवाब-बादशाह इतने अभागे हैं कि उन्हें सच्चाई नज़र भी तो नहीं आती! इस हिसाब से इन राव-उमरावों

से बड़ा कंगाल और कोई नहीं होता... !''

स्वामी के मुँह से ये बोल सुनकर रानी उमादे चकन-बकन रह गयी। इतने बरस साथ रहने पर भी राजा का यह स्वरूप तो कभी सामने नहीं आया! मनुष्य तो सर्वत्र पहेलियों के सजीव पुतले होते हैं! एक पहेली सुलझे और दूसरी तैयार! फिर भी रानी को राजा का यह नया स्वरूप काफी अच्छा लगा।

इतनी देर तक धनपत जौहरी जाने किस विचार में खोया था! अचानक चौंक कर उसने बारी-बारी से सबके चेहरे देखे फिर राजा-रानी के सामने मुखातिब होकर कहने लगा, ''मुझे इसी वक़्त विदा कीजिए, वरना सब काता-पींजा कपास हो जाएगा। सबसे तेज घोड़ा अभी इसी वक़्त इनायत कीजिए... ।''

सबको धनपत की यह बात सुनकर अचरज तो अवश्य हुआ। लेकिन रानी के अलावा किसे भी कुछ नहीं सूझा। मुस्कराते कहने लगी, ''अचानक तुझे यह अनोखी बात क्योंकर सूझी। पूरे पन्द्रह दिन रुकने के लिए कहा था... !''

''लेकिन अब एक क्षण भर की देरी भी नहीं करना चाहता। इतनी देर तक मन-ही-मन ऐसा महसूस हुआ कि मैंने पिछली सारी जिन्दगी सोते-सोते ही बिता दी। दिन के समय तो हरदम जगा रहना ही पड़ता है। किन्तु माया की चिर लालसा के वशीभूत रात को भी आधी-अधूरी नींद में व्यापार के दाँव-पेंच सोचता रहता। सच पूछो तो मैं 'जागा' तो सिर्फ आज ही हूँ। मेरी आँखें तो आज ही खुलीं हैं, रानी-माँ के शब्द-बाण सुनकर कि उन्हें मालवणी की चिन्ता है, साल्हकुँअर की चिन्ता है, राजा नल की चिन्ता है और रानी दमेती की चिन्ता है। उनके खयाल से अब केवल परिवार की चिन्ता से ही काम नहीं चलेगा! आखिर उसकी चिन्ता का निवारण मेरे कार्य-कलापों पर ही निर्भर करता है! यदि पन्द्रह दिन तक इस स्वर्ग का आनन्द लेता रहा तो फिर नर्क में भी ठौर नहीं मिलेगी! मालवणी के क्रूर, विनाशकारी स्वार्थ का फन्दा नहीं कटने पर इस स्वर्ग में सर्वत्र आग लग जाएगी, आग! मेरा सौभाग्य कि इस स्वर्ग को बचाने की खातिर मैं निमित्त बनूँगा। मरवण के साथ किसी भी तरह का धोखा होने पर, यह दुनिया जीने के योग्य ही नहीं रहेगी! संसार भर की समस्त माओं की छाती का दूध इसी के अन्तस् में भरा है! मुझे सुमति सूझी ज्यों दूसरे दुष्टों को सुमति सूझे-न-सूझे। मालवणी अपने रूप-यौवन की प्यास बुझाने के लिए कुछ भी कसर नहीं छोड़ेगी! उसके जादू-टोने में मदहोश साल्हकुँअर को मुक्त करना ही होगा। अब तो मुझे सौ-सौ कोस दूर तक मौत का डर नहीं लगता, दूसरों की तो बिसात ही क्या, प्रत्यक्ष मौत भी मेरा कुछ बिगाड़ नहीं सकती! ऐसा आत्म-विश्वास जगने पर हजार सिंहों का सामना मजे में कर सकता हूँ... !''

बाकी किसी को भी बीच में बोलने की ज़रूरत महसूस नहीं हुई। लेकिन नन्हें खरगोश की जीभ वश में नहीं रही तो वह मुस्करा कर कहने लगा, "बौरा तो नहीं गया...लगता है कि तेरा सर ज़रूर चकरा गया है। बेचारा मनुष्य किस बूते पर सिंह के बच्चे का भी मुकाबला कर सकता है! बाज के खूनी पंजे चितारने पर मेरा कलेजा तो अब भी काँपने लगता है। पागलपन छोड़ और अक्ल से काम ले...।"

धनपत जौहरी ने होंठों पर उछली मुस्कान को दबाने की कुछ भी कोशिश नहीं की। मुस्कराते-मुस्कराते ही कहने लगा, "भोले खरगोश, पागल मनुष्यों के आसरे ही यह जैसे-तैसे दुनिया बची हुई है, वरना बुद्धिमानों के भरोसे तो कभी नष्ट हो जाती! इतने बरस बुद्धि से ही काम लिया और माया का कचरा-ही-कचरा इकट्ठा किया—अकूत! यहाँ आने पर ही यह बावलापन सूझा! इस पर पूरा विश्वास रख, शंका मत कर, वरना...।"

इधर तो जौहरी की जीभ उलट गयी और उधर खरगोश को जल्दबाजी भी काफी थी, बीच में ही टोकते कहा, "बस, बस, अब एक आखर भी मत बोलना। इतनी हिम्मत है तो तू ज़रूर सफल होगा, तेरी जो इच्छा होगी, वही होगा, मैं घास खाकर पेट भरता हूँ, कैसी भी तेज भूख लगी हो, अखज के पास होकर नहीं फटकता...मेरे निर्मल मन की कामना तुझे ताकत देगी। कहे तो मैं तेरे साथ चलूँ...।" खरगोश का ऐसा जोश और साहस देखकर सभी के अधरों पर आशा की किरण दमकी! आशा के सहारे ही नौ लाख तारों जड़ा आकाश ऊपर टिका हुआ है! फिर कबीर कब पीछे रहने वाला। टिवटिव करते बोला, "नन्हें खरगोश, पाँखों के बिना तू उड़ नहीं सकेगा। कुदरत की मेहर-मया से मुझे पाँखें मिली हैं, इसलिए मेरे साथ चलने से कुछ-न-कुछ ठीक ही रहेगा। लेकिन सबकी राय के बिना मैं इन्द्रलोक भी जाने को तैयार नहीं। ऐसा सुख पड़ा कहाँ है...!"

कबीर की बात जौहरी को पसन्द आयी। हामी भरते हुए उसी क्षण बोला, "यह बात मुझे भी नहीं सूझी। पाँखों की वजह से पक्षियों की अक्ल भी उड़ने लगती है! जीत का आधा डंका तो अभी बज उठा। तो अब ढील किस बात की! आखिर काम करने से पूरा होता है! लेकिन बातों का महत्त्व भी कम नहीं! कैसे भी मुश्किल काम की धार तो बातों से ही तेज़ होती है, जिस तरह अभी-अभी कबीर की बात से हुई।" धनपत जौहरी को अब तक कई बातें सूझ गयीं। जिनके बूते पर ही तो उसका कायाकल्प हुआ। मरवण की ओर देखते हुए कहने लगा, "क्यूँ मरवण, कबीर की इस मंशा के लिए तो तेरी रजामन्दी होगी...।"

कैसी भी गहरी और झीनी बातों का जवाब देने के लिए मरवण को कुछ भी देर नहीं लगती थी। तब यह तो बहुत आसान बात थी। सहज भाव से कहने लगी, ''मैं किसी पर भी ठौर या एहसान जताना नहीं चाहती। खरगोश, कबीर या हिरणों की जोड़ी, किसी पर भी मेरा दबाव नहीं है, सब अपने-अपने दायरे में स्वतन्त्र और मुक्त हैं। मैं जो भी काम करती हूँ, सिर्फ अपने सुख व आनन्द के लिए करती हूँ! करुणा या एहसान की भावना मुझे में दूर-दूर तक नहीं है। जिसकी जो इच्छा हो सो करे। सच पूछो तो साल्हकुँअर और मालवणी के प्रति मेरी तनिक-सी भी नाराजगी नहीं है! जिस तरह मैं अपनी समझ से चलती हूँ, उसी प्रकार वे सभी अपनी समझ से चलते हैं! अपनी समझ को अन्तिम मानने से ही सारा झंझट होता है! दुनिया के किसी भी पण्डित या विद्वान को तीसरे पक्ष की पंचायती करने का अधिकार है कि नहीं, सचमुच मैं नहीं जानती! मैं ज़्यादा बातें समझती भी नहीं, लेकिन जो भी समझती हूँ, उन पर मेरा अडिग विश्वास है! फिर भी उम्र और अनुभव के कारण ज्ञान बढ़ता रहे, बदलता रहे तो विश्वास भी बदलता रहता है...!''

इतनी देर में धनपत जौहरी का मत भी बदल गया, ''इतना सोच-विचार करने जैसी जरूरत नहीं है। यदि कबीर यहाँ पर नहीं होता तो मुझे उसका साथ क्योंकर मिल पाता! अब जो कुछ भी करना है, मुझे ही करना है, अकेले ही करना है। या तो इधर या उधर...!''

राजा पिंगल की सवारी का सफेद घोड़ा रानी के कहने पर सईस तत्काल ले आया था। और उधर जौहरी कैसे भी अपरिचित घोड़े को अपने अनुकूल कर लेता था, जैसे उस पर लगातार सवारी गाँठता रहा हो...।

सोच-विचार में डूबा जौहरी बगीची के पास आया तो एक बार और नहाने की इच्छा हुई। देह पर पानी उड़ेलते रहने पर जाने कैसी-कैसी बातें उपजती रहती हैं! मगर अब तो बाहर-ही-बाहर नहाने से पार नहीं पड़ेगा, भीतर नहाने की तरकीब सीखनी होगी! भीतर मैल होने पर बाहर कितना ही स्वच्छ रहने से बात बनती नहीं है! असली पूजा-पाठ और धर्म का मायना इतना ही है कि भीतर उजाला जगमगाये! बाहर की टीमटाम और कृत्रिम उजाले से भीतर अधिक अँधेरा घुटता है! इस तरह के मंथन की वजह से अजाने ही लगाम को झटका लगा तो घोड़ा हवा को पीछे छोड़ता हुआ उड़ने लगा! किन्तु धनपत जौहरी का मन घोड़े से भी आगे उड़ रहा था...!

मालवणी का एक ख़ास स्वभाव था कि पानी के पहले मजबूत मेड़ बाँधना! धनपत जौहरी को सिखाकर भेजने मात्र से वह आश्वस्त नहीं हुई। अपने विश्वस्त सैनिक के साथ ऊमर-सूमरा नामक मशहूर डकैत को बुलवाया। सावचेती अपनी है, किसी की बपौती नहीं! बुजुर्गों की दूसरी सीख कि खरगोश का शिकार चढ़ना हो तो शेर का सराजाम साथ रखना चाहिए। और तीसरी सीख सबसे ज्यादा महत्त्वपूर्ण कि अपनी छाया का भरोसा करना भी बहुत घातक है! जनानी बगीची में झूलने के बहाने अकेली ही रवाना हुई तो ऊसर-सूमरा तैयार मिला—बुर्ज में छिपा हुआ। दुफसली सोलह गाँवों की जागीर का लोभ देकर कहा, "पूँगलगढ़ की मरवण के अपहरण का किसे भी सुराग न लगे। मारकर जमीन में गाड़े चाहे उस से ब्याह रचाये, तेरी इच्छा। यदि उसकी छाया का भी पता चल गया तो तेरा कीमा करवा दूँगी, ध्यान रहे—मेरा नाम मालवणी है, मालवणी! पाताल में भी छोड़ूँगी नहीं। जो भी मरजी हो, साफ-साफ बता दे।"

ऊमर-सूमरा की मंशा भी यही थी। दो साल से मरवण के ही सपने देख रहा था! इस सीमा तक उसके रूप-यौवन की चर्चा हवा में फैली हुई थी! यदि सोलह गाँवों का ठिकाना हाथ लग जाय तो डकैती से पीछा छूटे। हरदम जान की जोखिम बनी रहती है! मुस्कराते कहा, "यह तो मेरे मन की ही बात हुई। पाँच-सात बरस उसके रस का पूरा स्वाद चख कर, गुठली का निशान तक मिटा दूँगा। मुझे पहले जागीर नहीं चाहिए। जब आपको पूरा विश्वास हो जाय, तभी याद दिलवाऊँगा। असली डकैत हूँ, लूट-खसोट करने वाला दोगला नहीं। सारे राज्य में मेरी अपनी पहचान है! बस, आपकी मेहर-मया ही काफी है...!"

मालवणी ने जोश बढ़ाते कहा, "तभी तो तुझे समय पर याद किया। ले, यह इक्कीस मोहरों की बख्शीश सँभाल। मनचीती महफिल करना...!" लेकिन ऊमर-सूमरा ने मोहरों की ओर हाथ भी नहीं बढ़ाया, "आपकी छत्र-छाया ही पर्याप्त है, दूसरी कोई कमी नहीं। दक्षिणा ग्रहण करना बामनों का काम है! बड़े-बड़े मायापतियों का बोझ हलका करने के लिए ही डकैती का शौक है! मरवण के मनपसन्द समाचार सुनने के बाद अपना वचन याद रखिएगा।" इतना कहकर आदर-पूर्वक कोरनिश करके रवाना हो गया। कुछ ही दूरी पर सैनिक तैयार खड़ा था। उसके पीछे-पीछे चल पड़ा, मानो उसी का भाई या रिश्तेदार हो। मालवणी होंठों-ही-होंठों में गुनगुनायी, "काँटा तो काँटे से ही निकलता है।" तत्पश्चात् रानी बनने की आकांक्षा के सपने सँजोती रंग-मैड़ी की ओर मन्द गति से कदम बढ़ाने लगी...!

उधर ऊमर-सूमरा के लिए सोलह गाँवों की जागीर का सपना भी कम नहीं

था! ढील करने पर जाने क्या अचीता व्यवधान खड़ा हो जाय! अब तो डकैत की बजाय ठाकुर कहलाएगा...ठाकुर! सोलह गाँवों का स्वामी। जीते हुए डकैत ही तो ज़्यादातर राजा-महाराजा बनते हैं—प्रजा के लिए अन्नदाता एवं गरीब-नवाज...!

ऊमर-सूमरा अपने सुनहरे सपने का पीछा करता हुआ, ऊँट की गोहरी थामे, बगलें नचाता हुआ पूँगलगढ़ का रास्ता तेजी से काट रहा था। आगे सपना...पीछे सपना...और ऊपर सपना...! सपनों को वश में रखने वाली कला ही अलग है! जिसकी पहचान डकैतों जितनी और किसी को नहीं होती। ऐसी ऊमर-सूमरा की मान्यता थी!

दूसरे दिन मरवण की बगीची के मुख्य दरवाजे पर अपरिचित ऊँट का अरड़ाना सुनते ही कबीर ने अपनी बिरादरी के बहादुरों को ललकारते कहा, "साथियों, यम आ गया है, कैसा शौर्य दिखाते हो...? पहले मैं उसका पता कर आऊँ। दरवाजा बन्द होने की भनक सुनते ही टूट पड़ना।" ऊमर-सूमरा ने ज्यों ही भीतर पाँव रखा, कबीर की नजर उसके ललाट पर पड़ी। भौंहें तनी हुई थीं और आँखों में भैरव नाच रहा था! कबीर के मुँह से टिवटिव की ललकार सुनते ही चारों तरफ तोतों ने पाँखों फड़फड़ाकर दुश्मन पर धावा बोल दिया! कबीर ने दोनों आँखों की पुतलियाँ फोड़ीं तब तक सात-आठेक तोतों ने उसका साफा नीचे पटक दिया। उघड़े माथे पर तीखी चोंचों का प्रहार होते ही लहू की धाराएँ फूट पड़ीं! ऊमर-सूमरा की समझ में कुछ नहीं आया कि अचानक यह क्या दुर्योग घटित हुआ...। मजबूत रहने की खूब चेष्टा की, परन्तु आँखों के सामने अँधेरा छा गया! तलवार की मूठ पर हाथ धरा ही था कि पहरेदार ने एक ही झपाटे में तलवार छीन ली और दूसरे ही क्षण पेट पर कसकर लात मारी सो डकैत नीचे गिर पड़ा। म्यान से तलवार बाहर निकाल कर पहरेदार का हाथ जहाँ था वहीं रुक गया! चोचों की टकाटक और पाँखों की फड़फड़ाहट से तोतों को मरवण की आवाज सुनायी नहीं दी। नीचे गिरे यमदूत के ललाट पर कबीर के तीखे प्रहारों से लहू की धाराएँ ऊपर उठकर रेत पर गिरने लगीं! तब तक मरवण ने पाँचेक कदम आगे बढ़ाकर जोर से आवाज लगायी, "रुक जा, कबीर...रुक जा। अब एक भी वार किया तो वह मेरे माथे पर ही लगेगा...।" फिर किसकी हिम्मत कि मरवण का कहा टाले! यम को छोड़ कर सब तोते हवा को मथने लगे। मरवण की सहेलियाँ भी पीछे दौड़ती आयीं। मरवण का इशारा मिलते ही उसे खाट पर सुलाया। जगह-जगह से बहती धाराओं के फलस्वरूप बिस्तर लथपथ हो गया। मरवण ने धाय-माँ से भीगे स्वर में कहा, "मेरा मुँह कभी देखा नहीं क्या...?

जल्दी करो, खरगोश की तरह ही इसका उपचार करना है।'' बाकी सब तो चुप रहे। लेकिन कबीर से बोले बिना नहीं रहा गया। जोर से बोला, ''यह दुष्ट, खरगोश की नाईं सीधा नहीं है। धनपत जौहरी ने जाते-जाते जो हिदायत दी, ठीक वही सामने आयी। यदि मैं उनके साथ रवाना हो जाता तो गजब हो जाता, गजब...!'' अच्छा हुआ कि उसी के कहे, मैं यहाँ ठहर गया। यह यमदूत तुझे उड़ाने आया है। और तू उस पर दया कर रही है! यह कैसा न्याय है...?''

मरवण उसे पुचकारती कहने लगी, ''अभी तू गुस्से में उबल रहा है। समझाने पर भी तू समझ नहीं सकेगा। यह शख्स मेरी बगीची में घायल हुआ है। पहले इसकी बेहोशी टूटे तो दूसरी बात सूझे!''

''यह बात तो सबको पता है कि यह बन्दा तेरी शरण में नहीं आया, तुझे उड़ाने या मारने आया है...!'' कबीर का क्रोध थोड़ा-बहुत निथरने लगा था। मरवण ने सहज भाव से कहा, ''जिसका दण्ड तुमने जमकर दे दिया...।''

सहेलियाँ इस कदर काम कर रही थीं, मानो दो की बजाय उनके दस-दस हाथ हों! दो सहेलियाँ तो उसके घाव साफ करने में तन्मय थीं। तीनेक सहेलियाँ रेशम जलाने की चेष्टा कर रही थीं। जले हुए रेशम को दाबने से बहता लहू एकदम बन्द हो जाता है, मानो फूटे घड़े पर लाख लगायी हो! दो सहेलियाँ ओढ़नी के पल्लू से बयार कर रही थीं। खून रुकने पर घायल बन्दे को चौड़ी जाजम पर सुलाया। लहू से लथपथ गद्दे को बदलकर दूसरा बिछाया। अभी होश नहीं लौटा था। मरवण ने अपने हाथ से चुल्लू-चुल्लू पानी पिलाया। बेहोशी की हालत में ही उसने करवट बदली। एक जलती हुई-सी आह निकली। फिर दूसरे ही क्षण वह स्वत: सीधा हो गया। पलकें खोलने की चेष्टा की तो घायल पुतलियों में टीस उठी! आँखें लहू में डूबी थीं। मरवण ने शुरुआत ही में एक सहेली को भेजकर हकीम बुलवाया था। उसके पास जड़ी-बूटियों से तैयार किये हुए मरहम थे। अच्छी तरह देख-भालकर लगाये। कुछ देर बाद ही लहू बन्द हो गया। थोड़ी-बहुत राहत मिली। शहद घुला गुनगुना दूध पिलाया! मामूली होश आते ही घायल बन्दे के होंठ हिले, ''मेरी नजर कहाँ चली गयी...?...अब मेरा जीना बेकार है...।''

कबीर में मनुष्य जितनी समझ-बूझ नहीं थी। वैसा शिष्टाचार भी नहीं था। उसके मन में बस बात सूझनी चाहिए, फिर मनुष्य की नाईं धीरज रखना उसके वश की बात नहीं थी। अदेर जवाब दिया, रंचमात्र भी उधार नहीं रखा, ''तेरा जीना और मरना दोनों ही बेकार हैं। तेरा नाम ऊमर-सूमरा ही है न...?''

पूरे होश के बिना ही, अर्द्ध-मूर्छित बन्दे के मुँह से जबरन हामी छिटक पड़ी, ''हाँ, मेरा नाम तो यही है। लेकिन तुझे क्योंकर पता चला? मैंने तो किसी

तीसरे कान भनक तक नहीं पड़ने दी...।''

कबीर की चोंच में जाने कितने सवाल मचल रहे थे! उसी क्षण दूसरा सवाल पूछा, ''सच बताना मालवणी और साल्हकुँअर ने तुझे सिखलाकर यहाँ भेजा है...?'' इस बार तुरन्त जवाब नहीं मिला। मानो कुछ सोच-विचारकर वह रुक गया हो। सम्भवतया चेतना और मूर्छा के बीच कहीं आधी-अधूरी जाग्रति हो। थोड़ी देर बाद अपने-आप ही ऊमर-सूमरा के होंठ हिले, ''मेरी आँखों की सौंह, इस काण्ड के बारे में साल्हकुँअर को तुस भर भी जानकारी नहीं है। जैसे मेरे लच्छन थे, वैसी सजा मिल गयी...।'' जवाब सुनते ही मरवण की नस-नस में बिजली कौंध उठी! बमुश्किल डगमगाते हौसले पर नियन्त्रण रखा।

कबीर आगे भी कुछ सवाल पूछने वाला था कि मरवण ने किंचित् झुँझलाते कहा, ''अब बस कर कबिरा! संज्ञा-विहीन घायल मानुस यों ही प्रलाप करता है, उस पर विश्वास करना उचित नहीं...।''

कबीर का तो रेशा-रेशा फड़क रहा था, ''तू तो बढ़-कर डींग हाँक रही थी कि प्राणी-मात्र आजाद और मुक्त है, फिर मुझ पर यह कैसा दबाव है ?'' कबीर के सवाल में सबका ही मन-पसन्द जवाब था। लेकिन पंछी के हौसले की बराबरी मनुष्य नहीं कर सकता!

मरवण को भी कबीर का सवाल अच्छा लगा, लेकिन फिलहाल विवाद करना ठीक नहीं था। मन्द-मन्द मुस्कराते कहा, ''पहले इसे पूरा होश में आने दे, फिर जितने चाहे सवाल पूछना, ''मैं मना नहीं करूँगी...।''

''तू भले ही मना कर, मैं समझदार मनुष्यों की तरह मानने वाला नहीं हूँ! अब पता चल गया कि तू तो अध-कुचले साँप का भी उपचार करना चाहेगी...!''

इस बार मरवण ममता भरे सुर में बोली, ''साँप में भी प्राण होते हैं रे कबिरा! वह भी मरने से डरता है! उसकी डाढ़ों में जहर तो कुदरत की देन है...!''

कि उस दौरान दोनों की बात-चीत के बीच ऊमर के होंठ हिले, ''हाँ, मालवणी ने मुझे सिखलाकर भेजा था और मैं सोलह गाँवों की जागीर के बदले मरवण को उड़ाने ही आया था और आँखों की नज़र गँवा बैठा! अब चक्रवर्ती साम्राज्य भी मिले तो किस काम का! जिन्दा रहते भी मरे जैसा ही हूँ! मुझे बचाकर यह किस जन्म का बदला लिया...!''

इतना कहकर ऊमर-सूमरा ने बैठने की चेष्टा की, लेकिन दूसरे ही क्षण वापस लुढ़क पड़ा और काफी देर तक बेहोशी में सोता रहा। तब मरवण ने जाने क्या सोचकर हकीम से पूछा, ''आपको क्या लगता है, आँखों में नज़र लौट आएगी...?''

कुछ देर सोचने के बाद हकीम ने उत्तर दिया, ''दस दिन से पहले कुछ

भी जवाब नहीं दे सकता! दोनों पुतलियों की काली बिन्दियों में गहरे घाव हो चुके हैं, फिर ऊमर-सूमरा की किस्मत...।''

''कुछ भी आशा नहीं है...?''

''दस दिन बीतने पर शायद कुछ आशा बँधे...।''

हकीम का यह जवाब सुनकर मरवण के ललाट में लकीरें-सी खिंच गयीं। कुछ सोच-विचार करने के बाद पहरेदार की तरफ देखकर बोली, ''माँ और जीसा को कहना कि मैं, धाय-माँ, सभी सहेलियाँ, खरगोश और कबीर दस दिन तक यहीं रहेंगे! रसोई यहीं बन जाएगी। वे दस दिन बाद ही आएँ तो उपचार करने में सुविधा रहेगी, फिर उनकी इच्छा...।''

किसी दूसरे ने तो कुछ भी प्रतिवाद नहीं किया, किन्तु कबीर धीरज खो बैठा। मुँह फिराकर भारी मन से बोला, ''अब यहाँ एक घड़ी भी मेरा मन नहीं लग सकता! किसी को भी एतराज न हो तो मैं धनपत जौहरी के पास जाना चाहता हूँ...।''

मरवण ने मुस्कराते कहा, ''मुझे एतराज है! तेरे बिना ऊमर-सूमरा के इलाज में मेरा मन नहीं लगेगा...।''

''इस यमदूत की खातिर ही तो मैं दूर जाना चाहता हूँ। तेरे इलाज का यही मायना है कि हमने जो काम किया, वह नहीं करना चाहिए था...! हम से जाने-अजाने भारी भूल हुई...?''

''यह बात तो मैंने नहीं कही...! तुमने अपनी समझ के अनुसार अच्छा ही काम किया...।''

कबीर पूरी बात समझे बिना पीछा नहीं छोड़ना चाहता था। बीच ही में टोकते कहा, ''जब हमने अच्छा काम किया तो तुझे उपचार करने की क्या ज़रूरत है...?''

''वह मेरी समझ है...।'' मुस्कान को दबाने की चेष्टा करते मरवण ने कहा।

कबीर आसानी से पीछे हटने वाला नहीं था। स्पष्ट कहा, ''आजकल तेरी गूढ़ बातें मेरी समझ में नहीं आतीं...।''

''इसीलिए तो तेरी झीनी समझदारी है। अपनी मरजी से तो मैं कुछ भी नहीं कर सकता! और तेरी मरजी के अलावा हमारी मरजी है ही कहाँ! मुझे भी उपचार के लिए कहे तो जुड़ना पड़ेगा। जिन्दा रहने पर तुझ से इतनी चरचा तो हुई, वरना बिल्ली की ओजरी में अब तक पच-पचाकर खत्म हो जाता।'' फिर वह दूर उड़ते हुए जोर से खिल-खिल हँसा। मरवण जान-बूझकर जोर से तो नहीं हँसी, फिर भी उसके गुलाबी अधरों पर स्वतः एक मुस्कान खिल उठी,

जैसे गुलाब के फूल से कोई अदीठ किरण उगी हो! सबकी आँखों में एक झिलमिलाते जादू में विघ्न पड़ गया। धाय-माँ ने पहरेदार को आदेश दिया तो वह ऊँट को अपनी ठौर बाँधने चल पड़ा। ठेठ पहुँचने पर घास डाला होगा। पानी भी पिलाया होगा। पहरेदार को लौटते देखकर ऊँट का अरड़ाना लाजिमी था।

अकस्मात् ऊमर-सूमरा को आधे-अधूरे होश में एक शंका उपजी कि वह भूल-चूक से किसी दूसरी बगीची में तो नहीं आ गया? इस तरह सेवा-बन्दगी करने वाले आत्मीय कहाँ से जुट पड़े? एक गहरा निश्वास छोड़कर पूछा, ''यह बगीची मरवण की नहीं है क्या... ?''

धाय-माँ ने मरवण की इच्छा जाने बिना ही जवाब दे दिया, ''हाँ, यह बगीची मरवण की ही है।'' जवाब सुनने के बाद डकैत फिर चुप हो गया। आस-पास के रजवाड़ों में ऊमर-सूमरा का नाम सुनकर हिरण लँगड़े हो जाते थे। चारों ओर शेर की नाईं उसकी धाक थी और आज सूओं की चोंचों से घायल क्षत-विक्षत होकर बेहोशी में लेटा है! जिसकी आँखों में अँधेरा भर गया है! बचकर भाग निकलना तो दूर, हुंकार तक नहीं हुई। मरवण और उसकी सहेलियों के उपचार से कुछ-कुछ स्वस्थ होने लगा है। कभी होश तो कभी वापस बेहोश। अभी-अभी कुछ सोचने के बहाने, ललाट में लकीरें खिंचने लगीं कि दर्द टीस उठा। लकीरें वापस सपाट हो गयीं। जोश के उफान में एक बार फिर होंठ हिलने लगे, ''डेढ़ बरस का हुआ तो माँ गुजर गयी, फिर माँ की तरह सेवा-बन्दगी करने वाली यह कौन है... ?'' मरवण इशारे में मना करे, उस से पहले ही एक सहेली के कण्ठ से छिटक पड़ा, ''खुद मरवण...और कौन... ?''

सर्वथा अविश्वास की बात क्योंकर सुनायी पड़ी। काँपता-सहलाता सवाल होंठों से उछल पड़ा, ''खुद मरवण... ?'' जिसे मैं... ।'' गहरी मूर्छना फिर सर्वत्र छा गयी। साँस लेती लोथ की नाईं लोथ। उपचार करने वाले हाथ अतिशय सतर्कता बरतने लगे। भीमकाय प्रचण्ड देह, निर्बल शिशु की नाईं संज्ञा-विहीन पड़ी थी! तरह-तरह के संयोग और तरह-तरह के परिणाम, कब घटित होते हैं, कौन घटित करता है, अब तक किसी को सही पता नहीं चला। फिर भी मनुष्य को ज्ञान का मुगालता कम नहीं है!

समय तो अपने हिसाब से चलता है। वह न तो किसी का लिहाज रखता है और न किसी से बेरुखी। पल, घड़ी ढलते-ढलते पूरा पखवाड़ा बीत गया। आँखों की ज्योति के अलावा ऊमर एकदम स्वस्थ हो गया। चलने लगा। खुद नहाने लगा। खाने लगा। पीने लगा। वही पहरेदार हाथ पकड़कर घुमाता है। नज़र के अतिरिक्त आँखों में न घाव, न टीस और न कोई निशान। एक बार जाने क्या

सोचकर पहरेदार से पूछा, "क्यों रे भैया, सूरज तो नियत समय पर उसी तरह उदय होता है, उसी तरह अस्त होता है...?"

"इस में क्या सन्देह...! एक क्षण की भूल भी खट सकती है, भला...!"

"हाँ, यह बात तो निश्चित है। जानते-बूझते यों ही पूछ लिया। अब एक बार भी उगते और डूबते सूरज को देख लूँ तो सारे संसार की माया लुटा दूँ उस पर! सोलह गाँवों की जागीर तो एक तिनके बराबर भी नहीं है! पहले न चाँद की परवाह करता था और न सूरज की! उगता है तो उगे, डूबता है तो डूबे! कुदरत का ऐसा ही ढर्रा है! उपले जितनी भी परवाह नहीं करता था। आँखों की जोत बुझने पर चाँदनी और उजाले का महातम समझ में आया! अब तो आँखें हरदम खुली रखूँ तब भी काला स्याह अँधेरा और पलकें मूँदूँ तब भी अथाह अँधेरा! आँखें फूटने पर ही दिखने की ज़रूरत महसूस हुई! अब तो न हथेली दिखती है, न नौ लाख तारे और आकाश ही नज़र आता है! न करील, न खेजड़ी और न नीम! चाँद-सूरज और आकाश तो बड़ी बात, एक बार कीड़ी-मकोड़ा भी जी भर देख लूँ तो मनुष्य की जून सार्थक हो जाये! आस-पास माँ-बहिनों की बोली तो सुनता हूँ, किन्तु अलग-अलग चेहरों की बजाय सपाट अँधेरा! यदि अन्धे की नाईं बहरा भी हो जाता तो इतने दुख की बात नहीं थी। तरह-तरह की झीनी-मीठी वाणी सुनाई पड़ती है, लेकिन सूरत देखने का कोई उपाय नहीं...! क्यों रे भाई, काशी से एक मशहूर वैद्यजी आ रहे थे, उनकी क्या खबर है...?"

"कल दोपहर तक आने की बात सुन रहा हूँ तो ज़रूर आएँगे। हमारे राजा-रानी का कहा, भगवान भी नहीं टाल सकता। वैद्यजी की तारीफ तो बहुत सुनी है। फिर आपका भाग्य...!"

नामजद डकैत ने एक गहरा निश्वास छोड़ते कहा, "मेरे दुर्भाग्य का अब कोई उपाय नहीं है! मन-की-मन में रह जाएगी। एक बार नयी माँ की सूरत तो देख लूँ...!" आगे कुछ कहने के लिए वह जानकर चुप रहा या उसका गला रुँध गया, इसका भेद कौन जाने! अन्धी आँखों से टप-टप आँसू टपकने लगे...।

धनपत जौहरी आधी रात ढलने पर हवेली पहुँचा, तब तक किसे भी उसके आने का पता नहीं चला। राजा पिंगल का घोड़ा इतना समझदार था कि घुड़सवार की मंशा के बिना न तो हिनहिनाता और न ठिकाने पहुँचने पर एक टाप भी फटकारता! पूँछ से मक्खियाँ उड़ाने के अलावा इधर-उधर हिलता तक नहीं। मुख्य दरवाजे का कड़ा खटखटाते ही हवेली की मालकिन ने किवाड़ खोले। चेहरे पर आभा

तो झलकी, मगर घोड़े की हालत देखते ही दासी को जगाने के बाद हालिक को जगाया। हवेली का स्वामी हालिक को लगाम थमाकर निश्चिन्त हो गया। लक्ष्मी ने भोजन के लिए पूछा तो धनपत ने कहा कि खाकर आया है। एक ही पलंग पर साथ सोने के बावजूद शरीर में थकान का पार नहीं था। लेटते ही नींद आ गयी। और न लक्ष्मी का स्वभाव ही ऐसा था कि बार-बार कुछ-न-कुछ पूछताछ करे। और यों भी बात बताने काबिल हो न हो, जौहरी कुछ भी दुराव नहीं रखता था। भोजन की तरह बात पचाने में भी लक्ष्मी का कोई जवाब नहीं था, जैसे पत्थर को कहा हो! पूँगलगढ़ के लिए विदा होते समय भी उसने सच्ची बात ही बतायी। लक्ष्मी ने पहली बार पति को लोभ के निमित्त बुरा काम करने की मनाही की थी। एक बार इशारा करने के बाद वह आगे कुछ भी नहीं कहती थी। दुनिया से एकदम अलग ही उसे औरत का स्वभाव मिला था...!

तब पति ने मुस्कराती वाणी में दृढ़ता के साथ कहा, ''कमाई के निमित्त सब टेढ़े-मेढ़े रास्ते सीधे ही होते हैं। उन में अच्छे-बुरे का कोई प्रश्न ही नहीं उठता। लक्ष्मी ने तो अपने मन की बात दरसाई, मगर जौहरी ने अपने धन्धे का गुर समझाया।

लेकिन दो घड़ी रात रहते जब पति उठ बैठा तो फिर पत्नी से भी सोया नहीं गया। तब बासी मुँह धनपत ने सबसे पहले बात वही बतायी, ''लक्ष्मी! तुझे आसानी से विश्वास नहीं होगा कि पूँगलगढ़ प्रस्थान करते समय जो तूने सीख की बात कही थी, उसे हमेशा के लिए गाँठ बाँध ली कि सपने में भी बुरी कमाई नहीं करूँगा। और अब तुझे पूछकर ही सारी माया सत्कर्मों के लिए ही खर्च करूँगा।'' लक्ष्मी ने तुरन्त जवाब दिया, ''इसके लिए मुझे पूछने की भी जरूरत नहीं। मैं तो पहले भी इस बात के लिए तकरार करती रही हूँ। आज सुमति आयी सो ही बेहतर है! जब जागे तभी सवेरा! आज पोथियाँ बाँचने की मेरी बान सार्थक हुई है...।''

''अभी कहाँ हुई, अब होगी। तू सच थोड़े ही मानेगी कि जिस तरह सूरज की अदृष्ट तपस्या से दुनिया का समस्त अँधेरा लुप्त हो जाता है और जहाँ भी नजर पहुँचे, न पहुँचे, सर्वत्र उजाला जगमगाने लगता है। उसी तरह मरवण के रूप-सौन्दर्य की झलक मिलते ही आँखों के आसरे भीतर दुबका हुआ समूचा अन्धकार नष्ट हो जाता है। मैं पूँगलगढ़ गया तो था अमानुष जून लेकर और वापस लौटा गंगा-सी पुनीत काया धर कर! मैं तो वह मनुष्य ही नहीं रहा! नितान्त दूसरा जन्म लेकर आया हूँ! राजा एवं रानी-माँ से इसी वक़्त मिलना जरूरी है, वरना आज मेरी अपनी गीता, तुझे सुनाता! छोटे-मोटे 'महाभारत' तो ठौर-ठौर

लड़े जाते हैं, लेकिन उन्हीं के अनुरूप अलग-अलग गीताएँ भी रची जाती हैं!'' इतना प्रवचन सुनाकर जौहरी ने एक नयी दृष्टि से पत्नी की ओर देखा तो उसे ऐसा महसूस हुआ कि लक्ष्मी के योग्य वह अब ही सच्चा पति बना है! इतने बरस तो वह जाने किस पति के बहाने भूली हुई थी! एक ही काया के भीतर कई स्वरूप बदलते रहते हैं। पति हो, चाहे पत्नी! पहले तो ऐसी बातें सपने में भी नहीं सूझती थीं! पारस-पत्थर के उनमान मरवण की तरह पारस-काया भी होती होगी। जिसके ज्योति-स्पर्श से भीतर का अन्तस् पूर्णतया सोने का बन जाता है। फिर जाने क्या सोचकर लक्ष्मी के दोनों गालों पर दो चुम्बन जड़कर कहने लगा, ''तू मरवण से कम थोड़े ही है! लेकिन तेरी असली पहचान ही कहाँ हुई? तेरी अनुमति हो तो जाऊँ...? तभी मुझे शान्ति मिलेगी!''

लक्ष्मी ने होंठों की बजाय उस मौके पर आँखों से हामी भरी। और वह अत्यन्त खुशी के साथ हवेली की एक-एक सीढ़ी उतरने लगी। गली के पार ओझल होने के बाद भी कुछ देर तक वह उधर ही देखती रही जैसे उसकी कामना फलीभूत हो रही हो...!

धनपत जौहरी को यह पता था कि राजा-रानी घड़ी-सवा-घड़ी रात रहते उठ जाते हैं। और साल्हकुँअर व मालवणी दो-ढाई घड़ी दिन चढ़े उठते हैं, तब तक राजा-रानी से पूँगलगढ़ की सारी बातें कर लेगा। राजा पिंगल, रानी उमादे, धाय-माँ और मरवण जैसे श्रेष्ठ मानुस सूरज और चाँद दोनों मिलकर भी तलाश करें तो नहीं मिलते! मानो उनकी नस-नस में लहू के साथ-साथ अमृत भी बहता हो! छल-कपट का नाम तक नहीं जानते। और इधर मालवणी छल-छिद्दर की ही पुतली! कोई भी बन्दा किसी भी काम से मिलने आता राजा-रानी की मनाही नहीं थी। तिस पर धनपत जौहरी की बात ही अलग थी। कई बार राज्य के खजाने की मर्यादा रखी थी उसने!

राजा-रानी को सूचना मिलते ही जौहरी को भीतर आने की अनुमति मिल गयी। राजा अपनी प्रजा से न मिले तो किस से मिले? सबसे बेहतर काम तो यही है! तिस पर धनपत जौहरी तो सचमुच बड़े मौके पर आया। बहू को अब तो पा-लागन और आशीष के निमित्त बहुमूल्य आभूषण देने ही होंगे। अब तक रोष किया, वही बहुत है! इकलौते राजकुँअर की युवरानी का दुलार तो रखना ही होगा। उम्र-भर उदासीनता थोड़े ही निभ सकती है! धनपत जौहरी से वेशकीमती हार लेने ही पड़ेंगे। उपेक्षा और आत्मीयता का परस्पर बैर है। इस तरह दूरी रखने पर और अनदेखी करने पर मरवण के शुभागमन की तो मन में ही रह जाएगी! उसके अभाव में समूचा राजमहल सूना-सूना रह जाएगा। रूप-यौवन के मद में

फिलहाल दोनों ही आत्म-विस्मृति में डूबे हुए हैं! अन्तत: माँ-बाप को तो अपनी गरिमा रखनी ही होगी! बाल्य-विवाह के सम्बन्ध में राजा-रानी का कसूर भी कम नहीं है। पोकरजी की यात्रा के बाद ढोला को विस्तार से सारी बातें बतानी तो चाहिए थीं, फिर वह किसी भी सूरत में दूसरी शादी के बारे में सोचता तक नहीं। सुनते हैं, कि मरवण बहुत समझदार है, धीमे स्वभाव की है। जैसा मीठा नाम, वैसा ही मीठा स्वभाव! राजा-रानी के पावन चेहरों की झलक मिलते ही धनपत जौहरी की आँखें पहले तो भर आयीं, फिर आँसू ढलकने लगे। भीतर घुटन महसूस हुई तो वह ज़ार-ज़ार रोने लगा सो कोहनियों तक हाथ जोड़े लगातार रोता रहा। जौहरी की ऐसी अचीती हालत देखकर राजा-रानी, बेहद घबरा गये। रानी से धीरज नहीं रखा गया तो विदग्ध सुर में पूछा, "बात क्या हुई...आखिर तो बताने से ही पता चलेगा। तेरी हवेली में तो सब राजी-खुशी हैं...?"

जौहरी की तो जीभ ही नहीं उथली। जैसे लकवा मार गया हो! तब राजा का धीरज ढह पड़ा। उसकी सूरत को सहलाते लाड़ से पूछा, "क्या व्यापार में बेहद घाटा लग गया या हवेली में बड़ी चोरी हो गयी या डकैतों ने सब-कुछ लूट लिया? अभी सैनिकों को पीछा करने के लिए भेजता हूँ। आज पहली बार तुझे इस तरह रोते देखा। ज़रूर कोई बड़ा हादास हुआ होगा। बता...जल्दी बता...!"

कुछ देर तक जौहरी बच्चे की नाईं गमछे से आँसू पोंछता रहा। फिर बड़ी मुश्किल से कहने लगा, "मैं राज और राम दोनों का भारी कसूरवार हूँ, पहले पर्याप्त दण्ड दिलवाएँ तो शायद कुछ बता सकूँ! सचमुच, मुझे सूली की सजा मिले तब भी कम है! पहले सूली चढ़ाने का आदेश फरमाएँ तो अपना कसूर बताऊँ...!"

राजा-रानी दोनों उदास हो गये कि किसी अचीते सदमे से जौहरी का दिमाग चकरा गया लगता है, तभी उसे बोलने की ही सुधि नहीं रही। रानी उसे दिलासा देते कहने लगी, "नि:शंक बता, तुझे डरने की कतई ज़रूरत नहीं है। हमारा दिमाग़ तो अभी ठिकाने है, सारी बात सुने बिना क्योंकर आदेश कर दें...!"

"मैंने अपराध ही ऐसा किया है, फिर आपके अलावा और कौन आदेश करेगा...?"

"बावरा तो नहीं हो गया?" आखिर राजा भी धीरज खो बैठा। झुँझलाते बोला, "तेरे कहने से क्या होता है...? पहले तेरा कसूर तो सुन लें, फिर उसी वक़्त खरा न्याय कर देंगे। अब तू पहेलियाँ मत बूझ। हमारे अन्तस् में हाहाकार मचा है...!"

अब कहीं जौहरी का मन स्थिर हुआ। शुरुआत से लेकर विदाई तक वह

ब्यौरेवार समाचार सुनाता रहा, तब तक राजा-रानी ने पलकें तक नहीं टमकारीं। जैसे खुली आँखों से सपना देख रहे हों! और बोलते समय जौहरी को ऐसा महसूस हुआ, मानो जागते हुए प्रलाप कर रहा हो। किसी अन्य चेतना का तो किसे भी आभास नहीं था। काठ की पुतली जैसे अपनी चेतना के बावजूद सारा वृत्तान्त सुन रही हो और सामने बैठी पाषाण मूरतें किसी इतिवृत्त का आखर-आखर सुन रही हों। कानों में निरन्तर बहता हुआ अमृत रोम-रोम में घुलने लगा। जब सब-कुछ बताने के उपरान्त वह चुप हुआ, तब भी उसे लग रहा था कि वह बराबर बोलता जा रहा है और दूसरी तरफ राजा-रानी को भी ऐसा महसूस हुआ कि वे निर्बाध जौहरी की वाणी सुनते ही जा रहे हैं! बोलने-सुनने की सार्थकता इसी प्रकार प्रकट होती है...!

कुछ देर तक तीनों मूरतें अबोली बैठी रहीं। जाने कितना समय बीता कि नहीं बीता, किसे भी सुधि नहीं थी। अचानक राजा की तन्द्रा टूटी। चौंककर पूछा, "यह बात अच्छी तरह जान लेने के बाद कि तू तेजाब उछाल कर उसे अन्धी और बदसूरत करना चाहता था, उसने उलटे तुम्हारा उपचार किया, अपने हाथों से सेवा की? तुझे हथेली के फोड़े की तरह रखा! राजा-रानी, धाय-माँ, सभी सहेलियाँ और स्वयं मरवण को भी यह जानकारी थी कि तू क्या अपराध करने आया है, फिर भी उन सबके चेहरों पर तनिक भी तनाव नज़र नहीं आया, यह सच बात है कि सपना ? तू लाख बार भी कहे, तब भी हमें भरोसा नहीं होगा! मनुष्यों की दुनिया में ऐसी अकल्पनीय बात जहाँ से उठी, एकदम झूठ है, सफाचट झूठ है! कहीं यह तेरी नयी चाल तो नहीं है...? मनुष्य के जाये-जन्मे हैं, विश्वास करें भी तो कैसे ? और वे सभी भी मनुष्य की औलाद हैं...मनुष्य की...!"

धनपत जौहरी भी असमंजस में पड़ गया कि निखालिस सच्ची बात को कब तक सहारा देकर खड़ी रखे! लोगों को झूठी बात पर कितनी जल्दी विश्वास हो जाता है और सच्ची बात कितनी मुश्किल से समझ में आती है! पहले से भी अधिक पुरजोर लहजे में कहने लगा, "स्वयं की नज़रों से प्रत्यक्ष देखी-बरती सच्चाई शायद आसानी से न कही जाती हो, फिर भी इस में राई बराबर भी झूठ नहीं है, आप मानेंगे मेरी यह बात...?"

"मानेंगे रे जौहरी, हजार बार मानेंगे...! स्वयं को पुख्ता विश्वास दिलवाने की खातिर तुझ पर अविश्वास किया! तू तो आज की बात कह रहा है, हमें तो मरवण की बाल-सूरत देखकर ही यह विश्वास हो गया था कि किस ऊँचाई तक पहुँचेगी! तभी तो उसके लिए छटपटा रहे हैं।" दमेती रानी थोड़ी देर ठहर कर कहने लगी, "पर एक बात बिना मसाले लगाये साफ-साफ बताना...क्या उमादे

रानी को मरवण की बजाय मालवणी की अधिक चिन्ता है! उन्हें मेरी चिन्ता है! राजाजी की चिन्ता है! ऐसी खामख़याली पर भरोसा करने वाली दुनिया है कहाँ...? तुझे मरवण की कसम हमें सच बात ही बताना! किसी मिथ्या आस के सहारे जीने की अब हम में शक्ति बची नहीं है रे धनपत...!''

धनपत जौहरी नगीनों का ऊँचा पारखी था। और सामने बैठे बेजोड़े रत्नों की भी उसे सही परख थी। मुस्कराते कहने लगा, ''आपकी ठोकरें खाया हुआ हूँ! यदि मैं सरासर झूठ बात कहता तो आपको तुरन्त विश्वास हो जाता। सच्ची बात पर ही हर व्यक्ति को शंका होती है! यदि शंका न हो तो वह सच ही क्या ? पंछी-जानवरों की दुनिया में सच-झूठ का झंझट नहीं होता। मनुष्यों की दुनिया के अलावा सच-झूठ का मसला किसी लोक में नहीं है। इन्द्र-धनुष की तरह मनुष्यों की दुनिया में सच-झूठ में अनेक रंग होते हैं! मरवण के मन का पहला और अन्तिम सच आपके सिवाय और कौन जानता है...?''

..............................................................................................

''मैं जानती हूँ और मेरे प्राणेश्वर जानते हैं...!'' इस ऐलान के साथ ही मालवणी और साल्हकुँअर वातचक्र की नाईं राजा-रानी के रंग-महल में घुसे, मानो किसी अनहोने सच की चपेट में फँसे हों! मालवणी के कण्ठ से मन्द-मन्द शंख-ध्वनि सुनायी पड़ रही थी, ''धनपत जौहरी! तेरा सच ज़ल्द ही बासी पड़ गया! आज चाँदनी तेरस की रात कबीर ने ऊमर-सूमरा के जो अचीते समाचार सुनाये, उन पर हमारी बजाय माँ और जीसा को पहले अटूट विश्वास होगा! मुझे ही कुमति सूझी कि मरवण का हरण करने या मारने की खातिर उसे पूँगलगढ़ भेजा! सोलह गाँवों की जागीर तो सुग्गों के हमले में जाने कहाँ गुम हो गयी और अभागा डकैत तोतों की तीखी चोचों के अचीते प्रहारों से अपनी आँखें खो बैठा! ठौर-ठौर क्षत-विक्षत होकर लुढ़क पड़ा। मरवण और उसकी सहेलियों के अथक उपचार से बच गया सो गनीमत है। धनपत जौहरी का बौना सच तो ऊमर-सूमरा की विराट सच्चाई के सामने एकदम अकिंचन है। यह रामायण बहुत बड़ी है। आपके आदेश होने पर दस बार सुना दूँगी। मगर अभी एक क्षण की देर भी मेरे लिए असह्य है! सोलह घोड़ों का रथ जुतवाकर किरणों के उनमान पूँगलगढ़ पधारिए, वरना दोनों ही सर पछाड़-पछाड़ कर प्राण त्याग देंगे...।'' किसी अदृष्ट टोने-टोटके में फँसे दम्पती ने पाँव पकड़ कर सिर्फ एक बार ही इस कदर सर पछाड़ा कि माँ-बाप का कलेजा चूर-चूर हो गया। अदेर बाँहे पकड़ कर खड़ा किया, जैसे उन में तीन-तीन हाथियों का बल समा गया हो। खड़े होते ही ढोला ने राजा

को गलबहियों में जकड़ लिया और मालवणी रानी के गले में झूल कर ज़ार-ज़ार रोने लगी। रुँधे स्वर में कहने लगी, ''अभी चलो माँ, मरवण से मिले बिना मेरा साँस ही निकल जाएगा। बातों के लिए सारी उम्र पड़ी है, नित्य सुनाऊँगी। सुग्गे कबीर के साथ मेरे प्राण तो पूँगलगढ़ पहुँच चुके हैं। देर होने पर प्राण और शरीर अलग-थलग हो जाएँगे। यही हाल आपके लाड़-कुँअर का है। पूछताछ के लिए बाद में वक़्त-ही-वक़्त है—अभी तो उड़ने जैसा उपाय कीजिए। आप दोनों के विश्वास पर सोलह घोड़ों का रथ जोतने की हिदायत देकर आयी हूँ। अपराध नहीं करने पर आप किसे क्षमा करते...!''

राज-दरबार के चौक सोलहे घोड़ों की हिनहिनाहट के बहाने प्रतिध्वनि लगातार गूँजने लगी तो रानी को चेत हुआ। मालवणी की ओर ममतामयी दीठ छलकाते कहने लगी, ''बिटिया! पूँगलगढ़ के उमराव कितने सादे और उजले होते हुए भी कितने पूज्य और कितने श्रेष्ठ हैं, उन्हें घोड़ों के रथों का क्या बड़प्पन दिखलाएँ। तू माने तो अपनी मंशा दरसाऊँ...!''

मालवणी पर मानो कई गाड़ियों का बोझ उलट गया हो! परन्तु उस ढेर का वजन फूलों की नाईं हलका था। जिस से उसके चेहरे पर लाज की झाँईं घुल गयी। मीठी वाणी में बोली, ''अब आपका आदेश मानने के अलावा मेरा कोई दूसरा धर्म नहीं है! कबीर के उनमान पाँखें होतीं तो उसी के संग उड़ जाती! पाँखें न होने का कितना दुख हुआ मुझे! बैलगाड़ियों की बजाय पूँगलगढ़ पैदल चलने को तैयार हूँ। मगर मरवण से मिलने की उमंग में मेरी नस-नस फड़क रही है! जितनी जल्दी पहुँचूँ, मेरा सौभाग्य...!''

माँ की बाहरी काया पर पाँखें न होकर, उसके हृदय से सदैव पाँखें जुड़ी रहती हैं! मालवणी के जवाब में रानी-माँ ने जौहरी को जोर से आवाज़ देकर कहा, ''धनपत, दो-दो घोड़ों के सोलह रथ जल्दी-से-जल्दी जुतवा...।''

नरवर गढ़ के क्षितिज पर आज सूरज के उगने का उल्लास भी कम नहीं था! और इधर रथ के यात्रियों के मन में भी उत्साह की तरंगें कम नहीं थीं! साल्हकुँअर के शिकारी मित्र पाँच रथों में तुरताफुरत बैठ गये। एक रथ में साल्हकुँअर जीसा के साथ बैठ गया, जैसे उड़न-खटोला हाथ लगा हो! एक रथ में धनपत जौहरी और उसकी पत्नी लक्ष्मी। रानी दमेती मालवणी की बाँह पकड़कर अपने रथ की ओर तेज़ी से रवाना हुई। दोनों के दिल में हर्ष-उछाह का पार नहीं था। शेष आठ रथों में मालवणी की सोलह बाँदियाँ, जिन पर वह हरदम नाराज रहती

थी। जब कभी मालवणी रूप-यौवन के अहंकार-वश उन्हें ग़ैर-वाज़िब आदेश करती तो वे रूबरू निशंक मना कर देतीं। सही काम बताती तो फटाफट कर देतीं। मालवणी सजा दे-देकर हार थकी किन्तु वे नही झुकीं सो नहीं झुकीं! आज वह उन पर बेहद खुश थी! पहले की मरजीदान दासियाँ दूर खड़ी ललचा रही थीं, लेकिन मालवणी ने उनकी तनिक भी परवाह नहीं की। मालवणी के मन की तासीर बदलने के साथ उसकी पसन्द भी बदल गयी थी...!

सूरज ने काफी छटपटाहट की परन्तु उसकी इच्छा पूरी नहीं हुई। वह तरसता रहा और नरवर गढ़ के उम्दा घोड़े और रथ उसकी परवाह किये बिना ही रवाना हो गये! सब से आगे रानी और मालवणी का रथ। बाईं तरफ धनपत और लक्ष्मी का, उसके पास दो बाँदियों का। दाहिनी बाजू राजा और साल्हकुँअर का। चार-चार रथ साथ चल सकें उतना चौड़ा मार्ग। मालवणी की बाड़ी के पास आते ही गाछ-बिरछों पर बैठे पाखी इधर-उधर उड़े। अलग-अलग कलरव के बहाने मानो स्वागत किया हो!

काफी देर तक दासियों के अलावा किसी ने भी परस्पर बातचीत नहीं की। हर व्यक्ति अपने-आप से संवाद कर रहा था! ऐसी अमोलक घड़ियाँ बड़ी मुश्किल से हाथ लगती हैं! रानी-माँ को मालवणी का चेहरा कुछ उदास-उदास नज़र आया तो दुलार के स्वर में कहा, "बिटिया, सोना आँच लगने पर निखरता है...।...वरना मरवण की समझ और उसके गुणों की पहचान क्योंकर होती...?" मालवणी की अवश हँसी बीच में ही छूट गयी। जिस में हर्ष-उछाह की ठौर दुख और सन्ताप काफी था। नीची नज़र करके बोली, "माँ, आपकी समझ की मैं बराबरी नहीं कर सकती, फिर भी मैं एकदम अबोध नहीं हूँ। यदि मेरे पासे ठीक पड़ जाते तो निखरने की बजाय पूरा सोना ही भस्म हो जाता! पहले तो खुश होकर अहंकार के वशीभूत मैंने वे षड़यन्त्र रचे। उन्हें पार पटकने के लिए वैसे दुष्टों की खोज-बीन की। जाने किसके पुण्य से मरवण की देह पर खरोंच भी नहीं उघड़ी! लेकिन उन दुष्ट दुश्मनों के उपचार-इलाज़ की बातें सुनकर अपनी ही कोख से मेरा नया जन्म हुआ! अब मेरे पछतावे का पार नहीं है। जोश-जोश में रवाना तो हो गयी, परन्तु मरवण को मुँह दिखाने की बजाय मरना बेहतर है! माँ, मुझे एक बार तो पूछना था कि मैंने ऐसा अपराध क्यों किया...? ऐसी कुमति मुझे क्यों सूझी...?"

दमेती रानी दुलार भरे सुर में आश्वस्त करने लगी, "मगर बिटिया, अब पुराना घाव कुरेदने का कुछ भी अर्थ नहीं है—जब कि तेरी, मेरी और साल्हकुँअर की मंशा से भी सहस्र गुना मामला सुधर गया! ऐसा मनचीता सपना किसे भी आ जाय तो मनुष्य की जून सार्थक हो उठे! समझ ले बिटिया एक बुरा सपना

आया था और वह जस-तस ठिकाने लगा! उसे याद रखने की बजाय भूलना बेहतर है...! स्मृति की अपेक्षा विस्मृति का महातम भी कम नहीं होता बिटिया...!''

मालवणी ने एक बच्चे की नाईं हठ करते प्रतिवाद किया, ''नहीं माँ, लाख उपाय करने पर भी मैं इसे भूल नहीं सकती। केवल मेरे धूर्त स्वभाव की वजह से ही दोनों सुखी परिवारों को यह दुस्वप्न देखना पड़ा। मुझ जैसी अधम, बर्बर स्त्री दुनिया में भी नहीं होगी! माँ, सचमुच साल्हकुँअर की प्रीत में एक कण जितने भी हिस्से का ध्यान आते ही मुझ में पिशाच-वृत्ति जागृत हो जाती, जिसकी तुष्टि के लिए मैं एक मरवण की बजाय बीस मरवणों का नाम ही मिटा डालती! यदि मरवण में अंशमात्र भी मुझ जैसी हीन प्रकृति होती तो मेरी जीत सुनिश्चित थी! लेकिन उसने मात्र फूल की पाँखुड़ी से मेरी जहर-बुझी तलवार के टुकड़े-टुकड़े कर दिये! जिसका गर्व भी मुझे कम नहीं है! अन्ततः उसे जीतना ही था, परन्तु मेरी हार भी उसकी जीत से कम नहीं है! फिर उसे मुँह दिखाने की हिम्मत किस लोक से जुटाऊँ माँ?''

.............................................................................................................

किसी अबोली आशिष के बहाने माँ उसका सर सहलाते कहने लगी, ''बिटिया, उस लोक को कहीं भी अन्यत्र तलाशने की दरकार नहीं है, वह लोक तेरे भीतर ही बसा हुआ है! जिसकी खोज मुझे और तुझे आज ही हुई है! जी-जान से उसका संरक्षण कर बिटिया...जी जान से!!''

*॥ 17 दिसम्बर, 2006, रविवार*
*पौष बदी बारस वि.सं.2063 ॥*

# 5

# दासी की दास्तान

**॥ राजस्थान में प्रचलित उमादे-भारमली की प्रेम-कथा ॥**

सर्दी के मौसम में उगते सूरज की रंगत के उनमान जैसलमेर का गढ़, जैसे सोने की टेकरी हो। रोहीड़े की लकड़ी के समान वहाँ का पीला पत्थर मठायी व खुदायी के निमित्त बेहद मुफीद है। कारीगर तो मुँह से बोलते हैं, सो बोलते ही हैं, मगर उनके हाथों घड़े पत्थर भी बोलते हैं! कारीगरी देखकर हर किसी के होंठों से प्रशंसा की बौछार होने लगती है। मनुष्य चाहे तो कैसा भी मुश्किल काम आसान हो जाता है। पसीने के साथ-साथ जब मन का जामन लगे तो कला जीवन्त हो उठती है! फिर भी मनुष्य की कारीगरी कुदरत की कला के पासंग बराबर भी नहीं है! जब गढ़ के सुहाने चौक में कुदरत की कला के दो फूल पाँवों पर चलते तो उन्हें निहारने के लिए सूरज को बहुत ऊँचे चढ़कर तपस्या करनी पड़ती, तब कहीं उनकी झाँकी सम्भव हो पाती! एक फूल का नाम उमादे और दूसरी का नाम भारमली। राजकुँअरी आठ बरस की और भारमली सात बरस की। सगी बहनों की नाईं दोनों में अटूट स्नेह। असीम अनुराग। साथ खेलती हैं। साथ कूद-फाँद करती हैं। साथ खाती हैं। साथ सोती हैं और साथ ही नहाती हैं। साथ ही हँसती-मुस्कराती हैं। शायद सपने भी एक साथ देखती हैं। उनके नेह की नजर न लगे सो देखते ही थुथकी शुरू हो जाती है...!

एक बार रानीजी की बड़ी मौसी दशहरे का उत्सव देखने जैसलमेर आयी। हमेशा की तरह दोनों बालायें साथ खाने बैठीं तो मौसी को उनका वह असंगत अनुराग बहुत बुरा लगा। लपककर भारमली की मरमरी बाँह पकड़ी और उसे दूर कर दी। गुस्से में बड़बड़ाती कहने लगी, ''गलियारे से उठायी अवैध बच्ची राजकुँअरी के साथ खाये, मुझे बिल्कुल पसन्द नहीं! पहले अपने माँ-बाप की पड़ताल कर, फिर तेरा मुँह बताना!'' भारमली से पहले उमादे स्तब्ध रह गयी!

उसे रोते देखकर भारमली मूर्छित हो गयी। आँगन पर लुढ़कर ही टाँगें फेंकने लगी और जोर-जोर से रो पड़ी। रानीजी के कानों में बच्ची के रोने की भनक पड़ी और तो वे दौड़ी आयीं। आँखों से सारा तमाशा देखते ही उनसे सही बात छिपी नहीं रही। मौसी की तरफ देखकर बोलीं, "अबोध बच्चों की समझ-बूझ ही अलग होती है। बड़ी होने पर अपने-आप समझ जाएँगी।"

मौसी तो भरी बैठी थी। गुस्सा तो उनके पल्लू में ही बँधा रहता था! उन्हें फ़टकारते कहने लगीं, "बच्चे हों चाहे बड़े, जात-पाँत तो नहीं बदल सकती। मैंने पहले ही कहा था, जिसके पैदा होने पर जब माँ ने ही छोड़ दी, उसका पालन-पोषण अधर्म है! लेकिन तूने तो सगी बेटी की तरह इसका लाड़ रखा, छाती से चिपकायी। यह नतीजा तो होना ही था। बूढ़े-बडेरों की सीख कभी गलत नहीं होती...।"

"लेकिन मौसीजी मैं किसी की गोद से तो छीनकर नहीं लायी!" रानी ने अपनी मजबूरी दरसाते कहा, "राजा कर्ण की वेला गढ़ के दरवाजे पर कोई बच्चा रोता सुनायी पड़े तो माँ के जी को क्योंकर तसल्ली हो सकती है...?"

मौसी का रंग-ढंग ही निराला था! किसी को समझाएँ तो वे समझाएँ, उन्हें समझाने वाला कौन? अविलम्ब ब्रह्म-सत्य का सहारा लेकर निरर्थक बकवास पर विराम जड़ दिया, "तेरे बिछाये काँटे, तेरे ही पाँवों में गड़ेंगे! जिसका जन्म अकारथ, उसका जीवन भी अकारथ! पत्थर उछालकर सर नीचे रखेगी तो तेरे ही घाव पड़ेगा!"

राज्य की दासियाँ मौसीजी का स्वभाव अच्छी तरह जानती थीं। उनकी डाँट फटकार अनसुनी करके दोनों बच्चियों को बहलाकर अपने साथ ले गयीं। चुँदड़ियों के पल्लुओं से उनके आँसू पोंछे। लाड़ किया। मगर बच्चा तो रूठने पर किसी की भी नहीं मानता! तिस पर वे तो राज-घराने की बच्चियाँ थीं। एक दासी झटपट दो थाल परोसकर लायी। दो बाजोटियों पर अलग-अलग थाल धरे। जीमने की मनुहार की तो उमादे ने गुस्से में कहा, "भारमली के साथ बिना एक कौर भी नहीं लूँगी!" उमादे ने मना किया तो भारमली ने भी मना कर दिया। तब उन्हें समझाना जरूरी हो गया। एक सयानी दासी उन्हें आमने-सामने बिठाकर आँखों देखी बात शुरुआत से बताने लगी, मानो कोई लोक-कथा सुना रही हो, "सातेक बरस पहले, होली के तीसरे दिन पहरेदार मानसिंह ने बड़बड़ाते हुए, कपड़ों में लिपटी एक अधमरी बच्ची मेरी गोद में सौंपी। काफी देर तक रोने से उसका सुकोमल गला ही बैठ गया था! रोना चाहने पर भी वह रो नहीं सकी। माँ के दिल का दर्द माँ ही जानती है! उसकी छाती वज्र जैसी कठोर तो नहीं होती, लेकिन मौका आने पर उसे वज्र से भी कठोर होना पड़ता है! अँधेरे के आसरे

गढ़ की शरण में छोड़कर वह तो अपनी राह ढली। क्या पता—मौत की राह या जीवन की राह? मेरे खयाल से उसने मौत की राह ही धमाक दी होगी। लेकिन हमारी रानी-माँ ने उस अनाथ बच्ची को अपनी छाती से चिपकाया। अपनी ही कोख से जन्मी बच्ची की नाईं उसका पालन-पोषण किया। और आज वह राजकुँअरी उमादे के साथ जीमने का हठ कर रही है! हम तो सभी राज की दासियाँ हैं। रावलजी से भी डरना पड़ता है, मौसीजी से भी डरना पड़ता है। मगर वे तो मेहमान हैं। कल या परसों ससुराल चली जाएँगी। मगर कुँअरजी और कुँअरानीजी तो यहीं बिराजेंगे। हमें तो उनका भी मान रखना पड़ता है। तुम दोनों तो अभी बच्चियाँ हो, फिर भी तुम्हारा कहना भी टाल नहीं सकती। और यह भारमली हमारे बाईसा की सहेली है, इसका भी कायदा रखना पड़ता है...।'' फिर उस दासी ने उमादे से पूछा, ''अब हम करें तो क्या करें, आप ही बताइये...।''

दोनों बच्चियों ने केसर दासी के मुँह से बात तो एक ही सुनी, मगर उमादे कितनी समझी, न समझी, वह उमादे जाने और भारमली कितनी समझी, वह भारमली जाने। बड़ी दासियाँ जिसका कुछ भी आकलन नहीं कर सकीं। उमादे ने सोचा कि केसर आगे भी कुछ और बतायेगी, लेकिन वह तो इतना ही कहकर चुप हो गयी। अब कुछ कहना-सुनना तो उनके ही पाले में था। गहरा विचार करे जैसी बात नहीं थी। उमादे, भारमली के पास सरक आयी। फिर केसर की ओर देखकर कहने लगी, ''मुझे तो आज ही सही बात का पता चला कि रामजी ने बहुत खुश होकर भारमली को मेरे लिए यहाँ भेजा! वह मेरी सहेली है। मैं उसके साथ खेलूँगी, खाऊँगी और सोऊँगी। इस में किसी की पंचायती नहीं चल सकती!'' केसर को उमादे से ऐसे जवाब की आशा नहीं थी! वह मन-ही-मन बहुत खुश हुई। तब दूसरी दासी दाखाँ भारमली के सामने देखने लगी तो उसने अटकते-अटकते कहा, ''माँ मुझे छोड़कर गयी तो उसकी मरजी। मुझे अपने पिता के पास भेज दो, वे बड़े प्यार से रखेंगे...!''

उमादे भी बच्ची थी। उसे एकबरागी तो सहेली की बात अच्छी नहीं लगी किन्तु दूसरे ही पल उसकी नाराजगी मिट गयी। फिर भी डरते-डरते कहा, ''अभी भारमली के पिताजी का पता लगाओ, मैं साथ चलकर उन्हें सौंप दूँगी! तब तक यह मेरे पास ही रहेगी...।''

उनके पास खड़ी सभी दासियों ने उनके बोल स्पष्ट सुने, अच्छी तरह समझे, फिर भी उन्हें देने योग्य उचित जवाब नहीं सूझा। बच्चों की मामूली बात सुनकर वे समझदार दासियाँ धर्मसंकट में फँस गयीं। तब उमादे ने अपने थाल के सामने बैठकर कहा, ''पिताजी का पता न लगे तब तक हम उनकी बाट जोहेंगे। मुझे भूख लगी है तो तुझे भी लगी होगी! इधर आजा, हम साथ बैठकर खायेंगे।''

बच्ची होने पर भी भारमली का मन कसैला हो गया था! पहले वाला स्नेह जाने किधर गुम हो गया! दूसरी बात नहीं उपजी तो अपने पास रखे बाजोटिये तक सरक आयी। फिर बुझी-बुझी मुस्कान के साथ बोली, "तू मेरे साथ बैठकर जीम ले। मुझे भूख लगी है तो तुझे भी लगी होगी!" उमादे का मन वापस मिल गया था। पहले से भी अधिक उछाह से वह भारमली के पास बैठ गयी।

तत्पश्चात् वही दिनचर्या आगे भी चलती रही। पहले भारमली उमादे के साथ बैठकर खाती थी। अब उमादे भारमली के साथ बैठकर खाने लगी! बच्चों का मनमुटाव दूर होने में यह देर लगी! मगर मौसीजी का रूठना और उनका गुस्सा किसी के समझाने पर भी ठिकाने नहीं लगा तो दूसरे दिन ही ससुराल रवाना हो गयीं। और रावल लूणकरणजी के गढ़ में दोनों बच्चियों का नेह दिन-ब-दिन बढ़ता रहा। तब से भारमली की ठौर उमादे हर बात में अगुआनी करने लगी। भारमली के बिना किसी भी काम में उसका मन नहीं लगता था। लेकिन मौसीजी के अचीते बरताव से भारमली के हृदय में एक ऐसा भुरट चुभने लगा कि कभी-कभार एकान्त में सोचने की इच्छा होती। पिताजी के समाचार की आशा रखते-रखते उनका सुराग कभी नहीं लगा। धीरे-धीरे वह आशा भी जाने किस अन्धकार या उजाले में लुप्त हो गयी, कुछ पता नहीं चला! माँ को तो वाकई सब-कुछ पता होगा, मगर हौले-हौले यह बात उसके दिल में पैठने लगी थी।

कोख के भीतर जच्चा-बच्चा की जुड़ी नाल से नौ या दस महीने तक सन्तान की देह बढ़ती है, मगर पाँखों के बाहर आने और नाल कटने पर ही शिशु स्वतन्त्र होकर आपा सँभालने लगता है। उसकी काया पलपल बढ़ने लगती है। लेकिन वक्त के साथ जुड़ी नाल आजीवन नहीं कटती। नाल नहीं छूटे तब तक ही साँस है, जीवन है! मगर समय से जुड़ी नाल छूटते ही चारों दिशाओं में मौत का अथाह अँधियारा छा जाता है! जीती-जागती देह मिट्टी समान मिट्टी! इच्छा के उपरान्त जिस-किसी को भी दाग देना पड़ता है। सो उमादे और भारमली का रूप-स्वरूप वक्त की नाल से जुड़ा क्षण-क्षण बढ़ने लगा।

दोनों सहेलियों में सगी बहिनों से भी ज्यादा स्नेह एवं प्यार था। उमादे का सपना—भारमली और भारमली का सपना—उमादे। मौसीजी की फटकार समय के साथ-साथ मिटने लगी। गढ़ की अन्य दासियों को दोनों का अटूट लाड़-दुलार देखकर मन-ही-मन ईर्ष्या के कुप्रभाव से भारमली के अन्तस् में ऐसा इल्म होने लगा कि उमादे राजकुँअरी है और वह उसकी सबसे निकट सहेली है। उमादे भीतर-ही-भीतर बेहद चेष्टा करती कि उसकी निर्मल पावन प्रेम या स्नेह भारमली को

बिल्कुल ही उसकी मेहरबानी महसूस न हो! लेकिन जब-तब भारमली के अजाने ही इस भेद की चुभन होती, उसका रोम-रोम सिहर उठता। तब उसे कुदरत की कैसी भी सोहनी छवि बुरी लगती, मानो चन्द्रमा की चाँदनी उसे नोच रही हो! कली-कली पर खिले रंग-सुरंगे फूल उसका मखौल उड़ा रहे हों! उसका उत्कट उत्साह होने पर जब-कभी विभेद का दंश मिटता, तब कुदरत से एक-चित्त होने के लिए उसका मन हुलसता। बरखा की बूँद-बूँद के लिए उसकी रग-रग नाच उठती। तब उसे लगता कि वह उमादे से ज्यादा खूबसूरत है और जिस क्षण विभेद की असह्य टीस उठती तब ऐसा महसूस होता कि उमादे उससे बहुत-बहुत सुन्दर है। ईर्ष्या का नाग अन्तस् की बाँबी में फुफकारे बिना नहीं रहता। उमादे के लिए भारमली के हृदय में दोहरे मापदण्ड का चक्कर चलने लगता। उमादे के लिए उसके अनुराग का भी पार नहीं था और फुफकारती डाह का भी कोई अन्त ही! भारमली की अनुरक्त भावना का पुख्ता आभास होने पर उमादे को लगता कि हर्ष-उछाह के झूले पर वह नौलाख तारों के बीच झूल रही है! और इसके विपरीत ईर्ष्या का लाल-सुर्ख दाग लगते ही उसके नस-नस में लहू उबलने लगता! फिर भी उनके बाहर झलकते दुलार की बुनावट कहीं भी उघड़ती दिखलाई नहीं पड़ती। मौसीजी तो रूठ-राठकर ससुराल चली गयीं, लेकिन वे जिस साँच की कालिख गढ़ की हवा में फैला गये, वह जाने-अजाने सभी के हृदय में घुल गयी थी कि न भारमली की माँ का अता-पता और न बाप का। वह एकान्त रहस्य में जन्मी हुई है! लेकिन उसके रंग-रूप, उसकी देह-यष्टि की आभा और उसका निर्मल स्वभाव देखते ही पता चल जाता है कि वह निश्चित् रूप से ऊँचे कुल में उत्पन्न हुई है। हलकी-फुलकी जात-बिरादरी में तो ऐसे अमूल्य रत्न का सपना भी कहाँ नसीब है? लेकिन विश्वस्त जानकारी न होने पर तो सब-कुछ गड़बड़झाला ही है! बिना माँ-बाप की बच्ची के लिए इस से बड़े दुर्भाग्य की बात क्या हो सकती है! सब जानते-बूझते कि इस में निराश्रित-निरीह बच्ची का क्या दोष? यदि वह बच्ची रो-रोकर मर जाती तो उसका कुछ भी कसूर नहीं था, पर उसका सुरक्षित जीवन तो इतना बड़ा कलंक हो गया कि सूरज के उजालने पर भी नहीं मिट सकता! किन्तु समय की अबाध छत्र-छाया के निमित्त उमादे और भारमली में कोई अन्तर नहीं था। वे दोनों ही समान रूप से दुलारी थीं। जैसे एक ही डाली के दो सुरंगे फूल हों! जिनकी खुशबू एक-दूसरे से बढ़कर। एक फूल को तोड़ना या सूँघना तो असम्भव-सा सपना था, ।कन्तु दूसरे फूल को रौंदने की खातिर जो भी देखता, उसकी आँखों में मैल नजर आता! लेकिन आसानी से किसी की भी हिम्मत नहीं होती थी, रावलजी के नाम का डंका पूरे रजवाड़े में गूँजता था! गढ़ का ऐसा ही दबदबा था कि जिसके इशारे

पर गुप्त सपने भी सिहरने लगते थे। उमादे का तेज स्वभाव किसी से भी छिपा नहीं था। दूसरों की आँखों में विभेद की हरदम झलक दिखने की वजह से उमादे के मन में भारमली के प्रति नेह की सीमा नहीं थी।

एक बार ऐसा दुर्योग घटित हुआ कि 'ओरी' की बीमारी के कारण भारमली एकदम उदास-उदास नजर आयी। मुँह और हाथों पर उघड़े नन्हें-नन्हें दाने उभर आये। हलका-हलका बुखार भी चढ़ने लगा। सयानी दासियों की फुसफुसाहट सुनते ही उमादे सारा माजरा तुरन्त समझ गयी। भारमली को ढाढ़स बँधाती हुई खसखस की पंखी से धीमे-धीमे बयार करने लगी। लेकिन भारमली कच्चे दिल की नहीं थी। सहेली को घबराते देखकर जबरदस्ती मुस्कराने की चेष्टा करती हुई उससे हमेशा की तरह बातचीत करने लगी। रानी-माँ पास आकर चुपचाप देखने लगी। उमादे बार-बार भारमली का ललाट छूकर बुखार का अनुमान लगा रही थी। रानी-माँ दोनों को समझाने के लिए मन-ही-मन विचार कर रही थी कि अधीर कुँअरानी ने उमादे का हाथ पकड़कर कहा, "आपकी मित्रता भारमली से है, बीमारी से नहीं! ओरी छूत की बीमारी है। जब तक पूरी ढले नहीं, आप नजदीक ही न आयें। ओरी या अचपड़े बच्चों को जल्दी पकड़ते हैं...।"

उमादे तनिक दुविधा में पड़ गयी। गुलाबी ललाट में सलवटें खिंच आयीं। गम्भीर स्वर में उत्तर दिया, "लेकिन मैं तो बच्ची नहीं हूँ...।" माँ और कुँअरानी दोनों के होठों पर एक साथ ही हँसी छलक उठी। माँ को सहसा कोई जवाब नहीं सूझा। उनकी हँसी तनिक और बढ़ गयी। मगर कुँअरानी ने अदेर पूछा, "नहीं तो क्या बूढ़ी-बडेरी हो! सिर्फ तीन-चार दिन की बात है, फिर ओरी-फोरी की मेरे सामने हस्ती क्या है...ऐसी दुत्कार पिलाऊँ कि...।"

भारमली ने तत्काल ही एक उपाय सुझाया, "कोई बात नहीं, मैं उमी के पास चली जाऊँगी, उसके बिना एक क्षण भी मेरा जी नहीं लगता...।"

"लेकिन भोली बिटिया!" कुँअरानी ने प्रतिवाद किया, "बीमारी तो पीछे नहीं रहेगी, वह भी तुम्हारे साथ चलेगी...।"

भारमली तुरन्त जोश में आ गयी, "मैं साथ ले जाऊँ तब न...। यहीं पीछे छोड़कर ताला लगा जाऊँगी, मैं कई तरकीबें जानती हूँ...!"

उमादे ने अदेर मना करते कहा, "किसी तरकीब की जरूरत नहीं, इसी चौमासे में भाई को माताजी (शीतला) निकली तो भावज ने पखवाड़े तक मेड़ी से बाहर पाँव नहीं रखा। एक बार भी मेरा लाड़ नहीं किया...।"

इस बार माँ से सब्र नहीं हुआ तो दृढ़ स्वर में कहा, "बिटिया, वह तो

बहू की जिम्मेवारी थी। दासियों के भरोसे मनोहर को कैसे छोड़ती। बहू ने रात-दिन ऐसी तीमारदारी की कि चेहरे पर एक भी निशान नजर नहीं आता।''

''फिर मैं भी भारू की तीमारदारी में पीछे रहने वाली नहीं हूँ, आप सभी सुन लीजियेगा। इससे दूर रहने पर क्या पता मुझे कोई बड़ी बीमारी ही दबोच...।''

भारमली तत्क्षण उठ बैठी। सहेली को उलाहना देते कहने लगी, ''थूक अपने मुँह से, क्या अण्ट-शण्ट बोल रही है!''

आखिर रानी-माँ मन-ही-मन सब-कुछ समझ गयी। कुछ भी कहना-सुनना बेकार था। उन्हें पुख्ता विश्वास हो गया कि इनकी इच्छा के विपरीत पंचायती करने से कहीं दोनों के साथ कुछ अनहोनी घटित न हो जाय! आज तो माँ के मन में उमादे जितनी ही भारमली की खातिर चिन्ता थी। बेटी जिस सहेली को अपने प्राणों से अधिक चाहती है, माँ को उसकी पवित्र भावना का मान तो रखना ही होगा। कुँअरानी की ओर देखकर बोली, ''बच्चों के दिल में देव बसते हैं, इनकी इच्छा हो, वही करने दो। जो होगा निबटेंगे...!''

उमादे और भारमली की खुशी का पार नहीं रहा। माँ के मुँह से वैसी अमृत-वाणी सुनकर भारमली की उदास-उदास मनोदशा में फिर से ताजगी घुलने लगी। अचानक सहेली की सूरत इस तरह खिली हुई नजर आयी तो उमादे का मन भी बस में नहीं रहा। पहली बार माँ के दोनों गालों का चुम्मा लिया तो लगा कि गुलाब के फूलों का परस किया हो! कुछ वैसी ही नयी हरकत करने के लिए माँ का मन मचला ही था कि सामने रावलजी के साथ राज-वैद्य आते दिखलायी पड़े। झट पूरा घूँघट खींचकर बोली, ''थोड़ा मुड़कर पीठ फिरालें तो मैं और बहू बाहर निकल जायें।''

उन दोनों को भी उमादे की जिद के बारे में खबर मिल चुकी थी। रावलजी तो अपने हाथों में खिलायी बेटी का सख्त व इकरंगी स्वभाव अच्छी तरह जानते थे। भारमली की औषधि के अलावा वैद्यजी को एक और हिदायत देने में कमी नहीं रखी। बूढ़ा राज-वैद्य इलाज-उपचार व औषधियों के अलावा अन्य विषयों में भी निष्णात था। प्रकृति भी निहायत निर्मल, पारदर्शी और उदार थी। हिम के उनमान श्वेत दाढ़ी की तरह ही उन्हें अपने भाग्य पर भी पूरा भरोसा था। उमादे की ओर अचरज और दुलार की दृष्टि से देखकर पूछा, ''बिटिया, तू यहाँ क्या कर रही है? छूआछूत की बीमारियाँ तो किसी का लिहाज नहीं रखती। न राजा, रावलजी और न नवाब-बादशाहों का। तिस पर यह ओरी की बीमारी तो बच्चों को देखते ही दबोच लेती है। तू जा, चार-पाँच दिन से पहले यहाँ मत आना। दोनों बेटियों को सँभालना भारी पड़ जाएगा।''

उमादे संकोच के साथ बोली, ''बात तो आपकी बिल्कुल सही है। माँ की

अनुमति तो मिल गयी। भारमली से दूर रहने पर मैं कहीं अधिक बीमार न हो जाऊँ! फिर भी आपका जो भी आदेश होगा, उसे मानूँगी...।''

उमादे की ऐसी समझदारी एवं गहरे स्वभाव का दोनों को ही भरोसा नहीं था। पुख्ता विश्वास हो गया कि ऐसे सुदृढ़ आत्म-विश्वास को राई-रत्ती भी खतरा नहीं हो सकता! मानेगी तो हरगिज नहीं। फिर दोनों सहेलियों को तकलीफ पहुँचाने में सार ही क्या! रावलजी को बेटी की जिद थोड़ी-बहुत तो अखरी, मगर कहा कुछ भी नहीं। अनुभवी वैद्यजी ने ध्यानपूर्वक भारमली की नाड़ी परखकर कहा, ''ओरी तो निस्सन्देह भारी है, लेकिन परहेज रखने पर, सुबह-साँझ काढ़ा लेने पर स्वस्थ हो जाएगी। फिर भी सात दिन तक पूरा परहेज रखना है। ओरी ढलने पर बिटिया का रूप अधिक निखरेगा! इसकी दृढ़ता, उत्साह, और धीरज असाधारण है। अच्छी तरह निदान होने पर वैद्यजी पास खड़ी दासी को समझाने लगे तो उमादे से धैर्य रखा नहीं गया। बड़े आत्म-विश्वास के साथ बोली, ''आप मुझे समझा दीजिये। कोई गफलत नहीं करूँगी।''

इस बार फिर दोनों को आश्चर्य के साथ-साथ मोद भी हुआ। रावलजी मन-ही-मन सोचने लगे, यदि एकाएक गैर-जिम्मेवार राजकुँअर की ठौर उमादे जैसा कुँअर पैदा होता तो जैसलमेर रियासत की सीमा ड्योढ़ी नहीं तो सवायी अवश्य बढ़ती। सावन लगते ही उमादे को सोलहवाँ बरस उतर जाएगा। फिर भी इतनी समझ और दृढ़ता बिरले व्यक्तियों में ही होती है। बुजुर्ग वैद्यजी ने दो बार उसे सारी बातें समझा दीं। जीभ की बजाय वह चुपचाप गरदन से हामी भरती रही। उन दोनों की रवानगी के बाद भारमली ने केसर दासी को सुनाने के बहाने उमादे से कहा, ''यदि तू मेरे पास मौजूद रहे तो न किसी काढ़े की जरूरत है और न किसी परहेज की! अभी-अभी मुझे कुछ ऐसा बोध हुआ कि तू भारमली है और मैं तेरी छाया हूँ...!''

किशोर बच्चों के योग्य इस पहेली को केसर अच्छी तरह समझ नहीं सकी। अचम्भा करते पूछा, ''तो फिर यह उमादे कौन है...?'' भारमली ने मुस्कराते जवाब दिया, ''मेरे जी की जड़ी, मेरे अन्तस् का अमृत और मेरे आत्मबल की बूटी!'' केसर सोचने लगी कि बचपन तो सभी में आता है, उसे भी आया, लेकिन बिना सिर-पैर की ऐसी बातें और ऐसा अनोखा प्रलाप कहीं नहीं सुना। कुछ आगे भी कहना चाह रही थी कि उमादे की सानी समझते ही वहाँ से रवाना हो गयी सो कुछ ही देर में तुलसी के पत्ते, अरडूसा, काली-मिर्च, मुनक्का, चाँदी के लोटे में गुनगुना पानी और खरल लेकर आयी। रानी-माँ के अलावा दासियों को उमादे कई बार काढ़ा घिसते देख चुकी थी। नकल में ज्यादा अक्ल की जरूरत नहीं पड़ती! वैद्यजी की हिदायत मुजब खरल में सभी चीजें डालकर पानी में इस तरह

सलीके से घिसने लगी मानो धनवन्तरी वैद्य की रूह उसके देह में उतर आयी हो! काढ़ा अच्छी तरह तैयार होने पर उसे सीप में डाला। भारमली टुकुर-टुकुर सहेली की लगन, स्नेह, निष्ठा और आत्मीयता निहारने लगी। ऐसी साथिन तो सात जन्मों की पुण्यायी से मिलती है! वह अपने-आप बैठ गयी। उमादे के हाथ से सीपी लेकर काढ़ा निगल गयी। नाक में सलवट भी क्या खिंच जाये! फिर अत्यधिक चाह से सीपी चाटते समय थोड़ी मुस्करायी, "मेरा अहोभाग्य कि ओरी के बहाने तेरी अथाह प्रीत का उजाला नजर आया!" इतना कहे बिना उससे रहा नहीं गया। फिर जूठी सीपी केसर के सामने बढ़ायी तो उमादे ने बीच ही में थामली! मुस्कराहट घुले अक्षरों में बोली, "तेरी तीमारदारी में मुझे किसी की भी साझेदारी नहीं सुहाती!"

भारमली के मोद-गुमान का पार नहीं रहा। उसे महसूस हुआ कि 'जी की जड़ी' की उस मीठी वाणी के साथ ही उसकी ओरी ढल गयी हो। इस एक जन्म में उसका अहसान उतर नहीं सकता। उसी अलौकिक क्षण से भारमली के गहरे हृदय में टीसता माँ-बाप का दर्द बिल्कुल मिट गया! मौसीजी के वे उबलते बोल विस्मृत हो गये। बुखार का ताप होते हुए भी उसकी नस-नस में मानो शीतलता साँचर गयी हो...!

केसर सहित दो पलंग और बिछ गये। दिन के समय पूरी खुली जगह रहे, केसर अपने बिछौने बरसाली में धर देती। रात के अँधेरे में कुछ बेशी तकलीफ होती तो भारमली दरसाती नहीं थी। मन के उपरान्त भी मुस्काराने की चेष्टा करती। वैद्यजी की हिदायत से एक दिन पहले ही ओरी के दाने ढल गये। बुखार उतर गया। शरीर के रेशे-रेशे में राहत की हिलोरें मचलने लगीं। उसके रूप की आब सवायी जगमागाने लगी, मानो अगन में कंचन तपा हो! रानी-माँ की खुशी का ओर-छोर नहीं रहा, जैसे उनकी कूख तीन बार उघड़ी हो। दोनों हथेलियों से उसके गुलाबी सुकोमल गालों का परस करके अबोली आसीस दी हो। लेकिन कुँअरानी बिल्कुल ही खुश नहीं हुई। मगर ऊपरी मन से भी कुछ आभास नहीं होने दिया। जबरन राजी दिखने का प्रयास करती रही। बिना माँ-बाप की सूनी छोकरी ने बाईसा को इस कदर सम्मोहित कर रखा है, जैसे दोनों जुड़वाँ बहनें हों!

भारमली जब तक पूर्ण स्वस्थ नहीं हुई दोनों सहेलियाँ एक ही कमरे में बन्धक रहीं। लेकिन बीमारी से छुटकारा मिलते ही!— वही बाड़ी, वे ही सुरंगे फूल और वे ही भाँति-भाँति के पंछी। उन्हें ऐसा लगा जैसा बरसों बाद कुदरत की छवि निरख रही हों। हरियल सूओं को एकटक निहारते भारमली ने एक नयी बात ही बतायी, "जब हम एकदम स्वस्थ होते हैं, तब हमारी चेतना दुबकी हुई

रहती है। लेकिन बीमारी के दौरान वह चारों तरफ उड़ने लगती है। जैसे वह नयी-नयी ठौर पहुँचने के लिए हरदम छटपटा रही हो! क्षणभर के लिए भी दिल शरीर में ठहरना ही नहीं चाहता!— कभी तारों के लिए ललचाता है, कभी बिजलियों को बाँहों में भर लेना चाहता है, तो कभी दूज के चाँद पर सवारी गाँठना चाहता है...।'' उमादे ने बीच ही में टोककर पूछा, ''अरे तू मेरे मन की बात बता रही है या अपने मन की...?''

भारमली ने आश्चर्य से पूछा, ''बीमार मैं पड़ी या तू, सो तेरे मन की बात बताऊँ...?'' तब उमादे ने गम्भीर स्वर में उसे याद दिलाया, ''ओरी के दाने तो मेरे शरीर पर निकले, तू मेरी तीमारदारी करती रही! इतनी जल्दी भूल गयी?'' बच्चों में पहेलियाँ पूछने-सुलझाने की बड़ी उमंग रहती है, इसीलिए वे बातचीत के दौरान भी पहेलियों का आसरा लेते हैं। शायद सुनने वालों को अचरज तो होता ही होगा। यदि उस वक्त केसर पास में होती तो वह जरूर स्तब्ध रह जाती। भारमली को अवश्य पूछती कि बीमारी के कारण उसका माथा तो नहीं बौरा गया! और उसकी देखादेख बाईसा एकदम स्वस्थ होते हुए भी ऐसी अनर्गल बातें क्यों करती हैं? संयोग की बात कि वह उस वक्त पास नहीं थी, वरना सारे गढ़ में फुसफुसाहट फैल जाती कि दोनों सहेलियों के मगज में बादी छा गयी है।

साँझ तक उमादे और भारमली गढ़ में नहीं आयीं तो रानी-माँ तनिक चिन्तित हो गयी। वे केसर को हाथ की सानी करके कहने वाली ही थी कि दोनों सहेलियाँ हाथ पकड़े हुए आती दीख पड़ीं। केसर ने पास आकर पूछा, ''देर बहुत कर दी।''

उमादे ने विस्मय से जिज्ञासा प्रकट की, ''देर...? किस बात की देर...? हम तो बाड़ी में खेल रही थीं। पंछियों के गीत सुन रही थीं। तितलियों को नाचते देख रही थीं!''

केसर मन-ही-मन सोचने लगी कि पंछी कब गीत गाते हैं? तितलियाँ कब से नाचने लगीं? लेकिन उसने बाहर से कुछ भी दरसाया नहीं। ऊपरी मन से बात बनायी, ''भारमली अभी ओरी की बीमारी से उठी ही है। हवा लगने पर बीमारी वापस उथल गयी तो अच्छा नहीं होगा। कुछ दिन और परहेज रखना उचित रहेगा। उमादे कुछ भी जवाब नहीं देकर किसी दूसरे सोच में मशगूल हो गयी। रानीजी के मन में भी तनिक ठेस लगी कि अब उनके पास उमादे फटकती तक नहीं। सारे दिन भारमली के साथ भटकती रहती है। चार बरस की हुई तब तो बड़ी मुश्किल से स्तनों का पीछा छोड़ा। कुछ और बड़ी हुई तो गोद से उतरना ही नहीं चाहती थी। और अब सोये भी तो भारमली के साथ। खाये भी तो भारमली के साथ। माँ के लिए अन्तस् के सारे स्रोत ही बन्द हो गये लगते हैं। यह उम्र ही ऐसी होती है...!''

आज पहली बार ममता का अभिनय करके उन्होंने बारी-बारी से दोनों के गाल सहलाये। फिर उमादे की ओर देखकर कहने लगी, ''बेटी, घर के काम-काज सीखने के ये ही दिन हैं। एकदम ठोट रहने से सुसराल में हमारी बदनामी नहीं होगी? खुद अपने हाथों से पोना, छौंकना और सिलना सीखे बिना दासियों से काम करवाना कितना कठिन हो जाएगा! जानेगी तभी तो दूसरों को सिखा सकेगी। केवल कहने भर से काम नहीं चलता, हाथों से सीखना जरूरी है!''

दोनों सहेलियों के दिमाग से अभी बाड़ी के नजारे की खुमारी मिटी नहीं थी। उमादे के होंठ वश में नहीं रहे तो उसे कहना पड़ा, ''यदि ससुराल जाने पर इतने लफड़े होते हों तो न मुझे ब्याह करना है और न भारमली को ही करने दूँगी! हम से यह बाड़ी मरते दम तक नहीं छूट सकती!''

दासियों के मन में समय पर बातें तो खूब ही उपजती हैं, लेकिन होंठों से बाहर कुछ कहने के निमित्त वे स्वतन्त्र नहीं हैं। यह लाचारी भी कुछ कम नहीं। केसर ने मन-ही-मन सोचा कि मरने के बाद तो फकत मसान ही हिस्से में आता है! बाड़ी के सूओं का तो फिर सपना ही कहाँ पड़ा है? क्या सारी दुनिया में बचपन इन्हीं के लिए ही आया? बस, अब तो दो-तीन बरस की देर है, फिर तो सुसराल पहुँचने पर होली-दीवाली मायके आना पड़े तो पड़े, वरना मन में बुदबुदा तक नहीं उठेगा! लोक-दिखावे की बात अलग है! रानी-माँ और केसर को अबोली देखकर इस बार भारमली के मन में एक निराली बात सूझी। केसर के सामने देखकर कहने लगी, ''केसर और दाखाँ सहित गढ़ की तमाम दासियाँ सब घरेलू कामों में पारंगत होती हैं—क्या रसोई, क्या दुहारी, क्या सिलाई और क्या सिर गूँथना, लेकिन ससुराल तो कोई इक्की-दुक्की ही जाती हैं... ? ''

यह सच्चाई सुनते ही केसर का मुँह उतर गया तो रानी-माँ से छिपा नहीं रहा। उसका मन बहलाने की खातिर बोलीं, ''तुम अभी बच्चियाँ हो। पीहर, ब्याह और ससुराल का मायना समझती नहीं। उम्र आने पर अपने-आप सीख जाओगी! समय से बड़ा कोई गुरु नहीं होता, लेकिन वैसा उचित समय आने तक गुरु रखने ही पड़ते हैं! अब तो एक पल भर भी आगे नहीं चल सकता। कल ही पढ़ने-लिखने की खातिर गुरु रखना ही पड़ेगा। घुड़-सवारी, तैरना अस्त्र-शस्त्र और तीर-कबान इत्यादि राज-कन्या के लिए उतने ही जरूरी हैं, जितना बोलना, पाँवों पर चलना, दूध पीना या भोजन करना... ।''

रानी-माँ की वह सीख सुनते ही भारमली का कलेजा जैसे बिंध गया हो।...राज-कन्या तो केवल उमादे ही है, वह तो उसकी महज सहेली है...सहेली या साथिन! मौसीजी के वे जहरीले बोल अभी उसे उबलते तेल की तरह लगे, जो अभी-अभी उसके कानों में गिरे हैं! तब राज-कन्याओं वाली इन कलाओं

की खातिर उसके लिए ऐसा सपना भी कहाँ पड़ा है? अब तक उमादे की संगत के अति उछाह में अपने जन्म और माँ-बाप की स्मृतियाँ गहरे-ही-गहरे दबी हुई थीं। अभी मधुमक्खियों के छिड़े छत्ते का दंश-दंश मानो उसकी आँत-आँत में घुल गया हो। हवा में मार भिनभिनाहट गूँजने लगी! इधर उमादे के कलेजे में भी वैसी ही जलन हुई। उसने चौंककर भारमली की ओर देखा—निपट अपरिचित और बेगानी लगी. जैसे यह आलोड़ित हुलिया पहली बार ही दिखलायी पड़ा हो! उसके अलावा भारमली को किसी पर भी भरोसा नहीं। उसके लिए चाँद-सूरज तो वह, हवा मानो तो वह, पानी मानो तो वह, अनाज मानो तो वह, खिलौने मानो तो वह, नींद मानो तो वह और सपना मानो तो वह! उमादे ने इस तरह अदेर लपककर उसका हाथ पकड़ा जैसे वह घोर नींद से जागी हो। बिजली की नाईं कड़कती बोली, "इस गढ़ की अटूट दीवारों के पीछे हम धूल फेंकती हैं! अपने जीवन के निमित्त यह ठौर नहीं है, चलो किसी अजाने जंगल में चलें...।" परन्तु भारमली के अन्तस् में कोई दूसरा ही अन्धड़ साँय-साँय कर रहा था! हाथ झटककर बोली, "ना उमा, अब तेरा-मेरा साथ नहीं निभ सकता! तू राजकन्या है और मैं...!" आगे वाणी के बोल मानो कट गये हों। थर-थर काँपती हुई नीचे गिर पड़ी। दाँतों की बत्तीसी जुड़ गयी। अब उमादे के लिए भी आपा सँभालना भारी पड़ रहा था। हकलाते कहने लगी, "मेरी साथिन होकर यों क्या हिम्मत हार रही है...?" और अगले ही क्षण उसकी शक्ति भी चुक गयी! वह भी चक्कर खाते हुए उसके पास ही लुढ़क पड़ी, जैसे तूफान के झकझोरने से कोई पेड़ गिरा हो!

रानी और केसर के तो मानो प्राण ही न निकले हों! केसर दौड़कर दो पंखियाँ लायी। दो दासियाँ मूर्छित सहेलियों को बयार करने लगीं। केसर बारी-बारी से उनका शरीर दबाने लगी। कानों में फूँकें देने लगी। थोड़ी देर में सर्वत्र कोलाहल मच गया। रानीजी के कहने पर एक दासी गुनगुना दूध लेकर आयी। उसमें घी के सितारे! इतना-कुछ करने के बाद उन्हें कुछ होश आया। आधी पलकें उघाड़ उमादे ने पूछा, "भारमली कैसी है...?" माँ और केसर के मुँह से बरबस निकल पड़ा, "ठीक है, चिन्ता जैसी कोई बात नहीं।" चिन्ता का बोल सुनते ही उमादे झट-से उठ-बैठी। भारमली अभी मूर्छा में संज्ञाविहीन थी। उसे सदमा काफी भारी पहुँचा था। उसका ललाट सहलाने लगी।

दूध की तसली उमादे के सामने करती केसर ने कहा, "थोड़ा-सा दूध पी लीजिए। उमादे ने गरदन हिलाते मना किया, "भारमली को होश आये तब साथ ही पी लेंगी...।" कि सामने ही रावल लूणकरणजी आते दीख पड़े। तलवार की

मूठ हाथ में पकड़ी हुई। जाने किस धुन में डूबे हुए थे। ललाट पर सलवटें तनी हुईं! दासियों का मजमा उन्हें दिखा या न दिखा, वे ही जानें। क्षण भर के लिए भी वहाँ नहीं ठहरे, सीधे अपने रंगमहल की ओर जाते दिखे। ऐसा तो सपने में भी नहीं सोचा था! रानीजी का माथा ठनका! महाराजा मालदेवजी के दीवान से झड़प तो नहीं हो गयी हो? वैसे अनमने तो कभी नजर नहीं आये। केसर को हिदायत देकर वे उधर ही रवाना हो गयीं।

रानी को आते देखकर उन्होंने दरवाजा आधा बन्द करके दबंग आवाज में कहा, ''अभी मेरा दिमाग ठिकाने नहीं है! कुछ देर तक एकान्त में सोचने दो...।'' रानी ने विनम्रता-पूर्वक कहा, ''एक ऐसा ही जरूरी काम पड़ गया, थोड़ी देर के लिए...।'' रावलजी की भौंहें तन गयीं। रूखे स्वर में कहा, ''अभी तक निमिष-भर का भी समय नहीं है। तुम्हारे जरूरी काम को तीन-चार घड़ियों तक 'धूप' खेओ...!'' यह कहकर रानी के देखते-देखते दरवाजा पूरा बन्द कर दिया और अरगला जड़ दी। औरत भले ही रानी हो, चाहे मेहतरानी पुरुष की मनमानी के आगे उसका कुछ भी वश नहीं चलता! एकबारगी तो रानीजी खूँटे की नाईं गड़-सी गयीं। फिर उमादे और भारमलो का ध्यान आते ही आगे कुछ भी विवाद न करके वापस मुड़ गयीं।

भारमली की बेहोशी अभी तक टूटी नहीं थी। उमादे सूनी-सूनी आँखों से सहेली की सूरत टुकुर-टुकुर देख रही थी। एक हाथ उसके ललाट पर धरा हुआ था और दूसरा अपनी ठुड्डी पकड़े अधर में झूल रहा था। दूध की दोनों तसलियाँ भारमली के सिरहाने ज्यों-की-त्यों पड़ी थीं। ऊपर घी जमा हुआ। रानी ने एक बार उमादे की ओर देखा—काठ की पुतली के उनमान अविचल। माँ की ओर देखा तक नहीं। रानी-माँ ने अपने ऊँचे पद को बिसराकर भारमली की पगतलियाँ नाखूनों से कुचरते आवाज दी, ''बिटिया भारमली, बिटिया भारमली...।'' दूसरी आवाज के साथ उसने दोनों पाँव शामिल करके हुँकारा भरा, ''हुँ...हुँ...।'' शायद यह तरकीब पार पड़ जाये। रानीजी थोड़ी पास सरक आयी। फिर दोनों पगतलियाँ जोर से कुरेदने लगीं, ''बेटा भारमली।'' इस बार उसने आलस मरोड़कर तीन मर्तबा आँखें टमकारीं। सामने ही उमादे बैठी थी। आधा-अधूरा होश होते ही भारमली जोश के साथ उठ बैठी। फिर कुछ देर तक रानी के सामने टोहते मवाद सनी वाणी में बोली, ''जन्म देने वाली माँ जिसे छोड़कर चल दी, उसे आपने क्यों पाली-पोसी? मेरे लिए यह जीवन मौत से भी बदतर है। अब माँ-बाप का पता न कर लूँ तब तक मुझे शान्ति नहीं मिलेगी। अब इस गढ़ की हवा मेरे लिए नरक के समान है...!''

रानी कुछ कहना चाह रही थी कि केसर बीच में बोल पड़ी, ''आखिर

तू पता करेगी क्योंकर? नाम-धाम का पता चले बिना तू जाएगी कहाँ...?''

उमादे तनिक खीजकर कहने लगी, ''नया पता और नाम-धाम की जरूरत क्या है? मेरे माँ-बाप सो इसके माँ-बाप। जिस दिन इस गढ़ की हवा में मुझे तनिक भी पक्षपात नजर आया, मैं यहाँ एक क्षण भी नहीं रुकूँगी। मेरा और भारमली का भाग्य एक साथ ही गुँथा हुआ है!'' भारमली का जिद्दी मन तब भी नहीं माना। एक गहरा श्वास भरकर कहा, ''मेरी उमी, झूठ के इस मोहजाल में अब और कब तक मन बहलाती रहूँगी! पता नही चला तब तक दोनों अपने हाल में मगन थीं। लेकिन मौसीजी के वे जहरीले बोल मुझे अंगारों की तरह जला रहे हैं। एक निरीह सूनी दासी को राजकन्या से होड़ करना शोभा नहीं देता...!''

''कोई मेरे सामने कहकर तो देखे, जीभ की कूतर न करवा दूँ तो मुझे उलाहना देना...।'' उमादे ने अपने दिल में जलती ज्वाला प्रकट की।

''नहीं उमा...।'' भारमली रुँधे गले से कहने लगी, ''इस प्रत्यक्ष सच्चाई को दिल से मानने की जरूरत है, होंठों से दरसाने की दरकार ही कहाँ है?''

केसर ने आश्चर्य के मारे आँखें फाड़कर पूछा, ''हे रामजी, ऐसी ऊँची और झीनी बातें तुमने किस गुरुकुल में सीखी। बात करने का ऐसा कौशल तो बूढ़ी-बडेरियों में भी नहीं है...।'' भारमली ने विद्रूप-सनी मुस्कराहट के लहजे में कहा, ''जिसके कलेजे में ऐसी भट्ठी दहकने लगे, उसे अपने-आप ज्ञान हो जाता है, किसी भी गुरुकुल में पढ़ने की जरूरत नहीं! और जिसके हृदय में सच्ची प्रीत हो, उस बावलेपन की होड़ कैसा भी ज्ञान नहीं कर सकता! मेरा बड़भाग्य कि मुझे उमादे जैसी साथिन और उसका अगाध स्नेह मिला, मानो दूध के समन्दर में तैर रही हूँ...!''

दूध का बोल सुनते ही केसर को अविलम्ब चेत हुआ। दोनों तसलियाँ लेकर चुपचाप रवाना हो गयी। और सभी मन-ही-मन समझ गये कि वह किस काम के लिए रवाना हुई है। वह थोड़ी देर में वापस लौट आयी, जैसे यहीं खड़ी हो। दोनों तसलियाँ सामने की तो किसी ने कुछ भी विवाद नहीं किया। चुपचाप अपनी-अपनी तसली से दूध पीने लगीं। और वही उनके बाल्यमन का नीरव छन्द था। उस परिचित घोंसले का आवास छोड़कर दोनों चिड़कल्याँ जाये तो कहाँ जाये? यहीं आपस में खेलेंगी, कूदेंगी, हँसेगी, लड़ेंगी-झगड़ेगी और रूठेंगी। प्रीत का कोई एक रंग तो होता नहीं, तरह-तरह के कई रंग होते हैं...!

रानी-माँ शारीरिक रूप से मजमे के बीच ही मौजूद थीं, मगर उसका मन रावलजी के इर्द-गिर्द ही मँडरा रहा था। क्रोध में उबलते रावलजी अब तो सामान्य हुए होंगे। निस्सन्देह नौ कूँटी मारवाड़ के मालिक मालदेव ने अपने चढ़ते डंके

का नमूना जरूर बताया होगा! अपने ही मद में मगन हो रहा है! सत्ता के मद, जवानी का मद और निरन्तर जीत का मद—ये तीनों शामिल हो जायें तो ब्रह्माजी भी अपना आपा बिसर जाये। रंग-महल का दरवाजा धकेलते ही खुल गया तो रानी की मनचीती हुई। रावलजी मखमल के पलंग पर छिड़े हुए नाग के उनमान बैठे थे कि रानी ने भिड़ते ही राव मालदेव की बात छेड़ी तो रावलजी के आश्चर्य का पार नहीं रहा। उतावले स्वर में पूछा, ''तुम्हें कैसे पता चला? सात तालों में छिपा हुआ भेद खुला तो खुला ही क्योंकर? दरबारियों को पता चलने पर मेरी मर्यादा मुश्किल से ही बच पायेगी...!''

रानी ने रावलजी को आश्वस्त करते कहा, '''मैंने किसी के भी मुँह से ऐसी फुसफुसाहट नहीं सुनी। मेरा मन भीतर से जागा तो सन्देह हो गया कि हो-न-हो मारवाड़ के मदमत्त मालदेव ही की कुछ-न-कुछ कारस्तानी होगी! जो उफनेगा, वह राख में मिलेगा!''

फिर रावलजी ने थोड़े में ही बताया और रानी ने सब कूता कर लिया। मारवाड़ का प्रमुख दीवान राव मालदेवजी का सन्देश लाया कि पचास हजार मोहरों का नजराना नहीं दिया तो युद्ध के लिए तैयार हो जायें। गढ़ का पत्थर-पत्थर बिखर जाने पर क्या इज्जत रहेगी? मुगलों की दाढ़ों से अजमेर, किशनगढ़, रूपनगढ़ और भिनाय छीन लिया तो बिल्लियों को झंझोड़ने में क्या वक्त लगेगा? अभी उनके दिनमान बहुत अच्छे हैं। जिधर उनकी सेना कूच करेगी, उधर फतह के डंके बजते रहेंगे! उनके राजतिलक की वेला फकत सोजत व जोधपुर दो परगने थे, आज देखते-देखते नागौर, जालोर, साँचोर, मेड़ता, भाद्राजून और ठेठ अजमेर की सीमा तक उनके नाम की दुहाई फिरती है! जिस दिशा में सख्त निगाह पड़ी, वही कब्जे में! आज तो उनका लोह तैरता है। अपने से बड़ा, यम के समान। मजबूरी में मत्था झुकाकर पचास हजार मोहरें सुपुर्द करके आया हूँ। मगर अब कलेजे में अंगारे सुलग रहे हैं। खैर, जो हुआ, वह भूलने जैसी बात नहीं है! मेरा काम है, मैं ही सलटूँगा।... लेकिन उस वक्त तुम्हें वैसा जरूरी काम क्या पड़ गया, वह अब बताओ तो अच्छी तरह समझ में आयेगा।

तब रानी ने उत्तप्त स्वर में कहा, ''आप उमादे के पिता हैं, सो तो हैं ही, साथ-ही-साथ जैसलमेर के रावलजी भी हैं। युद्ध, फौज-फाँटा, न्याय-अन्याय, लूट-खसौट, नजराना इत्यादि बहुतेरे काम हैं। मैं तो केवल-मात्र एक माँ हूँ। रानी की अपेक्षा माँ की मर्यादा बड़ी होती है। मुझे तो आठों-पहर उमादे के सम्बन्ध ही की चिन्ता बनी रहती है। उसका भी इकरंगी स्वभाव है। अड़ियल, जिद्दी और अहंकारी भी है! भारमली के बिना उसका इन्द्रलोक में भी मन नहीं लगेगा।

दायजवाल के तो नाम से ही उसके आग-आग लग जाती है! केवल साथिन, सहेली या छोटी बहिन के मोहवश माने-तो-माने। उसका वश चले तो चँवरी (विवाह-मण्डप) में पास बिठाकर एक साथ ब्याह रचाये। मानो पिछले जन्म में जुड़वाँ बहिनों के रूप में जन्मी हों! भारमली भी रूप, आभा और गुणों में भी उमादे के बराबर है। किसी-न-किसी ऊँचे कुल के बिना सारे हुलिये की ऐसी छवि नहीं दमकती! ऐसा लगता है कि वह निश्चित् छोटे-मोटे ठिकाने की कुँअरी हो...।''

रावल लूणकरणजी गुद्दी (गरदन का पिछला भाग) खुजलाने कहने लगे, ''मुझे तो रियासत के प्रपंच से भी फुरसत नहीं मिलती। सैकड़ों झंझट हैं। और तुम्हारे लिए दो बच्चियों की सार-सँभाल भी भारी पड़ रही है! राजकुँअर मनोहरसिंह बिगड़ैल-बन्दर हो गया है। एक भी सुलच्छन का कण तक नहीं। जैसे गड़रिये के घर जन्मा हो! गनगोर-सी सुन्दर बहू होने पर भी इधर-उधर मुँह मारे बिना नहीं रहता। और उमादे की ऐसी तेज आदत, राजाओं की सेज पर नहीं खट सकती! राजा तो परमेश्वर के ही अवतार होते हैं। कृष्ण-भगवान की नाईं गोपियों के बहाने लीला रचते हैं।'' कि लीला रचने के साथ ही रावलजी के पस्त हौसले में बिजली-सी कौंधी। उछाह के जोश में कहने लगे, ''बस्स, अभी-अभी उमादे के सम्बन्ध की बात सोचते-सोचते मेरे अन्तस् में एक ऐसी निराली सूझ चमकने लगी कि अपने जैसलमेर रजवाड़े की ओर नवाब-बादशाह भी टेढ़ी नजर से नहीं देख सकते! तुम्हारे मुँह में घी-गुड़...! मारवाड़ के राव मालदेवजी से उमादे का सम्बन्ध पक्का कर दें तो जैसलमेर के गढ़ का ठाट दस गुना बढ़ जाये! बड़ा खतरा मालदेवजी का ही है! ब्याह का गठबन्धन होते ही वे सब मसलों में अपने साथ जुड़ जाएँगे!''

रावलजी के अन्तस् की गहरी बात सुनते ही रानी का साँस जहाँ था, वहीं थम गया! माथा चकराने लगा। गुस्से के मारे जबान चिपक-सी गयी! अगले ही क्षण प्रलाप करती-सी बोली, ''इस मालजादे के साथ मेरी इकलौती बेटी का सम्बन्ध...? जिस दैत्य ने पाँव-पर-पाँव धरकर राज्य के खजाने से पचास हजार मोहरें उड़ालीं...! उसे अपनी बिटिया ब्याहूँ...? उमादे की बात तो दूर, मेरे वश चलते जैसलमेर की काली कुतिया के लिए भी हामी नहीं भरूँ...!''

''लिछमी धीमे बोल...धीमे, बाड़-काँटों के भी कान होते हैं! कृष्ण भगवान ही जानते हैं कि कितनी लूट-खसौट के बाद पचास हजार मोहरों का घाटा पूरा होगा? दूध की हँड़िया नहीं जमानी है, राज चलाना है...राज! रजवाड़े के अटूट रिश्ते के सामने...न बिटिया अच्छी लगती है, न कुँअर और न रानी! तुम्हारा काम दही मथना है सो दिन में दो बार मथो! राज्य के मसलों में मगज लड़ाया तो

नसें फट जाएँगी। एक बार सावचेत कर दिया सो उम्र भर तक याद रखना...!''

रानी को भी रावलजी की बात कड़वी लगी। अभी-अभी तो बड़ी मुश्किल से नजराना भरा और सिर ऊँचा करके बोल रहे हैं। सख्ती के लहजे में कहा, ''रजवाड़े की पंचायती न तो की, न करूँगी। मगर उमादे के सम्बन्ध को लेकर केवल मेरी ही पंचायती चलेगी! कोख के अदीठ पर्दे पोषण करके जस-तस दस महीने पूरे किये! यहाँ पर भी मेरी पंचायती नहीं चलेगी तो क्या दिल्ली के बादशाह की चलेगी...?''

''धीमे...लिछमी धीमे...एक बार कहने पर भी सावधानी नहीं बरते, वह औरत नहीं रीछड़ी है...रीछड़ी! मगर तुम्हारी क्यारी में बीज जिसने बोया, उसकी पंचायती तो बराबर चलेगी! रजवाड़े के कल्याण की खातिर कई उमादेवियों की बलि चढ़ानी पड़ती है! बाजरी साफ करना एक बात है और राज चलाना एकदम दूसरी बात है। बाजरी साफ करना एक बात है और राज चलाना एकदम दूसरी बात है! यहाँ काचरियाँ छीलकर खेलरे नहीं बनाने हैं! अब मुझे शान्ति से एकान्त में सोचने दो, उमादे के सम्बन्ध की बाजी पुख्तातौर पर मन में बिठालूँ...!''

रानी ने आगे कुछ भी हुज्जत नहीं की। अपने हाथ से पत्थर उछालकर सर नीचे झुकाया, तब खोपड़ी तो खुलनी ही थी! इधर रावलजी रजवाड़े के भले की खातिर किसम-किसम के सपने देखने में मगन थे और उधर उमादे अपनी उम्र के अनुरूप अलग ही सपने देख रही थी। तब दोनों की एकरूपता क्योंकर हो! लेकिन बेटी बाप करमी की बजाय आप-करमी होती है। उमादे हूबहू नानी पर गयी थी! पहली बार लम्पट ठाकुर के कुलच्छनों का पता लगने पर जब तक ठकुरानी जिन्दा रही सपने में भी पति के रंग-महल की ओर नहीं देखा...।

रंग-महल से लौटते समय रानी की गति बदल गयी थी। जाते समय फूलों की पाँखुड़ियों पर पाँव बढ़ाते गयी थी और अभी-अभी मानो बिछी हुई शूलों पर चल रही हो! केसर ने पूछने पर पता चला कि दोनों सहेलियाँ गढ़ की छत पर दूज का चाँद देखने गयी हैं, चाँदी की कटोरी में गुड़ लेकर। नये चाँद का दरसन करने! दरसन होते ही एक-दूसरी की तीन-तीन बार सूरत निहारेंगी और तीन बार ही चाँद को अपने मेहँदी चढ़े हाथ से मांगलिक गुड़ चढ़ायेंगी। चाँद के ओझल होने तक छत पर ही रुकेंगी। पिछले दो साल से मानो नियम ही बना लिया है। ध्यानपूर्वक समाचार सुनने के बाद रानी झाँझर की झनकार बजाती हुई सीढ़ियाँ चढ़ने लगी। आखिरी सीढ़ी चढ़ते ही वह मन्थर गति से दोनों बेटियों की ओट में चुपचाप खड़ी हो गयी। किसी नारी देह की सुपरिचित भीनी खुशबू सूँघते ही उन्होंने पीछे मुड़कर देखा तो ऐन सामने रानी-माँ खड़ी। अब धीरज रख पाना उसके लिए सम्भव नहीं था। शहद घुले स्वर में बोली, ''आज के नये

चाँद पर दोनों बेटियों की उजली छवि निहारी, इस से बड़ी खुशी और क्या हो सकती है?" दोनों दुलारी सहेलियों के हर्ष-उछाह की आभा से चाँदनी कुछ और बढ़ गयी! एक साथ ही गुड़ की दो डलियाँ देकर दोनों ही गालों पर दो-दो चुम्मे देकर माँ को उमड़ते उछाव की बाँहों से भर लिया। बेचारे चक्रवर्ती राज्य का अकिंचन सुख उस अथाह आनन्द की क्या बराबरी कर सकता था...!

लेकिन मनुष्य युगयुगान्तर से दिखने वाले क्षण से आगे नहीं देख पाता। अगले क्षण के निमित्त वह एकदम अन्धा होता है। फलस्वरूप वह सुख-दुख के पद-चिह्नों पर ही चलने का अभ्यस्त हो गया है। यदि अगले क्षण की झलक पहले दिख जाये तो जीने का सारा मायना किरकिरा हो उठता है! कुँअर मनोहरसिंह की कई दिनों से भारमली पर बाँकी नजर थी। मगर उमादे के अडिग स्वभाव की वजह से हिम्मत ही पंगु होने लगी थी। राज-दरबार के तीन-चारेक सरदारों की नीयत बिगड़ने लगी तो भारमली ने उमादे से कुछ भी नहीं छिपाया। सुनते ही ऐसा बारूद भभका कि सहेली के मना करते-करते ही दाँत पीसते हुए कड़की, "आँखों का मैल अच्छी तरह धोकर आओ, आक (मदार) के दूध से पुतलियाँ धुलवा दूँगी! हो किस होश में...? घर में बहन-बेटियाँ तो होंगी? उनसे तो टलते ही होओगे...? अब कभी भारमली की ओर बुरी नीयत से देखा तो आँखें दूसरों के ललाट पर ही खोजते रहना!" फिर पास खड़ी एक दासी को गरजते कहा कि अभी इसी वक्त माँ को बुलाकर लाये। हमेशा के लिए पुख्ता इलाज करवा दूँ! रानी का नाम सुनते ही उनका रोम-रोम सिहर उठा। कोहनियों तक हाथ जोड़कर बुहारी के तिनके मुँह में दबाकर माफी माँगी, तब कहीं उमादे का उफान नीचे बैठा। लेकिन कुँअर की आँखों में कामदेव नाच रहा था। तिस पर रजवाड़े का मद! पाटवी कुँअर से उमादे काफी छोटी थी। गद्दी की गरिमा तो रखेगी ही! जब ओरी (खसरा) के बावजूद भारमली की सूरत में और भी आभा घुलने लगी तो वह अपनी सुध-बुध ही बिसर गया! रावलजी व रानी का भी लिहाज मिट गया तो उमादे किस गिनती में है! वह पहले भी भारमली के स्वभाव का सुराग लगाने की मंशा से उसे किसी-न-किसी काम के बहाने अपने कमरे में बुला लेता था। भारमली सब-कुछ समझते-बूझते हुए भी उमादे के बड़े भाई का लिहाज रखने हेतु उसका कहा टालती नहीं थी। अन्यथा छोटे-मोटे सभी दरबारियों की आँखों का मैल उस से छिपा नहीं रहता था। जो कोयले खायेगी उसके दाँतो पर ही कालिख उघमड़ेगी! हर बार उमादे से शिकवा-शिकायत करना उसे अच्छा नहीं लगता था। मौसीजी की घुड़की सुनने के बाद उसका अन्तस् काफी-कुछ कसैला हो चुका था। राज-कन्या और दासी का भेद भुलाने की कोशिश के बाद भी भुलाया नहीं जा रहा था! उमादे की प्रीत के आवरण में उस कड़ुये सच को

झटकने ही नहीं देती थी।

पहले की नाईं दूध की तसली लाने के लिए कुँअर के कहते ही रवाना हो गयी थी। दूसरी दासी को कहते उसे मन-ही-मन संकोच हो रहा था। अपाहिज तो है नहीं। यदि मौके पर अपनी ही रक्षा नहीं कर सके तो औरत की जून बेकार ही कबूल की! और यों भी उसकी पीठ के पीछे उमादे लिए-दिये खड़ी है! कुँअर की मैड़ी में दूध की तसली थमाते हुए अजाने ही उसके मुँह से निकल पड़ा, "लीजिये...।" कुँअर ने अपने हिसाब से दासी के मन का छिपा संकेत समझा! उसके चेहरे पर नयी आभा की लाली देखी तो उसका मायना भी कुँअर के अनुकूल था! मुस्कराते हुए उसके गले में मोतियों का हार पहनाते कहा, "मुफ्त में नहीं लूँगा, पूरी कीमत चुकाऊँगा!" वह मोहनी मन्त्र सुनाकर उसने भला-बुरा कुछ भी नहीं सोचा, उसे बाँहों में भरकर बाँयाँ गाल काट लिया! तसली पलंग पर औंधी हो गयी। भारमली ने गुस्से में बौराकर सीधे नाक पर कोहनी का जोर से प्रहार किया। कुँअर की आँखों के सामने अँधेरा छा गया और नाक से अखण्डित नकसीर ही धाराएँ बहने लगीं। आलिंगन ढीला होते ही ललाट पर उलटी मुट्ठी का प्रहार किया कि वह कटे गाछ की नाईं पलंग पर लुढ़क पड़ा!

भारमली को भागने में लज्जा महसूस हुई तो वह धैर्य के कदम बढ़ाती हुई उमादे के पास आकर गाल के रिसते लहू की ओर इशारा करके सुगम्भीर स्वर में बोली, "ये रहे पाटवी कुँअर के दस्तखत, रक्त में रँगे हुए। फिर गले में लटकता हार दिखाते कहने लगी, "यह दासी की इज्जत का मोल...।" तुझे कुछ भी कहने-सुनने की जरूरत नहीं। इस गढ़ से मेरा दाना-पानी उठ गया...!"

उमादे की समझ के निमित्त भारमली के गिनती के बोल ही पर्याप्त थे। बिजली की प्रचण्ड कौंध की नाईं उसकी आँखों के सामने कड़कता उजाला जल उठा! निहायत ठण्डे सुर में बोली, "तेरा दाना-पानी उठ गया तो मेरा भी उठ गया! किसी को कुछ भी कहने-सुनने की जरूरत नहीं। जहाँ तेरी मरजी हो, वहीं चलते हैं!...पाँखें होतीं तो उड़कर जाती। जब पैरों से ही चलना है तो एक क्षण की ढील भी बेकार है। तूने कहा और मैंने सुना, दूसरा कुछ भी सोचने की दरकार नहीं...!"

आखिरी फैसला सुनाकर उमादे ने सहेली का हाथ थामा ही था कि रावलजी, रानीजी, कुँअरानी के साथ दासियों का अन्धड़ दिखलायी पड़ा। अन्धड़ के उनमान ही सबके-सब अन्धे और बहरे बने हुए थे! उनकी कुछ भी परवाह न करके दोनों सहेलियाँ अपने दृढ़ कदमों से आगे बढ़ती रहीं। अन्धड़ के प्रबल चक्र से रावल लूणकरणजी की सिंह-गर्जन सुनायी पड़ी, "...ठहर...ठहर...भारमली! एक कदम भी आगे बढ़ी तो टाँगें तुड़वा दूँगा!"...उमादे के कानों में जैसे तोप गूँजी

हो! उस गर्जन के पीछे पूरी सत्ता है, अस्त्र-शस्त्र में लैस भरपूर सेना है! अनसुनी करने पर समूचे राज्य में साँस भी नहीं ले सकेंगी! उमादे की आँखों के समान एक जैसी ही तो आँखें है। गालों पर रिसते लहू के दस्तख्त उन्हें भी नजर आयेंगे! सभी अक्ल के बोझ से दबे जा रहे हैं! भारमली के गले में दमकते हार का थोड़ा-बहुत मायना तो उनकी समझ में भी आयेगा? वरना सरासर झूठ सीना फुलाते हुए सच बन जाएगा! आगे बढ़ने की बजाय उमादे गुस्सैल बाज की नाईं वापस मुड़ी और भारमली का हाथ थामकर उस अन्धड़ की ओर आगे बढ़नी लगी। ऐन पास आते ही उमादे जहाँ थी वहीं ठहर गयी। रानी की ओर उद्दीप्त आँखें गड़ाकर सहेली के गाल की ओर हाथ बढ़ाते बोली, "माँ...कुँअरजी के लहू सने दस्तख्त पढ़ने में आ रहे हैं कि नहीं...?" उमादे के मवाद सने शब्द सुनते ही सामने झलकती सभी आँखें ऊँची ललाट में तन गयीं और दूसरे ही पल भारमली के गालों से बहता लहू उन आँखों में समा गया! फिर उसके गले में चमकते हार का स्पष्ट मायना भी सबकी समझ में आ गया! किसी को कुछ भी पूछताछ की जरूरत ही कहाँ थी? कुँअरजी का सफेद झूठ प्रत्येक आँख में बुरी तरह खटकने लगा! वे तो कुँअरजी के पिता, माँ, बहू और दासियों की सामान्य आँखें थीं, यदि सूरज की तीक्ष्ण किरणें भी होतीं तो वे भी धुँधली हो जातीं। फकत बहू के चेहरे पर झीना घूँघट था, फिर भी वे आरक्त अक्षर उस से छिपे नहीं रहे! मर्द के दाँतों की लिखावट इसी तरह उघड़ती है! पाटी की बजाय बहुओं के गालों पर! इतनी पढ़ाई तो प्रत्येक मर्द जन्म से ही जानता है। भारमली के गले में दमकता हर मोती मानो बहू का मखौल उड़ा रहा हो। उसे दुत्कारता हो...!

वेगवान अन्धड़ क्या सोचकर आया और उस पर क्या बीती...? किसी को कुछ भी कहने-सुनने की आवश्यकता नहीं थी! रावल लूणकरणजी के माथे में जैसे ततैयों का छत्ता छिड़ गया हो! जैसलमेर राज्य की सीमा बढ़ाने के लिए जाने क्या-क्या मनसूबे सजाये थे और कैसी-कैसी मैली करतूतें सामने आयीं? बाकी सब लोभ-लालच से छुटकारा पाया जा सकता है, मगर राज्य का प्रलोभन आखिरी साँस तक नहीं छूट सकता। पास खड़ी दासियाँ क्या सोचेंगी। उनका मगज ठिकाने रखना बहुत जरूरी है। केसर के सामने तिक्त निगाह से देखकर दबंग आवाज में कहा, "अब तुम सभी जाओ। किसी से भी चर्चा की तो मेरा नाम जानती ही हो...!"

भारमली के अचीते साहस की सभी दासियाँ मन-ही-मन बेहद आदर-मान करने लगीं। किन्तु बाहर दरसाने का अदीठ भय अभी मिटा नहीं था। केसर तो उमादे और भारमली के लिए प्राण तक देने को तैयार थी, मगर छिपे-छिपे। पीढ़ियों के गहरे संस्कारों की अटूट परतें बड़ी मुश्किल से झड़ती हैं। हठीले

पेट की खातिर बड़े-बड़े राव-उमरावों को इच्छा के बावजूद पस्त होना पड़ता है! भारमली का अहोभाग्य कि उसे उमादे जैसी अभिन्न सहेली मिल गयी, वरना कोई भी दूसरी दासी होती तो एक क्षण में सारी अकल ढीली पड़ जाती। फिर भी राज्य की अन्य दासियों के जीवन में ऐसी अपूर्व बानगी तो कभी देखने-सुनने में ही नहीं आयी। ऐसा तो सपना भी कहाँ नसीब है? इस रजवाड़े के तौर भी चाँद-सूरज से कम महसूस नहीं होते थे, तिस पर इस शेरनी ने राजकुँअर के नाक से नकसीर बहा दिया और कुछ भी नहीं बिगड़ा! उलटे ललाट पर चोट अलग से। ऐसा बेशकीमती हार तो अलग, आधे तोले की अँगूठी ही मिल जाती तो सभी दासियाँ मन-ही-मन अपना भाग्य सराहतीं। रोटी-कपड़ों के बदले सब स्याह-सफेद हाजरी बजानी पड़ती है। अलबत्ता उमादे जैसी राजकुँअरियाँ लाखों में एक पैदा होती है। केसर के मन में घुमड़ती बात अब उगले बिना उसे सब्र नहीं होगा। हाथ जोड़कर अरदास की, ‘‘अन्दाता, यदि हम चर्चा करतीं तो जवान और खूबसूरत दासियों के गालों पर अंकित ये दस्तखत इन तीन-चार बरसों में कई बार उजागर हो जाते! यह तो भारमली ही ऐसी नालायक निकली, जिसने कुँअरजी के दस्तखतों की शिकायत की! वरना गढ़-किलों के भीतर यह कोई नयी बात नहीं है! ऐसे दस्तखत उघड़ते ही रहते हैं और दासियाँ जिन्हें अपना अहोभाग्य समझती हैं। हमारे मुँह से तो कभी हलकी आह भी सुनायी नहीं देगी, आप निश्चिन्त रहें! मगर गरीबनवाज कुँअरजी को भी थोड़ा-बहुत समझाइये कि राज्य के सिंहासन की कुछ तो मर्यादा रखें! अगर यों नाकुछ दासियों के निमित्त ऐसे अमूल्य हार लुटाते रहे तो खजाना खाली होने में क्या देर लगेगी...?’’

केसर की बात सूरज के उजाले की मानिन्द एकदम सही थी, मगर ऐसा सत्य मनुष्यों की विकृत दृष्टि से दिखलायी भी तो नहीं पड़ता। साच कहने की अपेक्षा साच सुनना ज्यादा मुश्किल है! ऐसा सच सुनने के लिए नवाब-बादशाह और राजा-महाराजाओं की देह पर वैसे कान ही नहीं होते। केसर को अदेर फटकार पिलाते रावलजी ने कहा, ‘‘ज्यादा बकवास मत कर, वरना ऐसी जीभ दूसरों के मुँह में ही नजर आएगी!’’

केसर के मुँह में तो जैसे गुड़ दिया हो! नीची गरदन किये चुपचाप रवाना हो गयी। लेकिन मन-ही-मन हार नहीं मानी। सभी दासियों के अदीठ होते ही रावलजी की ध्यान फिर से उसी बिन्दु पर अटक गया कि उमादे के सम्बन्ध की खातिर जो जाल भीतर-ही-भीतर रचा था वह तभी पार पड़ेगा जब दोनों सहेलियों की संगत चार-पाँच बरस तक कायम रहे। वरना बिना अते-पते की सूनी दासी का कीमा करवाकर चील-कौओं को चुगाना क्या मुश्किल था! तनिक पास आकर भारमली की पीठ थपथपाते कहा, ‘‘यदि उस वक्त तेरे पास कटार होती तो बहुत

अच्छा रहता! अब तुझे छूट, मेरी यह कटार ही देगी! हरदम साथ रखना! उमादे की सौगन्ध कि तुझ पर मुझे बिलकुल ही गुस्सा नहीं आया। ऐसा लम्पट राजकुँअर जीकर भी क्या निहाल करेगा? '' रानी के अलावा किसी को भी विश्वास नहीं हुआ कि रावलजी के मुँह से सपने में ऐसे बोल नहीं निकल सकते, जो जागते हुए पूरे होश-हवास में निकले! मगर रानी के लिए उमादे चक्रवर्ती साम्राज्य से भी बढ़कर थी! समन्दर से भी अधिक खूँखार और क्रूर जन्तु राजाओं की आँत-आँत में मौजूद रहते हैं! मगर अभी इन अचीते बोलों का सच्चा मर्म समझ में नहीं आया। फिर भी किसी प्रकार का विवाद करने की बजाय उसने चुप रहना ही संगत समझा। कुँअरानी की बौखलाहट का पार नहीं था। लकिन उसका कुछ भी वश नहीं चलता था। रावलजी के रहते राज-काज के समस्त अधिकार रावलजी के हाथ में थे। कुँअरजी में कुछ भी दम-खम होता तो छल-कपट या मन्त्रणा की क्या कमी थी। अब तो होनी-अनहोनी सब रावलजी के जिस्मे! रानीजी मन-ही-मन सोचने लगी अब तो क्षण-क्षण अतिशय सतर्कता रखना बहुत जरूरी है। ऐसी बेहूदी बात उनके मुँह से निकली तो निकली ही क्योंकर? मगर उमादे और भारमली को तो सब सफेद-सफेद पेय दूध ही नजर आते थे। साच, प्रीत, स्नेह और कल्याण के अलावा उन्हें अन्य जानकारी की जरूरत भी नहीं थी! उनके मन में फुफकारता क्रोध और छटपटाता स्वाभिमान रावलजी के शब्दों से तिरोहित हो गया। उमादे ने धीरज के साथ कहा, ''नहीं जीसा—कटार, तलवार और तीर-कबान इत्यादि सभी शस्त्र कायरता के सूचक हैं। अपना आपा ठिकाने रहे तो न छल-कपट की जरूरत है, न फौज-फाँटे की और न झूठ बोलने की। मेरी तो एकमात्र इच्छा है कि किसी राजा-महाराजा या किसी राजकुँअर से सम्बन्ध नहीं जोड़कर किसी गरीब के साथ ही ब्याह कर देना, मगर वह होना चाहिए सौ टका इनसान...।''

रावलजी के सपने पर जैसे दुधारी तलवार गिरी हो! तुरन्त प्रतिवाद किया, ''नहीं बिटिया, तेरी यह बात मैं हरगिज नहीं मानूँगा। अब ऐसी बात भूलकर भी मत करना। मेरे लिए अब सुख जैसी चाहना सिर्फ तू ही है! कुँअर के लच्छन तो देख लिए। तेरे लिए ऐसा वर तलाश करूँगा कि वह महाराजाजी के साथ-साथ सौ टका इनसान हो...।''

''नहीं जीसा, ऐसा योग बैठना असम्भव है...।''

''नहीं मेरी दुलारी बिटिया, ऐसा योग दुर्लभ नहीं है। मेरी एक बात तू गाँठ बाँधले कि धरती बीज नहीं चुराती! मुझे वचन दे कि तू भूलकर भी मेरी बात पर अविश्वास नहीं करेगी।'' कुछ देर के लिए उमादे ऊहापोह में फँस गयी। फिर सोच-विचारकर बोली, ''आपने मेरा और भारमली का इतना मान रखा, इस

से अधिक मेरी कुछ भी चाह नहीं है। मेरे मुँह से जो बात निकले, वह कौल-वचन से भी बढ़कर है!''

''मुझे तुझ से ऐसी ही आशा थी। तुम दोनों की विशुद्ध प्रीत व्यर्थ न जाये, आज से मुझे केवल यही ध्यान रखना है।''

दोनों सहेलियों के मन में कुछ भी चुभन शेष नहीं रही। भारमली तो एकदम ही पिघल गयी। रावलजी के चरणों में शीश नवाकर बोली, ''यदि जाने-अजाने मुझसे जो गलती हो गयी, उसके लिए माफी चाहती हूँ।''

रावलजी की खुशी का वारापार नहीं रहा, जैसे उनके सपने की पाँखें तिगुनी बढ़ गयी हों! लेकिन रानीजी के मन में पूरी शान्ति नहीं हुई। पति-परमेश्वर के पसीने की उन्हें काफी-कुछ पहचान हो गयी थी! फिर भी दोनों बेटियाँ सन्तुष्ट हो गयीं तो उनके मन में कुछ आशंका नहीं रही।

केसर के होंठों से पहली बार स्पष्ट और सच्ची बात रावलजी को काफी अखरी, फिर भी गढ़ की तमाम दासियों से उस पर अधिक भरोसा था। वह आसानी से छलकती नहीं थी! मौके-मौके पर उसके खरे बोल उन्हें मन-ही-मन अच्छे लगते थे, मगर राजाओं के लिए दिखावटी स्वाँग लाना भी अपरिहार्य होता है! राज्य चलाने के प्रंपच भी तरह-तरह के होते हैं!

कुछ समय तक रावल लूणकरणजी ने गहरा विचार करके एक बार फिर भारमली की पीठ थपथपाकर उसका सिर सहलाते कहा, ''आज तेरी हिम्मत व निडरता देखकर इतना खुश हुआ कि बता नहीं सकता। क्या पता कल मन बदल जाये, इसलिए तू अभी जो भी कहेगी, तेरी कामना पूरी करूँगा। मैं इतना खुश कभी-कभार ही होता हूँ। कल तक सोच-विचारकर बता देना, ऐसी कोई जल्दबाजी नहीं है। न हो तो उमादे से भी मशविरा कर लेना।''

यह तो अन्धे के हाथ बटेर लगी हो! और जैसे वह पहले से तय करके बैठी हो। उतावली दरसाते कहा, ''न तो मुझे कल तक कुछ भी सोचने की जरूरत है और न किसी से मशविरा करने की। उमादे के बदले मुझे इन्द्रलोक का राज्य भी मिलता हो तो मुझे उसकी रंचमात्र भी चाह नहीं है! कल हो, चाहे परसों हो उमादे का ब्याह तो एक दिन होना ही है। मुझे दासी के रूप में उसके साथ भेज दें तब भी मुझे कुछ एतराज नहीं होगा। मैं उस से दूर रहकर जी नहीं सकती...!''

उमादे पूरी बात सुने बिना ही बीच में टोकना चाहती थी, लेकिन जानकर ही चुप रही। पूरी बात सुनने के पश्चात् कहने लगी, ''क्या शानदार सुझाव दिया है...! मैं भी कुछ इनाम देना चाहती हूँ। एक बार फिर कहना तो...!''

उमादे के व्यंग्य का मर्म किसी से भी छिपा नहीं रहा। किन्तु अन्तरंग सहेली

का मुँह उतर गया। वह इधर-उधर ताकने लगी। वाकई अपने मुँह से ऐसी बेहूदी बात को याद करके पश्चाताप का पार नहीं रहा। फिर भी मन की बात होठों से बाहर निकल ही पड़ी। अच्छा-बुरा जो होना था हो चुका। सहेली को उदास मुद्रा में देखा तो उमादे कहने लगी, "यह तो तेरे मुँह से ऐसी फूहड़ बात सुनकर चुप रही, वरना किसी और के मुँह से सुनती तो उस में बहुत बुरी बिताती। आइन्दा ध्यान रखना।"

"लेकिन उमादे मैं राज-कन्या तो हूँ नहीं...!"

उमादे ने तत्काल प्रतिवाद किया, "बेचारी राजकन्या की क्या बिसात, तू उस से बड़ी है, केवल उसी से ही क्या, रानी और महारानी से भी...।"

रावल लूणकरणजी दोनों साथिनों की बावली बातें सुनकर इतने खुश हुए, मानो उन्हें कोई नया रजवाड़ा मिल गया हो। स्वयं कुछ किये बिना ही उनका चिर आकांक्षित इकलौता मनसूबा पार पड़ता जा रहा था!

जबरन वसूल किया वह नजराना उसी तरह हृदय में खटक रहा था। किसी गहरी मन्त्रणा किये बिना उस यमराज की दाढ़ों से वापस हथिया लेना आसान काम नहीं था। ताकत की बजाय अक्ल से काम सारना होगा। मगर फिलहाल तो भारमली की मंशा के अनुसार मेहर-मया दरसाते कहा, "अब तक मेरे एक बिटिया थी, अब दो हो गयीं। बड़ी उमादे और छोटी भारमली...!"

रावलजी के मुँह से ऐसी अमृतमय वाणी सुनकर उमादे को ज्यादा खुशी हुई या भारमली को, इसका अनुमान करना विधाता के भी वश की बात नहीं थी। कुँअर मनोहरसिंह के दस्तखत गालों की बजाय दिल में ज्यादा खटक रहे थे। ठेठ गहरे-ही-गहरे अंकित हो गये थे। मगर अभी रावलजी के होंठों से बरसे शब्दों ने दोनों की जलन काफी-कुछ शमित की। राज-वैद्य के हाथों बने मरहम व उनकी तीमारदारी की वजह से कुँअर के दस्तखत मिटने लगे थे। फिर भी आरसी के प्रतिबिम्ब का सामना करने की अब तक हिम्मत नहीं जुटा पायी तो उमादे ने अजाने ही दर्पण में देखना यकायक बन्द कर दिया! गढ़ में दोनों सहेलियों का मन लग ही नहीं रहा था तो रानी-माँ और रावलजी की अनुमति लेकर बाड़ी में रहना शुरू कर दिया। केसर के अलावा उनकी हाजरी बजाने के निमित्त रावलजी ने पुख्ता निषेद कर दिया। सहेलियों की मंशा भी यही थी, रावलजी तो फकत निमित्त बने।

कुछ दिन तक तो मौके-बेमौके रावलजी के मुँह से मारवाड़ के उगते सूरज की प्रशंसा केसर चुपचाप सुनती रही। मन-ही-मन विचार करती रही। बार-बार एक

ही बात सुनते रहने से उसके मन में भी बात धीरे-धीरे घर करती रही कि मारवाड़ के उस तेजस्वी सूर्य के अलावा उमादे के लिए समूचे राजपूताने मं कोई दूसरा व्यक्ति उसकी होड़ करने वाला नहीं है। निर्धन व्यक्ति से ब्याह रचाने पर, चाहे वह कितना ही गुणी क्यों न हो, उमादे गरीब लोगों का कल्याण हरगिज नहीं कर सकेगी। और दूसरी तरफ राव मालदेवजी से ब्याह होने पर उसके सारे सपने साकार होने लगेंगे! असहाय जच्चाओं के लिए सुआवड़, बुजुर्ग और विधवाओं के लिए पर्याप्त सहयोग, गरीब बच्चों के लिए पाठशालायें, ढोर-डाँगरों के लिए गौशालायें और घास। महाराजा मालदेवजी के लिए राज-काज का कोई अन्त है भला! आसानी से वह विजयी मानने वाला भी कहाँ है? लेकिन उमादे जैसी गुणवती और अतिशय रूपसी इस दुनिया की बात तो दूर इन्द्रलोक में भी नहीं मिलेगी! केवल सुन्दर देवियों को धूप तो खेना नहीं है! राज्य के कल्याण की बात रानियों के अलावा कौन सोचेगा? राजा-महाराजा तो दारू और मारू में मगन रहते हैं। राव-उमरावो को अपनी मर्यादा में रखना तो औरतों का फर्ज बनता है। शनैः शनैः सारी बातें समझाने के बाद रावलजी ने केसर से पूछा, ''बता, उमादे में ये सभी गुण हैं कि नहीं...?''

केसर के लिए मना करने की कोई गुंजाइश ही नहीं बची थी। तिस पर वह उमादे की बेहद शुभाकांक्षी थी। अन्ततः केसर को जितनी पाटियाँ पढ़ानी थीं वे सब अच्छी तरह पढ़ा दीं। रावल लूणकरणजी पुख्ता तौर पर जानते थे कि केसर के अलावा और किसी की बात उमादे नहीं मानेगी। सुनते ही मान जाये ऐसी ढुलमुल समझ उमादे की नहीं थी। यह जानने के बाद कि केसर के दिल में मनचीती बोआई हो गयी, तब उन्होंने कहा, ''अब तेरी इच्छा हो तो उमादे को समझाना, इच्छा न हो तो मेरा कुछ भी दबाव नहीं है।''

''उनके भले की बात मैं नहीं समझाऊँगी तो और कौन समझायेगा? मेरे सिवाय वे किसी की बात नहीं मानतीं। उनका बड़प्पन कि वे मेरी बात ध्यान से सुनती हैं।'' केसर ने हिचकते-हिचकते यह बात प्रकट की।

राम जाने रावलजी में इतना बदलाव क्योंकर हुआ? अत्यधिक अचरज की बात! अग्नि के उनमान वे अपना उत्ताप किसी भी सूरत में नहीं छोड़ते। मगर बेटी की खातिर उन्हें अपने-आप से समझौता करना पड़ा। भले ही राजा हो, चाहे बादशाह बेटी के निमित्त इस कमजोरी का अतिक्रमण नहीं कर सकते! लेकिन राजकुँअर के दस्तखतों से पहले ऐसा कोमल कलेजा तो उनका नहीं था।

युद्ध में दुश्मन की सेना का खून बहते देखकर और अधिक जोश उफनता है, परन्तु जवान होती खूबसूरत दासी के गाल रिसता लहू देखकर कैसे भी क्रूर दिल को पिघलना पड़ता है। खाना चबाने वाले दाँतों को ऐसा गलीज करतब राक्षसों

को भी शोभा नहीं देता! मगर राजकुँअर और राजा-महाराजा तो राक्षसो की बजाय अधिक निकृष्ट और बर्बर होते हैं! ब्याह होने से पहले केसर रावलजी की विशिष्ट मन-पसन्द दासी थी। अब भी हवस हो तो बड़े उमरावों की अनुकम्पा हो जाती है! लेकिन जब तक उस से सम्बन्ध रहा, रावलजी ने उस से पत्नी जैसा ही प्यार किया! उसका मान-सनमान रखा। लेकिन कैसी भी प्रेमिका रानी का पद नहीं पा सकती। सेहरे की ठौर मस्तक और जूतियों की ठौर पाँव! भारमली जैसी गुस्सैल और स्वाभिमानी दासियाँ मुश्किल से एकाध ही मिलती हैं। और उमादे जैसी राजकुँअरियाँ भी सालों पड़ताल करने पर भी कहाँ मिलती हैं, जो एक सूनी दासी को अपने बराबर माने! ब्याह होने पर ऐसी छूट क्योंकर पार पड़ेगी? सभी मनुष्य बैठकर सोते हैं, खड़े-खड़े नहीं पड़ते! आखिर तेरी-मेरी बिना बात बनती ही नहीं! मेरा सो मेरा, तेरा सो तेरा! दूसरों के गले उतरने पर अपना पेट थोड़ा ही भरता है! न भूख मिट सकती है और न प्यास बुझ सकती है। मनुष्य योनि के लिए भूख और प्यास के निमित्त रोटी-पानी के अतिरिक्त दूसरे व्यंजन भी होते हैं। मर्द की वैसी भूख-प्यास औरत के अलावा नहीं बुझती और नारी की वैसी भूख-प्यास पुरुष के बिना नहीं बुझती! वह भूख-प्यास जगने पर अमृत भी अच्छा नहीं लगता। खाद्य-अखाद्य का भेद तो मनुष्यों द्वारा रचे गये हैं, वरना कुदरत के लिए तो खाद्य सो ही अखाद्य और अखाद्य सो ही खाद्य! कुदरत भेद-भाव की सीढ़ियाँ नहीं मानती!

केसर के विश्वास की खातिर उमादे की ओर से रावल लूणकरणजी काफी आश्वस्त थे। फिर भी केसर का मन बिलमाने के निमित्त उसे एकाध बार छिपकर सेज पर भी खिलायी। वह नहीं मानती तब भी बख्शिश के बहाने उसे जबरदस्ती गहने भी सौंपे। उसके इसी निरासक्त मन की खातिर रावलजी की निगाह में उसका काफी लिहाज था। रानीजी के कानों में भनक पड़ने पर उनका रूठना उम्र भर नहीं मिटता। इसलिए बेहद सतर्कता रखनी पड़ती थी!

दो-तीन पखवाड़ों के उपरान्त किसी एक मंगल-घड़ी में उन्हें केसर ने यह शुभ-समाचार सुनाया कि उमादे महाराजा मालदेवजी से पाणिग्रहण करने के लिए आखिर मान गयी है। भारमली को अपने ही साथ ससुराल में रखेगी। अपनी प्रीत में साझेदारी रखने के लिए अन्ततः महाराजा को मना लेगी। उमादे के लिए जैसी दाहिनी आँख वैसी बाईं आँख! आँखो के निमित्त पक्षपात रखना किसे भी नहीं पोसता! एकाध-बरस तो भारमली को मनाने में भी लगेगा। राजा-महाराजाओं के लिए तो खाद्य के पहले अखाद्य की तलब रहती है। उन्हें सामने रखी मिश्री की बजाय चोरी का गुड़ मीठा लगता है! भारमली की सहमति के लिए उसे बहुत माथा लगाना पड़ेगा। वह किसी भी क्षण उमादे के लिए मरने को तैयार है, मगर

उसकी प्रीत में हिस्स रखने के लिए सपने में भी नहीं मानेगी। पण्डित-ज्ञानी जब-तब अपनी समझ बघारते हैं कि औरत से औरत की ईर्ष्या का पार नहीं है। सगी बहन के लिए भी अपने पति की प्रीत में साझेदारी रखना तो दूर की बात, वैसी भनक सुनने से भी उसके मन में डाह की आग सुलग उठती है! भारमली के लिए भी उसने केसर के सम्मुख बड़ी मुश्किल से हामी भरी, वरना जीसा से जबरन नजराना वसूल करने वाले दैत्य से किसी भी सूरत में पाणिग्रहण की खातिर किसी भी लोभवश हामी नहीं भरती। मनुष्य में यदि मनुष्यता ही न हो तो वह जानवर से भी गया-गुजरा है। वह 'प्रेम' की एक नयी मिसाल कायम करेगी, जिसका सपना भी औरत-जात नहीं देख सकती! नारी का मन पुरुष की तरह गलीज नहीं होता। गढ़ की चारदीवरी में जो ज्ञान उसे मिला वह दुनिया के किसी गुरुकुल में नहीं मिल सकता। जिस तरह माँ अपनी सन्तान के प्रति एक जैसी ममता व स्नेह रखती है, तब क्या वह अपनी सहेली की खातिर अपनी प्रीत में पक्षपात रखेगी? जब-कभी उसे जैसा भी सुख मिला उस में भारमली हमेशा शामिल रही। जैसा भी भोजन मिला दोनों ने साथ बैठकर प्रेम से खाया। तो क्या कंजूस के उनमान सेज क्रीड़ा में उसे दूर रखेगी? आज से पहले उस जैसा हुलिया किसी को नहीं मिला, आगे भी नहीं मिलेगा, बदसूरत या खूबसूरत का कोई लफड़ा नहीं, उसी तरह उस जैसा स्वभाव भी और किसी को नहीं मिला और नहीं मिलेगा। उमादे नाम तो कई औरतों का होता है, लेकिन उस जैसी प्रकृति तो दुनिया से अलग ही है। बाकी सब बातों के लिए उसका मन समान रूप से उदार है तो क्या प्रीत की वेला वह निपट स्वार्थी या लालची हो जाये? फिर भी जब तक वह प्रत्यक्ष मिसाल कायम नहीं करे, तब तक भारमली से भी यह भेद छिपाकर रखेगी। जिस तरह पीहर और ससुराल सहित सबके जानते-बूझते दुलहन निःशंक दूल्हे के रंग-महल की ओर साज-शृंगार करके कुंकुम पाँवों चलती है, उसी प्रकार दोनों सहेलियाँ बेहिचक साथ ही प्रीत करेंगी! जब अपने मन से चोरी छिपी नहीं रहती, तब साझा प्रेम में कैसा दुराव? कुठले में ताला लगाकर छिपाना तो अकर्म है...!

उमादे और भारमली के प्रति तो रावल लूणकरणजी काफी-कुछ आश्वस्त हो गये थे, अब दूसरी ओर निशाना साधना है। न फौज के बिना राज्य का काम चलता है और न जासूसी के बिना। जैसलमेर के जासूस भी सारे राजस्थान में मशहूर थे। जासूसों के सहयोग से ही फौज का पराक्रम बढ़ने लगा था। उसी तरह मारवाड़ के रजवाड़े की नयी-नयी सीमायें बढ़ाने के निमित्त महाराजा मालदेव का मद और उत्साह सर्वत्र छाया हुआ था। देखते-देखते मारवाड़ की सीमा चौगुनी या छह गुनी बढ़ गयी। ठीक उसी तरह रानियों या अन्य औरतों की देह पर

भी जीत हासिल करने का मद एवं उछाह भी निराला होता है! दोनों का आनन्द एक जैसा ही महसूस होता था। जैसलमेर के कुशल जासूस मारवाड़ राज्य के दरबारियों की सहायता से उमादे और भारमली के अनिन्द्य रूप की भनक महाराजा के कानों तक बार-बार पहुँचा रहे थे। महाराजा मालदेव की जैसी-तैसी समझ के अनुसार चाहे युद्ध के मैदान में जूँझो, चाहे सेज पर जूँझो दोनों के आनन्द में एक जैसी ही अनुभूति थी! दिन के उजाले में युद्ध के मैदान का आनन्द और रात के अँधियारे या चाँदनी के परदे में सेज की क्रीड़ा का आनन्द! बूँद-बूँद से घड़ा भरता है, उसी प्रकार रूप-यौवन की फुसफुसाहट के मधुर अक्षरों से हृदय छलकने लगता है। आखिर उमादे एवं भारमली के रूप की प्रशंसा सुनते-सुनते महाराजा का मन भी विचलित होने लगा। उनमें रूप-यौवन की अबाध चर्चा के साथ-साथ एक और कानाफूसी भी सुनायी पड़ती कि भारमली की संगति भी ब्याह जितनी ही जरूरी है। लेकिन 'सहेली' या 'साथिन' के अलावा 'दायजवाल' (दुलहन के दहेज में दी जाने वाली दासी) का फूहड़ बोल मारवाड़ राज्य के किसी भी दरबारी की जबान से न निकले, इसी कौल-वचन के आश्वासन की आशा से ही उमादे ने इस ब्याह के लिए हामी भरी। फिर ब्याह के उपरान्त इकडंकी महाराजा की जो इच्छा होगी, वही होगी ऐसा बेतुका प्रस्ताव सुनकर राव मालदेव को बहुत बुरा लगा। अभी दिनमान कुछ बुरे हैं। मुगलों की दाढ़ों से अजमेर छीन तो लिया, मगर पचाना मुश्किल हो रहा था। यदि वापस लौटाना पड़ा तो और भी अधिक बदनामी होगी। अधिकांश फौज उधर ही फँसी थी। महाराजा को साँस तक लेने का अवकाश नहीं मिल रहा था! वरना जैसलमेर जैसे पिद्दी रजवाड़े को झपट लेना तो उनके बायें हाथ का खेल था। एक भारमली की बात तो दरकिनार, मन करे तो उस गढ़ की तमाम दासियाँ हाँक लायें! मगर रात के अँधियारे में उमादे के रूप की गुँजार से महाराजा का मन उखड़-उखड़ जाता था! कहीं जैसलमेर के चाँदनी चौक में आकाश का चाँद तो टूटकर नहीं गिर पड़ा? या कहीं बादलों की बिजुरिया रानी की कोख में नहीं उतर पड़ी? रूप के समाचार तो बराबर मिलते रहे, किन्तु सम्बन्ध क बारे में कुछ भी सुनायी नहीं पड़ा। पचास हजार मोहरों के नजराने की दाझ सम्भवतया अब भी शान्त नहीं हुई है। तत्पश्चात् भाटियों की फौज भी काफी बढ़ गयी। मारवाड़ का नाम सुनते ही गुस्से के मारे कलाइयाँ काटने लगते हैं! महाराजा मालदेव के लिए दुगुना सिर-दर्द हो गया। उधर अजमेर पूरा पचाये बिना चैन नहीं मिल रहा था, इधर उमादे से ब्याह किये बिना शान्ति नहीं मिल रही थी! उसी दीवान के साथ पचास हजार मोहरों का नजराना वापस भेजा...नयी-नयी जीतों की उमंगों के सहित! अजमेर प्रान्त की लूट-खसोट में करोड़ों की सम्पत्ति हाथ लगी। उसके सामने पचास हजार मोहरें तो पासंग बराबर

भी नहीं हैं! उमादे से सम्बन्ध निश्चित होने के बाद महाराजा मालदेवजी जैसलमेर राज्य की पूरी मान-मर्यादा रखेंगे। सुख-दुख में साथ निबाहेंगे।

रावल लूणकरणजी के लिए दुहरी आफत हो गयी। यदि सम्बन्ध के शुभ समाचार के साथ नजराना वापस नहीं लौटाते तो उन्हें ज्यादा खुशी होती। यह तो जैसे घाव पर नमक छिड़कने जैसी ही बात हुई! दूसरा जोर भी क्या करते? उन्होंने निपट अकेले ही खुली आँखों से जो सपने सँजोये और मन-ही-मन जो जाल बुना था, उनके पार पड़ने पर ही मारवाड़ के राठौड़ों को सबक सिखायेगे! मनवांछित सम्बन्ध तो स्वीकार करना ही था। फिर भी दीवान से कुछ भी छिपाया नहीं। दहेज के साथ-साथ ये मोहरें भी वापस सौंप देंगे। और एक खास बात भी महाराजा से पूछना न भूलें कि युद्ध में जरूरत हो तो बहादुर भाटियों की फौज हाजिर करूँ। उनकी अपूर्व वीरता राजपूताने में किसी से छिपी नहीं है कि 'भाटी अणियां रा भंवर!'' (भाटी निर्भय होकर भालों की नोकों का सामना करने के लिए उसी प्रकार हुलसते है, जिस प्रकार भौंरे फूलों पर हुलसते हैं) दीवान ने अदेर जवाब दिया, ''अच्छी समझो तो अच्छी, बुरी समझो तो बुरी बान महाराजा में यही है कि वे राठौड़ों की सेना के बल पर ही जीत का डंका बजाना चाहते हैं। किसी भी छोटे-बड़े रजवाड़े का सहयोग लेने से उनकी गरिमा पर ठेस लगती है...!''

रावलजी की नस-नस में जैसे अंगारे सुलग उठे हों! लेकिन कुछ भी वश चलने की दूर-दूर तक गुंजाइश नजर नहीं आयी तो नियन्त्रण रखने में ही खैरियत समझी! मुस्कराते कहा, ''सच फरमा रहे हैं, हमारा रजवाड़ा है तो छोटा, मगर आत्मीय-जनों की हाजरी बजाने के लिए तैयार हैं। किसी भी समय याद कर लीजियेगा।''

दीवान ने कहा, ''आपका बड़प्पन है। दोनों रजवाड़ों का सम्बन्ध इसी शुभ घड़ी से अटल है! अजमेर की मनवांछित विजय के बाद विवाह उतने ही धूमधड़क्के से होगा।'' दीवान को आदर-सहित विदा किया। रावल लूणकरणजी उस से पहली बार बाँहें पसारकर गले मिले। हजार मोहरें इस तरह चुपके से सुपुर्द कीं कि किसी भी दरबारी के कानों में भनक तक नहीं पड़ने दी। रानीजी से भी वह भेद छिपाकर रखा। दोनों की छलछलायी आँखों में अभिनय का दिखावा था! रावलजी ने गढ़ की पहली प्रोल तक पहुँचाकर जुहार किया। विदा होते समय दीवान यह सन्देश देना भी नहीं भूला कि इक्कीस दिन तक कोई पत्र नहीं आये तो भी अच्छा मुहूर्त देखकर लगन भिजवा दें। महाराजा की कुछ ऐसी ही मंशा समझ में आयी। उमादे भटियानी और उनकी सखी भारमली के रूप की इतनी प्रशंसा सुनने में आयी कि महाराजा को बिना देखे सन्तोष नहीं होगा। यहाँ आते

समय अन्दाता ने ऐसा ही कुछ इशारा किया था!''

दीवान के ओझल होते ही रावलजी उसी दिशा में एकटक देखते रहे। उनके अन्तस् में चमगादड़ें इधर-उधर चक्कर काटती रहीं, आखिर गढ़ में पहुँचते ही उनके मन में सन्नाटा छा गया। राज्य बचाने और राज्य बढ़ाने की आकांक्षा से बढ़कर अन्य कोई चाह नहीं होती! इस अटूट मनसूबे को राजा-महाराजाओं के अलावा कोई नहीं समझ सकता! दूसरे दिन गहरा विचार करने के बाद सबसे पहले रानी को वह शुभ-समाचार सुनाया। रानी बेटी के सुख और उसकी सम्पत्ति के लोभ-वश राजी तो काफी हुई। मगर सचमुच के हर्ष की लहरें उसके मानसरोवर में नहीं मचलीं। आप-करमी बेटी का जैसा भाग्य होगा, वैसा ही फलेगा। रानी की मंशा जानने के बाद रावलजी ने केसर के सामने अजहद मोद-गुमान के साथ अपने मन का आनन्द दरसाया। वह वाकई बेहद खुश हुई। रावलजी अच्छी तरह जानते थे कि बिल्ली की ओजरी में घी ठहरे तो औरत के पेट में बात ठहरे! तिस पर वह तो केसर का मन-पसन्द समाचार था। उमादे ने तो पहले ही हामी भर ली थी। फिर भी केसर बेइन्तहा उछाह के साथ मन्द-मन्द मीठे लहजे में सारी बात विस्तार से सुनाने लगी तो उमादे बीच में ही बोली, ''मैंने तो पहले ही सच्चे मन से अपनी सहमति जता दी थी। आखिर बेटियों का विवाह तो होता ही है, जहाँ माँ-बाप उचित समझें। हम जैसे राव-उमरावों के गढ़-किलों में यही कायदा है। फिर भी मैंने अपनी मंशा न जीसा से छिपायी और न माँ से। वे नहीं माने तो मैं मान गयी। वरना भारमली को इस भेद की भनक मत पड़ने देना। मौका आने पर सारे राज्य में अपने-आप पता चल जाएगा...।''

''मगर आप स्वयं कितनी देर तक छिपा सकेंगी...? वह नहाकर बाहर निकले तब तक। फिर...?''

उमादे ने बेमन से कहा, ''मेरे वश रहते आज दिन तक उस से कोई बात छिपायी नहीं, मगर अब छिपाना जरूरी हो गया। यदि मौसीजी के खौलते व्यंग्य से उसका कलेजा जलता नहीं तो मैं खुद ऐसी बात सुनने को तैयार नहीं होती। यदि तू ठीक समझे तो कुछ दिन के लिए माँ और जीसा को भी मना कर देना कि अपने होंठ बन्द रखें। सूरज के उगने तक अँधेरा रहता है, फिर सब कुछ उजागर हो जाता है। सोचती हूँ कैसी भी अड़चन या उलझन सँवार लूँगी। प्रीत की ताकत के सामने कोई भी ताकत नहीं टिकती...!''

केसर के गले उमादे की बात उतरी नहीं। पहली बार प्रतिवाद किया, मगर मीठे स्वर में मुस्कराते हुए, ''नहीं बाईसा, यह आपका भरम है। औरत-जात के दिल में प्रीत और नेह का पार नहीं है। लेकिन पीढ़ियों की छान-झूँपड़ियों के कच्चे आँगन और महल-झरोखों के सुनहरे चौक में जमीन-आसमान का अन्तर

होता है। मेरे दिल में भी अकूत प्रीत है, असीम आशायें हैं, लेकिन धन और सत्ता का अंश तक नहीं। लाख चाहने पर भी कुछ वश नहीं चलता। आपकी पहचान से आश्वस्त होकर इस गढ़ की जहरीली व खूँखार हवा के रहते पहली बार सच बताने की मेरी हिम्मत हुई! मेरे कलेजे में दबी अगन सिर्फ मैं ही जानती हूँ। मरने के बाद भी हमारी कोई मुक्ति नहीं है...!''

केसर के हिये का वह साच इतना अछूता, निर्मल और इतना पवित्र था कि उमादे की आँखें अदेर भर आयीं। बहती वाणी के बोल कुछ रुँध-से गये, ''तेरे मन की निर्भीक सच्चाई सुनकर मैं भी पहली बार अपने मन की घुटन बताती हूँ कि भारू की अमृतमयी देह पर राजकुँअर के खूनी दस्तखत बाँचने के बाद इस गढ़ की विषाक्त हवा में एक पल के लिए भी साँस लेने का मन नहीं करता। मगर हमारा कुछ भी वश नहीं चला। यदि राई-रत्ती भी वश चलता तो अगला साँस गढ़ के बाहर ही लेती! गढ़-किलों के बन्धन भी अटूट होते हैं! फकत मुक्ति के लोभ, यहाँ से उड़ना चाहती हूँ। जानती हूँ कि अगला रजवाड़ा भी इस रजवाड़े से बहुत बड़ा और शक्तिशाली है। मगर अदीठ और अपहचाना है। इसलिए यह दिखती हुई यह जोखिम उठाना चाहती हूँ। सिर्फ मेरी वजह से भारमली यह नारकीय जीवन जी रही है, वरना मौसीजी के वे जहरीले बोल सुनने के बाद जिन्दा रहती भला? उसे इतने दिन किस तरह बहलाकर रखा, मैं जानती हूँ। या वह जानती है। विवाह तो यहाँ से मुक्ति पाने का बहाना है केसर...फकत बहाना! तेरा साच सुनने पर मुझे भी सही बात उगलनी पड़ी। आज का यह खराब जमाना और तिस पर राजकन्या का जीवन...? धूर्त पुरुषों के बन्धन से हमें सपने में भी छुटकारा कहाँ है? तभी तो हम बार-बार पंछी और जानवरों की संगति के लिए बाड़ी में जाती हैं! मौसीजी की तिक्त दुत्कार के बाद, भेद-भाव और छूआछूत की आदिम कुरीत जहर-सी महसूस होती है, पर कैसा भी छोटा-बड़ा उपाय नजर नहीं आता। कितना मगज लड़ाया, मगर आस की चिनगारी तक नजर नहीं आती। गढ़-किलों के परकोटों में ऐसी ही दूषित हवा चलती है कि कोई नया बीज ही क्या अंकुरित हो जाये! समझ नहीं पड़ता कि महावीर और बुद्ध भगवान के राज्यों में ऐसी नयी हवा कहाँ से उड़कर आयी कि वैसी विरल हस्तियाँ अवतरित हुईं। सम्पूर्ण मानव-समाज में कोई गिने-चुने बन्दों को ही वैसी नयी-नयी बातें उपजती हैं, सूझती हैं। जिन्हें सूझती हैं, वे तपस्या करते हैं और मनचीती मुक्ति पाते हैं! वरना हम जैसे अगणित लोग-बाग फकत गुबरैलों का जीवन जीते हैं। मनुष्यों की खोल पाकर कोई करोड़ों में एकाध मनुष्य कहलाने के योग्य बनता है...! समझी कि नहीं...?''

केसर एक गहरा निश्वास छोड़कर बोली, ''समझी बाईसा, समझी। आपके

मन की बातें मैं बिना सुने ही समझ लेती हूँ...!''

''लेकिन हम दोनों में ऐसी बुद्धि कहाँ? माँ के बताने पर भी ऐसी बातें मुश्किल से समझ में आती हैं। एक बार में समझ नहीं सकी तो दो-तीन बार पूछा, तब माँ ने हाथ झटकते कहा, ''मैं ज्यादा बातें नहीं जानती बिटिया। तेरे पिताजी इस से भी आलीशान बातें जानते हैं! भगवान महावीर और भगवान बुद्ध की ऐसी-ऐसी झीनी बातें बताते है, जैसे रूबरू मिले हुए हों! सम्राट अशोक के कलिंग युद्ध का ऐसा खाका खींचते हैं कि सर के बाल तक खड़े हो जायें! लाखों सैनिक मारे गये। दुश्मन की सेना के इतने मुण्ड कटे कि लहू की नालियाँ बहने लगीं। धरती पर धूल की जगह चारों तरफ सैनिकों के कटे-फटे अंग-ही-अंग नजर आने लगे! वैसा वीभत्स माहौल तो कभी देखने में नहीं आया! सम्राट का मस्तक दाँतों के बीच आ गया! माथा इस तरह चकराने लगा कि उनके भीतर का अंग बाहर और बाहर का हुलिया भीतर समा गया! अहिंसा और करुणा के ऐसे निर्झर उनके कठोर कलेजे से बहने लगे कि बुद्ध भगवान के अधूरे काम सम्राट अशोक के द्वारा पूर्ण हुए! माँ की प्रेरणा से मेरे मन में ऐसे भैरव जागे कि मुझे जीसा की शरण में जाने की जची। लेकिन भारमली ने एक बार मना करने पर दुबारा हामी नहीं भरी सो नहीं भरी। आखिर मैं अकेली ही उनके पास गयी। मेरे मुँह से भगवान बुद्ध, महावीर और सम्राट अशोक की प्रशंसा सुनी तो उनकी भौंहें तन गयीं। आँच में सुलगते-से बोले, ''भाटियों की बेटी के मुँह से अहिंसा और करुणा की पिलपिली बातें शोभा नहीं देतीं। राजपूतों के जायों को तो युद्ध, हिंसा और खून की बातें सोहती हैं। उन्हें तो सपने भी खनकती तलवारों और दमकते भालों के ही आने चाहिएँ। आइन्दा ऐसी गुदगुदी बातें सोचना तक नहीं! तेरी माँ ने पाठ रटाये दिखते हैं!'' ''उसके बाद तो मैं ऐसी डाँवाडोल हुई कि भारमली को भी सच्ची बात नहीं बतायी। वह पूछती तो बतानी ही पड़ती। खुशी से बताये जैसी बात ही नहीं थी। आज जाने क्यों वे दबी हुई बातें याद आ गयीं और तुझे बताने की जरूरत समझी तो बता दीं...।'' कि इतने में अछूते नारी-देह की निराली सौरभ आयी तो दोनों ने मुड़कर एक साथ देखा। भारमली नहाकर क्या आयी मानो साम्प्रत वीर बहूटियों की सम्मिलित काया ही तैरकर प्रत्यक्ष हुई हो! या उजली तेरस का चन्द्रमा दूध के सरोवर में स्नान करके आया हो! निपट सादा गुलाबी वेश। गहनों का लेश-मात्र भी नहीं। न हाथों में मेहँदी खिली हुई! चाँद के कौन मेहँदी लगाता है? पास आते ही भारमली अपनी मौज में कहने लगी, ''हमेशा तो नहाते ही भूख लग जाती है, मगर आज तो एकदम अनहोनी बात हुई कि ज्यों-ज्यों सारे शरीर पर पानी डालती गयी, त्यों-त्यों भूख मरती गयी। अब तो ऐसा लगता है कि भूख आजीवन लगेगी ही नहीं! बाहर पानी

बार-बार गेरने पर भीतर-ही-भीतर पेट भरता गया जैसे रोम-रोम की जड़ें अमृत से अघा गयी हों!'' भारमली की निराली बात सुनकर केसर भी झीनी-झीनी मुस्करायी और उमादे के अधरों पर भी मधुर-मधुर मुस्कराहट खिल गयी!

जैसलमेर की रानी के अचरज का पार नहीं रहा कि पिछले एक ही पखवाड़े की अवधि में रावल लूणकरणजी के होठों पर जितनी मुस्कान बाहर प्रकट हुई उतनी सब मिलाकर पन्द्रह बरसों में भी नहीं हुई। लेकिन उस मुस्कान की तासीर शीतल, मोहनी और निर्मल नहीं थी। दूसरों को क्या महसूस होता था, वे ही जानें, किन्तु रानी का यह दृढ़ विश्वास था कि उस मुस्कराहट में सुलगता उत्ताप है, जैसे अन्तस् में धू-धू जलती अगन की लपटें होठों पर चमक रही हों! केसर को भी ऐसा ही धुँधला-धुँधला भरम हुआ। मगर वह रानी जितना पुख्ता नहीं था। उसने उस ओर अधिक ध्यान नहीं दिया। राज-पण्डित, राज-खवास, मुख्य परजापत और दो पालीवाल बामनों के साथ लगन भेजने के बावजूद रानी के दिल में मनवांछित चैन नहीं मिला। बाकी सब सामग्री लूमड़ा नारियल, मौली, मोहरें तथा मांगलिक लगन के निमित्त कुंकुम, चाँदी की थाली इत्यादि सब आँखों के सामने थीं, लेकिन लगन राज-पण्डित से नहीं लिखवाकर रावलजी ने स्वयं अपने हाथ से निपट एकान्त में लिखा और न उसकी मात्रा तक का सुराग किसी को लग पाया। ऐसी गोपनीय बात भला क्या हो सकती है? रानी की चिन्ता का मुद्दा भी यही था। अकेले राज-पण्डित को गुप्त हिदायत दी, वह दरवाजा बन्द करके। रानी से भी पूर्णतया छिपाकर। या तो उस भेद को रावलजी जानते थे या पण्डितजी, जिसकी उन्होंने पूरी अनुपालना की। मारवाड़ के एक मात्र अधिष्ठता से दो बार 'खम्माघणी-खम्माघणी' करके उन्हें लगन हाजिर किया। महराजा तो उड़ती चिड़िया के पंख भाँपने वाले थे सो वैसी ही मर्यादा रखी। राजाओं के लगन की बाकी सब गरिमा एक जैसी ही थी, लेकिन एक अरदास अतिशय विनम्रता-पूर्वक लिखी हुई थी कि मारवाड़ का राज्य तो सिर पर चढ़े सूरज की भाँति तप रहा है और जैसलमेर का राज्य उसके सामने चिनगारी के समान है सो राज्य के बड़े स्वामी बारात में एक-सौ-आठ सरदार लाने की मेहरबानी फरमायें। मारवाड़ की ख्याति के योग्य स्वागत-सत्कार में थोड़ी-बहुत ही खामी रह गयी तो आपकी कोप-दृष्टि झेलने की क्षमता हमारी नहीं है। हमारी बहुत भद्दी लगेगी। महाराजाधिराज की इतनी अनुकम्पा हो जाये तो काफी है!

लगन बाँचते ही एक बार तो महाराजाधिराज के मोद की सीमा नहीं रही।

मगर दूसरे ही क्षण उनके मगज की नस में विद्युत की कौंध हुई। भीतर का सब मर्म अगन की लपट के उनमान स्पष्ट हो गया। महाराजा मन-ही-मन मुस्कराये...बेचारे बिज्जू को बब्बर शेर की बुद्धि और बल का क्या अन्दाज...! सहसा गुस्सा तो ऐसा भभका, मगर उमादे और भारमली के रूप के बेइन्तहा बखान का ध्यान आते ही जैसे उफनते दूध पर ठण्डे पानी के छींटे गिरे हों! दूसरे ही क्षण उफान...उफान के ठिकाने। होठों पर गहरे मर्म की मुस्कान खिल उठी।

दीवान और सेनापति को बारातियों की संख्या के लिए जो आदेश करना था, कर दिया और पूर्णतया निश्चिन्त हुए। बेचारा वातचक्र चाहे कितना ही चक्कर-गिन्नी की नाईं घूमे, लेकिन सूरज ढाँकने की इच्छा एक बार भी पूरी नहीं हो सकती!

निमन्त्रण की मांगलिक तिथि के अवसर पर, गोधूलि वेला से तीन घड़ी पहले मिगसर सुदी तेरस का चन्द्रमा चाँदी की थाली के उनमान नीले आसमान पर चिपका हुआ था। जैसलमेर की गणगोरियों के निमित्त मैदान में हाथियों की तुमुल चिंघाड़ें, घोड़े-घोड़ियों की हिनहिनाटें, ऊँटों की गाजें और अनेक रथों की निरन्तर रणकारें सुनने के बाद सफेद चाँद की किसी ने भी परवाह नहीं की! वह तो अपनी ही नीरस धुन में पश्चिम दिशा की ढलान पर डूबने लगा। और धीरे-धीरे अँधियारे ने चारों तरफ से घेर कर उसके विवर्ण रंग में सुनहरा रंग घोलना शुरू किया कि स्वर्णिम आभा से दिप-दिप करने लगा। लमछड़ बन्दूकों की निरन्तर धाँय-धाँय के धमाकों की गर्जन में पक्षियों का टिव-टिव कलरव क्या मायने रखता था जैसे सुरंग के विस्फोट की तुलना में चुटकी का तटकार!

जब रावलजी के कानों में यह भनक पड़ी कि मारवाड़ के महाराजा-धिराज मालदेवजी के साथ पाँच सौ बाराती पधारे हैं। नौकर-चाकर अलग से। पचास गणिकाओं की मण्डली। एक-से-एक बढ़कर! बारातियों की संख्या के बारे में सुनते ही रावलजी का जी बैठ गया! तो महाराजा ने उनकी अरदास नहीं मानी...! अपने-आप को विश्वास बँधाया...कोई बात नहीं। मारवाड़ के मालिकों को भाटियों के बल का सही कूता नहीं है। दस-दस राठौड़ों के लिए एक भाटी ही काफी है! फिर भी सेनापति को समझाना जरूरी हो गया। वैसी ही तरकीब सोचनी होगी। नजराने की जलन का उपचार तो करना ही होगा! यह तो भेंट के बदले भेंट है! एक बार बारात के पड़ाव जाकर महाराजा से अकेले मिलना उचित रहेगा। भीतर का भेद तो लाना ही है। भेदिये को हिदायत देकर जाना ही ठीक होगा।

रावलजी बारात के डेरे पहुँचे तो वहाँ का नजारा देखकर हतप्रभ रह गये। विशाल शामियाना छाया हुआ! तो यह सराजाम भी सब साथ लेकर आये...!

जैसलमेर की हेटी लगाने में कुछ भी कसर नहीं रखेंगे! इधर-उधर ताक-झाँक की। सभी सरदारों से दूर एकान्त में एक तख्त पर महाराजा अकेले ही बिराजमान थे। रावलजी पर निगाह पड़ते ही महाराजा अदेर उठ खड़े हुए। सामने बढ़ते कदमों का उद्वेग ताड़ते ही रावलजी खुद तेज गति से चलने लगे। जुहार करने से पहले ही महराजा ने कहा, "बारात कुछ बड़ी आ गयी। मगर आप को चिन्ता करने की कतई जरूरत नहीं। जैसलमेर का मशहूर किला देखने की तलब के कारण अपने-आप ही सरदार खुशी से जुटते गये। किसे छोड़ता, किसे लाता? सम्बन्ध किया है सुख देने के लिए, तकलीफ पहुँचाने के लिए नहीं, आत्मीयता बढ़ाने के लिए। राज्य के फरासखाने में बेइन्तहा सामान पड़ा था। साथ लाने में कोई दिक्कत नहीं हुई। घड़ी-दो-घड़ी में तम्बू, छौलदारियाँ, रावटियाँ, सिरायचे, कपड़-कोट इत्यादि सब-कुछ तन जाएँगे। आपके आदेश के अनुसार एक सौ आठ बारातियों की तीमारदारी आपके जिम्मे। बाकी सब का इन्तजाम यहीं होगा। राजाओं की सतर्कता आपसे क्या छिपी है, अपनी रसोई के अलावा वे कहीं कुछ भी नहीं चखते! न कुछ पीते ही हैं! दुष्ट व्यक्ति छल-कपट किये बिना नहीं मानते, तभी तो ये नये-नये उपाय सोचने पड़ते हैं!"

रावलजी को महाराजा की बात कड़वी तो बहुत ही लगी, किन्तु कुछ भी वश नहीं चला। चुपचाप सुनते रहे। अपने से बड़ा यमराज के समान! और यमराज से बड़ा महाराजा मालदेव के बराबर। लेकिन कई बार ठीकरी घड़ा फोड़ डालती है। कुछ-न-कुछ नयी मन्त्रणा विचारनी पड़ेगी! सामने की काली-भँवर दाढ़ी का एक-एक बाल, सचमुच जैसे काले नाग का बच्चा हो! आँखें मानो चीते के समान जलती हुईं। रावल लूणकरणजी ने लौटते समय फिर जुहार किया। अपने गढ़ में पाँव धरते ही सुर्ख आँखों में जैसे भैरव जगे हों! सीधे अपने महल में पहुँचे और तत्क्षण अरगला लगा दी।

अधरात का लगन था। इसलिए चारों तरफ यथायोग्य व्यवस्था होने लगी। अपने-अपने पाँवों पर, अपने-अपने हाथों से और अपनी-अपनी समझ-बूझ के अनुसार राज्य की परघे और अहलकार अतिशय उछाह एवं उमंग से अपने हिस्से का काम सम्पन्न कर रहे थे। बाँदियों के हाथ-पाँवों में चौगुना जोश और चौगुनी क्षमता बढ़ गयी थी। केसर चारों तरफ चौकसी रख रही थी। किसी खास काम से रानीजी के पास जा रही थी बन्द कमरे के भीतर तकरार सुनायी पड़ी। रावलजी के स्वर में रोष का पुट था। केसर के पाँव बाहर ही चिपक-से गये। बन्द दरवाजे पर कान चिपकाने की कोशिश की। फुसफुसाहट के जितने भी टूटे-फूटे शब्द भीतर उतरे तो केसर के रेशे-रेशे में दहशत घुल गयी! उमादे के ब्याह की शुभ वेला

ये क्या हिंसक बात सुनी...? बड़ी मुश्किल से साहस बटोरकर आपा सँभाला...!

संयोग की बात कि उमादे पाट पर अकेली ही बैठी थी। खरे गोटेकिनार की वरी का शृंगार किया हुआ। केसर ने सतर्क होकर चारों तरफ देखा—एक भी दासी नजर नहीं आयी। काँपते हाथ से उमादे की कलाई पकड़कर पास के कमरे में ले गयी। दरवाजा बन्द करके धीरे-से पूछा, "भारमली कहाँ है...?"

"नहा रही है। आती ही होगी। क्यों, उस से ऐसा क्या काम पड़ गया...?"

"काम तो आप ही से है। लेकिन भारमली के अलावा यह बात और किसी से पार नहीं पड़ सकती...! अभी जल्दी से बुला लाती हूँ, देर होने से गजब हो जाएगा! केसर तो फिर एक क्षण भर भी वहाँ नहीं ठहरी। हाथोंहाथ भारमली को अपने साथ ही ले आयी! फिर बन्द दरवाजे पर अरगला लगाकर उसने गजब होने वाली बात क्या बतायी, तीनों के ही कलेजे सुन्न हो गये! राज्य का प्रलोभन बाप को भी यम से ज्यादा कठोर बना देता है! बेटी के लिए उस बात पर भरोसा करना कितना कठिन था! वह तो गगन से सूरज के टूटकर गिरने जैसी काली बात थी! एक-एक क्षण के क्षय में हिमालय जितनी बड़ी जोखम थी! केसर कहीं से मरदाने कपड़े लायी और झटपट भारमली का वेश बदला। गौर से देखने पर भी किसे भी यह वहम नहीं हो सकता कि वह गड़रियों का लड़का नहीं है! जमाई-राणा का मन बहलाने के लिए दासियों को नाना प्रकार के वेश रखने पड़ते हैं। केसर भी कई बार गड़रिये का स्वाँग लाई थी। गड़रियों की ऐसी नकल उतारती, उनकी बोली की एक-एक मात्रा इस तरह गले में उतारती और पुनः प्रकट करती कि सुनने वालों की अँतड़ियाँ हँसी के मारे टीसने लगतीं!

भारमली के लिए तो वह अग्नि-परीक्षा थी और वह उस में पूर्णतया सफल हुई। किसी तरह झूठे-सच्चे बहाने बनाकर उसने महाराजा को निपट एकान्त में सार की बात सुना दी। सबसे पहले महाराजा ने किशोर गड़रिये की अत्यधिक लुभावनी सूरत देखी तो उनकी नजर ही वहाँ चिपक-सी गयी। वैसा खूबसूरत बालक उन्हें अब तक कहीं नजर नहीं आया। मगर जोखिम वाली बात सुनकर उनके ललाट में सलवट तक नहीं तनी। उमादे की अनोखी सूझ-बूझ पर महाराजा के अचरज का पार नहीं रहा! उसकी सुन्दर छवि के बखान तो खूब ही सुने, किन्तु अक्ल की बानगी तो प्रत्यक्ष सामने ही उजागर हुई। बालक को लाड़ से पुचकारते कहा, "मेरे लिए यह कतई चिन्ता की बात नहीं है। लूण (रावल लूणकरणजी की ओर संकेत) की ऐसी डलियाँ तो जेब में भी नहीं रखता। मेरा नाम मालदेव है! मेरा सन्देश सुनते ही दरबार में हाजिर होना, कोई छोटा-मोटा ओहदा दूँगा।" बालक ने गड़रियों की बोली में कहा, "आपको मेहरबानी चाहिए।

बाप का इकलौता बेटा हूँ। पाँच सौ भेड़ों का रेवड़ किसे सँभलाऊँ...?''

''वह तेरी मरजी...! सीख की वेला फिर मिलना। छह सौ भेड़ों का मोल तुझे बख्शिश में दूँगा। ग्यारह सौ भेड़ों का रेवड़ मजे से चराना। थोड़ी देर रुके तो अभी हाथोंहाथ ही लेजा...।''

''अभी समय बिल्कुल नहीं है। बाईसा ने झटपट वापस बुलाया है।'' इतना मन्त्र सुनाकर बालक जाने के लिए मुड़ा ही था कि महाराजा ने आवाज दी, ''थोड़ा रुक रे बालक...! एक बात पूछूँ, सच बताना...क्या तेरे बाईसा तुझ जैसी ही खूबसूरत हैं...?''

बालक ने मुस्कान छितराते अचरज भरी वाणी में कहा, ''क्या बात कर रहे हैं, अन्दाता! उनकी आभा के सामने तो मैं पासंग बराबरी भी नहीं हूँ। उनके मरे नाखून की भी मैं होड़ नहीं कर सकता! हाँ, अलबत्ता, गड़रियों की बिरादरी में मुझ से खूबसूरत बच्चा कोई नहीं है। लेकिन बाईसा का रूप तो दो आँखों की पकड़ में भी नहीं आता...!''

अबोध गड़रिये की भोली सुहानी बातें सुनने पर महाराजा के आनन्द का पार नहीं रहा! इतना आनन्द तो उन्हें रावलजी की पचास हजार मोहरें पाकर भी नहीं हुआ। महाराजा का मद भूलकर वे कुछ देर के लिए बहुत जोर से हँसे। फिर हँसते-हँसते ही कहा, ''तू ही बता, दो से अधिक आँखें मैं कहाँ से लाऊँ...? तेरे ही दो आँखें, मेरे भी दो आँखें...!''

बालक ने उतावली दरसाते बीच में कहा, ''यही तो वेमाता की बड़ी भूल हो गयी! राजा-महाराजा के ज्यादा नहीं तो, कम-से-कम बीस आँखें तो होनी ही चाहिएँ...!''

''बीस आँखें...?'' युद्ध में जूझते महाराजा को ऐसी खुलकर हँसी कभी नहीं आयी! ताली बजाते कहा, ''लंकाधीश रावण की तरह बीस आँखें...!'' उनकी हँसी कुछ लम्बी खिंच गयी। हँसी रुकते ही तुरन्त बोले, ''तेरा अभाग रे देवासी, मुझे गहनों-गाँठों का बिल्कुल ही शौक नहीं, वरना आज खुशी के मारे तुझे सारा गहना उतारकर दे देता! राज-व्यास के कहने पर सिर्फ एक अँगूठी रखता हूँ। उस में जड़ा मानिक सवा लाख रुपयों का है...जा, तुझे खुश होकर यह अँगूठी बख्शिश में दी। किसी भी मनुष्य-बन्दे से पहली बार ऐसी बातें आज ही की। जुद्ध के मारे समय भी तो नहीं मिलता। लहू के उनमान मानिक का रंग भी लाल-सुर्ख होता है!'' बेइन्तहा मोद-गुमान के स्वर में महाराजा ने अँगूठी उतारती वेला कहा। उतना समय ही बड़ी मुश्किल से मिल पाया। महाराजा ने बख्शिश के निमित्त हाथ आगे बढ़ाया तो बालक ने भी बख्शिश कबूल करने में ढील नहीं बरती। इतनी देर तक गड़रिये का स्वाँग निभा जितना ही बेहतर। यदि

भूलचूक से स्वाँग बिगड़ गया तो न जाने क्या-क्या बीतेगी? उसने तो भली सोची और न बुरी, तत्क्षण अँगूठी जेब के हवाले की ओर तेज-तेज कदम बढ़ाते हुए वहाँ से रवाना हो गया। दामाद और बेटी दोनों के साथ घात का भेद जानने पर महाराजा को भी यथायोग्य सावधानी बरतनी पड़ी। सेनापति और दीवान को गहरी हिदायतें देनी हैं। चलते-चलते ही सोचने लगे कि युद्ध और ब्याह की राशि भी लगभग एक जैसी है। युद्ध में जीतने पर बरकत होती है और ब्याह में भी जीतने पर बरकत होती है। युद्ध में लहू बहता है और ब्याह की सुहागरात सेज पर...! कि उसी दौरान उनके कानों में खम्माघणी-खम्माघणी गरीब-नवाज की होड़ सुनायी पड़ी। दीवान और सेनापति दोनों ही एकदम पास आ गये थे। देवासी बालक की मामूली भनक उन्होंने भी सुनी थी।

इधर महाराजा को जो हिदायतें देनी थीं, दोनों को ही अच्छी तरह देते रहे। और उधर उमादे और केसर, भारमली की प्रतीक्षा करते-करते परेशान हो गयी थीं तो केसर उमादे के कहने पर गढ़ के दरवाजे एकान्त अँधेरे में खड़ी हो गयी। उसकी बगल में भारमली के कपड़ों की गठरी थी। कुछ ही देर बाद भारमली के पाँवों की परिचित आहट सुनायी पड़ी तो होंठों-ई-होंठों में धीरे-से आवाज दी, "भारमली...।" भारमली को मन-ही-मन ऐसी ही आवाज का इन्तजार था! आगे दूसरी-तीसरी कुछ भी चर्चा न करके झटपट कपड़े बदले। भारमली उमादे के पास पहुँची, तब तक केसर गठड़ी ठिकाने रखकर पीछे-की-पीछे आ गयी। भारमली की अँगुलियों में महाराजा की बख्शिश ढीली पड़ रही थी, लेकिन अँगूठे में बहुत सही पजी। न केसर की निगाह में और न उमादे की नजर में अँगूठी का अमोलक मानिक ही चमका और न उसने बताने की उत्सुकता ही दिखलायी। मगर भारमली की नजर उमादे के चेहरे पर पड़ी तो उसके कलेजे पर आरी-सी चलती महसूस हुई! उमादे की म्लान सूरत पर वापस आभा नहीं झलकी सो नहीं झलकी। जैसे उसकी समस्त नसों का लहू सूँत लिया गया हो! ब्याह के बदले मानो वह अपने ही शोक में बैठी हो! विवाह की भाँवरों के पहले ही विधवा की त्रासदी एवं व्यथा क्या होती है, जैसे उसी की पीड़ा झेल रही हो! वह भयंकर दुविधा में फँसी हुई थी कि पति को सन्देश पहुँचाना ठीक रहा कि नहीं पहुँचाना ठीक रहता। उसे जन्म देने वाले बाबुल की प्रतिष्ठा रखनी थी कि परिणेता के प्राण बचाना लाजिमी था! इतने बरस कंस जैसे निर्मम पिता के गढ़ में क्योंकर निवास किया? इतना निर्मोही या निर्दय तो कंस भी क्या होगा, जो बेटी के लिए ऐसी दुर्भावना मन में आने दे! माँ बेचारी कितनी गिड़गिड़ायी होगी, परन्तु औरत की कब चल पायी है? कौन जाने किसकी आपदा ज्यादा है, माँ या उसकी? कि इतने में किवाड़ की तेज खटखटाहट सुनायी पड़ी। अर्गला नहीं

खुली तो माँ की भीगी वाणी सुनायी पड़ी, "क्या कर रही हो, लछमियों...? बारात रवाना हो चुकी है, कदम-कदम पर न्योछावरों का धूम-धड़ाका मचा हुआ है! महाराजा ने विवाह की उमंग में एक बार मोहरों की भी निछरावल की...।" भारमली ने सानी की तो केसर ने जोर से कहा, "उमादे के पीठी कर रही हैं रानी-माँ, कुछ ही देर में निवृत्त हो जाएगी।"

"मैं अकेली क्या-क्या ध्यान रखूँ...फुरती करो...फुरती!"

"हमारे रहते आपको कुछ भी चिन्ता करने की जरूरत नहीं...।" भारमली ने अतिशय आत्मीयता से कहा।

"मेरी चिन्ता तो मुझे ही करनी है...तुम्हें क्या पता कि मैं किस आग में सुलग रही हूँ...?"

उमादे के होंठ प्रत्युत्तर देने के लिए फड़कने ही लगे थे कि केसर ने उसके मुँह पर हथेली धर दी। मुँह के बोल खुली आँखों से ढलकने लगे...टप्...टप्! आज से पहले दुनिया की किसी धिया ने लग्न की वेला इस तरह 'उछाह' दिखाया हो! कहीं वह वेदी की ठौर चिता पर तो नहीं बैठी है...?

दूसरी कोई बात नहीं सूझी तो उमादे ने डबडबायी आँखों से भारमली की ओर देखते पूछा, "क्या महाराजा को अच्छी तरह भेद तो बता दिया...?"

भारमली ने तुरन्त हामी भरी, मगर टुकियों में छिपायी बख्शीश बताने की न इच्छा हुई और न हिम्मत ही। अनुकूल समय पर ही सब चीजें ठीक लगती हैं।

रानी-माँ दूसरी बार दरवाजा नहीं खटखटाये, उस डर से केसर ने गहने-गाँठों का कटोरदान खोलना चाहा तो उमादे ने कहा, "वरी का शृंगार किया वही काफी है! लाख की चूड़ियों के अलावा न तो कोई आभूषण पहनूँगी और न कोई गहना। सोने व नगीनों के लिए मेरे मन में एक बार भी चाह नहीं जागी। कुदरत ने जो हुलिया दिया वही सवोत्तम है...! मनुष्यों के समाज में देह तो जस-तस ढकनी ही पड़ती है...!

भारमली के लिए अब धीरज रख पाना मुश्किल था। उतावले स्वर में कहने लगी, "गहने आभूषणों के प्रति ठीक ऐसी ही धारणा महाराजा की है...!" राव मालदेवजी की वह राय सुनते ही भारमली की हिम्मत को जैसे धार लगी हो। उनसे मुलाकात की बात, जितनी जरूरत थी, बता दी। अँगूठी की बात सुनाकर उसने कंचुकी से बाहर निकाली और केसर की तरफ हाथ बढ़ाते बोली, "घात करने वाला भेद तू लायी सो यह अँगूठी तू ही रख। मैंने तो केवल दूती वाला फर्ज निबाहा। दोनों में परस्पर विवाद तन गया। आखिर केसर के कहने पर न्याय करने का निर्णय उमादे के जिम्मे आन पड़ा। उसने अगले ही क्षण फैसला सुना

दिया, ''भेद लाने की बजाय, भेद पहुँचाने में ज्यादा जोखम की बात है। केसर को भेंट देने का जिम्मा मेरा। वह माँगे सो ही, इच्छा पूरी करूँगी...।''

केसर ने एक जलती आह छोड़ते कहा, ''बाईसा, इच्छायें थीं तब तो बहुतेरी थीं। गढ़ की जहरीली हवा से सारी कोंपलें कुम्हला गयीं। अब तो फकत ज्यूँ-त्यूँ दिन तोड़ने हैं, सो तोड़ रही हूँ! इस घोंसले में रहने-बसने की आदत पड़ गयी, इसे छोड़कर कहीं उड़ने का मन नहीं करता। अफीम की नाईं यहाँ के अन्न-पानी का नशा हो गया है। दासियों की कोख उघड़ने की यहाँ गुंजाइश ही नहीं है! हम न तो कुँआरी हैं, न ब्याही! कभी-कभार भूल-चूक से आशा ठहर भी जाय तो बार-बार मनाही के बावजूद अधूरा पटकाना पड़ता है। उसकी पीड़ा मौत से कम नहीं होती...वह तो स्वयं एक जिन्दा मौत ही है! मुझे भी तीन बार इसी जिन्दा मौत से रूबरू होना पड़ा! तीन-चार पीढ़ियाँ गुजरने के बाद न तो कुँआरी का पता चलता है, न विधवा-सधवा का, न ब्याही का और न दासी का! सबके मरने पर मुट्ठी राख बचती है सो पाँच-सात दिन में हवा जाने कहाँ उड़ा ले जाती है...?''

केसर के मुँह से निकला एक-एक शब्द भारमली के दिल पर अंगारे-सा जल रहा था, फिर भी उसने दाँत भींच कर प्रतिवाद किया, ''केसर, आज तुझे ब्याह के मौके पर ही यह दुख दरसाने का महूरत सूझा...?''

केसर ने आगे की बात सुनने से पहले ही बीच में टोका, ''मैंने अजाने यह दुखड़ा नहीं सुनाया, जानकर ही दासियों के कठोर-कलेजे के खुरण्ट उखाड़े हैं। बाईसा को सीख देने से पहले मेरे पास भेंट करने के निमित्त दुखों की यही गठरी है! जिससे उनका कुछ-न-कुछ भला ही होगा, बुरा कुछ भी नहीं। इनकी सूझ-बूझ और इनकी बुद्धि पर मुझे पूरा भरोसा है। यदि भारमली जैसी साथिन मुझे मिल जाती तो कुछ करके दिखाती...! बाईसा, मेरी एक बात अच्छी तरह गाँठ बाँध लीजिये कि भारमली जैसी सहेली सात जन्म की तपस्या के बाद मिलती है और राज-कन्या के रूप में आप जैसी हमजोली किसी को भी सौ जन्मों की साधना से मिलती है! मेरी बजाय भारमली इस बात को ज्यादा समझती है, वरना वह इस गढ़ में एक क्षण भी ठहरती भला? मौसीजी के ताने और कुँअरजी के दस्तखत उघड़ने पर उमादे का स्नेह ही उसके लिए बन्धन बन गया! अब आगे यह अटूट प्रीत निभ जाय तो गनीमत है! बड़े रजवाड़ों के बड़े ही हादसे होते हैं!'' केसर का अफरा अभी तक पूरा झड़ा नहीं था कि इतने में महाराजा की लमछड़ों के धमाके सुनायी पड़ने लगे, जैसे विजय की खुशियाँ मनायी जा रही हों। उमादे ने केसर की ओर अतिशय विनम्र व कृतज्ञ भाव से देखा, ''केसर, तेरी यह सीख मेरा सबसे बड़ा उपहार है, आजीवन सँभालकर रखूँगी...।''

"और मैं भी...।" भारमली के मन की वह सहज वाणी थी। रानी-माँ की उतावली से तीनों ही सतर्क हो गयी थीं। अन्य दासियों ने वेदी की सजावट सम्पन्न की ही थी कि इधर सुनहरे कसीदे का 'मोड़' हाथ में लिए केसर उसकी दमक में डूबती-उतरा रही थी कि रानी-माँ ने पास आकर अचरज की मुद्रा में पूछा, "अब तक गहने-वहने ही नहीं पहनाये? क्या बेकार पंचायती छौंक रही थी? केसर, मैं तेरे ही भरोसे पूरी निश्चिन्त थी और तूने ऐसी गैर-जिम्मेवारी निबाही...?"

केसर ने बेहद आदर भाव से अरदास की, "रानी-माँ, आप से तो उमादे का स्वभाव छिपा हुआ नहीं है कि उन्हें तो गहनों के नाम से ही उबकाई आती है...!"

"लेकिन बिटिया, रोज-मर्रा की बात अलग है, आज तो ब्याह के मौके पर उबकाई से क्योंकर पार पड़ेगा...? रावलजी और मेरा कैसा 'सुनाम' होगा...?"

उमादे ने रानी के चरणों में धोक देकर कहा, "आपकी सीख, आप ही को क्या याद दिलाऊँ कि मनुष्य का यश-अपयश, आभूषण या हीरे-मोतियों से नहीं होता, भीतर के गुणों से होता है...।"

"मगर लाड़ल बिटिया, ब्याह का मसला एकदम दूसरा है। मुझे विवाद करने की वेला नहीं है, तुम तीनों की जो मंशा हो सो करो। माँ बनने की बाद ही मेरी बातें तुम्हारी समझ में आयेंगी। अभी तो कान के पास होकर ही नहीं फटकतीं...।"

बन्दूकों के विकराल धमाकों से कानों के परदे फटने लगे थे!

जैसलमेर के रावल लूणकरणजी तोरण की वेला अपनी तजबीज अच्छी तरह बिठाकर काफी निश्चिन्त-से हो गये थे। दूल्हे राव मालदेव के हमउम्र सरदारों के संग कुँअर मनोहरसिंह से सटकर भीतर जाने के लिए आतुर नजर आये। पन्द्रह-बीसेक राठौड़ों ने उन्हें बीच में रोक लिया। नंगी तलवारों और चमकते भालों का घेरा डाल दिया। झटपट दोनों बाप-बेटों के शस्त्र छीन लिए! रावलजी के माथे में मानो तोप दगी हो...ऐसा पक्का भेदिया कौन मिला? विधात्री को भी जिस भेद का सुराग नहीं था, वह उजागर हुआ तो हुआ ही क्योंकर? ये तो बाद की बातें हैं। फिलहाल कुछ तो उपाय सोचना ही होगा। उतावली दरसाते बोले, "मुझे कन्यादान करना है। यहाँ खड़े रहने से क्योंकर चलेगा?" सेनापति ने मुस्कराते हुए जवाब दिया, "अभी तो आपके चाचाजी बिराज रहे हैं। कुछ भी चिन्ता करने की जरूरत नहीं। यदि सिर काबिज रखना चाहते हैं तो अब एक

अक्षर भी बोलने की जरूरत नहीं! माँडे की ठौर राठौड़ मुस्तैदी से तैनात हैं! भले की बात सोचना चाहें तो घड़ी-सवा-घड़ी यहीं बैठ जाइये। सम्बन्ध किया है तो हमारे वश रहते मर्यादा रखेंगे!'' रावलजी के लिए तो सपना शुरू होने से पहले ही चूर-चूर हो गया! और उनके देखते-देखते मारवाड़ का स्वामी राव मालदेव सफेद घोड़े पर दमकती तलवार से तोरण परस करने के लिए निर्भय आगे बढ़ रहा है! जैसे उन्हें इस नाकुछ बाधा का कुछ ध्यान ही नहीं हो! राव-उमरावों के ब्याह में इस तरह छोटे-मोटे अवरोध तो आते ही हैं, ऐसी कोई बात नहीं!

जिन विशिष्ट भाटी सरदारों को पता चलना चाहिए था, उन्हें हवा की नाईं सब पता चल गया। अपना-अपना दाँव है! पासा सही पड़े वह जीते! गढ़ के किसी ज्ञात-अज्ञात कोने में बुदबुदा तक नहीं उठा! हवन की ज्वालाओं और अन्य कन्या-महिलाओं के साथ केसर व भारमली भी चँवरी बिराजे दूल्हे और दुल्हन को टुकुर-टुकुर निरख रही थीं, जैसे खुली आँखों से मन-चीता सपना देख रही हों! दोनों की वजह से ही यह सपना इस रूप में चित्रित हुआ, वरना जाने क्या हादसा होता...? जिसे याद करने मात्र से रोंगटे खड़े हो जाते हैं। मारने वाले की अपेक्षा तारने वाले, हमेशा बड़े हैं! लेकिन उन्हें सपने में भी इसका मोद-गुमान नहीं था। उनकी ही जिम्मेवारी का काम था, जिसकी अदेखी या असुनी कैसे कर सकती थीं? न दूल्हे के लिए मोद-गुमान की झाँईं थी और न दुल्हन के लिए। दोनों ही की बाजू स्वर्ण कसीदे के मोड़। दूल्हे के गोल साफे पर बँधा दमक रहा था और दुल्हन की वरी से बँधा हुआ। दूल्हे की काली-भ्रमर दाढ़ी से झाँकता चेहरा चौगुना दमक रहा था! आँखों में ललायी और विजय-दर्प जगमगा रहा था! दुल्हन के झीने घूँघट से मधुर-मधुर चाँद झाँक रहा था। दूल्हे की गोद में धरा निरावृत्त खाँड़ा हर दमक के साथ चुनौती दे रहा था! चढ़ती-उतरती लय में 'सेवग' पाटियाँ बाँच रहे थे। गीतेरणियों का हुजूम गीत गा रहा था। राख में सलीके से दबी हुई आँच की क्या जोखिम? शान्ति से ब्याह के सारे गीत सम्पन्न हुए। नितान्त सादी सजधज के साथ महाराजा का ब्याह सम्पूर्ण हुआ। महाराजा की भी वैसी ही मंशा थी। लेकिन उनके आदेश की पालना में राठौड़ सरदारों ने न्योछावरों में किंचित् भी खामी नहीं रखी। केवल मोहरों की ही न्योछावर! अन्त-पन्त एक जबरदस्त अनसुहाती बात हो गयी। जीत के उपरान्त जिस तरह फौज निश्चिन्त पड़ाव डालती है, उसी तरह एक बार तो महाराजा के बाराती शामियाने में एकत्र हुए, मगर आध घड़ी बीतते-न-बीतते सेनापति के इशारे पर कूच करने की हड़बड़ी मचने लगी! अलग-अलग दो सुनहरी पालकियाँ बारात के डेरे पहुँचीं। एक पालकी में उमादे और दूसरी पालकी में केसर और भारमली।

भारमली को तो उमादे के साथ होना ही था। किन्तु रानी-माँ ने विगलित वाणी में केसर से कहा, ''दोनों ही बच्चियाँ हैं। एक बार तुझे कुछ दिन तक वहाँ रहना है। मेरी जगह अब तू ही इनकी माँ है! इससे अधिक हिदायत देनी बेकार है।'' केसर ने सपने में भी ऐसी बात सोची नहीं थी, लेकिन रानी-माँ की रुँधी वाणी सुनकर उसका कुछ भी वश नहीं चला। उमादे के बाबुल लूणकरणजी की शादी में दहेज के निमित्त दुल्हन के साथ आना था। उस दिन दुल्हन के शृंगार में ये ही रानी थी और आज दुल्हन के शृंगार में उमादे है। 'डावड़ी' (दासी) के जन्म की वेला कितने और क्या-क्या शाप उसके साथ उत्पन्न होते हैं!

महाराजा मालदेवजी की सख्त हिदायत के कारण उमादे को शादी के बाद किसी से भी मिलने का निषेध था। मगर उमादे के अड़ने पर फकत रानीजी से ही मिलने की अनुमति मिली। बाबुल और बीर तो राठौड़ों की पहरेदारी में नजर-बन्द थे। विवाह के पश्चात् तो वैसी सीख आज से पहले शायद ही किसी दुल्हन को मिली हो! जैसलमेर की रिआया मन-ही-मन सोचने लगी कि ब्याह की ठौर यह तो छोटा-बड़ा युद्ध ही था सो दुल्हन के साथ भारमली और केसर को भी ले गये! वह कोई गरीब-दुखियारों का विवाह थोड़े ही है, अमीर-उमरावों की शादी है...शादी! बड़े आदमियों का विवाह थोड़े ही है, अमीर-उमरावों की शादी है...शादी! बड़े आदमियों की बड़ी ही बातें! तभी तो दुल्हन के बाबुल और बीर राठौड़ों की तैनाती में नजर-बन्द होकर बारात के डेरे पहुँचे! महाराजा मालदेवजी ने राव लूणकरणजी से जुहार करने के पश्चात् सुगम्भीर स्वर में कहा, ''रिश्ते की मर्यादा पहले आपने तोड़ी तो मुझे माकूल जवाब देना ही था! मुझ से घात करने पर आपकी सगी बेटी ही तो विधवा होती, उसके सुहाग की चिन्ता तो करनी थी? फिर भी मुझे उसी रूप में बदला चुकाने की खातिर पूरा अफसोस है! विदाई की वेला गले मिलना चाहता हूँ...!''

अँतड़ियों के खरे बोल तो अपना असर दिखाते ही हैं! रावलजी की आँखें भर आयीं। गला रुँध गया। कुछ भी बोलना सम्भव नहीं हुआ तो बाँहें पसारकर आगे बढ़े। महाराजा मालदेव के दिल में तो पहले से ही इस तरह की विदाई सुनिश्चित् थी। तिगुने उछाह से पहले तो पाँवों में धोक दी, फिर तबीअत से गले मिले। शिष्टाचार से परे सहज मिलन तो व्यावहारिक ढर्रा ही स्वीकार करते है, न कि मोद-गुमान की खुमारी। चारों तरफ मद्धिम-मद्धिम उजाला छाया हुआ था। दोनों पालकियों के खुले परदों से केसर, भारमली और उमादे ने जो नजारा देखा तो किसी चमत्कार के जादू से उनका हिया भर आया! औरतों के हृदय तो यों भी आठों पहर छलकते रहते हैं! मामूली ढलान मिलने पर बहने लगते हैं!

किसी को कुछ भी आगे सोचने की जरूरत ही नहीं पड़ी। तीनों ही एक साथ पालकियों से नीचे उतरीं। निशंक महाराजा और रावलजी के चरणों में धोक दी। हाथ जोड़कर सामने ही खड़ी हो गयीं। उमादे का अमृत-रूप घूँघट का दबाव कब मानने वाला? वह तो अवगुण्ठन के भीतर ही चाँद की नाईं झलकने लगा! केसर और भारमली का घूँघट आधा उघड़ा हुआ था। जब भारमली की आधी उघड़ी छवि पर महाराजा की निगाह अटकी तो कल की स्मृति कौंधी, ''अरे यह तो कल वाला ही देवासी (गड़रियों के लिए सम्मान-सूचक सम्बोधन) बालक...।'' होंठों तक आवाज उछली ही थी कि महाराजा अदेर सतर्क हो गये। एक क्षण की चूक से कितनी बड़ी त्रासदी हो जाती? किन्तु भारमली को उसका रंचमात्र भी सुराग नहीं लगा। उसकी नसों में तो लहू की बजाय दूध बहता था—बचपन का पावन अमृत! न उमादे और न केसर को भी उस अदीठ कौंध की झलक ही मिल पायी। महाराजा मालदेवजी के अलावा किसे भी कुछ सन्देह नहीं हुआ। रावल लूणकरणजी को तो सपने में भी उस चिनगारी का वहम नहीं था। मगर महाराजा मालदेवजी के हृदय में अचरज और आनन्द की सीमा नहीं थी! इस कुँआरी कन्या की ऐसी हिम्मत और ऐसा विवेक! तिस पर रूप-सौन्दर्य की अप्सरा! अब तक तो जाने-अनजाने उनकी सारी आशायें पार पड़ती जा रही हैं! जैसे उनकी अचीती मंशा के अनुसार ही पूर्व दिशा से मधुर-मधुर उजाला अथाह अँधियारे के भीतर सैंध लगाने के लिए आतुर नजर आ रहा हो! कुछ देर तक उसी सीध में एकटक निहारकर वे रावलजी की ओर बढ़े। सहज भाव से कहने लगे, ''अपने राज्य के दूसरे लोगबाग तो दूज का नया चाँद देखकर ही परस्पर शुभ सूरत के दर्शन करते हैं और अपना सौभाग्य सराहते हैं, लेकिन मैं आज उगते सूरज का उजाला देखकार आपका मुँह निरखूँगा! दोनों के ही पक्ष में सब बातें श्रेष्ठ होंगी। मैं जन्म से ही वहम का जीवित पुतला हूँ। मुझे अपने लिबास, अपनी तलवार और भाले पर भी वहम होता है! उसी वजह से अपने ही सन्देह में ग्रस्त होकर आप पर अविश्वास किया था! यदि आप एक-सौ आठ बारातियों की बात पत्र में नहीं लिखते तो मुझे सपने में भी सन्देह नहीं होता। मुझे ऐसा अनुमान हो रहा था कि अब तक आपके दिल से नजराने का काँटा निकला नहीं है—यह अनुमान बिल्कुल ही निराधार नहीं था। आपकी लाड़ल धिया उमादे के बदले तो मुझे सचमुच ही साम्राज्य मिल गया है! मेरे नागडसे वहम पर जितना भी दण्ड करना चाहें, राजी-खुशी कबूल करूँगा! मेरी अरदास है कि मुझे माफ कर दीजिये। हमारे बीच अटूट सम्बन्ध जुड़ा है, मैं तो मरते-दमतक इसकी मर्यादा रखूँगा, आप भी रखियेगा। यही मेरी सबसे बड़ी और मांगलिक जीत होगी! देखिये...देखिये...यह

कल्याणकारी उजाला भी मेरी साक्षी भर रहा है! आपके तेजस्वी चेहरे के दर्शन कर रहा हूँ, सभी बातें शुभ और सुखद होंगी...!''

''मैं भी आपके दिव्य चेहरे पर उगता सूरज देख रहा हूँ, मेरे लिए भी सारी बातें श्रेष्ठ और शुभ होंगी। मेरा परम सौभाग्य कि मुझे मारवाड़ जैसे प्रतापी महाराजा का साथ मिला। इसी मांगलिक ठौर पर सभी अदावत और आपसी रंजिश निर्मूल हो जानी चाहिएँ...!''

''चाहिएँ फिर कब, वे तो इसी क्षण नष्ट हो गईं!'' महाराजा ने अतिशय उतावलेपन में कहा, ''यदि राजपण्डित इसी शुभ मुहूर्त पर विदाई का दस्तूर नहीं बताता तो दो दिन और आपकी संगत का लाभ उठाता! आज तो भरे दिल से विदा माँग रहा हूँ, जब आदेश करेंगे हाजिर हो जाऊँगा। आपको कृपा-दृष्टि ऐसी ही बनी रहे!''

रावल लूणकरणजी ने फिर आत्मीय गलबहियाँ पसारीं तो मारवाड़ के राव मालदेवजी ने बेइन्तहा उत्साह से अपनी बाँहें फैलाकर प्रगाढ़ अपनापन जाहिर किया। फिर दुबारे के दारू की डेढ़ी मनुहारें चलने लगीं। किसी के दिल में एक नन्ही-सी गाँठ तक नहीं रही। जन्मते बच्चों की नाईं दोनों का हिया पूरमपूर निर्मल और निश्छल हो गया! कुछ देर पहले ही दोनों के अन्तस् में हलाहल छलक रहा था। मनुष्य के मन की चाशनी पल-पल बदलती रहती है...।

चौमासे की हवा का चमत्कार कि अलंघ्य दूरी से दल-बादल उड़ते हुए आते हैं और सूखी व बदरंग धरती को तरह-तरह से गाजों-बाजों के साथ सजा-धजाकर अदीठ हो जाते हैं। आने के मीठे समाचार तो मिलते हैं, लेकिन वापस लौटने की भनक तक नहीं मिलती! पश्चिमी राजपूताने की ऐसी ही रंगत है! कुदरत की ऐसी ही मेहर-मया है! हूबहू ठीक ऐसी ही रंगत उमादे, भारमली और केसर के अलग-अलग दिलों की हुई। वेदी से विदाई की वेला, उससे भी पूर्व पाणिग्रहण की जलन का पार नहीं था। एक नारकीय निवास छूटा तो उससे भी बदबूदार गहरे दलदल में धँस गयीं। निर्दयी विधाता को उन दोनों सहेलियों की झोली में दुख उड़ेलने की दूसरी कोई ठौर ही नहीं मिली? अचीते कष्टप्रद भवितव्य की चारदीवारी से उनका भाग्य घिरा हुआ था! स्वप्न में भी मुक्ति की कोई आशा नहीं थी। पीहर के अजगरों से पीछा छूटा तो ससुराल के हिंसक शेरों के तीखे नाखून और बर्बर दाँत, जिनके पाशविक बल से वे हाथी और गेंडों को ढाह लेते हैं, फिर असहाय औरतों की क्या औकात? लेकिन विदाई के दौरान जो सुखद नजारा उजागर हुआ, उसे देखने मात्र से पिछली सारी दाझ-जलन एकदम शीतल हो गयी! पहाड़ के तले छटपटाते हादसों के इर्द-गिर्द चारों तरफ महकते फूल-ही-फूल खिल उठे! मानो इस जीवन में दुख के पास होकर न फटकी हों।

पीहर के देखे-परखे रहवास की याद आने लगी। और ससुराल के अदीठ अपरिचित माहौल की खातिर उत्सुकता मचलने लगी। लेकिन केसर का तो न कोई पीहर था, न कोई ससुराल, फिर भी उमादे और भारमली के लिए उसकी छाती दूध से छलक उठती है, जैसे ये दोनों सहेलियाँ उसके उदर में लोटी हों! जहाँ उनका मन रमता है, उसका मन भी वहीं विचरने लगता है!

रावल लूणकरणजी गढ़ में पहुँचे तब तक मानो हवा में अधर उड़ते आये हों! लेकिन गढ़ में पाँव धरते ही जैसे अकस्मात् धरती पर गिर पड़े हों...केवल दो के बीच का भेद राठौड़ों के पास पहुँचा तो पहुँचा ही क्योंकर...? क्या रानी ने पति की प्रतिष्ठा न रखकर अन्ततः बेटी का ही मान रखा! सुहागरात के पहले ही बेटी की माँग का सिन्दूर पौंछ डालना, उसे मंजूर नहीं था। आखिर उसका परिणाम तो बेहद सुफल रहा, परन्तु रावलजी की मन्त्रणा पार नहीं पड़ी तो राज्य की गाड़ी क्योंकर गुड़क सकती है? भावना के सहारे तो राज्य नौ दिन भी नहीं चल सकता! वे जिस भेद को सात वज्र तालों में छिपा रखना चाहते थे, वो बारात के डेरे तक कैसे पहुँच गया? इसकी पड़ताल न करने तक चैन नहीं पड़ेगा। चैन नहीं पड़ने पर न नींद आएगी, न भूख-प्यास लगेगी और न किसी छोटे-बड़े काम में मन ही लगेगा। राजा होकर अजगर की भाँति निष्क्रिय जीवन बिताना तो असहनीय है। यह तो जिन्दा मौत के उनमान है...।

रानीजी पति के लौटने का इन्तजार कर ही रही थीं। लेकिन उन पर नजर पड़ते ही जैसे बारूद से भरे घड़े में अंगार पड़ा हो! कड़कती दबंग आवाज में कहा, "चल, तेरी मैड़ी में ही चलें। गोपनीय बात करनी है।" आज पहली बार रावलजी के मुँह से 'रेकारे' का सम्बोधन सुना। रानीजी को उबलते अदहन का तत्काल पता चल गया! रावलजी क्रोध में इस तरह अन्धे हो गये थे कि बन्द दरवाजे पर अर्गला लगाकर जोर से फटकार बतायी, "किसकी बाट देख रही है...? भीतर क्यों नहीं चलती .?"...रानी कुछ भी प्रत्युत्तर न देकर, अर्गला खोलकर चुपचाप पाँव भीतर रखा ही था कि पति का माथा ठनका...रोष के मारे गलती तो हो गयी, पर अदहन उसी तरह उबलता रहा। भीतर आने के बाद रावलजी से दूसरी बार वैसी चूक नहीं हुई। जोर से अर्गला भिड़ाकर पूछा, "लाड़ली पति से भी अधिक प्यारी हो गयी? केवल अपन दो के बीच छिपी बात बारात के डेरे क्योंकर पहुँच गयी...उस चण्डाल का नाम बताये बिना सारी उम्र न तो तेरा मुँह देखूँगा और न तुझ से बात ही करूँगा।"

रानीजी के लिए वह आफत अचीती नहीं थी। वे अच्छी तरह जानती थीं कि उनके लौटने पर ये बोल तो सुनने ही थे। खरी सच्चाई के दृढ़ स्वर में ऐसा

कड़वा जवाब दिया कि रावलजी का उबलता उफान काफी धीमा पड़ गया। सौ टंच साँच की झंकार ऐसी ही होती है, जो फकत जीभ के भरोसे न रहकर भरी-पूरी देह में झंकृत हुई हो, "विवाह के बाद जाने-अजाने एक बार भी मैंने आप से कुछ छिपाया है? यदि एक बार भी झूठ बोली हूँ तो मुझे कोढ़ निकले, मेरी जीभ खिरे। अब भी आप विश्वास न करें तो मेरा इस से बड़ा दुर्भाग्य और क्या हो सकता है...?"

"फिर यह भेद क्योंकर प्रकट हुआ...?"

"जितना आप जानते हैं, उतना ही मैं जानती हूँ...।" रानी ने नि:संकोच जवाब दिया। झूठ के तो अक्षर ही दूसरे होते हैं। रावलजी ने भी अदेर अपना सच प्रकट किया ही, मैं तो कुछ भी नहीं जानता...।"

"सच मानिये, "मैं भी कुछ नहीं जानती। यदि जानती तो बिना पूछे ही बता देती...।"

रानीजी के गहरे अन्तस् की सच्चाई सुनकर, अकस्मात् दूसरे ही क्षण रावलजी की आँखों के सामने छिपाकर अपने हाथों लिखे लग्न के आखर फैलने लगे। अँतड़ियों में उलझा सत्य अदेर प्रकट हो गया, "तो फिर यह सारा झमेला मेरे अपने हाथ से ही हुआ?" उसके बाद केवल अपना कसूर कबूलने से ही उन्हें सन्तोष नहीं हुआ। अपने हाथ से लग्न लिखने का गोपनीय भेद भी रानी को सुना दिया। रानी इस तरह चुपचाप सुनती रही, जैसे कोई अपरिचित आवाज सुन रही हो। आखिर बारात के डेरे वाला मिलन अच्छी तरह सुनने पर ही उन्हें शान्ति हुई। उस अचीती शान्ति के फलस्वरूप उन्हें कुछ ऐसा महसूस हुआ, जैसे उनका हृदय अमृत से सराबोर हो गया हो। बेहद उछाह से कहने लगे, "मुझे आज पहली बार इल्म हुआ कि कभी-कभार भूल से जो काम सुधरता है, वह लाख बुद्धि लड़ाने पर भी नहीं सुधरता। जब दिनमान अच्छे होते हैं तभी अचीती आशायें फलती हैं। आज मैं इसी क्षण से आगे चलकर महाराजा से न कुछ भी माँग करूँगा और न कोई छोटी-मोटी आशा ही रखूँगा। यदि दुर्भाग्य से यह भेद प्रकट नहीं होता तो जैसलमेर राज्य पर ऐसा कहर मचता कि बरसों तक जिसकी क्षति-पूर्ति नहीं होती।" रावलजी अतिशय आनन्द की उमंग में आगे कुछ भी बोल नहीं सके तो रानी की सूरत इस कदर आँखें गड़ाये घूरते रहे, जैसे बरसों की जुदाई क बाद आज ही वापस मिले हों! जब रानी को उस दीठ का मर्म अच्छी तरह समझ में आ गया तो उन्होंने हिम्मत जुटाकर कहा, "यदि आपके हिसाब से ऐसी बात बनी तो भेदिये का पता लगने पर उसे दण्ड की बजाय 'सिरोपाव' दीजियेगा। एक गाँव इनायत करियेगा...!"

रावलजी सच्चे मन से स्वीकृति देते हुए बोले, "यह तो तुमने मेरी मनपसन्द बात ही बतायी। यदि तुम जानती हो तो अभी बता दो, एक की ठौर दो गाँवों का ताम्रपत्र लिखवा दूँगा।"

रानीजी ने सुगम्भीर लहजे में कहा, "मैं जानती तो आपकी दूसरी बार पूछने की भी जरूरत नहीं पड़ती। पूछते ही बात देती। जो औरत पति से भेद छिपाकर रखती है, वह जीते हुए भी मरी के समान है! चाहे कितने ही व्रत, उपवास, दान-पुण्य या धर्म-ध्यान करो, सब फालतू है। अब तो पता लगने पर भी हिम्मत नहीं होगी, आपका मन पल-पल बदलता रहता है!"

रावलजी ने हामी भरते कहा, "हाँ, बात तो तुम्हारी इक्कीस आना सही है, लेकिन अब मेरा मन सपने में भी नहीं बदल सकता, मुझे पुख्ता भरोसा है। आज तुम्हारी बात रूबरू सामने आयी कि बेटी आप-करमी होती है। उसके सत्कर्मों से ही जैसलमेर का राज्य फलेगा। फूलेगा। और यह भी क्या कम सौभाग्य की बात है कि दोनों बेटियाँ साथ ही विदा हुईं और वह भी इतने बड़े राज्य की ओर...।"

गनगौर के मैदान विदाई की वेला दामाद-ससुर के बीच जो प्रगाढ़ मिलन हुआ, उसमें खरी और सच्ची भावना के अलावा रंचमात्र भी मिलावट नहीं थी।... भारमली के आधे घूँघट, जब देवासी बालक का गोरा-गट्ट चेहरा बिजली के उनमान कौंधा, तब दूसरे ही क्षण होंठों पर खाम-सी लग गयी थी, लेकिन रथ में बैठने के बाद उस स्मृति की कौंध तो मानो समाप्त ही नहीं होना चाहती हो! महाराजा मालदेव ने उन्हें झटकने की खूब चेष्टा की पर वे आँखों से ओझल ही नहीं हुए जैसे उनके पीछे ही पड़ गये हों। बीच-बीच में घूँघट के भीतर उमादे की दमकती छवि को देखने की खातिर खूब प्रपंच किया, लेकिन देवासी बालक का मोहन-रूप एक क्षण भर के लिए अदीठ नहीं हुआ...तो यह भारमली ही निश्चित् रूप से भेदिये का स्वाँग लेकर आयी थी...? कितनी जोखम और कितने साहस की इकलौती बानगी है! फौज की ताकत के सहारे कैसा भी विकराल युद्ध जीतना मुश्किल नहीं है, किन्तु हथेली पर कलेजा रखकर नये स्वाँग के बहाने उद्‌भट महाराजा के पड़ाव निर्भय-निशंक चले आना कैसे भी प्रचण्ड योद्धा के वश की बात नहीं है! किसी दूसरे की बात जाने दें। खुद महाराजा खाँड़े की धार पचासों मुण्ड चुटकियों में उड़ा सकते हैं, लेकिन वैसा स्वाँग लाना बेहद जोखिम और साहस का काम था! लोगों का मन बहलाने के लिए भाँडों का स्वाँग

लाना बायें हाथ का खेल है, मगर प्राणों की जोखिम उठाकर उस बेमिसाल बारात के मुकाम की दिशा में एक कदम भी उठाना मौत से भिड़न्त करना था और वह भी ऐसी सुकोमल रूपवती बाला के द्वारा! हिम्मत और हौसले के दोनों पलड़े बराबर हों तभी ऐसी बातें सम्भव हो पाती है। और वह भी एक साथिन के इशारे पर! अथाह प्रीत का जोश न हो तो ऐसी जोखिम के लिए सपने में भी रोम-रोम काँप उठता है! और उधर उमादे जैसी सहेली तीन लोक में नहीं मिल सकती। उस घात की भनक पड़ने पर...और वह भी जनम देने वाले बाबुल के हाथों से...तब उसके मन की कैसी क्या दशा बिगड़ी होगी, वही जाने। उधर माँ और बाबुल...इतने बरस जिन्होंने हथेली के फोड़े की नाईं उसे पाली-पोसी। अपने प्राणों से भी अधिक उसकी सार-सँभाल की...और इधर एक अजान, अपरिचित मनुष्य जो तब तक वेदी के पास नहीं पहुँचा था। सोच-विचार करे जितनी वेला ही कहाँ थी? आज से पहले दुनिया के किसी मानुस को समय का वैसा अभाव महसूस नहीं हुआ होगा! वक्त किस कदर छटपटाया होगा। निमिष भर की देरी से दोनों रजवाड़ों कितना-क्या विनाश हो जाता, उसका कूता भला कौन कर सकता था? रूप-सौन्दर्य के साथ ऐसा विवेक फकत उमादे भटियानी के ही बूते की बात थी! और दूसरी तरफ रूप-यौवन के साथ ऐसा अडिग साहस और प्रगाढ़ प्रीत केवल भारमली के ही वश की बात थी...मानो हेमन्त की पूनम का चाँद और वसन्त का उगता सूरज दोनों एक ही ठौर एकत्रित हुए हों! इतने बरस रावल लूणकरण के आँगन और अब राव मालदेवजी के मानिक-चौक...किसका सौभाग्य बड़ा है...? जिसका सही कूता करने के लिए रथ में बैठा परिणेता मगजमारी करने लगा...!

हमेशा युद्ध व लड़ाइयों में उलझे महाराजा को अब तक ऐसा लेखा-जोखा करने का एक पल भी कहाँ नसीब था! राज्य की सीमा बढ़ाने की चिन्ता के मारे खाने-पीने और सोने तक का अवकाश नहीं था, वह रणकामी रणधीर आज किस अनोखे हिसाब में फँस गया! फिर भी इस ऊहापोह का आनन्द ही निराला था, जिसका अब तक सपना भी नहीं देखा था! पिछले आठ-दस बरसों से जवानी की भूख का फकत एक ही स्वाद जाना था...निपट जानवरों वाला स्वाद, ढोर-डंगरों वाला आनन्द! एक पल भी धीरज रख पाना मुश्किल था! जिस तरह भूख लगने पर रोटी खायी, न खायी। उसी तरह औरत के लिए भूख...आँगन, खाट या पलंग पर जैसा मौका हाथ लगा...निपट गूँगा सहवास। कई बार तो रात के अँधियारे में सूरत भी नजर नहीं आती थी और न बाद में कोई भी याद बाकी बचती! लेकिन आज तो फकत मीठी-मीठी स्मृति...! भरीपूरी मांसल देह की हवस तक नहीं। ऐसा कब-किसने विचार किया था। अब लगता है कि किसी के सोचे-विचारे बिना एक ऐसा अचीता बखेड़ा आ धमके कि किसी दूसरे काम

में मन ही न लगे। आज पहले ऐसे नये विचार से साबका पड़ा। अब तक इससे बचकर रहने में ही उसे जीवन का धर्म और कर्म समझा। आज कभी इस के अँधारे में ही कुछ ऐसा महसूस होने लगा कि स्मृति के चकाचक व्यंजन से भी काम-वासना की भूख शान्त हो सकती है! इतने बरस तो केवल मौजूद औरत के गुदगुदे अस्तित्व का आभास होता था लेकिन आज के अद्वितीय अँधियारे में वो दोनों दूर रहने के बावजूद मानो एकदम सामने हों। सन्निकट हों। उत्तप्त उत्तेजना। वे ही निश्वास और वही सौरभ! उस अलौकिक सम्मिलन की विचित्र खुमारी में परिणेता को ऐसी मादक ऊँघ आयी की सवेरे घड़ी दिन चढ़ने पर भी नहीं उचटी। फिर भी किसकी हिम्मत कि महाराजा को किसी भी बहाने जगाये। एकाध बार तो तीनके बेहद खूबसूरत दासियाँ अजान उछाह में दुबारा जाम लेकर चुपचाप प्रतीक्षा करती रहीं। फिर झाँझर की झँकार के बहाने वही अचूक सानी का प्रयोग किया। महाराजा की पलकें तो पूरी नहीं उघड़ी, फिर भी अधूरी तन्द्रा में हथबसु कोड़े की मार ऐसी पड़ी कि चमड़ी उधड़ने पर भी किसी ने चूँ तक नहीं की। जोर से दाँत भींचकर अविलम्ब अपने प्राण बचाकर सरपट भागीं सो अपनी-अपनी कोठरियों में दुबक गयीं। पाँच-छह घड़ी के उपरान्त महाराजा अपोढ़ी हुए तो कोड़े पर चिपकी चमड़ी देखते ही उनके क्रोध का पार नहीं रहा! स्पष्ट खुले आम हिदायतों की अनदेखी कर ऐसा बेहयापन किसने किया? टकोरे की भनक सुनते ही दो बाँदियाँ तत्काल दौड़ती हुई हाजर हुईं। राव मालदेवजी की आँखों में अंगारे दहके रहे थे। कोड़े की ओर इशारा किया तो वे हमेशा की नाईं तत्क्षण समझ गयीं। कुछ ही देर में दोनों दासियाँ नंगी पीठ, थर-थर काँपती हाजिर हुईं। दोनों बेमिसाल चेहरों की याद दमकते ही महाराजा ने माफी बख्शा दी। उस झीने-झीने उजियारों का आनन्द तो अपनी ढाल ढरक गया। मगर भव्य चेहरो की पहचान नहीं मिटी। राव मालदेवजी के दिल में कब दया उमड़ती है या कब क्रोध भभकता है, स्वयं उन्हें भी इस तथ्य की जानकारी नहीं थी। युद्ध में जूँझने की अमिट कुटेव की वजह से इन नगण्य बातों का उन्हें ध्यान ही नहीं रहता था! महाराजा में एक बेजोड़ गुण निराला ही था कि जरूरत पड़ने पर तीन-तीन दिवस तक पलकें भी नहीं झपकाते थे और मन में जीत की खुशी और मनचीती तटस्थता होने पर लगातार दो दिन तक करवट भी नहीं बदलते थे। एकदम सीधे-सपाट सोये रहते, जैसे जान-बूझकर पलकें मूँद रखी हों। महाराजा का यह श्रेष्ठ लक्षण किसी भी दरबारी से छिपा हुआ नहीं था।

आज फिलहाल महाराजा को कई पखवाड़ों के पश्चात् ऐसी निस्वप्न नींद आयी थी। दीवान और सेनापति ने बिना किसी आहट धीरे-धीरे रथ के पास आकर मधुर-मधुर श्वास-प्रश्वास की लयबद्ध ताल सुनी तो वे अपने ठिकाने वापस लौट

पड़े। प्रगाढ़ ऊँघ में सोते महाराजा के वैसे मीठे खर्राटे पहली बार ही सुने। दोनों ने मन-ही-मन जो भेद समझना था, समझ लिया! वीर योद्धाओं का आधा काफिला आगे था और आधा काफिला पीछे। महाराजा के रथ से थोड़ा आगे ही सेनापति का रथ, थोड़ा पीछे दासियों का रथ, फिर उमादे का, उसकी बाजू में ही केसर और भारमली का रथ। फिर कुछ पीछे और कुछ आगे समूचा तायफा। उमादे के उतरने पर केसर और भारमली भी रथ से नीचे उतरीं। तब मारवाड़ के रजवाड़े की आठेक विशिष्ट दासियाँ गुलाबी चाँदनी का घेरा डालकर चारों तरफ खड़ी हो गयीं। एक प्रौढ़ दासी ने गम्भीर लहजे में कहा, आपका आदेश हो उधर ही चलें...!' उमादे को गुलाबी चाँदनी का घेरा अच्छा नहीं लगा। उसी दासी की तरफ देखकर कहा, "आप चाहे कितनी ही चाँदनियाँ तानो, हवा, प्रकाश या अँधेरा तो किसी भी तरह के पर्दे की मर्यादा नहीं जानते...! आपको कुछ भी उलाहना नहीं मिलेगा, सभी उलाहनों की जिम्मेवार हम हैं। यह चाँदनी समेट कर वापस धर दीजिये।"

उमादे के कहने पर भी वह सयानी दासी सन्तुष्ट नहीं हुई। विनम्रता पूर्वक अरदास की, "दीवानजी या सेनापति से अनुमति दिलवा दें। यही कदीमी कायदा है...।" उमादे कुछ वैसा ही माकूल जवाब देना चाहती थी कि केसर ने शहद-सी मीठी वाणी में कहा, "रानीजी से बड़ा ओहदा न दीवानजी का है और न सेनापति का। यह भेद तो आप जानती ही होंगी।" मौजीज बाँदी को इतना विवाद अच्छा नहीं लगा! व्यंग्य के तीखे स्वर में कहा, "आप जितनी बातें तो हम नहीं जानतीं, मगर जो भी जानती हैं, उस में दूसरों की राय नहीं लेतीं...!" केसर बीच ही में सख्त स्वर में बोली, "रानीजी कब से दूसरे-तीसरे हुए...?" तब उस सयानी दासी ने मुस्काराते कहा, "इनसे दो बड़ी रानियाँ और हैं। उन्हें अब तक दुहाग नहीं मिला...।"

उमादे ने तो अपने ही कानों से अपनी ही मृत्यु का समाचार सुना हो! फकत प्राण निकलने बाकी रहे सो किसी भी दुर्भाग्य या सौभाग्य से निकले नहीं। केसर की जीभ भी तालू से चिपक गयी हो। लेकिन भारमली के चेत-अचेत किंचित् भी छीजत नहीं हुई। साफ खुले शब्दों में कहा, "आगे कुछ भी विवाद करने में कोई सार नहीं। अपनी-अपनी चिता पर बिराजिये। मसान अभी दूर है...।" इतना मन्त्र सुनाकर उमादे की हथेली थामी और उसके रथ के समीप आकर बायें कान में क्या फुसफुसाहट की सो वह चुपचाप अकेली रथ में बैठ गयी। न भारमली ने साथ बैठने की जाने या अजाने मंशा दरसायी और नहीं उमादे ने ही कुछ मनुहार की। बरसों तक साथ खेली-कूदी सहेलियाँ विवाह के प्रताप से पहली बार अलग हुईं। किसके मन में क्या छटपटाहट थी या किरकिर थी, उसकी रंचमात्र भी भनक

बाहर प्रकट नहीं हुई। अब तक बारात के पड़ाव की खुमारी बाकी थी।

सवेरे जागने वाला सूरज सारे दिन अनन्त यात्रा सम्पूर्ण करके गोधूलि वेला आखिर अपने आवास विश्राम लेता है, उसी तरह महाराजा मालदेवजी की बारात ने गाजों-बाजों के साथ अजमेर की पहाड़ी तारागढ़ आकर अपनी यात्रा सम्पूर्ण की। गढ़ के दरबारी और हाजरियों ने कमरे-कमरे की सफाई ऐसी नफीस की कि देखते ही बनती थी! जाजमों की ठौर सुरंगी जाजमें, दरियाँ सारी हरे ताने-बाने बनी हुई जैसे हरी दूब उगी हो। पाँच कमरों में रंग-बिरंगे गलीचे, दो-दो पलंग। मखमल के गद्दे। रेशम की रजाइयाँ। रेशमी ही चद्दर। एक-एक पाट पर एक-एक ही घासिया। महाराजा के लिए सुहागरात के निमित्त सजावट अलग से। दिन की वेला बिराजने के लिए बिछौने अलग। एक कमरा उमादे के लिए। मानो हँस-हँसकर संवाद कर रहे हों। सारी सजावट गुलाबी । भारमली का कमरा अलहदा। समूची सजावट तोरुँफूले रंग की, जैसे स्वयं वसन्त मिजमानी कर रही हो। केसर के कमरे की सारी सजावट केसरिया। जैसे हुलस-हुलस कर दुल्हन के लिए गीत गा रही हो।

तीनों ही सहेलियों ने एक-एक बार तीनों ही कमरों की सार-सँभाल की। एक-एक सजावट उनके हृदय-पटल पर अंकित हो गयी। पाँचों ही कमरों में दो-दो दर्पण दीवारों में जड़े हुए, उनके सामने ही सुरंगे पीढ़े धरे हुए, जिनमें किसी तरह का कोई भेद नहीं। तीनों को ही एक साथ ऐसा महसूस हुआ, मानो महाराजा के आदेश से ही यह सजावट हुई हो। गढ़ के बाहर आकर देखा तो समूचा परकोटा सलीके से बुहात हुआ जैसे देवी-देवता रंग-रेलियों के लिए उतरेंगे। पहाड़ के नीचे धरती पर सफेद-सफेद ठाँव नजर आये। जैसलमेर का गढ़ तो इस पहाड़ के घुटनों तक मुश्किल से पहुँचे। तीनों सहेलियाँ मन-ही-मन क्या विचार कर रही थीं सो वे जानें कि इतने में महाराजा के रनिवास की वही सयानी दासी हाथ जोड़कर पछतावा के स्वर में कहने लगी, ''परसों पुराने रिवाज के कारण आपसे विवाद किया सो माफी चाहती हूँ। आज महाराजाजी के नये आदेश के अनुसार अपनी-अपनी इच्छा के अनुरूप घूमिये-फिरिये। परकोटे के भीतर महाराजा के अलावा कोई पुरुष नहीं होगा। पहले सैनिकों की नाईं सारे बराती परकोटे के बाहर ही ठहरेंगे। सभी के लिए शामियाने, सिरायचे, कपड़-कोट और करनाटी इत्यादि तैयार हो गये हैं। इससे पहले महाराजा ने ऐसी छूट किसी भी रानी को नहीं दी।'' तीनों के कानों में पहले भी ऐसी भनक इसी दासी के मुँह से सुनी हुई थी, फिर भी केसर ने पूछ लिया, ''क्या महाराजा के लिए पहले से ही और रानियाँ हैं...?''

उस सयानी दासी ने हामी भरते कहा, ''दो रानियाँ हैं, राजा-महाराजाओं

के जितनी भी रानियाँ हों, कम हैं। एक रानी से उनकी हवस नहीं मिटती। दासियों की तो गिनती ही नहीं। उनके ठाट-बाट की कौन होड़ कर सकता है? बड़े राव-उमरावों की तो बात न्यारी है।'' उमादे और भारमली बड़ी मुश्किल से चुप रहीं। अपरिचित जगह तो थोड़ा-बहुत लिहाज रखना पड़ता है। मगर उन्हें महाराजा के अनोखे ठाट-बाट रस नहीं बैठे। उनके आचार-व्यवहार कुछ दूसरे ही थे। लेकिन गठबन्धन हो गया सो हो गया। आखिर तो यहीं रहना पड़ेगा।

जिस तरह मुर्गी अपने अण्डों को सेती है, उसी तरह महाराजा मालदेवजी उमादे और भारमली की मधुर स्मृति को से रहे थे! अब तक पहली बार नारी के रूप-यौवन की बजाय उनकी अपूर्व तमन्ना से मन बहला रहे थे! ससुराल से विदाई की वेला उन दोनों की झलक कौंधी, उसकी तो अनुभूति ही निराली थी। दिव्य थी। दैहिक-सहवास से एकदम भिन्न। गढ़ की दासियों को भी बड़ा अचरज हुआ कि लगातार दो सुहागरातें गुजर गयीं, महाराजा ने किसी भी दासी को उमादे के लिए मुजरे की खातिर नहीं कहलवाया। परस्पर सबसे पूछताछ करली, किसी ने भी हामी नहीं भरी। ऐसा सन्तोष तो महाराजा को कभी नहीं हुआ!

और उधर राव मालदेवजी तो प्रत्यक्ष सहवास के बदले फकत स्मृति में उलझे थे कि रानी भटियानी से पहले भारमली से मुलाकात कैसे हो? वह देवासी किशोर जनाने वेश और शृंगार में कैसा सुन्दर लग रहा है? पहले भारमली को सुराग ही क्या लग जाय कि ससुराल में विदाई की वेला ही उसकी खरी परख महाराजा को हो गयी थी। यदि राव मालदेवजी की नजर और समझ अतुलनीय नहीं होती तो एक घड़ी भी इतने बड़े राज्य का काम नहीं चल सकता था। उनकी काया में दो की बजाय अनेक आँखें थीं, ललाट की आँखों से बहुत तेज और पारदर्शी, तभी तो मारवाड़ रजवाड़े की सीमा इतनी बढ़ पायी। अन्ततः स्मृति की कावड़ सम्पूर्ण होने पर भारमली के रूप-यौवन की प्रत्यक्ष हवस जागी। अष्ट-धातु के टकोरे की झंकार बाहर सुनायी पड़ी। पाँच-सात दासियों को इसी झंकार की प्रतीक्षा थी। घड़ी-सवाघड़ी रात ढली थी। सयानी दासी ने भीतर जाकर बन्दगी बजाकर अरज की, ''अन्दाता का आदेश हो तो दारू की परोसगारी करूँ...।''

महाराजा धीमे स्वर में बोले, ''सुना था कि उमादे को दारू के नाम से उबकाई आती है! राव लूणकरणजी और कुँअर भी उसके सामने दारू को छूते ही नहीं हैं। मैंने तो यहाँ आते ही दारू का निषेध कर दिया। तुम लोगों को पता नहीं लगा?''

''नहीं अन्दाता।''

"आगे के लिए पूरी सावचेती बरतना। यह ले पाँच मोहरें बख्शिश की। भटियानी उमादे को कहना कि मैंने याद किया है।"

"जो हुक्म अन्दाता।" बन्दगी करने के बाद वह राजी-खुशी रवाना हुई। वैसे महत्त्वपूर्ण कामों के निमित्त वही हाजरी बजाती थी। जिस दासी का सौभाग्य होता उसे ऐसी हाजरी का अवसर मिलता। दो पीलजोतों का मधुर-मधुर उजाला छाया हुआ था। गायों के घी की मीठी-मीठी सौरभ घुली हुई थी। उमादे एकदम सादे लिबास में पाट पर बैठी थी। सुयोग की बात कि भारमली और केसर भी आजू-बाजू में मौजूद थीं। आज वहीं सोने का विचार था। दो पलंग तो बिछाये हुए थे। एक पलंग पास के कमरे से लाना था कि उसी समय सयानी दासी बन्दगी करने के लिए उमादे की ओर देखती हुई कहने लगी, "अन्दाता ने याद फरमाया है। आपका आदेश हो तो बनाव-शृंगार करवा दूँ...।"

उमादे ने सहज भाव से जवाब दिया, "नहीं बहना, मैं हमेशा सादा वेश ही रखती हूँ। तुम्हारा नाम?"

"नाम, नाम तो आपका है। सभी लोग मुझे रुकमणी के नाम से पुकारते हैं।"

"नाम तो बहुत ही प्यारा है। दूसरी बार याद फरमाने की तकलीफ मत उठाना, अब तुम जाओ...।"

रुकमणी ऊहापोह में फँस गयी। तब केसर ने कहा, "किस सोच में पड़ गयी? आप राजी-खुशी पधारिये। आपको किसी तरह का उलाहना नहीं मिलेगा...।"

"लेकिन मेरी हाजरी तो मुझे ही बजानी पड़ेगी। आप फरमायें तो मैं बाहर ही बैठ जाऊँ...।" आगे विवाद करना फालतू समझकर केसर ने कहा, "आपकी जो मरजी हो, वही कीजियेगा।"

रुकमणी बाहर जाकर खड़ी हो गयी—कहने की बात अलग है... ऐसी अमूल्य सुहागरात की वेला कोई बनाव-शृंगार से नहीं चूकता! राव-उमराव हो, भले ही गरीब हो। जिसकी जैसी औकात, वैसा ही बनाव-शृंगार। रुकमणी के बाहर जाते ही उमादे असमंजस में उलझ गयी। राव मालदेवजी से मिले बिना भारमली का निबटारा क्योंकर होगा? पहली रात में ही अपनी मंशा का इजहार कर देगी, लाखों में कोई एक व्यक्ति इस बात के लिए इनकार करेगा। राव मालदेवजी तो इधर-उधर मुँह मारते ही रहते हैं। दूसरी ठौर तलाश करने की जरूरत ही क्या है? जैसलमेर के गढ़ में बड़े भैया के 'दस्तखत' किसी से भी छिपे हुए कहाँ हैं? ऐसी बातों के निबटारे में समय तो लगता ही है। पाँच-छह महीने या बरस के बाद जब कभी इस पक्षपात का मनवांछित निबटारा होगा तभी उमादे के गहरे अन्तस् में शान्ति बरसेगी कि दूसरे ही क्षण उमादे के मन में एक नयी

बात सूझी। केसर के सामने देखकर बोली, ''सुना है कि महाराजा की समझ और वीरता का पार नहीं है। वीरता की परख तो युद्ध के मैदान में होती है, सो कई बार हो चुकी! पूरा राजपूताना जानता है। लेकिन जैसी-तैसी समझ की पहचान तो आज होनी है। पहले भारमली को मेवे की मनुहार करने के लिए भेजें। अलग-अलग खानों वाला चाँदी का कटोरदान अपने साथ लायी हूँ। तरह-तरह के मेवे सजे हुए हैं। साथ-ही-साथ मिट्टी के इत्र का एक अलग ही कूँपला लायी हूँ। भारमली अपने हाथों से महाराजा के वस्त्रों पर सौरभ चुपड़ेगी। मैं इत्र लगाती नहीं हूँ, इस से क्या होता है! मुझे इसकी महक बहुत अच्छी लगती है...।''

केसर को उमादे का यह विचार कतई पसन्द नहीं आया। समय पर मन की बात दबाकर लिहाज रखना बहुत घातक सिद्ध होगा। अपनी राय स्पष्ट बतायी, ''बाईसा, मुझे तो आपकी यह बात बिल्कुल ही व्यावहारिक नहीं लगी। आप दूसरी बार गहराई से फिर सोचिये...।''

''सोचा ऐ सोचा केसर! मुझे भारमली पर अपने से अधिक भरोसा है...।'' भारमली से भी धीरज नहीं रखा गया। बीच ही में उतावली दरसाते कहा, ''मुझे भी अपने पर अधिक विश्वास है...!''

''लेकिन मुझे राव मालदेवजी पर किंचित् भी एतबार नहीं है। सभी राजा-महाराजा, नवाब-बादशाह और राव-उमराव एक ही लच्छन में ढले होते हैं! उन पर अँगुली कौन उठाये? हिम्मत है किसी की...?'' केसर के लिए भोगा हुआ सच था...।

उमादे ने और जोश जतलाते कहा, ''तो महाराजा की पहचान ही हुई! यदि इस परख में खरे नहीं उतरे तो मैं आजीवन ऐसे ढुलमुल पति का मुँह भी नहीं देखूँगी और न मुझे भारमली के साथ ऐसा भेद-भाव भी रखना है—आज नहीं तो कल, नहीं तो परसों! तुझ से तो मेरी एक भी बात छिपी हुई नहीं है कि भारमली के निमित्त ही मैंने ब्याह की हामी भरी थी...क्यों भारमली...?''

भारमली हाँ-ना का क्या जवाब देती! अविचलित खड़ी रही। उसने भी मन-ही-मन सोच लिया कि उमादे की बात गलत तो नहीं है। महाराजा की समझ का अनुमान हो जाय तो बेजा क्या है? देवासी-किशोर को भेंट दी हुई अँगूठी उसके पास है ही। उस दिन घात का भेद जानकर महाराजा कितने खुश हुए! यदि आज उन्हें मेरी पहचान नहीं हुई तो अँगूठी बताते ही उन्हें पुख्ता विश्वास हो जाएगा। उनकी खुशी का पार नहीं रहेगा कि वह देवासी-किशोर मैं ही थी। जब वे इनाम-विनाम माँगने की बात करेंगे तो मैं उमादे की मंशा का पूरा ब्योरा बताकर उन्हें हर सूरत में मना लूँगी। तब दोनों सहेलियों के लिए एक ही आकाश, एक ही चाँद, एक ही सूरज, एक ही सेज और एक ही साजन! सहेलियों के

लिए इससे बड़ी बात और क्या हो सकती है...?

भारमली को चुप देखकर उमादे की उमंग और भी बढ़ गयी। सचमुच, यह परख तो शुरुआत में ही कर लेनी चाहिए। केसर को सम्बोधित करते हुए कहने लगी, "दूसरी बातें मनचीती हों, न हों, लेकिन वहम तो मिटेगा। वहम मिटना भी कोई छोटी बात नहीं है...!"

"लेकिन बाईसा, वहम मिटाने के लिए बहुत देर हो चुकी। पाणिग्रहण के पहले यह भेद बता देना चाहिए था। अब वहम मिटे तो वही बात, न मिटे तो वही बात।" केसर की शंका भी एकदम वाजिब थी।

थोड़ी देर सोच-विचारकर उमादे कहने लगी, "नहीं केसर, वहम तो देर-सवेर मिटे, तब भी वाजिब है। मनुष्यों के संसार में ज्यादातर गड़बड़झाला वहम के कारण ही होता है। पीहर के नारकीय जीवन का सारा वहम मिटने पर ही मैं विवाह के लिए तैयार हुई थी। अब यहाँ का वहम मिटने पर ही आगे की बातें सोचनी पड़ेंगी। केवल आज-आज मेरी बात मान ले, फिर जीवन भर तेरा कहा नहीं टालूँगी और न तेरी बात का प्रतिवाद ही करूँगी...!"

फिर केसर भी आगे क्या विवाद करती! रुकमणी दूसरी बार फिर अरज करने आये, उससे पहले भारमली मेवे का कटोरदान लेकर रवाना हो गयी। रुकमणी बीच राह में ही मिल गयी। रानीजी की ठौर उनकी सहेली को अच्छी तरह पहचानकर उसके विस्मय का पार नहीं रहा। डरते-डरते पूछा, "आप कहाँ पधार रही हैं...? अन्दाता ने तो मुझे रानीजी के लिए फरमाया था...!" बड़ी मुश्किल से इतने बोल उसके मुँह से निकल पाये थे। भारमली ने उसे आश्वस्त करते हुए कहा, "आपको डरने की कतई जरूरत नहीं। रानीजी का खास सन्देश लेकर ही जा रही हूँ...।"

सिंह की गुफा में पहुँचने के पहले उमादे और भारमली दोनों को ही जोखम का वहम नहीं था। उनके अन्तस् में तो पवित्र दूध-ही-दूध छलक रहा था। इसलिए वे तो सफेद-सफेद सब दूध-ही-दूध समझ रही थीं! महाराजा के रंग-महल में तो पीलजोतों की चाँदनी समा नही रही थी। गुलाबी साज-सजावट के अलावा कोई दूसरा रंग नहीं था। महाराजा के सामने न तो दारू के प्याले, न शराब का ठाँव और न उसकी सुगन्ध। महाराजा भी एकदम सादे वस्त्रों में बिराजे हुए थे। आँखों में उमादे की प्रतीक्षा घुली हुई थी। उसके बदले भारमली ही सामने खड़ी थी। उसकी दमकती हुई आभा उन्हें चकाचौंध कर रही थी। एक जगह उनकी नजर अटकी तो अटकी ही रह गयी। भारमली के लिए एक ठौर रुकना ही सम्भव नहीं रहा। महाराजा तो भारमली के अनिंद्य रूप पर रीझ गये थे। अगले ही क्षण

सपने के प्रलाप की नाईं गुनगनाये, "देवासी छोकरे मैं तो तुम्हें विदाई की वेला ही पहचान गया था। अँगूठी बताने की जरूरत नहीं...!"

भारमली को अब कहीं बोलने का मौका मिला, "क्यों, बताने की जरूरत क्यों नहीं पड़ेगी। कंचुकी में डालकर साथ लायी हूँ...!" फिर मेवे का कटोरदान नीचे रखकर कंचुकी से अँगूठी निकालकर सामने की और खुशी की उमंग में कहा, "आपकी परख करने के लिए मुझे उमादे ने जबरदस्ती भेजा! और आप परख में खरे उतरे! अब मैं जाऊँ...!"

महाराजा बिना किसी नशे-पते मुस्कराते हुए बोले, "आना तेरे हाथ था, वापस जाना तेरे हाथ में नहीं है! मुझे तीन दिन का अफरा चढ़ा हुआ है, पहले पूरी बात तो सुन ले। फिर रुकने या जाने की बात करना। मेरी शोहरत तो सुनी होगी। वैसी कुछ हरकत नहीं करूँगा। आज से पहले मैंने किसी भी रूपसी को होंठों से तो लगाया, पर किसी को भी मुँह नहीं लगाया! औरतों से बातचीत करने की जरूरत कहाँ है? जो काम करना है, वही करता हूँ! न रानियों को मुँह लगाया और न दासियों को। भूख-प्यास मिटी और जुहार! दो पखवाड़े पहले ही युद्ध से फुरसत मिली है। विदाई के समय जब उमादे और तेरा रूप-रंग देखा तो पहली झाँकी में ही तेरी सही पहचान हो गयी—अरे, यह तो वही देवासी छोकरा! उसी क्षण मेरी सुमति जागी कि होंठों तक उछला तेरा नाम अदेर वापस निगल गया। तब से ही उमादे की जगह तेरी याद ज्यादा आने लगी! मेरा चैन उजड़ गया! यहाँ पहुँचने के बाद दो अमोलक रातें फालतू गँवाईं! सच पूछे तो तेरी याद के मारे मुझे कोई दूसरी बात सोचने की जरूरत ही नहीं पड़ी! याद के इस झंझट ने पहली बार अपनी गिरफ्त में लिया! कोठरी में सुरक्षित बिछाये हुए प्याज बरसात की हवा से दुबारा फूटने लगते हैं, उसी तरह तेरी याद मेरे रोम-रोम में पसरने लगी...!"

"मगर अन्दाता...।" फिलहाल महाराजा से संवाद करती वेला 'अन्दाता' के अलावा कोई भी दूसरा शब्द उसकी पकड़ में नहीं आया। आगे कहने लगी, "आपने अब तक उमादे की मोहनी छवि देखी ही कहाँ है? मैं तो उसके नाखून की होड़ भी नहीं कर सकती...!"

महाराजा के मन में नयी-नयी बातें उपजने लगीं, जो पहले कभी नहीं उपजती थीं। तत्क्षण जवाब दिया, "तेरा दमकता लावण्य छोड़, अब उमादे का नाखून देखने की हवस नहीं है। तू मेरी राधा है और मैं तेरा कान्हा...!"

"नहीं महाराजा, यह बात तो मेरे मरने पर ही होगी। फकत पाँच-छह महीने या बरस जितनी देर हो सकती है। उमादे अपनी इच्छा से ही अपनी सेज के

फूलों में मेरा हिस्सा रखेगी! केवल मेरी खातिर ही उसने विवाह की हामी भरी थी...!''

महाराजा का धीरज बिखरने लगा तो वे कहने लगे, ''तो इस में पहले और बाद का क्या झंझट है! ऐसा मांगलिक काम तो जितनी जल्दी हो उतना ही अच्छा है!'' इतनी चेतावनी सुनाकर महाराजा ने भारमली की कलाई क्या पकड़ी, मानो सिंह का पहुँचा हो! अचानक उमादे को चितारते ही भारमली की समूची ताकत जैसे उसके हाथों में ही समा गयी हो। पूरे जोर से महाराजा के सीने पर कोहनी का प्रहार किया तो उसी क्षण उनकी आँखों में मूर्छना छा गयी। अगले ही क्षण जैसे कंस की राक्षसी प्रवृत्ति भभक उठी हो! पहुँचा छुड़ाकर दरवाजे ही ओर भागी तो भारमली की कमर मानो अजगर की लपेट में पकड़ाई दे गयी हो! उसे कन्धे पर बिठाकर अर्गला लगाकर बिस्तर पर लिटा दी। हाथ-पाँवों से वश नहीं पहुँचा तो मरती हिरणी की तरह चीखी, ''उमादे...मेरी उमी...उ...मी!'' फिर तो उसकी चीख पर जैसे बन्दिश लग गयी हो! मगर उमादे के कानों में वह उबलती दाझ पहुँच ही गयी। उसने बावली की नाईं लड़खड़ाते हुए किवाड़ धकेला, किन्तु अर्गला लगी हुई थी। अधपगली के उनमान सिर पटकर-पटककर रक्त-रंजित कर लिया। तत्पश्चात् मूर्छित होकर नीचे लुढ़क पड़ी। भीतर भारमली टसक रही थी। बाहर उमादे भी अचेत हो गयी। काम-वासना की उत्तेजना मिटते ही महाराजा रुआब से दूसरे महल की ओर रवाना हो गये। जैसे युद्ध में जीतकर आये हों! सेज का रणक्षेत्र लहू से भरा था। भारमली नितान्त निर्वसना पड़ी थी! कुड़ती, लहँगा फटा हुआ। रानी भटियानी को चार-पाँच दासियों ने अच्छी तरह उठाकर अपने पलंग पर लिटा दिया। ललाट से रिसता लहू बन्द नहीं हुआ था। केसर और रुकमणी ने भारमली को नया वेश पहनाया। जैसलमेर के राजकुँअर मनोहर सिंह और महाराजा के 'दस्तखतों' में बहुत फर्क था! महाराजा के 'दस्तखत' ठौर-कुठौर उघड़े हुए थे। लेकिन नीयत दोनों की एक ही थी! अपने-अपने सामर्थ्य की बात है...!

कई राजवैद्य फौज में हमेशा मुस्तेद रहते। अन्य शारीरिक विकृतियों की अपेक्षा युद्ध के घाव और चीर-फाड़ों का मरहम अमृत-बानों में भरा रहता था। एक सर्वोपरि राजवैद्य के हाथों बनाये हुए मरहम से दोनों सहेलियों का उपचार हो रहा था। केसर और रुकमणी ने आठों पहर तीमारदारी में कोई कमी नहीं रखी। दोनों के बाहरी घावों की बजाय भीतरी घावों की पीड़ा ज्यादा थी! पूर्णतया स्वस्थ होने में देर होती रही। और उधर महाराजा के लिए एक भारी आफत आ पड़ी। दुश्मनों को फौज में ढील और गफलत का सुराग होते ही मुगलों के सूबेदार ने तारागढ़ के चारों ओर घेरा डाल दिया। दोनों ही फौजों में जबरदस्त भिड़न्त हुई।

कई सैनिक खेत रहे। मुगलों का मोर्चा भारी था। जिस तरह मारवाड़ की फौज ने अजमेर प्राप्त किया, उसी तरह वापस छिन गया। आखिर राव मालदेवजी पस्त हो गये। तारागढ़ छोड़कर जोधपुर में डेरा जमा दिया। दासियों सहित सारा रनिवास कुशलता-पूर्वक जोधपुर में जम गया। लेकिन केसर, उमादे और भारमली के मुरझाये हुए मन वापस नहीं खिले! ऐसा तो सपना ही बुरा! उनके साथ तो प्रत्यक्ष बीती थी। जीने का हर्ष-उछाह ही मर गया था। इस हादसे की बजाय मौत बेहतर थी! पर आत्मघात करने का विचार मन में ही नहीं आया था। भारमली तो जैसे जिन्दा लाश की नाईं चल-फिर रही थी। दोनों सहेलियों के बाहरी घाव तो मिट-मिटा गये थे। लेकिन मवाद-सना भीतरी घाव जब-तब कसक उठता था! केसर इधर-उधर की बातों से दोनों को बहलाती रहती थी। कि राव-उमरावों के रनिवास में ऐसा कुकृत्य होता ही रहता है। उनके लिए यह तो एक सामान्य-सा मनोरंजन है! बहुतेरे लोग तो इस से भी बड़े-बड़े मनोरंजन में मन लगा लेते हैं। तुम जैसे समझदारों के लिए झिझक-संकोच है! तुम्हारी संगत में अजीब-अजीब बातें सुनने का मौका मिला। पिछला जीवन याद आने पर असह्य तो अब महसूस होता है। वरना पहले तो सिर्फ एक नये वेश की बख्शिश मिलने पर खूब खुश होती थी! तुम जैसी सहेलियों का भाग्य तो लाखों में बड़ी मुश्किल से एक का खुलता है। तब हमारे लिए दुख व विपत्तियों को ही सुख माने बिना दूसरा उपाय ही क्या है? अन्यथा इस जीवन में सुख की आस रखनी ही व्यर्थ है...!''

"तो मुझे भी सुख की आस नहीं रखना चाहिए...।'' भारमली के होंठों से, न चाहने पर भी टीसता हुआ मवाद बाहर छिटक ही पड़ा। उमादे का मन भी वश में नहीं रहा। इच्छा नहीं होने के बावजूद शब्द बाहर टपक पड़ते थे। फिर अंकुश रखना भी कुछ माने नहीं रखता था। उलटा ज्यादा क्लेश होता। आँखें तो भारमली की सूरत पर टिकी हुई थीं, लेकिन ध्यान कहीं और उलझा हुआ था। ''क्यूँ, तुझे आशा क्यूँ नहीं रखना चाहिए...?''

''मैं भी तो एक दासी हूँ...। भारमली कहते-कहते ही बीच में रुक गयी। उमादे की दमकती प्रभा में साँवली झाँईं घुल गयी। लहू की जैसे आखिरी बूँद तक उड़ गयी हो! माथे में जैसे कीड़ी-नगरा कलबलाने लगा हो। दोनों हाथों से कनपटियाँ दबाते हुए बोली, ''हाँ भारू, आज मुझे भी कुँअरी और दासी का भेद समझ में आया! पहले तेरे लिए इस सम्बोधन से मेरे दिल में आग-आग लग जाती थी। आज महाराजा के 'दस्तखतों' से मुझे दृढ़ विश्वास हो गया कि मैं पहले कितनी मुगालते में थी! फिर भी समझ नहीं पड़ता कि कोई दासी मेरी ऐसी अन्तरंग क्यूँ नहीं हो सकती, जिसे मैं अपने प्राणों से बढ़कर समझूँ...!'' अपने गहरे अन्तस् की यह नयी बात प्रकट करके उमादे ने भारमली, केसर और

रुकमणी की ओर देखा। भारमली और रुकमणी को कुछ भी नहीं सूझा, मगर कुछ कहने के लिए केसर के होंठ फड़कते दिखायी दिये तो उमादे से छिपा नहीं रहा। पूछा, "तू कुछ कहना चाहे तो किसी का लिहाज मत रखना। हम दोनों के विमर्श से ही अगली मंजिल तय होगी। और मनचीती राह की पहचान हुए बगैर मंजिल तक पहुँचना आसान काम नहीं है...!"

केसर अत्यधिक चौकस होकर उमादे के ललाट में उभरे हुए त्रिशूल पर नजर गड़ाकर कहने लगी, "अभी आपके आन्तरिक आलोड़न की भाप नहीं निकली। उसके निकले बिना मार्ग और मंजिल की स्पष्ट जाँच नहीं होगी...क्यूँ रुकमण... ?"

रुकमण ने अतिशय सतर्कता-पूर्वक इधर-उधर देखकर कहा, "आप तीनों की संगति से मेरे मन में नयी-नयी बातें उपजने लगी हैं, लेकिन मैं अभी तक उनसे सन्तुष्ट नहीं हूँ, तब आपको क्या भरोसा दिलवाऊँ। मगर एक बात तो निश्चित जानियेगा कि मैं अब राव मालदेवजी की बजाय आप तीनों की ज्यादा गरिमा रखूँगी। धड़ पड़ने पर भी नहीं डगमगाऊँगी। भारमली की देह पर उघड़े दस्तखत मेरी देह पर मानियेगा। कभी-कभार सूरज के उजाले में आँखें नहीं उघड़तीं तो कभी-कभार जुगनुवों की चिनगारियों से पूरी उघड़ जाती हैं। मेरी आँखों में ऐसी ज्योति पहले कभी नहीं उघड़ी। मन में बातें तो बहुतेरी उपजती हैं, परन्तु भीतर-ही-भीतर दुबक जाती हैं, जबान की पकड़ में नहीं आतीं...!"

केसर ने उमादे से पहले रुकमण का उछाह बढ़ाया, "अभी तो जितनी बातें उघड़ें जितनी ही काफी हैं। समय आने पर बरसने लगेंगी, लेकिन आपको फिलहाल बोलने की अपेक्षा चुप रहने की मर्यादा ज्यादा रखनी है, ताकि आप पर महाराजा का विश्वास अटूट रहे!"

रुकमणी ने आश्वस्त भाव से केसर की ओर देखते हुए दृढ़ स्वर में कहा, "आपकी यह सीख तो मेरे हृदय में गहरी-ही-गहरी पक गयी, सपने में भी चूक नहीं होगी।" निर्मल और खरे मानस के ज्वार से ही ऐसा साँच प्रकट होता है!

तारागढ़ और अजमेर का प्रत्यक्ष घाटा प्रत्येक सैनिक के हृदय में खटक रहा था। परन्तु मारवाड़ के स्वामी राव मालदेवजी के दिल में जितनी चिन्ता होनी चाहिए उतनी नहीं हुई। एकबारगी तो उनके सदमे का पार नहीं था। घावों छके हाथी के उनमान भीतर-ही-भीतर चिंघाड़ते रहे! लेकिन क्या मजाल कि एक आह भी बाहर निकल जाय! तीर से बिंधी हिरणी के उनमान भारमली की वह दारुण चीख--उमादे, मेरी उ...मी...उमी उनकी आँत-आँत में चुभ रही थी। उस निरन्तर

चुभन के परिणाम-स्वरूप धीरे-धीरे तारागढ़ और अजमेर की पराजय विस्मृत होती गयी। उनके अजाने ही अवचेतन में होले-होले एक ग्रन्थि बढ़ती रही कि सेज के संघर्ष में भारमली का बहता रक्त ही इस आसान पराजय का अभिशाप है! राठौड़ों का मोर्चा, वास्तव में भारी होते हुए भी मुगल मखौल-मखौल में जीत गये। पवित्र मन की हाय तो लगेगी ही! देवासियों का किशोर साफे की ठौर सर पर कफन बाँधकर आया था! उसकी कृतज्ञता का बदला उन्होंने बलात्कार से चुकाया? उससे हेय पाप और क्या हो सकता था? भाग्य लाठी से नहीं मारता, फकत कुमति सुझा देता है। सो उनके जोड़-जोड़ में जम दुबक गये। चीखें सुनकर उनकी खीझ चौगुनी बढ़ गयी। गुस्से में किंचित् भी विवेक शेष नहीं रहता! राव मालदेवजी के जामे में पसीने की चरबराहट महसूस हुई तो पलंग से उठकर खड़े हो गये। सबसे पहले अपने महल का दरवाजा खोला। फिर पश्चिम व उत्तर की खिड़कियाँ उघाड़ीं। हवा का झोंका आया। दरवाजा और खिड़कियाँ खोले बिना प्राणदायिनी हवा कहाँ? घुटते हुए मन में हवा के स्पर्श से एक नया विचार कौंधा— इतने बरस उनके मन और मगज के सभी किवाड़ और खिड़कियाँ बन्द थे। क्या मजाल कि नये सोच-विचार का रेशा तक भीतर आ सके! परम्परा के वे ही पुराने सड़े-गले और बासी संस्कार—जिस में क्रूरता, हिंसा, खून, सेल, और खाँड़े की दुहरी धार! दुश्मनों की देह से लहू बहाना ही राजपूत का एकमात्र कर्तव्य था। मादा भले ही रखैल हो, पतुरिया हो, भले ही रानी या पत्नी हो भोग के अलावा उनका दूसरा कोई उपयोग नहीं था! पैर की जूती के अलावा दूसरा कोई महत्त्व देने से वे बिगड़कर बन्दरिया बन जाती हैं! उनका वश चले तो वे मगज चाटने लग जाती हैं, बहादुरी नोचने लग जाती हैं या मन की दृढ़ता नोचने लग जाती हैं! उनके रूप-जोबन का ऐसा कुप्रभाव पड़ता है कि मनुष्यता के गुण तो तिरोहित होने लगते हैं और दबे हुए अवगुण तेजी से उभर आते हैं! राव मालदेवजी के अन्तस् में एक ऐसी हिलोर बही कि जिसके चमत्कार से मन और मस्तिष्क के बन्द किवाड़ और बारियाँ सब एक साथ खुल गयीं। भीतर नयी हवा और नया ही उजाला परिव्याप्त हो गया। पहले तो रानियाँ, दासियाँ और रखैलें उनके गुस्से का तौर देखते ही काँपने लगती थीं। मनाही का तो नाम ही नहीं जानती थीं। और वे मुर्गे व कुत्ते के उनमान कामोत्तेजना शान्त कर लेते थे! फिर उबाल चढ़ने पर वही हवस, वही उपाय और वही औषधि! किसी भी परिचित-अपरिचित औरत को सेज के रणक्षेत्र में हराकर, नये राज्य की तृप्ति जैसा महसूस करते थे! इस तरह कई नये राज्य हाथ लगे और खोये। मगर...मगर भारमली एक दासी होते हुए भी उसने मारवाड़ के अधिपति का न तो लिहाज रखा और न लेशमात्र भी अंकुश माना! तिनके भर उनकी मर्यादा नहीं रखी। डर या निर्बलता तो उसके

पास होकर भी न फटकी। उसकी कोहनी के एक ही प्रहार में मूर्छा आते-आते बची। आँखें अंगारों-सी दहकने लगी थीं। आखिर पुरुष के बल व सत्ता से क्लान्त होने पर पुकारा भी तो किसको...? राव मालदेवजी की सद्य-ब्याहता उमादे को...अपनी सहेली उमी को। चीख में जैसे मवाद घुला हुआ हो...सामने रुकमणी दिखलायी पड़ी। स्मृति में पहले सहवास की अनुभूति कौंधी! बचपन के उभरते यौवन में इसी ने तो पहल करके कामोत्तेजना के निवारण का स्वाद चखाया था! उस केलि-क्रीड़ा का तो आनन्द ही अनोखा था! जैसे कोई नयी क्षुधा और नयी तृष्णा बुझी हो! चेतना के अजाने ही राव मालदेवजी के अधरों पर मुस्कान खिल उठी। पास आते ही उसके सुकोमल गालों का परस करते पूछा, ''रुकमण, चितारने पर पुरानी स्मृति मचलती है कि नहीं? अभी-अभी मेरे मन में पहली प्रीत का वातचक्र ऐसा घहराया कि दुबारा तेरे साथ जुड़ गया! वैसा पवित्र आनन्द फिर कभी नहीं मिला। मेरे मानस के किस अदृष्ट कोने में वैसा बर्बर जम छिपा हुआ था...सो...! महाराजा से आगे कुछ भी बोला नहीं गया। रुकमण मन-ही-मन सब समझती हुई अबोध की नाईं पूछा, ''कौन-सा जम अन्दाता...? आप तो मारवाड़ के स्वामी हैं...स्वामी...!''

''नहीं रुकमण...।'' भीम जैसे बलिष्ठ पुरुष की वाणी आर्द्र होती गयी! बरसों...बरस पहले की जूनी स्मृतियाँ कावड़ के उनमान धूमने लगीं। उनकी आँखें भी छलछला आयीं, ''नहीं रुकमण...मेरी पहली गुरुआनी रुकमण, सुहागरात की पीलजोतों के कजरारे उजाले में मेरे भीतर जम-ही-जम घुस गये थे। वरना तू मेरा स्वभाव जानती ही है! अभी सारे संसार में कोई नहीं है, मेरे हृदय में टसकती शूलों की चुभन सुनने वाला कहीं नजर नहीं आता, तू मानती है इस बात को...?''

''क्यों नहीं मानूँगी गरीबनवाज, बीस बार मानती हूँ। आपका ऐसा अचीता वजूद मैंने कभी नहीं देखा, जैसे कोई बुरा जंजाल आया हो...!

''अरे...नहीं...नहीं, यह कोई जंजाल नहीं, प्रत्यक्ष सच्चाई है...सच्चाई! इस तरह घुटती सच्चाई की उल्टी मुझे पहली बार ही हुई!''

यह सब तेरी संगति का प्रभाव है। संगति छूटते ही मेरे भीतर वापस जमदूत नहीं छा जायें। फिलहाल मुझे उनका डर बहुत लग रहा है! मैं जानता हूँ उमादे इस जनम में मेरा मुँह भी नहीं देखना चाहेगी और न भारमली को मेरे पास आने देगी! मैं इन दोनों पर राज्य का जोर सपने में भी आजमाना नहीं चाहता! इस नयी धारणा का मुझे भी एतबार नहीं कि वह कब बदल जाय। अभी इस वक्त मुझे किसी भी तरह की हेकड़ी या अभिमान नहीं है। उन तीनों सहेलियों से मैंने पछतावे की माफी नहीं माँगी तो मेरा चित्त उठ जाएगा! फिर मैं वज्र-शृंखलाओं

से भी वश में नहीं रहूँगा! जब तक मेरा मन नहीं लगे, तू यहाँ से जाना मत। अन्यथा मैं यम से भिड़ जाने का माद्दा रखता हूँ! ऐसा अपाहिज तो पूरा राज्य छिन जाने पर भी नहीं होऊँगा...!''

रुकमण महाराजा के चरणों में सर नवा कर अचरज और हताशा के स्वर में बोली, ''आज ऐसी लाचारी क्यूँ दरसा रहे हैं अन्दाता...! आपके मुँह से ऐसी बातें शोभा नहीं देतीं। मैं तो आपके रौद्र रूप और कण्ठ से शेरों जैसी हौकारें सुनने की अभ्यस्त हूँ! बेचारी भारमली की क्या औकात...? वह तो रानी भटियानी की दासी है...दासी...! एकदम सूने में जनमी हुई! न इसकी माँ का अता-पता और न इसके बाप का। जो कुछ भी हुआ उसके लायक ही हुआ। उमादे भटियानी उसे सहेली के नाम से दुलार-दुलारकर चाँद की ऊँचाई तक चढ़ा दिया। वरना दासियों की क्या हैसियत...। मुझ जैसी ही नाकुछ दासी है! आपको केलि-क्रीड़ा की बारहखड़ी तो मैंने ही सिखायी थी! पीढ़ियों से दासियों का यही धर्म और यही कर्म है...!''

रुकमण के सामने खड़ा प्रचण्ड पुरुष जो मारवाड़ का महाराजा था। जिसके होंठों पर किसी नये ही सूरज की किरण उभरी। मुस्कराते कहा, ''फिलहाल न तू इस मुगालते में मत रहना कि पहले की तरह तेरी ये बातें सुनकर मैं प्रसन्न होऊँगा! तेरे लिहाज-लिहाज में किस मुश्किल से ये बातें सुनीं। मेरे मुँह से इतनी और ऐसी बातें सुनकर तुझे स्पष्ट पता चल जाना चाहिए कि अभी मेरे तन, मन और आत्मा की तासीर ही बदली हुई है। और मेरी भी एकमात्र कामना यही है कि जीऊँ तब तक मेरी यही तासीर बनी रहे, बदले नहीं। इस तासीर को बनाये रखने में ही मैं मारवाड़ का सच्चा, खरा और ऊँचा मालिक साबित हो सकूँगा! अपनी गरीब प्रजा का कल्याण करना ही मेरी एकमात्र कामना है! उमादे से पाणिग्रहण होने से पहले के कारनामों का हिसाब जोड़ना चाहूँ तो मुझे सात जनम तक नरक में भी ठौर नहीं मिलेगी! युद्ध जीतने के मद में अगणित बच्चों को अनाथ किया, जाने कितनी विवाहितों का सुहाग छीना! दुश्मनों के लहू को नाली के बदबूदार पानी से भी तुच्छ समझा! जाने कितनी कुँआरी बालाओं और कितनी ब्याहता औरतों के साथ...!''

राव मालदेवजी दरवाजे के सामने मुँह करके खड़े थे और रुकमण पीठ करके उनकी अनोखी बातें सुन रही थी। केसर पर नजर पड़ते ही होंठों तक आये शब्द वापस निगल गये। हकलाते हुए अटकते-अटकते बोले, ''केसर आ रही है...उमी की अन्तरंग सहेली!'' अकस्मात् अधरों पर मानो खाम लग गयी हो!

महाराजा के कण्ठ से गाज की अपेक्षा रुकमण ने पहली बार हकलाने की

अटक सुनी। उमादे या भटियानी की जगह उमी का सम्बोधन ऐसा लगा जैसे छलकते सरोवर जितना उसके कानों में अमृत गिरा हो! तत्काल ही मुड़कर बोली, "देर तो सचमुच काफी हो गयी केसर...! मैं आयी तो थी उमादे के द्वारा कहे दो बोल सुनाने के लिए...।"

महाराजा मालदेवजी बच्चे की नाईं रूठते हुए बोले, "पगली कहीं की...उमादे का कहा तुझे सबसे पहले बताना था...!"

"चूक हो गयी अन्दाता, बड़ी भारी चूक...।" रुकमण ने ऊपरी मन से बात सँवारने की चेष्टा करते हुए जवाब दिया। लेकिन महाराजा के चिर अभ्यस्त कानों को निपट सहज और सच्चे आखर ही लगे। उतावली दरसाते कहा, "सुनाने तो दो बोल ही थे, अब सुना दे, कुछ देर नहीं हुई। तू अभी-अभी तो आयी है...!"

आज तो महाराजा को समय का भी ध्यान नहीं रहा। उन्हें वाकई ऐसा ही महसूस हुआ कि रुकमण को आये निमिष भर ही हुआ है। उन्होंने उछाह से कहा, "अब किसका इन्तजार कर रही है, झटपट सुना दे...!"

"अब उसकी जरूरत नहीं है...!" रुकमण ने गम्भीर भाव से कहा। जवाब सुनने पर दोनों के ही अचरज का पार नहीं रहा। महाराजा के मुँह से ऐसा अप्रत्याशित संवाद सपने में भी नहीं सोचा था। राव मालदेवजी ने किंचित् मुस्कराते हुए कहा, "तो जाने दे...तू नहीं सुनाना चाहती तो तेरी मरजी। शायद केसर तुझे ही बुलाने आयी हो...।"

रुकमण तो हतप्रभ रहकर महाराजा का चेहरा निहारती रही। जवाब देने की भी सुधि नहीं रही। शायद ईश्वर भी उनके मुँह से ऐसे विनम्र शब्दों की कल्पना तक नहीं कर सकता होगा। फिर एक सामान्य-सी दासी की क्या औकात! जवाब नहीं देकर चुप रहने की झुँझलाहट भी कम नहीं हुई। तब जीभ की बजाय दो बार गरदन हिलाकर हामी भरी। महाराजा के होंठों से स्वत: ये बोल छिटक पड़े, "उमादे ने बुलाया है तो तुझे जाना ही है। एक क्षण की भी ढील नहीं होनी चाहिए! लेकिन यहाँ से जाने के पहले एक हिदायत देना चाहता हूँ कि तुझे मेरी बजाय उमादे भटियानी की मर्यादा ज्यादा रखनी चाहिए!...मुझ से डरने की किंचित् भी जरूरत नहीं है! वापस लौटने की जल्दबाजी मत करना। धीरज से आना, भले ही मत आना। तुझे खराखरी यह विश्वास दिलाना चाहता हूँ कि मेरे स्वभाव की यह नयी तासीर आसानी से बदलेगी नहीं! अभी-अभी ऐसा ही कुछ इल्म हुआ। तुम जो भी परस्पर विमर्श करना चाहो उस से निबट कर ही दीवानजी और सेनापतिजी को यहाँ भेज देना। किसी दूसरे को यह काम नहीं

सौंपना चाहता। केसर को तो महाराजा की नयी तासीर का सींग-पूँछ कुछ भी समझ में नहीं आया। जैसे यह कोई नयी वाणी हो! जिसका अर्थ समझने पर भी मर्म समझ में नहीं आया! रुकमण की इच्छा तो जाने की हुई, परन्तु पाँव नहीं उठे। कुछ भी निर्णय नहीं कर सकती कि रुके या जाय! महाराजा उसकी दुविधा अदेर भाँप गये। तकाजा करते बोले, ''उमादे बुला रही है तो तू यहाँ क्यों खड़ी है? किस सोच में पड़ गयी...?''

अब उसका वहाँ ठहरना असह्यनीय हो गया। महाराजा के सामने देख कर याचक की नाईं पूछा, ''आपकी आज्ञा हो तो मैं जाऊँ...!''

महाराजा को जाने क्या जची की बच्चे की तरह ताली बजाते हुए जोर से हँसते-हँसते ही बोले, ''मेरी आज्ञा के लिए क्या अब ढोल-नगारे बजेंगे! तू किसी बात की चिन्ता मत कर। राजी-खुशी जा। वापस आने के लिए उमादे की इच्छा न हो तो मत आना...!''

रुकमण कुछ कहते-कहते रुक गयी और बिना कहे ही चुपचाप रवाना हो गयी, तब केसर को तो आगे-आगे चलना ही था। तब महाराजा उसके पीछे-पीछे चलते हुए रुकमण को समझाते हुए कहने लगे, ''मेरे मन की एक अन्तिम बात सुनती जा।'' फिर जाने क्या सोचकर माँ की नाईं पुचकारते हुए कहा, ''केसर तू जा। तुझ से छिपाये जैसी कोई बात नहीं है। मगर मेरे कहने का किसे भी एतबार नहीं है। रुकमण के मुँह से सुनने पर तुम सबको काफी-कुछ विश्वास हो जाएगा। अभी इस वक्त सच के सिवाय, झूठ बोलना चाहूँ तब भी बोल नहीं सकूँगा!''

केसर के ओझल होने पर महाराजा कहने लगे, ''कलेजे गड़ा हुआ साच मैंने तुझे बताया सो भारमली और उमादे को सब बता देना। यदि उन्हें उस पर एतबार हो तो अच्छा, न हो तो अच्छा। मैं रत्ती भर भी नाराज नहीं होऊँगा, न कुछ भी जोर-जबरदस्ती करूँगा और न मेरे रंगमहल में बुलाऊँगा। शायद घड़ी-सवा-घड़ी के बाद मैं स्वयं वहाँ जाना चाहूँगा। रूबरू माफी माँगे बिना न दिन को चैन मिलता है, न रात को! लेकिन तू एक भी आखर मत चूकना। अब तू भी जा। वापस आने की कोई जरूरत नहीं है। देख, कितनी समझ-बूझ से सब काम निबटाती है। अब तुझ पर ही सारा दारमदार है...!!''

रुकमण चलते-चलते सोचने लगी कि उसी काया के रहते ये तो राव मालदेवजी ही दूसरे हैं!! मानो कोई नया जन्म ही हुआ हो! जिनका पहले वाले महाराजा से दूर-दूर का मेल नहीं है! मनुष्य के मन में छिपे झूठ का आसानी से पता नहीं चलता, किन्तु उसके होंठों से निकले साच का अविलम्ब पता चल जाता है! साच की झंकार और उसके स्वरूप को एक बच्चा भी भाँप सकता है।

सुना है कि रामायण के रचनाकार बाल्मीकि भयंकर डाकू थे! उनका नाम सुनकर औरतों के हमल पड़ जाते थे। उस एक ही काया में दूसरे ही व्यक्ति बन गये! मनुष्यों के संसार में कोई भी बात अनहोनी नहीं होती!

रुकमण वहाँ पहुँची तो स्तब्ध! चमत्कृत! बैठने की भी सुधि नहीं रही। केसर ने अपनी इच्छा से ही महाराजा की बातें सुनानी शुरू कर दी थीं। रुकमण को देखते ही कहा, ''यदि मेरी बातों पर विश्वास न हो तो रुकमणी से पूछ लीजिये। रानीजी को वहम है कि ऐसा आमूल-चूल परिवर्तन सम्भव ही नहीं है!''

फिर वही उत्तप्त जवाब, ''मैं किसी की भी रानी-फानी नहीं हूँ।...फकत उमादे हूँ...उमादे...! भारमली की सहेली...! यह मेरा वहम नहीं है। पुख्ता परखी हुई सच्चाई है कि बाज कबूतर की 'गुटरगूँ' नहीं बोल सकता, फिर उसका वजूद अपनाना तो ईश्वर के हाथ में भी नहीं है...!''

''लेकिन उमादे ऐसे कई ऐतिहासिक उदाहरण हैं कि एक ही जीवन में मनुष्य का नया जन्म होता है...!'' केसर आगे भी कुछ कहना चाहती थी कि बीच में ही प्रतिवाद करते बोली, ''मनुष्य का नया जन्म तो सम्भव है, किन्तु राजकुँअर और राजाओं का नया जन्म नहीं हो सकता...!''

''क्यों नहीं हो सकता...?'' केसर भी धीरज नहीं रख सकी तो वह भी बीच में बोल पड़ी, ''आप स्वयं भी कहती हैं कि युवराज गौतम का हुआ। महावीर का हुआ। सम्राट अशोक का हुआ। क्यूँ भारमली, उमादे के मुँह से हमने कई ऐसी बातें सुनी हैं कि नहीं...?''

भारमली ने दबे-दबे स्वर में कहा, ''सुनी तो हैं, मगर केवल सुनने से ही कई बातें समझ में नहीं आतीं। मगर मेरे साथ तो बीती हुई हैं, मरने के बाद भी शायद भूल नहीं सकूँ! फिर भी मैं जिद्द नहीं करूँगी। और उमादे की बात तो मैं सपने में भी नहीं टाल सकती! जब चार जनों में ही अपनी दुनिया सिमट गयी हैं, तब आपस में एक-दूसरे की बात नहीं मानने पर कैसे पार पड़ेगी? मैं तो महाराजा के वज्र 'दस्तखतों' के बाद न-न हो जैसी बातें सोचने लगी हूँ कि जिन्दा कोढ़ी भी सुख की चाह रखता है! यही तो कुदरत की मोटी सीख है, मनुष्य के लिए। कुदरत किसी भी मनुष्य से पक्षपात नहीं करती। भले वह कोई भी हो...गरीब या अमीर। ऊँच या नीच। कुदरत की अनदेखी या अनसुनी करना भी मनुष्य को नहीं पोसाता। भले ही मैं होऊँ या उमादे ही क्यों न हो...।'' शेष तीनों सहेलियों को कम अचरज नहीं हुआ सो नहीं हुआ, लेकिन भारमली को भी कम आश्चर्य नहीं हुआ कि इसी एक ही जून में उसके होंठों से ऐसे भी बोल निकल सकते हैं!

भारमली के शब्दों से हवा कुछ बोझिल-सी जान पड़ी तो केसर ने रुकमणी के सामने देखकर कहा, "आप नहीं आयीं तब तक मैं बाँकी-टेढ़ी बातें सुनाती रही। अब राव मालदेवजी के मन की बातें आप भी सुनाइये, सुनाने लायक हैं! वे अपनी बातों पर कब-तक दृढ़ रह सकते हैं...वे ही जानें! लेकिन मुझे लगता है कि उनके हृदय का वह छल-विहीन विशुद्ध सच था सो उनकी आत्मा से प्रकट हुआ। आत्मा की वाणी को वापस दुहराना किसी के वश की बात नहीं है...!"

रुकमण ऐसा दुर्लभ अवसर व्यर्थ गँवाना नहीं चाहती थी। केसर आगे भी कुछ कहे, उसके पहले उतावली होकर कहने लगी, "हूबहू यही कठिनाई मुझे भी हो रही है। महाराजा के होंठों के बोल होते तो मैं सात बार दुहरा सकती थी। परन्तु आज पहली बार उनकी आत्मा से मन्त्र प्रकट हुए और मैंने भी कानों की बजाय आत्मा से ही सुने। उन्हें जीभ से व्यक्त करना मुश्किल है! फिर भी अण्ट-शण्ट सुनाऊँगी। और आप भी बुद्धि नहीं भिड़ाकर फकत आत्मा से ही सुनें। तब कहीं थोड़ा-बहुत सार हाथ लगे तो लगे!"

केसर पर भारमली और उमादे को पूरा विश्वास था। पहले केसर के मुँह से और बाद में रुकमणी के मुँह से जो भी अक्षर सुने तो उनका कसैला मन काफी-कुछ सामान्य हो गया, जैसे धारोष्ण दूध से धुला हो! खुद मनुष्य तो दूर की बात उसके मन का भेद विधाता भी नहीं पा सकता। उमादे और भारमली पुख्ता तौर पर जानती थीं कि उनका घावों से छका कसकता हिया इस जीवन में तो शायद ही स्वस्थ हो। मनुष्य के सोचने की सीमा ही कितनी है? भले ही वह अधबावरा या अतिशय समझदार हो। कई बार जुते हुए खेत में बोया बीज सब उगता है, उसी तरह उसके विशुद्ध मन में बोये हुए अक्षर सही जगह ठौर-ठौर उग आते हैं!

रुकमण के होठों से बरसती वाणी के आखर तो वही थे, लेकिन सुनने वाली तीनों सहेलियों को ऐसा महसूस हुआ कि उसकी बोली तो किसी दूसरे लोक की है, जो सुनने की खातिर केवल कानों के ही भरोसे नहीं रहती, उनकी देह का रोम-रोम कान बनकर सुन रहा था! रुकमणी ने महाराजा की सुनी हुई वाणी पर तनिक भी मसाला नहीं लगाया और न पलोथन ही, जैसी सुनी थी, हूबहू वही व्यंजित की, मानो कुछ समय के लिए महाराजा की वाक्-शक्ति और उनकी आत्मा उधार ली हो! और दूसरी तरफ केसर, उमादे और भारमली इस तरह सुन रही थीं जैसे हवा के मुँह से किसी अदृष्ट लोक की वार्ता सुन रही हों! वरना मारवाड़ के स्वामी राव मालदेवजी के कण्ठ से इस जीवन में ऐसे बोल निकलते? और न एक भी सुनने वाला उनके कहे पर विश्वास नहीं करता...!

फिर भी उमादे, भारमली और केसर तक ने उन पर किंचित् भी अविश्वास नहीं किया! सारी बातचीत पर विचार करने के पश्चात् उमादे ने कहा, "शेर और साँप के मुँह से अहिंसा और करुणा की बात सुनने पर किसी को एतबार नहीं होता...न मुझे, न भारमली और केसर तक को, मगर बेइन्तहा आश्चर्य की बात कि रुकमणीजी के मुँह से सुनकर किसे भी संशय नहीं हुआ...!"

उमादे के मुँह से श्रद्धा और सम्मान का सम्बोधन रुकमण के कलेजे पर जैसे जगमगाती छैनी का दाग लगा हो! उस असह्य जलन के साथ ही वह व्यथित होकर बोल पड़ी, "उम्र में बड़े होने से कुछ नहीं होता, गुण और ज्ञान में बड़ा होना ही बड़ी बात है! मैं इस क्षेत्र में पासंग बराबर भी आप तीनों की होड़ नहीं कर सकती। मुझे तो 'रेकारे' एवं 'तूकारे' से ही सम्बोधित कीजिये।...मेरे लिए यही पर्याप्त है। मेरी हाथ जोड़कर यही अरदास है...।" और वह सचमुच कोहनियों तक हाथ जोड़ने लगी कि तीनों सहेलियाँ एक साथ आगे बढ़ीं। लेकिन भारमली की स्फूर्ति देखने काबिल थी। रुकमण के जुड़े हुए हाथों को अलग किया। मगर सबसे पहले बोल फूटे उमादे के मुँह से, "मुझ से चूक तो रंचमात्र भी नहीं हुई, फिर भी आपका कहा नहीं टाल सकती। उम्र की मर्यादा सर्वोपरि है! भले ही एक की बजाय सात बार नाराज हों 'आप' के अलावा 'तू' नहीं निकल सकता। अब भी आप नहीं मानें तो हम तीनों ही घी में मिलाकर सिन्दूर पी लें! फिर न तो बोल पाना सम्भव होगा और न 'रेकारे' व 'जीकारे' की समस्या ही खड़ी होगी! हाँ...मैं कह रही थी रुकमण के मुँह से आत्मा की वाणी सुनने पर राम जाने क्यों हमें पूरा एतबार हो गया कि वह सौ टका साच है, उस में किंचित् भी झूठ की मिलावट नहीं है। सच्चाई की झंकार ऐसी ही होती है! जो मैंने पहली बार अपने कानों से सुनी। सौ जन्म ही न भूले जैसा अपराध था, लेकिन चितारने पर याद तो अ। ही जाता है। कुदरत की इस माया का कौन पार पा सकता है...कि इतने में किसी पुरुष के आने की आहट सुनायी पड़ी। वह आहट रुकमण के लिए चिर-परिचित थी। पहचानते ही पीठ फिराकर बोली, "महाराजा पधार रहे हैं...।"

"हाँ, मैं ही हूँ रुकमण...तूने तो वापस मेरी सुधि ही नहीं ली। इन्तजार करते-करते आँखें और कान दोनों ही सुन्न हो गये। जाने कितना वक्त बीत गया हो! आखिर परेशान होकर मैं स्वयं ही माफी माँगने के लिए आ गया। मैं उमादे और भारमली का बड़ा कसूरवार हूँ। वे जो भी कहें दण्ड कबूलने के लिए तैयार हूँ। केसर का भी कसूरवार हूँ। मुझे कुछ भी जल्दबाजी नहीं है। वे सोच-विचारकर जब भी कहें, मैं तो हरदम तैयार रहूँगा। मुझे यही अरदास करनी थी। अब

चलूँ...!'' बस, इतना कहकर ही महाराजा रवाना हो गये। एक कदम ही आगे बढ़े थे कि उमादे ने धैर्य के साथ कहा, ''आपका कसूर इतना बड़ा है कि माफ करने के अलावा, दुनिया भर में जिसका कोई दण्ड नहीं है, सारे दण्ड ही कम पड़ेंगे। राजा-महाराजा के लिए, नवाब-बादशाहों के लिए जुर्म की ठौर, वह मेहर-मया थी! ज्यादा-से-ज्यादा मानो तो एक मनोरंजन था। जो सत्ता स्वयं दण्ड देने वाली है, उसके हाथ से तो सपने में भी जुर्म होता नहीं है! जो कुछ भी वे कर गुजरते हैं, वह न्याय ही है! कल्याण ही है! प्रजा की भलाई के लिए ही है। किसी बड़े भाग्यशाली के लिए ऐसा ही विधान होता है...!''

महाराजा ने कुछ आगे बढ़कर कहा, ''यह अपरिचित बोली उमादे की लगती है। भारमली और केसर की बोली तो मैं पहचानता हूँ। मैं तो शुरुआत से ही दण्ड सहने के लिए तैयार हूँ। रुकमण सहित तुम चारों पर मुझे कभी गुस्सा नहीं आयेगा। चाहो तब ही आजमा लेना। दूसरे लोगों के लिए गुस्सा बचाकर रखता हूँ। इसलिए कि गुस्से के बिना राज चलता ही नहीं। अभी तक संन्यासी या वैरागी नहीं हुआ हूँ। रहूँगा तो राव और महाराजा ही। मगर तुम चारों के लिए तो पूरी छूट है! ध्रुव टले तो मैं टलूँ। एकबारगी चूक होनी थी, सो हो गयी। वरना उस देवासी-छोकरे के लिए तो प्राण तक हाजिर हैं! ये थोड़ी-सी बातें रुकमण को कहना भूल गया सो रूबरू कहने के लिए आया हूँ। अब तुम चारों ही सहेलियाँ जो भी अच्छा-बुरा विचार करके जो भी निर्णय करो वह मेरे लिए चामुण्डा का आदेश होगा!'' महाराजा मुड़कर रवाना होने वाले थे कि भारमली व्यंग्य के लहजे में बोली, ''मैं तो इस जनम में मरते दम तक भरोसा नहीं करूँगी। कौआ चूके तो राजकुँअर और महाराजा चूकें। मैं तो अपने साथ गुजरी हुई बातें ही जानती हूँ। ऊँची बातें छौंकना नहीं चाहती!''

महाराजा ने उसकी तरफ पीठ फिराते कहा, ''देवासी-छोकरे आज तू जितने ताने सुनाये, वे कम हैं। एक बार भूल हो गयी तो क्या आगे भी भूल करता रहूँगा...! यह ले मेरी जहर-बुझी कटार। दूसरी बार भूल हो तो जहाँ चाहे, यह कटार घोंप देना। युद्ध के मैदान को छोड़कर, रंगमहल में दूसरे शस्त्र तो बड़ी बात एक तकुआ भी नहीं रखूँगा...!'' ऐसा संकल्प सुनाकर महाराजा कमर में अटकी कटार भारमली के सामने फेंककर, जाने क्या सोच-विचारकर उसकी ओर एक-एक कदम बढ़ाते कहा, ''यदि अब भी तेरा गुस्सा नहीं उतरा हो तो मारवाड़ के स्वामी का कुछ भी लिहाज नहीं रखकर, तुझे जहाँ कहीं भी कटार मारनी हो, तेरे सामने खड़ा हूँ। चूँ तक नहीं करूँगा! क्या मजाल कि ललाट में भी कोई सलवट खिंच जाय! कोई पहरेदार या अंग-रक्षक पास नहीं है। कोहनी के एक

ही प्रहार से मुझे तेरी ताकत का पता चल गया। तेरे हाथ का अधूरा जोर भी पर्याप्त होगा। ठेठ कलेजे तक कटार पार हो जाएगी। तुझे उमादे की सौगन्ध...उमी की कसम...!''

भारमली तो जैसे काठ की पुतली बन गयी हो! आँखें स्थिर। पलकें स्थिर! एकदम सूनी नजर, जैसे कोई अनोखी चीज खोज रही हो...!

महाराजा को अपने नये जन्म की बानगी बतानी थी, सो बताकर ही शान्ति मिलेगी? आत्मीयता के स्वर में कहा, ''देवासी-छोकरे...तू किस सोच में पड़ गया? उस दिन जिसके प्राण बचाने की खातिर इतनी जोखिम उठायी तो आज उसके प्राण अपने उन्हीं हाथों से क्योंकर ले...? यह तो समय-समय के दाँव हैं रे छोकरे...! अब तेरी ज्यादा परख नहीं करूँगा। चलता हूँ। जिस दिन तेरी इच्छा हो रुकमण के साथ कहलवा देगा। मैं तेरी सब मनचीती तजबीज बिठा दूँगा। मनुष्य के मानस में आत्मा के साँच का ऐसा ही उघाड़ा स्वरूप होता है! इससे बड़ी सम्पत्ति या सत्ता दुनिया में कोई दूसरी नहीं होती! अजमेर छिन जाने के बाद मुझ में बस इतनी ही समझ बढ़ी है! जिसके जोर पर ही मैं बढ़-बढ़कर बोलता हूँ। माने तो तेरी मरजी, न माने तो तेरी मरजी! वरना मेरा कुछ भी दूसरा जोर नहीं है! हताश होकर जा रहा हूँ। मुझे तुझसे कुछ दूसरी ही आशा थी! मेरा आत्मीय जुहार मानना...!''

भारमली तो एक ही ठौर निस्पन्द खड़ी रही, जैसे शरीर के रेशे-रेशे पर लकवा फिर गया हो। दुनिया के किसी राजा-महाराजा या नवाब-बादशाह के आख्यान में ऐसे आखर दर्ज नहीं हुए होंगे! साँच की सर्वत्र ऐसी ही औकात रहती है! झूठ का सर्वत्र ऐसा ही डंका बजता है! साँच की सदा इसी तरह दुर्गति होती है। युग-युगान्तर से झूठ के विरुद की अनुगूँज न कभी थमी और न कभी थमेगी!

जब भारमली ने रुकमणी को इस तरह गड़े देखा तो उसके पाँवों के पास पड़ी कटार नीचे झुककर अपने हाथ में ली और भारमली की सूनी आँखों के सामने करती बोली, ''तेरी यह अमानत अपने पास रखती हूँ, जब भी तेरा मन माने तुझे वापस सौंप दूँगी। इसे सँभालना बच्चों का खेल नहीं है! जो व्यक्ति सब से पहले अपना कलेजा बींधे, उसके हाथ में ही कटार शोभा देती है! दूसरों को मारने के लिए तो कैसा ही पगला-बहरा मानुस हिम्मत कर सकता है!''

उस कुदिन की तरह भारमली ने चीत्कार तो नहीं किया मगर होंठों-ही-होंठों में गुनगुनाये बिना नहीं रह सकी, ''उमादे...उमादे...मेरी उमी...!'' फकत एक ही बार गुनगुनाकर गिरने वाली थी कि उमादे और केसर लपकी तब तक ऐन पास खड़ी रुकमण ने गलबहियाँ भरकर उसे अच्छी तरह सँभाल लिया। फिर

धीरज के साथ नीचे बैठकर उसे अपनी गोद में सुला दी। केसर ने तनिक संयम से काम लिया। दौड़कर तत्काल ही मोरपाँखों की दो पंखियाँ ले आयी और दोनों हाथों से ही हवा करने लगी तो उमादे ने एक पंखी अपने हाथ में ले ली। चुपचाप पाँवों पर हवा झलने लगी तो भारमली की पलकें आहिस्ता-आहिस्ता उघड़ने लगीं, जैसे किसी गम्भीर चिन्तन से जूँझ रही हो! दबे-दबे दृढ़ स्वर में बोली, "मैं अचेत नहीं हुई! बेहद जागृति का ऐसा ही करिश्मा होता है! मुझ जैसी दुर्गति भुगतने का यही परिणाम होता है! सच, मुझे यह भी पता नहीं कि इस अपरिमित चेतना का अन्तराल कितनी देर रहा—पाव घड़ी, दो घड़ी या एक पखवाड़ा! कुछ ऐसा महसूस हुआ कि यह अनोखी अनुभूति समय की रंचमात्र भी मुहताज नहीं है! क्या मेरी तरह आप तीनों को भी कभी ऐसी अनुभूति हुई कि नसों में लहू की नदियाँ बह रही हैं और इस प्रवाह का अन्त कहाँ है? उमादे दृढ़ता के साथ हामी भरना चाहती थी, किन्तु उसके होंठ सिले ही रहे! समय, एक साथ कितनी कुलाँचे भर लेता है, जिसका पता न तो स्वयं समय को और न कुदरत को! भारमली आत्म-विश्वास के साथ कहने लगी, "मेरी चेतना को ऐसी अमिट धार लगी जैसे असंख्य शास्त्रों के सुनहरे अक्षरों का ज्ञान मुझ में समाहित हो गया हो, जिसके फलस्वरूप इसी काया में एक दूसरी ही भारमली उत्पन्न हुई हो!" ऐसी विचित्र अनुभूतियाँ दरसाकर वह एक ही झटके में उठ बैठी। बारी-बारी से तीनों सहेलियों के चेहरे निरखने लगी तो उसे अपने ही प्रतिरूप नजर आये! केसर ने पूछा, "भारमली एक बात तो बता कि इस नयी चेतना की वजह से तू हमें पहचानती है कि नहीं...?"

इस प्रश्न के साथ ही भारमली की सहज स्थिति हो गयी। आत्मीय स्वर में बोली, "नहीं पहचानने की अपेक्षा मरना बीस गुना बेहतर है! तू मेरी केसर...यह मेरी रुकमण...।" फिर किसी उमंग के वशीभूत इधर-उधर निहारकर बोली, "यह मेरी उमादे...मेरी उमी! तुम सबकी न्यारी-न्यारी कोख से मेरा जन्म हुआ! मेरी पहली जननी रानी-माँ, दूसरी जननी तुम सबकी उमादे और मेरी उमी...उमी! तीसरी माँ मेरी केसर और चौथी जननी मेरी रुकमण! ऐसी अचीती किस्मत लेकर दुनिया में कौन-सी धिया जन्मी है? एक डरपोक जननी ने मुझे छोड़ा तो मुझे चार माताओं ने छाती से चिपकाया। मेरा लख-लख सौभाग्य...!"

उमादे ने उसका हाथ पकड़ खड़ा किया। निर्सग भाव से बोली, "तुम्हारे धन्य भाग की बजाय हमारा सौभाग्य बड़ा है!" आगे के अमृत-सबद दो चुम्बनों से सम्पूर्ण हुए! फिर भारमली ने अतिशय उछाह से उमादे का चुम्मा लिया। फिर बाँहें पसारकर रुकमण से गले मिली। पहले ठुड्डी पर, फिर ललाट पर चुम्बन अंकित किये, मानो उसके भाग्य पर नये अंक उकेरे हों! रुकमण की आँखों में

जैसे आत्मीयता की ईर्ष्या झलक उठी हो! भारमली ने कहा, "वाह री रुकमण, तुझे अलग रख सकती हूँ... ?" इतना कहकर वह उसके गले से झूल गयी। फिर कंचुकी उघाड़कर उसके स्तन चूँघने लगी। रुकमण की पूरी देह में सनसनाहट छा गयी। और अगले ही क्षण उसकी आँखें भर आयीं। रुँधे गले से बोली, "तेरे होंठों के जादू से चौथी बार मेरी कोख उघड़ी! तीन बार तो जन्म देने वाली कोख ही मेरे बच्चों का मसान बन गया...मसान...! लेकिन चौथी लाड़ल धिया तो मेरे गले से झूल रही है। हजारों-हजार दासियों का जन्म सार्थक हो गया!"

तत्पश्चात् चारों सहेलियाँ आमने-सामने पाटों पर बैठ गयीं, जैसे उन्हीं के हाथों से दुनिया का सर्वोपरि न्याय होना है! मगर शुरुआत कौन करे, यह समस्या ही सबसे बड़ी थी। बारी-बारी तीनों का चेहरा देखकर रुकमण कहने लगी, "डावड़ी या दासी तो मैं मारवाड़ रजवाड़े की हूँ परन्तु मन और आत्मा से मैं अपनी स्वामिनी आप तीनों को ही मानती हूँ। जन्म देने वाले माँ-बाप की बजाय और पालन-पोषण करने वाले पति की बजाय ज्ञान देने वाला गुरु सदैव बड़ा है! आप तीनों ही मेरी गुरु हैं। कसूरवार मेरे महाराजा हैं! जिनकी मैं दासी हूँ। पहली प्रियतमा हूँ! सुहागरात की मांगलिक हवस जाग्रत करने वाली अधिकारिणी हूँ। इसलिए आंशिक कसूर मेरा भी है! महाराजा तो अपने मुँह से हम चारों के सामने माफी माँगकर गये हैं। माफी माँगने के बाद दण्ड की गुंजाइश ही कहाँ रहती है!" अकस्मात रुकमणी उमादे की ओर देखकर कहने लगी, "आप तो परिणीता हैं! मारवाड़ राज्य की रानी है! विवाह मण्डप में अग्नि को साक्षी बनाकर ढोल-नगाड़ों के साथ भाँवरें खायी हैं। परस्पर सहवास के निमित्त जात, न्यात और समाज की खुली छूट मिल गयी है...धूम-धड़ाकों के साथ! संजोग, विजोग, रूठना, मनाना, दुहाग और सुहाग इत्यादि यह सब-कुछ तो विवाह के खेल हैं! जीवन भर खट-पट चलती रहती है। वक्त गुजरने के साथ ये कड़वे-मीठे फल खाने ही पड़ते हैं!" इतनी बारहखड़ी सुनाकर रुकमणी ने भारमली की ओर देखते कहा, "और यह भारमली सभी रिश्तेदारो से बड़ी आपकी सहेली है। शरीर तो दो हैं लेकिन प्राण एक है! मगर भारमली के साथ महाराजा का विवाह तो नहीं हुआ! खूब अच्छी तरह जानती हूँ कि आप दोनों की प्रीत का कोई अन्त नहीं है! लेकिन महाराजा के लिए तो भारमली निपट अजनबी है। बेइन्तहा खूबसूरत! गुणवती। जोबन की देहरी चढ़ती हुई! बारूद के साथ अंगारा रखने से विस्फोट तो होना ही है! इस में कुछ भी अनहोनी बात नहीं! बाज को कब्बू-कब्बू पुकारने से उसकी प्रकृति बदल नहीं सकती! बिना पते की सूनी दासी को साथिन, सखी, सहेली या बहिन कहने पर उसकी असली पहचान तो मिट नहीं सकेगी! आपने जान-बूझकर धोखा खाया! मगर सामने वाला मनुष्य धोखा खाये, न खाये वह उसकी

समझ, उसकी भावना और उसकी मरजी। किसी पर भी जबरन प्रभुत्व थोपा नहीं जा सकता! लेकिन ठाकुर-वाकुर, राजा-महाराजा, नवाब-बादशाह और राव-उमरावों का प्रभुत्व सुनिश्चित है! कोई न माने तब भी उनकी मनमानी तो निस्सन्देह अटल है! फिलहाल इन्हीं श्रीमन्तों का राज है—डंके की चोट हिरण और खरगोश जान बचाने की चिन्ता में इधर-उधर दौड़ते हैं तो भी शेर या चीते के पेट में और यदि भिड़ जायें तो उनके पेट में! भरम की सनक में हिरण या खरगोश यदि स्वयं को नाहर मानें तो कुछ भी फरक पड़ने वाला नहीं है! अपनी आँखें मूँदने से सूरज, चाँदे-तारे बुझ नहीं जाते! साँच को भरम मानने से या भरम को साँच मानने से यथार्थ बदल नहीं जाता! आकाश तो अपने बूते पर ही स्थिर रहता है, पुटिया पंछी के भरम से कुछ भी बनता-बिगड़ता नहीं...।''

तीनों सहेलियों को कहीं-कहीं रुकमण की बातें बुरी अवश्य लगीं, तब भी उनका कुछ भी वश नहीं चला। दमकते सूरज को ग्रहण में डूबा मानने से वह डूब नहीं जाता। उसका दमकता प्रकाश वैसा ही जाज्वल्यमान बना रहता है! रुकमण अत्यन्त सतर्कता से पूरा ध्यान रख रही थी। उसकी बातें जस-तस उन तीनों के गले उतर रही थीं। कड़वी या कसैली औषधि इच्छा न होते हुए भी निगलनी पड़ती है! सच्चाई की सही परख नहीं करने वाला अन्ततः धोखा खाता ही है! वापस कुछ भी सुनने के लिए रुकमण आतुर दिखलायी पड़ी तो उमादे को जवाब देना ही था, ''इन में तो कोई भी नयी बात नहीं है, सारी बातें जानती है...!''

रुकमण मुस्कारने की असफल चेष्टा करती हुई कहने लगी, ''मैंने नयी-पुरानी का बात कब कही? मैंने तो झूठ-साँच और भरम की बात कही है। इस में कुछ खामी हो तो बताइये...।''

''खामी तो कुछ भी नहीं है...!'' इच्छा के बावजूद केसर के मुँह से ये शब्द छिटक पड़े!

उमादे के अन्तस् में अनहोनी बातों के वातचक्र घूमर लेने लगे थे। यदि होंठों से दरसाते ही भारमली उखड़ पड़ी तो उसे समझाना दूभर हो जाएगा। उसे जन्मदाताओं की अपेक्षा भारमली का डर ज्यादा लगता है। इच्छा होते हुए भी उमादे और भारमली के डर से वह जानकर ही चुप रही।

पूर्णतया स्वस्थ होने के तीन-चार दिन बाद भी मन में उठते बुदबुदों को छिपा रखने में भारमली अपने-आप से कितनी लड़ती-झगड़ती रही, जिसकी भनक तक किसी के कानों में नहीं पड़ने दी। इतनी बड़ी होने पर उसने पहली बार उमादे से भी लिहाज-संकोच रखा तब केसर को क्योंकर पता लगने देती? आज

रुकमण की झीनी बातों से पहेली कुछ-कुछ सुलझती महसूस हुई तो उसने रुकमण से पूछा, "तुम्हें बड़े-बड़े रजवाड़ों के अन्दरूनी कारनामों की खूब जानकारी है। मुझे बताइये कि अब मैं किस दिशा की ओर कदम बढ़ाऊँ? आज आपकी बातों से मेरी काफी-कुछ भ्रान्ति झड़ने लगी है! अन्य दासियों के परिजनों की सभी को सूचना है, लेकिन मेरा दुर्भाग्य कि मुझे उनके नाम-धाम का भी पता नहीं! उमादे सचमुच मुझे अपने जी की जड़ी मानती है। सगी बहन से अधिक प्यार करती है। लेकिन इस से क्या बनता-बिगड़ता है! राज-कन्या तो वही कहलायेगी और मैं आजीवन दासी या डावड़ी! मेरा भरम तो मिट गया। लेकिन उमादे की भ्रान्ति नहीं मिटने से, फकत मेरा ही नहीं किसी का कुछ भी वश नहीं चलेगा! आज जैसा-तैसा भी अचीता साँच महाराजा के मुँह से सुना, मुझे लगता है उनका भी वश नहीं चलेगा। किसी भी अचीती अप्सरा की देह पर उनके यही अन्तिम दस्तखत हैं। भले ही किसी प्रचण्ड और बड़ी फौज के सहारे वे अजमेर जीत लें, लेकिन किसी भी परिचित या अपरिचित औरत के साथ जबरदस्ती नहीं करेंगे! अग्नि की साक्षी में उमादे के साथ विवाह करने के बाद उसके साथ भी केलि-क्रीड़ा नहीं करेंगे...!"

उमादे के मन में रुकमणी की, महाराजा की और भारमली की आधी-अधूरी बातें जबरन उतरने लगी थीं। रुकमण अभी तक उधेड़बुन में थी। उमादे और भारमली के प्रति उसका बेहद लगाव था। भारमली की समझ-बूझ का नया उजियारा उसके लिए फायदेमन्द था। लगता है कि उसके मनसूबे अवश्य पार पड़ेंगे, मगर उमादे का गुमान किसी भी सूरत में मिटने वाला नहीं है! तब तक भारमली का भी कुछ वश नहीं चलेगा। फिर भी मन में थोड़ा-बहुत विचार करें या इनकी बातों का परस्पर मिलान करें तो देर-सबेर उजाले की किरण दिखलायी पड़ने लगेगी। रुकमण तनिक गम्भीर स्वर में कहने लगी, "हम चारों अलग-अलग इकाईयों की बजाय, चार दिशायें हैं, जिन पर हमारा आधिपत्य है! मिल-बैठकर दृढ़ निश्चय करें तो दुनिया का ऐसा कौन-सा काम है, जिसका हम निपटारा नहीं कर सकें। राम जाने मेरी मति क्यों मारी गयी कि महाराजा की बजाय आप तीनों की जाने-अजाने चिन्ता करने लगी हूँ! आपकी संगत से ही मुझ में यह समझ आयी और आँखों को नयी रोशनी मिली कि मैं भी दासी हूँ! और इस अचीते अहसास से राजा-महाराजाओं के लिए मेरे भीतर ऐसी घृणा उपजी कि मरने के बाद भी मिटेगी नहीं...!"

उमादे ने बीच ही में मुस्कराते हुए कहा, "मैं भी तो राज-घराने में जन्मी राज-कन्या हूँ, मेरे लिए भी तो आपके मन में घृणा होनी चाहिए...!" तब रुकमण

ने बीच ही में टोकते कहा, "इतनी समझदार होते हुए भी आपने कैसी फूहड़ बात कही? मेरे लिए तो आप न राज-कन्या हैं, न रानी-महारानी हैं। बल्कि ऊँची-से-ऊँची हस्ती हैं, जिसके कारण ही यह दुनिया जस-तस चल रही है! और मैं भी अब दासियों की चिन्ता करने लगी हूँ! आपकी संगत से ही मुझ में यह समझ आयी, आँखों को नयी रोशनी मिली कि मैं भी दासी हूँ! और मैं भी अब दासियों की चिन्ता छोड़, इस धरती और इस संसार की खातिर आपका हाथ बटाना चाहती हूँ।"

उमादे के मन में जो भी उलझा हुआ रेशम था, वह काफी-कुछ सुलझ चुका था। स्वतः कहने लगी, "इतने बरस मैं अपनी अक्ल के बोझ से मेरी जा रही थी! आज बोध हुआ कि आपकी बजाय मुझ में पासंग जितनी भी समझ नहीं है...।"

"फिर वही बेतुकी बात! परम्परा से चलते आये बुजुर्गों के वचन कभी गलत नहीं होते कि परायी थाली में घी अधिक दिखता है...!" केसर ने भी मुस्कराते हुए जवाब दिया, "आप भी तो इसी वचन से बँधी हुई हैं, बचकर नहीं जा सकती...।"

"तो आप ही इस बात का फैसला कर दें कि हम दोनों में किसकी अक्ल तेज है?" रुकमण ने मुस्कराते कहा।

"मेरे हिसाब से दोनों की अक्ल का वजन एक-सा है। तिल जितना भी फर्क नहीं!"

"तब तुम्हारी अक्ल का भी पैंदा आ गया! मुझे ऐसी आशा नहीं थी।" रुकमण पछतावा करते बोली, "अक्ल के थोड़े-बहुत दानों का अनुमान था...!" फिर भारमली, तेरी अक्ल पर मुझे बेहद भरोसा है...।"

भारमली को मनचीता मौका मिला तो उसने तनिक भी लिहाज रखे बगैर निःशंक भाव से कहा, "ऐसी बौराई बात उलाकते हुए अपनी अक्ल का उघड़ता पैंदा नजर नहीं आया...?"

उस अप्रत्याशित हादसे के बाद अभी-अभी पहली बार डूबते सूरज की मन्द-मन्द मुस्कान चारों सहेलियों के अधरों पर बड़ी मुश्किल से उभरी। किसी को सपने में भी आस नहीं थी कि उनके चेहरों पर भूल-चूक से भी मुस्कराहट और होंठों का मेल कभी होगा! भले मन्द-मन्द ही सही! मनुष्य की आशा और कुदरत की आशा में धरती-आसमान का अन्तर है!

मुस्कराहट की आभा पूर्ण होते ही रुकमण ने उमादे की सूरत पर अकूत आस गड़ाकर देखा और दूसरे ही क्षण सुगम्भीर स्वर में कहने लगी, "समय की बलिहारी के सामने रावण और अर्जुन का भी वश नहीं चला तो अपनी बिसात

ही क्या है? उसी अपरबली समय की मेहर-मया से आधा-अधूरा काम तो सुधर गया। बाकी सब दारमदार आपके जिम्मे है। आपकी समझ-बूझ से ही भारमली का निस्तार होगा। मैं और केसर तो अपनी ही चदरिया खींचेगी व ओढ़ेंगी। फिर भी आप दोनों के अलावा हमें कहीं शान्ति नहीं मिलेगी! पेड़-पौधों की नाईं जिन्दा रहने में तो कोई खामी नहीं रहेगी। मगर आप दोनों को सुखी देखे बिना हमारी बेचैनी का कोई उपाय नहीं है। और महाराजा भी आपकी रजामन्दी के बगैर पलकें तक नहीं टमकारेंगे...! सभी जटिल तालों की चाबी आपके पास है! जो कुछ भी सोचना था, हमने सोच लिया। अब आप ही को अन्तिम समाधान खोजना है।''

उमादे को जवाब तो उम्दा ही सूझा था कि उसके कहने पर ही महाराजा ने भारमली की वैसी दुर्दशा की! लेकिन वह अपनी मंशा के विपरीत जबरन खामोश रही। खुरण्ट (व्रण) उखेड़ने से मक्खियाँ भनभनायेंगी सो अलग से। रुकमण की बात सौ टका सही है। आगे टरकाने से सूत उलझेगा। आखिर भारमली के निबटारे से ही बखेड़ा निबटेगा। इसलिए अपने-अपने मन की घुटन उगलने की ऐसी मांगलिक वेला कभी नहीं आएगी! भारमली का तो श्वास-निश्वास उसीकी संगत पर ही निर्भर करता है! मछली के उनमान उसका निर्मल-नीर भी तो वही है। उसके भरोसे ही तो वह भगवान को भी बिसार बैठी है! आदेश के लहजे में बोली, ''तुम तीनों हस्तियाँ मेरे सामने बैठो। भारमली...मेरी भारू बीच में।'' उमादे के कहते ही वे जिन्दा पुतलियों की तरह सामने वाले पाट पर स्थापित हो गयीं। तब उमादे भरपूर पानी से लदे बादलों की तरह मधुर-मधुर गर्जन के स्वर में कहने लगी, ''बरसों से सँवारे हुए मेरे सपने को महाराजा ने अपने हिंसक हाथों से लहूलुहान कर डाला! अब वह किसी भी सूरत में सँवर नहीं सकता। वापस उसका सपना देखना भी सम्भव नहीं! उस हादसे के बाद संयोग से हमारे भीतर साँस-वास तो कुछ दिन पहले ही एक साथ लौट आये। यह किसी अदीठ-शक्ति का करिश्मा है या नहीं, मुझे इसकी सही जानकारी नहीं है। कई बातें हम जान सकते हैं और कई बातें नहीं जान सकते! अपनी प्रत्यक्ष शक्तियाँ तो सीमित हैं, किन्तु अप्रत्यक्ष शक्तियाँ असीम है...जहाँ अपना वश नहीं चलता, तब उनके लिए मगजमारी करना बेकार है...।'' कुछ देर ठहर कर उमादे तीनों सहेलियों के चेहरे आत्मीय नजर से सहलाती रही। फिर परिष्कृत वाणी में कहने लगी, ''आज से पहले तो बड़े-बड़े राव-उमराव अपनी इच्छा से रानियों को दुहाग देते रहे। मैं दुनिया में पहली परिणीता हूँ, जो उस बर्बर हादसे के कारण महाराजा से शारीरिक सम्बन्धों को तिलांजलि दे रही हूँ और आजीवन उसकी पालना करूँगी! मुझे पूरा विश्वास है कि इसे मेरे लिए कल्याणकारी ही समझोगी। फकत एक व्यक्ति से

शारीरिक नाता तोड़ने पर कुदरत का कण-कण असंख्य फूलों से मेरी मांग भरेगा! चाँद-सूरज की किरणें उन फूलों में अमूल्य रत्न जड़ेंगी! बरसते बादलों की बूँद-बूँद मेरी बलैयाँ लेगी! अनगिनत पंछी मेरे अँगना में नाचेंगे! ये किसी कविता की पंक्तियाँ नहीं हैं, मेरी आत्मा की निर्मल सच्चाई है...!''

भारमली से बीच में बोले बिना नहीं रहा गया तो वह मुस्कान की लौ छितराकर कहने लगी, ''यदि मैं भी इस निर्मल सच्चाई का पक्ष लेते हुए तुम्हारे साथ जुड़ूँ तो...!''

उमादे को एकबारगी तो कुछ भी प्रत्युत्तर नहीं सूझा। निमिष भर तक सोचने के बाद कहने लगी, ''दुनिया में किन्हीं दो आत्माओं की सच्चाई एक नहीं होती...!''

''क्या तेरी-मेरी आत्मा अलग-अलग है...?'' भारमली की नाभि से ठेठ अधरों तक उस प्रश्न की ज्वाला भड़क उठी! मगर उमादे अविचलित बैठी रही। सहज भाव से बोली, ''इस अचीते आघात से पूर्व मैं भी काफी-कुछ भरम में थी। वह भरम तो कुछ दिन पहले ही मिटा है! आत्मा तो अलग-अलग है, लेकिन मन तो एक है...!'' भारमली का हिया वैसा ही सशंकित रहा। अब लिहाज-वश संकोच रखने की वेला नहीं है। नि:शंक पूछा, ''यदि किसी दूसरे हादसे के फलस्वरूप यह भरम भी मिट गया तो...?''

''तो तुझे नया साँच बता दूँगी। सच्चाई को दबाने से कुछ-न-कुछ झमेला होता ही है। झूठ को बहलाने से धोखा हुए बगैर नहीं रहता! मैं अब तक झूठ को सँवारती रही हूँ! साँच की परवाह भी नहीं की। अब तीनों सहेलियों को मेरी अरदास है किसी भी सच्चाई को बेहिचक दरसाने के लिए लिहाज-संकोच मत रखना। चाहे कोई भी हो!''

केसर तो जैसे इसी बात की प्रतीक्षा कर रही थी। अदेर मन की बात होंठों पर ले आयी, ''मैं तीन दिन से इसी उलझन में हूँ कि इस अत्याचार के बाद भारमली को क्या करना चाहिए...?'' उस सवाल के जवाब की खातिर एक मात्र अधिकारिणी है तो फकत भारमली ही है। वह नि:संकोच कहने लगी, ''अब इस बाबत मैं किसी का भी कहा या सीख नहीं मानूँगी। जिसके साथ गुजरती है, फकत वही उस पीड़ा का मर्म जानती है!''

भारमली के मुँह से...भारू के मुँह से छूटी इस धाँय-धाँय में शब्दों के बदले तोप के गोले तो नहीं छूटे...? 'जिसके साथ गुजरती है, फकत वही उस पीड़ा का मर्म जानती है...बाकी सब अपने-अपने भरम में बहके हुए हैं!' उसके कहे बिना ही ये शब्द स्वत: सुनायी नहीं दिये, स्वयं उमादे ने अपने कानों से ही सुना। सिर्फ अकेली ने ही सुना, रुकमण और केसर तक पास ही खड़ी थीं!...क्या सोचा

होगा? जिन में रुकमण तो मारवाड़ रजवाड़े की दासी है। महाराजा से कहीं अधिक मुझे चाहती है। यह तथ्य उसने स्वयं सुनाया था! जब भारमली को बदलने में यह देर लगी तब रुकमण की क्या औकात! सूरज अपनी ठौर से डगमगाये तो भारमली अपनी ठौर से हिले! सूरज से भी सवाया गुमान था भारू के उजाले का! पलक झपे उतने ही समय में भारमली के उजाले में धुआँ-ही-धुआँ पसर गया! भूल-चूक से एक किरण तक शेष नहीं रही! यदि भारमली तनिक भी लिहाज रखकर भरम का भाँड़ा नहीं फोड़ती तो उमादे आजीवन जबरदस्त धोखे में रहती! भव-भव भला हो भारमली का कि उसके शब्दों की धार से उमादे की आँखों का जाला कट गया! जिसके फलस्वरूप सच्चाई का नंगधड़ंग उजाला उसकी आँखों के सामने भभक कर प्रकट हो गया...!...तो क्या वह इतने बरस घनघोर भरम में रही? भरम-भरम में क्या-क्या प्रगाढ़ सम्बन्ध स्थापित नहीं हुए? अपने प्राणों से बेहतर उसे समझा। माँ-बाबल तक को उसके साथ खड़ा नहीं किया! बड़े भाई मनोहरसिंह के खूनी 'दस्तखतों' के कारण एक बार तो उसका सफाया कर डालने की जँच गयी थी! मगर लोक-लिहाज की वजह से संयम बरता। कई दिनों तक तो उसके नाम से दिल में आग-आग लग जाती थी! एकाएक भावज की छाया से दूर-दूर रहती। मानो वे 'खूनी-दस्तखत' भारमली की बजाय उसके गालों पर उघड़े हों! मृत्यु से भी अधिक यातना भुगती!...तो क्या वह प्रत्यक्ष सच्चाई केवल भरम का भूत मात्र ही थी? ऐसी अक्ल पर गुमान करना कितना निराधार था! केवल भारू की अथाह प्रीत का मान रखने की खातिर इस विवाह की हामी भरी थी...तो क्या भारू की प्रीत भी एक मरीचिका ही थी, जिसके ऐसे खुरण्ट उखड़े? तो क्या अब सूरज के आलोक की बजाय केवल अँधियारे का ही भरोसा करना होगा? स्वयं पर विश्वास करने की कहीं गुंजाइश ही नहीं बची! फिर अविकृत जीवन जीने का कोई उपाय नहीं है?...तो इतने बरस ये अक्षर भारमली के अन्तस् की अज्ञात कोठरी में दबे रहे...'जिसके साथ गुजरे, केवल वही इस पीड़ा का मरम समझ सकता है! बाकी सब अपने-अपने भरम में बहके हुए हैं!'...फिर सेज के खूनी रणक्षेत्र की उस उबलती चीख में उसी के नाम की पुकार हुई...उमादे...उमी...?...तो क्या बन्द कपाट के बाहर ललाट के निरन्तर प्रहार, वह लहू का उत्तप्त बहाव...सब कुछ भरम था?...तो क्या मनुष्य के संसार में सत्य नाम का कोई झुनझुना या खिलौना नहीं है...! जिसके सहारे थोड़ा-बहुत मन बहले! सब कुछ भरम, धुन्ध और धुआँ! अब तक इस भ्रान्ति के निमित्त असंख्य, अनगिनत बावरे मनुष्यों ने अपने प्राण निछावर किये, वह सब-कुछ व्यर्थ था...? तो क्या रावण, कंस और पूतना के नाम ही सच्चाई बची रहेगी और राम, कृष्ण और राधा सब झूठ है, मिथ्या है? फिर उमादे, भारमली, केसर और रुकमण

बेचारियों की क्या बिसात? फकत राव मालदेव, रावल लूणकरण और कुँअर मनोहरसिंह ही अमर सत्य हैं? इतिहास या इतिवृत्त हैं, सुपात्र और आदर योग्य? तिस पर इतिहास की इस सड़ी-गली झूठन पर ही सब इतराते हैं, जय-जयकार करते हैं! तो इस तरह के भरम की उत्पत्ति का मायना क्या है? इसकी नींव कहाँ है? आकाश के सितारों में तो क्या होगी? इसकी 'डाकवेल' तो ठोस धरती पर होनी चाहिए। मनुष्य दूसरों के हाथों नहीं छला जाता है, स्वयं अपने हाथों ही छला जाता है! दूसरों से अलग-थलग दिखने का उछाह क्या कम विनाशकारी है? अपना-अपना उत्कट अहंकार ही सब झमेलों का मूल कारण है? सच पूछो तो भारमली ही मेरा अहंकार है और मैं भारमली का अहंकार हूँ! आज भारमली के उत्तप्त शब्दों से ही हमारा अहंकार खण्डित हो गया—मेरा, भारमली का, केसर और रुकमण सहित, सबका। मेरे जीसा राव लूणकरणजी और मेरा परिणेता—मेरे पाणिग्रहण का प्रत्यक्ष भागीदार राव मालदेवजी और कुँअर मनोहरसिंह सहित सब अपने-अपने अहंकार से फले-फूले और निचुड़ गये! जिस व्यक्ति का अहंकार सिर पर चढ़कर बोलता है, उसकी समझ में कुछ बैठता ही नहीं! तभी तो सोने की लंका अन्ततः जलती है, महाभारत का युद्ध छिड़ता है और अन्ततोगत्वा सर्वनाश! सुतराम, फिर मनुष्य का नया संसार बसता है, फलता-फूलता है, चारों ओर फैलता है और अन्त में विनष्ट होता है! इसी का नाम संसार है! लकीर खिंच गयी सो खिंच गयी, इधर-उधर नहीं हो सकते! भारमली मेरा जीव है और मैं भारमली का। केसर और रुकमण मेरी आँखें व कान हैं। और मालदेवजी रथ की धुरी! जिसकी वजह से ही रथ चलता है! किस-किस के निमित्त, वह विधाता के अलावा और कोई नहीं जानता! आगे का सब प्रकाश और अँधियारा, सूरज के हाथ है!

ये अजीब-अनूठे विचार उमादे के अदीठ अन्तस् में कहाँ दुबके पड़े थे, सो आज अचानक बाहर छिटककर उसे उलझन में फँसा गये! इतने बरस सीधी-सतर राह पर बेहिचक चल रही थी सो आज अभी-अभी टेढ़ी-मेढ़ी भटक गयी। पहले वाला सुदृढ़ आपा थोड़ा-बहुत डगमगाने लगा। मनुष्य खुद अपने मन का संचालक नहीं है! मेरे लिए भी कोई दूसरा ही था, जिससे पहिचान होनी शेष है! मनुष्य किसी से अपरिचित है तो फकत अपने-आप से ही! दूसरों से जान-पहचान हो सकती है। और कुछ नहीं तो जान-पहचान के भरम में तो कुछ शंका ही नहीं है! कई बार अन्य लोगों को भी अपने सम्यक् अस्तित्व के लिए भी हो सकता है कि असल या सही है तो वह मैं ही हूँ। कई बार इस भरम-भरम में ही सारा जीवन समाप्त हो जाता है! आज इस मुँह-जले मन को हुआ क्या है कि ऐसे अन्धा-धुन्ध विचारों का आलोड़ना मचा रखा है! मनुष्य के इकलौते

अन्तस् में जाने कितने मन मौजूद रहते है, जिनका पता नहीं चलता! तब इस बेपते की बात के लिए मगजमारी व्यर्थ है!

यदि सेज के उस अचीते द्वन्द्व से पहले भूलकर भी ऐसे विदग्ध शब्द उछल पड़ते तो भारमली के पछतावे का पार नहीं रहता। शायद आत्म-हत्या करना भी वश की बात नहीं रहती! उसके प्राण सचमुच उमादे के भीतर ही बसते हैं! तो क्या उसके जीवन की इतनी बड़ी सच्चाई, केवल एक भ्रम-मात्र ही थी—जो पानी के बुदबुदे की नाईं एक फूँक लगते ही जाने कहाँ लापता होती गयी? न कानों को भनक पड़ी और न आँखों से दिखलायी पड़ी! न जाने युगयुगान्तर से अगणित दासियों की घुटती सच्चाई ने—गहरी-से-गहरी दबी सच्चाई स्वतः प्रकट होने के लिए भारमली के गले की शरण गही हो! वह तो केवल एक निमित्त बनी। तब तो वैसा निमित्त बनना असल से भी बड़ी बात है! जब कभी असल अपाहिज हो जाता है, तब किसी निमित्त का आश्रय ग्रहण करता है! शायद उसने एक कोख से जन्म नहीं लेकर, अतीत में गुमशुदा समस्त दासियों की कूख से जन्म लिया हो, जिस में भविष्य की तमाम दासियों की चसमस पीड़ा भी शामिल है! फलस्वरूप उसके निमित्त जन्मी-अजन्मी दासियों का जीवन सार्थक हुआ हो! अन्यथा एक सूनी अवैध दासी की क्या औकात कि इकडंकी महाराजा के वज्र-सीने पर कोहनी से प्रहार करे! शायद उस मांगलिक शुभ वेला में अगणित दासियों की शक्ति उस में इकट्ठी हो गयी हो! उमी...उ...मी...के नाम तो फकत दिखती चेतना की पड़गूँज हो! परन्तु मेरे अवचेतन में महाराजा के निमित्त एक अपरबली पुरुष की क्रीड़ा थी! वह एक सहज सामान्य मिलन नहीं था, समूची कुदरत के मिलाप, विराट पुरुष का साक्षात्कार था! वरना राव मालदेवजी के मन में माफी माँगने की सुमति कब सूझती? रुकमण और केसर के जागृत जीवन में जाने कितनी दासियों की मौन-व्यथा दुबकी हुई थी! चीत्कार की उत्तप्त ज्वाला में कहीं-न-कहीं बर्फ-सा शीतल स्पर्श भी था! चेतन की अपेक्षा अवचेतन में असंख्य सच्चाइयाँ दबी रहती हैं...आँखों दिखती प्रत्यक्ष दुनिया से अदीठ ब्रह्माण्ड का आसानी से पता नहीं चलता! किसी अनहद आनन्द में या किसी अचीती विपदा से अजाने प्रकट होता है...असीम! बासी पड़े हुए ढर्रे में जिसका आसानी से पता नहीं चलता! किसी अनहद आनन्द में या किसी अचीती विपदा से अजाने प्रकट होता है। माँ-बाप की लाड़ली निर्बल राजकन्याओं की क्या बिसात कि वे सूनी दासियों की रिरियाती गूँज का मुकाबला कर सकें! ऐसे सुदृढ़ विचार वैसे रक्त-रंजित हादसे के बिना प्रत्यक्ष नहीं हो सकते! चूहे की मूँछें, हाथी की पूँछ से सदा बेहतर होती

हैं! समझ-समझ के वैविध्य में जाने कितने झंझट छिपे रहते हैं! मेरे खयाल से दुनिया की कोई राज-कन्या उमादे की होड़ नहीं कर सकती। लेकिन इतने बरस मेरे बल का कूता करने की खातिर मुझे वैसा मौका भी तो नहीं मिला। राज-कन्याओं के जीवन की सीमा तो एक घेरे में घिरी होती है। भले ही घेरा छोटा हो या बड़ा। मगर घेरा तो घेरा ही होता है...चारों ओर से घिरा हुआ, किन्तु दासियों के जीवन का विस्तार तो असीम होता है! आसमान की भाँति अनन्त और अथाह! किसी भी मनुष्य का निर्वाण तो फकत उसी की खोल में ही होता है...भले ही कोढ़ी हो, भले ही बुद्ध हो, चाहे महावीर! निस्सन्देह आग के अभाव में रोटी कहाँ सिकती है! उसी तरह हादसे और आपदा के बिना नये-नये विचारों के स्रोत भी नहीं खुलते! जब तक मनुष्य को अपने बल का सही अन्दाज नहीं होता, तब तक उसकी निर्बलता नहीं छूटती! केवल उमादे के अस्तित्व को ही समूचा ब्रह्माण्ड मानना मेरी कितनी नादानी थी! आज तक अपने जीवन की अलग मर्यादा ही नहीं समझी। उमादे की जगह उमादे है। मेरी जगह मैं ही हूँ। केसर की ठौड़ केसर है। रुकमण की ठौड़ रुकमण! कुदरत बरगद को दुलारती है, मदार को भी दुलारती है और दूब को भी। समस्त चराचर उसकी कूख के जाये-जन्मे हैं। मेरे माँ-बाप का अता-पता हो, न हो, उस से क्या फर्क पड़ता है? बड़ी बात है...माँ-बाप का सहवास! बाप भले कोई हो, कुदरत की निगाह में कोई ऊँच-नीच नहीं होता! कपड़ों में तो सभी नंगे हैं...महाराजा भी, रावलजी भी, भिखारी भी! भले ही कैसा भी सिंगार हो, चाहे जितने अमोलक गहने-गाँठे हों...रानी भी नंगी है, दासियाँ भी नंगी हैं। कुछ-न-कुछ विशेषता हुए बिना मारवाड़ का स्वामी राजकुँअरी की बजाय एक अवैध दासी का मान-सम्मान कब रखता! सच्चे मन से सेज की साथिन क्योंकर मानता! सात हाथ का कलेजा और दो माथों का मालिक हुए बिना देवासी युवक का स्वाँग कौन ला सकता था? वरना दो रजवाड़ों का कैसा सर्वनाश होता! एकबारगी तो नौ-हत्था नाहर भी महाराजा पर हत्थल उठाने की खातिर संकोच करता! मगर एक सूनी दासी होकर उसने तो कोहनी के एक ही जबरदस्त प्रहार के उनके इस्पाती सीने को खोखला कर दिया! अपने वश रहते शैतान का सामना किया! आखिर मारवाड़ के एकछत्र स्वामी ने अवैध दासी से माफी माँगी। पुरुष और नारी के बीच केलि-क्रीड़ा की एक ही बानगी होती है! भले ही वह रानी हो, दासी हो कि मेहतरानी। मेरे लिए भी कोई नयी बात तो हुई नहीं! सबल के सामने निर्बल की इच्छा-आकांक्षा होती ही कहाँ है? फिर भी मैंने महाराजा की एक तिनके भर भी मर्यादा नहीं रखी! आज सचमुच बोध हुआ कि यह गर्व की बात है! फिर गर्व करने में कैसी

हिचक? तभी तो केसर एवं रुकमण मेरा इतना कायदा रख रही हैं! उमादे तो जन्म से ही राजकन्या है। उनका कायदा रखने के लिए ही दासियों का जन्म होता है! उन्हें संस्कारों की ऐसी जन्म-घुट्टी मिलती है! मजबूर हुए बिना दूसरा विकल्प ही कहाँ है...?

चिता में तो फकत मुर्दा ही जलता है! कन्धा देने वाला तो ज्वाला से दूर रहता है। तब स्वयं भारमली को भी अपना मार्ग और मंजिल तय करनी है! इतने बरस तो उमादे का अथाह साथ रहा। अपने प्राणों से भी बढ़कर उसे माना। जीवन जीने की अखूट पूँजी थी। यदि बचपन से ही उमादे का यह अमिट सहारा नहीं रहता तो शुरुआत में ही मर-खूटी होती। फिर भी अपनी प्यास तो उसे ही बुझानी पड़ती है! हाँ, सचमुच उसकी संगति के फलस्वरूप ही उस में अपार योग्यता का संचार हुआ और यह बात भी इतनी ही सत्य है कि मेरा साथ जुड़ने से ही उसे उमादे बनने का सहज मौका मिला! केसर और रुकमण को भी मुझ जैसी अवैध दासी से भरपूर उत्साह मिला, उनका हौसला बढ़ा!

अब तक तो वह वाणी के अक्षरों द्वारा सोचती थी। तत्पश्चात् अक्षरों के चुक जाने पर वह वाणी के सहारे बिना ही गहरे विचारों में डूब गयी। केसर और रुकमणी दो बार उसकी सुधि लेने आयीं। मगर भारमली तो अपनी ठौर मौजूद ही नहीं थी! जाने कहीं गहरी डुबकी मार ली हो! भारमली की निरवाली समाधि ने उन्हें कई बातें बता दीं, जो वाणी के माध्यम से सपने में भी नहीं बता सकती थी। भीतर-ही-भीतर वे बेहद खुश होकर उमादे के पास गयीं। हूबहू वैसी-की-वैसी स्थिति उमादे की नजर आयी। लेकिन दोनों की मूक समाधि में कुछ भी मेल नहीं था! उमादे के चेहरे पर मन्द-मन्द आभा दिखलायी पड़ी और भारमली की सूरत पर गहरे पानी की धुन्ध तैर रही थी! उमादे की दमकती आभा सामने ही थी लेकिन उसे कुछ भी दृष्टि-गोचर नहीं हुआ। चारों तरफ हवा का सन्नाटा था। वे दोनों ही पीछे सरकतीं बाहर आकर रुकमणी की मैड़ी आयीं। जानकर नहीं अजाने ही। शायद वह दोनों के कमरों से कुछ दूर थी। किवाड़ में अरगला जड़कर पाट पर बैठ गयी। आखिर रुकमण ने ही पहल की, 'ये दोनों तो मस्तिष्क के माध्यम से ही सोचती हैं। विचार करती हैं। मगर हमारा तो रोम-रोम मस्तक बना हुआ है। उपयोग में लेने के लिए दिमाग के साथ-साथ माथे की चोटी और भौंहे भी सोचने का काम करती हैं! हाथ-पाँवों के नाखून भी चिन्तन करते हैं। अँगुलियों के पौर-पौर भी मनन करते हैं। हाथ-पाँव की रेखाएँ भी सोचती हैं। दासियों की पूरी जिन्दगी ही रूप-यौवन के आसरे लुढ़कती है। सच पूछो तो मुझे भारमली का व्यक्तित्व उमादे की अपेक्षा सवाया दिखता है!

राजपूताने की तमाम दासियों के उज्ज्वल चेहरे उसी की आभा से आलोकित हैं...कि केसर के कानों में किसी के चलने की आहट सुनायी पड़ी। वह तो एक ऐसी आहट थी जो मारवाड़ के रजवाड़े की कोई दासी गहरी नींद में भी पहचान लेती थी। रुकमण धीमे सुर में बोली, "अभी तो महाराजा नंगे पाँव धीरज के साथ चल रहे हैं! वे तो थाल जीमते हुए भी मोजड़ियाँ नहीं खोलते! क्या पता किस समय युद्ध का डंका बज उठे...?"

आज पहली बार ही उसको इस घिनौने वाकया से नजात मिली, एकान्त में विचार करने का सुनहरा अवसर मिला, जिस में महाराजा से कुछ बेशी ही अपना तप-तेज दरसाया! यदि पाँखें झटक देती तो आगे कुछ भी सोचने के लिए, न महाराजा को, न उसे, न उमादे को, न रुकमण को और न केसर को कुछ भी नया विकल्प नजर नहीं आता। जब तक उसका वश चला पाँखें शिथिल नहीं होने दीं!

दोनों ही दासियाँ बाहर आयीं तो सचमुच महाराजा नंगे पाँव! उन्होंने कुछ भी मायना नहीं पूछकर उनके नंगे पाँवों पर नजर गड़ा दी। महाराजा ने धीमी आवाज में कहा, "भारमली और उमादे को मोजड़ियों की तीखी आवाज नहीं सुनायी दे, इसलिए नंगे पाँव ही आया! दोनों की मैड़ियों के सामने ही खड़ा हुआ तब भी दोनों को भनक तक नहीं पड़ी। उमादे तो दरवाजे के सामने ही अविचिलित बैठी थी। तीन कदम दूर ही खड़ा रहा, फिर भी उसे कुछ भी पता नहीं चल पाया कि उसकी मैड़ी पर कौन आया? ठीक उसी तरह भारमली भी स्थिर बैठी रही, जैसे अन्धी हो! बहुत सम्भव है कि कहीं दोनों का चित्त नहीं उठ जाय! तुम अभी-अभी जाकर उन्हें पुकारो, वरना...!"

दोनों ने ही अदेर जाकर महाराजा के पाँवों में धोक दी। रुकमण ने हाथ जोड़कर जवाब दिया, "अन्दाता, आप चिन्ता ही न करें। उनका इस तरह समाधिस्थ होकर बैठना, सोचना हमारे लिए अत्यधिक मांगलिक साबित होगा! आपके पधारने से पहले जो पावन सबद उनके मुँह से सुने तो ऐसा प्रतीत हुआ कि आपकी अमृत-वाणी से उन पर जादू-सा छा गया...!"

रुकमण के होंठों से वैसी बधाई की बात सुनकर महाराजा कितने खुश हुए, बाहर कुछ भी प्रकट नहीं किया। फकत केसर को सम्बोधित करते हुए पूछा, "क्यों केसर...रुकमण की बात सही है क्या? लेकिन घुटने टेकने की बात मुझे अच्छी नहीं लगी! मैं तो अब किसी पर भी राज्य-सत्ता का आतंक थोपना नहीं चाहता। उन्हें पूरमपूर आश्वस्त करना कि वे चाहे जितना आक्रोश करें, न करें, रूठें, न रूठें, उनकी मरजी। लेकिन मैं पहल करके किसी के द्वारा सपने में भी 'मुजरे' की फरमाइश नहीं करूँगा! आजकल मैं क्या-क्या मुद्दे सोचने लगा हूँ, लाख दीवान

भी जिसका सुराग नहीं लगा सकते! तुम सुनकर आश्चर्य करोगी कि मैं रात को नींद में भी जाने क्या-क्या सोचने लगा हूँ? पहले युद्ध जीतने के अलावा, मुझे कोई भी सपना नहीं आता था! और अब युद्ध के नाम से ही उबकाई आने लगी है! पहल करके किसी पर भी आक्रमण नहीं करूँगा। किसी दूसरे ने हमला किया तो बचाव अवश्य करूँगा। मारवाड़ की फौज चारों ओर शान्ति बनाये रखेगी। मेरे कहे मुजब रियासत के समूचे कुनबे का कल्याण करेगी। दोनों से ही अच्छी तरह पूछ लेना कि वे कुछ भी दान-पुन्न करना चाहें, परमार्थ के लिए जो कुछ भी करना चाहें तो उन्हें कहने की आवश्यकता नहीं। केसर कहेगी उसकी अनुपालना खजांची करेगा। रुकमण तेरा कहना तो मेरे फरमान जैसा ही है। अब फुरती से उन्हें बातचीत में लगाये रखो। सोचने-समझने का मौका ही मत दो...। वरना कुछ-न-कुछ गड़बड़झाला हो सकता है!''

केसर का संकोच भी काफी मिट गया था। उसने अतिशय विनम्रता से कहा, ''नहीं अन्दाता, अब उनका सोच-विचार ऋषि-मुनियों जैसा है! सोच-विचार किये बिना उनकी मुक्ति होना सम्भव नहीं! आप मेरी बात पर विश्वास कीजिये। दोनों ही मेरे हाथों में बड़ी हुई हैं। उन्हें गोद में खिलाया। अँगुली पकड़कर चलना सिखाया। फिर भी आपका आदेश हो तो...।''

''नहीं केसर, तुम चारों के लिए मैंने आदेश देना बन्द कर दिया है, तुम्हारी इच्छा हो सो करो। तुम्हारी तो बान पड़ी हुई है। मुझे अब अन्दाता-फन्दाता सुनना बिल्कुल नहीं सुहाता! तुम्हारी बात तो दरकिनार, मुझे स्वयं बड़ा अचरज होता है कि मुझ से इन दोनों की वजह से इतना बदलाव हुआ तो हुआ ही क्योंकर? मेरी प्रकृति तो तीन लोक से ही न्यारी थी! एकबारगी जो अपराध हुआ सो हो गया। अब भारमली और उमादे जो भी चाहें, वही होगा! यह तुम्हारे सोचने की बात है, उन्हें बताने की नहीं। बताने से उनकी मर्यादा घटेगी! अब मैं चलता हूँ। उन्हें बातचीत में मशगूल रखो न रखो तुम्हारी इच्छा! उनके प्रति अब मेरी कुछ भी मनमानी नहीं चलेगी। यदि कोई खास बात हो, तुम बता देना, मैं जानने के लिए नहीं आऊँगा। तुम्हारी बातें सुनकर मुझे शान्ति मिली।'' और इतना कहकर महाराजा सचमुच रवाना हो गये। पाँच कदम चलकर वापस मुड़े। मुस्कराते हुए कहने लगे, ''एक खास बात तो बताना ही भूल गया कि उनकी मौन समाधि से मेरी रूह काँपती है! जिस से होंठों तक पहुँची बात भी बिसर जाता हूँ। उन्हें पूछ लेना कि जैसलमेर जाने की जब भी मंशा हो तभी रवाना हो जायें। मैं पूरी व्यवस्था करवा दूँगा। वापस आने के लिए उतावली नहीं करें। यदि पीहर की बजाय, जिस किसी तीर्थ-धाम जाना चाहें तो मेरी मनाही नहीं है। उनकी मर्यादा के अनुसार इन्तजाम में कोई कसर नहीं रहेगी। तुम दोनों साथ जाओ तो उन्हें

बहुत सुविधा रहेगी। तुम चारों की काया तो अलग-अलग है, मगर प्राण एक ही है, यह मेरे लिए बहुत उछाह की बात है!''

महाराजा के ओझल होने के बाद रुकमण कहने लगी, ''मनुष्यों के संसार में आश्चर्य का पार नहीं है! बब्बर शेर और हिंसक भेड़िये के मन में करुणा हो या न हो, किन्तु महाराजा मालदेवजी के मन में करुणा का लेश-मात्र भी नहीं था। उमादे भटियानी से रिश्ता जुड़ते से पहले उनके सामने जाते हुए, दासियाँ थर-थर काँपती थीं! रानियों के दिल में डर की कोई सीमा नहीं थी! किन्तु भारमली से बलात्कार करने के बाद तो जैसे महाराजा को सन्त-संन्यासी की रूह मिल गयी हो! मुझ पर तो महाराजा की बेहद अनुकम्पा रही है फिर भी दो-तीन बार चाबुक से देह धुनवा चुकी हूँ! अभी तक नीली लकीरें चित्रित हैं। गुस्से के मारे महाराजा को बुरे-भले का ध्यान ही नहीं रहता। इस नये काया-कल्प के बाद मारवाड़ का राज्य कैसे चलेगा, वे ही जानें और उनका अन्तरयामी जाने। इस रजवाड़े के परिसर में क्या-क्या अनहोने काण्ड देखे, उन्हें याद करते ही मेरे रोंगटे खड़े हो जाते हैं...!''

केसर ने इधर-उधर निगाह घुमाकर सावचेती के स्वर में कहा, ''रुकमण, कौए तो सर्वत्र काले होते हैं। छोटे-मोटे रजवाड़ों और ठिकानों में ऐसे ही रंग-ढंग का प्रचलन है। कई ठाकुरों में बिल्ली वाले छल-छन्द होते हैं। इस रजवाड़े का ढर्रा तू जाने! कहीं राव मालदेवजी का कोई नया ही षड़यन्त्र न हो?'' भारमली का निवास नजदीक ही था। स्वतः ही उनकी चाल धीमी हो गयी। रुकमण ने चौकस होकर दृष्टिपात किया। कहने लगी, ''हुआ-री-हुआ बावरी! महाराजा को अपने साथ षड़यन्त्र करने की जरूरत ही क्या है? षड्यन्त्र तो बड़ों के साथ या बराबरी वालों के साथ किया जाता है। महाराजा तो पहले प्रीत, स्नेह, करुणा या मैत्री का पहाड़ा भी नहीं जानते थे। लेकिन अब तो प्रीत, स्नेह और करुणा के पुतले ही बन गये! अवैध दासी का जीवन पाकर भी भारमली ने जिस बहादुरी और साहस का उदाहरण प्रस्तुत किया है वह बेमिसाल है! उसने तो अन्यायी अधिपति का चाकर जितना भी लिहाज नहीं रखा! कोहनी के एक ही प्रहार ने उनके वज्र सीने को खोखला कर दिया! उनकी फौलादी कद-काठी के अंजर-पंजर ढीले हो गये! उस समय उनके शौर्य में जबरदस्त आलोड़न मचा होगा! जब भीतर पानी उबलने लगे तो अपने-आप जंग मिटने लगता है...! अरे! यह भारमल तो निवास के बाहर घूम रही है मानो हवा में गुलाँचें खा रही हो! उसका तूफान अभी थमा नहीं है...! वे पास आकर खड़ी रहीं, तब भी उसे दिखलायी नहीं पड़ा। जैसे अन्तस् की आँधी के धक्कों से इधर-उधर डोल रही हो। भीतर निवास में प्राण-वायु अपर्याप्त हो। दो-तीन बार रुकमण और केसर उसके पास

होकर गुजरी, तब भी उसे भनक नहीं पड़ी। तब केसर से धीरज नहीं रखा गया। उसने पुकारकर कहा, "भारमली...भारू...भारू!" अपने नाम का चिर-परिचित सम्बोधन सुनते ही भारमली चौंक उठी। इधर-उधर देखते हुए पूछा, "कौन, उमादे...मेरी उमी...तू यहाँ कब आयी...?" फिर पूरी आँखें उघाड़कर बारी-बारी से दोनों के चेहरे पहचानने के बाद आश्चर्य से पूछा, "केसर...रुकमण...? क्या पहले से ही यहाँ खड़ी हो...? मैं तुम्हें नजर भी नहीं आयी...? किसी से ब्याही होती तो नजर भी आती! मैं तो अभागी दासी हूँ...निपट सूनी डावड़ी...! उमादे की तरह रानी होती तो, तीन कोस दूर से ही उसकी आभा झलक उठती...! इतनी तरफदारी...? अकिंचन दासियों के गलीज मन में इतनी तरफदारी शोभा नहीं देती...! तुम्हारे वश में हो तो मुझे सूली चढ़ा देना...सूली! ऐसे नारकीय जीवन की बजाय सूली हजार गुना बेहतर है! आज रात को ही सूली चढ़ाकर सारा झंझट ही खतम कर डालो तो भारमली नाम का बुदबुदा ही मिट जाय!...वरना तुम सबकी छाती पर मूँग दलती रहूँगी...! किस गलतफहमी में फूली हो...? मेरा नाम भारमली है...भारमली। मैं किसी की भारू-फारू नहीं लगती...! बातचीत ही करना है तो सही नाम से पुकारो...! नहीं तो...महाराजा से भी भिड़ गयी, तब तुम्हारी क्या परवाह करूँगी...!"

भारमली के मन का अफरा क्या झड़ा, मानो उसकी देह का समूचा सत्त्व ही निकल पड़ा हो! अचानक थरथर काँपती हुई, नीचे लुढ़कने वाली ही थी कि दोनों ने ही उसे अधर थाम लिया। फिर हाथों के पंजे जोड़कर उसे ऊपर उठाकर पाट पर सुला दिया। दासियों का एक दल पास से गुजर रहा था कि वे सभी हड़बड़ाकर भीतर आ गयीं। एक डावड़ी दौड़कर तीन-चार पंखियाँ ले आयी। दूसरी बखसीस के लोभ, दौड़कर महाराजा को खबर देने पहुँची। जनाने महल में किसी से कुछ भी छिपा हुआ नहीं था, मगर होंठ सिले हुए थे। केसा ने अपनी ओढ़नी भिगोकर उसका मुँह सलीके से पोंछा। नीचे झुककर कानों में फूँकें भी दीं। मगर भारमली की मूर्छा नहीं टूटी। लोथ के समान लोथ। भारमली की तरह उमादे भी बाहर टहल रही थी। धीमी आवाज में सुरपुर सुनी तो दौड़कर आयी। भारमली का सर गोद में रखकर उसका चेहरा सहलाने लगी। न कुछ कहा और न उसे पुकारा। हथेलियों के परस उमादे की मौन वाणी भारमली की अचेत देह में पैठ रही थी! लेकिन इसके अतिरिक्त कोई दूसरी फुसफुसाहट उसके मन में नहीं उतरी!

परिचित जूतों की चरड़ाट सुनी तो दो-तीन दासियाँ फुसफुसायीं, "महाराजा पधार रहे हैं...।" और सचमुच महाराजा मालदेवजी वैद्यजी को साथ लेकर सीधे

पाट के पास आकर खड़े हो गये। हिदायत देते हुए मीठे स्वर में कहा, ''यहाँ फालतू भीड़ मत करो।'' रुकमण और केसर भी बाहर जाने को आतुर दिखीं तो आत्मीयता से कहा, ''तुम दोनों यहीं रहो। तुम्हें पहले भी कहा था कि भारमली का चित्त नहीं उठ जाय और सचमुच वैसा ही हुआ।'' उमादे का नाम जानकर नहीं लिया। वैद्यजी भारमली की नाड़ी परख रहे थे। महाराजा से उन्मुख होकर बोले, ''डरने जैसी बात नहीं है। तीन-चार बार गुलकन्द पीने से एकदम स्वस्थ हो जाएगी...।'' महाराजा ने अधीर होकर बीच में ही टोका, ''पीने से स्वस्थ होगी, कहने से नहीं!'' उमादे की निगाह भारमली की पलकों पर अटकी हुई थी। अचानक पलकें खुलीं, हृदय की गहराई से वाणी उमगी, ''कौन...? मेरे कान्हा!'' दूसरी बार नाम लेने से पहले होंठों पर झाग उफने। महाराजा ने पूरी चेतना बिसारकर धीमी आवाज में बड़ी मुश्किल से कहा, ''मेरी राधा...!'' महाराजा के मुँह से दो सबद सुनने पर ही उमादे की समूची देह में झन्नाहट फैल गयी! लेकिन अपनी जगह से हिली तक नहीं! सिर्फ एक बार उसकी हथेलियाँ निमिष भर के लिए थमीं और दूसरे ही क्षण सहेली का गाल सहलाने लगी। रुकमण धीमे स्वर में बोली, ''मेरे सिवा किसे भी गुलकन्द का पता नहीं है...। अभी वापस आयी...।''

''फुरती कर, जाने यहीं खड़ी हो...!'' महाराजा उलाहना तो खूब देना चाहते थे। लेकिन जानकर ही लिहाज रखा, सो किसी से भी छिपा हुआ नहीं था। फिर भी सहेली की खातिर उमादे की तपस्या में रंचभर भी बाधा नहीं पड़ी।

महाराजा को वहाँ रुकने के लिए तनिक अटपटा लगा तो जाते-जाते कहा, ''केसर! तू तो यहाँ से हिलना भी नहीं, लेकिन मुझे बार-बार खबर भिजवाती रहना...!''

उमादे के माथे में कुछ धमाका हुआ! किन्तु बाहर प्रकट हो जाय तो 'उमादे' नाम बेकार ही रखा! भीतर की भनक बाहर सुनायी न दी तो वह बचपन की स्मृति में डूब गयी...जब भारू को ओरी निकली थी। उस छूत की बीमारी के लिए माँ-बाबुल और बुजुर्ग वैद्यजी समझा-समझाकर हार थके, लेकिन वह अपनी सहेली से एक घड़ी भी दूर नहीं हुई...और आज का यह दिन है...! अन्तस् के इन रहस्यों का किसने पार पाया है? संयोग की लीला कि केसर भी उन दिनों की याद में खो गयी। ऐसा महसूस हुआ कि उसकी देह पर काशी-करवत चल रही हो...।

सारी रात और सवेरे तक उमादे उसी ठौर बैठी रही, पाषाण पुतली की तरह! केसर और रुकमण आग्रह कर-कर हार थकीं, लेकिन उमादे तो जैसे बहरी

हो गयी थी! न गरदन हिलाकर जवाब दिया और न हाँ या ना कहा। तब वे सब-कुछ जानते हुए अपने-आप स्वतः चुप रहीं। महाराजा को हर घड़ी समाचार मिलते रहे फिर भी धीरज नहीं रखा गया तो उन्होंने छह दासियों के साथ तर-गुलाबी पलंग भेजा और आदेश किया कि एक क्षण की ढील किये बिना भारमली को उनके रंग-महल में हाथोंहाथ लेकर आये। आदेश के बाद दासियों को कैसा संकोच! थोड़ा-बहुत मिर्च-मसाला चुपड़कर महाराजा का हुक्म सुना दिया। अगले ही क्षण मूर्च्छित भारमली को उँचाने की खातिर जल्दबाजी करने लगी तो उमादे ने दो-तीन बार गरदन हिलाकर मना किया तो उन्होंने कुछ भी परवाह नहीं की। निःशंक कहा, ''अन्दाता का हुक्म है।'' उमादे ने कुछ भी आनाकानी नहीं की, लेकिन रुकमण से कहे बिना नहीं रहा गया, ''यह जिम्मेवारी मेरी। तुम मेरे साथ चुपचाप रवाना हो जाओ। अन्दाता को अच्छी तरह समझा दूँगी। चलो, अब कुछ भी देर मत करो।'' रुकमण का रुतबा, किसी दासी से छिपा नहीं था। उसके कहते ही इच्छा न होते हुए भी रवाना हो गयीं। सूना पलंग अपनी लाली छितराते हुए भारमली की बाजू में बिछा पड़ा था। और मूर्च्छित भारमली उमादे की गोद में सर लटकाये पड़ी थी। लोथ के समान लोथ! रुकमण के विदा होते ही पलंग पर बैठी उमादे की हथेलियाँ रुक गयी थीं, लेकिन वे गालों से दूर नहीं हुईं! इस तरह उसका सर और हृदय पहले कभी सूने नहीं हुए थे! सुबक-सुबक कर रोने की बाल-उम्र बीत गयी थी। अन्यथा...! कि संयोग से रुकमण के साथ स्वयं महाराजा पधार गये थे। छहों दासियाँ चुपचाप खाली पलंग के चारों ओर खड़ी थीं। किसी को कुछ भी कहने-सुनने की जरूरत नहीं थी। एक बार...सिर्फ एक बार उमादे ने भारमली की ओर देखकर, अत्यधिक धीरज के साथ भारमली का सर तकिये पर रख दिया और चुपचाप रवाना हो गयी। एकदम उघाड़े मुँह! केसर को उसकी आभा पिघलती-सी महसूस हुई। चारों ओर गरजता-सा सूनापन किसी से भी छिपा हुआ नहीं था। महाराजा क्षण भर के लिए स्तब्ध तो हुए, मगर दूसरे ही क्षण वापस सँभल गये! केसर की ओर देखकर कहा, ''तू साथ चल और वहीं रहना।'' ऐसा महसूस हुआ कि वे कहना तो बहुत-कुछ चाहते थे, मगर जानकर बीच ही में ठहर गये! फिर हाथ का इशारा करके रुकमण की तरफ देखा तो उसने दोनों हाथ भारमली की गरदन के नीचे धरे ही थे कि छहों दासियों के लिए वह इशारा काफी था। फिर तो अदेर मूर्च्छित लोथ खाली पलंग पर रख दी गयी। रुकमण ने कल की नाईं यन्त्रवत् उसके वस्त्र सही कर दिये और मुँह पर घूँघट सरका दिया...!

तीसरे दिन वैद्यजी की अथक निष्ठा से भारमली की मूर्च्छा किंचित् कम हुई तो उसके होंठ हिले, ''मेरे कान्हा...मेरी उमी...उ...मी! इतने अक्षर उच्चार कर उसने करवट बदली और होंठ भींच लिए, मानो बेहोशी में कुछ और नहीं निकल जाय! महाराजा अपने-आप ही जैसी-तैसी सूझ-बूझ में भारमली के सामने खड़े हो गये। होंठों पर नजर गड़ाकर भारी आवाज में कहने लगे, ''वैद्यजी, आपके वश की बात न हो तो मुझे बता दीजिये, साफ-साफ बता दीजिये ताकि दूसरे वैद्य को बुला लूँ! दो रातों का रतजगा है। यदि मैं गड़बड़ा गया तो पूरा रजवाड़ा गड़बड़ा जाएगा...!''

वैद्यजी के गले में जैसे कुछ फँस गया हो। बड़ी मुश्किल से बोल पाये, ''नहीं अन्दाता...कल-कल की मुहलत बख्शा दीजिये। वरना मेरे जीने में धूल है! बड़े बोल तो भगवान को शोभा देते हैं। आपके राजवैद्य जैसी विद्या सारे देश में नहीं है, दिल्ली के बादशाह सहित। आप इतना भर धीरज रखिये।''

''अब धीरज के अलावा दूसरा उपाय भी नहीं है...!'' महाराजा ने पूरा निश्वास छोड़कर कहा।''

तब राज-वैद्य अडिग भाव से बोला, ''अविश्वास की अपेक्षा तो आपके हाथों मरना बेहतर समझता हूँ। सिर्फ कल-कल तक की माफी चाहता हूँ।''

''अब तो मुझे भी थोड़ा-बहुत विश्वास होने लगा है कि आपके यश में कुछ भी कसर नहीं बचेगी। आपकी आत्मा कहे, वही कीजिये। बेकार थूक उछालने से कुछ नहीं होगा...।''

आखिर वैद्यजी ने पूरी हिम्मत जुटाकर अरदास की, ''आप जब तक मेरे पास बिराजे रहेंगे, तब तक न तो मेरा मगज काम करेगा और न मेरी आत्मा। हाथ जोड़कर मेरी विनती है कि कल दो घड़ी तक आप पटरानीजी के रंग-महल में आराम फरमायें तो मन-माफिक उपचार कर सकूँगा। शेर के पिंजरे से बाहर बकरी खड़ी हो तो उस से न पत्ता ही खाया जाएगा और न पानी ही पीया जाएगा। फिर जैसी आपकी मरजी!''

''मेरी मरज़ी तो स्वतः पाबन्द हो गयी है...पबन्द! वरना आपको इतना विवाद करने का मौका मिलता क्या? अब बेकार बकवास बन्द करो। हाथ का कुछ हुनर बताना हो सो बता दो। पाँच गाँव का ताँबा-पत्र लिखवा दूँगा...!''

वैद्यजी ने कोहनियों तक हाथ जोड़ते कहा, ''लोभ और वैद्यक में जन्म-जात बैर है अन्दाता! आपकी मेहर-मया के अलावा मुझे कुछ नहीं चाहिए।''

महाराजा ने सोचा जब तक बातचीत चलती रहेगी, तब तक औषधि में देर

होती रहेगी। इसलिए वे भीतर दूसरे पाट पर बैठ गये। फिर तो सिर्फ खरल थी, नयी-नयी औषधियाँ थीं, जड़ी-बूटियाँ थीं और वैद्यजी थे...!

पलंग के पास खड़ी रुकमण मोर-पाँख से बयार कर रही थी और मन-ही-मन सोच रही थी कि महाराजा के भाग्य में दासियों का ही योग है, रानियों के सहवास का योग नहीं है! उमादे के सौन्दर्य एवं व्यक्तित्व की प्रसिद्धि सुनकर तीन पखवाड़े पूर्व दोनों रानियों को मन के सिंहासन से उतार दिया था। और उसी उमादे जैसी अनिंद्य परिणीता के साथ यह अनहोनी घटित हुई! और एक अवैध, सूनी दासी के चंगुल में इस बुरी कदर फँसे कि आजीवन उस से छुटकारा नहीं मिल सकता! केलि-क्रीड़ा के जाल में तो मैंने ही उलझाया था। कदम-कदम पर न-न हो जैसी दासियाँ हाजिर थीं, लेकिन किसी की ओर रुख तक नहीं किया! तब भी मन के उपरान्त जबरदस्ती हँसना पड़ता है, बोलना पड़ता है और साँस भी लेना पड़ता है! मनुष्य योनि की काया के अनेकों रूप हैं, सभी आप-आपके दायरों से मगन हैं! दूसरी ओर देखने की प्रवृत्ति ही नहीं होती। उमादे और भारमली ने मन-ही-मन क्या-क्या सपने नहीं सँजाये थे, जिनकी कल्पना तक नहीं कर सकीं! और कैसी अनहोनी घटित हुई...! मनुष्य सौ-सौ पीढ़ियों की खामखयाली में मगन रहता है, मगर क्षण-पलक का भी भरोसा नहीं! फिर भी भारमली के साहस और शक्ति का जयगान तो करना ही पड़ेगा कि उसने कोहनी के एक प्रहार में अपरबली महाराजा को धूल चटा दी और नौ-कोटि मारवाड़ का स्वामी उसकी हाजरी बजाता है! उसकी क्षेम-कुशल पूछने के लिए नंगे पाँव चलता है! उमादे का पहाड़ा किंचित् गलत हो गया! उसकी मन-चीती में थोड़ी कसर रह गयी! वाह-वाह री भारमली—एक अवैध दासी होकर भी राजपूताने की समस्त दासियों का मुँह उज्ज्वल कर दिया! और सात फेरों की ब्याही रानियाँ तो उसके मुकाबले में पानी भरती हैं! और नौ-कोटि मारवाड़ का अधिपति निपट सूनी दासी के सामने रिरियाता है! माथे के मौर पाँव तले कुचले जा रहे हैं और पाँवों के नीचे की धूल सर पर चढ़कर दहाड़ रही है! इतनी बातें मन में विचारकर भारमली की ओर निहारा। मलिन पड़ी हुई भारमली की आभा धीरे-धीरे दमकने लगी थी। तत्पश्चात् वह थोड़ी-सी मुस्करायी, मानो चाँदनी की किरण अधरों के भीतर नाच रही हो! फिर मूर्च्छा की छाँव चेहरे पर छा गयी! कुछ कहने के लिए मन-ही-मन खूब छटपटायी मगर कुछ भी पार नहीं पड़ी कि उसके अन्तस् में क्या उबल रहा है? उसका वश चलता तो बेहिचक खौलता पानी बरसाती! किसी का भी लिहाज नहीं रखती। थोड़ा-बहुत उमादे के प्रति मान बचा था, सो वह भी अधिकांशतः झड़ गया! महाराजा बड़ी मुश्किल से अब तक चुप रह सके थे। जब असह्य होने लगा तो अकस्मात् प्रकट हुए। पास आकर भारमली की ओर

देखा। उसकी रंगत बदली हुई नजर आयी तो उनके हर्ष-उछाह की सीमा नहीं रही! नंगे पाँवों का रत्ती भर भी अहसास ही नहीं था! नीचे झुककर उसकी प्रतिक्रिया जाँचने लगे। वैसी बारहखड़ी तो कभी बाँचने में नहीं आयी! फिर भी ऐसा महसूस हुआ कि यह वाणी तो हजारों-हजार बरसों से कण्ठस्थ है। भारमली के सिरहाने बैठे वैद्यजी, आँखें मूँदकर कुछ जाप कर रहे थे। उन्हें सम्बोधित करते कहा, "वैद्यजी आपका यश और हुनर तो मुँह-बोलता-सा सुनायी दे रहा है...!" मानो महाराजा का मन जागृत हो उठा हो...कि इतने में भारमली के अधरों पर चाँद की किरण मचली। किरण थोड़ी और फैलती-सी नजर आयी, फिर कुछ अधिक फैलने लगी। सहसा उन दमकते होंठों से ऐसी वाणी निसृत हुई जैसे वीणा के तार झंकृत हुए हों, "मेरी...उमादे...मेरे बल की बूटी...मेरी उमी...उ...मी...!"

महाराजा को पूरी आशा थी कि देवासी-युवक के अधरों से 'कान्हा' का नाम अवश्य झंकृत होगा...! लेकिन उनके कानों में वह अमृत नहीं बरसा सो नहीं बरसा! तत्क्षण उनका मुँह उतर गया, जैसे चाँद के सामने बदरिया छा गयी हो! किन्तु अगले ही क्षण नयी उम्मीद जागी कि अमृत बरसा है तो और बरसेगा। वैद्यजी के हाथों में कुछ-न-कुछ तो करिश्मा है ही! मगर वैद्यजी का किसी अन्य बिन्दु पर ध्यान केन्द्रित नहीं था। खरल की जड़ी-बूटियों के आस-पास आँखें गड़ी हुई थीं। खरल का घोटा कभी इस हाथ में तो कभी उस हाथ में। लेकिन दोनों आँखों की दृष्टि एक ही तार में पोयी हुई थी। जब घोटते-घोटते लार बँधने लगी तो वैद्यजी ने चाँदी के चम्मच से औषधि सीपी में एकत्रित की। जब सीपी चटाने के लिए हाथ आगे बढ़ाया तो महाराजा ने आतुरता प्रकट की, "मैं चटा दूँ।" वैद्यजी अपनी धुन में खोये थे। साफ जवाब दिया, "नहीं अन्दाता, "नहीं अन्दाता, "मेरा काम मुझे ही करने दें! अपने अलावा मुझे किसी पर भरोसा नहीं है...!"

महाराजा ने कुछ भी बुरा नहीं माना। वैद्यजी पर बेहद विश्वास था। मरते जीवन में प्राणों का संचार करने वाले हाथों की गरिमा तो ईश्वर को भी रखनी पड़ती है! वैद्यजी ने अत्यधिक सावधानी से भारमली के होंठों पर चम्मच सटाया ही था कि वे थोड़े-से हिले। जीभ की नोक तनिक-सी बाहर निकली। होंठों पर फिरने लगी। निमिष भर बाद जल्दी-जल्दी फिरने लगी। पलकें अब तक उसी तरह मुँदी हुईं थीं। वैद्यजी के विश्वास का उछाह बढ़ा। वैद्यजी की पतली-पतली अँगुलियों में पकड़ा हुआ चम्मच भी रुका। उसी समय भारमली के खुले कण्ठ से दो हलकी-हलकी डकारें सुनायी दीं। खुला हुआ कण्ठ तो अपना काम करता ही है..."मेरी उमादे...!" इतनी मीठी एवं झीनी आवाज देकर वह एकदम चुप हो गयी, मानो वह पुकार उसके कानों ने भी सुनी हो! कानों ने चुगली की तो

उसकी चेतना फिर दुबक गयी! आधी पलकें उघड़कर अगले क्षण वापस मुँद गयीं!

आस-पास खड़े हर व्यक्ति के मुँह में अपनी-अपनी जबान थी। बोलना भी अच्छी तरह जानते थे। किन्तु अभी तो सिर्फ कान ही बेहद जागरूक थे। अचेत भारमली की अटपटी बोली सुनने की खातिर सभी आतुर थे, जैसे आज के पहले किसी के मुँह से कुछ भी नहीं सुना हो! जिस तरह जीत के डंके की खातिर महाराजा के कान प्रतिक्षण व्याकुल रहते थे, उसी तरह उनका रोम-रोम भारमली के होंठों से कुछ-न-कुछ अमृत-बोल सुनने को उत्सुक रहने लगा। भले ही उमादे कहे या कान्हा! उमादे का नाम उचारने के लिए बेहोशी में जैसे बान ही पड़ गयी हो! बान का तो महातम ही बड़ा है! वे महाराजा हैं तो उमादे उनकी परिणीता है! शायद दूसरी बार 'कान्हा' का बोल भी निकले। आगे के लिए कुछ-न-कुछ तो आशा जगती भी है! उसका रूठना भी तो संजोग से सवाया है! पूरी बात तो अभी तक सुनने का अवसर नहीं आया, किन्तु कुछ-न-कुछ अण्ट-शण्ट आखर तो सुने ही हैं! अमृत के छींटे शायद ऐसे ही होते होंगे! माँ-बाप और वैद्यजी के बार-बार मना करने पर भी उमादे ने उनकी बात कहाँ मानी? खसरे की बीमारी भी तो छूत का रोग है। यदि बड़ी माता निकली होती तब भी वह कब मानने वाली थी! रात-दिन भारमली की तीमारदारी की। आखिर वैद्यजी और मारवाड़ के महाराजा ने ही हार मानी, उमादे ने नहीं! भारमली जैसी सहेली को किसी के भरोसे छोड़ना नहीं चाहती थी! वैद्यजी के द्वारा सिर्फ एक बार बताने पर भी न गफलत हुई और न गलती। अपने हाथों से औषधि घोटती, बनाती और पिलाती। जूठी सीपी या कटोरी वही धोती, सुखाकर ठिकाने रखती। चेतन अवस्था में सिलसिलेवार पूरा ध्यान रहता है। अचेतन की हालत में न तो समय का ध्यान रहता है, न ठौर का, न परिचित और न अपरिचित का! यह सब तो चेतन स्थिति के प्रपंच हैं! अचेतन अवस्था में सब सलीका व क्रमबद्धता टूट-फूट जाती है! सर्वोपरि महातम है जीवन का, जिन्दगी का! ये सब छोटे-बड़े कार्य-कलाप तो चेतन-अवचेतन के शाश्वत झूले में ऊपर-नीचे होते ही रहते हैं! पलंग पर आराम करते बन्दे की न तो हार होती है और जीत! युद्ध के मैदान में जूझने वाला शूरवीर ही हार या जीत का वरण करता है! महाराजा भारमली की सलौनी सूरत एकटक देखते हुए सोचने लगे—कल या परसों तक अजमेर रियासत में उनका डंका गूँजता था और आज छिन गया तो उसके लिए रिरियाने से कुछ भी पार नहीं पड़ेगा! किन्तु मनुष्य जीवन में युद्ध के अलावा और भी कई सार्थक मुद्दे हैं—स्नेह, ममता, प्रेम, त्याग, सेवा, करुणा, शान्ति, अहिंसा! युद्ध में हार-जीत का मसला तो ठाकुर, राजा, महाराजा, नवाब और बादशाहों का है। शेष असंख्य अभागे तो दुख में ही पैदा होते हैं, दुख में पलते हैं और दुख में

ही मर जाते हैं! फिर भी वे मुस्कराते हैं, हँसते हैं, ख्वाब देखते हैं, प्यार करते हैं, इनसान के जन्म का घर में उच्छब मनाते हैं, काँसी का थाल बजाते हैं। जुद्ध के सूरमा तो नाहर, बाघ और खून के सपने देखते हैं! अधिकांश मानुस तो रंग-बिरंगे फूल उत्पन्न करते हैं। अन्न उपजाते हैं। दुनिया को जिन्दा रखते हैं। अलग-अलग समझ-बूझ के अलग-अलग सुखद चमत्कार होते हैं! अब तक युद्ध, तीर, तलवार, घाव और रक्त के ही उत्सव मनाये हैं! और अब इस नयी समझ के द्वारा प्रीत, हँसी और फूलों के नजारे का स्वाद चख लें या परख लें तो कैसा रहे...? महाराजा की आँखें और कान तो भारमली के निमित्त अर्पित थे! शाश्वत झूले का पलड़ा ऊँचा आया ही था कि भारमली के होंठ हिले... "नहीं उमादे...नहीं-नहीं...मेरी उमी...उमी यह छूत की बीमारी है, वैद्यजी का कहा तो मान! बीमारी से नाता-रिश्ता है या मुझ से? एक बार सोच-समझकर मुझे बता...!" जिस अमृत वाणी की प्रतीक्षा कर रही थी, नहीं सुनी तो आधी पलकें उघाड़ीं। जिस अमृत वाणी की प्रतीक्षा कर रही थी, नहीं सुनीं तो आधी पलकें उघाड़ीं। आज उमादे की वाणी की प्रतीक्षा कर रही थी, नहीं सुनी तो आधी पलकें उघाड़ी। आज उमादे की वाणी को हुआ क्या है? हमेशा तो वह क्षण भर भी चुप नहीं रहती थी।...कुछ-न-कुछ सुनने की आस में भारमली ने पूरी पलकें उघाड़ीं...! फिर इधर-उधर देखकर जोर-से पूछा, "तू, कुछ बोलती क्यूँ नहीं...?"

और उस प्रश्न के साथ ही वह जोश खाकर, कोहनियों के सहारे बैठने की चेष्टा करने लगी तो रुकमण ने उसी क्षण पीठ पीछे हाथ रखकर बिठा दिया। भारमली ने चौकस निगाह से इधर-उधर देखा। फिर महाराजा के सामने आँखें गड़ाकर कहने लगी, "यह तो वही खूनी रंगमहल है...! मुझे यहाँ कौन लाया? क्यों लाया? ये दो सवाल पूछते ही उसकी छाती भर आयी! सिसकती-सिसकती कहने लगी, "मुझे इसी वक्त उमादे के कमरे में ले चलो...!" जोश-जोश में इतना बोल तो गयी, लेकिन नीचे उतर नहीं सकी। अपने-आपको इतना अपाहिज समझकर आँखें मसलते दयनीय स्वर में कहने लगी, "रुकमण, मुझे सहारा देकर उमी के पास पहुँचा दो, वरना मैं सर पटक-पटककर मर जाऊँगी!" किसी से कुछ भी बोला नहीं गया। रुकमण उसकी दोनों बाँहें थामकर महाराजा के नये आदेश की प्रतीक्षा करने लगी। भारमली से धीरज नहीं रखा गया तो वह तनिक झुँझलाकर तिक्त स्वर में बोली, "सभी को एक साथ साँप तो नहीं सूँघ गया क्या...? मेरे कहने की कोई परवाह नहीं करता...।" अब कहीं महाराजा की चेतना ने करवट बदली। रुकमण की ओर देखकर बोले, "अभी तो भारमली जैसा कहे, वही कर! यह सोचने की वेला नहीं है।" यह अन्तिम वाक्य सुनकर रुकमण को ऐसा लगा कि महाराजा की ऐसी कमजोर वाणी तो कभी नहीं सुनी! मगर

उनका आदेश तो एकदम स्पष्ट था। वह कुछ आगे बढ़ी। वैद्यजी की ओर उन्मुख होकर महाराजा बोले, ''आपका वचन एकदम सही फला। मेरा खयाल है कि अब भारमली के लिए किसी औषधि की जरूरत नहीं है! दीवान को बुलाकर पाँच गाँवों का ताँबा-पतर आज ही लिखवा दूँ...!''

एकबारगी तो यह नयी बात सुनते ही भारमली जहाँ थी, वहीं ठहर गयी। स्तम्भित होकर सोचने लगी—कैसी औषधि...? किसके लिए औषधि...? वैद्यजी ने अतिशय विनम्र होकर अपने मन की सच्ची बात ही प्रकट की, ''पीढ़ियों से आप ही का नमक खाते आये हैं। बख्शीशों का भी पार नहीं रहा। फकत आपकी मेहर-मया के इच्छुक हैं...।''

बाँह पकड़कर रुकमण चुपचाप चलती रही। कुछ भी जवाब नहीं दिया तो भारमली ने भी परवाह नहीं की। फकत इतना-भर बोलने से ही उसका साँस भर गया। ऐसी थकावट क्योंकर हुई...?

जब रुकमण उमादे के महल में आयी तो भारमली ने ऐसा अचीता अजूबा देखा कि वह आगे एक अंगुल भी नहीं खिसक सकी। एक ठौर गड़ी रहकर ही उसने चारों ओर नजर घुमाकर देखा। दो गोल-गोल बिस्तर बड़े सलीके से पाट पर बँधे पड़े थे। तीन मजूस तालों से जड़े हुए पास ही रखे हुए थे। उमादे एवं केसर दो अलग-अलग बुगचों में छिट-पुट सामान जमा रही थीं। भारमली तो दो दिन तक अचेत पड़ी थी। किसी भी तरह का कुछ भी सुराग लगाने की गुंजाइश ही नहीं थी। उस अचीते झटके से उसकी स्मरण-शक्ति विलुप्त हो गयी थी। किंचित् झटके से ही सारी देह में थकावट फैल गयी। ऐसी स्थिति तो सपने में भी नहीं सोची थी। असमंजस के जाल में फँसी तो ऐसी फँसी कि सारी छकड़ी ही भूल गयी! असल सूत्र तो रुकमण भी नहीं समझ सकी। शायद अब सँभल पाना सम्भव नहीं है। बहुत धीरे-धीरे सुधार हो तो हो। यह कृतघ्न शक्ति यों इस तरह क्योंकर ढह पड़ी, कि सही मौके पर भी साथ नहीं दे सकी! इतना भर आभास हो गया कि कहीं बाहर जाने की तैयारी है। और यों महाराजा ने अपने श्रीमुख से फरमाया ही था कि उमादे एवं केसर किसी तीर्थ-धाम जाना चाहें तो किसी को भी पूछने की जरूरत नहीं। सिर्फ सूचना पहुँचा दें। सारी व्यवस्था हो जाएगी। लेकिन अपने-आप ही बिस्तर बाँध रही हैं, लगता है कि सूचना देने की जरूरत ही नहीं। हाँ, इतनी नाराजगी तो स्वाभाविक ही है! संगत भी है। और भारमली ने बेहोशी की अवस्था में निपट अजान ही जो प्रलाप किया, उसे तो किसी के बताने पर ही पता चलेगा। बाकी जिस-किसी ने साम्प्रत सुना, उमादे को बुरा लगना ही था! लेकिन बेहोशी की स्थिति में जो-कुछ भी सुना उसके लिए बुरा मानना, उमादे जैसी प्रबुद्ध मानुषी के लिए शोभा की बात नहीं है। फिर

भी उसकी नाराजगी एकदम बेबुनियाद नहीं लगती। लाख समझाने पर भी यह बात भारमली के गले नहीं उतरेगी। होश रहते ऐसा तो सपना भी खोटा है! उसकी बेहोशी का यह तथ्य उमादे, केसर, वैद्यजी, रुकमण और महाराजा सहित किसी से भी छिपा नहीं है! नहीं जानती तो केवल भारमली ही नहीं जानती। जिसके लिए उसका कुछ भी कसूर नहीं है! तब ऐसे निराधार सत्य की क्या प्रतिष्ठा, जो अपने व्यक्तित्व में घुले यथार्थ को स्वयं ही न जाने!

लेकिन भारमली का चेहरा देखकर उमादे और केसर दोनों के मुँह पर पहले वाली प्रीत व ममता नहीं झलकी तो उसे मन-ही-मन शर्म महसूस हुई। क्या उससे चूक तो नहीं हो गयी? लेकिन अब तक उमादे और केसर को उसके अवगुण तो दिखायी नहीं पड़ते थे! तब ऐसा क्या कसूर हो सकता है? यह बात सोचते ही उसके दिमाग पर इतना जोर पड़ा कि उसकी चेतना का स्रोत ऐसा फूटा कि उसकी आँखों में तत्क्षण ऐसी बिजली कौंधी...कि दोनों ही निस्सन्देह जैसलमेर जाने की तैयारी कर रही हैं! फिर भी उमादे के पास जाने की हिम्मत ही शेष नहीं रही तो वह मजबूर होकर केसर के पास आयी। पूछा, "आप दोनों पीहर जाने की तैयारी कर रही हैं और मुझे पूछा तक नहीं? मैं भी साथ चलूँगी! मगर उमादे...मेरी उमी ने तो बढ़-बढ़कर कहा था कि वह किसी भी सूरत में वहाँ नहीं जाएगी और नारकीय जीवन से छुटकारा पाने के लिए राव मालदेवजी से ब्याह करने की हामी भरी थी! आज यह अनचाही ममता कहाँ से उमग पड़ी...? क्यों उमग पड़ी...? मैं सब समझती हूँ! ऐसी भोली या बेवकूफ नहीं हूँ...!" फिर रुकमण की तरफ देखकर कहा, "चल रुकमण बैन मेरे साथ अभी चल। सामान जमाने में थोड़ी मदद कर, आजीवन आभार मानूँगी। देखूँ कैसे रोकती है और वह रोकने वाली होती कौन है?" रुकमण ने इस आवेश को गम्भीरता पूर्वक नहीं लेकर उमादे की तरफ देखा तो भारमली के कलेजे में तीर-सा चुभ गया! कठोर स्वर में कहने लगी, "हुँ...मुझे किसी की जरूरत नहीं है! अभी तो मेरे हाथ-पाँव साबुत हैं! डावड़ियों को काम करने में कैसी लज्जा? मैं कोई राजकन्या तो हूँ नहीं, जो मेहनत से शर्म करूँ! कुछ भी हो उमादे को एक बार मुझे पूछना तो था...?" अकस्मात् उसका हिया भर आया! आगे कुछ भी कह नहीं सकी। और कुछ भी अन्य चारा नहीं दिखा तो वहाँ से जाने को आतुर दिखायी दी। उमादे उसके सामने खड़ी होकर भीगे स्वर में कहने लगी, "मेरी भारू तू कुछ जानती भी तो नहीं है, इसलिए तेरा नाराज होना स्वाभाविक है। अन्धा और अजान बराबर होता है! हम दोनों से ही यह रुकमण ज्यादा जानती है। एक बार शान्त होकर, उसकी बात सुन ले। मैं कुछ दिन के लिए दूर जाकर एकान्त में सोचना चाहती हूँ...! जैसलमेर जाने के लिए मुझे सपना भी नहीं आएगा। इसलिए नारनोल जाने के लिए सोचा। वहीं जाने के लिए तैयार हो रही थी। तेरी इच्छा नहीं है

तो कहीं नहीं जाऊँगी! मेरे कहने से तेरी मैड़ी में जाकर इन दोनों की बात तो सुन ले। फिर तेरी इच्छा होगी, वही होगा...।''

''लेकिन मुझ से तो कुछ भी छिपा नहीं है...!''

''बहुत-कुछ छिपा है, भारमली...बहुत-कुछ, तू होश में ही नहीं थी...।'' इच्छा न होते हुए भी रुकमण को यह जहरीली सच्चाई बतानी पड़ी! उसे इस बात का आश्चर्य भी कम नहीं था कि उमादे इतने गहरे धीरज की महारानी है! पर ऐसी निराधार बात का किंचित् भी असर नहीं हुआ। तड़ककर बोली, ''मैं तो कहीं बेहोश नहीं हुई...तुम मूर्च्छित होती तो मुझ से भी कहाँ छिपा रहता...?...तब...तब।'' भारमली को कुछ ऐसा महसूस हुआ कि उसके अजाने 'मूर्च्छित' शब्द पर कुछ अधिक ही जोर लगा!...तो क्या...वह स्वयं ही मूर्च्छित नहीं हुई? चेत होने पर ही अचेत का पता चलता है! तब वह अजाने अपने अधरों पर कभी इधर, कभी उधर जीभ फेरने लगी! औषधि के मीठे स्वाद का आभास होते ही उसके मन में आधा-अधूरा उजाला हो गया कि कहीं-न-कहीं उससे ही भारी भूल हो गयी है! पता करना ही होगा! उतावली करते कहा, ''अब देर करने से भयंकर बरबादी होगी। यदि मुझ पर ही मेरा भरोसा नहीं रहा तो धन्वन्तरि वैद्य भी कुछ नहीं कर सकेगा...! फिर राज-वैद्य की क्या बिसात...? हाँ-हाँ, वे आये तो थे! शायद मेरी खातिर ही आये होंगे...! लेकिन...लेकिन उमादे से अलग रहने पर मुझे कुछ सूझता ही नहीं...! जब रुकमण को ही सारी बातों की जानकारी है तो उसी से सब-कुछ सुनना ही होगा। चूल्हे में जलती आग झूठ बोले तो मेरी उमादे झूठ बोले! यदि अब भी मुझ पर शंका हो तो यह मौत से ही बड़ी त्रासदी है!'' इतना अफरा झाड़कर उसने याचक की नाईं बारी-बारी से उनके चेहरों की ओर देखा। जैसे अपने जीवन की भीख माँग रही हो! भारमली की ऐसी विवशता का उसे सपने में भी भरोसा नहीं था। वैसा पिघलता परिवेश देखकर वह स्वयं पस्त हो गयी। लेकिन दूसरे ही क्षण अपना आपा सँभाल लिया। केसर का हाथ थामकर गम्भीर स्वर में कहा, ''तेरी मैड़ी में बैठकर ही इस गुत्थी का निबटारा होगा।'' फिर भारमली की ओर निहार कर आदिम ममता के सुर में सुर में बोली, ''चल मेरी भारू...जामन पड़े बिना दूध नहीं जमता...!''

उमादे की इस अमृत-वाणी के परिणाम-स्वरूप भारमली अबोध हिरणी की भाँति चुपचाप उसके पीछे-पीछे रवाना हो गयी!

रुकमण के सामने तीनों सहेलियाँ—उमादे, केसर और भारमली सजे-धजे पाट पर

बैठ गयीं। उमादे बीच में बैठी थी। रुकमण ठेठ शुरुआत से ही भारमली की मूर्च्छा एवं राव मालदेवजी की निराली बातें सुगम्भीर सुर मं सुनाती रही। तीनों सहेलियाँ ध्यान-मग्न होकर सुनने लगीं, मानो कोई आकाशवाणी सुन रही हों! उमादे एवं केसर तो अधिकांश बातों की साक्षी रही थीं। अनभिज्ञ थी तो केवल भारमली। वह इस कदर अतिशय सावचेती से सुनने लगी जैसे कोई सुहाना सपना देख रही हो! समय तो जैसे आगे नहीं सरककर चकरी के उनमान गोल-गोल घूम रहा हो! उसके साथ न जाने कितनी नदियों का पानी बह चला! साँय-साँय करती हवा जाने कितनी बह गयी! उजली धूप चटककर जाने कितनी बार धुँधली होती हुई अँधेरे में समा गयी और पुनः पुनः उज्ज्वल होती रही! किसी को कुछ भी पता नहीं था कि एक घड़ी बीती या घड़ियाँ बीतीं! समय एक ठौर थम गया कि उलंघ्य उड़ता जा रहा है! भारमली को ऐसा महसूस हुआ समय उस से गलबहियाँ मिल रहा है। उसके साथ खेल रहा है! नाच रहा है!

जब मारवाड़ के महाराजा की मरजीदान डावड़ी रुकमण बोलते हुए रुकी तो भारमली को ऐसा महसूस हुआ कि इन बातों की प्रतिध्वनि अब भी उसके कानों में गूँज रही है! कुछ देर पश्चात् वह रुकमण के चेहरे पर आँखें गड़ाये देखती रही—उसके होंठ तो सर्वथा बन्द थे। न मचल रहे थे, न हिल रहे थे! तब उसे एक ऐसी अनुभूति हुई कि मानो उसके भीतर रिमझिम-रिमझिम बरखा बरस रही है! अचानक उसने धड़धड़ी खाकर पूछा, "क्या राव मालदेवजी दासियों के साथ मुझे अपने रंगमहल में ले गये...? मेरे उपचार की खातिर? यह तो सपने में भी मानने जैसी बात नहीं है...! तब भी तुम्हारी बात मानने के अलावा दूसरा चारा ही क्या है! यदि यह बात सच है तो वह अब तक आकाश अपनी ठौर क्यूँ ठहरा हुआ है...नीचे गिरा क्यों नहीं? अभी तक चाँद-सूरज अपनी-अपनी ठौर पर ही उगते और अस्त होते हैं? अब तक प्रलय हो जाना चाहिए था...! हुआ क्यों नहीं? इसका लेखा-जोखा मुझे कौन समझायेगा? है किसी का ऐसा बूता...?"

यह सवाल पूछकर वह तीनों की सूरत निहराने लगी। तब केसर के होंठ स्वतः खिल उठे, "रुकमण की बात में एक आखर भी झूठ नहीं है। तू माने तो ठीक, न माने तो तेरी मरजी!"

"क्यों नहीं मानूँगी...?" भारमली ने उत्तेजित स्वर में कहा, "जब तुम तीनों ही बढ़-बढ़कर कह रही हो तब मेरी क्या बिसात...? लेकिन यह बात तो मेरे मन में बैठ ही नहीं सकती कि महाराजा नंगे पाँव उमादे, केसर और मुझ से माफी माँगने आये थे...! उमादे के अलावा केसर व मेरी क्या औकात, जो

मारवाड़ के स्वामी को हम माफ करें! यह तो कोई अचीता जादू हो गया...! क्यूँ रुकमण हुआ कि नहीं...?"

रुकमण के लिए उत्तर देना भारी पड़ गया! फिर भी बमुश्किल हिम्मत जुटाकर कहा, "जादू हुआ या किसी का शाप लगा, मुझे कुछ पता नहीं। मगर तेरी मूर्च्छा के बाद जो कुछ भी हमने देखा-सुना उसे किसी भी प्रकार की मिलावट करके नहीं सुनाया। इस में रंचमात्र वहम करने की जरूरत नहीं है। अब जो कुछ करना-धरना है, हमें ही करना है। महाराजा ने तो जबदस्त समस्या पैदा कर दी कि वे अब किसी के साथ कुछ भी याद नहीं फरमायेंगे। केसर का कहा भी उनके लिए चामुण्डा का ही आदेश है। ऐसी असम्भव और अनहोनी बात पर कौन विश्वास करेगा...?"

अविश्वसनीयता की ऐसी चिनगारी छोड़कर किसी की ओर देखे बिना ही रुकमण चुपचाप बैठ गयी! तीनों सहेलियाँ स्तब्ध होकर एक-दूसरी का मुँह ताकने लगीं। किसी को कुछ भी उपाय नहीं सूझ रहा था! उनकी बात तो दरकिनार स्वयं विधात्री के वश की बात नहीं थी। समय तो जैसे स्तम्भ की नाईं एक ठौर गड़ गया हो! कुछ देर पश्चात् चारों को ही ऐसा महसूस हुआ कि मैड़ी में पूर्णतया सन्नाटा छा गया है। आँखें खुलीं होने पर भी किसी को कुछ भी नहीं सूझ रहा था। मैड़ी में घुटी हुई अवरुद्ध हवा श्वास-निश्वास की खातिर बाहर निकलना चाहती हो! मुख्य दरवाजा बन्द होने पर भी खिड़कियाँ तो सभी खुली थीं। तो क्या हवा भी कभी-कभार पंगु हो जाती है? भारमली को लगा कि अभी श्वास टूटा, अभी श्वास टूटा! बाहर भी चारों ओर सूनापन पसरा हुआ था। उमादे सहित तीनों सहेलियाँ पुतलियों की तरह स्थापित थीं। किसी को भी किसी का भी ध्यान नहीं था! और एकाएक भारमली के अन्तस् में समस्त दुनिया का एकत्रित चैतन्य गरज रहा था! तो क्या आज फिर उसका नया जन्म हुआ? झटपट उठ खड़ी हुई, मानो किसी विषधर ने डस लिया हो! उमादे पर नजर पड़ते ही वह लपकते हुए उसके कन्धे झिंझोड़ते हुए प्रलाप करती-सी कहने लगी मानो हाल में आ गयी हो, "रानी भटियानीजी! आप इस तरह विमुख कैसे हो रही हैं...? पाणिग्रहण तो आप ही के साथ हुआ था। सात भाँवरें तो आपने ही खायी थीं...! मैं तो दहेज में दी जाने वाली डावड़ी (दासी) हूँ, अवैध दासी! आपने तो बढ़-बढ़कर घोषणा की थी कि ब्याह के बाद सेज में मेरा भी आधा हिस्सा रखेंगी। तब यों रुठने से वह संकल्प क्योंकर पार पड़ेगा...? मेरा हिस्सा तो महाराजा ने जबरदस्ती झपट लिया! बड़ों का डण्ठल तो छोटों का लट्ठ चीर डालता है! लेकिन मैंने आसानी से हिस्सा नहीं हथियाने दिया! नौ कोटि मारवाड़ के स्वामी की वह जबरन

कुश्ती थी! बलात्कार था! यों नारनोल पलायन करने से अपनी हिस्सेदारी क्योंकर तय होगी? कुछ बोलिए तो सही...क्या मौन तोड़ने का मुहूर्त निकलवाना पड़ेगा... ?''

लगता है कि भारमली का माथा बौरा गया है? उसे अण्ट-शण्ट बोलने की सुधि ही नहीं है! उसके बोलों का दंश उमादे की अपेक्षा रुकमण एवं केसर के रोम-रोम में अधिक चबकने लगा। लेकिन अध-बावरी से विवाद करना तो और भी घातक सिद्ध होगा। वह अधिक उखड़ गयी तो भगवान की भी दाल नहीं गलेगी! जब तीनों सहेलियों के मुँह से एक आखर भी बाहर नहीं निकला तो उसका रोष भीतर-ही-भीतर घुटने लगा। पहले से ही अधिक तिक्त स्वर में कहा, ''मैं तो अचेत पड़ी थी। मगर आप सबके कानों ने तो माफी माँगने के बोल तो सुने थे, फिर कैसा दर्प! तिस पर आप तो उनकी परिणीता हैं, रानीजी है! जितना कोप करें, शोभा देता है! आपका नाम ही होगा। लेकिन एक अवैध सूनी दासी को हेकड़ी दिखाना उचित नहीं है। वरना उसके रोष पर सभी राख उछालेंगे! दासियों के भाग्य में ऐसी ही इबारत लिखी होती है! फिर किस से रूठना करूँ? आपकी अनुमति के बिना करवट ही नहीं बदल सकती...!''

यह जानते हुए कि भारमली को बिल्कुल ही होश नहीं है, तब भी उमादे से धीरज नहीं रखा गया। उसे बोलना ही पड़ा, ''अब किसी पर भी मेरा बन्धन नहीं है और न किसी से मेरी नाराजगी है! तेरी जो इच्छा हो, वही कर, पूरी छूट है! तू अलग ही जन्मी सो अलग से ही जीना है! किसी को भी मेरा लिहाज रखने की जरूरत नहीं है। मैंने जो भी संकल्प किया, उसका मान मुझे ही रखना है। अब क्या समस्या रह गयी? फिर भी तू कहकर तो देख, जो कहेगी वही करूँगी, एक बार तू बता तो सही...!''

ऐसी निर्द्वन्द्व छूट मिलने पर भारमली क्या कहती और क्या नहीं कहती...! फिर भी उसकी बेरुखी मिटी नहीं! उमादे के अलावा वह किस पर अपनी नाराजगी प्रकट करती...?

जाने क्या सोचकर भारमली के अधरों पर बिजली-सी कौंधी! पीछे सरकती हुई बोली, ''यों बातों-बातों में बाँधकर जलाओ, वैसी निरीह बन्दी मैं भी नहीं हूँ! दासी की भी कुछ-न-कुछ इच्छा तो होती ही होगी? मुझे उसी की तलाश है...! अब मैं नारनोल साथ चलने का हठ नहीं करूँगी। ज्यों तेरी मरजी हो सो ही कर! स्वामी का स्वामी कौन...? मैं तो एक अकिंचन बाँदी हूँ...बाँदी!''

उमादे को नारनोल सिधाये, यह पाँचवाँ सूरज उगा था। वैसा ही तप-तेज और वैसा ही दमकता हुआ! अथाह अन्धकार को चीरता हुआ! विध्वस्त करता हुआ!

लाख समझाने पर भी केसर नहीं मानी तो उमादे को उसे जबरन साथ ले जाना पड़ा। रानी-माँ की हिदायतों का पूरा जोर था। कुछ महीनों तक मन की शान्ति के लिए उमादे निपट अकेली रहना चाहती थी। केसर ने जब एक शिशु की मानिन्द जिद पकड़ली तो उमादे को पस्त होना ही था! इसलिए कि माँ की हिदायतें उस से भी छिपी हुई नहीं थीं। रुकमण ने जो भी देखा-सुना महाराजा को अक्षर-अक्षर बता दिया। महाराजा फकत सुनते रहे। अपने मन की बात कुछ भी नहीं बतायी। मन-चीती होने पर भी उन्होंने अपनी खुशी जाहिर न होने दी। उमादे और भारमली के प्रति राज्य का जोर और पुरुष की मनमानी पूर्णतया बिसर गये थे। मारवाड़ राज्य का बेहद जोर था, लेकिन उसे आजमाने से अरुचि हो गयी थी! एक बार जो भूल हुई उसके लिए पश्चाताप का पार नहीं था। देवासी युवक का स्वाँग देखकर जाने या अजाने भारमली से बेहद लगाव हृदय के कोने में पसर गया था! जिसके शान्त आलोक की तुलना में राज-सत्ता की बर्बरता पासंग बराबर भी नहीं है! रुकमण को दुलारते हुए कहा, ''अब तू जा। अकेली रहने पर भारमली का कहीं चित्त नहीं उखड़ जाय...!''

रुकमण जाने के लिए आतुर नजर आयी कि माहाराजा पास आकर कहने लगे, ''तू पहल करके अपनी राय-वाय कुछ भी मत देना। वह अपनी मरजी से जो कुछ भी करना चाहे करे। आजकल मुझे संयोग की बजाय वियोग में अधिक आनन्द मिलता है! अन्ततः रुकमण दासी है तो क्या हुआ? है तो औरत ही! औरत की देह में, औरत का मन ही घुला रहता है! रुष्ट भाव से उसने पूछा, ''भारमली के अलावा किसी दूसरी के वियोग में कुछ तो आनन्द मिलता है कि नहीं?'' सानी एकदम स्पष्ट थी, मगर महाराजा से झूठ नहीं बोला गया, ''नहीं रुकमण, भारमली से पहले मुझे किसी से प्रेम ही कब हुआ था, सो उसके वियोग में आनन्द आता? वह तो जोबन की भूख थी...भूख...जो किसी भी सुन्दर युवती से मिट जाती! प्रेम की बानगी ही दूसरी होती है...! मेरे खयाल से ईश्वर की भक्ति भी प्रेम की होड़ नहीं कर सकती...!''

रुकमण से दासियों की औकात तनिक भी छिपी हुई नहीं थी, फिर भी औरत के नाते महाराजा की सच बात भी थोड़ी-बहुत अखरी! महाराजा से तीन बरस बड़ी थी। आज भी रूप-जोबन ढला नहीं था! फिर भी उफनते यौवन की तो हवस निराली होती है, तासीर ही अनोखी होती है! भारमली को विधाता ने पर्याप्त अवकाश में रचा था! भला उसकी होड़ कौन कर सकता है...? वह केवल रूप-यौवन की ही मालकिन नहीं है...दासी की योनि में दुर्गा का अवतार है...अवतार! उसने राजपूताने की समस्त दासियों का मुँह उज्ज्वल कर दिया। गर्व करें जितना ही कम है!

उमादे को नारनोल पहुँचे डेढ़ पखवाड़ा गुजर गया, तब भी महाराजा ने किसी भी दासी के साथ 'याद फरमाने' का तकाजा नहीं किया। अभी तक वियोग का आनन्द पूरा नहीं हुआ था! और इधर भारमली के अन्तस् में साम्प्रत संयोग का स्रोत उमड़ने लगा था। वक्त बिताये नहीं बीत रहा था! सो-सोकर समय कब तक बिताया जा सकता था! रुकमण को पूछ-ताछ करने में उसे शर्म महसूस हो रही थी। और वह पहल करके कुछ भी राय नहीं देती थी। लेकिन तीमारदारी में किंचित् भी भूल क्या पड़ जाय! जब दूसरे दिन भारमली से नहीं रहा गया तो उसने रुकमण से पूछा, "क्या मेरे वियोग में महाराजा की देह छीज तो नहीं रही है...?" रुकमण ने देखा कि इस प्रश्न के साथ ही भारमली के चेहरे पर लाज की तनिक झाँईं-सी पुत गयी। रुकमण ने निशंक उत्तर दिया, "सुनने पर धीरज हो, न हो! आँखों से प्रत्यक्ष देखने पर ही सच्ची बात का पता चलेगा!"

भारमली कुछ ऊहापोह में उलझ गयी। ठहरकर पूछा, "मेरी ओर से पहल करके जाना उचित रहेगा कि नहीं...? उमादे के साथ धोखा तो नहीं होगा...?"

रुकमण ऐसा मौका चूकना नहीं चाहती थी! क्या पता भारमली की देह के बहाने उमादे ही केलि-क्रीड़ा का भरम पाल रही हो! अविलम्ब जवाब दिया, "उमादे ने तो अपना संकल्प किसी से छिपाकर नहीं रखा! और तुझे छूट देने में भी कमी नहीं रक्खी...!"

भारमली ने अधीर होकर बीच में पूछा, "किसी के मुँह से पूरी छूट देने पर भी छूट नहीं ली जा सकती, रुकमण! लेने का भी अधिकार होता है...! उमादे का मुझ पर कितना विश्वास है...!"

"अब इस विश्वास-अविश्वास का झंझट ही कहाँ है? उसके द्वारा संकल्प करने के बाद महाराजा की सेज पर तेरा ही पूरा अधिकार है! यह सीधा-सा हिसाब तेरी समझ में नहीं आता...?"

"तू सोचे जितना सीधा हिसाब नहीं है, रुकमण! कई बातों के अदीठ अवरोध हैं...!"

"तो तू भी विजोग के आनन्द में मगन रहने की जुगत विचार...!"

"लेकिन मुझे संयोग का अवसर ही कब मिला? वह तो फकत सुन्दर युवती की खातिर मर्द की जबरदस्ती थी! तिस पर मारवाड़ के रजवाड़े का एकछत्र अंकुश था...!"

"तो तेरी मरजी हो, वही कर। दोनों तरफ पूरी छूट है...!"

"मगर मुझे अपनी मरजी का पता चले तो...? तू कुछ सलाह-मशविरा तो कर। मुझे में तुझ जैसी सूझ-बूझ ही कहाँ है...।"

"समझ-बूझ तो तुझ में बेशुमार है, लेकिन लोक-लाज की बेड़ियाँ तोड़े

बिना इधर-उधर भी नहीं हिला जा सकता! उस दिन की तरह हिम्मत से काम ले...हिम्मत से...! एक अवैध दासी को स्वयं महाराजा प्रीत करें, यह अवसर भी कब मिलता है...?'' रुकमण आगे भी कुछ कहना चाहती थी कि महाराजा की स्पष्ट आवाज सुनायी पड़ी, ''जब कभी भारमली चाहे...! तूने सरासर उल्टी बात बतायी, रुकमण! सब जानते-बूझते हुए भी तुझे कुछ होश नहीं रहा। तुझे कहना चाहिए था कि कैसे भी विख्यात महाराजा को या बादशाह को भारमली से प्रीत करने का अवसर कब मिलता है? नये चाँद का दर्शन करने के पश्चात् नित्य आधी रात ढलने पर इस मैड़ी की परिक्रमा देकर जाता हूँ! आज पूनम है! चारों दिशाओं में चाँदनी छायी हुई है, जैसे मन्द-मन्द आलोक बरस रहा हो!'' इतना कहकर खुले दरवाजे की देहरी के पास आकर एकदम ठहर गये। अतिशय विनम्रता के साथ पूछा, ''भीतर आने की अनुमति हो तो अन्दर पाँव रखूँ। वरना हमेशा की तरह चुपचाप वापस रवाना हो जाऊँगा...। रुकमण ने उल्लास की झोंक में आगे बढ़कर कहा, ''मारवाड़ के महाराजा को मना करने वाला अब तक कोई जन्मा ही नहीं है! हमारी पलकों पर पाँव रखते हुए पधारिये...!''

महाराजा ने नाभि से उठा गहरा निश्वास छोड़कर कहा, ''नहीं रुकमण, मैड़ी की मालकिन के अलावा किसी के कहने पर एक अंगुल भी आगे नहीं बढ़ूँगा। तू कौन से महाराजा की बात कर रही है, उनका चोला तो जीवित रहते हुए ही बदल गया। यह सब देवासी-युवक की बदौलत हुआ है। क्या पता उसी के शाप या उसकी बद्दुआ ही का परिणाम हो! मैं तो जो कुछ भी हुआ है, उसे बता रहा हूँ...!''

भारमली की आँत-आँत में जैसे अमृत बहने लगा हो। अगाढ़ ऊँघ में सपनचारी की नाईं चलती हुई देहरी के पास आकर रुक गयी। दोनों के बीच एक बालिश्त ऊँची देहरी का अवरोध था। जिसे लाँघना दोनों के लिए मुश्किल हो गया। भरामली सपने में प्रलाप करती हुई-सी कहने लगी, ''मेरे कान्हा युग-युगान्तर से तेरा ही रात-दिन सुमिरन कर रहा है।'' कान्हा ने हाथ बढ़ाया ही था कि राधा ने दाहिने हाथ से पाणिग्रहण कर लिया। कान्हा के बाएँ हाथ में बिजली-सी दौड़ी और सारी देह में व्याप्त हो गयी! कान्हा ने पीछे मुड़कर रुकमण से कहा, ''मेरी गोपिका, राधा को पहुँचाने के लिए तुझे मेरे कुंज तक चलना होगा...!''

''मेरे धन्य भाग, हजारों-हजार धन्य-भाग कि आज राधिका से कान्हा का मिलाप हुआ, जिसके लिए मैं निमित्त बनी!''

राधा मुस्कराते हुए कहने लगी, ''कभी-कभार निमित्त भी मूल से बढ़कर होता हैं, बीस गुना बढ़कर होता है!''

कुंज के पास आकर रुकमण बिना किसी आज्ञा-आदेश के वापस लौट गयी। अदीठ अतीत में डुबकियाँ लगाती हुई। और अपने में डूबे प्रेमी-युगल को आभास तक नहीं हुआ।

कुंज के भीतर घी की दो पीलजोतें जल रही थीं। जिनके उजाले में वह धारोष्ण दूध के झागों की तरह दिख रहा था। दो अलग-अलग पलंगों पर धवल रेशमी चद्दर जगमगा रहे थे। सफेद तकिये भी दमक रहे थे। दो मोतिया रंग की रजाइयाँ भी लहरा रही थीं। मगसर की गुलाबी ठण्डक। बाहर पूनम की चढ़ती चाँदनी कुछ नया भेद जानने की खातिर व्याकुल दिख रही थी! राधा और कान्हा की आधी-अधूरी चेतना धीरे-धीरे छँटने लगी थी। आखिर राधा भारमली की अपनी देह में लुप्त हो गयी और कान्हा महाराजा की काया में दुबक गया था! एक साथ दोनों के मन में वह रक्त रंजित हादसा आलोड़ित हो रहा था। लेकिन बेहद आश्चर्य की बात कि महाराजा के दिल में तत्क्षण दुख और पश्चाताप का पार नहीं रहा! नीची गरदन झुकाने के पहले उस हीन-जुर्म की निगाह से भारमली की ओर देखा तो उसकी गुलाबी सूरत पर रोष की बजाय झीनी-झीनी आभा दमकने लगी थी और उसके अधरों पर मन्द-मन्द मुस्कान बढ़ती नजर आयी, मानो महीन बत्ती का दीया जल रहा हो। उस लहू-लुहान हिंसा को चितारने पर अभी इस क्षण उजाले का चरपरा आनन्द उसके अन्तस् में घुलने लगा हो। भारमली के होंठों पर उस विशुद्ध लौ के जादू से महाराजा का उत्तप्त पछतावा अकस्मात् निथरते लगा सो निथरता ही गया! जिसका मद भी अनोखा था। अचानक महाराजा को अपने संकल्प की याद आयी कि अब दूसरी बार किसी भी सूरत में भारमली के जादुई आकर्षण से प्रेरित होकर पहल नहीं करनी! नारी-देह के तो भिन्न-भिन्न बहुतेरे स्वाद चखे, उनकी छटपटाती हवस भारमली से भी नहीं चूकी!...अब उसकी आत्मा से अपनी आत्मा का साक्षात्कार करना चाहते हैं। मनुष्य योनि में जन्म लेकर, उसकी आत्मा का स्वाद नहीं चखा तो निपट ढोर की जिन्दगी जी है! देह की तरह इसकी आत्मा भी सुन्दर और सुहानी ही होगी। यह नयी मंशा दरसाये बिना भारमली को इसका सपना थोड़े ही आयेगा। निर्मल मुग्ध भाव से उसकी कलाई सहलाते कहा, "भारमली, खनकती तलवारों की चिनगारियों के मोह-वश अब तक मेरे मन में चाँदनी निहारने की इच्छा तक साकार नहीं हुई! आज तेरे साथ मैं पहली बार अपने अन्तस् में उतार लेना चाहता हूँ, शायद भीतर का अँधेरा मिटे तो...! मारवाड़ का राज्य बढ़ाने की बजाय कुदरत का यह राज्य तो सरे-आम बिखरा पड़ा है। सपने में इसे पाने की मंशा तक नहीं हुई। अभी-अभी तेरी पावन संगति से मेरे दिल में पहली बार कुदरत का अमूल्य खजाना लूटने की हवस जागी है, छिटकाना मत। जिस तरह मेरे प्राण बचाने के लिए

तूने देवासी किशोर का स्वांग लाकर अपने प्राणों की जोखिम उठायी, उसी तरह एक बार और मेरा साथ निभाना! अब मैं सचमुच मनुष्य की मर्यादा के योग्य जीना चाहता हूँ। तेरे सहारे के बिना मुझे भगवान का भी भरोसा नहीं है! एकान्त की अमोलक वेला में जितना तेरा सुमिरन किया है, तुझे चितारा है, उतना चामुण्डा या जगदम्बा को भी नहीं। खुली छत पर तेरे साथ चाँदनी का अथाह समन्दर निहारना चाहता हूँ...!''

महाराजा के 'सबद' सुनकर भारमली के मन पर जादू-सा छा गया! ऐसी आशा तो सपने में भी नहीं की थी! लहराती तितलियों के लहजे में बोली, ''पधारिये, आपकी इच्छा हो, वहीं पधारिये! मैं छाया की तरह हमेशा आपके साथ रहूँगी। एक क्षण के लिए भी साथ नहीं छोड़ूँगी।''

जब नौ-कोटि मारवाड़ का स्वामी उसका इस तरह मान-सम्मान रखता है तो क्यों स्वयं अपना मोल घटाये? मनुष्य के पूजने पर जब पत्थर भी देवता बन जाता है, तब मैं तो एक जीती-जागती सुन्दर औरत हूँ! जिसका अहसान स्वयं महाराजा मानते हैं, तो पीछे क्या बचा! किसी से कुछ भी सलाह-मशविरा करने की जरूरत नहीं रही। महाराजा के कहते ही वह छत पर चढ़ने के लिए आगे-आगे रवाना हो गयी। महाराजा को ऐसी उम्मीद नहीं थी। अचरज से पूछा, ''तू छत पर कभी गयी है क्या...?''

''दो-तीन बार।'' वह उछाव से कहने लगी, ''उमादे व केसर के साथ मैं छत पर चाँदनी मे नहाती थी। कई नक्षत्रों को देखा-परखा! उगते सूरज और ढलते चन्द्रमा को दिल में उतारकर ही मानती थी!'' छत पर कदम रखते ही बायाँ हाथ आगे करती कहने लगी, ''वह रहा ध्रुव तारा! वह डिगे तो मेरी उमादे डिगे!'' महाराजा की पीठ पर जैसे चाबुक पड़ा हो! पाणिग्रहण की परिणीता रूठकर नारनोल चली गयी! भारमली के गर्व-गुमान का ध्रुव डगमगाये तो वह डगमगाये। इस बार दाहिना हाथ बढ़ाकर कहने लगी, ''वह रहा 'हँसिया', सामने हँसिये की नाईं मुड़ा हुआ और पीछे डण्डा। हर महीने उसकी जगह बदलती रहती है! वह खड़ी है—'हिरणी'...तीन बड़े-बड़े सितारे, एकदम सटे हुए। चारों कोनों पर चार कुत्ते! बेचारी हिरणी का पीछा ही नहीं छोड़ते! मगर वह परवाह करे तो...।''

महाराजा के अचरज एवं आनन्द का पार नहीं रहा! बेहद आदर-भाव से पूछा, ''नक्षत्रों के इतने नाम किसने बताये...कब बताये...?'' भारमली ने बीच में टोककर उछाह के स्वर में कहा, ''किसने क्या...उमादे ने...मेरी उमी ने...!'' फिर वही उमादे और वही उमी...! सेज के उस रणक्षेत्र पर उस वेला उमादे के नाम ही चीत्कार किया था! लेकिन अभी इस समय भारमली को उस चीख की बिल्कुल ही याद नहीं आयी...! अपनी ही मौज में आगे कहने लगी, ''उसके

ज्ञान का कोई पारावार है भला...! कितने-कितने नक्षत्रों के नाम जानती है! अनगिनत पंछियों के नाम उसके कण्ठ में बसते हैं! जाने कितने-कितने पौधों के नाम जानती है! उन सभी पौधों के गुण व अवगुण पहचानती है! आप उमादे को यों ही समझते हैं क्या...? किसी भाग्यधारी महाराजा को ही ऐसी रानी मिलती है! मैं तो उसके पासंग बराबर भी नहीं हूँ...!''

''मैंने एक ही नजर में सब तोल-मोल कर लिया है! वह उमादे है तो मैं भी राव मालदेव हूँ! लेकिन नक्षत्रों के ज्ञान में वह मुझ से बहुत बढ़कर है। मैं तो चाँद-सूरज के अलावा तीसरा नाम ध्रुव तारे का ही जानता हूँ। काले-बहरे अन्धकार में जब फौज दिशा-भ्रमित हो जाती थी, तब सही मार्ग का पता ध्रुव तारे से ही लगता था। अपनी-अपनी समझ है। तेरे लिए उमादे सर्वज्ञ एवं सबसे सुन्दर है, लेकिन मेरे लिए तो तू ही सब-कुछ है—इन्द्राणी, पार्वती, लक्ष्मी, राधा और सरस्वती, जाने क्या-क्या? देवासी-युवक का अहसान मैं सात जन्म तक बिसर नहीं सकता। मेरी भारू, मैं तो सयाना होते ही मारवाड़ राज्य की सीमा बढ़ाने में आठों-पहर जूँझता रहा! न तो सूरज उगने का ध्यान और न अस्त होने का अभिज्ञान। युद्ध, युद्ध और युद्ध की लगन रहती थी। आज तेरे साथ सूरज का उगना और चाँद का ढलना देखना चाहता हूँ! अब हमारे राज्य की सीमा चाँद-सूरज के प्रांगण तक होगी। इस चक्रवर्ती साम्राज्य की होड़ भला कौन कर सकता है? तिस पर तू मेरे पास खड़ी है। बेचारा इन्द्रलोक इस अनहद आनन्द की सपने में भी होड़ नहीं कर सकता! मन्द-मन्द चाँदनी में तैरते हुए असंख्य तारे...इसका क्या नाम बताया तूने...आकाश...आकाश-गंगा, मानो गंगा में अनगिनत तारे जगमगा रहे हों! इतने बरस तो दुश्मनों का खून बहाने का ही शौक था। आज तेरी चाँदनी की संगति में इल्म हुआ कि मानुस-जीवन क्या होता है...? और उसे क्योंकर जीना चाहिए...? सचमुच आज ही बोध हुआ कि प्रीत की चाँदनी के सामने भक्ति तो कण्डे की तरह है...जो चूल्हे में पड़कर जलता है!'' महाराजा के कण्ठ से ऐसे अनोखे 'सबद' सुनकर भारमली के हर्ष-उछाह की सीमा नहीं रही! वह एकटक आँखें गड़ाकर उनकी आँखों में देखती रही। अभी उन नयनों की रंगत ही निराली थी। उनकी ज्योति में उसकी दृष्टि ठेठ गहरी-ही-गहरी उतर गयी! महाराजा के होंठ खिले, ''तू साच थोड़ा ही मानेगी भारू, कि जो राकस नारी-देह को सदैव भोग का खिलौना समझता रहा, अब उस से प्रीत करने में मनुष्य की मर्यादा समझता है! मुझे अभी-अभी ऐसी भ्रान्ति हुई कि यह झीनी-झीनी चाँदनी, चन्द्रमा की नहीं...तेरी है...तेरी! तू मानेगी इस बेतुकी बात को? मेरे सोचने-समझने की तासीर ही बदल गयी है! यदि तू पाणिग्रहण को ही बड़ी बात समझती है तो कल साँझ को ही तेरी मंशा पूरी हो जाएगी! लेकिन मैं हाथ

जुड़ने की अपेक्षा दो आत्माओं के जुड़ाव को हजार गुना बड़ा समझता हूँ! अब तू मुझ से किसी भी बात का लिहाज-संकोच मत रखना।''

चाँदनी और तारों के साक्ष्य में ही भारमली खरा उत्तर देना चाहती थी, निःशंक बताया, ''भाँवरें और पाणिग्रहण की एकमात्र अधिकारिणी कोई है तो वह उमादे ही है! वह मांगलिक अवसर समाप्त हुआ। रुकमण की गद्दी उसी को मुबाकर हो और राधा का आसन मेरा, सो बिलोने का ताजा मक्खन खूब परोसूँगी। चोरी करने की कोई जरूरत नहीं, उस रात जबरदस्ती नहीं की होती तो प्रीत की गरिमा को ठेस नहीं लगती! चूक हो गयी, सो हो गयी। मारवाड़ के रावजी को माफी माँगना शोभा नहीं देता! माफी तो मुझे माँगनी चाहिए थी कि मैंने आपका सामना किया। मेरी भूल हुई—भारी भूल हुई...!''

महाराजा ने तत्क्षण प्रतिवाद करते कहा, ''नहीं भारू, उस भूल के प्रताप से ही मेरे दिल में तेरे लिए इतना प्रेम उमड़ा! ऐसी दूसरी औरत जन्मी ही नहीं जिसने मुझ जैसे महाबली भीम का सामना किया! सामान्य हड्डियाँ होती तो वापस खड़ा भी नहीं हो सकता था। तेरी वज्र कोहनी का प्रहार ही मेरे लिए प्रेम का सर्वोत्तम प्रसाद है! यदि तू सामना करने की बजाय उसी क्षण मान जाती तो मेरी निगाह में अकिंचन दासी के समान एक दासी होती जो किसी राजा-महाराजा की पगतलियाँ चाटने में ही अपना सौभाग्य समझती हैं! पटरानी का पद भी तुझ से बहुत नीचा है! तू तो मेरे प्रेम के सिंहासन की अकेली साथिन है...साथिन!''

महाराजा के मुँह से साथिन का बोल सुनते ही भारमली के दिल पर जलता हुआ डाम लगा! ''साथिन-साथिन तो फकत उमादे है। दूसरा उसकी होड़ नहीं कर सकता! आप तो मेरे प्रियतम हैं प्रियतम...!'' आगे कुछ भी आखर नहीं उचारकर अपने प्रियतम के गले में बाँहें डाल झूल गयी। तत्पश्चात् प्रीतम के होंठों पर ऐसा चुम्मा लिया कि कुछ देर तक किसी से कुछ बोला नहीं गया! बोलने की जरूरत भी क्या थी! सब-कुछ बोलना-सुनना तो इसके निमित्त ही है! उस मांगलिक वेला के समय शर्मीला चाँद तो पश्चिम दिशा में ढलने लगा और उस अनुपम नजारे को देखने के लिए पूर्व दिशा में उतावला सूरज बेहद व्याकुल जान पड़ा! मन्द-मन्द उजाले में हलका-हलका अँधेरा घुला हुआ! उस पवित्रतम शुभ घड़ी के साक्षी थे—ढलता चाँद और उगता सूरज!

किले की अन्तिम सीढ़ी से दोनों ने एक साथ ही झाँका—पहली सीढ़ी पर एक औरत खड़ी थी। स्पष्ट पहचान हो गयी कि रुकमण के अलावा कोई दूसरी दासी नहीं है। महाराजा और भारमली को साथ-साथ उतरते देख रुकमण ने गरदन झुका ली! मगर वहाँ से हटी नहीं। एक-एक सीढ़ी उतरते हुए जब वे काफी नजदीक आ गये तो रुकमण ने उनके सामने देखकर संकोच के लहजे

में कहा, "आप ही का इन्तजार कर रही थी। बाकी सब तो चिन्ता कर रहे थे, किन्तु मुझे पुख्ता विश्वास था कि आप छत पर ही होंगे...!"

रुकमण के मुँह से हृदय-स्पर्शी बोल सुनकर महाराजा के सामने उस रात की स्मृति कौंध उठी—जब उन्होंने रुकमण के साथ गुपचुप काम की खातिर इसी छत का आसरा लिया था! मगर वह बदी पक्ष की अमावस थी और आज सुदि पक्ष की उज्ज्वल रात है! रुकमण ने भारमली की आँखों में झाँका—किसी भी तरह का संकोच नहीं था और न किसी प्रकार की झेंप ही थी! यह तो किसी दिन होना ही था! इस में अनहोनी की बात ही क्या है? कुछ देर बाद रुकमण ने महाराजा की ओर देखकर पूछा, "सिरावण के लिए केसर-पिस्तों का गाढ़ा दूध लाऊँ...!"

बरसों पहले की स्मृति महाराजा की आँखों के सामने दमकी! रुकमण की आँखों में देखकर मुस्कराते कहा, "नहीं रुकमण, तू सोचे जैसी कोई बात नहीं हुई! फिर भी आध-घड़ी उपरान्त भारमली से पूछकर किसी के साथ समाचार भिजवा दूँगा, तू बेकार चक्कर मत काटना!"

भारमली तो अपने भीतर ही डुबकियाँ लगा रही थी! उसने न तो पूरी बात सुनी और न उधर देखा। महाराजा की वही रंग-मैड़ी। प्रभात के सुहाने और गुनगुने उजाले में रंग-मैड़ी का वही परिवेश था। वही थाट-बाट था। लेकिन इस बार भारमली के मन में न भय था और न आतंक! उसकी ठौर गर्व-गुमान की सीमा नहीं थी! उसके सूमचे मानस में प्रेम का स्रोत उमड़ रहा था। मगर महाराजा के नयनों में और न उनके व्यवहार में कुछ भी वैसी बात नजर नहीं आ रही थी। जैसे जीवन्त रूपसी की बजाय उसके साथ कोई अनुपम तस्वीर खड़ी हो। छत की उजली चाँदनी में चुम्बन के बहाने उसने अपने अटूट प्रेम का इजहार कर ही दिया था। अब वैसा कुछ भी हाव-भाव व्यक्त करने में उसे थोड़ी झिझक होने लगी थी। महाराजा के समूचे व्यक्तित्व में कहीं भी वैसी अपेक्षित भावना नजर नहीं आ रही थी। भारमली के लिए वहाँ और ठहरना मुश्किल हो रहा था। और न बाहर जाने का कोई बहाना ही सूझ रहा था। अचानक महाराजा भारमली की पारदर्शी झलक निहारकर कहने लगे, "आज मेरे आनन्द-उछाह का अन्त नहीं है, मानो इन्द्रलोक का साम्राज्य मिल गया हो!"

सब-कुछ जानते-बूझते भारमली ने अबोध बनकर पूछा, "किस बात का आनन्द-उछाह? किसी भी महाराजा के लिए यह सब तो निपट नगण्य बातें हैं! मुझ जैसी दासियों तो कदम-कदम पर उपलब्ध हैं, इशारा तक करने की जरूरत नहीं। इन्द्रलोक हाथ लगे जैसी तो कोई बात नहीं हुई...!"

उसकी नादान बात सुनकर महाराजा ठहाका मारकर हँसे! वैसी निर्मल और

अबोट हँसी...भारमली ने अब तक किसी कण्ठ से नहीं सुनी। हँसी थमते ही उन्होंने कहा, ''मैंने तो अपने मन की बात बतायी थी, जिसका अनुमान तू कभी नहीं कर सकेगी! तेरी बात तो दरकिनार, इन्द्रलोक की कोई अप्सरा भी नहीं कर सकती। आज एक महाराजा की दृष्टि में तुझ जैसी अनिंद्य रूपसी की देह का तनिक भी मोह न होकर, उसकी आत्मा-ही-आत्मा सर्वत्र दिखलायी पड़ रही है! अभी तो मुझे कुछ ऐसा बोध हो रहा है कि इस सजी-सँवरी सेज और इन सुरंगे फूलों में भी अवश्य आत्मा होती होगी! जब एक पुरुष की आत्मा से एक निरुपम नारी की आत्मा का साक्षात्कार हो तो बेचारा इन्द्रलोक मरे कि जीये! आज तू मुझे सहज ही उपलब्ध है, तेरी मंशा भी मुझ से छिपी हुई नहीं है, तब भी मुझे तेरे रूप-यौवन की किंचित् भी चाह नहीं है! तेरी धारोष्ण आत्मा ही मेरे रोम-रोम में बसी है! प्रीत और भोग का फर्क समझ में आये बिना मेरी बात का मर्म आसानी से समझ में नहीं आयेगा! यह फकत तेरी देह का ही प्रभाव है, मेरी इस में कोई दखल नहीं! इसके सामने मारवाड़ राज्य की औकात अरण्य के कण्डे जितनी भी नहीं है! मेरा मन आज पूर्णतया मेरे वश में है! इस जीत से बढ़कर दुनिया में कोई जीत नहीं है! शाबाश, भारमली, शाबाश! समस्त दुनिया का राज्य भी अर्पित कर दूँ, तब भी तेरा अहसान सौ जन्म पाकर भी नहीं चुका सकूँगा। ऐसी अबोट (पवित्र) प्रीत के बावजूद यदि तेरी देह से मेरी देह का मिलन हो जाय तो सोने में सुहागा जुड़ जाय! भोग और प्रीत की यही इकलौती पहचान है...!'' अब कहीं जाकर भारमली के हीये में महाराजा की बातों का गूढ़ मर्म समझ में आने लगा...उस रात की बर्बरता निपट भोग के अलावा कुछ नहीं थी! आज महाराजा के 'सबदों' में कण्ठ की बजाय उनकी आत्मा बोल रही है! कुछ देर तक वह एकान्त में सोचना चाहती थी। उसके बल की बूटी उमादे के स्मरण में तैरना चाहती थी! वह तत्क्षण खड़ी होकर कहने लगी, ''किले के तालाब में नहाना चाहती हूँ। पानी में तैरते-तैरते मेरे अन्तस् में जाने कितनी बातें सूझने लगती हैं! मैं उमादे के साथ पीहर के सरोवर में खूब तैरी हूँ...!''

''ज्यों तेरी मरजी। बड़ा तालाब तो किले का खास परिण्डा है। उस में नहाने-तैरने का सख्त निषेद है। मेरे सिवाय वहाँ कोई भी कदम नहीं रख सकता। तू दूसरी तलैया में मजे से तैर। रुकमण को साथ भिजवा दूँगा! वह सारी व्यवस्था कर लेगी।''

फिर कैसी ढील! टकोरे की झंकार सुनते ही पाँच दासियाँ अतिशय उछाह से दौड़ी आयीं। और कुछ देर के बाद रुकमण भारमली के साथ तालाब की ओर रवाना हो गयी। वह भारमली के वस्त्र लेकर चल रही थी, लेकिन भारमली एक ही ठौर वहाँ गड़ गयी। जब भारमली किसी भी तरह नहीं मानी तो रुकमण को

वस्त्र सौंप दिये! रुकमण के मन में भारमली के प्रति गर्व हुआ कि दूसरी दासी होती तो उसके मद-गुमान का पार नहीं रहता! यह तो लगातार अधिक सादगी व धीरज के साँचे में ढलती जा रही है! जब तक वस्त्रों की गठरी अपने हाथ नहीं लगी, एक अंगुल भी नहीं खिसकी। जब तालाब के किनारे पहुँची, तब भारमली ने रुकमण की ओर मुड़कर कहा, "उमादे के साथ पीहर के तालाब में खूब तैरी, आज अचानक उसकी याद आ गयी। तुम्हारी इच्छा हो तो मेरे साथ तैर लो।" रुकमण अपनी औकात अच्छी तरह समझती थी। फिर भी उसने बहाना बनाते कहा, "मैं तो कपड़े भी साथ नहीं लायी।"

तब भारमली ने फिर मनुहार करते कहा, "इसीलिए मैं दो वेश साथ लायी हूँ। एक तुम पहन लेना। अकेले तैरने में आनन्द नहीं आता!" तब रुकमण ने सच्ची बात ही बतायी, "मेरा 'खाता' चुक गया...! महाराजा के बिना आज पहली बार इस तालाब पर आने की हिम्मत जुटायी! पता लगने पर महाराजा अवश्य नाराज होंगे। अपनी औकात भूलने पर अन्ततः संकट झेलना ही पड़ता है! तू अब इसके लिए जिद मत कर!"

आखिर भारमली को भी मानना पड़ा! दूसरा गहना-वहना तो नहीं था, महाराजा की बख्शीश की हुई अँगूठी के अलावा रानी-माँ की दी हुई कण्ठी और माथे का बोर खोलकर, आँगन पर ही धर दिया। रुकमण ने हाथ आगे किया, तब भी नहीं दिया। जब भारमली गुलाबी वेश पहनकर तालाब में उतरने लगी तो रुकमण को मोद हुआ। मन-ही-मन सोचने लगी--किसकी माँ ने अजवायन खायी सो इसे सूनी और अवैध दासी कहे? सब छोटी-बड़ी राजकन्यायें इसके सामने पानी भरती हैं...पानी...!

पानी का ठण्डा स्पर्श होते ही भारमली को उमादे की याद आयी। वह स्वयं तो महाराजा के तालाब में तैर रही है और उमादे रूठकर नारनोल प्रवास में बैठी है! उसके मन का भेद वही जाने! महाराजा के द्वारा ही चितौड़ में जीता हुआ बड़ा ठिकाना है। उमादे जैसा चाहे, वैसा ही बरते, पूरी छूट है! जो दान-पुण्य करना चाहे करे! विधवाओं की जो भी मंशा हो उसकी पूर्ति करे। पण्डित-बामनों के लिए उसके उदार मन में तिनके जितना भी आदर-भाव नहीं है! सुना कि वह खुद ठिकाने में ही विभिन्न जातियों के बच्चों को पढ़ा रही है, जिन में अधिकांश बच्चे-बच्चियाँ निम्न-वर्ग की हैं। हर काम अपने हाथ से करती है! साँझ-सकारे बच्चों को साथ लेकर पहाड़ों पर घूमती है, कुदरत को बाँचना सिखाती है! पंछी-जानवरों की पहचान करवाती है! कुदरत की कोई सीमा हो तो उमादे के व्यक्तित्व की कोई सीमा हो! भारमली उसकी साथिन जरूर है, मगर दोनों की समझ-बूझ में बेशुमार अन्तर है! हरदम साथ रहने पर भी उसके

स्वभाव की अच्छी तरह पहचान हुई। बहुतेरे लोग-बाग कहते थे कि उनकी दो काया और एक प्राण है। तो क्या वह उसके अन्तस् में ही स्थापित है? फिर नारनोल में कौन है? नहीं नहीं...उमादे अपना जीवन जी रही है और मैं अपना जीवन जी रही हूँ! महाराजा के इस तालाब में केवल भारमली ही तैर रही है! कि इतने में तालाब के किनारे कुरजों का कूँजन सुनायी पड़ा! तो क्या कुरजों ने अभी-अभी पड़ाव डाला है...? पाँखों के प्रताप से क्या तो पास और क्या दूर, क्या देश और क्या विदेश! गरदन उठाकर, चारों ओर घूमकर इधर-उधर देखा, उत्तरी किनारे पर कुरजें-ही-कुरजें बैठी थीं! कुछ देर पश्चात् भारमली को ऐसा विभ्रम हुआ कि महाराजा के इस तालाब में पानी तैर रहा है कि वह स्वयं तैर रही है कि कुरजें तैर रही हैं! और एक कुरज नारनोल बैठी है! किनारे पर खड़ी रुकमण भी डुबकियाँ लगा रही थी, लेकिन पानी की बजाय बीते हुए अतीत में! अचानक भारमली ने रुकमण की ओर देखा तो वह हाथ के इशारे से पास आने का कह रही है। भारमली अत्यधिक आतुरता से पानी काटती हुई उस तरफ बढ़ने लगी!

किनारे से कुछ दूरी पर दो कोठरियाँ बनी हुई थीं। भारमली वस्त्र निचोड़ रही थी। रुकमण एकटक उधर ही देख रही थी। भारमली की दमकती देह पर झीने और गीले वस्त्र चिपके हुए थे। दो-तीन थुथकी डालकर सोचने लगी कि ऐसा रूप-यौवन गढ़ने के लिए विधाता को जरूर सपना आया होगा...अचानक निरखने के आनन्द को दबाकर कहने लगी, "महाराजा ने एक दासी को पता लगाने के लिए भेजा कि तुम्हें तैरना आता है क्या...? इतनी देर तो नहीं होनी चाहिए थी! कहीं-कुछ अनहोनी बात तो नहीं हो गयी! तैरने के बाद कड़कड़ाती भूख लगती है। तेरे पहुँचने के बाद ही महाराजा कलेवा करेंगे!' एक बार तो रुकमण का मन हुआ कि इसी तरह भीगे वस्त्रों में ही जाये तो महाराजा स्तब्ध रह जाएँगे! मगर होंठों तक उछली बात वह अदेर निगल गयी। अभी तक महाराजा का डर पूरा मिटा नहीं था!

जब भारमली मोतिया रंग का वेश बदलकर कोठरी से बाहर आयी तो रुकमण की आँखें अचरज से ऊपर चढ़ गयीं। यदि महाराजा के अन्तस् में पहले वाली बर्बरता जाग उठी तो कलेवा-फलेवा कहीं धरे रह जाएँगे। यह रूप देखने पर तो पत्थर भी विचलित हो जाय, तब महाराजा क्योंकर संयम रख पायेंगे...? रुकमण स्वयं भी अपने मन पर बड़ी मुश्किल से नियन्त्रण रख पायी। ऐसा महसूस हो रहा था कि पूनम का चाँद नहाकर आया हो! उमादे का सौन्दर्य तो भारमली से सवाया है। लेकिन उसका रूप तो शीतल है। देखते ही सर नवाना पड़ता है...!

महाराजा की रंग-मैड़ी पहुँचने तक रुकमण ने ध्यान तो खूब ही रखा, मगर

महाराजा की आँखों में मद की चिनगारी तक नजर नहीं आयी...मानो गुलाब का जीवन्त फूल निरखा हो! महाराजा के व्यक्तित्व में जल्दबाजी बहुत ज्यादा थी। अपने हाथों से ही तीन सुरंगे ओछाड़ हटाये। चाँदी के ही तीन कटोरों में केसर और शहद घुला दूध, तीन कटोरों में अनार के दाने, तीन कटोरी पिस्ते, और तीन कटोरियों में बादाम का हलवा! महाराजा की खास मंशा के अनुरूप! राव मालदेवजी ने सच्चे मन से उल्लास भरी मनुहार की, ''आज रुकमण भी अपने साथ कलेवा करेगी! यह काफी समझदार है। धीरज की मालकिन और बेहद विश्वस्त। राम जाने अभी-अभी मेरे मन में हर्ष-उछाह की हिलोरें समा नहीं रही हैं...! देखो, देखो किस बकवास में रुँध गया। पीढ़ों पर बैठो और सारा कलेवा ठिकाने लगाओ!'' यह कहकर महाराजा ने स्वयं हाथ से पहल की। चाँदी के चम्मच से शुरुआत करते अनार के तर-गुलाबी दाने हथेली में लेकर मुँह में डाले। भारमली मुस्कराते हुए महाराजा की सूरत निरखने लगी, जैसे आज उन्हें पहली बार ही देखा हो! रुकमण संकोच के दबाव में मुँह नीचा करके गुमसुम बैठ गयी। महाराजा दाने चबाते-चबाते ही कहने लगे, ''मेरे खाने से तेरा पेट कभी नहीं भरेगा और न पेट की दाझ ही बुझेगी! यदि अब भी नहीं मानी तो अपने हाथ से तुझे कौर दूँगा। मेरा रुआब और दबदबा हिमालय में पिघल गया...।''

ऐसी निर्मल और सहज मनुहार के उपरान्त भारमली का संकोच तो अदेर मिट गया। उसने तो अँगुलियों के पोरों से ही दाने लेकर होंठों से लगाये। पोर, होंठ और दानों का रंग मिलता-जुलता ही था। फिर तो रुकमण की झिझक भी मिट गयी। न महाराजा ने जूठा छोड़ा और न किसी को छोड़ने दिया। नाश्ते की चीजें तो वे ही थीं, मगर साथ बैठकर खाने का आनन्द ही दूसरा था! महाराजा के ऐसे हृदय-परिवर्तन की कल्पना तो दरबार में किसी को भी नहीं थी। जब अन्तस् में प्रीत के दाने अंकुरित होने लगते हैं तो ऐसा उदार दिल एवं ऐसा खुला हाथ स्वतः हो जाता है, जिसका पता स्वयं व्यक्ति को ही नहीं होता! रुकमण को ऐसा महसूस हुआ कि वह महाराजा व भारमली की जनम-जनम उपकृत रहेगी।

तत्पश्चात् कुदरत से एकचित्त रहने की खातिर महाराजा के मन में ऐसी लालसा अंकुरित होने लगी जो मारवाड़ राज्य की सीमा बढ़ाने जैसी ही अदम्य थी! पहले बाड़ियों और बगीचों में आठों पहर तीर-कमान, गिलोल और गोफन लिए रखवाले चौकस रहते थे। क्या मजाल कि तोते और दूसरे अन्य पक्षी किसी फल को नुकसान पहुँचा दें! भारमली के साथ बगुलों व कुरजों की पाँतें निहारते, तिलोरों व तोतों से मन-ही-मन बातचीत करते! इस तन्मयता का ऐसा करिश्मा हुआ कि एक दिन राज-बागवान को बुलाकर लाड़ से कहा, ''तुम प्रकृति का

शृंगार करने वाले हो, न तुम्हें ध्यान रहा, न मुझे कि बेचारे पंछी-जानवर बनियों की हाट या पेढ़ी जाकर चुग्गा-दाना खरीदेंगे या उधार लायेंगे? न तो इनके पास संचित पूँजी है और न कोड़ी-भर की कमायी। और इधर हमने सतर्क पहरेदार रख छोड़े हैं, कि एक ही पान-पत्ते की क्षति क्या हो जाय! क्या अपनी तरह इन्हें भूख नहीं लगती...? अभी इसी क्षण सारे रखवालों को दूसरी जगह लगा दो। अपने राज्य में काम करने की क्या कमी! अब मुझे बोध होने लगा है, पंछी-जानवर मनुष्यों की तरह पेटू या भुक्खड़ नहीं होते! पेट भरा और सन्तुष्ट...! यही समझ लो कि अपनी सभी बगीचियाँ और बाड़ियाँ इन्हीं के लिए है। समझ नहीं आयी तब औंधे काम करते रहे! अब चेत हुआ सो ही काफी है...जब जागे तभी सवेरा...!''

अभी तक महाराजा का वैसा ही रुआब-रुतबा रहा कि उनके छोटे-बड़े निर्देश की उपेक्षा करने का साहस ही नहीं होता था! दीवान को बुलाकर कहा, ''पंछी-जानवरों की पूरी छूट का आदेश तो सुन ही लिया होगा...?''

''समझ गया अन्दाता...।''

सजा मिलने पर कर्मचारी ढीठ हो जाते थे। किन्तु शाबाशी और बख्शीश का ऐसा मनचीता परिणाम हुआ कि देखते-देखते राज्य में घूस, चोरी-चकारी, लूट-खसोट मिटने लगी...।

महाराजा कई दिन से भारमली को कुछ खास बात बताना चाहते थे, मगर आत्मा का निर्देश नहीं मिला था! आखिर एक दिन मौका देखकर तनिक गम्भीर स्वर में कहा, ''मेरी बात नितान्त धैर्य से समझने की चेष्टा करना। मेरी रंग-मैड़ी में आने के लिए मेरा प्रत्यक्ष या अप्रत्यक्ष कोई अहसान नहीं है। तेरी जो इच्छा हो वही कर। तेरी अपनी मैड़ी में आठों पहर रुके, तब भी राजी हूं। मेरे साथ रहे तो अधिक राजी हूँ। लेकिन अपनी मरजी की मालकिन केवल तू ही है! तेरी संगत में, मुझे कितनी अमोलक माया मिली है, वह फकत मैं ही जानता हूँ! तुझ से पहले मुझे प्रीत का नाम तक जहर-सा कड़वा लगता था! मगर अब मेरा मानस ही बदल गया। हिंसा, दण्ड और तलवार से जो काम नहीं हो सकता, वह प्रीत से हो सकता है! कुदरत की अथाह माया के सामने, दुनिया के खजानों का कुछ भी मूल्य नहीं है! मैं प्रकृति के खजानों से जुड़ना चाहता हूँ! किसी भी वस्तु का संचय नहीं करना चाहता। यदि तेरी कुछ भी मंशा हो तो तू तनिक भी लिहाज मत रखना। तू जो कहेगी, वही मंशा पूरी करूँगा। एक क्षण की भी देर नहीं होगी। अपने-आप से जूझते रहने के बाद, आज मुश्किल से कहने की हिम्मत जुटा पाया हूँ...!''

भारमली ने उतनी ही गम्भीरता से जवाब दिया, ''आज मैं कुछ भी उधार

नहीं रखूँगी! कई दिनों तक अपने-आप से लड़ते-झगड़ते, आपके मन की बात सुनकर, मेरी भी हिम्मत हुई सो बुरा मत मानियेगा...!''

''तो दोनों कानों से अलग-अलग सुनियेगा कि मैं अपनी इच्छा से किसी भी दिन केलि-क्रीड़ा करना चाहती हूँ, इसलिए कि औरत, पुरुष की तरह हिंसक बलात्कार नहीं कर सकती! औरतों के लिए यह प्राकृतिक मजबूरी है...! औरत होने के नाते मुझ में अथाह धीरज है, संयम है, जिस दिन मेरे कान्हा की इच्छा हो, राधा की मनाही नहीं है...! इसके अलावा मुझे कुछ नहीं चाहिए, न राज और न राज का खजाना! मेरा मोल चुकाने वाला मनुष्यों की दुनिया में न तो जन्मा और न आगे भी कोई जन्मेगा...! अपनी मंशा दरसाकर मैं तो मुक्त हुई, अब मेरे कान्हा की जो मरजी हो! माने तो मेरा सौभाग्य और न माने तो मेरा भाग्य! चुनाव का अधिकार मेरे कान्हू का, मेरा नहीं। फिर दुबारा ऐसी बात नहीं कहूँगी! मेरे अन्तस् में सूरज भी एक है और चाँद भी एक है! समूचे संसार की किसी भी राधा ने ऐसी बात नहीं कही होगी! और मुझे ऐसी मंशा व्यक्त करने के निमित्त सदैव गर्व-गुमान रहेगा...! औरत के मानस का यह एक-मात्र साँच है, जिसके लिए उसे पछताने की कभी जरूरत ही नहीं रहेगी...! औरत के लिए कुदरत की यही पहली और अन्तिम नियामत है...!''

राधा की ऐसी मंशा सुनकर एकबारगी तो महाराजा के रोम-रोम में अनगिनत बिच्छुओं के दंश की पीड़ा गहराने लगी, मगर कुछ देर बाद पीड़ा समाप्त होते ही मानो उनकी आँत-आँत में अमृत रिसने लगा हो...! ऐसा अमृत जो समुद्र-मन्थन के दौरान देवताओं को भी नहीं मिला। फिर कान्हा को कैसा संकोच...? उसके होंठों से आत्मा की वाणी प्रकट हुई, ''तेरी रंग-मैड़ी में या मेरी रंग-मैड़ी में...?''

महाराजा की आत्मा के प्रश्न का प्रत्युत्तर, भारमली की आत्मा ने निशंक दिया, ''महाराजा की रंग-मैड़ी में, जहाँ खूनी रक्त बहा था...! किसी अन्य स्थान पर यह पावन मिलन हो ही नहीं सकता...! मन्दिर के काम तो मन्दिर में ही सम्पन्न होते हैं...!''

तत्पश्चात् उस रक्त-रंजित रंग-मैड़ी की उसी सेज पर आत्माओं के भरम-भरम में कई बार मिलन होता रहा। फिर तो दोनों आत्माओं को सूरज के उजाले का भी संकोच नहीं रहा...! संकोच मिटा-सो-मिटा...! महाराजा को औरत के साक्षात्कार का ऐसा आनन्द पहले कभी नहीं आया, जैसे उस फूलों सजी-सँवरी सेज पर चाँद उतर आया हो! किन्तु भारमली को ऐसा महसूस होता रहा, जैसे महाराजा की उस पर अत्यधिक मेहर-मया हो! दया घुली उस क्रीड़ा में मन-वांछित तुष्टि नहीं मिलती थी!...जैसे दरवाजे के बाहर खड़े भिखारी को भीख

मिली हो! खुशी से मिलो, चाहे नफरत से मिलो, भीख तो आखिर भीख ही है! लेकिन ऐसी क्रीड़ा तो बराबरी की साझेदारी में होती है, न कम और न बेशी...! मेहर-मया की इस भीख से देह की भूख भी नहीं मिटती! तब मन या आत्मा की भूख मिटने का तो सवाल ही नहीं है! एक झंझट और भी है। उसे बार-बार चुभन होती कि इस सेज की सही मालकिन तो उमादे ही है! वह तो गुपचुप घुसपेठ कर रही है...! यह तो साफ-साफ चोरी है। सहवास की वेला उसे मन-ही-मन पश्चापाप भी होता कि यह अकर्म है! अपराध है! उमादे तो अपनी प्रीत में बखुशी भारमली की हिस्सेदारी रखना चाहती थी, वह बात एकदम न्यारी-निराली होती! मगर उसकी मनचीती हुई कहाँ...? यह तो मारवाड़ के महाराजा की मन-चीती हुई! देवासी-युवक का अहसान चुकाना हुआ...! केलि-क्रीड़ा की मंगल-वेला उसे अजाने ही धीरे-धीरे इकतरफी घृणा उत्पन्न होती रही और दूसरी तरफ उमादे के विछोह का अवसाद जुड़ता रहा! और धीरे-धीरे वह अवसाद अंकुरित होकर फैलने लगा कि उसने तो मौका मिलते ही अपनी काम-वासना की भूख मिटाने का जुगाड़ कर लिया। महाराजा के गहन आनन्द-उछाह का स्वाद महाराजा जानें! ऊँच-नीच का भेद सही प्रीत को सपने में भी स्वीकार नहीं। अबोध बच्चों का नैसर्गिक लगाव ही सही प्रीत की पहचान है...! जिस प्रकार जागरण के उपरान्त आँखों में नींद का घुलना तो स्वाभाविक ही है...! उसी प्रकार कोई बाधा उत्पन्न होने पर केलि-क्रीड़ा की हवस और अधिक जाग्रत होती है! मगर वह तो निपट देह की तलब होती है। प्रीत का सही स्वभाव तो संयम है, धीरज है! काया तो चंचल है...!

महाराजा तो बार-बार न हो जैसी माँग करने लगे, मगर भारमली के विशुद्ध मन में वैसी लालसा का नितान्त अभाव था। यह तो सचमुच कसब की कमाई होती! भले ही बाजूबन्द हो, भले ही इक्कीस गाँवों की जागीर हो और भले ही अँगूठी हो! यह तो फकत वेश्याओं जैसा घिनौना करतब है! क्रीड़ा के बदले केवल क्रीड़ा, अन्य कोई सौदेबाजी नहीं...! प्रीत के बदले प्रीत! लोभ जुड़ने पर तो इस से घृणित काम कोई दूसरा नहीं...! भारमली के मानस में इस तरह बुलबुले उठते और फूटते रहे...!

अब तो वैसी केलि-क्रीड़ा के लिए भारमली के मन की हवस ही बुझने लगी। महाराजा पहल करते तो उसे इनकार करने में ही लज्जा महसूस होने लगती...। खाने से पेट भले ही भर जाय, मन नहीं भरता! मन तो हमेशा भूखा रहता है। फिर भी महाराजा की सेज अलोनी नहीं रहती थी। मगर भारमली के लिए रोजमर्रा का नीरस काम था! नियम जैसा नियम! बेगार जैसी बेगार! करो

तो भी पछतावा, न करो तब भी पछतावा! मगर महाराजा का नाम तो ईश्वर के समान ही बड़ा है! इस तरह झूठ-मूठ ही मन बहलाया जाय तो उन्हें बरजने वाला कौन है? यह तो अपने-अपने मन की विभिन्न तासीर है...!

थोड़े दिन बाद ही भारमली की शारीरिक एवं मानसिक क्षुधा काफी-कुछ मिट गयी। किन्तु आदत की मजबूरी भी कम नहीं होती! वह कुदरत से भिड़े बिना नहीं रहती! वह उद्दण्ड भी होती है! इच्छा न होते हुए भी महाराजा की रंग-मैड़ी में उसका आना-जाना रहता था! पश्चाताप भी कम नहीं था। लेकिन चरखी में फँसने के बाद आसानी से निस्तार की कोई सम्भावना नहीं थी। इसी ऊहापोह में दिन उगता और अस्त होता रहा! रुकमण की छाती में मुँह ढेरकर सुबक-सुबक रोती रहती। मगर किसी को कुछ भी उपाय नहीं सूझ रहा था। छोटे-बड़े सब तालों की चाबी उमादे के पास थी, जो नारनोल बच्चों को पढ़ा रही थी! उन्हें मनुष्य बनाने का सपना देख रही थी। कुदरत की छत्र-छाया के अलावा किसी से कुछ भी आशा नहीं रखती थी...!

भारमली ने रुकमण से बार-बार आग्रह किया तो मानना ही पड़ा। खास मरजीदान कासिद के हाथ उमादे को पत्र भेजा कि भोजन भले ही नारनोल कीजिये, लेकिन चुल्लू भारमली की मैड़ी में पधारकर कीजियेगा। ईश्वर की बजाय वह रात-दिन आप ही का जाप कर रही है! उस से भी सवायी दशा भारमली की हुई है। फिर भी आपकी जो इच्छा हो, वही कीजियेगा...!

रवाना होने के बाद कासिद को आखिर समय पर नारनोल पहुँचना ही था। उसके पास वैसा ही चुनिन्दा ऊँट था। घी से भरी तसली हथेली पर धरी हो, तब भी एक बूँद भी बाहर क्या छलक पड़े! जब वह उमादे के गुरुकुल नारनोल पहुँचा, तब उमादे अपने हाथ से सिका हुआ सोगरा रायते में चूरने लगी ही थी। कागज पूरा बाँचे बिना ही झटपट खड़ी होकर हाथ धोने लगी। पास खड़ी हरिजन बाला को तसली सौंप कर, दो बच्चों को रथ जोतने के लिए कहा। कासिद की समूची देह में कँपकँपी छूट गयी। कोहनियों तक हाथ जोड़कर कहा, "बड़ा अपराध हो गया अन्दाता, माफी बख्शियेगा। ऐसा पता होता तो कुछ ठहरकर कागज सौंपता। रुकमण बाईसा ने उतावली की तो मुझ से भी रुका नहीं गया! आप जिसे भी मानें, उसकी कसम है, भोजन अरोगकर पधारें।"

उमादे ने मुस्कारते हुए उसे आश्वस्त करने की मंशा से कहा, "मैं आजकल उपवास करने की आदी हो गयी हूँ! रोटी खाना तो बेगार-सा लगता है! काम के मारे फुरसत ही नहीं मिलती!" फिर एक बालिका की ओर देखते कहा, "मैं रवाना होऊँ, तब तक इन्हें खाना खिला दे।" इतना कहकर वह जाने वाली ही थी कि कासिद ने शीघ्रता से कहा, "भला, रुकमणी जी से ऐसी भूल हो सकती

है...! दो आदमियों जितना पाथेय कटोरदान में रखा, सो अब भी काफी पड़ा है। अभी अध-घड़ी पहले गुरुकुल की बावड़ी पर खाकर आया, पानी पीने की भी जगह नहीं है। मगर आप...।''

उमादे ने धीमी और मीठी वाणी में कहा, ''मेरी चिन्ता ही न करें। रोटी खाने की बेगार जितनी भी टले, अच्छी है। अधिकांश लोग-बाग तो मजबूरी में भूखे रहते हैं। रोटी का जुगाड़ नहीं बैठने पर उन्हें जबरन भूखा रहना पड़ता है! वे दूसरा उपाय भी नहीं सोच सकते! अपनी मरजी से भूखा रहने का आनन्द ही दूसरा है...! अब फुरती से रवाना हों, सो बात करो, मुझे चैन ही नहीं पड़ता...! मेरा साथ करने की जरूरत नहीं। तुम बिना पूछे, अपनी मरजी से कुछ भी मत कहना। जो-कुछ भी कहना है, मैं ही कहूँगी, तुम्हें सही जानकारी नहीं है।''

कासिद बहुत समझदार था। थोड़े ही में काफी-कुछ समझ गया। किन्तु उमादे को अभी बहुत-कुछ समझाना था। छोटी-छोटी छात्राओं का गुरुकुल अलग था, सीधी वहीं पहुँची। केसर इस वक्त छात्राओं को अस्त्र-शस्त्र चलाना सिखा रही थी। पीठ फिराये खड़ी थी, इसलिए उमादे को दूर से देख नहीं सकी, और यों भी वह अपने काम में ही मगन रहती थी। लेकिन दस कदम दूर से ही उमादे के पाँवों की आहट और विशिष्ट सौरभ से अदेर पहचान हो गयी! मुड़कर देखा—उसका सोचना सही था! उमादे की तरफ चलकर आयी। उमादे ने क्षण भर भी ढील किये बिना, रुकमण के लिखे समाचार बताकर कहने लगी, ''दोनों का चलना सम्भव नहीं है। तेरे भरोसे ही गुरुकुल और यहाँ की सारी जिम्मेवारी छोड़कर मैं अकेली ही जाऊँगी। भारमली ने याद किया है तो मुझे जाना ही होगा...! काम निबटते ही वापस लौट आऊँगी। अब यहाँ की धरती के बगैर मेरा कहीं भी मन नहीं लगेगा!''

केसर मुस्कराते बोली, ''मैंने साथ चलने की जिद तो नहीं की थी। मेरा काम मुझे खूब अच्छी तरह दिखता है। मेरे सिवाय अन्य किसी से होगा भी नहीं। तू निश्चिन्त होकर जा, कुछ भी कमी नहीं रहने दूँगी।''

उमादे ने आगे कुछ भी बात नहीं चलायी। अतिशय विश्वास की दृष्टि से देखकर वापस चल पड़ी।

और उधर नारनोल की दिशा में कासिद के रवाना होते ही भारमली बहुत परेशानी में उलझ गयी कि उमादे के आने पर वह क्योंकर उसे अपना मुँह दिखा सकेगी...? रुकमण ने उसे समझाने में कोई खामी नहीं रखी, फिर भी भारमली ने जैसे हठ ही ठान लिया था कि किसी भी तरह हो उसे मना करायें तो मुझे शान्ति मिले। यदि उमादे रूठना नहीं छोड़कर मारवाड़ की दिशा में भूल से भी

मुँह नहीं करे तो अच्छा है, वरना मुझे आत्महत्या करनी पड़ेगी! कहाँ तो भाँवरों की स्वामिनी महाराजा की सेज में मेरा साझा रखना चाहती थी और मैं इतनी कृतघ्न निकली कि उसका हक भी हड़प बैठी! आखिर कुछ भी बात बनते नहीं देखी तो रुकमण ने बहाने बनाते कहा, ''नारनोल से जोधपुर आने के लिए तीन रास्ते हैं, किस राह से समाचार भिजवायें...कुछ सोच तो सही।''

''अब जो-कुछ भी सोचना है, तुम्हें ही सोचना है। मुझे तो कुछ भी नहीं सूझता। तुम्हें जचे तो तीनों ही रास्तों से समाचार भिजवा दे।'' तब रुकमण ने एक दूसरा दाँव चलाया, ''मुझे तो पुख्ता विश्वास है कि उमादे मरने पर भी रूठना नहीं छोड़ेगी। अब वह न अपनी बात सुनेगी और न महाराजा की। गुरुकुल से जो भी समाचार मिलते रहे हैं, उसे एक पल की भी फुरसत नहीं है। बेकार चिन्ता करने में कुछ भी सार नहीं है।'' मगर भारमली के मन में यह बात बिल्कुल ही नहीं जँची। रुँधे गले से बोली, ''रुकमण, यह बात तो उठी, जहाँ से ही झूठी। मैं उमादे की नस-नस पहचानती हूँ। मेरी परेशानी की अफवाह भी सुनकर, वह स्वर्ग में भी नहीं जा सकती! गुरुकुल तो वह अपना मन बहलाने के लिए चलाती है...!''

दूसरे दिन भी वह मगजमारी। तीसरे दिन भी वही बहस-बाजी! लेकिन भीतर-ही-भीतर रुकमण का मन भी जान रहा था कि ऐसे समाचार सुनने पर कहीं अन्यत्र रुकना उमादे के वश की बात नहीं है! वह निश्चित् रूप से आएगी और कासिद के समाचारों से तो साफ पता चल गया कि उमादे के पहुँचने में घड़ी-भर भी देर नहीं हो सकती! गढ़ की हवा तक उसी का इन्तजार करने लगी है! उमादे रुकमण की मैड़ी में पहुँची, उससे कुछ देर पहले ही भारमली अपनी मैड़ी में नहाने गयी थी। उमादे की सूरत नजर आते ही रुकमण स्तब्ध रह गयी, जैसे सूरज की किरण अग्नि में तपकर आयी हो...! देखने वालों की आँखों का मैल धुल जाय! नस-नस का रक्त दमकने लगा हो...! आत्मा की पसन्द का काम करने पर ऐसा ही परिणाम होता है! मानो उमादे की इच्छा का भी काम बाकी नहीं बचा हो...। रुकमण प्रणाम करने के लिए नीचे झुकी ही थी कि उमादे ने उसे बीच में थाम ली, जैसे गलबहियाँ भरकर अपने अन्तस् में समा लेना चाहती हो! न उमादे के अधर खुले और न रुकमण के। दोनों के मौन-मौन ही में पूरी रामायण बाँच ली गयी। होश आते ही उमादे ने पूछा, ''भारमली कहाँ है...?'' नहाने की बात सुनकर भी उमादे को निमिष भर भी धीरज नहीं हुआ। रुकमण का हाथ थामकर भारमली की मैड़ी में आयी। गुसलखाने के पास आकर आवाज दी, ''भारमली...भारमली...मेरी भारू...!'' उस आवाज के साथ ही जैसे पानी के बदले उसकी निर्वस्त्र देह पर अमृत बरसा हो...! अदेर खड़ी हुई अरगला

खोलकर गीले बदन ही उमादे के गले से झूल गयी, मानो तेरस का चन्द्रमा उमादे के गले मिल रहा हो! उल्लास में लहराती बोली, ''मेरे समाचार सुनकर सूरज उगने से रुके तो मेरी उमादे मेरे पास आने से रुके...!'' रुकमण के आश्चर्य का पार नहीं रहा! उमादे को कुछ ऐसी अनुभूति हुई कि वह बरसों-बरस बाद अपने-आप से मिल रही हो...!

रुकमण के कहते ही भारमली को होश हुआ और वह लज्जा-वश कपड़े पहनने के लिए भागो। अभी लौटने का कहकर भी जाने क्या सोचने लगी कि काफी-देर तक बाहर नहीं आयी। रुकमण को भी अच्छा मौका मिल गया। उसने उमादे को राधा और कान्हा की सारी लीला सुना दी, किसी भी बात का संकोच नहीं रखा। उमादे तटस्थ भाव से सुनने की चेष्टा कर रही थी, जैसे दन्त-कथा सुन रही हो! भावना और विवेक के जिस ऊँचे सोपान तक पहुँची हुई थी वहाँ इन सामान्य बातों का प्रभाव नहीं पड़ता था। कमल के पत्तों पर पानी कहाँ ठहरता है...? थोड़ी देर उपरान्त रुकमण को ऐसा महसूस होने लगा कि उमादे कुछ विशेष उछाह से महाराजा और भारमली की बातें सुनने लगी। जैसे किसी अदीठ तपस्या का चिर-वांछित फल उसके हाथ लगा हो! भारमली, केसर और उमादे की संगति से रुकमण को थोड़ा-बहुत आभास तो हुआ कि नारनोल में उसकी साधना अवश्य फलीभूत हुई-सी लगती है। लेकिन उसकी प्रत्यक्ष जानकारी कब होगी? किन्तु उसे इतना विश्वास तो निस्सन्देह था कि चेहरे पर वैसी ही आभा झलकती नजर आयी, जैसे महाराजा से उसका तनिक भी वास्ता नहीं है! मगर भारमली के प्रति उसकी नैसर्गिक प्रीत वह शायद ही बिसरे...! जिसके जड़ें ठेठ गहरी-ही-गहरी गड़ी हैं। रुकमण उमादे से कुछ पूछने वाली ही थी कि भारमली अंगूरिया वेश पहनकर उसके पास आकर खड़ी हो गयी। उसके शरीर पर नाम-मात्र भी गहना नहीं था। न गले में कण्ठी, न माथे पर बोर, न हाथों में काच की चूड़ियाँ! जाने क्या सोचकर उसने महाराजा द्वारा बख्शी हुई अँगूठी भी नहीं पहनी। फिर भी उसके रूप-यौवन में चार-चाँद जुड़ गये हों! उमादे ने थुथकी डालते कहा, ''वाह, भारमली वाह...विधात्री को सौन्दर्य का ऐसा साँचा कहाँ से मिला? तुझे गढ़कर वह निहाल हो गयी होगी...! बरसों सोचने के बाद उसका सपना साकार हुआ हो...! तुझ जैसी साथिन का मुझे आज जितना गर्व पहले कभी नहीं हुआ...!''

उमादे की अमृत वाणी सुनकर भारमली पर अचीता जादू हो गया। जबरन उछलती मुस्कान को दबाकर बोली, ''मुझे क्यों बेकार बहला रही है...! तुझ जैसा पावन रूप बरसों की तपस्या से मिलता है! नारनोल जाकर तूने ऐसी तपस्या क्या की...? कुछ तो बता...!''

उमादे ने दुलार से भारमली के गाल सहलाते कहा, ''बताने पर तुझे या

रुकमण को विश्वास हो तो हो...वरना मनुष्यों के संसार में किसी भी औरत एवं पुरुष के गलीज मन में शायद ही विश्वास हो तो हो, कि नारनोल जाकर एक ही बात साधने का जतन किया कि पुरुष की छाया तक देखे बिना औरत पूरमपूर सुखी, सन्तुष्ट और मगन रह सकती है, अपने-आप में सम्पूर्ण! भारमली, केसर, रुकमण तुम तीनों की आसीस से मुझे यह अमूल्य रत्न हाथ लगा है! मीराँबाई की चाल चलना किसे भी शोभा नहीं देता। उनकी तो माया ही निराली थी! मगर उनके अदीठ पद-चिह्नों पर चलने का यत्न करने में कुछ भी जोखिम नहीं है! उनकी नाईं कृष्ण-भगवान की भक्ति में तो मेरा मन नहीं लगा, पर बड़े लोग जिन्हें अछूत मानकर दुत्कारते हैं, उनके बच्चे जिस आसानी से मनुष्य बन सकते हैं, उतनी आसानी से श्रीमन्तों के बच्चे नहीं बन सकते! कोई उन्हें समझाने वाला या बनाने वाला हो तो! अहंकार, अभिमान, गर्व-गुमान तजे बिना यह दुर्गम पगडण्डी हरगिज नहीं मिल सकती! कोई नया पन्थ बनाने की मुझे तनिक भी लालसा नहीं है। तपस्या तो एकाकी काया से ही सम्भव है! भीड़ का भरम तो मरीचिका के समान एकदम मिथ्या है! यदि भाँवर एवं वेदी के भरम रिरियाती रहती तो यह अमोलक जिन्दगी बेकार ही व्यर्थ हो जाती! अब कहीं मेरी भ्रान्ति मिटी है कि सीख किसी की भी कारगर साबित नहीं हो सकती! यह तो अपने भीतर ही खोजी जा सकती है! हर व्यक्ति की सीख अपने हिसाब से अगल-अलग ही होती है। अपने-अपने चूल्हे पर तपना ही सार्थक है! दूसरे चूल्हों का अंगार ज्यादा कारगर साबित नहीं होता...! सच्ची प्रीत का उजियारा, तपस्या की तुलना में बहुत ज्यादा है, सार्थक है! पाणिग्रहण तो विवाह का बन्धन है, प्रीत का सूचक नहीं! अपनी-अपनी काया से इसकी पहचान है। अपने अन्तस् में जैसा भी बीज अंकुरित होता है, उसका फल ही उपयोगी है! मात्र साथ रहने से ही प्रीत नहीं बढ़ती। अलंघ्य दूरी से भी उसका आलोक मिल सकता है! मेरे अनुभव का सार तो यही है। याद रख सको तो तुम्हारी मरजी, न रख सको तो मुझे कोई शिकायत नहीं। ज्यादा बरखा होने पर फसल फलती नहीं, गलती है...!''

भारमली का आज और नया जन्म हुआ! साथ-ही-साथ रुकमण का भी। महाराजा से ब्याही परिणीता से ऐसी आशा नहीं थी! फिर भी इस नयी आशा से दोनों को ही काफी तुष्टि हुई। उनका हौसला बढ़ा। भारमली के मन में एक शंका का बुदबुदा उठा तो उसने बेहिचक पूछा, ''कुछ फसलें तो पानी से भरे खेतों में ही उपजती हैं, इस सच्चाई को भूलना भी उचित नहीं...?''

भारमली की पीठ थपथपाते उमादे ने कहा, ''तुझ से ऐसी ही शंका की चाह थी! रूबरू मिले बिना इस शंका का निवारण क्योंकर होता? परन्तु एक बात तो पुख्ता है भारू कि पानी भरे खेतों में जो फसलें पैदा होती हैं, उनसे समूची

मानव-जाति की पूर्ति नहीं होती। समय-समय पर बादल बरसने पर ही सर्वत्र वनस्पति उगती है, पकती है, घास बढ़ता है, भाँति-भाँति के अनाज उत्पन्न होते हैं, उनसे अगणित पंछी-जानवर और मनुष्य प्रजाति की गुजर-बसर होती है...!''

रुकमण के दिल में एक बुदबुदा उठा, ''उमादे, मैं भी आपके साथ चलना चाहती हूँ, यदि इतनी मेहरबानी हो जाय तो मेरा बचा-कुचा जीवन सार्थक हो जाय...।''

''किसी दूसरे की मेहरबानी से भले ही वह तिरसिंहजी ही क्यों न हो, हींग की गरज भी पूरी नहीं पड़ती। खुद के मरे बिना सुरग या नरक कुछ भी नहीं मिलता! तुम्हें भारमली के साथ ही जुड़ना है, जिस तरह मैं केसर के साथ जुड़ी। महाराजा के बन्धन से मुक्त होने की जो क्षमता भारमली ने दरसायी, वह उसी के योग्य है। लेकिन तुम्हारी संगति उसके लिए अपरिहार्य है! वाकई यहाँ आना मेरे लिए सार्थक हो गया, तुम दोनों की अनुमति हो तो मैं कल ही नारनोल रवाना हो जाऊँ...।''

भारमली के मन की बात अचानक रुकमण को सूझ गयी। तत्क्षण पूछा, ''महाराजा से मिलकर पधारतीं तो अच्छा रहता...!''

उमादे को बड़ी जोर से हँसी छूटी! उसकी हँसी में ही आधा-अधूरा जवाब था, फिर भी उमादे ने गम्भीरता-पूर्वक कहा, ''पुरुष भले ही मजदूर हो या महाराजा, सभी एक ही लच्छन के होते हैं! इस से मुक्त होने के लिए मेरी अन्तिम आकांक्षा थी, जो तुम तीनों की संगत से मेरी मनचीती हुई, जिसके लिए अहसान मानने की खातिर अपना मिलन जरूरी था, सो आ गयी, अब मेरी सांसारिक कामना कुछ भी शेष नहीं है!''

वक्त पर संकोच रखने से कुछ-न-कुछ उलझन तो बढ़ती ही है। भारमली ने अविलम्ब जवाब दिया, ''मेरे मन में तो सांसारिक कामनाओं का जमघट लगा है! मुझे क्या करना है, यह तो बताकर जा, वरना मैं सात जन्म तक अपनी मुक्ति के लिए तरसती रहूँगी...!''

एकबारगी तो उमादे भी असमंजस में पड़ गयी। लेकिन जवाब दिये बिना भारमली को चैन नहीं मिलेगा। कहने लगी, ''तुझ में, मुझ से ज्यादा क्षमता है, साहस है। जैसलमेर के कुँअर मनोहरसिंह और मारवाड़ के महाराजा मालदेवजी के 'खूनी दस्तखतों' का तूने जो हाथोंहाथ मुकाबला किया, मुझ से कभी नहीं होता। यह मत सोचना कि मैं तुझे बहला रही हूँ। ऐन मौके पर तुझे जो बात सूझे वही सर्वोत्तम है! वही विश्वसनीय है! उसकी सीख मानने से ही तेरा निस्तार है, तेरी मुक्ति है। वरना महाराजा के सहवास से नफरत करने की बात मेरी भारू के अलावा और किसे सूझ सकती है? तेरे मन की फुसफुसाहट ही तुझे सच्चा

मार्ग सुझायेगी! मेरी सीख मानने के दिन अब नहीं रहे। तू ही तेरा उजियारा है...!'

भारमली ने उमादे को दण्डवत करने की खातिर कदम बढ़ाया ही था कि महाराजा की एक दासी ने आकर सूचना दी कि जैसलमेर का एक देवासी आया है। आप दोनों के नाम अलग-अलग दो चिट्ठियाँ लाया है। किसी दूसरे के हाथ सौंपना ही नहीं चाहता।

उमादे ने कुछ सोचकर कहा, "यहीं लेकर आ जाओ।"

कुछ देर बाद ही कसूमल टूल का गोल साफा बाँधे हुए कासिद आया। हाथ में पीतल के तारों से गुँथी लम्बी लाठी। खूब झुककर 'खम्मा-घणी' कहने के बाद तुरन्त बोला, "मेरा अहोभाग्य कि नारनोल का चक्कर बच गया। अन्दाता के दर्शन यहीं हो गये।" फिर उसने साफे में खुसे दो कागज बाहर निकाले। दोनों पर मांगलिक 'मौली' बँधी हुई। कुंकुम के छींटे लगे हुए। उमादे को पत्र सौंपने के बाद दूसरी चिट्ठी भारमली के हवाले कर दी। उमादे ने चिट्ठी बाँचने के बाद भारमली से कहा, "माँ ने बहुत मनुहार करके मुझे जैसलमेर बुलाया है। आठों पहर याद करती ही रहती है। इतनी ही सूचना देकर वापस चिट्ठी समेटने लगी! लेकिन भारमली के हर्ष-उछाह की सीमा नहीं रही, मानो डूबती हुई के हाथ नौका लगी हो! उमादे के पास आकर, हवा में तैरती हुई-सी बोली, "अब नारनोल से पहले तुझे जैसलमेर चलना होगा। रानी-माँ को नींद के सपनों में मिलने से तुष्टि नहीं होती। दोनों बेटियों को सपने में मिलने की बजाय खुली आँखों से रूबरू देखना चाहती हैं। माथे पर हाथ फेरना चाहती हैं। पीहर का मदार भी पराये चन्दन से बेहतर होता है! कल ही रवाना हो जायें।"

उमादे ने कुछ भी जवाब नहीं दिया। मामूली मुस्कराकर ही चुप हो गयी! किन्तु भारमली के मन में उत्साह समा नहीं रहा था! रानी-माँ उसे हरदम इस तरह याद कर रही है, जैसे वह भी उमादे की तरह उनकी सगी बेटी हो! तो क्या...नारनोल और यहाँ के कुछ भी समाचार वहाँ नहीं पहुँचे...? यदि पहुँचते तो ऐसी स्नेहसिक्त चिट्ठी नहीं आती। पर...पर...पता न चलना तो सम्भव ही नहीं है! ऐसी बातें तो हवा से पहले पहुँचती हैं। उमादे की बाँह पकड़कर भारमली ने कहा, "यों किंचित् मुस्कारने से काम नहीं चलेगा! पीहर की बाड़ी में पहले की तरह मौज-मस्ती करेंगे! मैं तो यहाँ एक क्षण भी नहीं ठहरना चाहती। बाड़ियों में पंछी हमारी याद में छटपटा रहे होंगे! क्या नारनोल मायके से भी बढ़कर हो गया...? " उमादे को जवाब तो अदेर सूझ गया था, मगर भारमली उसे झेल नहीं पाएगी...! सामान्य उमादे को चुप देखकर भारमली ने रुकमण से कहा, "हम दोनों के लिए महाराजा से अनुमति ले आइये कि रानी-माँ का ऐसा ही सन्देश आया है...कल ही मायके जाना चाहती हैं...।"

इस बार उमादे को बोलना ही पड़ा। सादे सुर में सहज-भाव से कहने लगी, "मेरे लिए किसी की अनुमति नहीं चाहिए, पहले ही बता चुकी हूँ कि मेरे लिए न तो कोई पीहर है और न कोई ससुराल। न कोई ननिहाल और न कोई ददिहाल। भारमली ने ही मुझे मुक्ति की राह सुझायी, इसके अलावा मुझे कुछ नहीं चाहिए...!"

"लेकिन मुझे तो बहुत-कुछ चाहिए। मैं तो एक बार जैसलमेर जाऊँगी! मुझे वहाँ पहुँचा कर तू दूसरे दिन ही नारनोल रवाना हो जाना। नारनोल कोई इन्द्रलोक तो है नहीं, जिसके लिए इतना आकर्षण उमड़ रहा है...!"

उमादे ने मुस्कराते कहा, "इन्द्रलोक के लिए मुझे तनिक भी मोह नहीं है। केवल नारनोल के बच्चों की खातिर मन फड़फड़ा रहा है। मैं खुशी के साथ तुझे विदा करूँगी। अनुमति दूँ, वैसी मेरी बिसात नहीं है! तेरी बड़ी बहन हूँ। माँ के वचनों की नाईं तू मेरा कहा टाल नहीं सकती। बड़ी मुश्किल से पगडण्डी मिली है, उस से दूर मत कर भारू...! मेरी यह विनती है, तुझ से...!"

उमादे के उन 'सबदों' से भारमली का मन बर्फ की नाईं पिघल गया! उसने किसी भी तरह का दिखावा न करके अकृत्रिम स्वर में कहा, "तू अपनी पगडण्डी हरगिज मत छोड़ना। मगर इतनी आशिष अवश्य देना कि मैं भी अपनी पगडण्डी खोज लूँ!! रजवाड़ों की बयार मुझे रास नहीं आती! मुझे कुछ-न-कुछ बहाना चाहिए था, सो रानी-माँ का ऐन वक्त पर सन्देश आ गया। मुझे विदा करके तू कल नारनोल की राह पर और मैं जैसलमेर के गाछ-बिरछों की ओर...! एक बार महाराजा की अनुमति लेना तो बेजा बात नहीं है...!"

रुकमण से पहले उमादे ने जवाब दिया, "इस में बेजा-वेजा की कौन-सी बात है...? महाराजा की अनुमति लेना तो जरूरी है...!"

"यदि उन्होंने इनकार कर दिया तो!"

"हरगिज नहीं करेंगे...!" इस बार रुकमण ने दृढ़ता के साथ कहा। अपना-अपना अनुभव और अपना-अपना अनुमान!

"तो चलिए रुकमणीजी, दोनों साथ ही चलें...!"

उमादे ने बरजते कहा, "नहीं तू अकेली ही जा।"

रुकमण और भारमली के अचरज का न तो कोई पार था और न कोई अन्त! क्या संसार की समस्त महिलाओं का धैर्य, उनकी मर्यादा, उनकी सूझ-बूझ और उनका विवेक उमादे की अकेली देह में समा गया है...? उमादे के कहते ही आज्ञाकारी बच्चे की नाईं भारमली महाराजा की रंग-मैड़ी में पहुँच गयी। रानी-माँ का सन्देश सुनते ही महाराजा ने तत्काल हामी भर ली, "मैंने तो पहले ही पूरी छूट दे दी थी कि तेरी मरजी हो सो कर। कुछ दिन तक विजोग का भी

आनन्द ले लूँ! राज्य का काम-काज भी सँभालना है। जितने दिन तेरा मन लगे, तब तक मजे से रहना। लेकिन अकेली नहीं भेजूँगा। रुकमण साथ चलेगी, वरना मुझे चैन नहीं मिलेगा...।''

''आप तो सहदेवजी हैं, सहदेवजी! मैं यही बात पूछना चाहती थी...।''

''मैं तो पहले ही कई बार कह चुका हूँ कि तेरा-मेरा मन एकाकार हो चुका है! यदि इसी वक्त जाना चाहती हो तो मेरी मनाही नहीं है। लेकिन रुपयों की कमी नहीं होनी चाहिए। बस, रुकमण के साथ खजांची को कहलवा देना!''

''लेकिन पीहर में पैसों की क्या कमी...और जरूरत भी क्या पड़ेगी! आप राव हैं तो वे भी रावल हैं...! रानी-माँ को जब पता लगेगा कि मैं यहाँ से रुपये लायी हूँ, उन्हें अखरेगा...।'' किन्तु सच्ची बात तो यह थी कि भारमली इस रजवाड़े से एक छदाम भी नहीं लेना चाहती थी। न भारमली ने उमादे के बारे में कुछ कहा और न महाराजा ने ही कुछ पूछा। बेहद आश्चर्य की बात कि चुम्बन और सहवास के लिए न महाराजा लालायित हुए और न भारमली ही विचलित हुई। ज्यादा अबेर होने पर उमादे और रुकमण चिन्तित न हो जायें, भारमली एक क्षण की भी ढील नहीं करना चाहती थी।

सवेरे तो सबको विदा होना ही था, इसलिए तीनों सहेलियाँ आधी रात ढलने तक बातचीत करती रहीं।

समाचार मिलते ही रानी-माँ, कुँअरानी और चार-पाँच बाँदियाँ प्रमुख दरवाजे तक सामने आयीं। भारमली एवं रुकमण के अलावा कोई नहीं उतरी तो रानी-माँ ने पूछा, ''क्या उमादे का स्वर्ण-रथ पीछे आ रहा है...?'' भारमली और रुकमण ने रानी-माँ एवं कुँअरानी को प्रणाम किया। भारमली ने कहा, ''नहीं माँ, उमादे जोधपुर से वापस नारनोल चली गयी। उसे गुरुकुल के बच्चों की बेहद चिन्ता है...!''

''सब जानती हूँ, बिटिया, सब जानती हूँ! एक बात भी मुझ से छिपी हुई नहीं है।'' आगे किसी ने कुछ भी पूछताछ नहीं की। भारमली के गालों पर चुम्मा देने के बाद रानी-माँ ने कहा, ''तू आ गयी तो मेरे लिए उमादे ही आ गयी! अब जाने के लिए उतावली मत करना। मेरा जी भरने पर ही तुझे विदा करूँगी...!''

भारमली की आँखें डबडबा गयीं, गला रुँध गया। कुछ भी कहे बिना माँ ने गलबहियाँ भर लीं। कुँअरानी का थोबड़ा निमिष भर के बाद ही फिर चढ़

गया सो चढ़ा हुआ ही रहा। इतने में राव लूणकरणजी के साथ एक अपरिचित युवक भी आया। रावलजी के चेहरे पर भारमली के प्रति खुशी या स्नेह नाम का कोई भाव नहीं था। किसी भी प्रकार की पूछताछ किये बिना ही उस अपरिचित युवक की पहचान करवाने लगे, "कुँअरानी का सगा छोटा भाई, बाघसिंह 'कोटड़िया'...।" दोनों सहेलियों ने उसके चरणों में नमन किया। भारमली ने मन-ही-मन सोचा कि बाघ और सिंह दोनों ही एक साथ! कुँअरानी तो एकदम गोरी-चिट्टी पर भाई तनिक साँवला। काली-स्याह और सुहानी गलमूँछें। गोल-गट्ठ केसरिया साफा। दारू के प्याले जैसी बड़ी-बड़ी आँखें। गले में सोने का तिहरा डोरा। हाथों में सोने की ठोस माठियाँ (कड़े), दाड़िम के दानों-से तर-गुलाबी मसूड़े। श्वेत-बुर्राक बत्तीसी। रावलजी से भी एक हाथ लम्बा। रुकमण और भारमली, दोनों को ही उस अपरिचित युवक की सुघड़ कद-काठी सुहानी लगी! सचमुच, अनंग से साम्प्रत मिलन हुआ हो! जाने क्या सोचकर उस युवक ने दो-तीन बार भारमली की तरफ चोर-निगाह से निहारा! ऐसी अनिंद्य, अतुलनीय डावड़ी (दासी) न तो सुनी, न देखी, उस से बातें करने की इच्छा तो हुई, लेकिन किसी ऊहोपोह में उलझकर तत्काल रवाना हो गया। बिना कुछ भी कहे-सुने रावलजी भी उसके पीछे ही चल पड़े। भारमली भी उस अजनबी युवक की चौड़ी पीठ, कसी हुई अँगरखी निहारती रही। पास खड़ी रानी-माँ से उसकी मार्मिक दीठ का मर्म छिपा नहीं रहा। उनका सूक्ष्म जाल इतनी जल्दी कामयाब हो जाएगा, ऐसी आशा नहीं थी! ऐसा उम्दा अवसर जाने कब आये...? इधर-उधर चौकस नजर घुमाकर रुकमण और भारमली से कहा, "एकदम भोला और पगला है...!" क्षण भर के लिए रुकमण भारमली की ओर ताकते हुए बोली, "अभी-अभी तुमने गले में सुहाना डोरा (गलहार) और दोनों हाथों में दमकती माठियाँ देखीं। साँझ ढलने तक असहाय विधवाओं व गरीब जच्चाओं को बाँट देगा! सोने के आभूषण तो मानो इसे काटते रहते हैं! बड़े-बड़े सेठ-साहूकार, सुनार तथा जमींदारों की मुनासिब कटाई करता है और जो भी हाथ लगता है, वह खुले मन और खुले हाथ से जरूरतमन्दों को बाँट देता है, लुटाता नहीं! बहुत समझदारी से बाँटता है। समझने लायक उम्र होते ही इसी सुकर्म में जूझ पड़ा!" इतना मन्त्र फूँककर रानी-माँ ने पहले रुकमण की तरफ फिर भारमली की ओर देखा।

भारमली के मन में आसन्न अतीत की एक स्मृति कौंध गयी। उमादे के ब्याह से पहले कुँअरानीजी ने दोनों के सामने इसी वीर के शौर्य का बखान किया था। बड़े गर्व-गुमान के साथ। उस खुशी के मौके पर भारमली ने कोई खास परवाह नहीं की। धीमी आवाज में कहा, "कुँअरानीजी के मुँह से इनकी कीर्ति सुन चुकी हूँ...!"

''हाँ बिटिया, इस में राई-रत्ती भी झूठ नहीं है। यह 'बाघा कोटड़िया' ऐसा ही बावरा है!...क्या पता पिछले जन्म की पुन्याई या दुखियारों की दुआ से किसी धाकड़सिंह के हाथ नहीं आया, किसी के भी जाल में नहीं फँसा! इसके मन में इष्ट नाम की कोई चीज है तो देवी-देवताओं की बजाय दीन-दुखियारों के प्रति है, अभागी विधवाओं के प्रति है। एकदम छुट्टा घूम रहा है। एक आवाज के साथ ही भील, बावरी, बागरिये, जंगलिए तीर-कबान लेकर घेरा डाल देते हैं, जैसे चारों तरफ मनुष्यों का परकोटा खिंच गया हो! घरवाले समझा-समझाकर हार थके, मगर यह सनकी तो किसी की भी नहीं सुनता...!''

बाघा कोटड़िया की इतनी प्रशस्ति सुनाकर रानी-माँ ने दोनों चेहरों पर पैनी दृष्टि गड़ाकर परखा, कहीं इन कुलटाओं को वहम न हो जाये! वाकई इन दोनों को कुछ वहम तो हुआ कि उनके सामने इतना-कुछ कहने की जरूरत ही क्या है...? अभी तक तो मायके आकर पानी तक नहीं पीया, दूसरा लाड़-दुलार तो दर-किनार, भारमली को रानी-माँ का सन्देश सुनकर पीहर का बेशुमार गर्व-गुमार हुआ था। रुकमणीजी जाने का सोचेंगी? आखिर इन्हें तो जस-तस समझा ही देगी। रानी-माँ अधीर होकर आगे कहने लगी, ''आखिर चैन नहीं पड़ा तो बहन और बहनोई ने इस बावले को यहाँ जबरन बुलाया। कल से ही मगजमारी कर रहे हैं। औंधे माथे का बावरा न तो मना करता है और न मानता है। मुस्कारता हुआ 'हाँ-हूँ' करता रहता है। लेकिन डकैती या लूट-मार छोड़ने का संकल्प कभी नहीं लिया!''

दोनों सहेलियाँ चुपचाप सुनती रहीं। लेकिन भीतर-ही-भीतर कई मधु-मक्खियाँ भनभनाती रहीं! फिर भी कुछ पूछ-ताछ नहीं की। भारमली मन-ही-मन पछताने लगी कि महाराजा की मन-पसन्द दासी की कुछ भी मान-मनुहार न करके, बीच ही में यह कैसी रामायण छेड़ दी! रुकमण तो सब-कुछ समझ गयी, किन्तु भारमली अभी तक भरम में थी! फिर भी जबरन उछाह दरसाते कहने लगी, ''रानी-माँ धरती में अभी तक ऐसे विरल मानुस के दर्शन हुए। मुझे तो देखते ही पता चल गया कि ऐसे अपरबली बन्दे धरती पर जन्म ले रहे हैं! मेरा तो यहाँ आना सार्थक हो गया! उनके मुँह से दो बोल सुनना चाहती हूँ। ऐसी प्रसिद्धि सुनकर पेट तो स्वतः भर गया, जैसे पाँच पकवान हाथ लगे हों! उनसे चार बोल सुने बिना मैं तो एक कौर भी नहीं खाना चाहती। आप जानती ही हैं कि भारमली भूख की कितनी कच्ची है...! इसे पाल-पोसकर आपने ही तो इतनी बड़ी की है! क्यूँ भारमली, तुझे भूख लगी है तो तू अकेली जीम ले। मुझे तो कल तक खाने की इच्छा नहीं होगी।''

रानी-माँ के हर्ष की सीमा नहीं रही। लेकिन भारमली तत्क्षण रुकमण की

गूढ़ बोली का सारा मर्म समझ गयी, मुस्कराते कहा, ''गनगौर के मैदान अभी-अभी तो डटकर भोजन किया। भूख तो दूर-दूर तक नहीं है।'' फिर विरल बन्दे के बखान सुने, एक बार उनके दर्शन तो फिर करवा दे! वहाँ से रवाना हुई, तब शकुन भी शानदार हुए थे...।''

रानी-माँ के होंठों पर मन-वांछित मुस्कराहट चमकी, मगर आँखों की रंगत कुछ दूसरी ही थी। बेहद ममत्व का स्वाँग करती बोली, ''तो इस में इतने संकोच की क्या बात...? अभी बुलाकर लाती हूँ। शायद तुम दोनों के समझाने से मान जाय तो मनोहरसिंह और उसकी कुँअरानी तुम्हारा अहसान कभी चुका नहीं सकेगी! तू सच थोड़े ही मानेगी कि कुछ ऐसी ही उम्मीद के भरोसे, उमादे और तेरे लिए जोधपुर सन्देश भेजा था। उमादे के आने पर कुछ-न-कुछ नया बखेड़ा हो जाता। अच्छा हुआ कि उसकी जगह रुकमण आ गयी। मेरे खयाल से तुम दोनों की बजाय रुकमण अधिक समझदार है। अब एक पल भर भी देर नहीं करूँगी। अभी उस सनकी को हाथोंहाथ लेकर आती हूँ...।''

रुकमण कुछ कहना चाह रही थी कि रानीजी रवाना हो गयीं। उनके पाँवों में तो मानो चींटियाँ चिपक रही हों! वह कुछ कहती तो उसकी बात कानों के नीचे ही नहीं उतरती! यह तो जैसे लुढ़कते हुए को ढलान मिली हो...! रानी-माँ के ओझल होते ही भारमली के अधर मचलने लगे कि रुकमण ने उसे बरजते कहा, ''हवा के भी कान होते हैं। किसी पर भी भरोसा मत करना! अच्छा हुआ कि महाराजा ने मुझे यहाँ भेज दिया, वरना तुझे सात पाताल में भेज देते! बाघजी ने जिस नजर से तुझे देखा, उसका मुझे पूरा एतबार है...!''

भारमली के कानों पर लाज की झाँईं घुल गयी, मगर रुकमण ने उधर देखा ही नहीं। जिस नजर का रहस्य उसने जान लिया, भला वह भारमली से क्योंकर छिपा रहता? इधर-उधर देखकर कहने लगी, ''इस गढ़ की हवा में तो साँस लेना भी पाप है! अब तो जैसलमेर की सीमा लाँघने के बाद ही अफरा झाड़ेगी। तब तक होंठ सिले रहना ही अच्छा है।'' रुकमण की आँखें व कान किसी दूसरी ओर ही सक्रिय थे। पाँवों की आहट सुनते ही वह चुप हो गयी। रानी-माँ के साथ बाघजी भी चले आ रहे थे। न गले में डोरा और न हाथों में दमकते कड़े! उसने आश्चर्य-चकित होकर सूने गले और सूने हाथों की ओर देखा। रानी-माँ अदेर उस दृष्टि का मायना समझ गयीं! अपने-आप ही कहने लगीं, ''मैंने कहा, सो ही हुआ! न तो इन्हें कमाने में जोर पड़ता है और न लुटाने में...! जैसे इन्हें हरदम माँगने वालों का ही इन्तजार रहता हो!''

फिर उन्होंने भारमली की ओर देखते कहा, ''ये बाघजी अपनी बाड़ी के पंछियों को देखना चाहते हैं। उनके नाम जानने की भी इच्छा है। उमादे मौजूद

होती तो ठाट से बताती...! अब तेरे अलावा कोई भी नहीं जानता, जाने कहाँ-कहाँ से मँगवाये हैं? तुझे तकलीफ तो होगी, मगर दूसरा उपाय ही क्या है...?'' फिर बाघजी की ओर देखते कहा, ''इतने बड़े लद्धड़ हुए और अभी तक बच्चों वाली उत्सुकता मिटी नहीं है...!'' रानीजी को यह वहम था कि उनके अतिरिक्त शेष सारी दुनिया ही बौड़म है! अक्ल की कोई इकलौती हस्ती है तो वे स्वयं हैं! फिर बात का सिलसिला जोड़ते कहा, ''रुकमण के साथ मैं यहीं बातचीत करूँ या इसे भी बाड़ी की छवि बतायेंगे।''

बाघजी या भारमली कुछ भी जवाब दें, उस से पहले रुकमण बच्चों की तरह हठ करते कहने लगी, ''नहीं माँ, भारमली के साथ मैं भी जाऊँगी। मुझे भी पंछियों का कलरव सुनना बहुत अच्छा लगता है!'' बाघजी ने अपनी ओर से कुछ भी पंचायती नहीं की। चुपचाप खड़े रहे, जैसे वे मन-ही-मन किसी बात का घोर पछतावा कर रहे हों! और यों भी वे रावलजी की बाड़ी कई बार देख चुके थे। बहिन की शादी पर बड़े ठाट-बाट से जैसलमेर पधारे तब यहीं इसी बाड़ी में ठहरे थे। और उमादे एवं भारमली का मन इसी बाड़ी के एक-एक फूल में मौजूद था!

जब बाघजी आगे-आगे जाने लगे तो रानी-माँ हिदायत देती हुई कहने लगी, ''तुम्हारा शैतान ऊँट बाड़ी में कुछ बिगाड़ न कर दे, पूरा ध्यान रखना! इस बाड़ी का असली रूप तो रावलजी के हृदय में जड़ा है। कुछ भी बिगाड़ हो गया तो मेरी आफत कर देंगे। दोनों डावड़ियों को मेरे पास बिठाकर खिलाऊँगी।'' जाने किस से क्या चूक हुई सो रानी-माँ के मुँह से बेटियों के बदले 'डावड़ियों' का बोल निकल गया। बाघजी ने तो अब तक भूल-चूक से एक आखर भी मुँह से नहीं निकलने दिया। ऐसा विख्यात डकैत अब तक जाने क्योंकर चुप्पी साधे रहा, वही जाने...! और न उसकी आँखों में भी कुछ अनहोनी रंगत नजर आयी!

बाड़ी अब कुछ ही दूरी पर थी। वहाँ पहुँचने तक किसी ने कुछ भी बातचीत नहीं की। उसके भीतर कदम रखते ही अमरूद के गाछ पर नीलकण्ठ का जोड़ा सबसे पहले भारमली को नजर आया। उसने जोड़े की तरफ हाथ करते कहा, ''यह नीलकण्ठ का जोड़ा हमेशा साथ रहता है। मुझे देखते ही मेरे कन्धों पर आ बैठेगा...।'' बस, भारमली का इतना ही कहना हुआ कि दोनों साथ फुदकते हुए उलटी दिशा में मुड़ गये! उसने अपनी छलकती हुई हँसी रोकने की किंचित् भी चेष्टा नहीं की। हँसते-हँसते ही कहने लगी, ''इतने दिन नहीं आये, सो रूठ गये है! पंछी-जानवरों का प्रेम भी किसी से कम नहीं होता! अभी मुझ से नाराज हैं।''

बाघसिंहजी जैसे गूँगे-बहरे हों, किसी भी बातचीत का तन्तु आगे नहीं

बढ़ाया। न किसी के चेहरे की ओर देखा, मानो अकेले ही बाड़ी देखने आये हों! भारमली उस जोड़े के पास आयी तब भी न तो फुदके और न अन्यत्र उड़े। वह दोनों हाथों से सहलाते एवं पुचकारते समझाने लगी, "उमादे के ससुराल साथ गयी थी। तुम पंछियों के साथ तो मनुष्यों वाला ढर्रा नहीं है। घर की बेटियों को विवाह होते ही पीहर का मोह छोड़कर ससुराल जाना पड़ता है!" भोले पंछियों का क्या, बस, इतना ही दुलार चाहिए था! सब रूठना-वूठना मिट गया। उड़कर उसके कन्धों पर डेरा जमाया और खुशी में टिव-टिव करने लगे। अब कहीं बाघजी की घुटन मिटी, "न तो मुझे बाड़ी देखने की इच्छा है और न पंछियों के नाम जानने की उत्सुकता। मेरे अपने क्षेत्र मुजब अधिकांश पंक्षियों के नाम जानता हूँ। तुम दोनों समझदार सहेलियाँ हो। रानीजी और मेरी बहन ने मुझे यहाँ क्यों बुलाया, मेरे खयाल से तुम दोनों काफी-कुछ समझ गयी होंगी।"

सब जानते-बूझते हुए भी दोनों ने कुछ जवाब नहीं दिया। तब उस गलमूँछों वाले युवक ने बताया, "अब लिहाज-मुरौवत रखने की जरूरत नहीं है। मैं भारमली को उड़ाने आया था। इसकी वजह तुम दोनों से अधिक कोई नहीं जानता। रानीजी और मेरी बहन के भेदिये कहीं आसपास छिपे हुए होंगे! मैंने भारमली के रूप-यौवन के बखान खूब सुने, मगर वह ऐसे सरूप की स्वामिनी है, मुझे सपने में भी ऐसी आस नहीं थी। मैंने ऐसा घृणित काम न तो किया और न करूँगा। रानीजी और बहन की ऐसी दारुण व्यथा सुनकर हामी भर ली सो भर ली, जिसका पाप तो लगेगा ही! लेकिन उसका रूप-जोबन देखते ही मुझ पर जो अचीता जादू हुआ, उसे या तो मैं जानता हूँ या राम जानता है! उसे जग-जाहिर करने पर प्रीत की मर्यादा भ्रष्ट होगी! आप कहें तो दोनों को जोधपुर पहुँचा दूँ या उमादे के पास नारनोल सौंप दूँ। अब ज्यादा देर नहीं है। यहाँ पहुँचते ही आप दोनों का अपहरण करके मुझे दो कोस तक चला जाना चाहिए था। यदि मुझ से यह काम टल गया तो दोनों के प्राणों को खतरा है। जैसलमेर की धरती पर रावलजी तुम्हें कहाँ गड़वायेंगे, उसकी भनक तक न ईश्वर जान सकेगा और न खुदा ही...! तुम्हारा और मेरा अहोभाग्य कि बहन के आँसू देखकर जाने या अजाने मेरे मुँह से हामी निकल पड़ी। यदि मुझ पर भरोसा हो तो अभी ऊँट को हवा बना दूँ! बस, उस पर चढ़ने की देर है। जो कुछ भी सोचना हो कोटड़े चलकर सोच लेना! आप कहेंगी, वही होगा। अभी तक आप दोनों का मनुष्यों से साक्षात्कार हुआ नहीं है...।"

भारमली और रुकमण को इतनी जल्दी जोखिम का अनुमान नहीं था। फिर भी पीहर के गढ़ में पाँव धरते ही उन्हें रानी-माँ और कुँआरानी के जाल की कुछ तो भनक पड़ ही गयी थी। बाघजी के बोल उन्हें लोह-आखर के समान लगे।

अभी दीगर बातों पर सोच-विचार करने की वेला नहीं है। रुकमण ने कहा, "ज्यों आपकी मरजी...।"

"नहीं...!" बाघजी ने इनकार करते कहा, "अपनी मरजी तो मैंने बता दी। आपकी इच्छा के बिना मैं एक कदम भी नहीं बढ़ूँगा। मेरी जोखिम का मसला तो छोड़िये। मुझे न तो रावलजी से कुछ लेना-देना है और रावजी से। जब तक जिन्दा हूँ, तब तक किसी को आपकी तरफ सख्त निगाह से देखने तक नहीं दूँगा। मेरा धड़ पड़े तब तक बादशाह को भी हाथ नहीं लगाने दूँगा। मैंने अब तक यही कमाई की है! कोटड़े चले बिना आपको मेरी बात का सपना तक नहीं आयेगा। आस-पास के इलाकों में अपने नाम और काम से पहचाना जाता हूँ! वह वहचान क्या है...मेरे आँगन में पहुँचे बिना इसकी जानकारी नहीं हो सकती...!"

इस बार भारमली ने दृढ़ता के साथ कहा, "तो अब ढील किस बात की है! हम दोनों ही आपके साथ चलने को तैयार हैं! जैसलमेर और जोधपुर की बजाय नर्क भी क्या बुरा होगा...?"

रावलजी की बाड़ी से रवाना होते समय भारमली के मुँह से जो बोल प्रकट हुए कि जैसलमेर और जोधपुर के किलों की बजाय नर्क भी क्या बुरा है, उसकी प्रत्यक्ष सच्चाई से कोटड़े पहुँचने पर ही साक्षात्कार हुआ। उनके पहुँचने से पहले ही पूस की सुहानी धूप में चालीस-पचास मनुष्यों का समूह मौजूद था। किसे भी उतावली नहीं थी। एक अध-बूढ़ा कामदार माँगते ही नकद भुगतान कर देता। बिना कहे तो कुछ पता नहीं चलता। लेकिन वह न तो याचना थी और न भिखरीपन। लोग-बाग अपना हक समझकर वहाँ आते और कामदार पूछताछ किये बिना ही उनका इस तरह पावना चुका देता, जैसे उन्होंने ही जमा करवाये हों! बाघजी कोटड़िये के पहुँचने पर न तो किसी ने 'खम्मघणी' की और न किसी ने जय-जयकार। बराबरी के स्तर पर सबने अभिवादन किया। वह गाँव में मौजूद हो तो अच्छा, दिसावर गया हो तो अच्छा! जिस-किसी व्यक्ति को जरूरत के अनुसार बताते ही उसकी आशा पार पड़ जाती। चार-पाँच ठाँवों की साफ-सुथरी गवाड़ी। लीपी-पोती हुई। आँगन और दीवारों पर रंगीन अल्पनाएँ। जब-तब किसी भी कारीगर की इच्छा होती, बाघजी की गवाड़ी आता और अपना काम सम्पन्न कर जाता। औरतें भी बेहिचक आतीं, लीप-चोपकर और अल्पनाएँ माँडकर लौट जातीं। लेकिन वह बेगार नहीं थी। अपना घर समझकर, सभी कारीगर उछाह से काम निबटाकर राजी-खुशी चले जाते।

कुछ देर तक तो भारमली और रुकमण तन्मय होकर, बाहर से ही यह तमाशा देखती रहीं। फिर यन्त्रचालित-सी भीतर चली आयीं, जैसे अपना ही घर हो। न कोई संकोच, न किसी भी तरह की हिचक। रसोई में जरूरत के अनुसार

सब चीजें सलीके से जमी हुई थीं। एक-एक चीज को आत्मीयता से सँभाली तो अवश्य, किन्तु रसोई बनाने की इच्छा नहीं हुई। पिछले गाँव में एक कुम्हार ने मनुहार करके खूब तबीयत से खिलाया जैसे भगवान को प्रसाद चढ़ा रहा हो! फुलवासी हुई राब, पतले-पतले सोगरे, दही, कैर-साँगरी का साग। मूँगों की दाल, पर्याप्त मसाले। गऊ के घी का छौंक! कोरा-मोरा पेट ही नहीं भरा, समूची देह तृप्त हो गयी! बेइन्तहा अचरज की बात कि न तो दूसरे गाँवों में और न इस गाँव में किसी भी मनुष्य व महिला को कुत्सित सन्देह नहीं हुआ कि बाघजी के साथ ये दो सुन्दर औरतें क्यूँ आयी हैं...? कुछ-न-कुछ आफत-विपदा आये बगैर अपना ठीहा कौन छोड़ता है...? आस-पास के गाँव-गाँव या ढाणी-ढाणी में बाघा कोटड़िया की ऐसी ही पैठ थी, पहचान थी। उनका नाम लेने पर मुँह भर आता था! काली-स्याह गल-मूँछें होने पर भी उनकी धारोष्ण मुस्कान में अगाध आत्मीयता थी। डर-संकोच की बजाय हर व्यक्ति के मन में उनके प्रति आदर-भाव था। अटूट भरोसा था!

रुकमण और भारमली के मन में इस नितान्त अजनबी युवक के प्रति इतनी जल्दी अपनत्व जुड़ जाएगा, जिसका उन्हें आश्चर्य भी कम नहीं था और गर्व-गुमान भी कम नहीं था!

उन्होंने लीपी-पोती गवाड़ी के सब ठाँव निरखे—बैल-बछड़ों का बाड़ा देखा और सुवाड़ी गायों की गडाल देखी। देवता रमें जैसी सफाई!

जब भारमली और रुकमण साँझ की वेला रसोई बनाने लगीं, तब बाघजी ने कहा, ''मै भी मदद करूँ...? कुँआरे नौजवान औरतों की अपेक्षा बढ़िया रसोई बनाते हैं। जब आपकी मरजी हो बता दीजियेगा। ज्यादा तेवड़ न तो खाता हूँ और न बनाना जानता हूँ। आटा पीस लेता हूँ। वेसवार तैयार कर लेता हूँ। दुहारी कर लेता हूँ। अपना हाथ, जगन्नाथ! इतना भर बताना जरूरी है कि आप अपनी खातिर कुछ भी बनाइएगा, लेकिन मैं सिर्फ एक साग खाने का ही आदी हूँ। मगर दूध मेरी कमजोरी है...फीका और धारोष्ण। सुबह-शाम दोनों वक्त। सिर्फ अपनी गायों का। घर से बाहर जो भी मिल जाय—वह सिर-आँखों पर। कल सुबह अपने हाथ से दही की कढ़ी बनाऊँ तब खाते समय अँगुलियों का खयाल रखियेगा।'' बस, यही एक छोटी-सी हिदायत देकर रवाना हो गये। धीमे-धीमे मुस्कराते हुए।

रुकमणी और भारमली जब तक रसोई में मगन रहीं, तब तक बाघजी ने, गवाड़ी के एक ठाँव में, रंगीन सूत से बुने हुए दो पलंग बिछा दिये। पूस महीने की सर्दी के हिसाब से नये बिछौने धर दिये।

जब दोनों सहेलियाँ बाहर आयीं, तब रुकमणी के हाथ में परूसी हुई थाली थी। वह मनुहार करे, उसके पहले ही बाघजी ने अकृत्रिम भाव से कहा, ''सिर्फ

आज की ही बात नहीं है, मेरे घर में तीन पीढ़ियों से यह रिवाज चला आ रहा है कि औरतों से पहले कोई भी युवक खाना नहीं खाता। मैं भी ऐसी अशोभनीय शुरुआत नहीं करना चाहता।''

अब कहीं भारमली का संकोच पूर्णतया मिट गया था। सकुचाते पूछा, ''ऐसा औंधा रिवाज आप क्यों मानेंगे...? सारी दुनिया में तो यही परिपाटी है कि औरतों से पहले पुरुष जीमते हैं, छोटा किशोर ही क्यों न हों...! घर का सब काम अपने हाथों से निबटाकर वे ज्यूँ-त्यूँ पेट भरने की बेगार करती हैं। और खाने के बीच में कोई जरूरी काम आ पड़े तो अधूरा खाना छोड़कर तुरन्त उठ जाती हैं! जिसे वे अपना गौरव समझती हैं। आपके लिए ऐसी क्या मजबूरी पड़ गयी जो इस खराब ढर्रे को चालू रखना चाहते हैं...?''

भारमली के अनिन्द्य रूप से भी बढ़कर उसकी बोली थी। बाघजी सैकड़ों गाँव फिरे, ऐसी अमृत वाणी सुनने में नहीं आयी। अगणित औरतों से बातचीत हुई, उनकी अच्छी-अच्छी बातें भी सुनीं, मगर यह तो बानगी ही न्यारी है और उसकी बात आसानी से टाली नहीं जा सकती...! दबे स्वर में कहा, ''मजबूरी-वजबूरी तो क्या...अपने बुजुर्गों का यह ढर्रा अच्छा लगा तो चलने दिया। मेरी प्रकृति से मेल खाता है। जिस घर में औरतों का सम्मान नहीं होता, वह मसान से भी बदतर है! मेरे सामने बैठकर खाने की जरूरत नहीं। बाहर जाकर मैं पाँच-सात जजमानों को निबटा देता हूँ, तब तक आप आराम से जीम लीजिएगा...!''

उन्हें बरजने की खातिर वे दोनों आतुर हुईं कि बाघजी लम्बे कदम भरते बाहर निकल गये। पीछे से आवाज देना ठीक नहीं।

रुकमण एकान्त में सोचना चाहती थी, मौका मिलते ही कहने लगी, ''रानीजी कह रही थीं कि एक सनकी में घाटा नहीं है, ये तो दस सनकियों की कमी पूरी करते हैं! जाने किस लोक का बन्दा है? सब बातें औंधी और अटपटी! जाने कौन ऐसा गुरु मिला इन्हें! ये साधु-महन्त और गुरु तो राजा-महाराजाओं से भी घटिया मनुष्य होते हैं...इतना कहकर उसने नजर गड़ाकर भारमली का चेहरा देखा, जैसे कहीं दूर उड़ चली हो! रुकमण की पूरी बात सुनी ही नहीं। कोई दूसरी ही बात सोचने में ही मगन थी। होंठों-ही-होंठों से गुनगुनाते बोली, ''उनके जीमने से पहले मुझ से तो आधा कौर भी नहीं खाया जाएगा। उनकी यह बात तो जैसलमेर के कुँअर एवं मारवाड़ के महाराजा की खूनी लिखावट से भी ज्यादा घिनौनी है! कोई माने जैसी बात है यह...? दुनिया के किसी कोने में जाओ मर्दों की मनमानी सर्वत्र एक-सी है! तेरी राय हो तो रात के अँधेरे में भाग चलें...!''

''लेकिन भागकर जाएँगी कहाँ, कोई ठौर भी तो हो...!'' रुकमण गहरा निश्वास छोड़कर बोली, ''तेरे ससुराल और पीहर का जहरीला माहौल तो देख

लिया। तेरी राय हो तो वापस महाराजा की शरण में ही लौट चलें। उनके कहते बाघजी मान जाएँगे!''

भारमली ने तनिक सोच-विचारने के बाद सिर्फ होंठों की बात कही। मन के गहनतम भेद का रहस्य वह स्वयं भी नहीं जानती थी। बोली, ''क्या पता, मानें-न-मानें, उनकी सनक...! किन्तु यहाँ की बजाय तो सिंह की थेह (गुफा) भी बेहतर रहेगी...।''

रुकमण ने किंचित् मुस्कराकर व्यंग्य के लहजे में कहा, ''मैं तो ऐसी बेहूदी बात सपने में भी नहीं कह सकती। तेरी हिम्मत हो तो तू कह दे! क्योंकि तू दो बार अपने साहस की बानगी बता चुकी है, जो मौत की चुनौती से भी बड़ा अजूबा था! फिर भी तेरे साहस की सच्ची परख तो इस बार होगी। वरना तू कहे तो आग में कूद जाऊँ, इसलिए कि तू खुद अच्छी तरह जानती है कि ऐसे निष्कलंक बन्दे पर तो इसके बैरी भी इस तरह की तोहमत नहीं लगा सकते। तुझ से ज्यादा और कौन जानता है कि यह तेरे मन की बात नहीं, चंचल होंठों का निराधार आरोप है! सच भारमली, तेरी आँखें तो कुछ दूसरी ही बात इंगित कर रही हैं।''...निमिष भर सोचने के बाद बोली, ''मुझे भी तो औरत की जिन्दगी मिली है और वह भी तुझ से पाँच बरस पहले। साफ-साफ तेरे आर-पार दिख रहा है कि मुझ से छिपाने का कुछ भी अर्थ नहीं है! जैसलमेर पहली ही मुलाकात में सब-कुछ समझ गयी थी। तू तो पहली नजर में ही पस्त हो गयी...! वह क्षण मेरे लिए सर्वोत्तम आनन्द और ऐश्वर्य का था! तेरे लिए, सिर्फ तेरे लिए कि तेरी अपनी आकांक्षा अब ही पूर्ण होगी। यदि तेरी पावन देह पर दो बार खून के दस्तखत नहीं उघड़े होते तुझे ऐसा विरल पात्र कहाँ मिलता? तूने दुनिया में एक मिसाल कायम की है कि प्रेम की ताकत राजसत्ता से बड़ी होती है...बहुत बड़ी होती है! सूरज सारे दिन तलाश करे, तब भी बाघजी जैसा दुर्लभ पात्र कहीं नहीं मिल सकता! यदि ऐसी स्थिति में कोई भी औरत अपने-आप से भी नहीं छिपाये तो वह औरत क्या हुई...!''

रुकमण के ये बोल सुनते ही भारमली का रोम-रोम पिघल गया! रुँधे कण्ठ से बोली, ''जब इतनी बातें जानती है तो उन्हें साफ-साफ बताना था कि वे अपनी सनक में जो चाहें सो करते हैं। दुनिया में कौन ऐसी औरत है जो उनकी सनक पूरी कर सकती है! एक घड़ी भी इनके साथ रहना मुश्किल है तो आजीवन इनके साथ बँधना तो असम्भव है! इसकी बजाय रानी-माँ जमीन में गड़वा दें तो अच्छा है...! चलिए वापस वहीं जैसलमेर चलें। एक बार मरने पर पीछा तो छूट जाएगा, और यहाँ रोज मरना, रोज जीना मेरे वश की बात नहीं। मुझ में अब इतनी क्षमता नहीं है...!'' और इतना कहते ही भारमली रुकमण की छाती पर सिर धरकर

सुबक-सुबककर रोने लगी। रुकमण को तनिक भी दुख या अचरज नहीं हुआ। औरत की जिन्दगी लेकर जनमी सो औरत का मन उससे क्या छिपा रहता! चुपचाप उसकी पीठ सहलाती रही। भारमली को ऐसा महसूस हुआ कि, जैसे जन्म देने वाली माँ वापस तो नहीं आ गयी...?

और उधर देहरी के भीतर पाँव रखते ही बाघजी कोटड़िया ने जो दृश्य देखा तो दहल-सा गया! ऐसा तो सपने में भी नहीं सोचा था! बड़ी मुश्किल से हकलाते बोले, "मेरी गवाड़ी का ढर्रा तोड़ने में मुझे तनिक भी दिक्कत नहीं है, मगर औरत के आँसू नहीं देख सकता! तुम्हारी मरजी हो तो परोसकारी कीजिये। वरना अपने हाथों ही खा लूँगा। पेट ही तो भरना है! पहले भरो चाहे बाद में। रूठने जैसी बात तो कुछ भी नहीं है!"

भारमली ने सिर उठाकर लम्बा घूँघट खींच लिया! लाज भरे कदमों से बिछोने वाले कमर में पहुँचकर अरगला जड़ दी। सोचने लगी—अकेली खड़ी हूँ, अपने-आप से घूँघट करना तो ठीक नहीं, तत्क्षण घूँघट हटा लिया। सामने ही दोनों बिस्तर मन्द-मन्द मुस्करा रहे थे! तो क्या ये निर्जीव रजाई-गद्दे, तकिये और ये पलंग-पोश उसके मन में दबे मर्म को समझ गये...! नहीं नहीं, यह तो फकत उसका भरम है! रुकमण जैसी चतुर सहेली को भी अच्छी तरह जानकारी नहीं हुई...! तब इन्हें क्योंकर सही बात का पता चल सकता है! इधर-उधर देखा—काठ की टिमची पर ताँबे का भाँड़ा और ताँबे का ही लोटा...! आज इतने आत्मीय क्योंकर लग रहे हैं...? ढक्कन उघाड़कर देखा तो पानी में धुँधला-धुँधला चेहरा दिखायी पड़ा। थमे हुए पानी में स्थिर सूरत के अधरों पर मुस्कराहट उभरी, जैसे मोतियों की आभा दमकी हो...! फिर थोड़ी तेज मुस्कान...! भारमली ने जानकर आँखें मूँद लीं! कोठरी में चारों ओर अँधेरा फैल गया। फिर भी पानी वाली दमक ओझल नहीं हुई! जुगनुओं की तरह नजर आ रही थी। पलकें उघाड़ीं। ऊँ हूँ, दिन की वेला खुले बिछौने के शकुन अच्छे नहीं होते! काठ की सुरंगी खूँटी पर गमछा लटक रहा था। सलीके से मुँह धोया, पोंछा। बिस्तर समेटकर धरे ही थे कि ठपकार सुनायी पड़ी। बाहर खड़ी रुकमण झीने स्वर में पुकार रही थी। थोड़ी चौंकी। दूसरे ही क्षण घूँघट निकालकर दरवाजा खोला। रुकमण भारमली के अवगुण्ठित चेहरे की ओर एकटक देखती रही, जैसे पहली बार इस अपरिचित बाला से मिलन हुआ हो! भारमली के गालों पर लाज की झाँईं घुल गयी! रुकमण मीठी डाँट पिलाते कहने लगी—"बावरी कहीं की, यूँ किसी परायी गवाड़ी में इतना लम्बा घूँघट नहीं निकालना चाहिए...? यह तो बाघजी निश्छल व्यक्ति हैं, सोचेंगे कि भूल से घूँघट नीचे खिसक आया होगा! कोई दूसरा पुरुष होता तो

जाने क्या-क्या मतलब निकालता...!''

बेहद आश्चर्य की बात कि भारमली ने इस बार किंचित् भी संकोच नहीं किया। स्पष्ट कहा, ''सपने में भी ऐसी चूक नहीं हो सकती...! मेरे मन की बात मुँह से नहीं निकलकर घूँघट से प्रकट हो गयी! आखिर यह तो होना ही था! कब तक छिपाकर रखती...! ऐसे अचीते सौभाग्य को ठुकराऊँ, इतनी बावरी नहीं हूँ...!''

''और न मैं ही ऐसा अभागा हूँ कि अपने पाँवों चलकर आये सौभाग्य की अनदेखी करूँ...! जैसलमेर के सुहाने गढ़ में पहली बार झाँकी मिलते ही मुझे यही आशा बँधी थी! मगर इतनी जल्दी पार पड़ जाएगी, यह विश्वास नहीं था...!''

*12 जनवरी 2008, 5 बजे। थावर*

6

# संजोग

**॥ राजस्थान व गुजरात में प्रचलित 'ऊजली-जेठवा' की प्रेम कथा ॥**

अमरा चारण तुरता-फुरत उठा और चौकस कानों से चारों दिशाओं की आहट लेने लगा। अपने बाड़े में पंछियों का कलरव, गायों का रम्भाना, एवाड़े में भेड़-बकरियों की में-में सुनकर मन-ही-मन अदेर समझ गया कि कुछ-न-कुछ अनहोनी घटने वाली है।...कि दूसरे ही क्षण पश्चिम की धरती पर घोड़े की टापें सुनायी पड़ीं। घबरायी हुई अटपटी टापें किसी गहरे हादसे का आभास दे रही थीं कि चारों तरफ तेज अन्धड़ और तूफान के साथ ओले बरसने की गड़गड़ाहट गर्ज उठी, मानो अम्बर-धरती में शाश्वत प्रीत के बदले परस्पर युद्ध छिड़ गया हो! बिलखती टापों की टीस प्रतिपल करीब आने लगी। बिजली की कड़क के साथ ओलों की तेज गड़गड़ाहट।...कि उसी वेला गहरी नींद में डूबी ऊजली चौंककर उठ बैठी। घबराती हुई दृष्टि से खाट की ओर देखा तो खाली नजर आयी। जीसा के कानों से शायद ही कुछ छिपा रह सकता हो! हवा या कुदरत उनके कानों में जैसे चारों दिशाओं का भेद सुनाती हो! पंछी-जानवर भी शायद गहरे मर्म का रहस्य उनसे छिपाते हों। अनुभव के शिखर पहुँचने पर क्या कमी, क्या कसर! चुपचाप बरसाली में आकर उनके पास खड़ी हो गयी। अतिशय आश्चर्य और अधीर सुर में पूछा, "ढलती रात ढाणी की दिशा में घोड़ी की व्याकुल टापें सुनायी दे रही हैं, जीसा। यह कैसी अढ़ब अनहोनी है...! ऐसा तो अब तक कभी नहीं हुआ...।" कि इसी बीच घोड़ी की बिलखती हिनहिनाहट का उबलता आसव कानों में उतरा हो! बाप-बेटी का साँस जहाँ-का-तहाँ थम गया। समाचार तो अशुभ ही लगते हैं। अपने अनुभव की अखूट विरासत इकलौती बेटी को सौंपने में पिता ने कोई कसर नहीं छोड़ी थी और उधर सीखने में बेटी कब कोताही रखने वाली! उसकी मेधा एकदम खरी और सच्ची थी। दोनों को ही परस्पर सिखाने और सीखने का मोद कम नहीं था!

एक ही ठौर छटपटाती घोड़ी की बेताब हिनहिनाहट जैसे रुकना ही बिसर गयी हो। अमरा चारण का तनाव-ग्रस्त रोम-रोम भीतर-ही-भीतर बिलख रहा था। अरगला खोलते समय सहमती वाणी बमुश्किल खुली, ''बेटी, यदि सवार नीचे गिर पड़ता तो घोड़ी एक कदम भी आगे नहीं बढ़ती, वहीं गड़ जाती। शायद घुड़सवार घोड़ी की पीठ पर ही बेहोश न हो गया हो। घोड़े की बजाय घोड़ी अधिक स्वामीभक्त होती है। बाहर जाकर पता करता हूँ...।''

बेटी की समग्र चेतना ने बरजते कहा, ''ठहरिये...ठहरिये जीसा...आपके वश की बात नहीं है, मैं पता करती हूँ...।'' वैसे दृढ़ आखर उचार ऊजली ने बापू की बाँह पकड़ भीतर खींचा और स्वयं ओलों के गड़गड़ाते अँधियारे में ओझल हो गयी। दरवाजे पर खड़ा बापू ऊहापोह की चरखी में फँसकर पत्थर की मूरत में ढल गया था! बेटी की पीठ पर मूर्छित सवार को खाट पर लिटाते ही बापू की चेतना एक ही कौंध में वापस लौट आयी। डगमगाते पाँवों एक हथेली कलेजे पर धरी और दूसरी नाक के पास। अगले ही क्षण पाँवों की सिहरन मिट गयी। खुशी की उमंग में लहराते बेटी को धीरज बँधाया, ''मैंने जो बात कही, वही सामने आयी। बुजुर्गों के पुण्य से घर आया बटोही अभी जिन्दा है...!'' कि इतने में मांगलिक समाचार के उछाह में बिजली की नाईं मुड़ती बेटी ने उतावले शब्दों में कहा, ''घोड़ी को बाँधकर अभी वापस आयी...।''

शान्ति से सोचने की वेला ही कहाँ थी! तरबतर ठण्डे गीले वस्त्रों का अँगुलियों से परस किया तो बूढ़ी हड्डियों में शीत-लहर-सी दौड़ गयी। फिर भी टोहती अँगुलियाँ रुकी नहीं। गाढ़ी ऊनी फरगल की बाँह उठाकर नाड़ी सँभाली। धीमे-धीमे फड़कती-सी महसूस हुई, मानो काला-स्याह अँधेरा प्रज्वलित हो गया हो! अमरा चारण की दिव्य-दृष्टि के दो सितारे टिमटिमाये। अत्यधिक उत्साह से चकमक की दूसरी टक्कर में रूई की गोटी ने चिनगारी पकड़ ली। पीली लौ से दीपक जलाया। चूल्हे के भोभर को उकेरकर पंखी से बयार की। अगन के प्राण जगमगा उठे! किन्तु बापू के चेहरे पर धूमिल झाँई घुलने लगी! दूसरा उपाय भी क्या था...! अकस्मात् दूसरे उपाय का खयाल आते ही बापू का कलेजा सिकुड़ने लगा। वह दूसरा उपाय दुनिया के किसी बापू की वाणी से दरसाने योग्य नहीं था! मन के विपरीत जबरन उसी खटर-पटर में खोया रहा। सिकताव करने के लिए साबुत नमक केलड़ी में डालकर चूल्हे पर रखा। फिर इधर-उधर टोह कर पलटा हाथ में लिया। सारे करतब ऊपरी मन से। मन में उथल-पुथल का पार नहीं था! जिन्दा मानुस की बजाय निर्जीव कल-पुर्जे हिल-डुल रहे थे। अत्यन्त चेतनाशील ऊजली एक कोने में चुपचाप खड़ी बापू के अटपटे काम देख रही थी। झीनी और गहरी दृष्टि के रहते बापू का द्वन्द्व उसके कलेजे को छेक

रहा था। लेकिन संज्ञा-विहीन बापू को बेटी के लौटने की भनक तक नहीं पड़ी या वह उस भनक से बचना चाह रहा हो! ऊजली के आने की आहट न हवा को हुई, न दिवले की लौ को और न चूल्हे की लपटों को। जैसे उनकी सुलगती लपटें अँधियारे-तल में डूब गयी हों। समय की गति का क्या हाल हुआ, जिसका अता-पता न कुदरत को था और न स्वयं समय को। बापू के हाथ शायद उनका कहा मानने के लिए अड़ गये हों। अमरा चारण ने बड़ी मुश्किल से अपने अंगों पर नियन्त्रण रखा। नापसन्द काम करने से बढ़कर सन्ताप और कुछ भी नहीं होता! एक-एक क्षण अमोलक था। यदि घर के दरवाजे खड़ी मौत जीत गयी तो आने वाली कई पीढ़ियों तक आँगन में घुली कालिख पुत नहीं सकेगी! वक्त पर बोये मोती ही उत्पन्न होते हैं! बेटी का धीरज होंठों तक छलक उठा था। अचानक समय का खयाल आते ही ऊजली की आँखों में बिजली कौंधी। इच्छा न होते हुए भी होंठ फड़के, ''जीसा...आपकी अकारथ खटर-पटर से कुछ भी बात नहीं बनेगी। आप बरसाली में पधारिये। पुरुष के प्रयास से मौत नहीं बिलमेगी! चारण के द्वारे घुड़सवार का साँस टूट गया तो आगामी सब पीढ़ियाँ कलंकित होंगी। क्षण-पलक की कौंध मुश्किल से हाथ लगी है, उसे सार्थक करनी ही होगी...।''

बापू के अटूट संस्कारों की गुत्थी सुलझी नहीं थी। गले में जैसे कुछ फँस गया हो! शरीर की समग्र शक्ति के सहारे बमुश्किल आवाज सुनायी पड़ी, किन्तु बिटिया के बोलों में तनिक झुँझलाहट थी, ''इतने बरस आपकी पोशाल में सीखी विद्या का परिणाम आज फलेगा! आखिर गुरु-दक्षिणा चुकाने पर ही बाबुल-बिटिया की जून सार्थक होगी। सब समझते हुए बेटी के मोह में नासमझ मत बनिये...!''

अपने हाथों पाली-पोसी धिया का ऐसा पुनीत उछाह देखकर बाबुल के मन की दुविधा एकदम मिट गयी। बेटी की सूरत को बेधती दृष्टि से देखकर अदेर ओरी से बाहर निकल गया। सूरज से भी अधिक तपा हुआ बुजुर्ग इकलौती अभागी बेटी का केवल बाप ही नहीं था, हजार माँओं से भी बड़ी माँ था। पीठ मोड़ते ही शेष बचा अथाह अँधेरा, जीवन से जूँझती मौत और मौत से जूँझती ऊजली! सुधि-चेतना की अन्तिम सीढ़ी तक पहुँची हुई, अपने दृढ़ संकल्प और आदर्श के आसरे निःशंक! न उस पर रीति-रिवाजों की सड़ी-गली छाया थी और न उस पर थोथे संस्कारों का अंकुश और न समय के अस्तित्व की चेतना थी। केवल एक ही साध्य था, एक ही लगन थी—जीवन, मात्र जीवन के महातम की। पूर्णतया जागरूक होते हुए भी वह सर्वथा अपना होश भूली हुई थी! उसके रोम-रोम के कोख की संजीवनी शक्ति संचारित होने लगी थी।

और उधर बरसाली में जागते बाबुल की दीठ अँधेरे के साथ-साथ अतीत को छेकती हुई सुहागरात की अनहद प्रतीक्षा के इर्द-गिर्द घूमर लेने लगी—दो

निपट अजान-अपरिचित व्यक्ति हमेशा के लिए एकमेक होने की खातिर लालायित होते हुए भी लाज की वजह से चुपचाप बैठे थे। लाज तोड़ने की अगवानी पुरुष को ही करनी होती है। तब अमरा चारण को ही निमित्त बनना था। घूँघट का पर्दा उठाने के लिए दूल्हे ने हाथ आगे बढ़ाया तो दुलहन ने मना करते हाथ सामने किया, गोरी कलाई पर नीले रंग के नाम खुदा हुआ था—'किरण!' जिसे दूल्हे ने होंठों-ही-होंठों में इस तरह गुनगुनाया, जैसे उस से मीठा और सार्थक नाम परमेश्वर का भी नहीं होता। दुलहन के अधरों से संकोच की वाणी सुनायी पड़ी, "पहले दीया तो बुझा दें...!"

"वह भी झाँके तो झाँकने दो।" दूल्हा मुस्कराते हुए आगे कहने लगा, "उजाले से बेहतर साखी और कौन हो सकता है! आज की इस अमोलक रात का कोई साखी होना ही चाहिए।" फिर भोली दुलहन ने कुछ भी आनाकानी नहीं की। दिवले की चाँदनी के रेशे-रेशे में सुहागरात का पावन उजाला भी जुड़ता गया! और उस बढ़ते उजाले के फलस्वरूप ही नये इनसान का जन्म होता है...!

उसी पहली अमोलक रात के मांगलिक क्षण, दुल्हन की कोख में आशा का उजाला अंकुरित हुआ। समय की पल-पल पाँखों पर दिन-रात के बहाने उड़ता समय लगातार उड़ता ही गया—पखवाड़ों-दर-पखवाड़ों। और देखते-देखते क्षण-पलकों में कोख की आशा के आसरे नौ महीने भी ढल गये। दीये की चाँदनी और उजाले के सान्निध्य से जो कन्या पँखुड़ियों से बाहर आयी, उसका नाम 'ऊजली' के अलावा और होता भी क्या...!

चलती कावड़ की चित्रमाला को अकस्मात् झटका लगा। गुजरे वक्त की बजाय वर्तमान का चित्र बाबुल की आँखों के सामने झलकने लगा। बरसाली से सटी हुई ओरी में अपरिचित घुड़सवार खाट पर विमूर्छित पड़ा हुआ। अपनी अतिशय सूझ-बूझ और आत्मा के निर्देश पर उसने क्या लीला रची, वह उस से छिपी हुई नहीं थी! बाबुल की आँखों से यह बरसती रात भी देखनी थी...उसकी समूची देह में कड़कती बिजली की लहर दौड़ गयी, जिस में उल्लास और सन्ताप दोनों का ही मिश्रण घुला हुआ था। जिस जगह से अतीत का सूत्र टूटा, उसे वापस जोड़ने का जी नहीं हुआ। बीते हुए हादसे की याद भी कम क्लेश नहीं पहुँचाती! प्रसव के तीसरे दिन धनुषटंकार से दुहरी होती पत्नी आखिर शान्त हो गयी, अविचल, अविलम्ब! दुखद स्मृति को झटककर बीते हुए बरसों में उलझ गया...अपनी चढ़ती जवानी के दौरान धारा-प्रवाह बोलना जानते हुए भी बिटिया की खातिर तुतली वाणी में फिर से बोलना सीखा, जैसे स्वयं कुदरत को ही पढ़ा रहा हो। वे ढाई-तीन बरस माँ के स्तनों की बजाय बकरियों के आसरे खिसके थे। जिनके साथ उसने एक ही जिन्दगी में दुबारा चलना सीखा था। दौड़ना भूलकर

भर-जवानी में फिर से घुटनों से चलना सीखा था। घरौंदे बनाये और उन्हीं पाँवों पर दुबारा खड़े होना सीखा था। अतिशय उछाह से गड्डे खेलने के साथ-साथ कितनी मर्तबा 'कान्यौ-मान्यौ कुर्र' किया था। नन्ही-मुन्नी ऊजली की किलोलों के बहाने जैसे स्वयं कुदरत ही प्रभात की वेला मन्द-मन्द मुस्कराती थी! दूधिया दाँतों के आसरे चारों दिशाएँ जगमगा उठी थीं! उस घड़ी-पलक की लीला के माध्यम से जाने कितना उजाला ढल गया, कितना अँधेरा डूब गया। अगणित तारों की कितनी-कितनी टिमटिमाहट विलुप्त हो गयी, जिसका न तो कोई लेखा और न कोई जोखा! पिछले साम्प्रत सन्ताप को किस मुश्किल से दूर भगाया, आज उसका स्मरण करके कितना मोद, कितना हर्ष और कितना गुमान हुआ! बेटी के बहाने मानो अपने-आप ही को रच रहा है, गढ़ रहा है!...और आज अपनी जर्जरित काया के निर्बल कन्धों पर असह्य गठरी उठाये वह अपनी गुणवती बिटिया के निर्देश की मूक पालना कर रहा है। जिसकी अवहेलना करने से कुदरत की मर्यादा पर ठेस लगती। साथ-ही-साथ मनुष्य की गरिमा और उसकी उज्ज्वल छवि पर कालिख पुत जाती...!

यों तो अर्द्धांगिनी के साथ जीने में सौ बरस भी कम हैं। यह संगत ही निराली और अजब-गजब है! और दूसरी तरफ नयी दुलहन के साथ सुहागरात का एक क्षण भी युग-युगान्तर से बड़ा होता है! दुलहन के सहवास की एक-एक रात और दिन के उजाले में उस से दूर रहने के बिछोह में असंख्य बरसों की भरपायी एक साथ ही हो जाती है...!

बरसाली में प्रतीक्षा करते-करते ज्यों-ज्यों वक्त फिसलता गया, अमरा के मन में त्यों-त्यों तनिक राहत महसूस होने लगी, यदि कुछ-न-कुछ खतरा होता तो ऊजली बताये बिना नहीं रहती। घुड़सवार को पूरा होश तो क्या आया होगा! फिर भी बरसाली में ढलते अँधेरे का बोझ काफी कम महसूस होने लगा। व्यर्थ चिन्ता करने में कुछ भी सार नहीं। सूरज उगने के साथ ही ओरी का सम्पूर्ण उजाला आँखों के सामने प्रत्यक्ष हो उठेगा। आखिर ऊजली की दक्षिणा निश्चित फलेगी। उसका सद्प्रयास निरर्थक नहीं जाएगा। इस विश्वास के बल पर अचीती त्रासदी की तूफानी रात का आधा अँधेरा तो दूर कर दिया। शेष सुबह के प्रकाश तले डूब जाएगा। उसकी लाड़ली बिटिया ऊजली उसकी नाईं लिहाज रखती तो...? आगे कछ भी सोचने की हिम्मत नहीं हुई।...और जिसकी हिम्मत हुई उसके लिए रात का दुहरा अचीता अँधेरा क्योंकर ढलेगा? ढलेगा कि नहीं ढलेगा? क्यों नहीं ढलेगा? परमेश्वर से चूक भले ही हो, पर कुदरत से हरगिज चूक नहीं हो सकती। चूक हो जाय तो वह कुदरत ही क्या! कुदरत का निर्देश मानकर ही सुलच्छनी घोड़ी ने इधर का रुख किया! वह सपने में भी इस गवाड़ी की मर्यादा नष्ट नहीं

होने देगी। ऊजली का बाबुल इस ढलती उम्र में भी बच्चे की नाईं कई घरौंदे बना रहा था। क्या मजाल कि एक कोर भी खण्डित हो जाय! पूर्णतया जागृत अवस्था में भी शायद कभी-कभार समाधि की तन्मयता रोम-रोम में संचरित होती हो! आज इस अचीते संजोग के बहाने ऊजली की देह में वैसी ही अटूट समाधि घुल गयी थी। मूर्छित घुड़सवार की शीतल देह से तुरत-फुरत गीले बसन उतारकर, अपनी निर्वस्त्र काया तिहरी कम्बल से ढक ली। कम्बल के गरमास की अपेक्षा उघड़ी देह का ताप अधिक था। एक-एक क्षण के आसरे बढ़ते समय का ऐसा करिश्मा तो नहीं जाना था! घुड़सवार की शीतल देह में धीरे-धीरे गरमास घुलने लगी। सीने में सो रही धड़कनों की गति बराबर बढ़ती रही। नासापुटों के श्वास-निश्वास की ऊष्णता शनैः-शनैः बढ़ने लगी। ऐसा महसूस हुआ जैसे स्वयं ऊजली की संज्ञा लौट रही हो! उसे नयी जिन्दगी मिल रही हो! नयी जिन्दगी का उत्साह-आनन्द ही निराला होता है। जिसके मद से प्रभावित होकर उसकी पलकें मुँदने लगी, सो ऊँघ की जकड़ के फलस्वरूप घुड़सवार की बेहोशी से उसकी चेतना का आदान-प्रदान होने लगा। एकदम आसान दिखने वाली बात पर भला किसका सन्देह टिका रह सकता है...!

शुरुआत में घुड़सवार की सोयी चेतना ने आधी पलकें उघाड़ीं। किसी की उघड़ी देह के परस का आभास होते ही ऐसा कम्पन लहराया, मानो कोई सपना देख रहा हो। सपने का अहसास होते ही उसने जोर से आँखें मूँद लीं। ऐसा तो सपना भी बुरा है, बहुत बुरा! कुछ-न-कुछ पाप की गठरी तो बँधती ही है! सपने में सपने के हिसाब से। निपट अजाने। डरते-डरते बमुश्किल पलकें उघाड़ीं। सूरज का उजियारा भीतर आने की खातिर छटपटा रहा था! शायद उसका वश नहीं चला हो या हिम्मत नहीं हुई हो, जिसका भेद सूरज ही जाने!...अत्यन्त सावचेती से करवट बदली। धीरे-धीरे कोहनियाँ टेककर उठ बैठा। अतिरिक्त सतर्कता-पूर्वक कम्बल ओढ़ाकर बिना किसी आहट के फर्श पर खड़ा हुआ। मानो बरसों के बाद नींद उचटी हो! माथे की नसों में थोड़ा तनाव उत्पन्न हुआ। जंगली सूअर की खोह में खाट का क्या काम! कि उसी क्षण अपनी चहेती घोड़ी की हिनहिनाहट हवा में झंकृत हुई। माथे में बिजली कौंधी। दल-बादलों की गाज सुनायी पड़ी। अचीते अन्धड़ का उत्पात! बरसते ओलों की निरन्तर हरड़ाट! रोम-रोम में ठण्डक पसर गयी। बेतहाशा दौड़ती घोड़ी की पीठ पर कब मूर्छा तारी हुई, कुछ पता नहीं चला। न अन्धड़ के थपेड़ों का पता चला, न ओलों की गड़गड़ाहट और न घोड़ी की टापों का। शायद मौत नाम इसी का ही है! तो क्या यह मौत की चेतना है? किन्तु मौत के क्रूर हाथों बन्द की हुई पलकें वापस कब उघड़ती हैं? आँगन पर लेटी हुई लोथ वापस पाँवों पर कब खड़ी होती है?

अब कहीं उसे सर्दी महसूस हुई। रोम-रोम में सिहरन पैदा हुई। होने दो! यह तो जीवन की असल पहचान है! लेकिन निपट उघड़ी देह, बाहर क्योंकर पाँव धरे... ? इधर-उधर टोह ली। खूँटी पर पुरुष के वस्त्र नजर आये। फिर भी जल्दबाजी नहीं की। आहट रहित पाँवों से आगे बढ़कर कपड़े उतारे। सफेद धोती, सफेद ही अँगरखी। फिर शरीर ढाँपने में कैसी ढील! ठण्डक महसूस हुई तो खूँटी से एक बरड़ी खींचकर आधे शरीर पर लपेट ली। ओरी के एक ताक में गोल-गट्ट सफेद साफा पड़ा था। सर पर रख लिया। नंगे पाँवों चलते-चलते एक बारगी कम्बल में सोये मानुस पर नजर डालकर पीठ फिराली। सोचने से कुछ पता नहीं चलेगा। बेआवाज अरगला खोली। बरसाली में उजाला समा नहीं रहा था। बाहर एक बुजुर्ग अविचल खड़े थे—सफेद मूरत की नाईं। सफेद धोती, सफेद अँगरखी और सफेद ही कम्बल। सफेद-बुर्राक बाल। सफेद दाढ़ी। पलकें मुँदी हुईं। मानो अपनी आकांक्षा के अनुरूप कोई सपना देख रहा हो! थोड़ी देर तक तो वह उस देव-पुरुष की छवि निहारता रहा। फिर चुप रहना उसके वश की बात नहीं थीं। भीतर दहाड़ता सवाल बाहर उछला, "बाबा! मैं यहाँ पर कैसे पहुँचा... ?" कोई जवाब नहीं।

बाबा, बहरा और गूँगा तो नहीं लगता! शायद गहरी समाधि में डूबा हुआ हो! कुछ ऊँची आवाज में उसने वही सवाल दुहराया। एक ही पल में, एक ही साथ बाबा की दोनों पलकें क्या उघड़ीं मानो अगाढ़ नींद में सोये सूरज ने बमुश्किल पलकें उघाड़ी हों! फिर भी बाबा के मुँह से एक पँखुड़ी भी नहीं झरी। वह अतिशय अचरज और आनन्द की दृष्टि से उसकी तरफ एकटक देखता रहा...।

जब तीसरी बार वही सवाल फिर सुनायी पड़ा, तब एक ही बार जोर से 'हें...।" के साथ-साथ अविश्वास का सुर लहराया, "क्या मैं सचमुच जिन्दा हो गया?..."

बाबा के सवाल का कुछ भी मायना समझ में नहीं आया तो उस अपरिचित युवक ने जाने किस अजानी खुशी में हामी भरी, "हाँ बाबा, आप सचमुच ही जिन्दा हो गये...!"

यह मनचीता जवाब सुनकर उसके आनन्द की सीमा नहीं रही। बेइन्तहा उल्लास के स्वर में कहा, "अब अगले ही क्षण मर जाऊँ तो चिन्ता जैसी कोई बात नहीं...!"

युवक ने भी अपना अचरज प्रकट किया, "क्यूँ बाबा, ऐसी क्या बात हुई?"

घोड़ी की हिनहिनाहट इस बार लम्बी लहरायी, मानो कोई दूसरा विश्वास करे न करे, वह इक्कीस आना विश्वास करेगी। उसने प्रत्यक्ष साखी के रूप में सारी घटना देखी-सुनी थी। एक बार हिनहिनाने से उसे पूरी तुष्टि नहीं हुई। वह

एक बार और हिनहिनायी—मधुरिम-मधुरिम और सोहन-सोहन!

अपनी चहेती घोड़ी की इस तरह हिनहिनाहट सुनकर, स्वामी का धीरज टूट गया। अत्यधिक उछाह के सुर में कहा, "चलिए, एक बार अपनी घोड़ी को आँखों से तो देख लूँ। यदि...।" उसने जान-बूझकर ही आगे के शब्द वापस निगल लिए। उसकी चेतना का स्रोत धीरे-धीरे खुलने लगा था!

अपने स्वामी को घोड़ी ने साम्प्रत पाँवों चलते देखा तो उसका आनन्द-उल्लास देह में समाया नहीं। वह चारों टापों पर खुशी में नाचती-कूदती इस कदर जोर से हिनहिनायी, मानो अपनी मौज में हवा का वेग चौगुना बढ़ा देगी! उसकी आशा से परे, बहुत परे मालिक से रूबरू मिलन हुआ, तब अन्तस् का आनन्द दरसाते समय वह प्रफुल्लित नहीं होगी तो और कौन होगा? तीसरी बार वह गहरा मर्म प्रकट करते हुए, इस तरह हिनहिनायी मानो मूर्छित लोथ में प्राण संचार करने वाली अक्षत कुँवारी कन्या को आवाज दे रही हो!

गहरी नींद में चाँद की किरणों के झूले पर उत्साह में झूलती ऊजली ने अचानक घोड़ी की हिनहिनाट सुनी तो उसका सपना बीच में ही टूट गया। झिझककर उठ बैठी। अभी सपने की खुमारी शेष थी। इधर-उधर देखा। ऐसी ही, बिल्कुल ऐसी ही चन्द्रमा की ओरी थी। अगले ही क्षण पूरा होश होते ही सपने की स्मृति के कारण उसके चेहरे पर लाज की झाँईं घुल गयी। उफ्फ! इतना दिन चढ़ गया! जीसा क्या सोचेंगे! घबराती हुई खाट से उतरी! तो वह सवार अपनी राह चल पड़ा...? ना, ना, ऐसा कृतघ्न तो नाग भी नहीं होता! सूनी खूँटियों की ओर नजर अटकी—जीसा के वस्त्र पहनकर बरड़ी ओढ़कर, उसे जगाये बिना ही चुपचाप बाहर निकल गया! वह कुछ भी सोचे-समझे उस से क्या सरोकार! उसने तो बिना किसी प्रत्याशा और आकांक्षा से अपना कर्तव्य निभाया था। जीसा के ज्ञान की दक्षिणा चुकायी थी। यदि दूसरे विकल्प की कुछ भी आशा होती तो उसे भी आजमाती, मगर दूसरा उपाय सोचने का समय ही कहाँ था! ऐसी विपदा में ईश्वर को लाज रखनी ही थी!

अपनी कुंकुम-नुमा उघड़ी देह निहारकर उसे पहली बार झिझक महसूस हुई। लेकिन पछतावा बिल्कुल ही नहीं हुआ। यदि वह उदासीन या विमुख हो जाती या जीसा पुरजोर मनाही करते तो उसे तीन बार सोचना पड़ता। लेकिन ऐसे पिताश्री भला किस बिटिया के भाग्य में बदे हैं! यह तो उसका इकलौता ही सौभाग्य था जो ऐसे अतुलनीय पुरुष का बीज संयोग से हाथ लगा!...कपड़े पहनते समय एक बारगी उसका ऐसा मन हुआ कि निशंक दिगम्बर मुनियों की नाईं बाहर निकल पड़े तो क्या बुरा है! जीसा के पुनीत अन्तस् में यह दिगम्बर स्वरूप भी झर जाएगा, परन्तु घुड़सवार के मन में यह बात मुश्किल से झरेगी!

दरवाजे के पास पहुँचते ही उसके हृदय में चाह जागी कि उस अपरिचित युवक का हुलिया, उसका दिमाग और उसके संस्कार कैसे होंगे? मगर अगले ही क्षण गुनगुनाती मधुमक्खी को उसने दूर उड़ा दिया। उसे अपरिचित युवक की सूरत, उसके विचार या उसके संस्कारों से क्या सरोकार है? कोई उसका अचार तो उसे डालना नहीं है। उसे जो काम करना था, उस से विरक्त होती तो अवश्य पछतावे की बात थी। जिसके लिए जीसा उसे हरगिज माफ नहीं करते!

बरसाली से आगे पाँव रखते ही, हमेशा वाले सूरज का प्रकाश दिखने पर उसे कुछ ऐसा महसूस हुआ कि आज के इस सूरज का उजाला यकायक क्योंकर बढ़ गया? कुदरत का कण-कण दिप-दिप दमकता नजर आया। मानो ब्रह्माण्ड में कोई नया सूरज उदय हुआ हो! उसने तो केवल कुदरत की ही मर्यादा रखी थी, जिसके फलस्वरूप कुदरत ने भी उस से अत्यधिक स्नेह किया!

पाँवों की आहट सुनते ही दोनों की आँखें उस तरफ मुड़ीं। बाबुल तो उसी ठौर अविचल खड़े रहे, यह महसूस करते हुए कि अपनी इकलौती वयस्क बिटिया को जैसे पहली बार ही देख रहे हों! लेकिन जीसा के कपड़े पहने उस अपरिचित घुड़सवार से किंचित् भी धैर्य नहीं रखा गया। अतिशय उछाव से दौड़ता हुआ आगे बढ़ता ही जा रहा था, मानो ऊजली के बहाने उसे चाँद ही हाथ लग रहा हो! पास आते ही जीभ की बजाय पूरे शरीर से बोल रहा हो, "ऊजली तू तो सचमुच सूरज से भी अधिक उजली है। माँ ने तो फकत बालिश्त या सवा बालिश्त भर जीवित पिण्ड को ही जन्म दिया था, लेकिन तेरे द्वारा तो चार हाथ की पुष्ट देह अवतरित हुई है! यदि मेरी चतुर घोड़ी अमराजी के दुआरे नहीं पहुँचती तो मेरी मौत सुनिश्चित थी। मरने के बाद मैं रंग-बिरंगी तितलियों को क्योंकर उड़ती देख सकता था? चाँद-सूरज को देखने की नौबत ही कहाँ बचती! बरसते पानी में भीगने की मुझे कितनी चाह है! यदि तू मुझे फिर से जिन्दा नहीं करती तो बरसात में नहाने की हमेशा के लिए मन में रह जाती। जली हुई अस्थियों को वापस पानी पीने का कब स्वाद मिलता! न खाने का आनन्द और न घोड़ी दौड़ाने का उत्साह! क्या-क्या बताऊँ, मरने के पश्चात् अपनी सावित्री की हिनहिनाहट भी कहाँ सुन पाता! एक ही जिन्दगी में दुबारा जिलाने का अहसान मैं हजार जन्म लेकर भी नहीं उतार सकूँगा...!"

ऊजली की सूरत पर किसी प्रकार का कोई हाव-भाव प्रकट नहीं हुआ, जैसे उसने एक अक्षर भी नहीं सुना हो। बगैर सुने क्या प्रतिक्रिया प्रकट होती! उसके हिसाब से तो वह अहसान माने जैसी बात ही नहीं थी! न उसे किसी तरह का गर्व था और न अभिमान ही। लेकिन अनहद आनन्द का पार नहीं था! जीसा के 'दुआरे' मौत की पहली बार पराजय हुई थी! वे दोनों हौले-हौले चलते

हुए बाबुल के पास पहुँचे। उस समय वे सावित्री घोड़ी की गरदन सहलाते हुए उलटे उसी का अहसान जतला रहे थे कि वह किसी दूसरे के घर न जाकर उनके द्वार आकर हिनहिनायी। अपने स्वामी का संकट दरसाया। ऊजली ने घुड़सवार को कुछ भी जवाब न देकर जिसके सामने अपना अफरा झाड़ना था, उसी के चेहरे पर आँखें गड़ाकर कहने लगी, ''वाभोसा, (पिताजी) आप किसे भी अपने मन की बात नहीं बताते, फिर इन्हें क्यों सब-कुछ बताया? ऐसा शुभ काम किसी भी कीमत पर करना चाहिए, लेकिन करने के बाद जाने-अजाने उसकी भनक भी पड़ जाय तो उसकी मर्यादा घट जाती है। आप से ही सीखी हुई बातें वापस क्या याद दिलाऊँ! मैं आपके सामने किस योग्य हूँ! हजार अनुभवों से गुजरी हुई आपकी सीख हूबहू किसी के आचरण में उतरकर ही सार्थक होती है! केवल मन में याद रखने भर के अलावा उसका कानी-कौड़ी जितना भी महत्त्व नहीं है। क्या आपकी बेटी होने के नाते मैं दक्षिणा चुकाने के भी योग्य नहीं हूँ...?''

ऊजली की एक खास आदत रेखांकित करने काबिल है कि उसके भीतर तनिक भी मन-मुटाव होता तो अपने बाबुल को 'वाभोसा' कहकर सम्बोधित करती अन्यथा सहज भाव से 'जीसा' कहकर पुकारती। 'वाभोसा' का सम्बोधन सुनते ही उनके मुँह से एक आखर भी नहीं फूटा। कुछ देर चुप रहने के बाद उन्हें जबरन बोलना पड़ा, ''यदि मैं रत्ती भर भी भूल करता और कसूरवार होता तो जरूर तेरा उलाहना मंजूर करता मगर इस धूमली रियासत के पाटवी राजकुँअर मेह-जेठवा ने भूखा-प्यासा रहकर सन्थारा लेने का प्रण किया तो मुझे इच्छा न होते हुए भी सारी बात बतानी पड़ी। और कोई जाने-न-जाने, लेकिन तुझ से तो कुछ भी छिपा नहीं है कि मैं मरने पर भी झूठ नहीं बोलता...!''

बाबुल ने तो राम जाने कितना-कुछ बताया, वे ही जानें। मगर बहरी न होने के कारण घुड़सवार की वाणी से दर्शाये बोल जबरन सुनने ही पड़े। कानों में तेल डालने से तो रही! जब बाबुल-बेटी के बीच सब-कुछ उजागर हो गया तो घुड़सवार से कुछ भी छिपा रखना बेकार था। जब सचमुच छिपा रखने के लिए कुछ भी भेद शेष नहीं रहा तो इस से अधिक आत्मीय पहचान और क्या हो सकती है! वह तो एक ही से अधिक आत्मीम पहचान और क्या हो सकती है! वह तो एक ही काली-स्याह बरसती रात में जनम-जनम की अन्तरंग पहचान हो गयी! लोक-दिखाऊ बाहरी बातचीत भले ही नहीं हुई, लेकिन अन्तस् के मूक-संवाद में रंचमात्र भी कमी नहीं रही। कृत्रिम भेद के मुखौटे बाबुल-बेटी के बीच किंचित् भी नहीं थे। सहज भाव से कहने लगी, ''झूठ न बोलने की आदत के बारे में मैं नहीं जानूँ तो दूसरा कौन जानेगा? मगर सही बात न बताने से चल जाय तो उसे किसी नवाब-बादशाह के सामने भी प्रकट करने की जरूरत

नहीं है। वे और भी कुछ गोपनीय बात जानने का हठ करने या सन्थारा लेते तो प्राणों की जोखम लेकर भी मना करना पड़ता। खैर, जो हो गया सो हो गया। अब न हुआ क्योंकर हो सकता है! बेटी होने की वजह से कुछ भी हिदायत देना शोभनीय नहीं है, फिर भी जबरदस्ती कहना पड़ता है कि आप जैसा असामान्य-मानव तो लाखों-करोड़ों में एकाध मुश्किल से मिलता है। आप जानते हैं, वैसी दुनिया बिल्कुल नहीं है! आगे तनिक ध्यान रखियेगा, इतनी-सी याचना है।''

बाप-बेटी की बातचीत सुनकर राजकुँअर के अचरज का पार नहीं रहा। राज-दरबार के अधिकारियों एवं कर्मचारियों का तो हाल ही दूसरा है। सभी एक-से-एक शातिर। निपट स्वार्थी, कुलालची, पाखण्डी और निरमोही! एक दूसरे से बढ़-चढ़कर। ये तो दोस्तों की नाईं निसंकोच बातचीत करते हैं। फिर भी मनुष्यों के संसार में लोभ-लालच से बचकर भला कौन बन्दा रह सकता है? दुबारा जन्म मिलने पर ही मनुष्य योनि का महत्त्व समझ में आया। पहले तो इस अपूर्व योनि की असली परख ही कहाँ हुई? इसलिए कि मनुष्य की इस निराली प्रजाति को आँकने की समझ ही नदारद थी! एकदम बुज्झ और ढोरों से भी गया-गुजरा! इच्छा न होने पर भी उसके होंठों पर लोभ के बोल कसमसाने लगे थे। गले में पहना अमूल्य हार हाथ में लेकर अमरोजी चारण के सामने करता कहने लगा, ''जब आपने मुझे दूसरा जनम इनायत किया तो अब भविष्य में कभी तंगी भुगतने नहीं दूँगा। नये जनम का अहसान तो हजार-हजार बरसों में भी नहीं उतर सकता। फिर भी हाथ की तंगी थोड़ी-बहुत कम होने पर मुझे काफी सन्तोष होगा...।''

ऐसे बोल सुनने की बजाय तो बहरा होना बेहतर था! दुनिया का ढर्रा जानते-बूझते भी बाबुल को उस वाणी पर कतई भरोसा नहीं हुआ। सिर्फ एक बरस के बाद पत्नी के चिर-बिछोह के परिषाम-स्वरूप अब तक जो भी आपदायें भुगतीं, उसकी अपेक्षा स्वस्थ-दुरुस्त हालत में जो अचीती त्रासदी ओढ़ी, उसका क्लेश बहुत-बहुत अधिक था। क्या सोच-समझकर, क्या किया और उसके बदले क्या सुनना पड़ा! बाबुल थोड़ी-देर के लिए स्तब्ध हो गया, मानो बिजली की चपेट में आ गया हो! लेकिन अपने हाथों से पाली-पोसी बिटिया दूसरों की कथनी और करनी से बिल्कुल ही विचलित नहीं होती थी। अपनी समझ के बूते पर आत्म-निर्भरता पूर्वक जीना बेहद कठिन है! राजकुँअर के हाथ में लटकते हार पर उड़ती नजर उछालकर वह अदेर खिल-खिल हँसी! हँसते-हँसते ही पूछा, ''बस्स...एक ही हार! आपके नये जन्म की खुशी का मूल्य फकत इतना ही...?'' अन्तस् में गहरे गड़े हुए संस्कार बड़ी मुश्किल से मिटते हैं। फिर भी रात भर पहले जो राजकुँअर शिकार की मंशा से घोड़े पर चढ़ा था, फकत दूसरी रात ढलने पर उसे नये मनुष्य की विशुद्ध जिन्दगी मिली। एकबारगी तो पुराने संस्कारों की

दुरूह जकड़न के फलस्वरूप स्वत: ही चिर-अभ्यस्त बोल छिटक पड़े। मगर दूसरे ही क्षण खिलखिल हँसी की ज्वाल से उसकी धुन्ध मिट गयी। नयी समझ का अन्धड़ भीतर-ही-भीतर घुमड़ने लगा! फिर कहीं आगे कुछ दूसरा उलाहना सुनना नहीं पड़े, इसलिए अविलम्ब माफी माँगने के लहजे में बोला, "भले ही सामन्ती संस्कारों की भूल से ही हो, जिन होंठों से इस तरह के कुबोल निकलें, उसका मर जाना ही बेहतर है! आपने मुझे बचाने की क्यों भूल की? हजार बार माफी माँगने पर भी जिसका प्रायश्चित नहीं हो सकता!"

उसी कण्ठ से ये बोल सुनते ही बाप-बेटी के मन में आतंक छा गया। जब तक नहीं बोलने से चल जाय, ऊजली तब तक होंठ ही नहीं उघाड़ती, जैसे परस्पर सिल जाते हों! फिर उसके मुँह से हँसी की लपलपाती लपट और नासमझी के वे जहरीले बोल क्योंकर फूट पड़े? अब पछताने में कोई सार नहीं। बरसों के संयम की साधना नष्ट होने में एक क्षण लगा! ऊजली को हतप्रभ देखकर बाबुल को अदेर बोलना पड़ा, "मनुष्य से भूल-चूक न हो तो वह मनुष्य ही क्या? कैसी भी सावचेती ऐन मौके पर उलट जाती है! अब दोनों ही पक्ष बराबर हो गये। न हमें उलाहना देने की जरूरत है और न आपको। हिसाब चुकता होने में यह देर लगी...!"

कि उसी बीच बायें पाँव के भीतरी टखने पर जैसे चिनगारी-सी चिपक गयी हो! राजकुँअर ने अदेर पाँव ऊँचा किया। काफी सतर्क होकर अँगुली से चींटी को अधर चिपका ली। चिपकी हुई चींटी भय-मुक्त होकर सुकोमल गुलाबी अँगुली पर कभी थमती, कभी सरकती हुई सैर करने लगी! उस चिकनी अँगुली का अपूर्व परस पाकर वह पूर्णतया आश्वस्त हो गयी! नजर की यह कैसी निराली तासीर कि राजकुँअर को चींटी मुस्कराती महसूस हुई! गर्व एवं उन्मादी लहजे में कहने लगा, "निरजीव लाश पर सैकड़ों चींटियाँ चिपक जायें, फिर भी चुभन महसूस नहीं होती। सजीवन देह पर एक चींटी चिपके तब भी जलन होती है। यदि गुस्सा होकर चींटी को जोर से चुटकी में पकड़ता तो उसका कचूमर निकल जाता! जिन्दा चींटी को घूमते देखकर मेरे मोद-गुमान का पार नहीं है! जैसे उसके बहाने मैं ब्रह्माण्ड की सैर कर रहा हूँ! मरने से बच गया हूँ। और कल तक मैं हर साँझ को शिकार खेलता। चीखते-तड़पते प्राणों को देखकर मेरी खुशी का न ओर न छोर! कल की यानी एक दिन पहले की वेला को जैसे युग बीत गये हों! सचमुच, यदि मौत के जबड़े तक नहीं पहुँचता तो मनुष्य-योनि का महातम ही समझ में नहीं आता! अब तक तो जीवित रहने पर भी मरने से बदतर दुर्दशा थी।"...कि अकस्मात् उसके चेतन या अवचेतन में ऐसी बिजली कौंधी कि चलती बात को काटकर आतुरता से पूछा, "जीसा! अभी तत्काल बाड़े में चलकर उन मौजूदा

बकरियों को बताओ जिन्होंने पुरातन दादियों, पड़दादियों के स्तन चूँघकर ऊजली ने जीने का आधार जुटाया! समझ नहीं पड़ता कि अब तक मैं निश्चिन्त कैसे रहा? तीनों ही साथ-साथ चलें...!''

इस बार पहले वाला भेद उघड़ने की तुलना में यह नयी जानकारी सुनकर ऊजली को उतना बुरा नहीं लगा। बाबुल के सामने देखकर होंठों पर उछली मुस्कान को दबाने की चेष्टा करती कहने लगी, ''जीसा! आपने तो मेरी रामायण की एक भी कड़ी बाकी नहीं छोड़ी। शायद मुझे भी इतनी बातें नहीं बतायी होंगी। मेरी नागडसी ऊँघ ने यह किस जन्म का बदला लिया! सिर्फ एक रात के जागरण ने मेरी सुध-बुध हर ली! गलती सब मेरी ही है...।''

भला, बाबुल से बेटी की बात क्या छिपी रहती! उन्होंने अपनी फुदकती मुस्कान होंठों तक नहीं आने दी। सुगम्भीर स्वर में कहा, ''अधरों के ऊपर-ऊपर भले ही उलाहना दे, मगर तेरा मन इस उलाहने की साख नहीं भरता...!''

छोटी-बड़ी बकरियों की 'में-में' जोर से सुनी तो जेठवा किसी से पूछताछ किये बिना ही उस ओर जल्दी-जल्दी चलने लगा। मालिक को तेजी से जाते देख घोड़ी भी चारों पाँवों पर नाचती-कूदती बेहद सुहानी चाल चलती हुई सुरीले भाव से हिनहिनायी! ऊजली के अन्तस्, मानो वीणा की रणकार गूँजी हो! वह अपनी मरजी से उधर ही मुड़ी। अतिशय उमंग में तेज गति से चलने लगी। फिर घोड़ी के उत्साह की क्या सीमा? चारों पाँवों के आसरे इतना मजेदार नृत्य किया, जैसे इन्द्रलोक की अप्सरा घोड़ी के बहाने बरड़ा गाँव के आँगन पर अवतरित हुई हो! घोड़ी की लगाम अलग हटाते ही वह अदेर उसी तरह नाचती-इठलाती और हिनहिनाती जैसे तीनों आत्मीयों की अगुवानी करना चाहती हो! मनुष्य पंछी-जानवरों के मन की बात शायद ही समझता हो, मगर जेठवा की सावित्री घोड़ी तो तीनों के मन का निगूढ़ मर्म निश्चित समझ गयी थी। जाने क्या सोचकर वह जोर से हिनहिनायी तो उसकी देखादेख बकरियाँ भी अपनी नैसर्गिक राग में उतने ही जोर से मिमियाईं—'में-में-में-में'। छोटी-बड़ी बकरियों के गलों में भी कण होता है क्या? फिर हवा क्यों पीछे रहती? वैसी-की-वैसी प्रतिध्वनि दुहराने लगी। देवताओं के स्वर्ग को भी उस नजारे से ईर्ष्या हुई होगी...!

फलसे के पास पहुँचते ही धूमली रजवाड़े के राजकुँअर को एक अजीब ही नजारा दिखलायी पड़ा। क्या तो बड़ी कुशलता से सफीट बाड़ जमायी हुई थी, मानो अभी मुँह बोले...अभी मुँह बोले! जिस तरह रियासत के गढ़ में राज्य की रैयत निर्भय-निशंक रूप से बसी रहती है, उसी तरह ये बकरियाँ इस एवाड़े में पूर्णतया आश्वस्त होकर 'में-में' का आलाप कर रही हैं। जेठवा के हाथ की ऊँचाई तक बाड़ भरपूर घिरी हुई। उसी माप के अनुसार फलसा उतना ही ऊँचा।

ईकड़ के रेशों से दुहरा गुँथा हुआ। बुनावट की बेजोड़ क्यारियाँ बनी हुईं...परसों तक तो दृष्टि की तासीर ही अलग थी। आज इस नयी तासीर की बदौलत सब अभ्यन्तर ही बदल गया! जैसे किसी सन्त-मुनि की दृष्टि ही भीतर जड़ दी गयी हो। अपने ही हाथों फलसा खोलने की तरकीब जैसे पहले से ही सीखी हुई हो। घोड़े, ऊँट, और हाथी तो उसने खूब देखे थे। मगर इतनी बकरियों का मेला उसने पहली बार ही निहारा। मन में इस तरह का आनन्द उमगा जैसे सभी प्राणी उसके ही विभिन्न प्रतिरूप हों! अचानक उसने किसी गहरे मर्म घुली हुई निगाह से बाबुल की ओर देखा। दृष्टि का भाव एकदम स्पष्ट था। कुछ देर पहले दो-तीन घड़ी आपस में बातचीत हुई थी। लम्बे कदम भरते डेढ़ बरस की चितकबरी पहाड़ी (छोटी बकरी) को गोद में उठाकर उन्होंने राजकुँअर के सामने की। उनके हाथों से ही धुले सफेद-झक्क पहनावे के साथ उसका ऐसा मेल बैठा कि जैसे समझने की उम्र होते ही इस धवल लिबास का अभ्यस्त हो गया हो। राजकुँअर ने अतिशय आनन्द-उछाह से अपनी गोद में लेकर उसके बुर्राक ललाट पर दो-तीन बोसे जड़ दिए। फिर राम जाने क्या सोचकर उसके गले में हीरों का हार पहना दिया। फिर उस धवल पाहड़ी ने लगातार ऊँची आवाज में बिना रुके 'में-में-में' का स्वर आरम्भ कर दिया। मानो अमूल्य हार का मोल आँकने का प्रयास कर रही हो...!

राजकुँअर की ऐसी उद्‌भट उदारता देखकर बेटी के आश्चर्य का ठिकाना नहीं रहा। वाकई इस बेजोड़ युवक ने तो बाबुल के वेश की खूब ही गरिमा रखी! उसने अचानक बाबुल की ओर निहारा और बाबुल ने उसी अन्तरंग भाव से बिटिया के हृदय की अद्वितीय झाँकी देखी! राजकुँअर मेह-जेठवा के हाथों सम्पन्न उस एक ही समादृत शुरुआत से ऊजली का छलकता हृदय दृष्टिगोचर हो गया। दोनों के मन में हूबहू एक-सा ही उद्रेक उमड़ पड़ा। मगर उस विशिष्ट भाव की उन्हें रंचमात्र भी पहचान नहीं थी। वह एक नया ही विशुद्ध भाव था, सामने थोड़ी देर तक टुकुर-टुकुर निरखने के बाद मेह-जेठवा की आँखें भर आयीं। दूसरे ही पल सुकोमल गालों पर आँसू ढलने लगे। बाबुल-बेटी दोनों ही एक साथ उसके पास आये। उसके उमड़ते आँसुओं को एकटक देखते रहे। राजकुँअर से अब आगे धीरज नहीं रखा गया तो भीतर छलकती घुटन का मायना समझाने लगा, "यदि दुर्योग से मेरी घोड़ी दूसरे मार्ग दौड़ पड़ती तो मेरा इन्तकाल अवश्यम्भावी था। तब इतनी बकरियों का अनुपम मेला देखने से महरूम रह जाता! भले ही राजकुँअर दिवंगत हो, भले ही रंक-दलिद्दर का मरण हो, उसके लिए सपने देखना असम्भव है! तब मुझे जीसा के दर्शन क्योंकर होते? पथरी हुई आँखों से ऊजली के निरुपम सौन्दर्य की झाँकी कब मिलती? इतने बरस मेंगनियों का फकत नाम-ही-नाम

सुना था, आज प्रत्यक्ष नजरों से देखा तो दस-बारह की जगह अनेकों, अगणित। इस राह मेरा सौभाग्य ऐसा फलेगा, राज्य के ज्योतिषियों को सपने में भी आस नहीं! क्या पता खुशी के मारे किसी भी क्षण मेरा साँस खूट सकता है, उस से पहले मैं जीसा के पंछियों की बाड़ी देखना चाहता हूँ...।'' तत्पश्चात् उस चितकबरी पहाड़ी का रोमयुक्त सारा शरीर सहलाकर उसके चारों खुर सहलाने लगा।

ऊजली मन-ही-मन सोचने लगी कि परस्पर बातचीत करने के लिए यह कैसी नीरव वाणी है, जिसे जीभ के बदले अन्तकरण से गुनगुनाना पड़ता है! एवाड़े में खड़ी रहने से ऊजली का धीरज भरभराने लगा तो वह पीठ फिराकर कहने लगी, ''वाभोसा! एक अजाने घुड़सवार के दिल में आपने कैसी उत्कण्ठा उपजायी कि जिसे भूख-प्यास की तनिक सुध-बुध ही नहीं। भूख के मारे मेरी तो पसलियाँ चरमरा रही हैं। अँतड़ियाँ कुलबुला रही हैं। अब एक क्षण भर की भी देरी करने का मुझ में दम नहीं है। पंछियों की चहचहाट और बकरियों की 'में-में-में' से किसी चींटी का भी पेट नहीं भरता! इन्हें इतनी छोटी बात भी समझ में नहीं आती।''

मेह-जेठवा को बरबस हँसी छूट गयी। ऊजली से नजर बचाकर वह बाबुल की ओर मुँह करके कहने लगा, ''जीसा! एक अपरिचित घुड़सवार के कहने से ही अपनी लाड़ली धिया को पूछियेगा कि मेरे बिना वह अकेली खा सके तो जरूर खाले। मुझे कुछ भी एतराज नहीं है...।''

ऊजली को वैसे अचीते सवाल का आभास तक नहीं था। एक-बारगी तो वह विचलित हो गयी। मगर दूसरे ही पल अपना आपा सँभालकर बोली, ''इतने बरस अकेले ही खाना खाती रही हूँ और ठेठ बचपन में बाबुल के साथ। अकेली खाने में मुझे कोई परेशानी नहीं होती। ऐसी ही बान पड़ी हुई है...!''

अपने उत्तर से जब स्वयं ऊजली भी आश्वस्त नहीं हुई तो राजकुँअर भला क्योंकर सन्तुष्ट होता! हँसते हुए तत्काल कहने लगा, ''पहले की बात बिल्कुल अलग थी और आज की बात एकदम दूसरी है। क्यों जीसा, है कि नहीं, मेरी ओर से आप ही न्याय कीजिये!''

कि उस दौरान तीनों के कानों में घोड़ों की तेज टापें सुनायी दीं। पास ही खड़ी सावित्री घोड़ी उस दिशा की ओर मुँह करके हिनहिनाने लगी। अमरोजी चारण राजकुँअर के सामने देखकर कहने लगे, ''आखिर राज्य के खोजियों ने घोड़ी के सुम पहचानकर, आपका सुराग लगा ही लिया। उतावले घोड़े पठार पर चढ़ने ही वाले हैं।'' हवा की गति के उनमान बात समझने वाले बाबुल का इतना कहना हुआ कि पठार पर सामने ही घोड़े दौड़ते नजर आये। पढ़ी-लिखी ऊजली मन-ही-मन गिनती करने लगी, ''एक, दो, पाँच, नौ और ग्यारहर।'' खुश होने

की बजाय राजकुँअर का मुँह उतर गया। अपने आप से ही कहने लगा। "दीवानजी भी साथ आये लगते हैं! मगर जाना तो मेरे हाथ है! लगता है माँ ने जबरदस्ती भेजा है।"

अब तक अमराजी चारण की धिया ऊजली को अपने मन की कुछ भी जानकारी नहीं थी कि भीतर-ही-भीतर कैसा रंग चित्रित हो रहा है? राज्य के घोड़ों की प्रत्यक्ष टापें सुनने पर ऐसा लगा कि ये घोड़े उसका कलेजा रौंदते हुए आगे बढ़ रहे हैं! उसके अजाने ही यह कैसी आपदा अचानक चढ़ आयी? अपने ही मायावी मन की अब कहीं उसे सही पड़ताल हुई! साँझ की वेला पश्चिम दिशा में डूबते सूरज का दुख इस आस के सहारे झेला जा सकता है कि सुबह अपने निर्धारित समय पर वापस निश्चित रूप से उदय होगा और जरूर होगा, इस में कोई सन्देह नहीं। समूचा संसार इसी आस पर टिकता आ रहा है...युगयुगान्तर से! जिस में रंचमात्र भी संशय की गुंजाइश नहीं! मगर यह राजकुँअर फिर से रजवाड़ी माहौल में रच-बसकर इस दिशा की ओर वापस मुँह करेगा कि नहीं? सुनते आ रहे हैं कि राज्य कि हाथ लम्बे होते हैं! तब यह अकेला मेह-जेठवा उन लम्बे हाथों को क्योंकर छोटा कर सकेगा? ऐसी इसकी क्षमता है कि नहीं? इसकी पहचान कैसे हो सकती है? बाबुल के असीम ज्ञान की दक्षिणा का ऐसा कुफल तो नहीं होना चाहिए! संजोग की गुत्थी संजोग के अदीठ हाथों से ही सुलझती है! अपने कर्तव्य की अखण्ड समाधि के दौरान ऐसा कुछ भी मर्म उजागर नहीं हुआ। उसने तो अपने कर्तव्य की पालना की। अब राजकुँअर का कर्तव्य राजकुँअर जाने। उसने तो जाने-अजाने किसी भी प्रकार की आस-उमीद के भरोसे अब तक कोई काम नहीं किया...!

गँवई लिबास पहने राजकुँअर की सूरत पहचानते ही दीवान की खुशी का पार नहीं रहा! अब रानी-माँ मुँह-माँगी साध पूरेंगी। दीवान के अजाने ही घोड़े को एड़ लगी। दुगने वेग से टापें गूँजने लगीं। कुँअर के पास पहुँचते ही उसने जोर से लगाम खीची। घोड़ा तो मानो जमीन से चिपक गया हो। दीवान अविलम्ब नीचे उतरा। घोड़े की पीठ पर लगाम फेंककर, उसने राजकुँअर की बन्दगी करते 'खम्मा-घणी, खम्मा-घणी' का जयनाद किया। राजकुँअर ने इस तरह सूनी निगाहों से देखा, मानो पहली बार ही परिचय हुआ हो। लेकिन दीवान को तो इनाम की पड़ी थी। सूनी नजर का आभास तक नहीं हुआ। दूसरी बेकार बातें नहीं बनाकर उसने सीधी-सटीक बात करना ही उचित समझा, "रानी-माँ ने आपके विलाप में अन्न-पानी छोड़ने का प्रण किया है! तब राजाजी के गले क्योंकर कौर उतर सकेगा? राज्य की तमाम प्रजा में हाय-त्राय मची है। दो दिन से किसी के गले में पानी का नाम-निशान तक नहीं। आपके पधारने पर ही हर्ष की हिलोरें उमड़ेंगी...।"

अकस्मात् दीवान की नजर राजकुँअर के सूने गले पर अटक गयी। कलेजा धक्क से रह गया। घबराते हुए पूछा, "हुजूर का अमूल्य हार कहाँ है? आपके साथ ऐसा घात किसने किया? मुझे उसका नाम बताइए...।" दीवान का दाहिना हाथ तलवार की मूठ पर पड़ा। आधी तलवार बाहर खींचते हुए बोला, 'आपके देखते-देखते ही हरामी के टुकड़े न कर दूँ तो मैं असली दीवान नहीं।" वह रोष भरी आँखों से इधर-उधर देखने लगा, जैसे चोर आस-पास ही मिल जाएगा।

दीवान का ऐसा उफनता जोश देखने के बाद भी कुँअर के होंठों पर जबरन हँसी उछल पड़ी। व्यंग्य में जवाब दिया, "हरामी तो सभी राज-दरबार की शोभा बढ़ा रहे हैं! बाहर तो मुझे एक भी नजर नहीं आया।" कुछ देर ठहरकर बाबुल और बेटी की ओर देखकर कहा, "मुझे चिन्ता केवल माँ की है। न राज्य की, न सिंहासन की और न अमूल्य हार की! मेरे साथ किसी ने भी घात नहीं किया। आप बेकार ही तलवार की मर्यादा घटा रहे हैं! जिस अमूल्य हार की आपको इतनी चिन्ता है, मुझे उसके योग्य गला खोजने पर बेहद खुशी हुई। प्रत्यक्ष देखना चाहें तो एवाड़े तक चलने का कष्ट तो आप ही को करना होगा। चितकबरी पाहड़ी के गले में मेरे हाथों पहनाया हुआ हार इतना सुन्दर लग रहा है कि आप देखते रह जाएँगे!" कि अकस्मात् राजकुँअर को होश हुआ कि वह किसके सामने ऐसी झीनी बातें बघार रहा है! राज-दरबार के अन्न-पानी से पले इन बड़े श्रीमन्तों की तो समझ ही निराली है!...पहले उसकी समझ भी तो ऐसी ही रंगत में रँगी थी। इनके सामने सीधी और साफ बात करने में ही सार है। गहराई से सोचकर कहने लगा, "माँ को मेरी ओर से हाथ जोड़कर अरदास करना कि मनुष्य की गरिमा के योग्य जीने का गुर मुझे रात को ही अच्छी तरह समझ में आया। जिसके पासंग में ऐसे सहस्र रजवाड़े भी कम पड़ते हैं! माँ ने तो जिन्दा लोथ को जन्म दिया और बरसों तक पाला-पोसा। बरड़ा गाँव के अमराजी चारण की ढाणी में मेरा नया जन्म हुआ—बीस बरस की लहीम-शहीम देह के साथ! यदि रात वाले तूफान और ओलों की मार से मेरी घोड़ी दूसरी राह दौड़ पड़ती तो अभी आप से बातचीत करने की खातिर जिन्दा ही नहीं बचता! मेरी निरजीव लाश कौन जाने कहाँ गिरती? धूमली रजवाड़े के सैनिकों के हाथ लगती, नहीं भी लगती। नहीं मिलने पर भी वही त्रासदी होती, जो मिलने पर भी होती। फर्क इतना ही है कि नहीं मिलने पर कौवे, गिद्ध, चीलें और चीटियाँ इत्यादि मेरी मुर्दा माटी का सत्यानाश कर देतीं। मगर मुझे लेशमात्र भी कष्ट नहीं होता और साबुत लाश मिलने पर राज्य के मसान में घी-चन्दन से दाहक्रिया होती। लेकिन चिता में जलने की आँच मुझे तनिक भी महसूस नहीं होती! आखिर एक दिन तो मुझे मरना ही है। मगर इस नये जन्म का ऐसा करिश्मा हुआ कि मुझे न राज्य, न मुकट, न सिंहासन और न माया

का राई-रत्ती भी मोह है! मगर माँ को एक बार यहाँ आने के लिए बार-बार हठ करूँगा। वह स्वयं अपनी आँखों से मेरा यह नया जन्म देखकर बेहद खिल उठेगी। माँ की प्रकृति सिर्फ मैंने ही अच्छी तरह पहचानी है। समझी है। दरबारियों की भाँति मिथ्या खुशामद या चुगली-चकारी न करके मेरी सही अरदास माँ के कानों में पहुँचा दोगे तो वह कुछ भी अन्य सोच-विचार न करके तुरन्त चल पड़ेगी। उसकी ममता और करुणा असीम और अनन्त है। वह महारानी की बजाय हमेशा माँ बनी रहती है! ऊजली के साथ मेरा ब्याह होने पर उसके आशीर्वाद की बदरिया कभी रीती नहीं होगी। मेरे अन्तःकरण में अभी यही गुनगुनाहट सुनायी दे रही है! जीसा के दर्शन करना उसके लिए सौभाग्य की बात होगी। मनुष्य-जीवन की सार्थकता मुझे इस ढाणी के गहर-घुमेर नीम की नाईं झूमती महसूस हो रही है। यदि राजाजी नाराज होंगे तो माँ उन्हें समझा देगी...।'' कि अचानक दो सैनिकों की ओट में छिपे झूमर खवास पर उसकी नजर पड़ी। वह टकटकी लगाये कुछ देर तक उधर ही देखता रहा। उसे अपनी रुचि के अनुसार मन-पसन्द व्यक्ति मिल गया। खुशी की हँसी छलकाते उसने हाथ के इशारे से अपने पास बुलाते कहा, ''अरे झूमर! तू अब तक छिपा हुआ क्यों रहा? सबसे पहले तुझे ही मेरे पास आना चाहिए था। वरना दीवानजी से इतनी बेकार बातें ही नहीं करता। अब जल्दी से मेरे पास आ!''

जब झूमर ने पास आकर राजकुँअर को कोरनिश करते दो बार 'खम्मा-घणी' की तो आज उसका सामन्ती अभिवादन काफी अटपटा लगा। फिर भी स्नेह से मुस्कराते बोला, ''झूमर! तूने तो मुझे गोद में खिलाया है। अब भूलकर भी मुझ से यह घिनौना जुहार मत करना। इस 'खम्मा-घणी' को गढ़ के आँगन में गहरा दफना दिया होता। खैर, जाने दे, यदि दूसरा बार यहाँ आया तो नये मर्म की कई बातें बताऊँगा। दीवानजी को जो हिदायतें मैंने दी, उन्हें अच्छी तरह सुनी कि नहीं?''

''सुनी अन्दाता...!''

''फिर वही बासी और बदबूदार सम्बोधन! कोई किसी का अन्दाता नहीं होता...मगर मेरी नाईं मौत के जबड़े से बाहर निकले बिना ये सूछम बातें समझ में ही नहीं आतीं। पहले मुझे भी कहाँ समझ में आती थीं! इसलिए किसी से भी विवाद करना व्यर्थ है।''...फिर सभी सैनिकों की तरफ देखते कहा, ''झूमर के अलावा, दीवानजी सहित, किसी को कुछ भी समाचार बताने की जरूरत नहीं। झूमर, तेरी समझ का लोहा तब मानूँ, यदि तू माँ को एक बार यहाँ ले आये! यदि वह मेरे नये जनम की बधाई सुनकर खुश हो जाय तो फिर मेरे लिए सारी दुनिया में कुछ भी खुशी बाकी न रहे! अब तुम सभी जाओ...मेरी चिन्ता सिर्फ

मुझे ही करने दो!''

दीवान और सैनिकों की रवानगी के पश्चात् जेठवा ने बाबुल को बताया, ''राजाजी का कहना माँ टाल सकती है, लेकिन झूमर का कहा कभी टाल नहीं सकती। एक बार राज की बगीची में फूल तोड़ते हुए मुझे बाँडी परड़ खा गयी थी। झूमर मेरे पास ही खड़ा था। मेरी चीख सुनते ही पहले उसने परड़ को बुरी तरह चिगद डाला। फिर जेब से उस्तरा निकालकर परड़ के गड़े हुए दाँतों के इर्द-गिर्द चीर-फाड़ करके रक्त के साथ जहर बार-बार चूसता रहा, थूकता रहा। फिर बगीची की क्यारियों में उगी हुई जड़ी-बूटियों का काढ़ा पिलाया। बार-बार मेरी नाड़ी टटोलता, मेरी आँखों में बड़ी मार्मिक दृष्टि से झाँकते हुए निश्चिन्त भाव से बोला, ''अब कोई खतरा नहीं। घाव पर अपने हाथों बनाया मरहम लगाने के पश्चात् डरते-डरते माँ को सच-सच बताया। वह मूर्छित होते-होते बड़ी मुश्किल से बची। फिर झूमर के माथे को सहलाते उसे मन-ही-मन आशीर्वाद देकर उसे इक्कीस मोहरें देने के लिए मखमल की थैली बढ़ायी तो उसने पाँवों का परस करते कहा, ''यों तो आपका चाकर हूँ, पीढ़ियों का दास हूँ, आप जो भी बखसीस देंगी, मेरा मान बढ़ेगा। इनकार करते लाज आती है, मगर इस मौके पर कुछ भी मंजूर करूँ तो मेरी गति नहीं होगी और भविष्य में साँप का जहर उतारने के काबिल नहीं रहूँगा! मेरे जीसा और दादा ने मुझे यही सीख दी है...।'' ''ऐसा खरा सोना है, झूमर!'' राजकुँअर ने बाबुल की तरफ मुँह करके उसकी प्रशंसा की।

तत्पश्चात् मेह-जेठवा ने सारा आख्यान विस्तार से बताया, ''सोलह दिन तक उसने अन्न का एक दाना भी मुझे चखने नहीं दिया और सोलह रातों तक एक झपकी तक नहीं लेने दी। पूरे एक पखवाड़े तक झूमर ने इतनी बातें सुनायीं कि मैं नींद लेना ही बिसर गया। न झूमर ने पलकें झपकायीं और न मैंने। सत्रहवें दिन सारे राज्य में धूमधाम से उत्सव मनाये गये। हजारों रुपये न्योछावर हुए और अगणित गायें बाँमनों को दान दी गयीं। एक भाई और दो बहनों से बड़ा मैं ही पाटवी राजकुँअर हूँ। झूमर की वे बातें आज तक भी मेरे दिल में उकेरी हुई हैं। वैसा अलौकिक आनन्द मुझे फिर कभी नहीं आया...।''

ऊजली मानो किसी अजानी और अदीठ दुनिया में विचरण करने लगी हो! बातों के उछाह में पुलकित भाव से अधीर होकर पूछा, ''कौन-कौन-सी बातें सुनायीं? मेरे जीसा भी बचपन में ब्यालू के बाद हमेशा बातें सुनाते थे...झींटिया की बात, खापरिया चोर की बात...।'' राजकुँअर बीच में ही उतावला होकर मोद से कहने लगा, ''झींटिया की बात तो इतनी बार झूमर के मुँह से सुनी, जिसकी गिनती ही नहीं कर पाया। तब से कई बार मुझे सपनों में ढोलक बजाते हुए वह

कहता है—किसका झींटिया, किसका तम। चल मेरी ढेमकी ढमाक-ढम। और वह चालाक झींटिया तब से मेरा गहरा मित्र बन गया।'' अकस्मात् जाने क्या सोचकर उसने बाबुल की तरफ देखते कहा, ''अब मुझे भी भूख महसूस हो रही है। पंछियों की बाड़ी साँझ को निहारेंगे। नये जनम का आज पहला भोजन करूँगा। दूध पीने की जरूरत नहीं है।'' इतना कहकर वह अपने तईं चलकर गवाड़ी की राह चलने लगा, जैसे अपने हाथों रसोई बनाकर अकेला ही खायेगा। तब बाबुल-बिटिया क्योंकर पीछे रहते?

आँगन में बँधी रस्सी पर जेठवा के सूखे हुए कपड़े लटक रहे थे। ऊजली उन्हें सलीके से समेटकर कहने लगी, ''जीसा के पास फकत दो जोड़ी कपड़े हैं। वे अपने हाथों धोकर सुखायेंगे। अपने कपड़े पहन लीजिए। जेठवा की इच्छा तो ऐसी नहीं थी। वह माँ से ये ही कपड़े पहनकर मिलना चाहता था। ऊपरी मन से मानना पड़ा। ओरी में कपड़े बदलने से पहले उसने ऊँची खाट की ओर देखा। पूरी बेहोशी के दौरान ही इसी खाट पर उसे नये प्राण मिले थे! यदि ऊजली का सोचा हुआ पार नहीं पड़ता तो जीसा के वस्त्र पहनने का अवसर ही कब मिलता! ऐसा महसूस हुआ कि कुछ दिन तक जीसा के कपड़े पहने रहता तो उनके परस-मात्र से वैसी बुद्धि और वैसी ही समझ उसमें संचरित होती रहती! इस लिबास के रहते माँ के लिए बेटे की पहचान कुछ मुश्किल हो जाती। सचमुच भूख तो जबरदस्त लगी है। भोजन बने तब तक जीसा के वस्त्र धोले तो अच्छा है। कुछ-न-कुछ नया काम सीखना चाहिए।

आँगन में रातिब खाती घोड़ी को स्वामी के पाँवों की आहट सुनायी पड़ी तो वह ऊँचा मुँह करके हिनहिनायी। पास में खड़े बाबुल घोड़ी के पुट्ठे सहला रहे थे। जेठवा कुछ पूछे, उसके पहले ही वे कपड़े सामने करते बोले, ''बीमार पड़ने पर भी मैं ऊजली से अपने कपड़े नहीं धुलवाता, फिर एकदम स्वस्थ-दुरुस्त होने पर धूमली के राजकुँअर से यह काम कराऊँ तो मेरा मरण होता है! खीचड़ी बने तब तक इन कपड़ों को पानी के बाहर निकाल लूँ तो अच्छा रहेगा। समय की बचत होगी सो अलग से।'' राजकुँअर को फिर आग्रह करने की हिम्मत नहीं हुई तो थोड़ा धीमा पड़ते कहने लगा, ''कपड़े पहने तो मैंने और धोयें आप, यह न्याय की बात तो नहीं है, लेकिन इस गवाड़ी में मेरा कुछ भी जोर नहीं चलता। एक नया काम सीखने को मिलता!''

''यह भी कोई काम है...? इन हाथों से तो फकत न्याय करना ही शोभा देता है! सपने में भी किसी के साथ अन्याय नहीं होना चाहिए।'' राजकुँअर उनके झीने मर्म का मायना समझा या नहीं, यह तो वही जाने। बोलकर कुछ व्यक्त नहीं किया। उसके मानस में कुछ दूसरा ही मन्थन चल रहा था। स्वयं के विश्वास

को दृढ़ करने की मंशा से पूछा, "आपको क्या लगता हे कि झूमर के कहने से माँ तुरन्त चली आएगी। या कुछ समय के बाद आना चाहेगी।"

अमरोजी चारण ने कोई धूप में खड़े रहकर सफेदी नहीं ली थी। बिना कहे ही वे किसी के भी मन की बात समझ लेते थे। फिर भी राजकुँअर का अचीता सवाल सुनकर वे क्षणभर के लिए ऊहापोह में फँस गये। लेकिन दूसरे ही पल उन्हें माकूल जवाब सूझ गया। राजकुँअर की आँखों में टोहते कहने लगे। "कैसी भी माँ से आये बिना रहा नहीं जाएगा। मगर रानियों के मन का भेद जानने की खातिर मुझे कभी वैसा अवसर ही नहीं मिला। फिर भी मेरा मन कहता है कि रानीजी के साथ राजाजी भी आयेंगे। पर दोनों के आने का आशय अलग-अलग होगा।"

कलाई पर धरे कपड़ों से कुछ अटपटा लगा तो तगारी में पानी उड़ेलकर धोती-अँगरखी तो अन्दर डाल दी, लेकिन सफेद साफे के बन्ध खोलकर भीतर गेरने लगे। चौड़ी शिला पर गीली अँगरखी बिछाकर मटमैली गुठली रगड़ने लगे तो जेठवा की जिज्ञासा मचली। इन नयी-नयी जानकारियों के सहारे ही उसे नयी जिन्दगी की गाड़ी लुढ़कानी पड़ेगी। पास आकर पूछा, "यह गुठली की तरह क्या चीज है?" पहले तो बाबुल को उसकी जिज्ञासा सुनकर काफी आश्चर्य हुआ। फिर उसका आशय समझते ही मुस्कराकर बोले, "यह हींगानियों की गिरी है। भीगे वस्त्र से मैल छुड़ाती है। मगर राजकुँअर को कपड़े धोने का कब काम पड़ता है! राज-धोबी के अलावा सैकड़ों चाकर उसकी हाजरी बजाने के लिए आतुर रहते हैं, होड़ लगी रहती है।" जेठवा ने वैसा ही सटीक उत्तर दिया, "मनुष्य का भाग्य किसने उघाड़कर देखा है? किसी को भी कुछ पता नहीं चलता कि कब पासा पलट जाय! मेरा पलटा ही है। नया जन्म मिलने पर कई नयी-नयी बातें सूझने लगी हैं...।" कि इस बीच ऊजली ने पास आकर खाने का तकाजा किया। लेकिन जेठवा के मन में कुछ दूसरी ही बात घुमड़ने लगी थी। संकोच करते कहने लगा, "यदि तीनों ही साथ खायें तो ठीक नहीं रहेगा?"

ऊजली ने सच्ची बात ही बतायी, "जीसा, नहाकर घड़ी-सवा-घड़ी धूप-ध्यान करेंगे। और मुझे भी जोत की खातिर वांछित तैयारी करके घर का सारा काम-काज निबटाना है...।" यों आसानी से मानने वाला जेठवा भी नहीं था। अदेर अण्टी पजायी, 'तुम्हें तो मुझ से पहले भूख लगी थी, तब मैं भुक्खड़ की नाईं अकेला कैसे खालूँ।" दोनों को विवाद करते देख बाबुल ने समाधान बताया, "मैं अभी चटपट स्नान करके आता हूँ। धूप-ध्यान बाद में कर लूँगा।"

बेटी को तनिक अखरा, "बाभोसा, आपने आज दिन तक धूप-ध्यान में कभी नागा नहीं की! फिर आज...?"

उन्होंने तुरन्त जवाब दिया, "पगली बिटिया, ये तो मौके-मौके की बातें हैं। तू स्वयं अच्छी तरह जानती है कि तेरा बाबुल कभी लीक नहीं पीटता। राजकुँअर दो जून का भूखा है...।"

"दो नहीं, तीन जून का। कल सवेरे शिकार के शौक में भूखे ही घोड़ी पर चढ़े थे।" जेठवा मन-वांछित शिकार किये बिना कौर भी नहीं तोड़ता था। सैकड़ों बार शिकार चढ़ा, मगर कल ही अनहोनी घटित हुई। वापस साँस नहीं आने पर भूख-प्यास का सपना ही कहाँ पड़ा था? मौत की देहरी तक पहुँचे बिना ऐसी मार्मिक बातें सूझती भी तो नहीं! उसकी बराबरी अब कोई नहीं कर सकता। न बादशाह और न कोई देवता! सुगम्भीर स्वर में बोला, "जब आँधी, तूफान, वर्षा और ओलों में भी मेरा कुछ नहीं बिगड़ा तो मामूली भूख की क्या परवाह करूँ...!"

ऊजली के दिल को किंचित् ठेस लगी। भरे गले से बोली, "यदि आपको इस बात का पता हो कि बार-बार नये जीवन की चर्चा से मुझे कितनी तकलीफ होती है तो आजीवन ऐसे कुबोल नहीं दुहराते!"

राजकुँअर तनिक शर्मसार हो गया। माफी माँगने के लहजे में कहने लगा, "एक बार माँ के सामने कलेजा उघाड़े बिना मुझे शान्ति नहीं मिलेगी। फिर कभी किसी के सामने यह बात नहीं करूँगा...।" बाबुल के आने पर किसी ने ढील नहीं की। किसी को कुछ कहे बिना ही अपने हाथों से बाजोटिया रख, गद्दियाँ बिछायीं। फिर ऊजली की तत्परता देखने काबिल थी। दो काँसी की थालियों में कुछ-कुछ मोटी चपातियाँ, दाल और राईता। एक तासली में खिचड़ी और थोड़ा-सा घी! एक कटोरी में दही और दूसरी कटोरी में पतली दाल। जेठवा तत्क्षण ही भीतर की बात समझ गया, फिर भी जान करके चपातियों वाली थाली के सामने बैठ गया। ऊजली ने कुछ भी आना-कानी नहीं की। चुपचाप थाली उठाकर, तुरता-फुरत खिचड़ी वाली तासली और तीनों कटोरियाँ रख दी। जेठवा से पूछे बिना नहीं रहा गया, "यह भेद क्यों?"

"इस भेद की जरूरत है। तीन जून भूखे रहने से कुछ गड़बड़ न हो जाय, इसलिए थोड़ी सावचेती बरती। अब ज्यादा पूछताछ न करके खाने बैठिये।" ऊजली ने सहज भाव से जवाब दिया।

बाबुल तो समझ-बूझ की उम्र होते ही खाने के दौरान कुछ बातचीत करते ही नहीं थे।

धूमली रजवाड़े के राजकुँअर को जाने क्या जँची सो वह गरदन घुमाकर कहने लगा, "आज से मैं भी संकल्प करता हूँ कि खाते समय कैसा भी जरूरी काम हो, एक आखर भी नहीं बोलूँगा। साथ-ही-साथ आज यह भी प्रण करता

हूँ कि अब न तो शिकार करूँगा, न मांस खाऊँगा और न शराब की एक बूँद भी चखूँगा।'' दोनों के लिए मन-पसन्द बात थी। किसी ने कुछ भी शंका प्रकट नहीं की, आखरों के अवगुण्ठन में जो मर्म छिपा था, वह किसी से भी अजाना नहीं रहा!

जेठवा ने खिचड़ी पहले खाली थी, फिर भी जब तक बाबुल-बेटी नहीं उठे, तब तक वह भी गद्दी पर बैठा रहा। राजकुँअर किसी के लिए भी कभी लिहाज-संकोच नहीं रखता था। राजाजी एवं रानी-माँ का भी। आखिरी कौर पूरा चबाये बिना ही उठ जाता था।

जूठे हाथ-मुँह धोने के पश्चात् राजकुँअर बाबुल के सामने देखकर बोला, ''अब तक तो पेट भरने के लिए भोजन करता था। आज आत्मा की खातिर भोजन किया! दोनों में धरती-आसमान का फर्क है। क्या पता माँ के गले ये बातें उतरेंगी कि नहीं। मौत के रूबरू होने से जो उजाला होता है, वह आराम से जीते रहने पर नहीं होता! नंगे पाँव काँटा चुभने के बाद ही जूतियों का महातम समझ में आता है...!''

काम किये बिना बाबुल को आराम ही नहीं मिलता था। ऊजली को हिदायत देते कहा, ''बकरियों, गायों और पंछियों की सार-सँभाल के लिए मुझे तो जाना ही पड़ेगा। कल साँझ तक सात-आठेक अतिथि झूमर के साथ आयेंगे। तुझे गेहूँ, बाजरी साफ करके पीसने हैं। दाल दलनी है—मूँगों की, चनों की। कैर, साँगरियाँ और कूमटियों पर हाथ फेरना है।''

ऊजली के साथ-साथ यह हिदायत जेठवा ने भी तो सुनी थी। बाबुल की संगत के आशय से उसके पाँवों पर भी चींटियाँ चिपकने लगीं। उत्साह दरसाते बोला, ''मैं भी आपके साथ चलूँगा।''

''कुछ देर आराम कर लेते...थकान मिट जाती...।'' बाबुल ने शिष्टाचार के नाते कहा।

''आराम करने के दिन गये! जीवन की नयी चाल के अनुरूप काम किये बिना कबीरी नहीं होगी। ऊजली की तरह मुझे भी उसी साँचे में ढालियेगा!''

''जैसी आपकी मरजी।''

दोनों के जुदा होने पर वह ओरी में गयी तो ऊँची खाट को सूनी-सूनी आँखों से एकटक निहारने लगी! गौतम को बोध होने में जाने कितने बरस लगे? मगर उसे तो एक रात के सघन अँधियारे में ही तीन भव का बोध हो गया था! इस नये बोध की कँटीली राह वह चल पायेगी? शुरुआत में तो मूर्छित घुड़सवार को होश में लाने के अलावा कुछ भी दूसरी चिन्ता नहीं थी। यह भी पुख्ता तौर पर पता नहीं था कि उसका उपचार सफल होगा कि नहीं। गहरी-ही-गहरी समाधि

में निमग्न उसकी कोई अन्य आकांक्षा नहीं थी! पूर्णताया नग्न नर-देह से अपनी अनावृत्त किशोरी देह की जकड़न के बावजूद उसके चेतन-अवचेतन मन में किसी भी तरह की उत्तेजना नहीं थी! मगर अभी उसके मानस में नाना प्रकार की लहरें उठने लगीं। पुरुष की बलिष्ठ देह मिलने पर भी राजकुँअर को ऐसा निर्मल, निश्छल और निष्पाप नहीं जाना था! भले कुछ भी परिणाम हो, वह अपने मन में भूलकर भी कोई आस नहीं रखेगी। आस रखने से इस गवाड़ी की गरिमा घटती है! और दूसरे ही क्षण बरसाली में बैठकर अपने काम में मशगूल हो गयी। पूर्णतया एकाग्र चित्त से। वर्तमान के क्षण में जीने के अलावा उसके अन्तस् में भविष्य के निमित्त कोई दूसरा मनसूबा नहीं था! बाबुल की सीख से टलने पर जीने का कोई अर्थ नहीं रह जाता और बाबुल भी बाबुल जैसा! लाखों में एक! जाने कितनी जन्म की तपस्या के बाद ऐसा बाबुल मिलता है! उसका जो कर्तव्य है, उसे पूरी तन्मयता से करना है। दूसरों के कर्तव्य की चाह रखने से कष्ट के अतिरिक्त कुछ भी प्राप्त नहीं होता!

उधर बाड़ी में कुछ दूसरा ही माहौल था। बकरी की चितकबरी बच्ची के गले में हार लटक रहा था, जिसका राजकुँअर को तनिक भी गुमान नहीं था। गोद में लेकर उसके ललाट पर बोसे दिये। सात गायें और सात ही बछड़े थे। बाड़े में पाँव धरते ही वे हुलस-हुलसकर सामने दौड़े—पूँछें हिलाते हुए। बाबुल स्नेह भरी आँखों से गोपाल की पुष्ट देह इस तरह टोहने लगे, जैसे उनका पूरा ध्यान रखने वाला संरक्षक ही अवतरित हुआ हो! शिवजी के नन्दी की नाईं मतवाला साँड़ इस तरह हौकारें भरते, पूँछ ऊँचा करके दौड़ा मानो स्वामी की कैसी भी अचीती विपदा क्षण-पलक में मिटा देगा। बाबुल उसकी थुई सहलाते कहने लगे, "आज तो यह साँड़ इतना प्रचण्ड दिख रहा है! लेकिन जब हमारी आँखों के सामने ब्याया तब बड़ी मुश्किल से घड़ी-पौन-घड़ी में पैरों पर खड़ा होकर, डगमगाता, गिरता-पड़ता दूसरे दिन चलने लगा था। फिर तो देखते-देखते शिवजी के नन्दी की तरह पुष्ट होकर डकारने लगा। जीव-जानवर, झाड़झँखाड़ और गाछ-बिरछों का बढ़ना निहारकर कितना आनन्द उमड़ पड़ता है, जिसका कुछ लेखा-जोखा नहीं। बढ़ते नजर आते नहीं, लेकिन उनके बढ़ने में कोई सन्देह नहीं! कितने अचरज की बात है। हूबहू यही ढंग ऊजली का भी रहा। हाथ-पौन-हाथ की सजीवन लोथ देखते-देखते इतनी बढ़ गयी! तुतलाते-तुतलाते कब बोलना सीखी, कब हँसने-मुस्कारने लगी! घुटनों के बल चलती-चलती कब खड़ी होकर चलने लगी, इस प्रक्रिया को जानते-समझते रहने के बराबर कोई दूसरा आनन्द नहीं है।

यह अतिशय सौभाग्य माताओं का! मगर उस आनन्द का अनुभव बाप के नाते मैंने उठाया। पचासों चक्रवर्ती राज्य भी इस आनन्द-उछाह की होड़ नहीं कर सकते।'' बरसों से गहरी दबी हुई बात सहसा आज प्रकट हुई!

मेह-जेठवा की आँखें छलक उठीं। विगलित कण्ठ से कहा, ''यदि दुर्योग से मैं वापस जीवित नहीं होता तो ऐसी बातें देखने-सुनने का अहोभाग्य कब मिलता? मेरे अन्तस् के इस बेमिसाल हर्ष को बिना दरसाये मैं गूँगा क्योंकर रह सकता हूँ! समझ नहीं पड़ता कि ऊजली नाराज होकर मुझे मना क्यों करती है? मेरी तरह इसे नया जीवन मिलता तो इस अपार आनन्द का अनुभव किये बिना नहीं रह सकती! फिर चुप रहना किस के वश की बात है? इस आनन्द के लिए मौत से साम्प्रत साक्षात्कार करना पड़ता है!'' फिर यकायक जाने क्या सोचकर उसने बाबुल के सामने अपनी मंशा दरसायी, ''आपकी अनुमति हो तो मैं भी ऊजली के पास बैठकर गेहूँ-बाजरी साफ करूँ, कैर-साँगरियाँ सँभालूँ...!''

''इस में मेरी अनुमति की क्या दरकार है! ऊजली मानती हो तो मुझे एतराज नहीं!'' बाबुल ने बेहिचक सहज भाव से कहा।

जेठवा के मन में एक शंका उपजी, ''आपको कुछ वहम तो नहीं होगा...?''

बाबुल को सहसा हँसी छूट गयी। हँसते-हँसते ही कहा, ''वहम किस बात का? अपनी बिटिया को मैं राई-रत्ती पहचानता हूँ। उस पर मेरा अडिग विश्वास है। वह सपने में भी वहम जैसी बात नहीं करेगी...!'

''और मुझ पर...?'' जेठवा एकदम चुप हो गया। जैसे न बताने वाली बात उसके मुँह से छिटक पड़ी हो!

कुछ देर तक बाबुल से कोई भी जवाब देते नहीं बन पड़ा। फिर गम्भीर स्वर में कहने लगे, ''एकाध दिन में तो ढोर-डंगर की भी ठीक तरह पहचान नहीं होती। फिर मनुष्य तो एक ऐसा विकट प्राणी है कि सौ बरस साथ रहने पर भी उसकी सही परख नहीं हो सकती। मगर मेरी गोद में खिलायी बेटी पर मुझे अटूट भरोसा है कि आप जैसे नौ राजकुँअरों पर भी वह भारी पड़ेगी! फिर भी एक या दो दिन में आदमी की जितनी पहचान होनी चाहिए, उतनी हो गयी। वरना प्राण लौटने पर एक पल भी इस गाँव में नहीं रहने देता! तुम पर मेरा काफी भरोसा है! यदि ऐसी-वैसी कुछ शंका होती तो ऊजली मुझे बताये बिना नहीं रहती!''

जेठवा के मन में तरह-तरह के बुदबुदे उठने लगे। एक गहरा निश्वास छोड़कर बोला, ''कुछ-न-कुछ अचीता हादसा भुगते बिना कोई अमूल्य चीज हाथ लगती नहीं।'' मनचीते आखर उपजे नहीं, तब ओछी काटते हुए पूछा, ''अब

चलूँ...?''

''जैसी तुम्हारी इच्छा। मुझे पूछने जैसी बात ही नहीं।''

धूमली रजवाड़े का राजकुँअर मेह-जेठवा बाबुल की आँखों में नजर गड़ाकर जाने क्या खोजने लगा! कुछ देर बाद उसके होंठ फरफराये, ''मुझे अपने राज-दरबार में अब तक आप जैसा व्यक्ति नहीं मिला। मनुष्यों का ऐसा लगातार अकाल वहीं क्यों पड़ता है? शायद आपके आँगन की ऐसी कौन-सी निराली माटी है? कुछ तो समाधान कीजिये!''

अमरोजी चारण को आज दिन तक इस तरह के समाधान की बात किसी ने पूछी नहीं थी, फिर क्या जवाब देते? अभी जो बात सूझी, बता दी, ''यह दुनिया बहुत लम्बी-चौड़ी है, जिसका न कोई ओर, न छोर! तरह-तरह के मनुष्य भरे पड़े हैं। कहाँ, क्या रत्न मिले, कुछ पता नहीं पड़ता! अच्छी तरह जाँच किये बिना कुछ भी भी कहना मुनासिब नहीं है। और न सुनना ही वाजिब है! तुम्हें जाना है तो दर करने की जरूरत नहीं। दाल दलो, गेहूँ-बाजरी पीसो, काम करने में कैसा संकोच! कोई भी नया हुनर सीखना तो हर सूरत में अच्छा है...!''

जेठवा मन-ही-मन सोचने लगा—किसे राजा होना चाहिए और कौन कुमानुस सिंहासन दबाये बैठा है? ऊजली के बाबुल का एक नाखून भी धूमली रिसायती के राजा से भारी पड़ता है। हाँ, अलबत्ता माँ की बात न्यारी है! बहुत सम्भव है, ऊजली की माँ ऐसी ही होगी...!

बिना कुछ कहे-सुने ही जेठवा गवाड़ी की राह चुपचाप चल पड़ा। उसके पाँवों में संकोच या संशय नाम की चीज दूर-दूर तक नहीं थी।

माघ महीने की सुहानी धूप, जैसे दिन की वेला चाँदनी बरस रही हो! फकत शिकार खेलने के अलावा वह कभी धूप या अँधियारे में पैदल नहीं चला। शिकार के पीछे घोड़ा सरपट दौड़ते हुए न कभी धूप की परवाह की, न अँधियारे की, न सर्दी की और न चौमासे की। शिकार के अतिरिक्त न किसी दूसरे काम में मन लगता और न किसी दूसरे काम में आनन्द ही आता। मगर आज वह समझना चाहे तब भी नहीं समझ सकता कि पहले ऐसे निकृष्ट काम की खातिर उसका मन क्योंकर लगता था? मनुष्य-जीवन का वरदान पाकर भी पहले यह बात समझ में नहीं आती थी कि पागल कुत्ते की जिन्दगी बेहतर होती है या मनुष्य की! जब एक चींटी या गुबरैले को जिलाना उसके हाथ में नहीं है, तब इन्हीं हत्यारे हाथों ने एक बार देखे हुए हिरण को नहीं छोड़ा! छिः, छिः यमराज के काम में भागीदारी रखी...! कि उसी पल कुरजों की तीन क्रम-बद्ध पंक्तियाँ माथे पर से गुजरीं। जेठवा के पाँव जहाँ थे वहीं रुक गये। गरदन उठाकर आकाश की

तरफ तब तक देखता रहा, जब वे ओझल नहीं हो गयी। उतनी ही अवधि के दौरान हवा में जैसे कई चित्र अंकित हो गये हों, ऐसे चित्र जो पाँखें फड़फड़ाकर आकाश में उड़ते हों! एक बार तो उसने कुरजों की उड़ती पंक्ति पर बन्दूक चलायी थी, मगर वहाँ तक मार नहीं हुई। उसने तो अपनी तरफ से कोई कसर नहीं रखी थी। अपने भाग्य से वे बच गयीं!

उधर दाल दलती ऊजली को भी कुरजों का गीत सुनायी पड़ा तो वह भी चाकी छोड़कर फलसे के बाहर आयी। गरदन उठाकर उड़ती कुरजों को साम्प्रत देखा। ऐसा महसूस हुआ कि जैसे वह स्वयं उनके साथ-साथ आकाश फलाँग रही हो! कुरजों की तीनों पंक्तियाँ ओझल हो गयीं तब भी उसकी उठी हुई गरदन नीचे नहीं हुई, मानो सूने आकाश में उसकी नजर चिपक गयी हो! मेह-जेठवा बिना किसी आहट के उसके पास आकर खड़ा हो गया, तब भी उसे कोई भनक नहीं पड़ी। दोनों के हृदय में कुरजों के चित्र अंकित हो चुके थे! क्या प्रीत का सन्देशा ले जाने वाली कुरजों को भी इस बात का पता लगा कि नहीं?

जेठवा से आगे धीरज नहीं रखा गया तो उसके गले से जलते हुए शब्द निकले, "मुझ जैसा हत्यारा राक्षस...।" ऊजली ने चौंककर पीछे देखा। लेकिन जेठवा तो अपनी धुन में बोलता ही रहा, "इस दुनिया में दूसरा कोई नहीं है! एक बार मैंने कुरजों की सुन्दर पाँत पर भी बन्दूक का निशाना साधा! वहाँ तक मार नहीं हुई सो कुरजों की किस्मत। मुझ जैसे हत्यारों का मरना ही बेहतर है! वे जीने के कतई हकदार नहीं हैं! आपने मुझे जैसे कंस को फिर से जीवित करने का पाप क्यों किया? क्यों? असंख्य पंछी-जानवरों को मारने का शाप तो मुझे लगना ही था! आप दोनों ने बीच में यह झँझट पैदा क्यों किया?"

जेठवा के मन का यह सच्चा पछतावा सुनने पर भी ऊजली के अधरों पर मुस्कान की एक नन्हीं-सी किरण चमक उठी। मिठास घुले स्वर में बोली, "क्या यह सवाल पूछने के लिए आप अकेले यहाँ आये...?" सवाल क बदले वापस सवाल सुनते ही जेठवा को तुरन्त चेत हुआ। झेंपते हुए धीरे-से बोला, "जीसा की आज्ञा लेकर आया तो किसी दूसरे ही काम से था। लेकिन मोहिनी कुरजों की कुराँ-कुराँ सुनकर मेरा माथा ही भन्ना गया! क्या बताऊँ और क्या नहीं बताऊँ? मेरी यह बदली हुई सुध-बुध तनिक भी मेरे वश में नहीं रहती। कहीं पागल नहीं हो जाऊँ!"

ऊजली ने उसकी परिवर्तित मनोदशा का सही कूता कर लिया था। मगर अभी उसे बताने का उचित समय नहीं था। अचरज से पूछा, "मुझसे ऐसा क्या काम था, जिसके लिए जीसा से आज्ञा लेनी पड़ी...?"

यह सवाल सुनने के साथ ही जेठवा का भारी अन्तस् फूल की नाईं हलका

हो गया। अतिशय सहज वाणी में कहने लगा, ''मेरे अपने घर-परिवार के सात-आठेक मेहमानों की खातिर आप अकेली ही क्यों इतना पसीना बहा रही हैं? मुझे अच्छी तरह समझा दें तो मैं भी दाल दलने में मदद करूँ, गेहूं-बाजरी पीसने में...।'' सहसा ऊजली के इकलोते कण्ठ से तीन कण्ठों की हँसी का जैसे वातचक्र ही गहराया हो! जेठवा हतप्रभ होकर वह अनहद नाद सुनता रहा! किसी रूपसी के कण्ठ से शहद-सी मीठी हँसी अब तक नहीं सुनी, मानो चारों दिशायें झंकृत हो उठी हों! हँसी का निर्झर धीमा पड़ने पर वह कहने लगी, ''ये काम शिकार खेलने की तरह आसान नहीं हैं। रोयें-रोयें से पसीना छूटता है। कलाइयाँ टूटने लगती हैं। हथेलियों में छाले पड़ जाते हैं। औरतों के रोजमर्रा काम में पुरुष की निष्ठुरता से पार नहीं पड़ता! औरतों के कर्म में संगीत की नीरव लय होती है! मर्दों का थोथा पराक्रम, औरतों के पासंग बराबर भी नहीं ठहरता। आखिर कैसे भी पराक्रमी सम्राट को औरत की कोख का मुहताज तो होना ही पड़ता है! कुदरत की इस देन में ईश्वर की भी पंचायती नहीं चलती। सच्ची बात तो यही है, मगर झूठी बातों का कोई अन्त नहीं है!''

पुरुष के सामन्ती कानों में औरत-जात की यह चुनौती उतरना आसान नहीं था! जोश की मुद्रा में जवाब दिया, ''मेरी शक्ति व साहस का अभी किसी को अनुमान नहीं है! मेरे खयाल से शिकार खेलने की बजाय पीसने के लिए चाकी काफी कठिन काम है? मुझे एक बार पाँच-सातेक चक्कर चलाकर बताइये, फिर मैं तो पारंगत! मैं जानूँ और मेरा काम जाने। एक बार बहुत खूबसूरत दासी को मैंने चाकी चलाते देखा था। उस समय मुझे पीसने का चाव नहीं था। कुछ दूसरी ही मंशा थी...!''

राजकुँअर की सहज नादानी और उसके सच्चे स्वभाव की जानकारी के बावजूद ऊजली को कुछ भी अटपटा नहीं लगा। उसे अनसुना करते हुए उसने मुद्दे की बात ही पूछी, ''आज आपको यह क्या पागलपन सूझा! अचानक चाकी चलाने की ऐसी क्या जरूरत पड़ गयी? कितना ही माथा लड़ाऊँ तो कुछ भी मेरी समझ में नहीं आता!''

जेठवा ने उसी उत्साह से जवाब दिया, ''मेरी जरूरत सिर्फ मैं ही समझता हूँ। उसके लिए तुम्हें माथा लड़ाने की बिल्कुल जरूरत नहीं है!''

ऊजली के मन में संशय की लौ सुलग उठी, ''लगता है, आपका दिमाग ठिकाने नहीं रहा। कल से ही माखन-मिसरी चाटने पर, गरमी बड़ी मुश्किल से छँटेगी...!''

सचमुच अब जेठवा को झुँझलाहट होने लगी थी। रूखे स्वर में बोला, ''यह बेकार समय गँवाने की वेला नहीं है। मेरा कहा मानिये, मेरा माथा आज

जैसा तेज-तर्रार कभी नहीं हुआ! आपके सामने झूठी-सच्ची कैसी भी सफाई देना, मुझे शोभा नहीं देता। तुम्हें हाथ जोड़कर मेरी अरदास है...!"

ऊजली के कलेजे पर जैसे अंगार चिपका हो। कुछ भी सोचने-समझने की वेला ही कहाँ थी! अदेर दो कदम आगे बढ़कर जेठवा के जुड़े हाथ अलग करते रुँधे कण्ठ से बोली, "बस, अब आगे कुछ भी कहने की जरूरत नहीं। आपको जो इच्छा हो, वही कीजिये।"

अन्तिम कहा-सुनी करके वह चाकी घुमाने बैठ गयी। दाहिने हाथ से चिकनी लकड़ी का 'हाथा' पकड़कर, बायें हाथ से अंजुलि-अंजुलि बाजरी 'गाले' में ऊरने लगी। उसने आठ-दसेक चक्कर घुमाये ही थे कि जेठवा ने आतुर होकर उछाह की मुद्रा में कहा, "बस, अब मुझे सब समझ में आ गया। तुम उठो। जो इच्छा हो, उसी काम में लग जाओ। अब तो एक-एक क्षण मेरे गले में फाँसी के फन्दे-सा महसूस हो रहा है! नया जीवन सौंपा है तो उसे सार्थक बनाने के लिए सपने में भी आनाकानी मत करो! आप दोनों से मेरी यही विनती है!"

ऊजली के उमड़े हुए आँसू आँखों का कदीमी बसेरा छोड़कर उसकी समूची देह के रोयें-रोयें और रेशे-रेशे में घुल गये। उसके अलावा स्वयं जेठवा को भी उनकी भनक नहीं पड़ी। बाबुल की लाड़ली धिया ऊजली एक झटके में खड़ी होकर किंचित् अलग सरक गयी। उसकी जगह बैठने में जेठवा ने निमिष भर की देर नहीं की। हूबहू उसी ढंग से घुटने पसारकर पुख्ता आसन जमाया। दाहिनी हथेली से लकड़ी का चिकना 'हाथा' पकड़कर चाकी घुमानी शुरू की। बाईं अंजुलि से बाजरी के दाने ऊरने लगा। मधुर-मधुर चाकी घूमने लगी, जैसे उसके भविष्य की परिक्रमा दे रही हो! न तेज, न धीरे। मानो अब तक पीसने का ही काम किया हो! कुछ देर तक ऊजली अविचलित मुद्रा में निर्निमेष दृष्टि से जेठवा की तपस्या निहारने लगी! जब आगे एक क्षण भी और गड़े रहना असम्भव महसूस हुआ तो वह जबरन खिसककर दाल दलने बैठ गयी। मन तो उसका बिल्कुल ही नहीं लगा। मगर काम निबटाने में कुछ भी खामी नहीं रखी। उसकी आन्तरिक इच्छा तो ऐसी हो रही थी कि धूमली रजवाड़े के पगले राजकुँअर को चाकी घुमाते हुए एकटक देखती रहे! फिर भी बलवती इच्छा के बावजूद उसी ठौर चपल कठपुतली की नाईं अपना काम करती रही! मन-ही-मन सोच रही थी कि ऐसे पागलपन की नियति किसके ललाट पर लिखी होती है! एक ही रात में ऐसा कल्पनातीत बदलाव हो सकता है क्या? शिकार खेलने की कैसी खूनी चाह थी, जो रात का अँधियारा छँटते ही नष्ट हो गयी?

और उधर जेठवा को चाकी घुमाने के अलावा कुछ भी दूसरी सुधि नहीं थी। हथेली में जलन होने लगी, तब भी उसने तनिक भी परवाह नहीं की। जाने

उसकी देह में किसी भूत-पलीत की रूह समा गयी हो! बीच-बीच में दाहिने हाथ की चुटकियों से महीन-मोटे की पड़ताल करता रहता। कुछ भी कसर नहीं थी। ऊजली से भी महीन आटा पिस रहा था। उसके अन्तस् में सन्तोष और उछाह का पार नहीं था। अपनी ऐसी समझ और ऐसी अदम्य शक्ति का उसे भी पता नहीं था। बताने पर माँ कितनी खुश होगी! वह अपने दुलारे कुँअर को ऐसे ही साँचे में ढालना चाहती थी! मगर शिकार के नशे में अन्य बातों की समझ उसके पास होकर ही नहीं फटकती थी!

ऊजली अपने ध्यान में मगन और जेठवा अपनी धुन में खोया हुआ! कितना समय बीत गया, किसी को भी इसका खयाल नहीं था। बाबुल कब 'एवाड़े' और 'बाड़ी' से निबटे, कब फलसा खोलकर गवाड़ी के आँगन में पाँव धरा, कब बरसाली में आकर बारी-बारी से दोनों को अपने काम में तन्मय देखा, किसी को कुछ भनक तक नहीं पड़ी। यकायक चाकी के चिकने 'हाथे' पर लाल रंग रिसते देखा तो उनका माथा ठनका! फिर तो सारा मर्म समझने में कोई कसर बाकी नहीं रही! अपनी लाड़ली धिया को दाझते स्वर में कहा, "बेटा ऊजली, राजकुँअर ने कब चाकी चलायी? देख तो सही। सारा 'हाथा' लाल-सुर्ख हो गया! कुछ तो ध्यान रखना था।" एक बार कहने पर उसे कुछ भी सुनायी नहीं पड़ा। दाल के दो-टूक फाड़ों में ही उसका ध्यान अटका हुआ था! दूसरी बार बाबुल ने कुछ जोर से कहा तो उसकी समाधि टूटी! मगर जेठवा को अब भी भनक नहीं पड़ी थी। उसे चाकी चलाने की भी संज्ञा नहीं थी। मशीन के पुर्जों की नाईं उसके दोनों हाथ काम कर रहे थे!...जब घबराती-सहमती ऊजली ने उसका हाथ पकड़कर रुँधे गले से पूछा, "आपने यह क्या जुल्म किया...?" अपनी चेतना के अजाने ही उसकी रक्त-रंजित हथेली को सहलाने लगी तो उसकी हथेली भी लहू से पुत गयी! वीर-बहूटियों के समान सुकोमल हाथ पर मानो महावर अंकित हो गया हो! दूसरी बार हाथ सहलाया तो वह फिर गहरा हो गया! अब कहीं ऊजली की आरक्त हथेली पर नजर पड़ते ही धूमली नगर के राजकुँअर को चेत हुआ। और उसी क्षण चिल्लाया, "यह क्या हुआ...? तुम्हारी हथेली से खून क्यों चू रहा है? कुछ तो सावचेती बरतनी थी! तिस पर मुझे बाजरी पीसने के गुर बता रही थी! ईश्वर नाक की नोक पर बैठा सब ध्यान रखता है!" फिर बाबुल की ओर देखते हुए उसने उतावले स्वर में पूछा, "कुछ-न-कुछ जल्दी उपचार कीजिये...!"

उस अप्रत्याशित निराधार चिन्ता के दौरान ऊजली की एक पुतली में आँसू छलक रहे थे! और दूसरी पुतली में मुस्कराहट की आभा! रुँधे स्वर में पूछा, "किसका उपचार? मेरा कि आपका?" जेठवा ने अचरज दरसाते पूछा, "क्यूँ? मुझे क्या हुआ है? मैं तो मजे में चाकी घुमाते हुए आश्वस्त था! तुमने दाल दली

उस से सवायी या ड्योढ़ी बाजरी पीसी। झूठ बोलने पर जीसा सही पड़ताल कर लेंगे।'' धूमली रजवाड़े का राजकुँअर भाव-भीने रस में निमग्न था! व्यावहारिक समझ के हिसाब से दूर, बहुत दूर! स्वयं ऊजली को इतना भी होश नहीं था कि जेठवा की संज्ञा-विहीन बात पर हँसे या रोये...? तीसरी बार उसकी हथेली सहलाते पूछा, ''अब देखिये...आपकी हथेली से लहू रिस रहा है कि मेरी हथेली से? आपकी हथेली बार-बार सहलाने से मेरी हथेली पर खून लिथड़ गया! इस क्षमता के स्वामी थे तो बाजरी पीसने की बिरथा जिम्मेवारी क्यों ओढ़ी?'' फिर बाबुल की ओर मुँह करके कहा, ''जीसा, यों खड़े-खड़े तमाशा ही देखते रहेंगे या किसी मरहम की तजबीज करेंगे?''

ऊजली के कहने पर जीसा जाने के लिए तैयार हुए ही थे कि जेठवा की सुध-बुध ठिकाने आयी। और दूसरे ही क्षण लहू से सरोबोर हथेली में ठौर-ठौर टीसें उठने लगीं तो भी उसने कुछ भी परवाह नहीं की। सहज सादे सुर में मना करते कहने लगा, ''नहीं जीसा, मरहम-वरहम की कोई जरूरत नहीं है। माँ के आने पर उसे हथेली दिखाऊँगा कि शिकार खेलने के अलावा मैं नये-नये काम सीख रहा हूँ और जीऊँगा तब तक सीखता रहूँगा! अभी तो पीसने का काम ही शुरू किया है। यदि मरहम से छाले ठीक हो गये तो वह पूरी खुश नहीं होगी! छाले हुए तो कोई बात नहीं। मैं चाकी चलाता रहूँगा। बड़ी मुश्किल से तो मैंने नये काम का शुभारम्भ किया है, आप रोकियेगा मत। आप से प्रतिवाद करूँ तो मेरा मरण होता है और कहा मानूँ तो तरह-तरह के हुनर सीखने में बाधा उत्पन्न होती है! हरदम नये-नये काम सीखे बिना मनुष्य-जीवन का अन्य महातम ही क्या है?''

राजकुँअर की निपट सीधी-सादी बातें सुनकर दोनों के विस्मय की सीमा नहीं रही! ऊजली के होंठ कुछ कहने के लिए मचले ही थे कि घोड़ों की टापें सुनायी पड़ीं। फिर कोई नयी आपदा आने वाली है...! जेठवा के कानों में भी टपाटप लय सुनायी पड़ी। उसने बाबुल के सामने देखकर कहा, ''जीसा, आप बाहर जाकर पता करिये। मेरे कानों में परिचित घोड़ों की टापें गूँज रही हैं! निश्चित रूप से कोई अपना ही आदमी होगा। हम दोनों रसोई की जरूरतें पूरी करें। क्या पता वहाँ से कितने लोग आयेगें? शायद कोई घुड़सवार खास सन्देश ही लाया हो!'' अब तक जेठवा को शिकार के अलावा कोई दूसरी बात सूझती ही नहीं थी! वह तो इस तरह निर्देश करने लगा, जैसे इस घर का मुखिया हो! बाप-बेटी को और भी अधिक आश्चर्य हुआ! किन्तु रसोई की जरूरतों वाला सुझाव ऊजली को बहुत ही बुरा लगा! ढील करने पर नतीजा और भी घातक होगा। हाथ के इशारे से बाबुल को रोकते बोली, ''जीसा, इन्हें साफ मना करते जाइये...पीसना

तो दूर की बात, मैं इन्हें चाकी के पास भी नहीं बैठने दूँगी! खून से सनी हथेली की हालत तो देखिये...!'' बात खतम होने के पहले ही उसका गला रुँध गया। आँखें भर आयीं। जेठवा मन-ही-मन सोचने लगा कि इस तरह तटस्थ रहने से बात बनेगी नहीं। बेहिचक बोला, ''इस काम के लिए माँ की मनाही भी नहीं मानूँगा। इतने बरस मानुस-जीवन बेकार गँवाया सो ही बहुत है! आप जैसे बुजुर्गों से क्या छिपा है कि लड़ाई में सर कटने के बाद भी कई योद्धा दोनों हाथों से तलवारें चलाते रहे, फिर यह हथेली लहू से भर गयी तो क्या हो गया...? माँ को खुश करने की तरकीब पहली बार सोची, इसे तो पार पड़ने दीजिये, नहीं तो मेरा मन हमेशा के लिए मुरझा जाएगा!'' कि इतने में उस विवाद के दौरान अचानक झूमर पर जेठवा की नजर पड़ी। अतिशय उत्साह से आगे बढ़कर पूछा, ''कौन-कौन आये रे झूमर? माँ आयी कि नहीं...?''

झूमर की सूरत पर कुछ परेशानी-सी दिखलायी पड़ी। फिर भी उसने सहज बनने की चेष्टा करते हुए कहा, ''रानी-माँ कल रथ पर आएगी, यही समाचार देने के लिए घोड़ा काफी तेज दौड़ाते आया हूँ। बाकी कुछ महानुभाव तो कल तीसरे पहर तक पहुँचेंगे।''

जेठवा ने आतुरता प्रकट करते पूछा, ''बाकी कौन-कौन हैं? नाम बताते हिचक हो रही है क्या...?'' लगा कि झूमर के मन में कुछ दुविधा है। फिर भी आगे चुप रहने की हिम्मत नहीं हुई। हठात् कहना ही पड़ा, ''दूसरे रथ में कविराजा और उनका कुँअर है...आपका घनिष्ठ बेली। दीवानजी की कारस्तानियाँ तो आप जानते ही हैं। ऐन मौके पर अन्दाता के कान में क्या मन्तर फूँका कि वे रवाना होते-होते ठहर गये। रानी-माँ के साथ पाँच बाँदियाँ हैं...।''

''यहाँ बाँदियों का क्या काम...तू गाँव की सरहद से ही वापस भेज देना। उनके पीछे चक्कर काटने के दिन हवा हो गये! मैं उनकी सूरत देखना तो दूर, छाया भी नहीं देखना चाहता...!'' ऊजली ने अधीर होकर बीच ही में टोका, ''वे रानी-माँ के साथ आ रही हैं, उनका मान तो हमें रखना ही होगा! उन्हें वापस लौटाने पर इस गाँव की मर्यादा घटेगी! वे साथ आये तो उनका भी स्वागत है। आने दीजिये न, अतिथि तो देवता-स्वरूप होते हैं...!''

''उनके लच्छन तुम नहीं जानती! गढ़ की अधिकांश बाँदियाँ दीवानजी के चंगुल में फँसी हुई हैं। राजा, राजकुँअर, सेनापति, खजांची और राज्य के प्रमुख-प्रमुख दरबारी इन अप्सराओं के चक्कर में न फँसे तो दीवानजी मनचाही आमदनी नहीं कर सकते। इनके क्या-क्या कुकर्म बताऊँ! बताने लायक हैं नहीं। तुम तो सफेद-सफेद सब दूध समझती हो! मगर मदार [आक] का दूध भी तो सफेद होता है! एकदम जहर-सा घातक! उनके लच्छन जानने पर तुम उन्हें अपने गाँव से दूर-दूर तक नहीं बसने दोगी!''

ऊजली पर अब भी राजकुँअर की बातों का बिल्कुल ही असर नहीं हुआ। प्रतिवाद करती हुई बोली, "मुझे उनके लच्छन जानकर करना ही क्या है? चार घड़ी की मेहमानदारी के पश्चात् अपने-आप विदा हो जाएँगी, क्यों जीसा? वे अलबत्ता रानी-माँ की दासियाँ हैं...!"

"नहीं नहीं, वे माँ की दासियाँ नहीं, दीवानजी के मुँह लगी हुईं कुलटायें हैं। राजा को भी जाल में फँसाती हैं और राजकुँअरों को भी दाना डालती है!" फिर जेठवा बाबुल के पास आकर कहने लगा, "अब भी आपको न जँचे तो जितनी मरजी हो, इनकी आवभगत कीजिये, मैं मना करने वाला कौन होता हूँ...!" तीनों से राजकुँअर की रुखाई छिपी नहीं रही। झूमर के दिल में तो फोड़ा पका हुआ ही था, फूटे बिना नहीं रहा, "मैंने तो रानी-माँ को खूब मना किया, किन्तु राजाजी के अडिग निर्णय के सामने उन्हें भी झुकना पड़ा। अब आये तो कोई बात नहीं। रानी-माँ सब सँभाल लेंगी। जरूरत पड़े तो वे साँप-बिच्छुओं को भी मना लें! सोच-फिक्र करे जैसा मुद्दा नहीं है। फिर झूमर खवास किस दिन के लिए है...!"

अब कहीं राजकुँअर को चेत हुआ, मानो कलेजे पर चिनगारी चिपकी हो। पछतावे के लहजे में कहने लगा, "बेकार बातों में कितना वक्त गँवा दिया! अपना मन ठौर-ठिकाने रहे तो ऐसी सौ अप्सरायें कुछ नहीं बिगाड़ सकतीं! मैं पहले वाला राजकुँअर ही नहीं रहा तो मुझे सोच करने की जरूरत ही क्या है!" इतना कहकर मेह-जेठवा चुपचाप अपने काम में मशगूल हो गया। चाकी घरर-घरर की लय में चलने लगी। अब ऊजली को बाबुल से शिकायत करने में भी संकोच होने लगा। बाबुल और जेठवा की ओर देखे बिना ही बची हुई दाल दलने बैठ गयी। मिर्चें तो आधी रात ढलने के बाद ही पीसेगी। वरना अमीर राजकुँअर छींकते-छींकते हैरान हो जाएगा! सारी बहादुरी झड़ जाएगी!

भला बाबुल की जिम्मेवारी दूसरा कौन सँभाले? ऊजली से कहने लगे, "अब समय कम और काम बहुत ज्यादा है, तू अपना काम सँभाल! मैं रसोई बनाकर खवासजी को खिला दूँ।" अभी साँझ होने में कुछ देर है। मिर्चों को तू छूना भी मत, तेरे वश की बात नहीं है। मैं काफी-कुछ अभ्यस्त हूँ। न छींक आती है और न आँखों में जलन ही होती है...।"

अचानक चाकी चलने की आवाज सुनी तो झूमर ने उधर देखा। उसके दिल में जैसे भाला पार हो गया हो! राजकुँअर के पाँव पकड़कर गिड़गिड़ाया, "इसकी बजाय तो मेरा सर काट लेते तो अच्छा था! आप चाकी चलायेंगे और मैं गद्दी पर आराम करूँगा? मुझ पर पाप चढ़ा उतना ही काफी है...!"

राजकुँअर ने पाँव झटकते कहा, "झूमर, फालतू मगजमारी मत कर! अभी तो नयी जिन्दगी का स्वाद चखा ही नहीं और तूने बीच ही में तकरार शुरू कर दी! देख, रसोई में जीसा धुआँ-फूँका करने गये हैं, तू रसोई बना दे। तेरे लिए

भी उन्हें कितनी चिन्ता हो रही है...!'' झूमर की पीठ पर गोया कोड़े लगे हों। राजकुँअर के पाँव छोड़ वह लपककर रसोई की तरफ दौड़ा। जीसा ने चूल्हा जलाया ही था कि उन्हें हाथ जोड़कर अरदास की, ''रानी-माँ से इतनी भूल हो सकती है...? उन्होंने पाँच व्यक्तियों का पाथेय मेरे साथ भेजा है! बहुत आदर-भाव से कहलाया है कि आप सभी उन्हीं का भोजन करें। आप लोगों की निराली बातें सुनकर साथ लाये पाथेय की भी बात बिसर गया! रानी-माँ किसी पर कुछ भी धौंस नहीं जमातीं। इसलिए सभी उनसे मन-ही-मन डरते हैं...!' फिर जीसा के पाँव पकड़कर बोला, ''आपके सिवाय राजकुँअर जी किसी का भी कहना नहीं मानेंगे। किसी तरह उन्हें समझाइये। रानी-माँ को पता लगने पर किसी से कुछ भी नहीं कहेंगी और खुद ही अनशन करने बैठ जाएँगी! खुद ही सजा भुगतेंगी! ऐसा अजीब है उनका स्वभाव! लाखों में एक...!''

छोटी-सी गवाड़ी के किसी भी कोने में चर्चा हो, वह सबको साफ सुनायी देती है। राजकुँअर ने झूमर की बात स्पष्ट सुन ली। पीठ फिराकर आवाज दी, ''झूमर, इधर आ, चोरी-छिपे क्या चुगलियाँ कर रहा है?'' और निमिष भर में झूमर कठपुतली की नाईं हाथ जोड़कर कुँअर के सामने खड़ा हो गया। राजकुँअर ने मुस्कराते कहा, ''माँ के मन का भेद मैं ज्यादा जानता हूँ कि तू...? लहू से रँगी हथेली देखकर वह इतनी खुश होगी जैसे मैंने चाँद को छू लिया हो! वह खुद एक क्षण भी काम किये बिना नहीं रहती। काम और काम ही उसके जीवन का आनन्द है! मेरे निठल्लेपन से वह कितनी दुखी रहती हैं, मैं ही जानता हूँ! यह रक्त-सनी हथेली मेरे परिश्रम की परिचायक है।'' और जेठवा ने प्रमाण-स्वरूप अपनी हथेली झूमर को दिखायी तो जैसे उसका कलेजा ही लहू से लिथड़ गया हो! बिना चिल्लाये ही उसका मुँह फटा-का-फटा रह गया! कुछ ही देर बाद वह हकलाते रिरियाया, ''अन्दाता...यह क्या औंधी सूझी आपको? हथेली की ऐसी रंगत देखने के पहले मर जाता तो अच्छा रहता...।'' आगे कुछ बोला नहीं गया तो वह माथा और सीना घूँसों से पीटने लगा। राजकुँअर ने दहाड़ते कहा, ''झूमर, यह क्या पागलपन कर रहा है? अपना काला मुँह लेकर अभी दफा हो जा यहाँ से! मेरी तपस्या में हाथ नहीं बँटाकर उसमें रोड़े अटका रहा है...?''

छोटी चाकी के 'हाथे' पर ऊजली की हथेली ही चिपकी हुई थी, बाकी कान, आँखें और मन जाने किस दूरस्थ एकान्त में भटक रहे थे, जिसकी जानकारी खुद विधाता को भी नहीं थी! ऊजली को भी अपनी मनोदशा का कुछ भी पता नहीं चल रहा था। कभी सोचती उस से सुखी दुनिया में कोई नहीं है। दूसरे ही क्षण महसूस होता कि उससे ज्यादा दुखियारी न तो जनमी और न जनमेगी।

उसके कहने की कोई परवाह नहीं करता! उसके वश रहते जेठवा की हथेली लहू से इस तरह रंग जाती भला...? कोई अपना भला-बुरा न सोचे तो वह स्वयं कहाँ तक समझाये? और समझाने से कोई माने तब न...? जीसा भी स्वयं अपने तईं नहीं समझायें तो वह कितनी बार अनुनय करे? आखिर अनुनय-विनय की जरूरत क्या है, जब उन्हें स्वयं तीन भव की सूझती है! अचीते तूफान, वर्षा और ओलों की झड़ी से पहले घर में सोती गंगा बह रही थी! अब उस में ठौर-ठौर भँवर पड़ गये! हृदय में नये भाव की अचीती हलचल होने लगी, जिसका उसने सपना तक नहीं देखा था! कभी लगता कि उसके और जेठवा के मन-प्राण एक हो गये हैं! कभी लगता है कि धूमली रजवाड़े के राजकुँअर और बरड़ा गाँव के पहाड़ों की ऊजली में दूर-दूर का रिश्ता नहीं है! डायन के जाये और रजवाड़ों के राजकुँअर भला किसके हो सकते हैं...? साँप कब मौसियों का लिहाज रखते हैं? अचानक उसे झूमर का खयाल आया। सचमुच कहीं 'काला-मुँह करके' चला नहीं जाय? झटपट खड़ी होकर जेठवा की ओर बिना झाँके ही पीठ फिराकर सीधे बाहर आ गयी। झूमर की तलाश करना चाहती थी। लेकिन तब खुद का मन अपने वश में न रहे तो दूसरे से क्या आशा रखी जाय...? चोर की नाईं उसने उधर देखा तो जेठवा अपनी धुन में मगन चाकी चला रहा था। 'हाथा' खून से रंगने लगा था। चारों तरफ रंगीन लकीरें चित्रित हो रही थीं। एक बार तो ऐसी भभकी आयी कि बायाँ हाथ खींचते हुए जबरदस्ती धूमली राज्य की राह रवाना कर दे! जिनके घर अलग, उनके दरवाजे भी अलग! एक तूफानी रात में जो सपना देखा, वही ठीक है! लेकिन उस ओर उसके पाँव किंचित् भी आगे नहीं बढ़े। वह तेज कदमों से आँगन की ओर मुड़ गयी। उधर एक नया ही दृश्य दिखलायी पड़ा। झूमर खवास चबूतरे पर बैठा झार-झार रो रहा था। जीसा उसे चुप रहने के लिए कह रहे थे। मगर उसकी समझ में कुछ भी नहीं आ रहा था। ऊजली उसे समझाने लगी, तब भी उसके आँसू नहीं थमे। जब उसके मालिक चाकी चलाये तो उनकी पीढ़ियों का चाकर बिचारा रोये न तो क्या करे...? मालिक का मालिक कौन...?

हूबहू झूमर वाली ही दशा ऊजली की हो रही थी! किंकर्तव्य-विमूढ़-सी वापस जेठवा के पास आकर खड़ी हो गयी! जीभ को तो जैसे लकवा मार गया हो! जमकर बरसना चाहती थी, मगर एक फूटा आखर तक होंठों के बाहर नहीं निकला! लेकिन जेठवा बिना कहे ही उसके मन का अन्धड़ भाँप रहा था। अदेर चाकी का 'हाथा' छोड़कर खड़ा हो गया। बायें हाथ की मुट्ठी पूरी तरह बन्द थी। उसने छिपाने की भरसक चेष्टा की, मगर पार नहीं पड़ी। बँधी हुई मुट्ठी उसकी हथेली पर धर दी। फिर उसके न चाहने पर भी मुट्ठी अपने-आप

खुल गयी। जैसे मुट्ठी का अस्तित्व उस से स्वतन्त्र हो! समूची हथेली ताजे लहू से रंगी हुई थी! ऊजली ने ओढ़नी के पल्लू से हथेली पोंछकर, मेहँदी रची दाहिनी हथेली उस पर रख दी। फिर धीमे-धीमे सहलाने लगी। थूक सनी उच्छिष्ट जीभ की वाणी से स्पर्श का वह मौन संवाद बहुत ही झीना, स्पष्ट और गहरा था! कुछ समय गुजरने के बाद ऊजली तनिक आश्वस्त हुई, तब कहीं जीभ में हरकत होने लगी, ''पहली बार इतनी देर तक चाकी चलाने से कुछ तो भूख जाग्रत हुई होगी...?''

जेठवा ने तनिक झेंपते हुए कहा, ''हाँ हुई, काफी तेज हुई...।''

''ब्यालू करने की इच्छा है कि नहीं?''

''माँ के हाथ का पाथेय तो मरी हुई भूख को भी जगा दे!'' राजकुँअर ने कुलबुलाती अँतड़ियों का साँच प्रकट किया।

बरसाली में पहुँचते ही ऊजली हाथ धुलाने के लिए 'करवा' भरकर लायी तो झूमर ने आगे बढ़कर कहा, ''यह काम झूमर नाई का है। आप तीनों ही बिराजें। परोसगारी मैं करूँगा।'' परन्तु ऊजली ने उसे करवा नहीं सौंपा। बाबुल के हाथ धुलाते कहने लगी, ''मेरे जीसा ऊँच-नीच नहीं मानते। उनकी पाठशाला में ही पढ़ी हुई हूँ। नाई हो चाहे राजकुँअर, हमारे घर आये अतिथि सब समान हैं, कोई छोटा, बड़ा नहीं!''

जेठवा के अन्तस् में उतरे जैसी बात थी। उत्साहित होकर बोला, ''शायद इसी मंशा से मेरी समझदार घोड़ी यहीं आकर हिनहिनायी! अब मैं भी जीसा की पाठशाला में ही पढ़ूँगा। तुम से आगे नहीं निकल जाऊँ तो अपना नाम बदल दूँ!''

ऊजली ने मीठी चुहल करते कहा, ''राजकुँअरों या महाराजकुँअरों के नाम तो हमेशा से ही बदलते आये हैं। इस में गर्व करे जैसी कोई बात नहीं...!''

''माँ को आने तो दो! बस, कल-कल की बात और है। अपनी छाती का दूध पिलाकर उसने मुझे बोलना सिखाया है। उसके अलावा किसी और के सामने अफरा नहीं झाड़ूँगा। दूसरे लोग-बाग तो मेरा हुलिया ही पहचानते हैं। माँ, मेरी नस-नस पहचानती है! इतने बरस उसे खूब दुख दिया। कल एक साथ ही फारखती कर दूँगा! उसी सूरत वाले बेटे का नया आन्तरिक स्वरूप निहारकर उसके अचरज और आनन्द का पार नहीं रहेगा। वह जिस साँचे में मुझे ढालना चाहती थी, मेरी सुमंगली घोड़ी मुझे उसी दुआरे लेकर आई! जिस चिकने घड़े पर अब तक एक भी बूँद नहीं ठहरने दी, वह सीधे मुँह पड़ा कुम्भ एक ही रात में छलछला उठा! बताइये जीसा, कल सूरज उदय तो होगा, यदि नहीं हुआ तो...?''

अमरोजी चारण ज्ञान की बजाय अनुभव में अधिक समृद्ध थे। मुस्कारते हुए जवाब दिया, ''कुदरत की चाबी किसी के पास नहीं है! प्रत्यक्ष देखने पर ही एतबार होगा।'' राजकुँअर और झूमर बाबुल की बात समझे या नहीं, मगर ऊजली ने जीसा के कहे का काफी-कुछ मर्म समझ लिया।

माँ की ममता के हाथों बनी हुई लापसी, खीर और मालपूओं का अपूर्व स्वाद लेते-लेते बाबुल ने पूछा, ''गढ़ के अन्त:पुर में पचासों दासियाँ होते हुए भी माँ स्वयं रसोई बनाती है...?''

बाबुल के पूछने पर आज माँ की ओर से खुलासा करते हुए बेटे का मुँह भर आया! मालपूओं से भी सवाया स्वाद लेते हुए कहने लगा, ''केवल पिताजी, हम दोनों भाई, एक बहन और स्वयं अपना—केवल पाँच जनों की खातिर खुद ही पीसती है, राँधती है, छमकती है और अपने चिर अभ्यस्त हाथों चूल्हा जलाना फूँकना, साँझ-सकारे दोनों जून! ब्याह करके जब से ससुराल आयी, उस दिन से ही दोनों जून के भोजन का सराजाम खुद ही करती रही। पूछने पर एक ही जवाब देती कि विदाई की वेला माँ ने उसे यही एक काम बताया। यहाँ आने पर वह क्या कहे, क्या बताये, वही जाने! एक बार तय करने के बाद वह ब्रह्माजी की भी नहीं सुनती! स्वयं राजाजी उसके तेज का सामना करने में अक्षम हैं। दूसरी बार यह नया जन्म लेने के बाद ही उसे ठीक तरह पहचान सका हूँ! पहले तो दूसरों की तरह मैं भी माँ को सनकी, अन्ध-विश्वासी और घोर रूढ़िवादी समझता रहा हूँ...! जीसा...मनुष्य को समझना सहज काम नहीं है! यदि माँ एक दिन पहले आ जाती तो कितनी बढ़िया बात रहती...!''

अब कहीं झूमर की चिपकी हुई जीभ तालू से मुक्त हुई, ''आपके शुभ समाचार मिलते ही वे अदेर यहाँ आने की तैयारी में जुट गयीं। मनचीती रसोई बनाने में देर हुई सो हो गयी। रानी-माँ की आत्मा का रस उस में घुला है। यह बात बताने के लिए उन्होंने खूब मना किया, लेकिन आप से कहे बिना भी मैं रह नहीं सकता कि वे आपको प्रत्यक्ष देखे बिना भोजन का कौर भी नहीं तोड़ेगी! माँ मुझ पर गुस्सा हों तो आप ही को मेरा बचाव करना है।''

''तू तो झूमर भोला-का-भोला ही रहा। मेरे रहते चिन्ता करने की तुझे जरूरत ही क्या है? पहले इस पवित्र धाम पर उसे पाँव तो धरने दे! जिस धाम की ओरी में ऐसा ऊँचा 'सिंहासन...!' ऊजली ने कड़ी नजर से राजकुँअर की ओर देखा तो कछुए की नाईं अपने बोल गले में ही छिपा लिए...!

तत्पश्चात् न तो किसी ने कोई बात पूछी और न किसी ने कोई बात बतायी। सभी कुछ देर तक अपने-आप से ही संवाद करते रहे। बाबुल सोचने लगे कि सुमंगली सावित्री की हिनहिनाट आखिर कहाँ जाकर थमेगी? ऊजली के आलोड़न-

विलोड़न का कहीं कोई अन्त नहीं था! और धूमली रजवाड़े का राजकुँअर मेह-जेठवा अपने मनसूबों की पाँखों पर उड़ते-उड़ते बादलों के बीच झूलने लगा था! लेकिन समय तो इन सबके बावजूद अपनी मौज से ही चलता है! भले ही किसी को उसकी गति धीमी लगे या तेज। अपने निर्धारित समय पर रात अवतरी और समय पर ही ढली। फिर भी बाबुल के अँगना में बसे मनुष्यों को अपनी चाहना के अनुरूप समय की गति अलग-अलग महसूस हुई। बरसाली के किंवाड़ बन्द करके ऊजली अपने-आपसे छिपकर मसाले पीसने लगी थी। सबसे पहले लाल मिर्च। किसी को भनक तक नहीं पड़ने दी। उसके लिए रात चुटकियों में ढल गयी। झूमर और जेठवा के लिए बैरन रात दुगनी क्या चौगनी बढ़ गयी। इतनी कालिख उस पर किसने चुपड़ी? बाबुल के लिए न देर से ढली और न जल्दी! हमेशा वाली वही गति। वे तो अल्ल-सवेरे दो घड़ी रात रहते निबट-निबटाकर अपने घर-परिवार की बकरियों, पाहड़ियों गायों, साँड़ और तरह-तरह के पंछियों की सार-सँभाल के लिए जुट गये! उन सबके बीच रहते उन्हें न तो गवाड़ी की याद आती और न अपनी गोद में पाली-पोसी इकलौती धिया की! अपने मन की लगाम पूरी तरह उनके नियन्त्रण में थी। लेकिन मन थोड़ा डगमगाने लगा! यदि ऊजली के मनसूबे पार नहीं पड़े तो उसे सँभालना काफी मुश्किल हो जाएगा! अभी तो मेह-जेठवा का मन धारोष्ण दूध की नाईं उज्ज्वल और स्वच्छ है। मगर दीवान और राज्य के कई स्वार्थी उमराव उसके मानस में जहर घोले बिना हरगिज नहीं मानेंगे! फिर भी अपने वश रहते जेठवा रंचमात्र भी कमी नहीं रखेगा!

झूमर को बड़ी मुश्किल से आधी-अधूरी नींद आयी। राजकुँअर तो छोटे भाई के समान उससे स्नेह रखता था, मगर अपने हठीले मन का वह क्या उपचार करे! लाख चाहने पर भी जेठवा के सामने उसका कुछ भी वश नहीं चलता था। पीढ़ियों की दासता से मुक्त होना आसान नहीं है! संस्कारों का दबदबा ऐसा ही होता है! आधी रात ढलने पर चाकी की मन्द-मन्द लय सुनायी पड़ी तो उसकी जैसी-तैसी ऊँघ उचट गयी। बहुत सावचेती से बिल्ली की नाईं धीमे-धीमे अँगना पर चलने लगा। बरसाली के किंवाड़ तो ढके हुए थे पर अरगला लगी हुई नहीं थी। बिना किसी आहट के उसने दरवाजा खोला। चाकी के पास दीवा झुपा था। मिर्चों की जलती गन्ध आयी तो उसने नाक बन्द कर लिया। वापस अँगना में आकर सो गया। रजाई और कम्बल ओढ़ने पर भी उसे नींद नहीं आयी। रानी-माँ और ऊजली का परस्पर कितना स्वभाव मिलता है! दोनों के लिए काम ही धर्म और काम ही ईश्वर है! ऊजली राजकुँअर को अपने-आप से भी ज्यादा चाहती है! सूरज के खोजने पर भी दोनों जैसा दुनिया में कोई तीसरा नहीं मिलेगा! यदि दुष्ट दीवान के षड्यन्त्र...! आगे कुछ सोचने के लिए उसकी हिम्मत नहीं हुई।

रोम-रोम में सिहरन दौड़ गयी। दीवान को तो राजकुँअर से उसकी मित्रता देखे ही नहीं सुहाती थी। जैसे आँख में मिर्च पड़ गयी हो। स्वयं राजाजी भी उसके बहकावे में आ गये, तब वह किसकी परवाह करे! होंठों की बजाय ललाट पर अंजलि सटायी हुई है! क्योंकर प्यास बुझे? उनके लोभ का कहीं भी अन्त नहीं है। आकाश की सीमा हो तो उनकी दुष्प्रवृत्तियों की कोई सीमा हो! उसके सोचने से कुछ भी समाधान नहीं होगा। लेकिन राजकुँअर के पसीने की ठौर उसके शरीर का तमाम लहू भी चुक जाय तो उसे ज्यादा ही खुशी होगी। नींद तो वापस आयी ही नहीं, फिर भी उसने पलकें नहीं उघाड़ीं। घड़ी रात रहते वह बड़ी मुश्किल से करवटें बदलता रहा। जब खाट सूली की नाईं कष्टप्रद महसूस होने लगी तो वह उसी पल उठ बैठा। चौक पर दीये के उजाले में ऊजली अल्पना अंकित कर रही थी। पास आकर विनम्रता पूर्वक कहने लगा, "कुछ-न-कुछ काम किये बिना मेरी हड्डियाँ अकुला रही हैं! और नहीं तो बेगार ही बताइये, मेरी नस-नस छटपटा रही है। दीये की दीप्ति ज्यादा थी या ऊजली की मुस्कान! झूमर सही पहचान नहीं कर सका। मुस्कराते-मुस्कराते ही बोली, "राजकुँअर अड़ंगा लगा रहे हैं, वही काफी है, तुम तो मुझ पर मेहरबानी करो। घर आये पाहुनों से काम कराऊँ, मेरी समझ को अभी दीमक नहीं लगी है! रोजमर्रा के मामूली काम हैं, मैं अकेली ही निबटा लूँगी...।"

न चाहने पर भी झूमर से कहे बिना रहा नहीं गया, "आधी रात को किंवाड़ बन्द करके मिरचें पीसना, यह क्या मामूली काम है? मुझे कहतीं तो मेरे लिए बायें हाथ का खेल था। मैं मिरचों की जलन और उसकी तेज गन्ध का आदी हूँ।"

"यह तो आपका बड़प्पन है। बार-बार मना करना मुझे अच्छा नहीं लगता! रानी-माँ के पधारने तक यदि मुझ अकेली के बूते की बात नहीं होगी, तो जरूर आपका सहयोग लूँगी।" ऊजली उस रूखे विवाद को वहीं खत्म करना चाहती थी!

झूमर मन-ही-मन सोचने लगा कि सुलच्छनी सावित्री भले ही इस गवाड़ी के दुआरे आयी...। नहीं-नहीं, अभी सोचने से कुछ बाधा खड़ी हो गयी तो...। झूमर के सोचने पर जैसे 'खाम' लग गयी हो!

चार अबलक घोड़ों से जुता रानी-माँ का रथ झँकारता हुआ अमरोजी चारण के फलसे पर रुका, तब बाबुल, उसकी धिया और मेजबानों के साथ बरड़ा गाँव के मोतबर चारण आतुर प्रतीक्षा में खड़े थे। सबसे पहले रानी-माँ उतरी। राजकुँअर

मेह-जेठवा ने वातचक्र की गति से माँ के पास जाकर दण्डवत् प्रणाम किया। भीतर का उफान रोकना उसके वश की बात नहीं थी। तत्काल खड़ा होकर बहुत-कुछ कहना चाहा तो उसकी आँखें भर आयीं, गला रुँध गया, "माँ...माँ...! यदि मैं जिन्दा नहीं बचता तो अभी तुम्हारे दर्शन क्योंकर सम्भव होते? और तू मेरा मुस्कराता चेहरा कहाँ देख पाती...?" ये बातें सम्पूर्ण होते-होते मुस्कराहट की बजाय उसकी आँखों से मोती टपकने लगे, "माँ...ये दुख के आँसू नहीं, आनन्द के अमोलक मोती हैं...!"

दूसरे रथ से धूमली रजवाड़े के कविराजा, उनका कुँअर जसकरण और चार बाँदियाँ—जो एक-से-एक बढ़कर दमकती हुईं, मानो चन्द्रमा के ही अंश हों, नीचे उतरे। दासियों पर निगाह पड़ते ही राजकुँअर ने नाक-भौंह सिकोड़कर पीठ फिराली। उसके मन की खुन्दक किसी से छिपी नहीं रही। मगर अपने रूप-यौवन में अन्धी-बहरी दासियों को कुछ भी पता नहीं चला।

रानी-माँ का धैर्य छलक पड़ा तो वह स्वयं को तनिक भी रोक नहीं पायी। अमरोजी चारण और उनकी लाड़ली धिया पर नजर पड़ते ही उनकी पहचान हो गयी। उनके हृदय की दृष्टि पूर्व परिचय की मुहताज नहीं थी! झूमर उन दोनों की प्रशंसा का यश बिरुदाते बन्द ही नहीं हुआ तो रानी-माँ बड़ी मुश्किल से रोक पायी, "बस, अब चुपकर, तेरे मुँह से दो सबद सुनते ही उनके चेहरे मेरे मानस में जड़ गये।"

सब से पहले अतिशय आदर की मुद्रा में धरती पर पाँव उकेरती अमरोजी चारण के चरणों में धोक देने लगी तो वे एकदम स्तब्ध रह गये। पहली बार हकलाते-हकलाते बमुश्किल बोल पाये, "आप समूचे रजवाड़े की माँ हैं। मुझ पर व्यर्थ बोझ क्यों चढ़ा रही हैं? मेरी ढाणी के सम्मुख मूर्छित घुड़सवार का जो भी उपचार करना था, वही किया। न करता तो हम जिन्दा रहते भी मरे के समान थे...!"

रानी-माँ एक अक्षर भी बाहर निकाले बिना मुस्कारती हुई ऊजली की तरफ बढ़ी। गुलाबी ठुड्डी का अत्यधिक ममता से परस करते उसके गालों को दो बार चूमा। असीम हर्ष की हिलोर छलकती ऊजली की आँखों में आँसू ढुलक पड़े। जो वाणी की अपेक्षा हजार गुना मार्मिक थे! उसके होंठों से सिर्फ एक ही सबद व्यंजित हुआ, "माँ...!" आगे कुछ भी बोलने के लिए हिया भर आया। माँ का बोल सुनते ही रानी-माँ संज्ञाविहीन-सी हो गयी! सोचकर तो कई-कई बातें आयी थी कि अपने गले का नौलखा हार एकान्त में छिपकर चढ़ायेगी। मगर इस समय तो वह अपना होश ही बिसर गयी। यन्त्र-चालित पुरजों की तरह उसके हाथ हरकत करने लगे। अपने गले का हार उतारकर ऊजली के गले में चढ़ा दिया,

जैसे पार्वती के नाम बोली हुई पूजा चढ़ायी हो! मगर ऊजली का तो जैसे साँस ही उखड़ गया। यदि इस बखसीस की बजाय धरती फटी होती तो उसी क्षण उस में समाकर अपनी लज्जा बचा लेती! पथरायी दृष्टि माँ की सूरत में गड़ा दी। कुछ भी करना-धरना उसके वश की बात नहीं थी। अगले ही क्षण उसकी आँखें चकराने लगीं। समूची देह थरथराने लगी। आँखों के सामने अँधियारी छाते ही वह लुढ़कने लगी तो रानी-माँ ने उसे अपनी बाँहों में थाम लिया। बाकी किसी की हिम्मत नहीं हुई कि उस ओर एक अंगुल भी बढ़ सके। माँ उसे अच्छी तरह सँभालकर वहीं नीचे बैठ गयी। उसकी गोद में विमूर्छित ऊजली अजाने ही प्रलाप करने लगी, ''माँ, मैंने किसी भी प्रलोभन के वशीभूत यह काम नहीं किया...।''

उधर चारों दासियों के होश उड़ गये। घबराकर रथ की तरफ दौड़ीं। मखमल के गद्दे को झपटने की खातिर परस्पर होड़ मच गयी। अमरोजी चारण इकलौती धिया की ऐसी दशा देखने पर भी बिल्कुल ही चिन्तित नहीं हुए। रानी-माँ की गोद में सोयी बिटिया को कैसी जोखिम! मेह-जेठवा भी अविचल खड़ा रहा। झूमर खवास तो बड़ी मुश्किल से अपनी इच्छा के बावजूद खूँटे का उनमान एक ठौर गड़-सा गया! और इधर माँ की संज्ञा लौटते ही एक गहरा निश्वास छोड़ते बोली, ''गलती मेरी ही है बिटिया! माँ का मन जो ठहरा! आसानी से आश्वस्त नहीं होता। मैं दुनिया के प्रचलित ढर्रे में फँसकर भूल कर गयी!'' यह मन्त्र सुनाकर ऊजली के गले का हार माँ ने वापस पहन लिया। तब कहीं उसका मन स्थिर हुआ। चुँदड़ी के पल्लू से बिटिया के मुँह पर हवा करने लगी। गले का फन्दा हटते ही ऊजली हड़बड़ाकर उठ बैठी...!

आखिर होड़ मचाती दासियाँ कसूमल गद्दा पकड़े रानी-माँ के नीचे बिछाने को आतुर दिखायी पड़ीं तो माँ ने हाथ हिलाकर मना कर दिया। सुन्दर दासियों की बेकार आतुरता देखकर जेठवा काफी क्षुब्ध हुआ। खुन्दक तो उसे पहले ही चढ़ी हुई थी। माँ के लिहाज से सब्र किये बैठा था। अभी ढीठ दासियों का यह खिलवाड़ देखकर उसका गुस्सा भभक उठा, जैसे बारूद के ढेर पर चिनगारी पड़ी हो! फिर भी माँ की उपस्थिति के कारण थोड़ा नियन्त्रण रखा। रुष्ट स्वर में कहा, ''तुम्हें यहाँ कुछ भी पंचायती करने की जरूरत नहीं है। मुझ से भी अधिक तुम्हें माँ का खयाल है? तुम्हारे लच्छन मुझ से छिपे हुए नहीं है। माँ के साथ आ गयीं तो अब वापस लौटने तक चुपचाप बैठी रहो। वरना अभी रथ जुतवाकर वापस उसी राह रवाना कर दूँगा...!''

माँ ने मार्मिक दृष्टि से उसकी ओर देखकर धीमे-से कहा, ''बेटे, तू भी थोड़ा संयम रख। माँ के साथ पिल्ले भी आयें तो उनका यथोचित मान, तू नहीं रखेगा तो और कौन रखेगा?'' फिर ऊजली के गाल सहलाते बोली, ''शायद

झूमर कहना भूल गया हो तो तुझे बता दूँ कि मैं सभी के लिए तीन दिन की पर्याप्त रसोई बनाकर लायी हूँ। चूल्हा जलाने की भी जरूरत नहीं। दुबारा गर्म करने वाली एक भी चीज नहीं है। तूने तो एक ही रात में उम्र भर की सेवा कर डाली। सोचकर तो आयी थी कि यहाँ एक आखर भी नहीं बोलूँगी। बेटे की खातिर कहना पड़ा। अब आप सभी बिना कहे ही समझ जायें तो मुझे शान्ति मिलेगी।''

कुछ कहने की मंशा से ऊजली के होंठ हिले ही थे कि अमरोजी चारण ने अधीर स्वर में शंका की, ''मगर रानी-माँ...।''

''अब अगर-मगर कुछ नहीं। बापू, मैं आपकी बच्ची के समान हूँ, 'माँ' कहने से दोनों की मर्यादा घटती है।'' फिर ऊजली का हाथ थामकर उसे खड़ी करने लगी तो वह स्वतः खड़ी हो गयी। लोगों के सामने उसे तनिक दुविधा तो अवश्य हुई, लेकिन दूसरे ही क्षण उसने स्वयं को अच्छी तरह सँभाल लिया। बच्चे की नाईं माँ के गले में बाँहें डालकर झार-झार रोने लगी, ''पूत भले ही कपूत हो जाये, मगर माँ-बाप अपने बच्चों से कभी विमुख नहीं होते। मेरी भयंकर भूल हुई सो आपका आदेश नहीं माना। आप जब तक यहाँ बिराजेंगी, तब तक मैं यह हार अपने पास ही रखूँगी। सोते हुए भी जुदा नहीं करूँगी!'' यह कहकर उसने रानी-माँ के गले से हार उतार लिया। उनके चरणों में चढ़ाकर अपने गले में पहन लिया। फिर श्रद्धा-भाव से कहा, ''जब आप वापस पधारेंगी, तब चरणों में चढ़ाऊँ तो आप मना करने की बजाय बेटी का मान रखेंगी।'' मुँह से कुछ भी दरसाये बिना माँ उसके गालों को दो-दो बार चूमकर ही चुप रह गयी। कुछ भी कहना-सुनना शेष नहीं रहा। मगर दासियों से चुप नहीं रहा गया। ऊजली के त्रिया-चरित्र का कौशल देखकर एक दूसरी के कान में फुसफुसायीं, ''हार के लिए मन तो खूब ही तरस रहा है, लेकिन ऊपर से मनाकर रही है!'' जेठवा को भनक पड़ते ही उसकी आँखें लाल-सुर्ख हो गयीं। पर मन पर नियन्त्रण रखा। पहले भी कई बार माँ का कहना नहीं मानने पर खूब पछताना पड़ा। अब अजाने भी वैसी भूल हो गयी तो माँ का इकलौता सपना चूर-चूर हो जाएगा। उसे अपने सपने की राह बढ़ते रहने में ही बरड़ा गाँव और पूरे रजवाड़े का कल्याण है, वरना सब मटियामेट हो जाएगा। इन दासियों पर दीवान का जादू वैसा ही कायम है। पूरी सतर्कता रखने पर ही बाबुल और बेटी का अहसान उतर सकेगा, वरना...।'' आगे कुछ भी सोचने के निमित्त जेठवा की हिम्मत नहीं हुई। उधर दासियाँ भी पूरी तरह सावचेत हो गयीं कि कुछ भी सुराग लगने पर उनकी मौत सुनिश्चित है। राजकुँअर के साथ पहले-सा बरताव करना बड़ा घातक सिद्ध होगा। यह तो राजकुँअर ही दूसरा है! हुलिये की समानता के भरोसे जाने कितनी जोखिम उठानी

पड़ेगी? पूरे रजवाड़े की शातिर दूतियाँ एक तरफ और अकेली ऊजली एक तरफ! एक ही रात में जाने क्या घोलकर पिलाया कि राजकुँअर दूसरी कोई बात समझने को ही तैयार नहीं! बाप और बेटी दोनों ही एक-दूसरे से बढ़कर हैं। मीठा बोले मोर, साँप समूचा निगल जाय! अपने नाखूनों की भी होड़ यह नहीं कर सकती, लेकिन प्रीत का जादू अजेय होता है! दीवानजी तो एक झलक में ऊजली का सारा कच्चा-चिट्ठा भाँप गये। लेकिन झूमरिया नापट जैसा भोंदू तो सौ जन्म साथ रहने पर भी नहीं जान सकता। ऐसा गाफिल राजा हरगिज राज नहीं चला सकता! धूमली रजवाड़े का राज तो दीवानजी जैसा बन्दा ही चला सकता है! तभी अपनी सही कद्र होगी। यदि यहाँ इस बात की भनक भी पड़ गयी तो कुत्ते भी खीर नहीं खायेंगे!

अब कुछ भी ऐसी-वैसी गफलत हो गयी तो अपनी क्या औकात, दीवानजी सहित कई बड़े-बड़े दरबारियों की मौत में कसर नहीं रहेगी। जिस तरह काठ की पुतलियाँ कुछ भी हाव-भाव प्रकट नहीं करतीं, हमें भी उसी तरह दम साधे रहना है। क्या मजाल कि परस्पर आपस में भी कुछ सानी-संकेत हो जाय।

खाने के समय रानी-माँ सबको जीमाने की खातिर इच्छुक नजर आयी तो झूमर से धीरज रखा नहीं गया। हाथ जोड़कर भीगे स्वर में कहने लगा, ''रानी-माँ, हम कमीन-कारुओं का काम करते आपको शोभा नहीं देता। आप परोसगारी करें हम पालथी मारकर जीमने बैठें तो हमारा जीना ही बेकार है!'' रानी-माँ ने तो उसे कुछ भी जवाब नहीं दिया। शायद जवाब देना जरूरी नहीं समझा हो, लेकिन जेठवा ने माँ की खामोशी से ही शतरंज के सभी दाँव समझ लिए। झूमर का हाथ पकड़कर व्यंग्य मिश्रित लहजे में कहने लगा, ''देख, ये सयानी बाँदियाँ किस तरह पालथी मारे खाने का इन्तजार कर रही हैं। क्या इनकी देखादेख भी तेरा अक्ल कुछ काम नहीं देती?'' बस, राजकुँअर का इतना इशारा पाकर झूमर आज्ञाकारी बच्चे की नाईं चुपचाप बैठ गया। छलनामयी दासियों के हाव-भाव देखकर बेटी और बाबुल बिल्ली के उनमान सतर्क हो गये। जैसे उनके मन में द्वन्द्व या मंथन जैसे अस्तित्त्व का लेशमात्र भी न हो। चारों दासियों ने जाने क्या सोचकर जितनी भूख थी उससे भी सवाया भोजन किया। जूठन भी काफी छोड़ी। सभी ने देखकर भी अनदेखी की। कविराजा और उनका कुँअर भी इस बात को ताड़ गये। लेकिन दर्शाया कुछ भी नहीं। दीवान की गीता के गुर सीखने पर दोनों ही आये तो थे बाँदियों की सहायता करने, मगर बाबुल-बेटी का पारदर्शी व्यक्तित्व और राजकुँअर का नया रूप पहचानकर, नाई होते हुए भी झूमर की अथाह स्वामीभक्ति परखने पर और अन्ततः रानी-माँ की सभी नाड़ियों से रक्त की बजाय अमृत बहता जानकर, उनकी सारी मति ही बदल गयी! तिस पर कुँअर जसकरण

ने एक चारण की सामान्य-सी ढाणी में आकर जो अपूर्व नजारा देखा तो उसकी अक्ल ही चकरा गयी। धूमली राजकुँअर जेठवा और जसकरण के बीच अटूट अन्तरंगता थी। लोगों के मतानुसार एक दाँत रोटी टूटती थी! जब वैसी कुसंगति में भी उसने पूरा साथ निबाहा तो इस बदले हुए सार्थक जीवन के निमित्त, सवाया साथ निबाहेगा। पिताजी भी पहले वाली मित्रता से खुश नहीं थे। लेकिन अब तो बेहद प्रसन्न होंगे। राक्षस दीवान के दुश्चक्र की तुलना में यहाँ का पवित्र नजारा देखकर उसकी घातक हरकतें बहुत ही भद्दी और निकृष्ट लगीं। राजकुँअर को जताये बिना ही जसकरण ने मन-ही-मन दृढ़ निश्चय कर लिया कि उसे अब किस दिशा की ओर आगे बढ़ना है? छल-कपट के भण्डार दीवान और इन दासियों को भ्रान्ति के धुँधलके में रखने पर ही राजकुँअर की मनचीती होगी। भोजन इत्यादि से निबट-निबटाकर रानी-माँ झूमर और ऊजली को साथ लेकर बाड़ी में गयीं तो फलसे के भीतर भाँति-भाँति के पंछियों का अनहद कलरव सुनाई पड़ा। तीनों के ही आनन्द का कहीं ओर-छोर नहीं था!

राजकुँअर को उम्दा अवसर मिला तो अपने मित्र जसकरण का हाथ पकड़कर बकरियों के एवाड़े में ले गया। राजकुँअर उसे नाम लेकर सम्बोधित करता था। चितकबरी पहाड़ी को गोद में उठाकर हार के मनके सहलाते उसने पूछा, ''जसकरण, इस हार को पहचाना...? उसने मुस्कराते कहा, ''देखते ही पहचान गया। आपके गले का हार मैं नहीं पहचानूँगा तो और कौन पहचानेगा! फकत उस एक ही बुरी साँझ ननिहाल जाने पर आपका साथ नहीं कर सका। वरना आपको इतना कष्ट सहना नहीं पड़ता।''

राजकुँअर का स्नेह से सराबोर स्वरूप सामने आया, ''जस्सू, यह बात समझाने के लिए ही मैं तुझे यहाँ लाया हूँ। वह कष्ट नहीं था रे जस्सू! उस कष्ट के बहाने ही मुझे यह नया जन्म मिला।'' फिर उसने शुरुआत से लेकर अन्त तक समूची रामायण सुनायी। वाणी के एक-एक शब्द में आत्मा का आसव घुला हुआ था! सुनाने और सुनने का वह अपूर्व ही आनन्द था। जसकरण को सुनते समय ऐसा महसूस हुआ कि उसकी काया भीतर-ही-भीतर पिघल रही है। जिसके अद्वितीय प्रभाव से दीवान वाली सीख-समझाइश जाने कब शरीर से बाहर निकलकर कहाँ बिला गयी जो चितारने पर भी याद नहीं आती! राजकुँअर के प्रति उसके हृदय का अगाध नेह-नाता उसकी नस-नस में वापस घुल गया! और राजकुँअर तो मानो समाधि से बाहर आया हो! जसकरण की ओर विश्वस्त नजर से देखकर कहने लगा, ''जस्सू, दिन-रात दरबारियों की घिनोनी हरकतें देखते-देखते मुझे भी कुमति सूझी कि यह बहुमूल्य हार आदर-भाव से बाबुल की ओर बढ़ाया। उन्होंने एक ऐसी मर्मान्तक दृष्टि से मेरे सामने देखा कि अगले ही क्षण मेरा समूचा

राजमद झड़ गया! अपनी सामन्ती मूढ़ता के प्रति मेरी लज्जा का पार नहीं रहा! और बाबुल की वह लाड़ली धिया कुछ पल अबोली रहकर इस तरह जोर से खिलखिल हँसी जिसके फलस्वरूप मेरे मानस में जो प्रबल उथल-पुथल होने लगी कि आजीवन किसी गुरुकुल में दीक्षा लेने पर भी नहीं होती! फिर हँसते-हँसते ही व्यंग्य में बोली, "बस्स, एक हार ही...। आपके नये जीवन का मोल फकत एक हार ही...!" "उस हँसी और ताने के प्रभाव से मुझे बुद्ध-भगवान की तरह अगले ही क्षण ऐसा आत्मबोध हुआ जस्सू कि तुम्हारे अभिन्न मित्र जेठवा की बाहरी पहचान के अलावा वह भीतर से इतना बदल गया कि जिसका लेखा-जोखा करने लगें तो सौ बरस भी पूरा नहीं पड़े। अब तुझे पता चला कि इस पाहड़ी की दादी-पड़दादियों का दूध चूँघ-चूँघकर ऊजली ने होश सँभाला! तब इसके गले में ऐसे अनगिनत हार पहनाऊँ तो भी कम हैं!" वह आखिरी ऋचा सुनाकर राजकुँअर ने उस पाहड़ी के उजले ललाट का चुम्मा लिया, गोया चन्द्रमा को प्यार किया हो!

राजकुँअर की वह परिवर्तित असीम रंगत देखकर जसकरण से साँच बताये बिना रहा नहीं गया। भीगे सुर में कहने लगा, "यहाँ आया तो बहुत बुरी नीयत से ही! अब उस बेकार बकवास को न दुहराकर, केवल इतना ही कहना चाहता हूँ कि अपने गाढ़े मित्र जेठवा के निमित्त ये प्राण काम आयें तो इस जिन्दगी की सार्थकता है!" सत्य की वह विशुद्ध व्यंजना सम्पूर्ण होते ही दोनों मित्रों के दिल एक हो गये। फिर पंछियों की बाड़ी में उनकी चहचहाट, उड़ती पाँखों के फलस्वरूप हवा की लहरें, उनका कलरव और उनका विचित्र रहन-सहन देखकर उनके प्रति ईर्ष्या का आनन्द-उछाह भी कम नहीं था। यदि एक रंग-बिरंगी तितली से उनके प्राणों का विनिमय सम्भव हो तो वे तत्काल हामी भर लें! इस में अधिक विचार करे जैसी कोई बात नहीं थी। बहती बयार से इनका कितना नैसर्गिक तादात्म्य है! उस जगमगाती साँवली रात पर मानो पोंछा ही लग गया हो! अनगिनत तारों से जड़ी तेरस की चाँदनी हवा में झूल रही थी!

उधर रानी-माँ के मानस में भी चाँदनी छायी हुई थी। सचमुच उसने तो जेठवा के जीवित पिण्ड को ही जन्म दिया था, मगर अमरोजी चरण और उनकी दुलारी धिया ने तो भरपूर कद-काठी के नवयुवक को नया जन्म दिया है। धूमली रजवाड़े की रानी का क्या बूता कि वह ऊजली का अहसान चुका सके! ऐसे सहस्र रजवाड़े भी इनके गुणों की तुलना में कितने अकिंचन हैं! ऊजली से पूछने पर ही इस अपूर्व सच्चाई का खुलासा हो सकेगा। ऐसी सयानी, सौम्य और शालीन धिया हरगिज असत्य या भ्रान्तिमूलक बात प्रकट नहीं करेगी...!

ब्यालू के उपरान्त रानी-माँ ने ऊजली के गालों पर दो चुम्मे जड़कर अपने

साथ चलने की खातिर कहा। सुदूर अलंघ्य आकाश में चमकते तारों की साक्षी झिलमिला रही थी! चाँदनी का झीना वितान सर्वत्र छाया हुआ था। पाँवों के नीचे ठोस एवं अटूट धरती का आधार पसरा हुआ था। रानी-माँ अत्यधिक स्नेह और अथाह ममता के वशीभूत ऊजली की कर्मठ हथेली को इस तरह सहला रही थी जैसे किसी अदीठ, अजान दिव्य-लोक की जातरा पर निकली हो! ऊजली को ऐसा महसूस हो रहा था, मानो सात पूर्व-जनमों की जननी अथक परिश्रम से परिपक्व अपनी हथेली से उसकी सुकोमल-स्निग्ध हथेली को निरन्तर आश्वस्त कर रही थी। उस अनन्त सुख, उस बेशुमार हर्ष का अनन्त उछाह, गोया चाँदनी का रूप धरकर चारों दिशाओं में बरस रहा था। कुछ समय तक माँ-बिटिया दोनों निर्वाक् संवाद कर रही थीं। जिसका वाणी की अपेक्षा कहीं अधिक महत्त्व था। राह की बाईं बाजू बालू-रेत का नन्हा-सा टीबा नजर आया, जो सुनहरे रजकणों से आच्छादित था! रानी-माँ अविलम्ब उधर मुड़ी और चुपचाप ठेठ ऊपर चढ़ गयी। मखमल-सा ऐसा नर्म बिछौना सौभाग्य से हाथ लगता है! रानी-माँ ने हाथ का इशारा किया तो दोनों सटकर बैठ गयीं। यदि माँ के वश की बात होती तो उसे हृदय के आसन पर बिठा लेती! अन्ततः सच्ची बात तो बोलने से ही पता चलेगी। ऊजली की पीठ सहलाते बोली, ''यूँ तो झूमर और जेठवा से पूछने पर मुझे काफी जानकारी हो गयी। लेकिन एकाध बातें ऐसी हैं जो तेरे अलावा विधात्री भी नहीं बता सकती! मुझे निःसंकोच बताना बिटिया, तनिक भी लिहाज मत रखना।''

पीठ सहलाते-सहलाते रानी-माँ की हथेली अजाने ही ऊजली के सुकोमल सिर पर फिरने लगी। मानो उसे हजारों-हजार मौन आशीर्वाद दे रही हो! अब आगे और चुप रहना असम्भव जान पड़ा तो माँ के होंठ गुलाब की कली की नाईं खिल उठे, ''मूर्छित मेह-जेठवा को निर्वसन करके तूने खाट की चारों ओर चार भाँवरें खाकर क्या उसे मन-ही-मन अपना वर अंगीकार किया...?''

ऊजली को लगा कि कोई अदीठ दैविक शक्ति उसे प्रश्न पूछ रही है। निशंक जवाब दिया, ''नहीं-माँ, इतना विचार करे जितना वक्त ही कहाँ था?'' रानी-माँ को दूसरा सवाल पूछने में किंचित् कठिनाई महसूस हुई, ''तेरी नारी-देह पर कोई झीना आवरण था...?' ''

ऊजली को निमिष-मात्र के लिए तनिक झिझक हुई, किन्तु दूसरे ही क्षण सहज स्वर में बोली, ''नहीं माँ, कोई चिथड़ा तक नहीं था। ओला-वृष्टि और तूफान से भीगी उस निर्जीव शीतल काया को किसी नव-युवक की ऊष्मा पहुँचना अनिवार्य था। मेरे अलावा गवाड़ी में कोई हम-उम्र मानुस था नहीं। समझने लायक उम्र होते ही जीसा की शिक्षा-दीक्षा के फलस्वरूप ऐसे कई मर्म हाथ लगे, जिन्हें

आजीवन भूल नहीं सकती! जिनकी सपने में भी अवज्ञा नहीं कर सकती। वैसी विकट स्थिति में घर आये संज्ञाहीन घुड़सवार की ठण्डी लोथ में प्राणों का संचार करने के निमित्त दूसरा कोई उपाय नहीं था और न सोचने-विचारने का एक क्षण भी शेष था। वैसी अपूर्व समाधिस्थ अवस्था में कोई दूसरी कामना या आकांक्षा मेरे मन में नहीं थी। हाँ...अलबत्ता...।''

इतना व्यक्त करने के बाद ऊजली की जीभ मानो तालू से चिपक गयी हो। रानी-माँ ने जानकर ही आगे कुछ पूछताछ नहीं की। कुछ समय बाद मानसिक स्थिति सामान्य होने पर अपने-आप कहने लगी, ''सौभाग्य से सवेरे सम्पूर्ण चेतना लौटने पर राजकुँअर के मुँह से अचीते बदलाव की विचित्र बातें सुनकर निश्चित रूप से मेरे मन में अजानी प्रीत का पवित्र स्रोत उमगने लगा तो मेरे अचरज की सीमा नहीं रही! समाधि से जागने पर मेह-जेठवा की निश्छल बातें सुनकर मेरे अन्तस् में प्रीत का निर्झर अबाध बहने लगा तो मन में दृढ़ निश्चय कर लिया कि मेह-जेठवा से ब्याह न होने पर आजन्म कुँआरी रहूँगी और इसके निमित्त न तो कुछ अधिकार जताऊँगी और न कोई आग्रह करूँगी! मुझे जो करना था, बाबुल का आदेश पाकर निर्भय-निसंकोच किया। अब आपको, राजाजी को और राजकुँअर को जो अच्छा लगे, वही कीजिये। मेरी और बाबुल की कुछ भी अन्य प्रत्याशा नहीं है। न हमारी कभी कोई पंचायती रहेगी। फकत एक रात के निगूढ़ अँधियारे में हजार-हजार बरसों का उजाला भरपाया! अब मुझे एक कण जितनी भी चाहना नहीं है! न राज-तेज की, न धन-माया की! हमारे आन्तरिक वैभव की धारणा दुनिया से मेल नहीं खाती! आपके स्नेह में मुझे अपवाद की किरण अवश्य नजर आयी तो पूरी जिज्ञासा सुने बिना ही अपना कलेजा उघाड़ बताया, इसके लिए आपसे माफी चाहती हूँ। बाबुल के गुरुकुल में मुझे ऐसी ही दीक्षा मिली है! निर्मल आकांक्षा की मर्यादा-जनक पूर्ति हो तो अच्छा, न हो तो अच्छा! न किसी में दोष निकालूँगी, न किसी के बिछोह में आहें भरूँगी! इसलिए कि जीसा की दीक्षा के फलस्वरूप अन्ततः अपने-आपको पा लिया है! आपके अलावा मैं किसी के सामने अपने होंठ तक नहीं खोलती। आपके बहाने अपनी दिवंगत माँ के दर्शन हुए हैं! यही मेरी सबसे बड़ी उपलब्धि रही!'' इतना कहकर ऊजली ने माँ के चरणों का परस किया। सिर नवाया!

रानी-माँ के हृदय पर फूलों की टोकरी का जितना भी बोझ था, सब उतर गया! अपनी मेहँदी रची दोनों हथेलियों से ऊजली के दोनों गाल सहलाते कहने लगी, ''मैं तुझे जितना समझ पायी हूँ, उस से भी सवायी साबित हुई। अब मेरे मन में सन्देह का लेश-मात्र भी नहीं है। झूमर के साथ जेठवा ने भी स्पष्ट सन्देश भिजवाया कि अब दीवान की बेटी से सगाई का दस्तूर उसे अमान्य है। कुँआरी

कन्या के सौ वर! यदि उसका पाणि-ग्रहण किसी से होगा तो बरड़ा गाँव के बाबुल की धिया ऊजली से ही! उसे न तो अब किसी राज्य की चाहना है और न इन्द्रलोक की किसी अप्सरा से ब्याहने की। जिसके पवित्र हाथों उसे नया जीवन मिला है, केवल उसी के दुआरे वह अर्पित होगा। फकत राज के बूते पर ही जीवन बसर नहीं होता, बकरियाँ व गायें चराने से दूध और मक्खन की कोई कमी नहीं रहती! इस नयी जिन्दगी के लिए शराब, शिकार और मांस की सपने में भी जरूरत नहीं पड़ेगी। मानवता के जिस ढाँचे में जेठवा को मैं ढालना चाहती थी, वह तो उसकी उलटी दिशा में ही हठपूर्वक तेजी से बढ़ रहा था। और तूने एक रात में ही मेरा सपना साकार कर दिया। यह सौ राज्यों से भी बड़ी उपलब्धि है! मुझे धन्य कर दिया तूने...!''

रानी-माँ की देह पर जैसे गरुड़ की पाँखें लगी हों। तुरन्त खड़ी हुई। ऊजली का हाथ पकड़कर टीले की ढलान उतरते बोली, ''बिटिया, चाँद-सूरज के खोजने पर तुझ जैसी बहू किसी लोक में नहीं मिलती! तेरा पदार्पण होने पर ही मेरे राज्य में सुख-शान्ति की स्थापना होगी। इसके लिए धूर्त दीवान और उसकी छलगारी लाड़ली से सलटना जरूरी है। एक बार जेठवा का वहाँ चलना निहायत जरूरी है, वरना मनचीती जाजम नहीं बिछेगी! इन सब झमेलों से निबटते ही धूम-धाम से जेठवा की बारात इस गाँव में आयगी और अमरोजी चारण की गवाड़ी अतिशय उछाह से जेठवा तोरण का अनुष्ठान सम्पूर्ण करेगा। राजाजी को दीवान के छद्म जाल से मुक्त करने की जिम्मेवारी मेरी है। अब जेठवा हमारा नहीं, तुम सबका है!''

रानी-माँ को लगा कि ऊजली के हाथ का दबाव कुछ ढीला होने लगा तो वह मुक्त स्वर में बोली, ''आप जानें। इस बाबत मुझे कुछ भी नहीं कहना है! यदि वचनों के बहाने कुछ इकरार कराऊँ तो इस गवाड़ी की गरिमा घटती है! केवल एक छोटी-सी माँग है कि धूमली रजवाड़े पहुँचकर सुमंगली सावित्री को यहाँ किसी के साथ भिजवा दें, तो मेरे लिए सोलह सहेलियों की साध पूरी होगी।''

रानी-माँ कुछ सोच-विचार करते बोली, ''झूमर के साथ घोड़ी भेजना चाहती हूँ, लेकिन अभी वहाँ उसकी ज्यादा जरूरत है। इसलिए सावित्री को अकेली रवाना करूँ तो वह जल्दी पहुँचेगी। और कुछ इच्छा हो तो...।''

ऊजली ने स्पष्ट बताया, ''दूसरी कोई इच्छा नहीं है...।''

ऊजली की स्पष्ट मनाही रानी-माँ को कुछ अनसुहाती लगी। वह कुछ-न-कुछ माँग करती तो उन्हें अच्छा लगता! कोई बात नहीं, उसका मरजी। राज्य

का सौभाग्य कि बहू सास से भी चौगुनी गुणवन्ती है। रानी-माँ के हाथ में ऊजली का हाथ थमा हुआ था। अचानक ऊजली को कुछ ऐसा महसूस हुआ कि रानी-माँ के सुकोमल स्नेहिल परस का हर्ष-उछाह बहुत बढ़ गया है! उसी दौरान उसने ऊजली से पूछा, ''अभी आज ही हमें धूमली की राह वापस लौटना है। यदि जीसा की अनुमति नहीं मिली तो...!''

ऊजली को अपने बाबुल पर असीम गर्व था। अदेर जवाब दिया, ''ऐसी आशंका तो आप मन में ही न लायें। वे तो एक बच्चे की बात भी नहीं टालते।'' रानी-माँ की खुशी में कोई कमी नहीं थी, फिर भी ऊजली से चुहल करने की सोची, ''तू चाहे तो दो-चार दिन और ठहर जायें। तेरी अनुमति के बिना मैं एक कदम भी नहीं भर सकती...।'' होंठों तक उछली हँसी ऊजली ने बड़ी मुश्किल से रोककर कहा, ''बेटी, माँ को अनुमति दे, ऐसा चलन तो दुनिया में कहीं भी नहीं होगा...! जितने दिन बिराजेंगी, उससे बड़ा सौभाग्य हमारा क्या होगा? मगर रजवाड़े की जरूरत जितनी आप समझती हैं, उतनी मैं नहीं जानती। यदि रवानगी जरूरी है तो एक घड़ी की देर करना भी अच्छा नहीं है...!''

ऊजली के मुँह से ऐसे सटीक उत्तर की रानी-माँ को आस नहीं थी। फिर भी उनके मन में आनन्द का पार नहीं रहा। जेठवा को चार-पाँच दिन अधिक रोकने की बात मन में जँची, मगर पहली बार उस पर नियन्त्रण रखने की इच्छा हुई, वरना रानी-माँ तो मन में उमगी बात अदेर कहे बिना रुक नहीं सकती थी। ठेठ गवाड़ी तक रानी-माँ नितान्त चुप रही, मगर मन में तो संवाद का पार नहीं था। हूबहू यही स्थिति ऊजली की भी थी, चाहते हुए भी अपने मुँह से एक आखर तक उच्चार नहीं सकी।

रानी-माँ इस गवाड़ी की इतनी परख क्यों करना चाहती थी, उन्हें स्वयं इसका पता नहीं था। बरसाली में पहुँचते ही बाबुल को अभी-अभी विदा होने की बात बतायी। तब उन्होंने कहा कि पाहुनों को तो आखिर विदा होना ही पड़ता है! अपने-अपने दायरे में सभी व्यस्त रहते हैं। मगर मेरी गवाड़ी आकर आपने एक जून भी भोजन नहीं जीमा, तब भी मैंने कुछ एतराज नहीं किया। आपका पाथेय अब भी बचा हुआ है, उसे वहीं बाँट दीजियेगा। कल मेरे हाथ की बनी रसोई जीमकर पधारें तो मुझे बहुत खुशी होगी!''

रानी-माँ ने बीच ही में आश्चर्य प्रकट करते पूछा, ''क्या आप रसोई बनाना जानते हैं...?''

बाबुल कुछ जवाब दे उससे पहले जेठवा ने अदेर उत्तर दिया, ''ऊजली ने तो समय के साथ-साथ जरूरत मुताबिक काम करना सीखा है, तब तक जीसा ही घर के सभी काम करते रहे हैं। तू सच थोड़े मानेगी कि ये तुझ जैसी बढ़िया

रसोई बनाते हैं। एक बार जीमे बिना तुझे क्या पता पड़ेगा! ऊजली भी रसोई बनाने में कम नहीं है। तू एक बार देख तो सही...!''

माँ ने मुस्कराते कहा, ''तब तो समधीजी की गवाड़ी आज रातवासा करना ही पड़ेगा। किन्तु तूने कल हठ किया तो सवेरे भोजन करने के बाद एक घड़ी भी नहीं ठहरूँगी। तू खुद जानता नहीं कि दीवान की जालसाजी से अब तक रजवाड़े की क्या दुर्दशा हुई होगी, वहाँ पहुँचने पर ही अनुमान लग सकेगा...।''

बाबुल का मन आगा-पीछा करने लगा। फिर भी सहज भाव से कहा, ''यदि ऐसी ही विकट चिन्ता है तो अभी प्रस्थान कर लीजिए। ऐसा अबोध नहीं हूँ कि ऐसी विपत्ति की वेला आपको मना करूँ। जैसी इच्छा हो वही कीजियेगा।''

रानी-माँ मन-ही-मन विचार करने लगी कि यह मानुस जाने किस लोक का निवासी है? छल-प्रपंच का नाम तक नहीं जानता। और उधर रजवाड़े के दरबारी एक-से-एक बढ़कर धूर्त, पाखण्डी और कुलालची हैं। मनुष्य की हत्या करके भी हाथ नहीं धोते और तुरन्त खाना निगलने लगते हैं! कदम-कदम पर कपट और कुकर्म! कबूतर पर भी भरोसा करने का जी नहीं चाहता! लगता है कि अमरोजी की मनुहार मानने पर कुछ-न-कुछ अच्छा ही होगा। यदि इनके द्वारा कुछ भी अशुभ हो जाय तो यह दुनिया जीने काबिल ही नहीं रहेगी! पुलकित स्वर में बोली, ''अब आपके हाथ की रसोई जीमे बिना मुझे स्वर्ग की निवास भी कबूल नहीं है! सौ खतों की एक फारखती कि भूख की तो मैंने कभी परवाह नहीं की, लेकिन रतजगा एक घड़ी का भी मुझे बरदाश्त नहीं होता। जब बचपन में जेठवा को पवन लगा तब झूमर रात को जागता और मैं पूरे दिन ध्यान रखती कि वह सो न जाय। बातों में बहलाकर रखते। यदि ऊजली को एतराज न हो तो उसी खाट पर उसे साथ सुलाऊँगी...।''

''ऐसे अचीते सौभाग्य से वंचित रहूँ, इतनी बेवकूफ नहीं हूँ। रानी-माँ के चरणों में सिर रखकर सोऊँगी...।'' ऊजली के होंठों से बोलों के बदले सचमुच फूल ही झड़े थे!

''तो अब देर किसलिए...? शायद उस बड़ी खाट पर मुझे ही नया जन्म मिल जाय तो धूमली रजवाड़े जैसे सौ राज्य भी उसका मुकाबला नहीं कर सकते!'' रानी-माँ के ये बोल सुनते ही ऊजली के समूचे शरीर में लाज की झाँईं घुल गयी! वह रानी-माँ के लिए साफ-सुथरे बिछौने की व्यवस्था के बारे में सोचने लगी तो रानी-माँ से उसकी मंशा तनिक भी छिपी नहीं रही। उसी वक्त समझाया, ''ऊजल बिटिया, तू बिछौने की बिल्कुल चिन्ता मत कर...मैं उन्हीं बिछौनों पर ही सोऊँगी। इस समय मैं केवल माँ हूँ, रानी नहीं...।''

ऊजली से भी माँ की मंशा छिपी नहीं रही। चुपचाप बड़ी खाट के पास आकर खड़ी हो गयी। जब रानी माँ खाट पर लेटी और वह उसके चरणों में

सोने लगी तो उसकी बाँह पकड़कर कहा, ''ऐसा पागलपन मत करना। माँ-बेटी के रिश्ते में कोई भी छोटा-बड़ा नहीं होता।'' फिर बाजू में सोते हुए कहने लगी, ''उघाड़ी भले ही मत होना, इसलिए कि बेहोश होने की बजाय मैं पूरी जगी हुई हूँ। नहीं, नहीं, पीठ फिराकर नहीं, जिस तरह मेरे बेटे की निरावृत्त देह में गलबहियाँ डालकर सोयी थी, उसी तरह मुझ से चिपककर सारी रात सोना है... !''

फिर ऊजली क्या कहती! कहने की कोई गुंजाइश ही नहीं थी। हूबहू उसी तरह टाँग पसारकर गले में बाँहें डाल दीं। बेहद आश्चर्य की बात कि उस काल-रात को चितारकर, उतनी ही गहरी समाधि में उतर गयी! रानी-माँ ने दो-तीन बार उसे पुकारा भी, लेकिन उसे कुछ सुनायी नहीं पड़ा। रानी-माँ बेहोश होने की चेष्टा करती-करती अगाढ़ ऊँघ में डूब गयी!

हमेशा की बजाय रानी-माँ पौन घड़ी देरी से उठीं। ऊजली को बिना जगाये एकदम धीरे-धीरे नीचे उतरी, जैसे आसमान से अवतरित हुई हो! बाहर आयी तो अध-घड़ी रात बाकी थी। तेरस का चन्द्रमा पहाड़ की ओट में पूरा ओझल हो गया था। रात वाले टीबे की ओर मुश्किल से पचासेक कदम आगे बढ़ी तो जेठवा सामने ही आता दिखलायी पड़ा। माँ कुछ कहे उसके पहले ही वह बोल उठा, ''आज विदा होना है, इसलिए बकरियों के एवाड़े, पंछियों की बाड़ी और गायों के बाड़े, सभी से जुहार कर आया... ।'' फिर माँ के गले में दोनों हाथ डालकर रुँधे गले से पूछा, ''माँ, ऊजली के लाख यत्न करने पर भी वापस प्राण नहीं लौटते तो तेरा और ऊजली का क्या हाल होता? तेरे गले में इस तरह गलबहियाँ डालने का सपने में सौभाग्य कब मिलता... ? लोग-बाग कहते हैं कि मुरदे को तो सपने भी नहीं आते... !''

माँ जाने किस लोक में विचरण कर रही थी! बेटे के कुबोल सुनकर वह तनिक नाराजगी का स्वाँग भरकर कहने लगी, ''तुझे हरदम ऐसी औंधी बातें ही सूझती हैं! राजा कर्ण की वेला ऐसी अशुभ-वाणी नहीं उलाकनी चाहिए! ऊजली जैसी धिया के प्रयास सफल नहीं होंगे तो परमेश्वर के प्रयत्न भी पार नहीं पड़ेंगे... !''

जेठवा ने गरदन सहलाते-सहलाते धीमी आवाज में पूछा, ''तीन दिन ठहरकर चलें तो ठीक नहीं रहेगा माँ... ? इतनी भी क्या जल्दी है... ?''

''जल्दी नहीं होती तो ऐसा रमणीय स्थान छोड़कर इतना जल्दी रवाना होती भला... ? यह गाँव तो मेरे लिए तीर्थराज पुष्कर से भी बढ़कर है। ऐसा न हो कि वेला चूकने पर सिंहासन ही हाथ से चला जाय। भोले राजाजी दीवान के चंगुल में फँस गये तो हम सबके प्राणों को खतरा है। अमरोजी के कहे की अनसुनी करना राज्य जाने की अपेक्षा और भी बुरी बात है! उनकी आशिष से सब बातें

भली होंगी!''

''तो फिर जीसा और ऊजली को भी साथ ले चलें...!''

''बौरा तो नहीं गया? धूमली रजवाड़े जैसे तीन-सौ-त्रेपन राज्य मिलें तब भी यह ठौर छोड़कर वे कहीं नहीं जाएँगे! एक-एक पाहड़ी और एक-एक चिड़िया पर ऐसे रजवाड़े न्योछावर कर दें। तू अब तक इन्हें समझ ही नहीं पाया...!''

''अच्छी तरह समझा हूँ तभी तो मुझे राज्य, सिंहासन और मुकट, आँख में मिर्च की नाईं खटकते हैं...।''

''तेरी यह बात सोलह आना सही है। लेकिन मौका चूकने पर दीवान की मनमानी हो गयी तो बाबुल और धिया को अपने से भी ज्यादा खतरा है। वे बाँसुरी से पहले बाँस का सफाया करेंगे...!''

''तो फिर खाना खाये बिना ही चल दें। मेरा आदेश मिलने पर झूमर ऐसे बीस दीवानों को परास्त कर दे।''

''रसोई की हामी भरी है तो जीमकर ही रवाना होंगे। अब जल्दबाजी करने की जरूरत नहीं है। ये दोनों अपने से अधिक समझदार हैं। मेरे मन में राम जाने क्यों यह दृढ़ विश्वास है कि इन बकरियों, इन गायों और पंछियों की आशिष से अपनी बाजी रहेगी...।''

यह मन्त्र सुनाकर रानी-माँ तेज-तेज कदमों से गवाड़ी की ओर चलने लगी। पीछे-पीछे जेठवा भी चुपचाप चलने लगा। सूरज की अगवानी करते पंछी चारों ओर उड़ने लगे। जैसे आज का सूरज इस बरड़ा गाँव के लिए ही उदय हुआ हो! धीरे-धीरे चारों दिशाओं में उजाले का समन्दर हिलोरें भरने लगा! मानो रानी-माँ और जेठवा के अन्तस् का प्रतिबिम्ब ही इस उजाले का रूप धरकर प्रतिभासित हुआ हो!

अभागी दासियाँ अभी तक सो रही थीं। कविराजा नहा-धोकर माला जपने बैठ गये थे। सवा घड़ी के बाद आसन छोड़ेंगे। जसकरण तैयार खड़ा था। झूमर पतंगे की नाईं तेज-तेज उड़ान भरता, जीसा और ऊजली दोनों का हाथ बँटा रहा था। कढ़ी के भगौने की आँच बढ़ा रहा था। खीर की कड़ाही में खुरपा चला रहा था। ऊजली पतली-पतली चपातियाँ बना रही थी।

रानी-माँ और राजकुँअर को साथ-साथ आते देखा तो अमरोजी उछाह से बोले, ''आप दोनों नहाकर आयें तब तक भोजन तैयार मिलेगा। आपकी उतावली का मायना मैं अच्छी तरह समझ रहा हूँ, फिर भी धीरज और विवेक से हर काम निबटाइयेगा। दीवान की जड़ें रजवाड़े में ठौर-ठौर जमी हुई हैं। झूमर, जसकरण के अलावा गिनती के हितैषी आपके साथ हैं। बासी मुँह कामना करता हूँ कि आप चाहेंगे, वही होगा!''

उस कामना से प्रेरित होकर रानी-माँ और जेठवा जीसा के चरणों का परस

करने लगे तो वे चौंककर एकदम पीछे हटे। बोलते समय उनका गला रुँध गया, "मुझ पर पाप का बोझ क्यों बढ़ा रहे हैं...?"

"आप जैसे मानुस कहाँ नजर आते हैं! क्या मैं आपके चरणों का परस करने के योग्य नहीं हूँ...?" जीसा ने आगे कुछ भी जवाब नहीं दिया। फिर रानी-माँ ने आशिष देने की मंशा से ऊजली की ओर हाथ उठाया तो ऊजली ने तुरन्त खड़ी होकर माँ के चरणों में सिर नवाया। उचित अवसर देखकर झूमर ने भी आगे बढ़कर रानी-माँ और राजकुँअर के चरणों का परस किया। तब राजकुँअर ने मुस्कराते कहा, "झूमर, यहाँ आकर तू भी काफी पाखण्ड सीख गया रे...!"

ऊजली तत्काल चपाती बनाने के लिए बैठ गयी। तनिक गरदन उठाकर बोली, "यहाँ पाखण्ड के सिवाय कोई दूसरा उपाय ही कहाँ है...?"

जेठवा के कलेजे पर लपट कौंधी! जिस मुँह से ऐसे कुबोल निकलें, उसका जलना ही ठीक है! कहाँ की बात किधर जाकर छूटी? लज्जा के वशीभूत हाथ जोड़ते कहने लगा, "मेरे कहने का यह मतलब नहीं था। यदि आपके दिल पर ठेस लगी हो तो मैं माफी चाहता हूँ। और वह सचमुच जीसा और ऊजली की ओर मुँह करके बारी-बारी से माफी माँगने लगा। ऊजली की लज्जा का पार नहीं रहा! हाथ में थमा लोया परात में डालकर उठ खड़ी हुई। जेठवा के जुड़े हुए हाथों को दूर करती लज्जित स्वर में कहने लगी, "मजाक की बात में भी नहीं समझते! मैंने तो बात के जवाब में हलकी-सी ठिठोली की थी और आप बुरा मान गये! अब आत्मीयता जुड़ने पर मजाक तो अपने-आप सूझती है! आइन्दा पूरा खयाल रखूँगी। यह कहकर वह इस तरह सहज भाव से 'लोये' तोड़ने लगी, मानो इसके अलावा वह कोई दूसरा हुनर जानती ही न हो! देरी होने की जोखिम रानी-माँ के अलावा किसी के दिल में कसक नहीं रही थी। रानी-माँ और राजकुँअर दोनों ही कठपुतलियों की तरह उसके पीछे चलने लगे।

अचानक प्रमुख दासी को बातचीत की भनक सुनायी पड़ी तो वह चौंककर उठ बैठी। फिर दायें-बायें सोती दासियों को झटपट जगाया। वे सभी अविलम्ब अपनी दिनचर्या से निबटकर अपने-अपने काम में जुट गयीं।

जादू के उनमान रसोई बनी और जादू की तरह ही परोसगारी होने लगी। जब रानी-माँ ने झूमर को परोसगारी करते देखा तो कहने लगी, "तुझे भी हम सबके साथ चलना है, तू भी जीमने बैठ जा।" तब झूमर गुमान करते बोला, "लगातार पाँच दिन तक भूखा रहूँ तो भी मेरा कुछ नहीं बिगड़ता! आप चिन्ता ही ना करें!"

रानी-माँ ने मुस्कराते कहा, "तेरा कुछ बिगड़े, न बिगड़े पर, मेरा काफी-कुछ बिगड़ जाता है! मैं तुम लोगों की चिन्ता न करूँ तो और कौन करेगा? दीवानजी? उस चिन्ता की बानगी दूसरी है! रजवाड़े पहुँचने पर तुझे उसकी सही

जानकारी होगी।'' आगे हठ करने की बिसात ही क्या थी, झूमर की! चुपचाप एक तरफ पालथी मारकर बैठ गया। ऊजली ने सबसे पहले उसे ही थाल परोसा। फिर दासियों, जसकरण, कविराजा, रानी-माँ और जेठवा को! ऊजली की परोसगारी का वह अजीब ढंग देखा तो रानी-माँ के गर्व की सीमा नहीं रही। अभेद की वह दृष्टि ही सबसे निरुपम ज्योति है!

सभी ने गर्व-गुमान से भोजन किया। लापसी, खीर से बढ़कर और खीर, लापसी से बढ़कर। कढ़ी कहे मैं दाल से अधिक स्वादिष्ट और दाल गुमान करे मैं कढ़ी से ज्यादा जायकेदार। रायते में घी के धुएँ की खुशबू राजमहल पहुँचने तक भी मिटे जैसी नहीं थी! आखिर कुल्ला करती रानी-माँ से कहे बिना नहीं रहा गया, ''बढ़िया रसोई बनाने का मुझे बहुत गुमान था, सो आज ठिकाने लगा! दुनिया में बड़ा-बड़ी के इस मसले का कभी अन्त नहीं आयेगा! बिना खाये रवाना हो जाती तो पछतावे का पार नहीं रहता।'' फिर अमरोजी को सम्बोधित करती कहने लगी, ''मेरी ऊजली को रसोई बनाने की कला अवश्य सिखा दीजियेगा। इस कला में मेरा गुमान इसके आने पर ही निथरेगा, पूर्ण होगा।'' उन शब्दों का अन्तर्निहित मर्म इतना स्पष्ट था कि दासियों के ललाट पर एक साथ सलवटें तन गयीं। लेकिन उसी क्षण उन्होंने अपनी दुर्भावना पर नियन्त्रण कर लिया। ऊजली के अलावा और किसे भी उनके मिजाज का आभास नहीं हुआ। तब अपने तईं पहल करके वह राजकुँअर मेह-जेठवा के पास आकर कहने लगी, ''जीसा की मर्यादा को ठेस लगे, ऐसा काम भूलकर भी मत कीजियेगा! अब कहीं आपके दृढ़ निश्चय, धैर्य, भावना और विवेक की सही परख होगी! देने के अहंकार में लेने का अधिकार को वश रहते भूलियेगा नहीं! देना जितना आसान है, ग्रहण करना उतना ही मुश्किल है! मेरी अटूट प्रीत की गरिमा रखे बिना मैं सपने में भी किसी के गले नहीं पड़ूँगी। जीसा की पोशाल के ज्ञान का किसी से भी मेल नहीं खाता! इसका ध्यान नहीं रखने पर किसी अँधेरी राह भटक गये तो मुझे खोज पाना सम्भव नहीं होगा! राजी-खुशी पधारें, मगर मेरी प्रीत में अन्धे-बहरे होने से कुछ भी सिद्धि नहीं होगी! संकोच रखने में सबका अहित होगा, इसीलिए मुझे मन की बातें बतानी पड़ीं। आपके प्रति मेरी प्रीत की मर्यादा सदैव ऐसी ही रहेगी! मेरी मांगलिक कामना हर क्षण आपके आस-पास हवा की नाईं मौजूद रहेगी...!''

रानी-माँ ने दोनों के पास आकर राजकुँअर से पहले ऊजली के ललाट का चुम्मा लिया, फिर राजकुँअर की ठुड्डी का। तत्पश्चात् आँखों और गले पर बमुश्किल अंकुश रखकर रथ में बैठ गयीं। राजकुँअर भी पीछे देखे बिना ही माँ के पास बैठ गया। रथ रवाना हुआ ही था कि राजकुँअर की नजर जसकरण पर

पड़ी। जोर से आवाज देकर उसे भी अपनी बाजू में बिठा लिया।

जब रथ के पहियों और घोड़ों की टापों से उड़ती रज आँखें फाड़ने पर भी दिखलायी न पड़ी तो बाबुल ने जाने किस आस के भरोसे अपनी इकलौती धिया के सामने देखा कि उसके सलौने मुखड़े पर क्या भावना झलक रही है, तनिक भी आभास नहीं हुआ! ऊजली ने अकस्मात् चौंककर बाबुल के सामने देखा तो उनके चेहरे पर क्या भाव और कैसा विवेक झलक रहा है, कुछ भी सुराग नहीं लगा। परस्पर ऐसे अपरिचित तो आज से पहले वे कभी नहीं हुए! शुभंकरी सावित्री के आगमन का ऐसा प्रभाव तो नहीं जाना था!

जब सात-आठेक खेतों की दूरी तक आगे बढ़े ही थे कि रानी-माँ को चेत हुआ कि राजकुँअर की बजाय झूमर सावित्री पर सवार है। वह रथ के पीछे-पीछे चल रहा था। कपड़ों सहित सारा हुलिया धूल से भरा होने पर भी उसे कुछ भी परवाह नहीं थी। रानी-माँ ने रथ रुकवाकर झूमर को भी अन्दर बिठा लिया। हाथ बाहर निकालकर सावित्री की लगाम पकड़कर उसे पास खींचकर मीठे स्वर में निर्देश दिया, "मेरी बहना, अब तू यहीं से अमरोजी चारण की गवाड़ी पहुँचकर जोर से हिनहिनाना। मेरा सन्देश न मिले तब तक यह जगह मत छोड़ना।" रानी-माँ ने इस सलीके से लगाम फेंकी कि कनौती लाँघकर काठी पर ठहर गयी। उस समय सावित्री को तनिक भी उतावली नहीं थी। दुलकी चाल में बड़े मिजाज से चल रही थी। जाने-अजाने उसकी संजीदा चाल में कुछ ऐसा मर्म प्रकट हो रहा था कि टापों की भनक पाँच-कदम से आगे न सुनायी पड़े! जानवर होते हुए भी उसे स्वामी के नये जीवन का मोद घरवालों से कम नहीं था! दूसरे समझें तो अच्छी बात, न समझें तो अच्छी बात। उसे दूसरों की समझ से सरोकार ही क्या था! अचानक उसकी चाल और भी धीमी हो गयी। लेकिन आँखों से मानो हर्ष-उछाह की किरणें फूट रही हों! गवाड़ी के पास पहुँचते ही निमिष भर के लिए कुछ सोचने लगी। फिर समूचे शरीर से इस कदर हींसी, गोया अपनी हिनहिनाहट के बूते पर चारों दिशाओं की हवा में आनन्द-उत्सव की लहरें व्याप्त कर देगी। घोड़ी की यह अपूर्व हिनहिनाहट सुनकर बाबुल-बेटी की भीगी आँखों से हर्ष-आनन्द के मोती दमकने लगे! आँसू तो वे ही थे, मगर आकस्मिक हिनहिनाहट के जादू से बिछोह के अवसाद की बजाय अथाह उत्साह की आभा घुल गयी। बाबुल ने बेटी की आँखों में टोहकर हर्ष के सुर में कहा, "उस दिन की हिनहिनाहट और आज के हींसने का फर्क समझ रही है, बिटिया...?" दरवाजे की ओर कदम बढ़ाती ऊजली ने मुस्कराते जवाब दिया, "समझ रही हूँ जीसा, लेकिन आज निश्चित रूप से घोड़ी अकेली ही आयी होगी। रानी-माँ ने मेरे कहे

का खूब ही मान रखा, मुझे पहले ही पक्का विश्वास था। मैं मन-ही-मन इसी हिनहिनाहट की बाट जोह रही थी...!''

बाबुल ने पीछे चलते-चलते ही पूछा, ''सचमुच...?'' फिर अपने मन का गहरा भेद दरसाते कहा, ''अब मुझे तेरी तनिक भी चिन्ता नहीं है कि तूने मुझ से पहले उस सच्चाई को प्रकट कर दिया, जिसे मैं छिपाना चाहता था! आज ही पहली बार बोध हुआ कि सच्चाई कैसी भी हो, उसे छिपाना व्यर्थ है!'' ऊजली ने मुस्कराते हुए मुड़कर पीछे देखा तो अवश्य, मगर जवाब कुछ भी नहीं दिया। लेकिन बाबुल ने उस अलौकिक मुस्कान का मर्म स्पष्ट समझ लिया था...!

अब तक ऊजली मन-ही-मन गरज रही थी! लेकिन सावित्री के अमिट लगाव से साक्षात्कार होते ही उसकी गरदन से लिपटकर सुबक-सुबक रोने लगी! तब बाबुल की आँखें भी सूखी नहीं रहकर बरसने लगीं। घरनी के दिवंगत होने पर अकेले एकान्त में तो कई बार रोये, मगर लोगों के देखते आँसू भीतर-ही-भीतर दुबके रहते। वे बाबुल की मर्यादा को अच्छी तरह समझते थे! लेकिन अभी आँसू बहाने में गवाड़ी की मर्यादा बचती थी!

बाबुल अपने आँसू बहाने में मगन थे और बेटी अपने मोती टपकाने में। ऊजली को तनिक ध्यान आने पर बाबुल से पूछा, ''झरने जाकर सावित्री को नहला दूँ।''

''तेरी मरजी...पहले दाना खिलाना ठीक नहीं रहेगा? तेरी राय हो तो एकाध घिलोड़ी घी पिला दें।''

''आप जैसा कहें, वही करने को तैयार हूँ। नाल नहीं देकर तसली में घी डाल दें, तो खुद ही पी लेगी!'' ऊजली आगे कुछ कहने जा रही थी, मगर जानकर ही चुप रही।

''तुझे ठीक लगे तो ऐसा ही करके देख लें। कई नस्ली घोड़ियाँ काफी समझदार होती हैं! फिर सावित्री तो राजकुँअर की खास चहेती घोड़ी है। घी पिलाने के बाद कुछ ठहरकर पानी पिलायें तो ठीक रहेगा। पाहुनों की तीमारदारी में चाहते हुए भी समय नहीं निकाल सका। पहले तो एक बार गाँव का चक्कर लगा ही लेता था। तुझे भी दो बरस हो गये घुड़सवारी का मौका ही नहीं मिला। सावित्री पर तो पेट का पानी तक नहीं हिले!''

ऊजली ने तनिक संकोच करते पूछा, ''राजकुँअर की घोड़ी पर...!''

''पागल कहीं की...तब तो तू रानी-माँ को अच्छी तरह समझी ही नहीं। फकत तेरी सवारी के लिए ही उन्होंने घोड़ी भेजी है...!''

जैसे सावित्री उनकी बातचीत को समझती हो, उतनी उत्साहित होकर हिनहिनायी, मानो जीसा की बात का समर्थन कर रही हो! घोड़ी का हींसना सुनते

ही ऊजली को चेत हुआ और तत्काल तेज कदमों से चलती हुई रसोई में जाकर पूरी तसली भर लायी। केसर के उनमान झलकते घी की भीनी सुगन्ध से ही जैसे सावित्री तृप्त हो गयी हो! खुशी दरसाने के बहाने फिर जोर से हींसी। तसली सामने करते ही एक बार तो उसने ऊँचा मुँह करके ऊजली की ओर देखा। फिर गरदन नीची करके घी पीने लगी तो पीछे एक बूँद भी नहीं छोड़ी। आज उसके हर्ष-उछाह का कोई अन्त नहीं था। फिर ऊजली के लिए कैसी ढील! जीसा के पास आकर सिर नवाया तो दोनों हाथ फिराकर आशिष दी। गवाड़ी के फलसे की ढलान ढलते ही रकाब में एक पाँव डालते ही उचककर सवार हो गयी। लगाम का निर्देश मिलते ही सावित्री एक बार और हिनहिनायी, ऐसे सौभाग्य की दूर-दूर तक आशा ही नहीं थी।

जाने कब, कितनी बार राजकुँअर जेठवा ने शिकार खेलने के शौक में सावित्री को सरपट दौड़ाई हो! उसकी बजाय आज अमरोजी की धिया सवारी गाँठ रही है! इस बात का सपना भी आ जाय तो लोग-बाग जाने कितनी ईर्ष्या करेंगे। लेकिन वह तो अभी प्रत्यक्ष लगाम थामे सवारी कर रही है...एक वह भी काल-रात्रि थी और आज यह सुहानी दुपहरिया है!...रानी-माँ, जेठवा, झूमर, जसकरण, कविराजा और चारों दासियाँ धूमली रजवाड़े की ओर आगे बढ़े जा रहे होंगे...।

अमरोजी की गवाड़ी से बरड़ा गाँव पौने दो कोस दूर था। जब चींटी भी अपनी मंजिल तक पहुँच जाती है, तब सावित्री के लिए उतनी दूरी का कोई मायना ही नहीं था। उसने मन-ही-मन विचार किया कि राजकुँअर शिकार का पीछा करते हुए, सावित्री को कितनी तेजी से दौड़ाता होगा? ऊजली ने न तो रान भींची, न एड़ लगायी और न लगाम खींची, मन में सिर्फ एक विचार कौंधा और सावित्री उसी विचार का निर्देश मानकर दौड़ने लगी...सरपट...सरपट...जैसे अपने-आप से ही होड़ कर रही हो! जानकर धीरे-धीरे ही गति बढ़ायी। जब सावित्री को इस तथ्य का स्पष्ट पता चल गया कि ऊजली, राजकुँअर से भी दक्ष सवार है...फिर तो उसने कुछ कसर ही नहीं रखी।

संजोग की लीला, संजोग के अलावा कोई नहीं जानता। बरड़ा गाँव दोएक खेत की दूरी पर था कि सामने एक बैलगाड़ी तेजी से भागती नजर आयी। गाड़ी पर आठ-दसेक मनुष्य बैठे थे। बैल अपनी ताकत के अनुसार बढ़े आ रहे थे। पास आते ही ऊजली ने स्पष्ट पहचान कर ली कि गाड़ी हाँकने वाले उसके ताऊजी हैं। एक नवयुवक उनकी गोद में सो रहा है। ताऊजी के पास बैठे दोनों ही व्यक्ति उसके सगे चाचा हैं। गाड़ी के पास पहुँचते ही सावित्री अपने-आप रुक गयी। दुर्योग की बात कि अभी-अभी मझले चाचा के बड़े बेटे को गोरियावर साँप डस गया। पिछले वर्ष आखातीज पर उसका ब्याह हुआ था। भाभी ऊजली का बड़ा

दुलार रखती थी, जैसे ननद की बजाय वह उसकी छोटी बहन ही हो। ऊजली का समूचा शरीर एकदम सिहर उठा, फिर भी उसने काफी धीरज रखा। देर करना घातक है, यह सोचकर ऊजली ने तत्क्षण भाई को गोद में बिठाकर गवाड़ी की राह लगाम का इशारा किया। सावित्री के लिए उतना संकेत ही पर्याप्त था। हवा से भी आगे दौड़ने लगी तो देखते-देखते गवाड़ी की दूरी सामने दौड़ती नजर आने लगी!

ऊजली आधी-अधूरी समाधि में डूबती-उतरती रही। शिव-पार्वती के विमान की नाईं वह सावित्री पर निर्विघ्न बैठी थी। अचानक सावित्री के हींसते ही ऊजली की पलकें उघड़ी तो जीसा सामने ही आते दीख पड़े। शायद बकरियों के एवाड़े जाने की खातिर रवाना हुए हों। अभी सावित्री की हिनहिनाहट में वैसा ही प्रचण्ड अवसाद था! रोम-रोम दहल उठा, फिर भी उनका वजूद वैसा ही कायम रहा। अविलम्ब फलसा खोलकर गवाड़ी की ओर तेज-तेज कदम बढ़ाते हुए लौट पड़े।

पास पहुँचते ही ऊजली ने विदग्ध स्वर में कहा, "जीसा, देवकरण को गोरियावर डस गया।" "हें...।" बाबुल के मुँह से आकस्मिक विपदा की आह निकलते ही ऊजली ने गोद में बैठे भतीजे को झटपट पीठ पर उठाया। अर्द्ध-मूर्छित आँखें पथराने लगी थीं। बाबुल ने फुरती से आँगन के सघन नीम की छाया में खाट बिछायी। बायें पाँव के टखने के पास दाँत गड़े हुए नजर आये। काफी सूजन चढ़ चुकी थी। अमरोजी चारण आस-पास के इलाके में जाने-माने गारुड़ी थे। पवन डसा व्यक्ति साँस रहते गवाड़ी आ पहुँचा तो उसे मरने नहीं दिया। उनके हुनर का ऐसा ही करिश्मा था! उस्तरे से आड़ी-तिरछी चीर-फाड़ करके पाँच-सातेक कुल्ले तगारी में थूके ही थे कि भतीजे की पलकें पूरी खुल गयीं। ऊजली के जी-में-जी आया। ताऊ और उनके भाइयों को इस गवाड़ी पर पूरा एतबार था। सभी बीमारियों में ऊजली जीसा का हाथ बँटाती थी। इधर देवकरण की पलकें उघड़ीं और उधर ऊजली दौड़ती हुई गवाड़ी में गयी और बड़ी सतर्कता-पूर्वक काँसी की पूरी तसली गाय के घी से भर लायी तो देवकरण ने अपना हाथ बढ़ाकर तसली अपने हाथ में थाम ली। बिना कुछ कहे-सुने गरदन नीची करके चुपचाप सारा घी पी गया। ऊजली ने खाली तसली एक ओर धरकर पास पड़ी तगारी उठायी और देवकरण ने सामने कर दी तो वह उबकाई से साथ उल्टियाँ करने लगा। लगभग एक तिहाई तगारी भर गयी। घी के साथ-साथ समूचा विष भी बाहर आ पड़ा। घी का रंग बदलकर हलका फीरोजी हो गया था। बाबुल कुछ देर तक उल्टियों की रंगत ध्यान से देखते रहे। अकस्मात् उनके होंठों पर हल्की-सी मुस्कान थिरक उठी। धीरे से बोले, "अब कोई खतरा नहीं...!"

पिता का जी ठिकाने आया। बहू का सुहाग बचने की खुशी में कहने लगा,

"आज से पहले तुम्हारे गवाड़ी में पहुँचे बीमारों को कोई खतरा हुआ है? फिर इसे क्यों होता...? संजोग से ऊजली घोड़ी पर नहीं मिलती तो अलबत्ता थोड़ी देर हो जाती। यह तो नाम-मात्र की घोड़ी है, वरना साम्प्रत अवतार में कोई कमी नहीं! मनुष्यों की बजाय इसका अन्तर्ज्ञान ज्यादा सच्चा है। यदि देवकरण के कुछ भी जोखिम हो जाती तो गाँव में आग-सी सुलग उठती और बहू सारी उम्र-रो-रोकर अन्धी हो जाती। अमरू, तुझे पूरे गाँव की एक ही हिदायत है, किसी भी मोहवश यह ठौर मत छोड़ना, वरना इस गाँव की देख-भाल करने वाला दूसरा कौन है...?"

इस तरह की तथ्यहीन बातचीत से अमरा चारण का दूर-दूर तक सरोकार नहीं था। किसी भी छोटे-बड़े काम के बीच स्वयं ईश्वर का हस्तक्षेप भी उसे सुहाता नहीं था! उसके लिए तो काम ही परमेश्वर था। खरल में जड़ी-बूटियाँ घोटकर ऊजली काढ़ा बनाकर लायी तो सयाने बीर ने अदेर गले उतार लिया। कुछ ही देर में भीतर खलबली मची तो दूसरी उबकाई के साथ भरपूर उल्टी हुई। साँवली और गाढ़ी हरी। अमरा ने देवकरण की नाड़ी सँभाली तो दिल की धड़कन का पता चला। उसके मुँह पर पूर्ण-सन्तुष्टि की आभा झलक उठी, जो किसी से भी छिपी नहीं रही। देवकरण के पिता ने शिष्टाचार के लहजे में पूछा, "साँझ तक इसे घर ले जायें कि नहीं...?"

इस तरह के औपचारिक सवालों का जवाब उनके लिए काफी कठिन हो जाता था। कुछ मीठा और सुहाता जवाब देना ही चाहते थे कि ऊजली को सटीक उत्तर सूझ गया। आत्मीयता दरसाते बोली, "यह घर क्या दूसरा है...? पवन डसे को काफी परहेज रखने पड़ते हैं। ग्यारह रातों तक एक पलक भी सोना नहीं, बकरियों के दूध को छोड़कर अन्न का एक दाना भी देना नहीं। मुझे इन सबकी पूरी जानकारी है। फिर भी हमारी अपेक्षा बहू का अधिकार बड़ा है, उसे गाड़ी पर यहाँ पहुँचा दीजियेगा।"

"तू कहेगी तो मैं भी यहाँ ठहर जाऊँगा। अमरू की गवाड़ी तो सारे गाँव की अपनी है! कई बार दूसरे गाँवों के लोग भी आफत-विपद में यहीं डेरा जमाये रहते हैं। मैंने सोचा कि तुम्हें अपनी ओर से कम तकलीफ दूँ तो अच्छा है। तुम दोनों के कहे को भला कौन टाल सकता है! परमार्थ के लिए ही तुम दोनों ने जन्म लिया है...।"

ऐसी ऊपरी-ऊपरी बातें अमरा चारण को रास ही नहीं आती थीं। और न उनका जवाब ही उसे सूझता था। सिर्फ मुद्दे की बात ही कही, "अब कुछ भी आशंका नहीं है। आपकी बिटिया ऊजली मुझ से भी दो कदम आगे है! फिर

सावित्री के आसरे आने-जाने में भी वक्त नहीं लगता। अब आप देबू को पुरानी बातों से बहलाइये। शायद सोने से छोटी-मोटी गड़बड़ हो जाय। अब मैं पंछी, बकरियों व गायों की सार-सँभाल करूँगा। बड़े परिवार के कई सुख हैं तो थोड़ी-बहुत परेशानियाँ भी हैं...।''

अमरा चारण की मौजूदगी में सबके होंठों पर मुहर लगी रहती थी। उसके जाने पर कोई पीछे नहीं रहना चाहता था। होनी के हजार रास्ते हैं। यदि गाँव के सौभाग्य से धूमली रजवाड़े के राजकुँअर का ऊजली से सम्बन्ध हो जाय तो अपने गाँव की काया ही बदल जाय। पास-पड़ौस के गुणी और हुनरमन्द लोगों को पूरी प्रतिष्ठा मिल जाएगी। अमरोजी ने अब तक किसी भी मनुष्य-बन्दे को अपने वश रहते मुँह की बजाय हाथ से उत्तर दिया। किसी को भी ऊँच-नीच नहीं माना!

बाबुल की नाईं ऊजली भी ऐसी बातों के लिए कान नहीं देती थी। किन्तु लोगों के मुँह पर खाम तो नहीं लगायी जा सकती। जितने मुँह उतनी ही हवाई बातें। देवकरण के पिता ने ऊजली से पूछा, ''तू कहे तो गाड़ी जोतकर अभी बहू को ले जाऊँ।''

''अभी नहीं दो दिन बाद। मैं खुद कहलवा दूँगी।''

बड़ा अजीब संजोग कि ऊजली हूबहू बाप पर गयी। बेकार बातें कहने-सुनने की तो पगडण्डी ही नहीं जानती थी। दूसरी कुछ भी जुगत पार नहीं पड़ी तो देवकरण के जीसा ने कहा, ''अब बेकार भीड़ का कोई मतलब नहीं है। हमें भी ढोर-डंगरों का चारा-पानी करना है...दुहारी करनी है। तू कहे तो हम जायें...?''

''काका-बाबा को मैं कहूँ...?'' ऊजली मुस्कराते बोली, ''अभी तो मेरी बुद्धि घास चरने नहीं गयी। यह कहना-सुनना जीसा के जिम्मे है। मैं रसोई का सराजाम करूँ, तब तक देबू बीर को खापरिया चोर की बात सुनायें।''

अपनी मन-पसन्द राय थी। देवकरण बच्चे की तरह हठ करते कहने लगा, ''हाँ जीसा, खापरिया चोर की याद जब-तब उमड़ती ही रहती है। आपके मुँह से यह बात बड़ी बेजोड़ लगती है। तीन बरस हो गये सुने हुए। काम-धन्धे के मारे फुरसत ही नहीं मिलती। गोरियावर ने डसा तो बात सुनने का अवसर मिला! अब तो ग्यारह दिन तक मौज-ही-मौज है...!''

जीसा ने फटकार पिलायी, ''पगला कहीं का...थूक अपने मुँह से। ननिहाल पर गये भानजे का आखिर यही हश्र होता है! इतना बड़ा हुआ, यह कोई बात सुनने की उम्र है...?''

''उम्र से इसका क्या लेना-देना! सारी उम्र सुनूँ तब भी सन्तोष न हो!''

बापू को गुस्सा तो बहुत ही आया, पर साँप के डसे बेटे का कुछ तो लिहाज

रखना ही पड़ता है! उधर लच्छेदार बातों की मणियाँ बिखरती गयीं, उधर ऊजली रसोई बनाने में रुँध गयी। रसोई की खटर-पटर में क्या जमीन-आसमान का अन्तर होता है? आज पहली बार ऊजली को इसकी प्रत्यक्ष प्रतीति हुई! जीसा के साथ कल की रसोई का धुआँ तो जैसे आँखों के लिए शीतल काजल-सुरमे की गरज पूरी कर रहा था! प्रीत का ककहरा भी नहीं जानती थी सो एक रात की कालिमा उघड़ने पर मनुष्य-योनि का नया ही इतिहास अंकित हो गया! पहले या तो कृष्ण-कन्हाई के प्रति मीरा की अखण्ड प्रीत समझ में आती थी और अब जेठवा की प्रीत का मर्म भीतर-बाहर दोनों ओर खींचता है! आलोड़ित करता है। मगर उपाय कुछ भी नजर नहीं आता! कोरा-मोरा वचन निभाने में कोई सार नहीं। यदि राजसत्ता हड़पने के लिए राजकुँअर भले-बुरे का भेद बिसर गया तो ऊजली का अन्तस् ही कसैला हो जाएगा! जीवन का समूचा जायका ही बिगड़ जाएगा! लेकिन रानी-माँ के प्रति उसका अडिग विश्वास था। विदाई की वेला उसने जेठवा को सीख देने में भी कहाँ खामी रखी थी! सब लाज-संकोच बहाकर क्या नहीं कहा! लेकिन सत्ता की मृगतृष्णा का भरम न टूटे तब तक उसके पीछे फलाँगते-फलाँगते आखिर दम टूट जाता है! मृगजल और सरोवर के निर्मल गहरे पानी की सही पहचान न हो तो ललाट की आँखें कदम-कदम पर धोखा दे जाती हैं! झूमर या जसकरण रानी-माँ और राजकुँअर की खातिर प्राण देने में तनिक भी झिझक नहीं करेंगे, मगर इस से आखिर होगा क्या? यह तो अबोध व्यक्तियों का भ्रान्त मोहजाल है! मोह की बेड़ियाँ रहते मुक्ति कहाँ? जीसा की पोशाल में तो बारहखड़ी की रंगत ही निराली है! उनके गुरुकुल की दीक्षा के तहत प्राण लेने और प्राण देने में एक जैसी ही हिंसा है! और मनुष्य-जीवन की सर्वोपरि सच्चाई तो हिंसा और बर्बरता से हजारों कोस दूर है! प्रेम और साँच तो बाहर की बजाय अपने भीतर ही जगमगाते हैं...! कि बीच ही में बरसाली से जनम-जनम की चिर परिचित पुकार सुनायी पड़ी, ''बेटा अज्जू, जल्दी रवाना होने के लिए मैंने उतावली तो काफी की, मगर वहाँ पहुँचने पर बारी-बारी से एक के बाद एक बकरियाँ ब्याती चली गयीं। उनकी सार-सँभाल किये बगैर क्योंकर लौटता? देर होती ही गयी...।''

ऊजली ने चपाती सेंकते-सेंकते जवाब दिया, ''जल्दी लौटने की जरूरत क्या थी? अवसर के अनुरूप मेरे काम करने की क्षमता बढ़ जाती है! आपके न आने से कोई फर्क नहीं पड़ा। अब तो सिर्फ अधपायली आटे की चपातियाँ बनानी हैं। हलवा और दो साग तो पहले बनाकर रख दिये। सारा इलाका जानता है कि मैं बेटी किसकी हूँ...?''

उधर खापरिया चोर की बात सम्पूर्ण हुई और इधर ऊजली आखिरी चपाती

सेंककर तुष्ट हुई...! अभी रानी-माँ घरवालों के लिए क्या भोजन बना रही होगी? यह कैसी नयी चिन्ता लगी...? प्रीत के खाते में चिन्ता की जोड़ ज्यादा है या आनन्द-उछाह की? सब की प्रीत एक सरीखी नहीं होती! सारी दुनिया से उसकी सूरत और उसका स्वभाव अलग है तो उसकी प्रीत भी सबसे अलग है! मगर किसी की भी प्रीत अच्छी-बुरी या ऊँच-नीच नहीं होती, अलग भले ही हो...!

पल-पल करते घड़ी बीती। घड़ी-घड़ी करते प्रहार बीता। रात-दिन के दोनों पलड़े उलटने पर दिन बीता। दो दिन बीते। तीन दिन बीते। तीसरे दिन देवकरण की बहू बहल में आयी। ऊजली के चरणों में सिर नवाते बोली, ''ननद-बाईसा यदि आप सावित्री पर सवारी करके, गाड़ी के सामने नहीं आतीं तो निश्चित रूप से काफी देर हो जाती और जहर नहीं उतरता तो विधवा का जीवन कैसे पार करती...? मेरे पेट में छह महीने का गर्भ है। तब वह अनाथ दुखियारा किसके आसरे बड़ा होता...? मैं आपका अहसान सात जनम तक नहीं भूल सकूँगी। आप के अलावा मैं ईश्वर के हाथ से भी जनम-घुट्टी नहीं दिलवाऊँगी। प्रसव की वेला बुलाऊँ तो जरूर पधारियेगा।''

ग्यारवें दिन देवकरण बिल्कुल स्वस्थ दुरुस्त हो गया तो बच्चे की नाईं रूठकर बैठ गया कि यहाँ आते समय जिस तरह सुमंगली सावित्री पर सवार मेरी लाड़ली बहिन ऊजली मुझे गोद में बिठाकर लायी, उसी तरह वापस न पहुँचाये तो मैं यहीं भूखा-प्यासा अनशन करके प्राण छोड़ दूँगा।'' तब उसके बापू ने पहले ऊजली को आशिष दी। फिर बेटे का माथा सहलाते कहा, 'हमारी बिटिया ऊजली दिसावर से मोल तो लाना नहीं है। जब तक वह धूमली रजवाड़े...ससुराल सिधाये नहीं तब तक नित्य सवेरे हठ करे तो तेरी मंशा पार पड़ेगी। राजदरबार में हमें कौन मिलने देगा...?''

ऊजली की समूची दह में लज्जा की झाँईं घुल गयी, फिर भी उसने दृढ़ता के साथ कहा, ''जिस छोटे-बड़े ससुराल में घरवालों से भी न मिलने दें, उस दिशा की ओर मुँह भी नहीं करूँ! अपनी नजरों के सामने बड़ी होती बिटिया को आपने अब तक नहीं पहचाना...?''

काका [चाचा] ने मुस्कराते जवाब दिया, ''तुझे और अमरोजी वाभा [बड़ा भाई] को पहचानना मनुष्य बन्दे की बात तो दूर स्वयं ब्रह्माजी भी नहीं पहचान सकते। तुम दोनों तो दुनिया के जीव ही नहीं हो!''

तत्पश्चात् ऊजली ने जाने-अजाने क्या निश्चय किया कि वह देवकरण के स्वास्थ्य की पड़ताल करने साँझ-सकारे दोनों वेला गाँव जाने-आने लगी। जिसका सही मायना वह खुद भी नहीं जानती कि स्वास्थ्य की पड़ताल में राजकुँअर मेह-

जेठवा की घोड़ी पर सवारी गाँठने की अदम्य उमंग का रहस्य तो छिपा नहीं है...? अपने मन की आँख-मिचौनी का खुद को भी पता कहाँ चलता है...? मन की रम्मत अपरम्पार होती है! उसे जानने की भ्रान्ति से न छोटा पण्डित बचा है और न बड़ा!

देवकरण से मिलने के बाद वह गाँव में घर-घर चक्कर काटती। जिस दिन देवकरण खेती के धन्धे पर गया, उसी दिन सावित्री जाने क्या सोचकर दाई अलारखी की झोंपड़ी के सामने आकर अपने-आप रुक गयी। नीम की छाया तले कई औरतें और कई मानुस खड़े थे। सभी उदास-उदास और गुमसुम। मन-ही-मन इस विडम्बना के बारे में चिन्तामग्न थे कि आस-पड़ोस के सभी गाँवों में जाने कितनी प्रसव-पीड़ित जच्चाओं को उसने राहत पहुँचायी है, आज वही असामन्य प्रसव के कारण बुरी तरह छटपटा रही है! ऊजली घोड़ी से कूदकर दौड़ती हुई झोंपड़ी में घुसी और अटूट समाधि में डूब गयी! अँगुलियों के पोर-पोर पर जैसे नयी आँखें उघड़ आयी हों! कुछ ही देर बाद जब बच्ची बाहर की दुनिया में आयी तो कें-कें के सुरताल पर उसके रोने की बाल-ध्वनि सुनायी पड़ी, तब कहीं ऊजली की समाधि टूटी। आस-पास खड़ी औरतों के आश्चर्य और आनन्द की सीमा न रही। ऊजली के ऐसे हुनर का किसे भी अनुमान नहीं था। अलारखी की कोख ने मानो काँटों वाली सेवली से छुटकारा पाया हो। पलकें उघड़ते ही जच्चा ने ऊजली को पहचान लिया। डबडबायी आँखों से उसकी ओर टुकुर-टुकुर देखते पछतावे के लहजे में बोली, "बाईसा, इस नारकीय ठौर आप क्यों आयीं...? हमारे जीवन-मरण में ज्यादा फर्क नहीं है। बच्चों के भाग्य से जीयें तो अच्छा और मर जायें तो दुख से पीछा छूटे।"

जिस किसी काम में ऊजली तन्मय हो जाती, तब उसके कान ऐसी बातों को बाहर ही छोड़ देते। कदीमी दाई की झोंपड़ी में प्रसव का पूरा सराजाम था। अलारखी की छोटी बिटिया ने ऊजली के सामने चुग्गा [छोटी कैंची] किया तो उसने मुस्कराकर अपने हाथ में लिया। बच्ची के को हिलायी। मालिश की। सिर नीचा करके झुलाया। रोने की बाल-ध्वनि सुनते ही हाथों में सुलायी। गुनगुने पानी की तगारी में उसे नहलाया। उस्तरे से नाल काटकर धागे से बाँधी। जब वह चारों ओर फैली गन्दगी को साफ करने लगी, तब अलारखी ने उसे मना करते भीगी आवाज में कहा, "बाईसा, आपने गन्दगी साफ की तो इस बच्ची की कसम है! यदि बच्ची पाँवों से जन्मी नहीं होती तो मैं खुद ही प्रसव सुधार लेती। आपकी तीमारदारी का अहसान सात जनम ही नहीं भूल सकती। बच्ची की कसम उसके कलेजे में उतरी। माननी पड़ी। बालू रेत से चार-पाँच बार रगड़-रगड़कर हाथ

धोये। फिर पूछा, "आँवल आये तब तक रुकूँ या घर से अजवायन बनाकर लाऊँ।" अलारखी का फिर गला रुँध गया। बड़ी मुश्किल से अटकती-अटकती बोली, "अब छुटकी सारे काम निबटा देगी। आपको कुछ भी तकलीफ करने की जरूरत नहीं। हम गरीबों के लिए कैसी अजवायन और कैसी सुआवड़, राब और गलवानी से ही सारी गरज पूरी कर लेती हैं...!"

ऊजली ने कुछ भी जवाब नहीं दिया। चुपचाप सावित्री के पास आकर गरदन थपथपायी। वह तत्क्षण हर्ष-उछाह से हिनहिनायी तो ऊजली ने मुस्कारते हुए जवाब दिया, "हाँ, सब बातें अच्छी तरह निबट गयीं, सिर्फ तेरे भरोसे। यदि तू इधर मुड़कर इस घर की झोंपड़ी के सामने नहीं रुकती तो उसका बचना मुश्किल था। बेचारी ने इलाके के अनगिनत प्रसव अपने हाथों सुधारे और स्वयं लाचारी से छटपटाती रहती और मर जाती। तेरी समझ का पार नहीं है।" सावित्री से बातचीत करने का आनन्द भी कितना पवित्र और प्रेरक है!

ढील या आराम का तो ऊजली नाम ही नहीं जानती थी। आधी दूरी पार की ही थी कि अचानक उसके मन में ऐसा विचार कौंधा, जिसकी सपने में भी आशा नहीं थी। कई बार लोगों के मुँह से सुना कि बाड़-काँटों के भी कान होते हैं। तब हवा के तो निश्चित् ही कान होते होंगे। यदि किसी भी तरह रानी-माँ को जेठवा एवं देवकरण को अलारखी वाली बातों का पता चल जाय तो उसकी मंशा पूर्ण हो। लेकिन वह अचीता विचार अधिक टिका नहीं। बरसाली का कूँटा बन्द देखते ही उसका विचार जाने कहाँ लुप्त हो गया...?

चूल्हा जलाते ही उसके मन में एक अनोखी उपमा उपजी—क्या किसी कन्दोई की बड़ी भट्ठी से तो सूरज का जन्म नहीं हुआ? किसे पता? शायद जीसा से पूछने पर पता चले। लेकिन ऐसी बेहूदी बात उनसे क्योंकर पूछे...? हाथ के काम का ध्यान आते ही ऊटपटाँग बातें एकदम भूल गयी। जीसा के अक्षय भण्डार में किसी चीज की कमी नहीं थी। अलारखी को अजवायन देने के बाद बाकी सुआवड़ का ध्यान रखना है।

अजवायन बनाते कुछ भी देर नहीं लगी। तीन दिन की पूरी खुराक कटोरदान के हवाले की। ऊपर बैठते ही सावित्री तो पवन की गति से सीधी अलारखी के निवास पहुँची। पट्ठी छुटकी भी होशियार कम नहीं थी! इतनी ही देर में आँगन लीप-चोपकर तैयार कर दिया। रंग-बिरंगी अल्पनायें मुँह बोलने लगी थीं। अजवायन का कटोरदान छुटकी को थमाया तो अलारखी से बोले बिना नहीं रहा गया, "इतनी तकलीफ उठाने की क्या जरूरत थी?"

इस बार जाने क्यों अलारखी की बात को अनसुनी नहीं करना चाहती थी।

अपनापन जतलाते बोली, "इतनी बातें तूने कहाँ सीखीं, कब सीखी? प्रसव-दर-प्रसव की व्यस्तता के बीच कुछ भी समय निकाल पाना सम्भव ही कहाँ था?"

अलारखी सिर्फ गुनी हुई थी। सात पीढ़ियों में ही बारहखड़ी तक सीखने की स्थिति ही कहाँ थी! बिना सोचे ही उसके मन में जवाब उपजा, "बाईसा, यह बात कभी मत भूलियेगा कि दुनिया में गरीबी से बढ़कर गुरु दूसरा कोई नहीं होता! मुझ में जैसी-तैसी समझ है, सब गरीबी का प्रताप है! यदि घी-खाँड और गूँद की मुझे चाट लग गयी और आप ससुराल पधार गयीं तो मेरे दुख और अभाव का पार नहीं रहेगा!" बाईसा के मुँह पर जो रंगत नजर आयी, अलारखी से आगे कुछ भी कहा नहीं गया। ऊजली अदेर उसकी दुविधा भाँप गयी, उसी क्षण उसके चेहरे पर नया भाव खिल उठा—आत्मीयता और उदारता का भाव। जवाब न देने पर उसके प्रति अन्याय होगा। निर्मल हँसी से घुली वाणी में कहने लगी, "तुम तो अपने-आप ही घड़ती हो, तोड़ती हो, उसका तो किसी के पास कोई निवारण नहीं है। वचन तो नहीं देती, फिर भी मेरा वश चलते, यह ठौर नहीं छोड़ूँगी, तब मेरा कहना तुझे मानना ही पड़ेगा, वरना स्तनों में दूध नहीं आयेगा। बच्ची भूखी रह जाएगी। ज्यादा कहने-सुनने की मेरी आदत नहीं है। उलटे तुम्हारा अहसान मानूँगी...!"

सच्चे हिये के बोल सुनते ही अलारखी का मन भी नये साँचे में ढल गया। पछतावे के लहजे में बोली, "इस बार चूक हो गयी सो ही गयी। अब कभी आपका कहना टालूँ तो मेरा नाम बदल दीजियेगा...!"

ऊजली के मन में चुहल करने की सूझी। गरीबों के घर की तो हवा ही अलग होती है! पुरानी बान के बावजूद बोल फूटे, "नाम बदलने से क्या होगा? बरसों की अभ्यस्त जीभ तो तुम्हें अलारखी के नाम से ही पुकारेगी। तुम चाहो तो हुँकारा मत देना। अब तुम्हारी अनुमति हो तो मैं जाऊँ।"

अलारखी के आश्चर्य और मोद की सीमा न रही! इतनी बड़ी होकर आज दिन तक जीभ की ऐसी वाणी तो कभी सुनने में नहीं आयी। चाशनी के तार ही निराले हैं! इसकी तो मिठास ही अलग है! सभी मनुष्यों की ऐसी वाणी और ऐसी करनी हो जाय तो जीने का आनन्द ही आये। कैसा बेस्वाद जीवन बिताया?

अलारखी के घर से रवाना होते ही ऊजली अचानक पसोपेश में उलझ गयी कि वह तो अब तक अपने ही दायरे में सीमित रही। गाँव के बाशिन्दों का तो कभी खयाल ही नहीं आया। प्रीत की गोद में तो समूची दुनिया के लोग, जीव-जिनावर, पाँख-पखेरू, गाछ-बिरछ, नदी-सरोवर और पहाड़ इत्यादि सब-कुछ समा जाय तब भी कम है! यदि प्रीत का दायरा भी संकीर्ण हो तो सम्पूर्ण दुनिया के अलगाव में कोई कसर बाकी न रहे! जनम-जनम भला हो इस अलारखी और

देवकरण का, जिनके माध्यम से उसी एक नजर का नजरिया ही बदल गया! इस गाँव के अतिरिक्त उसके सोच का दूसरा विकल्प ही कहाँ था! उसकी जन्म-भूमि के सब बाशिन्दों, यहाँ के ढोर-डंगरों, पाँख-पखेरुओं और कीड़ी-मकोड़ों के लिए उसके हृदय में प्रीत नहीं छटपटाये तो प्रीत की बजाय वह निष्ठुरता ही है! इस गाँव की माटी के भीतर गड़ी जड़ों के सहारे ही सब गाछ-बिरछ, सब झाड़-झँखाड़ पल्लवित होते हैं, हरे-भरे पत्तों से छाये रहते हैं। जब वे अपनी धरती छोड़कर कहीं दूसरी ठौर वापस नहीं रुप सकते, तब यहाँ के जाये-जन्मे मानुस क्यों दूसरी जगह जाने की चाह रखते हैं? मनुष्यों के मन की यह कैसी तासीर कि वह पल में समन्दर और पल में पर्वत, पल में सरोवर और पल में प्रवाह। कुछ देर पहले वह सावित्री की पीठ से उतरना ही नहीं चाहती थी और अभी उसके मन की ऐसी रंगत बदली कि अलारखी के झोंपड़ी से कुछ दूर जाते ही वह घोड़ी से उतर पड़ी सो अपनी गवाड़ी तक लगाम खींचती-खींचती पाँव पैदल ही चली आयी। बैठने का मन ही नहीं हुआ! अचानक पीठ फिराकर उसने घोड़ी का ललाट सहलाते पूछा, "मेरी लाड़ली सावित्री, तू किस मुहूर्त में मेरे घर आकर हिनहिनायी सो मेरी 'कावड़' के सारे चित्र ही बदल गये! अब किस पगडण्डी आगे बढ़ूँ, कुछ समझ नहीं पड़ता! जीसा का संग-साथ ही नहीं छोड़ना चाहती थी, अब उनसे छिपकर दूर रहने का मन करता है! वे न तो किसी काम के लिए मुझे मना करते हैं, न जोर देकर कहते हैं। अब इसी क्षण ऐसी इच्छा हो रही है कि हर दम उनके साथ ही रहे। ऐसा गुरुकुल और कहाँ मिलेगा... ?"

कि जीसा ही सामने आते दिखलायी पड़े। ऐसा लगा, जैसे युगों के बाद उन से मिलन हुआ हो! उन्होंने न तो कुछ कहा, न पूछा। हमेशा की तरह उड़ती नजर उछालकर मन-ही-मन मुस्कारते रहे। मानो वह अब भी गोद में खिलाये जैसी ही अबोध है! पहली बार उन से प्रश्न किया "अभी कहाँ से पधारे हैं?"

"बरड़ा गाँव से देवकरण का हाल जानकर आया हूँ। सोचा कि तू वहीं मिलेगी।"

"लेकिन मैं तो वहाँ गयी ही नहीं। यह सर्वज्ञ सावित्री, अपनी इच्छा से ही अलारखी की झोंपड़ी के सामने आकर हिनहिनायी तो मैं वहीं ठहर गयी। उसका प्रसव सुधारने की जिम्मेवारी सँभालनी ही है। बेचारी ने इलाके के अनगिनत प्रसव सुधारे, किन्तु स्वयं संकट में फँस गयी।"

"बहुत अच्छा काम किया तूने। लेकिन इस से भी बढ़िया काम यह किया कि अजवायन का कटोरदान हाथोंहाथ पहुँचा आयी। यह बात तो तूने भूलकर भी न सोची होगी कि ऐसे शुभ काम की खातिर मैं तुझे मना करूँगा। फिर कल

से ही तू मुझ से दूर क्यों भाग रही है? ऐसा तो कभी नहीं हुआ...?''

ऊजली क्या जवाब देती...? पहली बार बाबुल से बिना पूछे काम किया, तब भी छिपा कहाँ रहा? क्यूँ ऐसा संकोच रखा, जब स्वयं उसे भी पता नहीं तो क्या मायना बताती...?

उसे तनिक असमंजस में देखा तो वे हमेशा की तरह सहज भाव से बोले, ''समय पर सारी सुआवड़ अकेली से नहीं बन पाये तो मैं मदद करूँ। अभी काम पर लग जाते हैं।''

अब कहीं ऊजली की आँत-आँत सहज-सामान्य हुई। कसैले मन पर जैसे अमृत बरसा हो। धारोष्ण-दूध की नाईं उज्ज्वल सुर में बोली, ''आपका नित्यकर्म ही पाँच नवयुवकों के वश का नहीं, जो आप अकेले आत्म-विश्वास के बूते पर सम्पन्न करते रहे हैं। मैं आपकी नियमित दिनचर्या में कोई बाधा खड़ी नहीं करूँगी। दाई-माई की सुआवड़ साँधने के लिए मैं अकेली ही काफी हूँ। आपको कितनी बकरियाँ, कितनी पाहड़ियाँ, कितने छोटे-बड़े बकरे, अनगिनत पाँख-पखेरू और कितनी गायों-बछड़ों की सार-सभाल करनी है। इस छोटे-से काम की आप चिन्ता ही न करें।''

चिन्ता करने वाले तो चिन्ता करते ही हैं। चिन्ता करने वालों को कितना ही कहो, वे कुछ भी प्रकट नहीं करते। बाबुल अपने काम को लक्ष्य में रखते हुए रवाना हो गये और बिटिया जच्चा की सुआवड़ साँधने में तल्लीन हो गयी। गोंद के लड्डू बनाकर, लोद के लड्डू बनाये। इन में जरूरत मुताबिक बादाम भी डाली। अच्छी तरह ठण्डा करने के बाद दो हँड़ियाँ भरकर सर पर धरी। पैदल चलने के अलावा कोई दूसरा चारा नहीं था। ऊजली को अकेली जाते देखकर सावित्री एक अजीब ही लहजे में हिनहिनायी। ऊजली ने मुड़कर कहा, ''अभी तू आराम कर। कल तुझे काफी तकलीफ दी।''

पाँव-पैदल चलने का अपना ही आनन्द है! मन में विचार और भावना का जो वातचक्र घूमने लगा, उसे खुद अपने-आप से भी छिपाना चाहती थी, तब अपने वश रहते दूसरों को कब पता लगने देती! समूची कुदरत से प्रीत होने पर, उसे मन के आसन पर बिठा लेने के बाद ही तो अपने-आप से अपनी पहचान होती है! पुरुष भले ही इस आत्म-साक्षात्कार से बचना चाहें तो वे बच सकते हैं, बचें, मगर माँ की जात औरत इससे दूर रहना चाहे तो नहीं रह सकती! उसके लिए यह सम्भव नहीं है। कुदरत व औरत की जिम्मेवारी का समान महत्त्व है।

अलारखी और छुटकी को सुआवड़ सौंपने के बाद वह देवकरण की गवाड़ी गयी। वह खेतों में गया हुआ था। पेट भरने के लिए मनुष्य के प्रपंच का पार

नहीं है। अब गवाड़ी जाकर आस-पास के गाँवों में चक्कर काटने की प्रबल इच्छा हुई। वहाँ जाकर देखा तो परात में एक भी दाना नहीं। गरदन सीधी करके सावित्री गहरे विचार में डूबती-उतरती नजर आयी। बड़े कटोरे में दो गिलोड़ी घी भरकर सामने किया तो उसने मुँह दूर कर लिया। पीठ पर काठी सजाते समय भी सावित्री उदासीन दिखलायी पड़ी। इसकी गतमत वही जाने। ऊपर बैठते ही वह तुरन्त चल पड़ी। हमेशा तो ऊजली जो भी इच्छा करती, उसी राह सावित्री मजे में रवाना होती। मगर आज सावित्री जिस डगर स्वत: चलेगी, ऊजली का वही रास्ता होगा।

ऊजली को थोड़ा-बहुत अचरज भी हुआ कि सावित्री आज क्या सोचकर धूमली नगर के राज-पथ पर चल पड़ी। उसकी मरजी। आज इस मार्ग के गाँवों की ही पड़ताल करले। कैसी-क्या हालत है, पूरी छानबीन करने पर ही पता चलेगा। सहसा ऊजली की विचार-धारा में बाधा उपस्थित हो गयी। सामने ही दो घुड़सवार सरपट उड़ते आ रहे थे। दूर से अस्पष्ट पहचान हो गयी। ऊजली का माथा ठनका—एक तो झूमर और दूसरा जसकरण। झूमर की खोपड़ी पर पट्टी-सी बँधी हुई है और जसकरण की पूरी बाँह पर पट्टियाँ लपेटी हुई नजर आयीं। उसके कलेजे में लौ सुलग उठी। ऊजली को पहचानते ही दोनों घुड़सवार कुछ कठिनायी से नीचे उतरे। सावित्री अचानक इस तरह हिनहिनायी, जैसे सुबक रही हो! एक बार तो ऊजली का मन भी नीचे उतरने का हुआ। मगर दूसरे ही क्षण मति बदल गयी तो लगाम झटके से तानी। और सावित्री निमिष भर में दोनों सवारों के पास आकर रुकी। एक बार उसी लहजे में हिनहिनायी, पर कुछ धीमे। आँखें मिलते ही दोनों की आँखें बरबस भर आयीं। झूमर ने भीगे स्वर में चेताया, ''यहाँ नहीं, गवाड़ी चलकर बताऊँगा।''

ऊजली के चेहरे पर धुआँ-सा उठने लगा। हकलाते पूछा, ''हैं तो सब राजी-खुशी? बुरी खबर तो नहीं है...?''

इस बार जसकरण ने कहा, ''आखिर जीत आपकी हुई। कई बातें बतानी हैं, मगर घर पहुँचने पर जीसा के सामने। अब सावित्री को तेजी से दौड़ाइये, हम पीछे आ रहे हैं...। शायद...!''

''शायद क्या...? मुझे यहीं बता दो। वरना रकाब पर मैं पाँव भी नहीं रख सकती।'' इस बार झूमर ने हिम्मत करके जस-तस बताया ही, ''शायद बचे हुए कुछ दुश्मन पीछा करते यहाँ न पहुँच जायें! आप तत्काल घोड़ी पर चढ़िये...।''

ऊजली तो सानी में समझने वाली थी। आगे कुछ भी पूछताछ न करके विद्युत की गति से सावित्री पर सवारी गाँठी। लगाम खिंचते ही वह आँधी से होड़ लेने लगी! ऊजली के मन में घबराहट समा नहीं रही थी—क्या पता बाबुल अपने काम-काज निबटाकर गवाड़ी पहुँचे कि नहीं? उनसे कुछ छिपाने की तो बात ही नहीं है। उन पर नजर पड़ते ही हाँफती-घबराती सिर्फ इतना ही कह

पायी कि झूमर और जसकरण पीछे ही घोड़ों पर दौड़ते आ रहे हैं। उसके कहते ही दोनों फलसे के भीतर आ धमके। झूमर के माथे पर चारों तरफ पट्टी बँधी हुई और जसकरण की बाँह पूरी अधर। सफेद कपड़े से लिपटी हुई! बाबुल ने सोचा राज-सत्ता हड़पने का ऐसा ही दुष्परिणाम होता है! खूब तलवारें टकरायी होंगी...!

आँगन के नीम की छाँह तले बाबुल ने झटपट दो खाट बिछाये ही थे कि उन्होंने तत्क्षण पूछा, "रोटी-बाटी जीमने का तो समय भी नहीं मिला होगा...।" दोनों के मुँह पर मुर्दनी छायी हुई थी।

झूमर बीच ही में उतावला होकर बोला, "रोटी-बाटी की कुछ भी परवाह मत कीजिये...। पहले सब समाचार आपको सुनाकर, आप जो भी जवाब देंगे, उसे तत्काल पहुँचाना है। राजकुँअर पल-पल इन्तजार कर रहे होंगे...!"

वह आधी-अधूरी बात सुनते ही अमरोजी काफी-कुछ भेद समझ गये कि रजवाड़े पहुँचने पर कैसी-क्या भिड़न्त हुई होगी! सुगम्भीर स्वर में कहने लगे, "तुम्हारा हुलिया देखकर ही मैंने सही अन्दाज लगा लिया। रसोई जीमने के बाद बची हुई बातें सुनेंगे। मुझे तो कुछ जवाब ही नहीं देना है। यदि लग्न का मूहूर्त बताना भी है तो वह ऊजली ही बतायेगी। राज्य की खातिर कैसी क्या मार-काट हुई, उसे जानकर ऊजली जो चाहेगी, वही करेगी, मेरी मनाही नहीं है।"

दोनों के आश्चर्य का पार नहीं रहा कि बिना सुने ही इन्हें क्योंकर पता चला? जसकरण ने अधीर होकर पूछा, "हम से भी पहले आपको ये समाचार कौन दे गया...?"

बाबुल ने मुस्कराते कहा, "चाँद-सूरज के उगने और अस्त होने के समाचार कौन देता है? दिमाग और दीठ खुली रखो तो कुछ-न-कुछ सुराग लग ही जाता है। तुम दोनों के लहजे से ही असल बात का आभास हो गया। व्यर्थ की बातों से भोजन की कमी पूरी नहीं होती। अब जीमो सो बात करो, हमारा पेट भी खाये बिना नहीं भरता। खाने का समय टल जाने पर भूख भी मर जाती है...!"

वह सटीक मर्मस्पर्शी बात सुनकर किसे भी जवाब नहीं उपजा। चुपचाप खाने के लिए बैठ गये। ऊजली के अन्तस् में कई आशंकायें घुमेड़ने लगीं। ऐसे अन्तर्द्वन्द्व में तो वह कभी फँसी नहीं थी। अब भोजन से निबटने के बाद ही सच्चाई का पता चलेगा। ऊजली पहली बार खाने की बजाय कुछ ज्यादा सोचने लगी। इतने बरस साथ रहने पर भी वह जीसा की अनन्त पहुँच का पार कहाँ पा सकी! सुने बिना उसे तो वहाँ के समाचारों का कुछ पता नहीं चलेगा। रोटी जीमने में वक्त लगेगा सो तो लगेगा ही। जीसा ने रसोई तो उम्दा बनायी, मगर आज खाने में उतना स्वाद नहीं आया। पता लगने से पहले ही उन्होंने तीन आदमियों के लिए रसोई अधिक क्योंकर बनायी? लगता है झूमर और जसकरण ने कल भी

ब्यालू नहीं किया। ऐसी क्या परेशानी हुई? रानी-माँ और राजकुँअर को विदा हुए यह तीसरा पखवाड़ा लगा है। सम्भवतया दीवान और उसकी अपूर्व रूपसी धिया की मन्त्रणा से ही सारा झमेला खड़ा हुआ है! तभी तो रानी-माँ बारबार दीवान के लच्छन बखानती थी...! बड़े मनुष्यों की मर्यादा ही अलग होती है! मगर वैसी मर्यादा का अर्थ वह कभी समझ नहीं पायी...!

भोजन से निवृत्त होने के बाद नीम की छाया में बिछी खाटों पर सभी बैठ गये। आमने-सामने। बाबुल और झूमर एक खाट पर और दूसरी खाट पर ऊजली और जसकरण। झूमर के कण्ठ में जैसे पाँखें फड़फड़ाने लगी हों। बारी-बारी से सबको टोहकर कहने लगा, "रानी-माँ को तो यहीं भनक पड़ गयी थी कि दीवान ने अपनी बेटी का ब्याह राजाजी से कर दिया है। बेटी की ओट में उसकी मंशा राज्य झड़पने की थी। नयी रानी को अभी सोलहवाँ वर्ष लगा है। और राजाजी की उम्र पचास में प्रवेश करने वाली है। रानी-माँ को पुख्ता समाचार मिलने पर झगड़ा करने की बजाय हीर-कनी गले उतार ली। राजकुँअर तो बौरा-सा गया। रानी-माँ को पीठ पर उठाकर उन्हीं के निवास में लाये। राज-वैद्य के खीसे में हीरों की भस्म तैयार थी, लेते ही जोरदार उल्टी हुई और साथ-ही-साथ हीर-कनी बाहर आ पड़ी। राजकुँअर ने धोकर बतायी—तीनों कोने तीखे और धारदार। रानी-माँ को समझाते कहा, "हम तीनों मित्र तो दीवान से दो-दो हाथ करने जा रहे हैं। यदि तूने फिर ऐसा ही काम किया तो तुझे और मुझे साथ-साथ दाग दिया जाएगा।" तब रानी-माँ तो कौल-वचन में बँध गयी। सारे शहर में हल्ला मच गया कि राजाजी का दिमाग सठिया गया है। जसकरण ने मौका मिलते तत्परता दिखायी, "ऐसा पागल और मूढ़ राजा क्या राज करेगा! राजकुँअर के सात-आठ शिकारी दोस्तों ने नयी रानी की बाजू में सोये राजाजी को भी मार डाला...!"

बाबुल और बेटी दोनों ने एक साथ विदग्ध स्वर में पूछा, "क्या राजकुँअर के इशारे पर यह दुष्कर्म हुआ...?"

जसकरण ने उतावली दरसाते कहा, "पहले सारी बातें तो सुनिये...!"

ऊजली का धीरज टूट चुका था, बिजली की नाईं कड़कती वाणी में पूछा, "अब क्या सुनना बाकी रह गया...?"

झूमर उनका रोष देखकर भीतर-ही-भीतर दहल गया। समर्पित भाव से कहने लगा, "अभी तो ढेर-सारी बातें सुनानी हैं कि दीवान और उसके इकलौते बेटे को खत्म करके किस तरह राज-व्यास से राजकुँअर जेठवा का राज-तिलक करवाया...।" उसके अनुमान में भारी चूक रह गयी कि वह शुभ-समाचार सुनकर दोनों ही बेहद खुश होंगे। लेकिन वह उसकी भयंकर भूल थी। ऊजली गुस्से

के मारे सीधी खड़ी होकर चिल्लायी, ''जीसा... ?''

जीसा उसके मन का उफान पूरी तरह समझ गये कि अब उनके अलावा वह किसी का कुछ भी कहना मानेगी तो केवल रानी-माँ का। उसका सिर सहलाते कहा, ''बेटा ऊजली, कुछ तो धीरज रख...रजवाड़ों की काली-करतूतें सुन तो सही... !''

''जिस गांव नहीं जाना, उसका रास्ता ही क्यों पूछना... ? मैं जानूँगी कि मेरे प्रयत्न से राजकुँअर वापस जिन्दा हुआ ही नहीं... !''

''यह जानना इतना आसान नहीं है, बिटिया! आखिर जो तेरी मंशा होगी, वही होगा। बाबुल वाला जोर कभी आजमाऊँगा नहीं। झूमर और जसकरण जो समाचार लाये, सुनने में तो कुछ दोष नहीं है। रानी-माँ के आने पर न तेरा वश चलेगा, न मेरा... !''

''हाँ, रानी-माँ ने ही तो ये समाचार सुनाने के लिए हमें यहाँ भेजा है। लग्न का मुहूर्त, आपको ही भिजवाना है। रानी-माँ स्वयं बारात में आयेंगी। फिर आपके साथ यहीं रहेंगी। राज-महल में उनका बिल्कुल ही मन नहीं लगता।''

रानी-माँ के संकट की बात सुनते ही दोनों चुपचाप खाट पर बैठ गये। तब झूमर की हिम्मत लौट आयी। कहने लगा, ''मरते दीवान का चीत्कार सुनते ही मैं और जसकरण नंगी तलवारें लेकर उधर ही भागे। हाय-त्राय और चिल्ल-पों मची हुई थी। परस्पर टकराती तलवारों से चिनगारियाँ निकल रही थीं। राजकुँअर के शिकारी मित्र तो वैसा उत्पात करके, मौका मिलते ही दौड़ पड़े। मगर दीवान के स्वामीभक्त सेवक हम दोनों पर भूखे भेड़ियों की तरह टूट पड़े। जसकरण की दुधारी तलवार से चार-पाँचेक मुण्ड पाँवों तले बिछ गये तो सभी के पाँव छूट गये। जाते-जाते मुझ पर अन्धा-धुन्ध वार करके जसकरण के बायें हाथ पर घाव कर गये! फिर लड़ने के लिए कोई भी सामने नहीं आया तो हम राजकुँअर की सुरक्षा के लिए उसके पास पहुँच गये। दीवान के पक्ष में रहने वाले छोटे कुँअर ने बुरे समाचार सुने तो दूसरों के हाथ मारे जाने की बजाय अपने हाथ से नाजुक गरदन पर पाँच-सात कटारें घोंपकर आत्महत्या कर ली। रानी-माँ को धीरज बँधाने की खातिर हम पहुँचे तो उनकी आँखें एकदम सूखी थीं, मगर उनका सदमा शरीर के रोम-रोम से दहाड़ रहा था। फिर भी क्या मजाल कि उस बाबत एक अक्षर भी उनके मुँह से छिटक जाय! हमारी पीठ थपथपाते कहा, 'तुम दोनों की समझ-बूझ और बहादुरी से जेठवा का राजतिलक हो गया—खून की होली के बीच। लेकिन मुझे अपनी विपदा की बजाय बाबुल और बेटी की चिन्ता अधिक है। राजाजी को अपने दुर्गुणों की वजह से आखिर मरना ही पड़ता! छोटा कुँअर राज्य के लोभवश दीवान के साथ मिल गया। सिंहासन की बजाय उसे मौत ने

अपना लिया। मगर जेठवा बार-बार समझाने पर भी राजतिलक की खातिर कितनी मुश्किल से तैयार हुआ, इसे मैं जानती हूँ या मेरा साँवरिया जानता है। उसे मुकट और सिंहासन की बजाय अमरोजी के एवाड़े की बकरियों का बहुत ज्यादा मोह है, अपने प्राणों से भी बढ़कर। बरड़ा गाँव की याद आते ही वह प्रलाप-सा करने लगता है। थोड़ी-बहुत शान्ति हो जाय तो मैं अमरोजी के पास ऊजली की जगह रहूँगी। जैसा आदर्श राज चाहती हूँ, ऊजली और बाबुल की सलाह से जेठवा वैसा ही राज्य करेगा। वरना वह अकेला तो राह भटक जाएगा। जेठवा के लिए राज की प्रजा बिल्कुल तैयार है। तुम दोनों पर मेरा अटूट भरोसा है। घायल होते हुए भी तुम्हें वहाँ जाना है। बाबुल और बिटिया से ब्याह के लग्न का मुहूर्त पूछकर आओ। यहाँ तो सब गड़बड़झाला है। यहाँ के दरबारी लोभ-लालच के अलावा कुछ समझते ही नहीं हैं! वे जो भी मुहूर्त बतायेंगे, मुझे कबूल है। तुम से नहीं माने तो आखिर मुझे ही जाना पड़ेगा। जेठवा के लिये एक घड़ी भी सिंहासन छोड़ना सम्भव नहीं। चारों ओर गिद्ध मँडरा रहे हैं! लग्न की तिथि से तीन दिन पहले आ जायें। और पाणिग्रहण के उपरान्त मैं वहीं चली जाऊँगी। उसी गवाड़ी में निवास करूँगी। मेरे लिए वह स्वर्ग से भी बढ़कर है। ऊजली की सलाह के अनुसार जेठवा चला तो प्रजा को पहली बार राज का सुख हाथ लगेगा। बाबुल को मेरी ओर से हाथ जोड़कर अरदास करना कि वे मेरी लाज रखें। उनकी समझ-बूझ और विवेक का अन्त नहीं है। थोड़ा कहने से ही सब समझ जाएँगे। अरदास करना कि इस अचीती त्रासदी के बावजूद मुझे उनका भरोसा है।' "अब आप जानें और रानी-माँ जाने। हम दोनों बेली तो सन्देश पहुँचाने वाले हरकारे हैं। रानी-माँ का सन्देश आपको पहुँचा दिया, अब आपका सन्देश रानी-माँ को पहुँचा देंगे। रानी-माँ की भावना में रंचमात्र भी चूक नहीं है, मेरे कहने में चूक हो तो क्षमा कीजियेगा...!"

वैसे शुद्ध, पवित्र और अकृत्रिम समाचार सुनने पर बाबुल-बिटिया दोनों ही धर्म-संकट में फँस गये। रानी-माँ के अलावा कोई भी ऐसा सन्देश भेजने की हिमाकत करता तो दो-टूक जवाब देने में वे तनिक भी नहीं हिचकते। किन्तु अब निर्द्वन्द्व होने में कुछ भी देर नहीं लगी। लेकिन रानी-माँ को जवाब देना भारी पड़ गया। वैसी घिनौनी हरकतें सुनने से भी पाप लगता है, फिर भी वे चुपचाप सुनते रहे—काठ की निर्जीव पुतलियों की नाईं या सिर्फ साँस लेने वाली लोथों के उनमान! या तो बाबुल के गुरुकुल की दीक्षा का मान रहेगा या रजवाड़ों के हीन, बर्बर करतबों पर पर्दा डालने के निमित्त मजबूर होना पड़ेगा! कैसी दुरूह गुत्थी उलझी! न चुप रहते बनता है और न कहते बनता है। थोड़ी-बहुत आशा थी तो रानी माँ से—कि दोनों की सही पहचान में उनसे भूल नहीं होगी। मगर

इन समाचारों के हिसाब से तो उनके प्रति मोह भंग में कुछ भी शेष नहीं रहा! क्या समूचे दरबार में ऐसा कोई ज्ञात-अज्ञात बन्दा नहीं जो इन दोनों के आन्तरिक मर्म की खरी पहचान कर ले! क्या सारी दुनिया गलत और ये दो ही खरे हैं? तब यह गूढ़ पहेली सुलझाने का कोई उपाय नहीं... ? तब...तब यह सुमंगली सावित्री क्या सोचकर इनकी गवाड़ी के सामने हिनहिनायी? इसका मायना घोड़ी के अलावा और कौन बताये... ?

उन्हें संज्ञाविहीन निर्वाक् देखकर थोड़ी देर तो झूमर ने धीरज रखा। मगर अब उसका धीरज छिन्न-विच्छिन्न होने लगा तो उसने घबराकर पूछा, "यदि आप दोनों के अन्तस् में रानी-माँ का सन्देश हूबहू उतर गया हो तो मुझे वैसा जवाब दीजिये। एक क्षण की भी देर न करने की मुझे हिदायत दी गयी है। फिर भी काफी देर हो चुकी, उनके इन्तजार का एक-एक पल भारी पड़ने लगा होगा। इतने बड़े हादसे को रानी-माँ फकत आपके भरोसे बरदाश्त किये बैठी हैं... !"

बाबुल का मन और मगज इस तरह पहले कभी ठस नहीं हुआ। इस तरह के ढुलमुल समाचारों का उनके खयाल से कुछ भी जवाब नहीं हो सकता। रानी-माँ की मर्यादा रखने के लिए बाबुल ने वैसी ही गोल-माल बात कही, "सम्बन्ध तो बराबरी की हैसियत वालों के बीच ही शोभा देता है। बकरियाँ चराने वाले एक सामान्य आदमी के लिए धूमली रजवाड़े के राजा से सम्बन्ध करने का सपना भी कहाँ सम्भव है... ?" वे आगे भी कुछ उसी लहजे में कहने जा रहे थे कि ऊजली का संयम छूट गया। सख्त प्रतिवाद करते कहने लगी, "आप तो कभी भी ऐसी अस्पष्ट बात नहीं करते थे। आज ऐसी क्या मजबूरी हो गयी? सीधे-सादे झूमर और जसकरण को क्यों भरम में रख रहे हैं! आपकी अनुमति हो तो मैं सही जवाब दे दूँ कि किसी भी तरीके से राज-सत्ता हड़पने वाला भेड़िया चाहे दीवान हो, चाहे राजकुँअर मेह-जेठवा हो, उन से सम्बन्ध स्थापित करने की बजाय मैं राजी-खुशी मौत का वरण करूँगी! मुझे तो सिर्फ इतना ही सोचना है कि उस काली तूफानी रात मुझे एक बुरा जंजाल आया था! भूलने में समय तो लगेगा, मगर ऐसे निरमोही एवं बर्बर हत्यारे की मैं छाया भी नहीं भेंटना चाहती। रानी-माँ के समाचारों का यही अन्तिम जवाब है। अब रही बात इस गवाड़ी में निवास करने की सो अतिशय श्रद्धा के साथ मेरी अरदास है कि यह गवाड़ी पहले उनकी है, फिर हमारी। इससे बड़ा सौभाग्य मेरा और क्या हो सकता है... ?"

यह जवाब सुनने पर झूमर के तो बस प्राण ही नहीं निकले। तब जसकरण ने हिम्मत जुटाकर कुछ कहना जरूरी समझा, "ऐसा जवाब देने के पहले आपको दस बार सोचना चाहिए था। राजकुँअर के मन में राज, मुकट और सिंहासन की रंचमात्र भी चाह नहीं है। उन्होंने तो केवल आपकी खातिर यह जोखम ओढ़ी।

यदि दीवान का दाँव सफल हो जाता तो सबसे पहले राजकुँअर का ही झटका होता। वे तो आठों पहर आप दोनों के नाम की ही माला जपते हैं। और न वे बरड़ा गाँव का निवास ही छोड़ना चाहते हैं। केवल रानी-माँ के समझाने पर ही उन्होंने भले-बुरे सब काम किये। और आप उन्हें ही दोषी बता रही हैं? मेरी क्या बिसात कि आपको समझाऊँ। मगर देखी-समझी बात नहीं बताऊँ तो रानी-माँ और राजकुँअर के साथ धोखा होगा। छोटे मुँह बड़ी बात हाँकने के लिए माफी चाहता हूँ!''

ऐसे अचीते अन्तर्द्वन्द्व के बीच ऊजली के होठों पर हल्की-सी मुस्कारहट उघड़ गयी। कहने लगी, ''जसकरण बीरा, दुनिया के सभी मनुष्यों के मुँह अलग-अलग होने पर भी समान होते हैं। न किसी गरीब का मुँह छोटा है और न किसी श्रीमन्त का बड़ा। न कोई मनुष्य का जाया-जन्मा ऊँच होता है, न कोई नीच। केवल समझ और भावना न्यारी-न्यारी होती है! जीसा की बात पर मैंने दूसरी बार विचार किया तो लगता है कि मुझे भी विनम्र होना चाहिए। अब मेरा जवाब यह है कि रानी-माँ और राजकुँअर के आने पर, उनसे रूबरू बातचीत करने पर मुझे फिर से विचार करना पड़ेगा।''

दोनों के मुँह पर उछाह की झाँईं खिल उठी। जसकरण झूमर से भी अधिक खुश हुआ। दोनों के मन में जाने क्यों दृढ़ विश्वास जमा हुआ था कि रानी-माँ का कहा बब्बर सिंह भी नहीं टाल सकता, तब मनुष्य-बन्दे की तो औकात ही क्या!

उन्हें बेहद जल्द-बाजी थी, इसलिए क्षण-पलक की देर भी उन्हें गवारा नहीं थी। भूख-प्यास की तो उन्होंने कभी परवाह ही नहीं की। बिना भोजन किये बाबुल उन्हें एक कदम भी आगे बढ़ने देना नहीं चाहते थे। उनकी मनुहार तो रानी-माँ भी नहीं टाल सकती, फिर उन्हें तो तुरन्त झुकना ही था।

घोड़ों पर राह चलते दूरी कम करते भी जा रहे थे और आपस में ऊजली के हाथों की जादूगरी का बखान भी करते जा रहे थे। और उधर अकेले होते ही बाबुल-धिया को ऐसा महसूस हुआ कि अब उनकी जीभ जीवन भर कभी हरकत में नहीं आएगी। मानो उसे लकवा ही मार गया हो! सुमंगली सावित्री से बाबुल-धिया के मन की उथल-पुथल छिपी नहीं थी। वह इतने जोर से हिनहिनायी मानो हँस रही हो—आनन्द-उछाह की हँसी। आज तो खुश होने की कोई बात ही नहीं थी। शायद धूमली रियासत में कुछ-न-कुछ हर्ष-उमंग की बात निश्चित हुई होगी। यहाँ बैठे अच्छी तरह पड़ताल तो नहीं की जा सकती, लेकिन सावित्री का इस तरह खुश होना कभी झूठ नहीं हो सकता। सुना कि

कई-कई शकुनी घोड़ियाँ तो देवी-देवताओं को भी पीछे रखती हैं। धूमली रजवाड़े से अकस्मात् यह कैसा नाता जुड़ गया कि वहाँ के शुभ-समाचार सुनने पर उनके अन्तस् में आनन्द हिलोरें भरने लगता है...!

शायद बाबुल-धिया के अन्तस् का थोड़ा-बहुत मर्म पहचानकर अतिशय उछाह को उजागर करती सावित्री दो मर्तबा उसी ढंग से हिनहिनायी। तब दोनों को ही एक साथ एतबार हो गया कि रानी-माँ की धूमली रियासत में कुछ-न-कुछ खुशी की कोई खास बात बनी है! मगर यह बात है क्या, अमरोज़ी को भी भनक नहीं पड़ी। ऊजली के मन में क्या जँची कि लिपी हुई भींत पर गहरे-गुलाबी रंग से तिथि, वार समय के अंक माँड दिये। कुछ-न-कुछ बोलने के लिए बाबुल की इच्छा हुई तो पहले से भी जिह्वा सवायी हरकत में आ गयी, "मेरे खयाल से राजकुँअर मेह-जेठवा ने सारे राज्य में कुछ-न-कुछ नयी बात की डोंडी पिटवायी है। जिस से जन-जन के अन्तस् में अनोखे आनन्द की लहरें उमड़ने लगी हों। अत्यधिक आश्चर्य की बात कि राम जाने क्या सोचकर सावित्री फिर उसी लहजे में हिनहिनायी, शायद बाबुल की बात का हार्दिक समर्थन कर रही हो! तब ऊजली से भी चुप नहीं रहा गया, "हाँ जीसा, आपका सोच इक्कीस आना सही लगता है। सावित्री की तरह कई पंछी-जानवरों को सौ कोस दूर की जानकारी हो जाती है, जैसे कोई दृश्य प्रत्यक्ष देख-सुन रहे हों...!"

ऊजली के मुँह से मार्मिक बात सुनकर बाबुल के अचरज की सीमा नहीं रही। कुछ सोचते हुए पूछा, "इतनी छोटी उम्र में तुझे ऐसी गहरी बातें सोचने का मौका कब मिला...?"

लाड़ली धिया ने मुस्कराते हुए पूछा, "क्या यह भेद मुझे ही बताना पड़ेगा कि मैं जो कुछ भी जानती हूँ, वे सब पहाड़े आपकी पोशाल में ही सीखे हुए हैं! सब-कुछ जानते-बूझते क्यों अनजान बन रहे हो, जीसा? अब मैं गुड़िया से मन बहलाने वाली बच्ची तो हूँ नहीं...!"

हलकी-फुलकी बात भी बाबुल ने गम्भीर मुद्रा में कही, "बेटा ऊजली, मेरी इतनी बड़ाई मत कर, कहीं बौरा गया तो...?"

उसने भी गम्भीर लहजे में जवाब दिया, "किसी से प्रशंसा सुनकर परमेश्वर बौराये तो आप बौरायें। बौराने लायक उम्र तो मेरी है...!"

बाबुल ने बीच ही मैं प्रतिवाद करते कहा, "बेटा अज्जू, तेरी यह कृत्रिम अनुनय की बान आसानी से मिटेगी नहीं। तू अच्छी तरह जानती है कि समझ-बूझ या ज्ञान हमेशा उम्र के आश्रित नहीं होते! कहीं तू बाबुल की परख तो नहीं करना चाहती? यदि खरा नहीं उतरा तो मेरी निस्बत तुझे दुख ज्यादा होगा! अब आँख-मिचौनी की आदत छोड़कर हृदय की सच्चाई स्वीकार करने की हिम्मत

जुटानी है, मुझे भी और तुझे भी। सावित्री ने जिस सच्चाई से सम्पर्क करवाया उसे देर-सबेर अंगीकार तो करना ही होगा। मुझे सौ बरस पहुँचने पर तुझे आपदायें झेलनी पड़ें तो मेरा जीवन-मरण दोनों ही अकारथ हैं।'' बाबुल बहुत ही सद्इच्छा और गम्भीरता पूर्वक धूमली रजवाड़े के राजकुँअर से संयोगवश जो भी अन्तरंगता बढ़ी, उसका निराकरण करना चाहता था। उसकी उपेक्षा करना तो बेमानी है। ऊजली ऊपरी मन से कुछ भी कहे यदि राजकुँअर उसके आशियाने से कहीं अन्यत्र उड़कर दूसरा बेसरा खोजने की चेष्टा करे तो मौत के पहले ही वह मर जाएगी! इसके विपरीत यह बात भी मानने लायक नहीं है कि केवल राज-सत्ता को हड़पने की मंशा से जेठवा ने इतनी बर्बरता की! उनका सुदीर्घ अनुभव और आकलन तो यही कहता है कि बाबुल और ऊजली को सुख पहुँचाने के लिए उसने वह जोखम झेली। ऊजली के मना करते ही उसके प्राण निकल जाएँगे! यदि झूमर और जसकरण के बदले स्वयं राजकुँअर की देह भी क्षत-विक्षत होती तब भी वह पीछे नहीं हटता। जब सारी बातें नवाब-बादशाओं के सशक्त हाथों में नहीं है, तो धूमली जैसे सामान्य रजवाड़े का बूता ही क्या है? उसकी मंशा में राई-रत्ती ही खोट नहीं है। मनचीती गोटियाँ बिछाना विधाता के लिए भी दुश्वार है। दो हाथों वाला मनुष्य हजार हाथों जितना काम थोड़े ही कर सकता है! ये सारी बातें ऊजली अच्छी तरह समझती है। लेकिन वह तो स्वयं अपने ही ब्रह्माण्ड का अतिक्रमण करने लगी है! वह चाहे तो सूई के नाके से निकल सकती है, वरना अनन्त आकाश भी उसके लिए सँकड़ा है! बाबुल को बाद देकर वह किसी और से समझना ही नहीं चाहती। समझाने वाले की क्षमता वह अदेर पहचान लेती है। केवल रानी-माँ इसे समझा सकती हैं। वापस प्राण मिलने के पश्चात् राजकुँअर में जो कल्पनातीत बदलाव आया, उसकी रंगत पहचानकर ऊजली के गर्व-गुमान का पार नहीं है! मगर धरती के आसरे खड़ा होने वाला मनुष्य आकाश-गंगा का रुख क्योंकर मोड़ सकता है...? न मोड़ने पर मन में झुँझलाहट भले ही हो, ईश्वर भी कुछ नहीं कर सकता। अपनी गोद में और अपने हाथों पाली-पोसी धीया का मन-वांछित सुझाव बाबुल से कतई छिपा नहीं है कि आँखों के प्रत्यक्ष यथार्थ का मोह छोड़कर वह अदृष्ट-अगोचर को झपटने की खातिर छटपटा रही है! कबूतर से डरने में उसकी मर्यादा खण्डित होती है, लेकिन सिंह और मद-मस्त हाथी से डरने पर उसकी निर्बलता प्रकट होती है!

बाबुल को काफी देर तक किसी गुत्थी में उलझते देखकर ऊजली विनम्र स्वर में कहने लगी, "जीसा, आप व्यर्थ किस चिन्ता में पड़ गये, आपके कैसे भी आदेश की मैं अवज्ञा कर सकती हूँ भला? मेरी चिन्ता-चिन्ता में आप बकरियों,

पंछियों और गायों की सार-सँभाल ही बिसर गये, यह मेरे लिए मरण से भी बदतर बात है! किसी कोढ़ी से भी ब्याह करने का आदेश फरमायें, तब भी नाक नहीं सिकोड़ूँगी, फिर जेठवा की तो बात ही न्यारी है। यदि वह राज-सत्ता का खूनी-मोह छोड़कर सीधा यहाँ आ जाता तो मैं बाँहें पसारकर उसका स्वागत करती...!''

बाबुल किसी दूसरे विचार का पीछा कर रहा था, ऊजली की बात उसके मन से दूर ही रह गयी। सहसा इस तरह चौंके, मानो नींद से जागे हों, ''अच्छी याद दिलायी, राम जाने किस निराधार जंजाल में फँस गया? अपराध और पाप जितना बढ़ना था, बढ़ गया, अब एक पल की भी देर नहीं करूँगा। सभी पंछी-जानवर मुझे दुरासीस देते होंगे कि किस अपाहिज से पाला पड़ा! शायद रात को भी वहीं रुक जाऊँ। अब सवेरे ही मिलना होगा...।''

''साँझ का ब्यालू...?''

''नहीं बिटिया, मेरे आश्रित जीवों को एक जून भूखा रखने का प्रायश्चित तो करना ही पड़ेगा...।'' तत्पश्चात् बिटिया के अनमने ललाट पर चुम्मा जड़कर वे रवाना हो गये। उनके ओझल होते ही ऊजली को पता चला कि जीसा तो अपने काम पर चल दिये। वे तो जन्म से ही कर्मयोगी हैं। फल की कामना से बहुत दूर...!

ऊजली के लिए इस गवाड़ी में अकेली रहना नयी बात नहीं थी। उसे रंचमात्र भी अटपटा नहीं लगता था। अपने-आप से संवाद करने का स्वाद ही निराला होता है, परन्तु कभी-कभार। बाबुल की संगति और उनके अनुभव की उसने कई बातें सुनीं, गुनीं। तभी तो एकान्त में रहने का मर्म अच्छी तरह समझ में आया! वरना इन निर्वाक् पंछी-जानवरों की सार-सँभाल के निमित्त उनके पाँवों में घुँघरूँ बँध जाते हैं! इकलौती बिटिया की चिन्ता, अनेक पंछी-जानवरों की चिन्ता को लोप गयी! यह बात तो अच्छी नहीं। बाबुल के अभाव में आज उसे एकान्त तनिक भी नहीं सुहाया! बाबुल के दूर जाने पर बरसाली की दीवारों पर चित्रित अल्पनाओं में उनकी ही छवि झाँकती दिखलायी पड़ी। अबोध शिशु से नवयुवती बनने में कितने बरस लगे, मगर आज युवती से शैशव तक पहुँचने में एक क्षण भी नहीं लगा। चिकबरी बकरी का स्तन होंठों से चूँघने ही लगी थी कि सहसा छूटकर कुछ दूर खिसक गया। वह रूआँसी होने लगी तो बाबुल ने बकरी का स्तन अँगुलियों से पकड़कर उसके होंठों में थमा दिया। आँखों में उमड़ आये आँसू जाने कहाँ बिला गये? वह चुपचाप होंठ मुलमुलाने लगी। दूध के बहाने मानो अमृत ही आत्मा में उतर रहा हो।...बचपन से सीधी नवयुवती के साँचे में ढल

गयी। सपने की वास्तविकता से बड़ा सत्य ब्रह्माण्ड का भी नहीं होता! चितकबरी पाहड़ी को गोद में उठाकर उसके ललाट पर तीन बोसे जड़ दिये। गले में अमोलक हार की वजह से पाहड़ी में-में की राग के बहाने अपना गर्व जाहिर करने लगी। ऐसे उदार दिल वाला जेठवा सिंहासन हथियान के मोहवश छोटे भाई की हत्या करने में भी नहीं हिचकिचाया! न दीवान की बेटी का सर कलम करते उसकी आँखें उघड़ी और न मरते राजा की चीख सुनकर उसका हृदय द्रवित हुआ! कैसा भी क्रूर हत्यारा इस तरह अन्धा-बहरा क्योंकर हो सकता है? राज-सत्ता हड़पने के निमित्त खून की होली खेलने वाला बघेरा उसकी प्रीत का दावेदार सपने में भी नहीं हो सकता...! इसकी बजाय भिक्षा की हँड़िया लेकर उसकी गवाड़ी आता तो अपनी पलकों पर बिठाती, हृदय का सिंहासन प्रस्तुत करती! जीसा के गुरुकुल में दीक्षित बिटिया की समझ ही निराली थी। न स्वीकार करने का मन होता है, न ठुकराने का! दुनिया में सारा सुख-दुख समझ का है! नयी दृष्टि का है! यदि जीसा के हाथों दीक्षित होने का संजोग नहीं जुड़ता तो वह भी सत्ता और माया के लिए ललचाती! बरड़ा गाँव को राजी-खुशी छोड़ देती। रजवाड़े के आमोद-प्रमोद में मायके की याद भी नहीं आती। किन्तु अब तो बरड़ा गाँव की झोंपड़ियों का बन्धन भी नहीं छूटता। अलारखी जैसी जच्चायें उसका नाम ले-लेकर छटपटाएँगी! देवकरण जैसे युवकों का जहर कौन उतारेगा? जो मनुष्य निर्भर रहने वालों का भरोसा तोड़ता है, भला उसका विश्वास कौन करना चाहेगा? ये तो अलबत्ता मनुष्य हैं, आश्रित कबूतरों, सूअटों, खरगोशों, गिलहरियों और मोर-ढेलड़ियों को भी सूना नहीं छोड़ा जा सकता...!

सावित्री की हिनहिनाहट का नाद सुनते ही वह चौंकी। धीरज के पाँवों उठकर आँगन में आयी, जैसे किसी सपनचारी की नाईं आगे बढ़ रही हो! ऊजली पर नजर पड़ते ही वह एक बार और हिनहिनायी, मानो उस तूफान, उस वर्षा, उन ओलों की गड़गड़ाहट और उस विमूर्छित घुड़सवार की याद दिला रही हो! उस खौलती हिनहिनाहट की प्रतिध्वनि कहाँ जाकर रुकेगी? यदि नहीं रुकी तो...? सहसा उसके मन में क्या जँची कि उसने सावित्री पर जीन कसी। रकाब पर पाँव धरकर ऊपर चढ़ी। लगाम का निर्देश पाकर घोड़ी बकरियों के बाड़े की राह चल पड़ी। दुलकी चाल से।

पैदल चलने पर विचार भी पैदल चलते हैं! दुलकी चाल से चलती घोड़ी की सवारी करते समय, विचार भी दुलकी चाल से चलने लगते हैं! सोते समय विचार भी सोने की बजाय पंछियों की नाईं खुले आकाश में उड़ने लगते हैं!

सावित्री न तो देवकरण के घर पहुँची और न अलारखी की झोंपड़ी। वह

तो बकरियों के एवाड़े, फलसे के पास आकर अपने-आप रुक गयी। जीसा चितकबरी पाहड़ी को गोद में उठाये सामने ही आते दिखलायी पड़े। मुस्कान का उजास दरसाते कहने लगे, "तू शायद ही विश्वास करेगी कि मैं अभी-अभी तुझे याद कर ही रहा था कि तू सामने ही प्रकट हो गयी। यह तेरी करामात है कि सावित्री की या मेरी?"

ऊजली झटपट नीचे उतरी। फलसा खोलकर बोली, "करामात तो आपकी ही होनी चाहिए। चितकबरी पाहड़ी बाबुल के कन्धे पर बिराजी हुई थी। गले में बेशकीमती हार दिप-दिप कर रहा था! इतने दिन हुए किसी भी मनुष्य बन्दे ने हार की ओर झाँका तक नहीं। इलाके में जीसा के नाम की दुहाई फैली हुई है कि बड़े-बड़े चोर-डकैतों के कलेजे दहलने लगते हैं। तिस पर धूमली रजवाड़े का डंका! सतयुग में भी ऐसा सन्तोष और नियन्त्रण तो क्या होगा? ऊजली ने बाँहें पसारकर उसे उठाने की चेष्टा की तो वह हुलसकर उसके पास आ गयी। ललाट के धवल टीके पर लगातार तीन चुम्मे जड़ दिये। फिर जीसा की ओर अर्थपूर्ण दृष्टि से देखकर बोली, "जीसा, इस पाहड़ी को आज घर ले चलते हैं! कुछ दिन तक वहीं रखें तो मेरा मन बहलता रहेगा...!"

"तेरी मरजी। मुझे पूछने की भी जरूरत नहीं। अब तो मैं तुझ से पूछकर काम करूँ तो ठीक रहेगा...!"

"आपको भी ताना देने के लिए मेरे अलावा कोई दूसरा नहीं मिला...?"

"नहीं बिटिया, यह ताने की बात नहीं है। सच्चे मन का खरा गुमान है! ऐसी बेटियाँ शायद ही किसी युग में जन्मी होंगी! मेरी अक्ल ने भाँग थोड़े ही खायी कि तुझ पर ताना कसूँगा! अभी जीने की गहरी चाह है मुझे! तेरे निमित्त जीना ही पड़ेगा।"

ऊजली के चेहरे पर गर्व की झाँईं खिल उठी। चक्रवर्ती राज्य भी ऐसे बाबुल के नाखून की होड़ नहीं कर सकता!

उसने जीसा के हाथ में लगाम थमाकर पाहड़ी को कन्धे पर बिठाया और धीमे-धीमे चलने लगी। सावित्री उसी चाल के साथ इठलाती हुई चल रही थी। कोई पचासेक कदम आगे चलने पर ऊजली ने अतिशय मीठे स्वर में कहा, "अब आप कहेंगे, उतने ही कदम चलूँगी। आज से मेरा यह संकल्प है।"

"नहीं बिटिया, ऐसा संकल्प कभी मत करना! बाप होने के नाते, अब तक मैंने तुझ पर किसी भी तरह का जोर या दबाव नहीं डाला तो अब यह नया ढर्रा क्यूँ शुरू कर रही है...?"

जवाब देने में ऊजली को कुछ भी सोचना नहीं पड़ा, "इससे पहले जीवन

में ऐसा द्वन्द्व मचा ही कब था? मेरी अक्ल जब काम न दे तो आपके सिवा कौन सँभालेगा मुझे? तीन दिन के सजीव पिण्ड को पाल-पोसकर इतना बड़ा किया, दीक्षित किया, वह आगे भी पूरा ध्यान रखेगा कि मैं भूल-चूक में किसी आफत में न फँस जाऊँ...!"

जानते-बूझते भी बाबुल ने इसका कोई जवाब नहीं दिया। और लाड़ली धीया ने बिना सुने ही उनके मन का जवाब सुन लिया...!

कभी-कभार बीच-बीच में मौन साधने पर जीभ के अलावा बाबुल-बेटी का बाकी बचा सारा शरीर बोलने लग जाता और कानों के बदले पूरा शरीर ही सुनने की खातिर आकुल हो उठता! आज वैसा ही संयोग जुड़ा था। किसी के मन की बात किसी से भी छिपी नहीं रही! आज पहली बार एक दूसरे के अन्तस् को इस तरह देखने-सुनने का जो बोध हुआ, जिसकी बानगी ही एकदम अनोखी थी! सदैव थूक से लिथड़ी हुई जीभ भला इस देव-वाणी का क्या मुकाबला कर सकती थी? बोलना-सुनना तो मौके पर ही होता, मगर वह मौन संवाद तो एक क्षण के लिए भी अव्यक्त नहीं रहता था। उस एक पखवाड़े में वे एक-दूसरे को जितना पहचान सके, वैसी पहचान अब तक नहीं हुई! बाबुल को बिटिया पर बेशुमार मोद हुआ और बिटिया को बाबुल के प्रति असीम और अनन्त गुमान हुआ! जिस तरह रात को चाँद पर मोद होता है और दिन को सूरज पर गुमान होता है...!

एक दिन सोने का ऐसा सूरज उदय हुआ कि दो अबलक घोड़ों के रथ से रानी-माँ और एक उनकी विश्वस्त दासी उतरी। जसकरण रथ का सारथी था। ऊजली रानी-माँ को पहचानते ही इस तरह बावली होकर 'माँ-माँ...' टेरती दौड़ी और दण्डवत् करके एक बार और 'माँ' की अमृत-वाणी से पुकारा। फिर उसके गले में बाँहें डालकर सुबक-सुबककर रोने लगी, जैसे उम्र भर तक रुकेगी ही नहीं! माँ की आँखें डबडबा गयीं। मगर उसने आँसुओं पर अंकुश लगा दिया। ऊजली ने भीगी वाणी में कहा, "माँ, यहाँ से पधारने पर भोजन का एक कौर भी गले नहीं उतरा क्या? गनगौर जैसी पुष्ट और सुघड़ देह का ऐसा हुलिया क्योंकर बिगड़ा कि मैं आपको एक क्षण तक पहचान ही नहीं सकी...!"

ऊजली की पीठ सहलाते माँ ने रुँधे गले से कहा, "चिन्ता मत कर बिटिया, तेरे हाथ का भोजन खाने पर स्वस्थ-दुरस्त और पुष्ट होने में कुछ समय नहीं लगेगा! अभी तो तेरे भाग्य से जिन्दा बच गयी, सो यह भी अनहोनी बात ही है! माँ के जी को सैकड़ों बवाल हैं! तिस पर दुर्भाग्य से रानी की यह जून मिली!"

फिर पास खड़ी महिला की ओर देखकर बोली, "यह मेरे खास भरोसे की दासी है, केसर। इसके ही प्रताप से ये दिन देखने को मिले हैं और तेरा जेठवा भी इसी की सूझ-बूझ से बच गया, वरना बरड़ा गाँव और धूमली रजवाड़े की वह दुर्दशा होती कि उनके पीछे न तो रोने वाला एक ही बचता और न आँसू बहाने वाली एक टिटहरी ही जिन्दा रहती! सब बगलें बजाने वाले बहुरुपिये मौज मनाते...!"

अमरोजी चारण के तालू में यकायक खुजली-सी चली तो अधीर स्वर में कहने लगे, "ऊजल बिटिया, ये बातें सुनने के लिए खूब समय मिलेगा। पहले रानी-माँ की थकावट तो मिटने देती। पानी-धानी की मनुहार ही भूल गयी! सामने देखी-सुनी बातें विस्मृत नहीं होतीं, तिस पर ये तो राज हड़पने के दाँव-पेंच हैं।" पखवाड़े के बाद पहली बार बोलने पर बाबुल को ऐसा महसूस हुआ, मानो फिर से बोलना सीखा हो...!

ऊजली तनिक शर्मिन्दा हो गयी। पछतावे की मुद्रा में कहने लगी, "जीसा, आजकल कदम-कदम पर भूल होती है। मुझे हुआ क्या है? कुछ समझ नहीं पड़ता!"

बाबुल कहना चाहता था कि बेटी उम्र आने पर ऐसी भूल-चूक होना, नयी बात नहीं है। मगर बोलकर कुछ भी दरसाया नहीं।

ऊजली परिण्डे [घर में पानी के बासन रखने का स्थान] की ओर तेज कदमों से रवाना हुई तो माँ उसे आवाज देती हुई बोली, "तुझे मेरी सौगन्ध, कल तक कुछ भी तकलीफ करने की जरूरत नहीं। माँ की ममता को सब तरफ ध्यान रखना पड़ता है! पहले जैसी रसोई तो नहीं बन सकी, मगर केसर की मदद से सब काम झटपट निबट गया! अब तुम सभी जीमने की उतावली करो। लम्बी-चौड़ी रामायण सुनानी है। कहे बिना मुझे भी चैन नहीं मिलेगा!" यह कहकर रानी-माँ ने ऊजली की तरफ देखकर, डरते-डरते कहा, "झूमर और जसकरण जो भी समाचार लाये, वैसे गोलमाल समाचारों से काम नहीं चलेगा! पूरी सहमति लेकर जेठवा को तुरन्त जवाब भेजना है, वरना राज-काज के पीछे धूल उछालकर, जहाँ इच्छा होगी, उधर ही प्रस्थान कर जाएगा। सभी देवी-देवताओं को, ईश्वर या परमेश्वर को बिसारकर वह तुम दोनों के नाम का सुमिरन करने लगा है! आपने उसकी बाहरी काया में प्राणों का संचार किया तो उसका समूचा अन्तःकरण ही बदल गया! जैसा मैं चाहती थी, हूबहू वैसा ही बदलाव हुआ। सौ बरस ही ऋषि-मुनियों के गुरुकुलों में दीक्षित होने पर भी वैसी सीख आत्मसात् नहीं होती। अब जीमने से पहले जो भी बोलेंगे, उसे दण्ड भरना पड़ेगा। दुगना जीमने का दण्ड! मैं बोलूँ तो मुझे भी माफ मत करना। अब जेठवा के नये राज्य में सबके लिए

एक सा न्याय होगा!''

रानी-माँ के उस सहज स्वभाव की चाशनी के तार परखने पर कुछ ऐसा महसूस हुआ कि वह किसी रजवाड़े की रानी न होकर किसी सामान्य व्यक्ति की पत्नी हों! तब भी किसी की हिम्मत नहीं हुई कि कोई अपने-आप से भीतर-ही-भीतर संवाद कर ले! मगर ऊजली से बोले बिना नहीं रहा गया। रानी-माँ के पास आकर कहने लगी, ''यों तो जीसा और मैंने एक पखवाड़े तक बातचीत के निमित्त एक अक्षर भी मुँह से बाहर नहीं आने दिया, मगर दण्ड-स्वरूप बोलने पर पाबन्दी हो तो देश-निकाला भले ही मिले, मैं होंठ सिले नहीं सकती...!''

मन में घुमड़ती बात मौका मिलने पर उगल तो दी, पर अगले ही क्षण पन्द्रह दिन पहले बाबुल के सामने बढ़-बढ़कर जो संकल्प किया था, उसका खयाल आते ही वह तुरन्त चुप हो गयी, वरना दोएक शब्द और सुनाती। रानी-माँ उसके कहने का मर्म अच्छी तरह समझ गयी। मन में कुछ अखरा भी, मगर सच्ची बात तो यही थी कि रानी-माँ ऊजली के पारदर्शी स्वभाव से बेहद खुश थी। फिर भी किंचित् नाराजी मिश्रित गम्भीर स्वर में बोली, ''कैसी बात कर रही तू...? देश-निकाला और तुझे? धूमली रजवाड़े की बहू को देश-निकाला...?'' सब से बाद में बताने वाली बात अजाने ही होंठों के बाहर छिटक पड़ी! आखिर कहनी तो पड़ती ही। जिस उछाह की रौ में रानी-माँ ने ये समाचार सुनाये, बाबुल-बेटी के मन में खुशी की बजाय काफी दुख हुआ! लेकिन मुँह से दरसाने की बजाय चुप रहकर एक-दूसरे के सामने देखा। उनके मन की मौन वाणी यदि किसी की समझ में आयी तो सिर्फ रानी-माँ को ही। इसलिए कि रानी-माँ भी उनकी तरह सहज और निर्मल थी! ऊजली के खरे बोल सुनकर रानी-माँ का मन थोड़ा-बहुत कसैला होता, मगर उसके निदोष चरित्र और उसके निर्लोभी अन्तस् की पहचान के बाद उस पर न्योछावर होने की इच्छा होने लगती। झूमर और जसकरण के मुँह से जो कसैले समाचार सुने एक बारगी कलेजे में चुभन तो हुई, मगर गहरा विचार करने पर मन-ही-मन मोद भी काफी हुआ! अभी थोड़ी देर भले ही मन में कड़ा रुख अपनाये तो कोई बात नहीं। तभी तो जेठवा मनचीता राज करने में सफल होगा! रानी-माँ से केवल एक बात में चूक जरूर हुई, जिसका दो दिन बाद पूरा ध्यान बँध गया। तब बाबुल-बेटी पर गर्व भी कम नहीं हुआ, लेकिन मनचीती आस के टूटने पर दुख भी कम नहीं था!

रानी-माँ ने भोजन के बीच बोलने की पूरी छूट दी, तब भी कुल्ला करने से पहले किसी के भी होंठ नहीं खुले। तब रानी-माँ कुछ देर तक प्रतीक्षा करती रही। फिर उसी के कहने पर आँगन के सघन पेड़ों तले दो खाट डाल दिये। जब केसर रानी-माँ की खातिर गद्दा बिछाने आयी तो उसने गरदन हिलाकर मना

कर दिया। केसर अदेर उनका आशय समझ गयी। एक खाट पर बैठते ही रानी-माँ ने ऊजली का हाथ पकड़कर अपने पास बिठाया। केसर को इशारा किया तो वह दाहिनी ओर बाबुल के पास बैठ गयी। आखिर भीतर की बात उजागर करने पर ही सारी बातें उसकी इच्छानुसार होंगी। अमरोजी चारण के चेहरे पर आँखें गड़ाकर सब से पहले अपनी अन्तिम इच्छा दरसाने पर ही मनचीती जाजम बिछेगी। सचमुच सगी बेटी के उनमान ही कहने लगी, ''जीसा, अब आपके पास रहने के लिए पूरा सोचकर ही यहाँ आयी हूँ। वापस नहीं जाऊँगी। बरड़ा गाँव के मसान में ही मेरे 'फूल' बिखरेंगे...!''

''पर अभी 'फूल' की अशुभ बात मत कीजिये। आखिर सबका यही हश्र होना है, चाहे राजा हो, चाहे भिखारी। जगदम्बा आपकी हजारी उम्र करे...।''

रानी-माँ इस तरह के आत्मीय स्वर में बोली, जैसे इन्हीं के अंश की जायी पुत्री हो, ''मैं तो आपकी आशिष और दीक्षा के लोभ से यहाँ आयी, तब मुझे ऐसा शाप क्यों दे रहे हैं, जिस से हजार बरस पुत्र-वियोग और वैधव्य की दाह में जलती रहूँ...!''

उस सवाल का जवाब बाबुल ने बहुत भोलेपन से दिया, ''शिष्टाचार के नाते यह तो कहने का एक मुहावरा है। हजार या सौ बरस तो एक क्षण के बाद, घड़ी भर के बाद, तीन दिन बाद या तीन बरस बाद किसी भी समय आ सकते हैं...!''

रानी-माँ ने माफी माँगने के लहजे में कहा, ''आपके समझाते ही सब कुछ समझ में आ गया। मेरे कहने का मायना सिर्फ इतना ही था कि अब जीऊँगी तो यहीं और मरूँगी भी यहीं। जन्म के साथ मरण तो जुड़ा ही रहता है। इस सार बात को भूलने पर ही सब अकर्म और अन्याय होते हैं! पहली बार गिनती की घड़ियाँ आपकी गवाड़ी में बितायी, तब कितनी नयी-नयी बातें मुझे सीखने को मिलीं। वे बातें देख-सुनकर मेरी समझ में नये प्राण जागे! आप से कम असर मुझ पर ऊजली की बातों का भी नहीं हुआ। बाबुल-बेटी की ऐसी अपूर्व जोड़ी पर धूमली जैसे सौ रजवाड़े वारूँ तब भी कम है...!'' फिर पछतावे के लहजे में कहने लगी, ''देखो...देखो, मेरा राम निकला कि मैं आयी तो थी जेठवा के समाचार सुनाने और बीच ही में अपनी रामायण छेड़ दी...! ज्यादा मोह-माया से मन विचलित हो जाता है!''

जानते हुए भी बाबुल-बेटी के होंठों से एक साथ आधा-अधूरा सवाल उछला, ''अब वे हैं तो राजी-खुशी...? राज के काम-काज में उनका मन लग तो गया?''

रंक से भी अधिक विनम्र भाव से रानी-माँ ने अविलम्ब उत्तर दिया, ''सब

आप दोनों के वजूद का ही प्रभाव है...।''

बाबुल-बेटी पर उन शब्दों का ऐसा असर हुआ, मानो उन पर अरावली पर्वत ढह पड़ा हो! उनका हृदय पसीने से तरबतर हो गया। बाबुल ने कानों में अँगुलियाँ डालकर बीच ही में प्रतिवाद किया, ''नहीं, नहीं रानी-माँ नहीं...।''

अँगुली से बरजते हुए रानी-माँ कहने लगी, ''नहीं जीसा, अब आपके मुँह से 'रानी-माँ' का सम्बोधन जँचता नहीं। सिर्फ 'माँ' कहकर ही पुकारें! ऊजली की नाईं मैं भी आपकी बड़ी बेटी हूँ। इतने बरस मैं आपको भुलाये रही और आप मुझे! मेरे बड़े लड़के जेठवा को दूसरी बार जन्म देने के बाद राज, मुकट और सिंहासन का बचा हुआ सब मद झड़ गया! मुझे भी अपने गरीब माँ-बाप से ऐसी सीख मिली कि मैं रानी होने के बावजूद दर्प, अहंकार और रुआब से दूर रहने लगी। पीढ़ियों की गरीबी को मैं भूल नहीं सकी! आपको पता ही है कि मैं अब तक अपने हाथ से रसोई बनाती हूँ। आपको केवल इस बात का पता नहीं है कि बरसों पहले जब राजाजी राजकुँअर थे कि जंगली-सूअर का शिकार खेलते मेरे गाँव आये तो मुझ पर उनकी नजर पड़ी। मैं जंगल में बकरियाँ चरा रही थी। गर्मी क्या थी, जैसे जंगल में आग लगी हो! वैसी जलती धूप में भी मेरा रंग गुलाब की तरह दमक रहा था! राजकुँअर तो शिकार के पीछे धूल उछालकर सीधा गढ़ में आया। घोड़ों के अस्तबल में आटी-पाटी लेकर सो गया। आखिर बहुत हठ किया तो राजाजी को झुकना पड़ा। और इकलौते राजकुँअर का प्रण पार पड़ ही गया।...देखो-देखो मैं फिर भटक गयी। जेठवा के समाचार न सुनाकर अपने बचपन की याद में खो गयी! मैं उस समय ऊजली से तीन बरस छोटी होऊँगी। अब सौ खातों की बस एक ही फारखती है कि झूमर और जसकरण ने आप दोनों के जो भी समाचार सुनाये, एकबारगी तो जेठवा हतप्रभ रह गया! गुस्से में बौखलाते कहा, ''माँ मुझे राजपाट नहीं चाहिए, बरड़ा गाँव जाकर वहीं जून पूरी करूँगा। बाबुल-बेटी को मनाकर ही रहूँगा।'' दुर्योग से दीवान वहीं मेरे पास खड़ा था। घड़ी-पलक में सारा जाल रच डाला, जिसे घायल झूमर और जसकरण ने आप दोनों को सुनाया। राम जाने किसके पुण्य से जेठवा की जीत हुई! वे सारे हीन अकर्म न सुनें तो बेहतर है। उस दुर्दम्य मन:स्थिति में जेठवा रात भर सो नहीं सका। अपने-आप से लड़ता-झगड़ता रहा! घड़ी रात रहते जब नहा-धोकर मैं अपने नित्य-कर्म में रुँधी हुई थी, तब मेरे पास आकर बावरे की तरह प्रलाप करने लगा, ''माँ, अब मैं बरड़ा गाँव नहीं जाकर बाबुल-बेटी के मन लायक होने की अथक चेष्टा करूँगा। सफल न होने पर जीने में कोई सार नहीं है!'' ''ऐसा निर्णय सुनाकर वह जिस तरह औचक आया, उसी तरह वापस लौट गया! भोजन की वेला पत। चला कि एक सौ आठ विश्वस्त और बहादुर

सैनिकों को अच्छी तरह समझा-बुझाकर राज्य के गाँव-गाँव और छोटी-बड़ी ढाण्यिों में भेजा। एक ऐसा अनोखा राज-दरबार लगाने की सुदृढ़ मंशा से, पहले तो मुझे भी विश्वास नहीं हुआ! मगर बाद में विश्वास होने पर मेरे गुमान का पार नहीं रहा। ठेठ गरीबी में पली-पोसी कभी-कभार इस तरह के राज्य का सपना देखती थी! बताने पर आपको भी बेहद आश्चर्य होगा कि जिन प्राणियों को मनुष्य-योनि मिलती है, उनकी सूरत-शक्ल में, रंग-रूप में भले ही फर्क हो, पर बाकी सामाजिक विषमता नहीं होनी चाहिए—न ऊँच-नीच की, न अमीर-गरीब की, न जात-पाँत की, न धरम-मजहब की और न छुआछूत की। मैं इन विषमताओं का अभिशाप बुरी तरह भुगत चुकी हूँ! ईश्वर या परमेश्वर सभी इस भेद-भाव से लिथड़े हुए हैं। उनके नाम पर ही सब गड़बड़झाला होता रहा और आगे भी होता रहेगा! मैंने सपने में भी ऐसा नहीं सोचा था कि मेरी वह आधारहीन, अवास्तविक कल्पना, आखिर मेरे पुत्र जेठवा के हाथों से साकार होगी! जो राज्य गरीबों के कल्याण की खातिर नहीं होता, वह भूत-पलीतों का राज्य है! एक बार अपने मन के सपनराज को प्रत्यक्ष आँखों से देख लूँ, कानों से सुन लूँ तो मरने के बाद मेरी सद्‌गति हो सकेगी! इस सपने की आस में ही मैंने पति और छोटे पुत्र का सदमा सहा। यह सब किसके पुण्य का प्रभाव है? कोई सौ बार पूछे, मेरा तो बस यह एक ही जवाब है कि यह सब आप दोनों के पुण्य-प्रभाव से साकार होगा! वही सोने का सूरज उगे कि धूमली रियासत के सभी गरीब और छुआछूत के अभिशाप से ग्रस्त सारी प्रजा राज-दरबार में आकर अपनी एकता और ताकत का जोर जताये! जरूरत पड़ने पर मरे और मारे! राज के सब काम सुचारु रूप से चलें। गाँव-गाँव न्याय की गंगा बहे। स्वस्थ जीवन की जरूरतें पूरी होने के लिए किसी का भी हाथ न अटके! और कोई मनुष्य किसी का मुहताज न हो। मन में बातें तो सैकड़ों मचल रही हैं, मगर फिलहाल एक बात निश्चित है कि आप दोनों के अभाव में मेरा सपना साकार नहीं होगा! बोलना मोर के हाथ, बरसना बादलों के हाथ...!" एक ही रौ में इतनी बातें सुनाकर रानी-माँ एकटक दोनों की ओर आशा भरी दृष्टि से टोहने लगी। उसे जो कहना था, कहकर मुक्त हुई। अब इच्छानुसार बोल सुनने पर ही उसका कहना सार्थक होगा। उसकी इकलौती आस पर पाँखें उग आयेंगी। ऐसी पाँखें जो एक क्षण के लिए भी उड़ने से न रुकें...!

बाबुल तो जैसे गहरी समाधि में उतर गया हो! अमृत-वाणी से निसृत रानी-माँ के अक्षरों ने दोनों पर जादू ही कर दिया था। बाबुल के मन का झँझावात पहचानकर बिटिया से बोले बिना रहा नहीं गया। अविचलित भाव से बोली, "जीसा, यह तो हूबहू आप ही का सपना रानी-माँ के होंठों से प्रकट हुआ है!

इससे बड़े संजोग और आश्चर्य की क्या बात हो सकती है...!''

अब कहीं बाबुल की समाधि टूटी, जैसे बेटी के खरे शब्द उनकी आँखों में चुभे हों! जस-तस हिम्मत जुटाकर सशक्त स्वर में निर्देश दिया, ''माँ, अब आपका एक क्षण भी यहाँ रुकना कई खतरों को एक साथ न्योता देना है! आये उस से सवायी गति से वापस लौटना है, वरना आपके, मेरे और असंख्य गरीबों के सपने ध्वस्त होने में ज्यादा देर नहीं लगेगी। कमीन-कारू और कंगाल राज में साझेदारी रखने की आस सँजोयें तो ठौर-ठौर अधकुचले साँप विष भरी फूत्कारों से हवा का रेशा-रेशा डसने को आतुर रहेंगे! वे सभी साँप-सँपोले दीवान के साथ जुड़ जाएँगे! कदम-कदम पर आग की लपटें गरीबों को भस्म करने की मंशा से लपलपाती रहेंगी। आपके अलावा वह अचीता अग्निकाण्ड और किसी के हाथों बुझने वाला नहीं है! इसके लिए आपको माँ के बदले चण्डी का विकराल रूप धारण करना पड़ेगा...!''

उस गुप्त दिशा की ओर तो रानी-माँ की निगाह ही नहीं पड़ी। बाबुल की उबलती वाणी उधर नजर उठी तो उसका आत्मबल चौगुना बढ़ गया। सिंहनी के उनमान हौकरती वाणी में बोली, ''यदि ऐसी आफत पड़ी तो चण्डी के साथ-साथ काली का रूप भी धारण कर लूँगी—जब मेरी दाहिनी बाजू आप और बायीं बाजू ऊजली मेरे साथ जुतेगी। इक्कीस आना अपनी जीत होगी। अभी इसी पल संकल्प करती हूँ कि जीत के उपरान्त ही अन्न-पानी का परस करूँगी...!''

अमरोजी चारण किसी भी तरह के धर्म-संकट में नहीं पड़े। निशंक राय दी, ''उस मांगलिक अवसर की खातिर मेरी सपने में भी मनाही नहीं है। मगर हम दोनों के नाम की वहाँ भनक भी पड़ गयी तो नाग एक साथ मिलकर ऐसा घमासान मचायेंगे कि फिर तो यमराज के रोके भी नहीं रुकेंगे। यदि मेरी अग्रिम-बुद्धि पर आपको थोड़ा-बहुत भी भरोसा है तो सपने में भी वहम मत कीजियगा। आपका भ्रम और दबदबा बेशुमार है! आपकी सूझ-बूझ देखते ही वे हत-वीर्य हो जाएँगे। हमारी सही पहचान आप और राजकुँअर के अलावा किसे भी नहीं है। दीवान के अलावा सभी दरबारी उन चार दासियों से बेहतर नहीं हैं। वे सभी उगते सूरज को नमन करने वाले हैं! भरम का भय सबसे बड़ा होता है! भरम मिटने पर चींटियाँ भी काटने लगती हैं। आपके पहुँचते ही राजकुँअर की समझ-बूझ और शौर्य सौ गुना बढ़ जाएगा। तब उसे कदम-कदम पर सफलता मिलती रहेगी। अब भी आपकी इच्छा हो तो मेरे इशारे भर की देर है, बरड़ा गाँव के सभी बाशिन्दे आपके साथ चलने की खातिर उत्साह-पूर्वक रवाना हो जाएँगे। मगर उसके बाद आपके और मेरे सपने की आशा मत रखिएगा...।''

रानी-माँ कैसी भी आफत-मुसीबत के दौरान आज जैसी दुविधा में कभी नहीं फँसी। वह अतिशय गहरे विचार में उतरती ही गयी...और कहीं निस्तार नजर नहीं आया। दूसरी बार ध्यान से सोचने पर बाबुल की राय में राई-रत्ती खामी नजर नहीं आयी। फिर भी दोनों की संगत का मोह किसी भी सूरत में छूटता दिखलायी नहीं पड़ा। केसर के मन में अन्धड़ घुमड़ रहा था। बाबुल के बोल सुनते ही उसे तत्क्षण भीतर की सच्चाई दीख पड़ी। रानी-माँ के चेहरे पर उतरते-चढ़ते भावों की झाँईं उस से छिपी नहीं रही। जब उनके ललाट पर तीन सलवटें साफ झलकने लगीं तो चुप रहना उसके लिये मुश्किल हो गया। एक-एक क्षण का उड़ता महातम उससे अधिक कोई नहीं जानता था। सहसा दृढ़ स्वर में बोली, ''माँ, आपकी ठोकरों के परिणाम-स्वरूप मुझे काच की नाईं साफ दिख रहा है कि जीसा की बात एकदम सही है। ऐसी खरी सच्चाई पर वहम करने से अपना बहुत अहित होगा। आपके साथ रहने पर मुझ में सौ सिंहनियों का बल हौकारें भरने लगता है। इस के साथ-साथ जीसा की अमोलक सीख सुनने पर वहाँ हजारों सिंहनियाँ अपने साथ जुड़ जाएँगी। अब एक क्षण की भी देर होने पर कहीं हम सबके सपने पर ठेस न लग जाय!''

दासी के वे बोल सुनते ही रानी-माँ की आँखों के सामने छायी धुन्ध अदेर छँट गयी। और सर्वत्र निर्धूम उजाला पसरने लगा...!

ऊजली की दबी स्मृति में उस रात का अचीता अन्धड़ गूँजने लगा, लेकिन वह किंचित् भी विचलित नहीं हुई। वह काला-स्याह अँधेरा लुप्त हुआ तो प्रीत की दिव्य-दीप्ति इस तरह दिप-दिप करने लगी, मानो अनेक चन्द्रमा उसके इर्द-गिर्द घूम रहे हों! समूची प्रकृति के साथ-साथ जैसे सम्पूर्ण ब्रह्माण्ड भी उसके प्रति सहानुभूति छलका रहा हो! बरसों तक उस प्रीत का महत्त्व बखाने तब भी उसका छोर न आये। मगर अभी कुछ भी बोलना नहीं चाहती थी। बोलने से अपने मन की पहचान होती है, लेकिन दूसरों की बातें सुनने पर उनके मन की पहचान होती है। वह अभी रानी-माँ, जीसा और केसर के बोल सुनना चाहती थी। आज बोलने की बजाय सुनने का महातम श्रेयस्कर जान पड़ा!

रथ में घोड़े क्या जुते मानो स्वयं रानी-माँ ही एक घोड़े के रूप में जुती हों! भीतर बैठने का मानस बनाया ही था कि सहसा बाबुल की तरफ आगे बढ़ी। झुककर चरणों की ओर हाथ आगे किये ही थे कि वे पहले की तरह पीछे नहीं सरके, उसी ठौड़ खड़े रहे। आज उन्हें सचमुच दूर हटते तनिक संकोच हुआ। रानी-माँ के हृदय से भावों का समन्दर हिलोरें भर रहा था, मगर मनचीते शब्द जीभ से जाने क्यों असहयोग करने लगे? कुछ देर मशक्कत करने के बाद रानी-माँ के होंठ हरकत में आये, ''आपकी मंशा मुताबिक मनचीती फतह होने पर,

दो-चार पखवाड़ों तक जेठवा को राज करने के निमित्त विशिष्ट गुर सिखाने अवश्य पधारियेगा, जिस से पीढ़ियों बाद कंगाली भुगतते गरीबों को सुख-शान्ति की झलक मिले! जेठवा अभी अनभिज्ञ है। केसर भी अपरिपक्व है और मैं राजनीति का ककहरा भी जानता नहीं। बेशुमार पेचीदा काम है! और मुझे राज-काज के पुराने बासी नियम-कायदे बिल्कुल ही रास नहीं आते। झूमर इतना आज्ञाकारी है कि राजकुँअर के बिना कहे ही अपने प्राण न्योछावर करने के लिए उद्यत है। अलबत्ता देवकरण काफी होशियार है। अपने जीते-जी वह सपने में राजकुँअर पर आँच नहीं आने देगा। उसे नींद में भी अपने मित्र पर आये संकट का पता चल जाता है! मुद्दे की बात है—अपनापन, अपनापन! किन्तु केवल अपनेपन से न्याय-अन्याय के मसलों में हींग की गरज भी दूर नहीं होती!''

बाबुल न तो प्रत्यक्ष इनकार करना चाहते थे और स्पष्ट हामी भरना ही। झूठ बोलने की कसम तो नहीं थी, लेकिन समझ-बूझ की उम्र होने के बाद आज दिन तक झूठ से कोसों दूर रहे। रानी-माँ जवाब सुनने के लिए आतुर दिखलायी पड़ी तो बोलना जरूरी हो गया, ''कनसुहाती बात करने की मेरी आदत नहीं है। इसलिए साफ-साफ कहूँ तो बुरा मत मानियेगा। राजकुँअर मेह-जेठवा की उसी काया में जो नया स्वरूप प्रकट हुआ, उसकी तुलना में आपका बाबुल पासंग बराबर भी नहीं है! परम्परागत रूप से सभी राजा-महाराजा और नवाब-बादशाह अपने सुख-ऐश्वर्य की खातिर ही राज करते हैं। मगर मेह-जेठवा समूचे देश का पहला राजा है, जो गरीबों को सुख पहुँचाने की चिन्ता करेगा। सच मानिये ऐसी समझ वाले व्यक्ति के लिए किसी भी सीख की जरूरत नहीं है। मेरी तो सिर्फ एक ही अटल धुन है कि कुदरत को अच्छी तरह जान लेने पर ही मनुष्य स्वयं को पहचान सकता है! मेरी क्षमता के अनुसार मैं भी राज करता हूँ, मनुष्यों की बजाय बकरियों पर, पाहड़ियों पर, गायों पर, पंछियों पर, गाछ-बिरछ, झाड़-झंखाड़ों पर और कीड़ी-मकोड़ों पर! इन सभी जीव-जानवरों की हरकतों और उनकी विभिन्न प्रवृत्तियों को पहचानने की मगजमारी करता हूँ। पत्नी का स्वर्गवास होने पर ही मुझे औरत के स्नेह, उसकी प्रीत और उसकी अथाह ममता का महातम समझ में आया। माँ के अभाव में ऊजली को गोद में सुलाया। उसका पालन-पोषण किया। मानुस के जन्म-मरण की महिमा समझायी। लेकिन गुरु बनकर नहीं, शिष्य बनकर। उपदेश और नसीहत के माध्यम से नहीं, आचरण और करनी के द्वारा निर्वाक् गुर सिखाये। मैं अपने ही दायरे में तन्मय और तुष्ट हूँ। फिर भी आपके और मेरे सपने मिलते हैं और राजकुँअर जेठवा के सत्यनिष्ठ हाथों से हमारे सपने साकार होंगे। कुछ समय बाद अपनी सुविधा के अनुसार जेठवा यहाँ आये तो जैसा हूँ, हाजिर हूँ। ऊजली की तरह उसे भी सिखाऊँगा। दीक्षित करूँगा।

अपने प्राणों से भी अधिक उसका महत्त्व आँकूँगा। वह मेरी ऊजली के सपनों का राजकुँअर है! हूबहू उसी के योग्य। वह अपनी इच्छानुसार जो अच्छा समझे, वह करे। पिता वाला जोर भूल से भी नहीं जताऊँगा। अब भी कुछ शंका हो तो बेहिचक बताइये।''

रानी-माँ जाने किस अदृष्ट लोक में विचरण कर रही थी, फिर भी उसने पूरे ध्यान से बाबुल की बातें सुनीं। मुस्कारते कहने लगी, ''मन में ढेर-सारी बातें हैं, अवसर आने पर जरूर बताऊँगी। आपके अलावा बताने लायक व्यक्ति मेरे हिसाब से पूरी दुनिया में नहीं मिलेगा। मुझे भी अपनी विशिष्ट समझ का गुमान कम नहीं था। बरसों तक मन की गहरी परतों के बीच दबाकर रखा। क्या मजाल कि बाहर प्रकट हो जाय? सो वही गुमान ऊजली और आपके सामने बड़ा बौना नजर आया। और यही मेरी खरी पूँजी है! राज्य के खजाने की मुझे तुस जितनी भी कामना नहीं है। मेरे बचपन का सपना, यदि इस उम्र में सच हो जाय तो लाख-लाख जन्म भरपाये। यदि गरीब और असहाय लोगों की राज में सही दावेदारी हो जाय तो रानी की गद्दी सार्थक होने में कोई कसर बाकी नहीं रहेगी...!''

केसर को रथ में बिठाकर रानी-माँ ने स्वयं बैठने का विचार किया ही था कि ऊजली चुपचाप माँ के पास आकर खड़ी हो गयी। माँ की मनचीती हुई। गुलाबी ललाट के बाद दोनों गालों पर एक-एक चुम्मा अंकित कर दिया। एक ही साथ दोनों की आँखें भर आयीं। किन्तु उन आँसुओं की बानगी सर्वथा निराली थी, जिसने आज से पहले किसी भी आँख का परस नहीं किया! वे आँखें भी नितान्त निराली थीं। ठुड्डी का परस करने के बाद उसका दाहिना हाथ अपने-आप ऊपर उठ गया। अतिशय स्नेह के भाव से उसका सिर सहलाते बोली, ''बिटिया ऊजली, एक बात की तुझ से आशा रखूँगी, नहीं नहीं, तुझ से विनती करूँगी कि तू मेरी और मेह-जेठवा की प्रतिक्षण प्रतीक्षा करना।'' उन अनहद शब्दों के साथ ही माँ का गला भर आया। आँखों में मोती दमकने लगे!

माँ से बिटिया भी कम नहीं थी। बोलने से पहले उसका भी गला रुँध गया। आँखों में आँसू तैरने लगे। विगलित स्वर में बोली, ''हाँ, करूँगी, सदैव प्रतीक्षा करूँगी! मृत्यु के सात जन्म बाद भी प्रतीक्षा करूँगी...!''

*20 जून, 2007, बुधवार, दोपहर पौने दो बजे।*

# 7

# उपाय

**॥ राजस्थान व सिन्ध में प्रचलित, 'जलाल-बूबना' की प्रसिद्ध प्रेम-कथा॥**

हवा कहे मैं बेहतर, धूप कहे मैं बेहतर। गर्मी कहे मैं बढ़कर, शीत कहे मैं बढ़कर! वर्षा बोली मैं बेहतर, बादल गरजा मैं बेहतर। दामिनी दमके मैं बढ़कर, वनस्पति गुनगुनाये मैं बढ़कर। धरती धमके मैं बेहतर! चाँद चहके मैं बेहतर! सूरज कहे मैं बढ़कर। समन्दर लहराये मैं बढ़कर। पर्वत गूँजे मैं बेहतर। नदी छलके मैं बेहतर और गगन टिमटिमाये मैं बढ़कर। पंचायती तनी तो ऐसी तनी कि मत पूछो। मामला सुझलने की कोई गुंजाइश नजर नहीं आयी तब तोते ने टिवटिव करते कहा, "कोई किसी से बेहतर नहीं है। अपने-अपने स्तर पर सभी बड़े हैं। कोई छोटा नहीं। मेरे खयाल से तो सबसे बेहतर है तुम सबका तालमेल, तुम्हारा संयोजन। तुम सब में एकता बनी रहे तो संसार में सब-कुछ सन्तुलित रहेगा तो खुदा सबकी खैर करे कि सिन्ध के नवाब की दोनों बेटियाँ एक-से-एक बढ़कर थीं। बड़ी का नाम—मूमना और छोटी का बूबना। मूमना बाप पर गयी। बहुत खूबसूरत तो नहीं थी। मगर अतिशय आकर्षक थी। छोटी बहन बूबना से इतना प्यार करती थी, जैसे एक ही काया और एक ही प्राण हों! बूबना इतनी सुन्दर कि सारी दुनिया में उसकी सुन्दरता का कोई सानी नहीं था, मगर स्वयं बूबना की अपेक्षा बड़ी बहन मूमना को छुटकी के रूप पर गर्व की सीमा नहीं थी। मानो पूनम का चाँद धरती पर उतर आया हो। जहाँ कहीं उसके रूप की प्रशंसा सुनती, उसी क्षण तीन बार थुथकी डालती! बचपन में एक बार बूबना को इकान्तरे का बुखार चढ़ गया तो मूमना ने एक पल के लिए भी पलकें नहीं झपायीं। जब वह उसकी अथक तीमारदारी से एकदम स्वस्थ हो गयी, तब भी बड़ी मुश्किल से भोजन किया। बुढ़ापे में बेगम ने साथ छोड़ा तो बेटियों के सुख की खातिर नवाब ने दूसरा ब्याह नहीं किया। सभी दरबारियों ने अपने तँईं खूब आग्रह किया, मगर नवाब अपने संकल्प पर खूब दृढ़ रहा। स्पष्ट मनाकर दिया कि अब किसी ने

ब्याह का नाम भी लिया तो सरे आम इक्कीस कोड़ों की सजा मिलेगी। फिर तो किसी की हिम्मत नहीं हुई। और यों नवाब के हरम में सुन्दर-से-सुन्दर बाँदियों की कोई कमी नहीं थी! जब भी हवस मचलती, बुझा लेता! नये-नये स्वाद का जायका भी निराला होता है!''

बाकी सब बातों के ठाट होते हुए भी नवाब को बेहद चिन्ता थी—बेटियों के ब्याह की। कोई भले, नेक, धनवान और खूबसूरत खाविन्द मिल जाएँ तो नवाब की भारी चिन्ता मिटे। दिल में एक बार अच्छी तरह जँचने के बाद नवाब ने अपने विश्वस्त काजी को बुलाकर कहा, ''जब तक प्यारी बेटियों का अच्छी जगह सम्बन्ध तय नहीं हो, इस दिशा की ओर मुँह मत करना! जहाँ तक बन पड़े दोनों का सम्बन्ध एक ही ठौर बैठ जाये तो उम्दा रहे। बूबना काफी चंचल है। स्वभाव भी कुछ तेज है। साथ रहने पर मूमना सब सँभाल लेगी। और बड़ी बात यह है कि मूमना छोटी बहन से दूर नहीं रहना चाहती। दोनों ही दामाद एक-दूसरे से बढ़कर होने चाहिएँ। दोनों ही दुलारी बहनें मेरी आँखों के समान हैं। ज्यादा हिदायत देना ठीक नहीं, अक्लमन्द भी आला हो। कई बार मुझे समझाने का माद्दा रखते हो और मैं कई बार अपनी भूल कबूल कर चुका हूँ। जितनी चाहिए मोहरें साथ ले जाओ। अभी चुनिन्दा घोड़ा छाँट लो और जल्द ही रवाना हो जाओ...।''

काजी ने हाथ जोड़ते कहा, ''गरीब परवर, चार-पाँचेक सलाहकार....।''

नवाब को यह सुझाव कतई पसन्द नहीं आया। बीच ही में टोकते कहा, ''एक भी नहीं, वे उलटे तुम्हारी अक्ल भी छीन लेंगे। ज्यादा बहसबाजी ठीक नहीं। मेरे सामने ही रवानगी हो जाये तो बेफिक्र हो जाऊँ। मेरी चिन्ता का पार नहीं है। ध्यान आते ही नींद उचट जाती है, वापस नजदीक ही नहीं फटकती! पका पान जाने कब जुदा हो जाये...!''

''खुदा करे हम सभी दरबारियों की उम्र हुजूर को लगे...!''

''खुदा के पास और भी बहुतेरे काम हैं, मेरी फिक्र करने का वक्त मिले, न मिले! खुदा हाफ़िज़...!''

काजी की मनचीती हुई। अकेला ही जाना चाहता था। तीसरे कान भनक ही क्या पड़ जाये? उसे तो पहले से ही पूरी जानकारी थी। बूबना के रूप-जोबन से कम हल्ला जलाल का भी फैला हुआ नहीं था। बूबना लाखों में एक तो जलाल भी लाखों में एक! मूमना के लिए और कहीं सोचना पड़ेगा। पहले देश-परदेश का खूब खर्च बताकर, आखिर 'थटाभखर' तो पहुँचना ही है। सूरज के खोजने पर भी इस जोड़ का दूसरा इनसान नहीं मिल सकता। बेहद खूबसूरत और बादशाह का भानजा! बादशाह बेटे की तरह उसे चाहते हैं। शायद मामू को हजार बरस

पहुँचने पर वही बादशाह बने। नवाब मुँह-माँगी बख्शिश देगा। इसलिए तो जानते हुए भी यह भेद छिपाकर रखा। ये अमीर-उमराव बच्चों से भी ज्यादा नादान होते हैं। इन्हें तो बहलानेवाला शख्स चाहिए...!

डेढ़ महीने तक ननिहाल में मौज मनाकर, आखिर वह विश्वस्त काजी थटाभखर के दरबार में हाजिर हुआ। संयोग की बात कि उस वक्त जलाल शिकार पर गया हुआ था। उसे शिकार का बेहद शौक था। तिस पर बादशाह के दोनों हाथ सिर पर! चढ़ती उम्र! फटता जोबन! हाथी को टल्ला दे तो चारों पाँव ऊँचे! न शरीर में जोबन समाये, न रूप! बादशाह के कानों मे बूबना के रूप-जोबन की भनक पड़ चुकी थी। सत्रह बेगमों का खाविन्द होने पर भी बूबना के चित्र की आभा ऐसी कौंधी कि उसकी अक्ल और आँखें दोनों चौंधिया गयीं! ऐसा रूप तो फकत बादशाह के लिए ही होता है! दूसरा कोई भी उसका खाविन्द नहीं हो सकता! खुद अपने हाथों से खुदा ही उन्हें यह हक सौंपता है! अनिन्द्य रूप की उस तसवीर पर बादशाह की नजर टिक नहीं सकी तो वह मूमना का चित्र हाथ में लेकर देखने लगा—हिम की नाईं शीतल, सुहानी। और छुटकी बहन बूबना आग की ज्वाला! इसके साथ सहवास करने पर सौ साल का बूढ़ा फिर से जवान हो जाये! यदि बदकिस्मती से मर जाता तो मन में रह जाती! यह काजी तो वाकई उम्दा मौके पर आया! मूमना आखिर है तो बूबना की बड़ी बहन ही। मुश्किल से दो वर्ष का फर्क होगा। चित्र स्वयं मुँह बोल रहा है! जलाल की जवानी के लिए तो मूमना ही काफी है! दो-तीन पखवाड़े साथ रहने पर बूबना से सवायी हो जाएगी। औरत का दबा हुआ रूप ब्याह के बाद ही खिलता है! और जलाल जैसा आज्ञाकारी तो सगा बेटा भी नहीं होता। बादशाह का मन चंचल होने लगा तो बूबना का चित्र मूमना की तस्वीर पर धरकर गौर से देखने लगा। सहसा बादशाह के मन में ऐसी सनक जँची कि बबूना के चित्र से ही ब्याह रचा ले! यदि बीस बरस पहले यह काजी बूबना का नारियल लेकर आता तो कितना शानदार काम होता! दूसरे ही क्षण उनकी सुध-बुध ठिकाने आयी तो एक क्षीण-सी मुस्कान उनके होंठों पर उभर आयी—शायद बीस बरस पहले तो बूबना का जन्म ही नहीं हुआ होगा! लगता है। इसका जन्म तो बादशाह के लिए ही हुआ हो! खुदा सबका ध्यान रखता है। बूबना की तसवीर से ध्यान हटाकर बादशाह ने काजी की ओर देखकर उछाह से कहा, "तू बहुत अच्छे शकुन लेकर आया है! दोनों बहनों के नारियल मैं राजी-खुशी कबूल करता हूँ। मूमना का नारियल मेरे भानजे जलाल के लिए है और बबूना का मेरे लिए—थटाभखर के बादशाह के लिए! कितनी किस्मतवाली हैं दोनों बहनें!"

खुशी की बात सुनते ही काजी के रोम-रोम में दहशत समा गयी! हकलाते

हुए बमुश्किल बोला, ''गरीब-नवाज, शायद मुझ से भूल हो गयी! बूबना का नारियल तो आपके लाड़ले भानजे जलाल खाँ के लिए था। दोनों ही हम उम्र हैं। मगर आपके लिए तो बबूना पोती के समान है...!''

बादशाह ने मोद के लहजे में कहा, ''कोई बात नहीं, जब मैंने कबूल कर लिया तो सिन्ध के नवाब को क्या एतराज हो सकता है! खुश होकर तुझे बख्शिश देगा। मगर उस से पहले मैं अभी तेरी मंशा पूरी कर देता हूँ...।'' इतना कहकर उसने सगर्व वजीर की ओर देखा। वह बेहद होशियार था। तुरन्त बादशाह की सानी में समझ गया। फिर कैसी ढील! मखमल की बड़ी थैली में हजार मोहरें काजी के सामने धरवा दी गयीं। ऐसा तो सपना भी आ जाता तो काजी निहाल हो जाता! सो प्रत्यक्ष आँखों के सामने मोहरों की थैली! वजीर ने धीमे-से हजार का मीठा बोल शुरुआत में सुना दिया था। दूसरों के पेट तो पोले होते ही हैं, लेकिन काजियों के पेट बहुत पोले और गहरे होते हैं! बादशाह ने काजी का उत्साह बढ़ाने की मंशा से कहा, ''अभी तो सिर्फ बोहनी हुई है! यदि इस तरह बात पार पड़ती गयी तो इक्कीस गाँवों की जागीर भी मिल सकती है...!''

काजी कोहनियों तक हाथ जोड़ते हुए बोला, ''आपकी मेहरबानी के बाद, भला किस बात की खामी! मगर नवाब की तुष्टि के लिए आपके हाथ का परवाना हो तो उनके होंठों पर भी मुहर लग जाएगी!''

बादशाह के कहे बिना ही वजीर ने फटाफट परवाना बनाया और बादशाह के दस्तखत करवा लिए। संजोग की बात कि उस समय जलाल ने बादशाह के सामने खड़े होकर घबराते स्वर में कहा, ''मैं मन-ही-मन इन्तजार कर ही रहा था कि इसी काजी के हाथ मेरे लिए बूबना का नारियल आयेगा। आपने मंजूर कर लिया...?''

बादशाह ने ऊपरी मन से मुस्कराते हामी भरी, ''हाँ, कर लिया! तेरे सुनने में मामूली चूक रह गयी। एक की बजाय दो नारियल आये। बड़ी बहन मूमना का तो तेरे लिए और बूबना का मेरे लिए! अच्छा हुआ कि काजी अभी यहीं है। विदा होनेवाला ही था कि तू आ गया। इससे पूछ ले...।''

जलाल किसी से क्या पूछता? अभी तो मखमल की थैली काजी के पास रखी थी! नेतराँ बाँदी के मरजीदान खवास ने जो खबर दी, वह सही थी! जलाल की आँखों के सामने अँधेरा छाये, उससे पहले ही फटे होंठों से चीख निकली, ''मामू...मामू...सब जानते हुए भी आपने यह क्या किया...? इसकी बजाय तो मेरे कलेजे में कटार भोंक देते तो अच्छा था...मगर...!''

गले के बोल गले में ही अटककर रह गये और जलाल मामू की गोद में

गिर पड़ा! एकबारगी तो बादशाह के कलेजे पर भी तनिक ठेस लगी। किन्तु दूसरे ही क्षण काजी को इशारा किया तो उसने चुपचाप सिन्ध की राह घोड़े की लगाम खींची। जिस हिसाब से काजी को सिन्ध के नवाब का डर था, उसी हिसाब से सिन्ध के नवाब को थटाभखर के बादशाह का डर लगता था! उसे राजी करने में बिल्कुल ही देर नहीं लगी। बड़ों का तिनका भी छोटों की लाठी तोड़ डालता है! अपने से बड़ा यम के समान! दुनिया का परम्परागत ढर्रा ऐसा ही चलता आ रहा है...!

चुप रहने पर भी रूप-जोबन की ख्याति अपने-आप चारों दिशाओं में फैल जाती है! सो बूबना के अपूर्व सौन्दर्य की महिमा सर्वत्र हवा में व्याप्त थी! और उधर जलाल की कद-काठी, बेशुमार ताकत और उसके छलकते यौवन की प्रसिद्धि का भी कोई पार नहीं था। खास घरवालों के अलावा बूबना को किसी ने नहीं देखा था, फिर भी प्रत्येक व्यक्ति के मुँह से कुछ ऐसी ही बातें सुनायी पड़ती थीं कि बूबना के शरीर से कस्तूरी की नाईं सौरभ फूटती है! उसके पदचिह्नों से कुंकुम-सी आकृति अंकित होती है! वह तितली की तरह चंचल और सुरंगी है! मनुष्य की बात तो दरकिनार, पंछी-जानवर तक उसके रूप की झलक देखकर झूमते हैं! दूसरी तरफ जलाल की वैसी ही नामवारी—कहनवालों की नजरों से देखी हुई बात कि एक मुक्के में कैसे भी ताकतवर भैंसे को धूल चटा दे! मतवाले हाथी के दाँत पकड़ले तो उसे एक अंगुल भी इधर-उधर नहीं हिलने दे! खाली हाथ सिंह और चीते का शिकार कर ले! उसके रूप-यौवन का ऐसा करिश्मा है कि इन्द्रलोक की अप्सरओं को उसकी एक बार भी झाँकी मिल जाये तो आजीवन उसके नाम को बिसुरती रहें! वह तो मनुष्य रूप में किसी देवता का साम्प्रत स्वरूप है...!

यदि मामू को पहले यह पता होता तो नारियल कबूल करते समय तीन बार सोचता। लेकिन अब कुछ भी उपाय नहीं हो सकता! मुँह से निकले बोल स्वच्छन्द हो जाते हैं, उन पर किसी का भी वश नहीं चलता। यदि काजी रवाना नहीं होता तो दुबारा विचार करने की गुंजाइश थी। किन्तु अब तो बात जाने कहाँ तक पहुँच गयी! बूबना की तस्वीर देखने पर तो शायद मुर्दा भी जीवित हो उठे! किसी का कुछ भी कसूर नहीं—न मेरा, न जलाल का और न काजी का! सारा कसूर बूबना के बेइन्तहा रूप-जोबन का है! ऐसी खूबसूरती तो अन्धे की आँखों से भी छिपी नहीं रहती, फिर आँखों के रहते क्योंकर अन्धा बना जाये...? उसकी समझ के मुताबिक सचमुच वही हुआ जो परवरदिगार को मंजूर था! और आगे भी वही होगा, जो उसे मंजूर है, उसकी सानी के बगैर एक पत्ता भी नहीं हिल सकता! फिर खाँमखाँ सोच करने की जरूरत ही कहाँ हैं! दुनिया के सारे प्राणी

और सभी मनुष्य उसी के हाथ की कठपुतलियाँ हैं! वह जिस तरह नचाता है, नाचना पड़ता है! किसी भी नवाब-बादशाह का कुछ जोर नहीं चलता...!

कि उसी क्षण विमूर्छित जलाल के होंठ हिले, "मामू! यह क्या किया...?"

अभी तो मामू के हाथ में दुनिया के सभी तालों की चाबियाँ मौजूद थीं! पछतावे का अभिनय करते हुए कहा, "मैंने कुछ भी नहीं किया, मेरे लाड़ले! अल्लाह को जो मंजूर था, वही हुआ! हम तो सभी उसके हाथ की जिन्दा पुतलियाँ हैं!"

उन बोलों का मर्म कानों में पहुँचते ही जलाल की मूर्छा छूमन्तर हो गयी। अदेर उठ बैठा। बादशाह की आँखों में एकटक देखते कहने लगा, "नहीं मामू, अल्लाह या राम ऐसा घिनौना काम नहीं करते! आपके मन में कुटिलता हो तो मुझे कुछ नहीं कहना! अब मैं यहाँ एक घड़ी भी नहीं ठहर सकता! अपने ठिकाने जाकर वहीं कबीरी करूँगा! सिर्फ एक बात मुझे पूछनी है कि मूमना और बूबना दोनों ही आपकी पोतियों के समान हैं, फिर आपका मन क्योंकर भ्रष्ट हुआ? एक बार तो विचार करते...?"

"मैं क्या विचार करता जलाल कि दुनिया में उसकी इच्छा के बिना एक तिनका भी इधर-उधर नहीं हो सकता! रैयत के सामने बादशाह हूँ, मगर उसकी नजर में तो एक नाचीज गुलाम के अलावा कुछ भी नहीं! आखिर, उसका सोचा हुआ ही पार पड़ता है...!"

उस सफ़ाई के साथ ही जलाल की अक्ल एकदम ठिकाने आ गयी। मामू से झगड़ा करने की खतिर उसकी नस-नस फड़कने लगी। यहाँ पानी भी नहीं पीना चाहता, लेकिन यह जगह छोड़ने पर तो बूबना के दीदार ही कहाँ पड़े हैं? और न मामू उसक बगैर एक दिन भी शान्ति से रह सकते हैं! सारे दरबारियों का भयंकर षड्यन्त्र उसके आने पर ही तो मिटा था। वरना बादशाह की हड्डियाँ तक यहाँ नहीं मिलतीं! अपनी अक्ल, उत्साह और ताकत के बूते पर ही वजीर और सेनापति की चौपड़ ही उलट दी! डरपोक बादशाह किसी भी सूरत से उसे नहीं जाने देगा! अब तो यहीं जीना और यहीं मरना है। मूमना और बूबना यहाँ आकर किसके भरोसे आपदा मिटा सकेंगी? कायर की भाँति यह जगह छोड़ने पर तो दुश्मन और विरोधी तालियाँ बजा-बजाकर नाचेंगे! जबरदस्ती हँसने की चेष्टा करते हुए बोला, "मामू, आप तो अक्ल, अनुभव में मुझसे तिगुने बड़े हैं! आपकी बात हरगिज नहीं टालूँगा! अपना समझकर आपने मुझे यहाँ बुलाया तो अब दुत्कारने पर भी दूसरी ठौर जाऊँगा नहीं!"

बादशाह तो यही चाहता था। यदि वह किसी भी सूरत में यहाँ नहीं ठहरता तो उसे नारियलों की अदल-बदल करनी ही पड़ती! उसके आसरे ही यह सल्तनत

कायम रही। जब उसने स्वयं नारियल की बात नहीं छेड़ी तो वह क्यों स्वयं पहल करे...? वरना भानजे के सामने हार मानने मे कैसी फजीती! जलाल के दोनों गालों का चुम्मा लेकर मीठे स्वर में कहने लगा, "जलाल, तेरा मामू ऐसा अहसान-फरामोश नहीं है कि तेरी की हुई भलाई भूल जाये! कोई एक बार नहीं, तीन-तीन बार अपने प्राण जोखिम में डालकर मेरे प्राण बचाये! अब तो परवरदिगार की मरजी हो, उसे मैं भी कबूल करूँ, तू भी कबूल कर! वह अपने लिए क्या चाहता है, क्या नहीं चाहता, उसी पर छोड़ दें। उससे बड़ा दयानतदार दुनिया में दूसरा कौन है? उसके मेहरबान हाथों से किसी का भी बुरा नहीं हो सकता!"

मामू की बात मानने के अलावा जलाल के पास दूसरा उपाय भी क्या था? ऊपरी मन से हामी भरते बोला, "मामू! आप तो मेरे लिए अब्बाजान की ठौर हैं, आपका कहा नहीं मानूँगा तो और किसका मानूँगा! मूमना-बूबना को लेकर अपने बीच दरार पड़ जाये, ऐसा ओछा काम मुझ से हो नहीं सकता!" वह सोचने लगा कि युद्ध का मैदान छोड़ने से पार नहीं पड़ेगा! यहीं रहकर आखिरी साँस तक सामना करना है! मामू के रिश्ते जब वे भी जाल करने से नहीं चूके तो वह पीछे क्यों रहे? अब तो यही मैदान और ये ही घोड़े...!

और उधर काजी सिंध की राह घोड़े पर चढ़ा हुआ मन-ही-मन घड़ता-तोड़ता आखिर नवाब के दरबार में हाजिर हुआ। सारी तजबीज सोची-विचारी हुई थी। नवाब के पूछे बिना ही वह कहने लगा, "क्या बताऊँ, कैसे बताऊँ गरीब-परवर, रूबरू देखे हुए उत्सव को यह जीभ दरसा ही नहीं सकती! आपके दोनों नारियल पहले तो बादशाह ने सिर-आँखों पर रखे, फिर मुट्ठियाँ भर-भरकर एक हजार मोहरें न्योछवार कीं तो घड़ी भर तक रुके ही नहीं! मेरी तो अक्ल ही चकरा गयी! दोनों मामू-भानजे की काया में जवानी समा रही थी! बादशाह का ऐसा गठीला और वज्र की नाईं सधा हुआ शरीर, जवानों को भी मात करे जैसा था! मजाक-मजाक में दोनों ने पंजा लड़ाया तो मेरी आँखों को एकबारगी एतबार ही नहीं हुआ! बादशाह ने कुछ ही देर में जलाल का पंजा मोड़ दिया..!"

दोनों बेटियाँ पास ही खड़ी थीं। मूमना को भरोसा नहीं हुआ तो निशंक पूछा, "बादशाह की उम्र तो साठ से ऊपर है और जलाल ने बीस बरस ही पार नहीं किये! बूबना से बमुश्किल दो साल बड़े होंगे। उन्होंने कहीं लम्बी बीमारी तो नहीं भुगती या बादशाह के लिहाज से जोर ही नहीं किया...?"

"बीमारी की बात मैंने तो नहीं सुनी। उनका शरीर तो बबूल के तने की नाईं ठोस और मजबूत है! मामू के रिश्ते और उम्र का लिहाज रखा भी हो तो

मैं क्योंकर जान सकता हूँ...!''

नवाब ने हाँ-में-हाँ मिलाते हुए कहा, ''मेरे खयाल से जलाल ने जरूर ही अपना पंजा ढीला छोड़ दिया होगा। मूमना ने यहाँ बैठे-बैठे सही अन्दाज कर लिया...।''

अब बूबना का धीरज भी बिखरने लगा। एक कदम आगे बढ़कर काजी की आँखों में आँखें गड़ाकर कहने लगी, ''यह बात सरासर झूठ है! जलाल मियाँ इतने नादान हैं कि मामू-बादशाह से पंजा लड़ाएँ...?'' अच्छा, एक बात तो बताइये कि आप पहले अपनी हवेली गये कि सीधे दरबार में ही आये...?''

काजी का मुँह एकदम उतर गया। हकलाते बोला, ''पहले राजदरबार...नहीं-नहीं पहले हवेली...।'' इस से आगे कुछ भी बोलने की बजाय काजी थूक निगलने लगा! इस बार मूमना ने मुस्कराते पूछा, ''न्योछावर की गयीं वे हजार मोहरें आपने ही बीन-बीनकर इकट्ठी कीं या दूसरों ने भी झपटा-झपटी की?'' काजी की आँखों के सामने अँधेरा छाने लगा कि ये कोई बहनें या दूतियाँ...! बूबना क्षण भर में सारा मामला ताड़ गयी। कड़ककर आदेश किया, ''दो सैनिक काजीजी की हवेली जाकर दरियाफ्त करें कि वे हजार मोहरें कहाँ छिपा रखी हैं...?''

चोर के पाँव काफी कच्चे होते हैं। तिस पर वह तो चोर की बजाय काजी था! हवेली जाने की जरूरत ही नहीं पड़ी। थरथराती वाणी में सब कबूल कर लिया। सारा वाकया सुनने के बाद नवाब ने कहा, ''बेचारे काजी की क्या औकात कि बादशाह के गलत फैसले का विरोध करे! पहले तो ना-नुकर किया ही होगा, फिर हजार मोहरों के लोभ में फँसकर हरामखोरी कर गया। अब बादशाह से भिड़ना अपने वश की बात नहीं है...।''

''मगर खुदकुशी करना तो वश की बात है...!'' बूबना तड़ककर बीच ही में टोककर बोली, ''मैं तो जलाल मियाँ के अलावा किसी भी हम-उम्र शाहजादे से निकाह नहीं करूँगी! फिर यह बादशाह तो दादा की तरह बूढ़ा है। मेरी तो जूती भी इसकी छाया नहीं छूएगी...।''

मूमना बेहद धीरजवाली और समझदार थी। बूबना की बात का विरोध करते हुए कहने लगी, ''खुदकुशी करो या इनकार, बादशाह का गुस्सा और हेकड़ी सब जानते हैं! चढ़ाई किये बिना मानेगा नहीं। बादशाह ने चाल चली है तो हमें वैसा ही दाँव चलना है! मेरी समझ और प्यार पर भरोसा हो तो बादशाह ने जो भी नारियल कबूल किया हो, हमें राजी-खुशी मंजूर करना है...!''

नवाब को तो बड़ी बेटी मूमना का पूरा यकीन था और उधर बूबना भी अपने आप से लड़-झगड़कर खामोश हो गयी थी! उसे तो खुद अपनी भावुकता पर विश्वास नहीं था। मूमना के प्रति उसके आदर का अन्त नहीं था। उसके हाथ

से किसी का भी बुरा नहीं हो सकता। उसने तो फकत नवाब के किले में जन्म ही लिया, मगर निहायत गरीबी का जीवन बिताती है—खाने-पीने और पहनावे में लेशमात्र भी अमीरी की बू नहीं। सादी दाल-रोटी, सादे कपड़े और सादे ही बिछौने! मगर बेहद साफ-सुथरे! अपने हाथों से धोये और सुखाये। माँस-अंडे खाने की बात तो दरकिनार, देखते ही उबकाई आये! कुरान के साथ-साथ गीता का पाठ भी करती है! मशहूर सूफी सन्तों के पद और कविताएँ कंठस्थ! मीरा, कबीर, शाह लतीफ और बुल्लेशाह को श्रेष्ठ कवि मानती है। किसी की आँख में डाली हुई भी नहीं खटकती! बाहर का रूप तो लावण्य से सराबोर है ही, किन्तु भीतर के सौन्दर्य का तो कुछ ओर-छोर ही नहीं है! बूबना ने विनम्र भाव से कहा, "अपनी प्यारी आपा से मौके-बेमौके झगड़ूँ भले ही, मगर दिल-ही-दिल में उनकी बड़ी इज्जत करती हूँ। नमन करती हूँ। वै ज्यों हाँकेंगी, उसी पगडंडी पर उतने ही कदम भरूँगी!"

अब्बाजान के दिल में ऐसी तुष्टि और शान्ति हुई कि भ्रष्ट काजी की औंधी बात भी सही हो गयी, फकत मूमना के वजूद की वजह से। सौ शाहजादे भी इसकी होड़ नहीं कर सकते! उन्हें सिन्ध की नवाबी से अधिक दोनों बेटियों पर गुमान था! बेहद खुश होकर उन्होंने बेटियों के ललाट और गालों पर बारी-बारी से चुम्मे जड़े! फिर बेटियाँ क्यों पीछे रहतीं। खिचड़ीनुमा स्याह-सफेद डाढ़ी पर हलके-हलके बोसे चस्पाँ कर दिये, जैसे दिल्ली की सल्तनत हाथ आ गयी हो...!

काजी के गलीज और भ्रष्ट आचरण को मन की इच्छा के विरुद्ध उसकी लाचारी मानकर, उसे माफ करने के अलावा दूसरा कोई उपाय नहीं था। जिसने जाल गूँथकर कुलालची की नाईं मन मीठा कर लिया, आखिर उसके हाथों से ही सावा भेजना पड़ा! बादशाह के लिए मोतियों का अमूल्य हार और जलाल के लिए सोने की सतलड़ी चेन। इक्कीस तोलों की। किसी तरह नवाब पर बादशाह की मेहर-मया हो जाये तो हमेशा के लिए चिन्ता मिटे। मन को राहत मिले। कुछ-न-कुछ फायदा उठाने का शानदार मौका मिलेगा। बूबना के रूप एवं यौवन के सामने चाँद भी फीका नजर आता है! खुली आँखों से सपना देखने के निमित्त नवाब के लिए इस से पहले कभी मौका ही नहीं मिला था...!

और उधर थटाभखर की राह चलते स्वयं काजी के लिए भी वह पहला ही मौका था। एक गाँव के ठाकुर का रुतबा भी काजी से अधिक होता था। फिर इक्कीस गाँवों की ठकुराई के लिए तो पूछना ही क्या था! अमीर-उमरावों के साथ बैठना और उसी तरह रुआब से खखारना! उसी क्षण खुदा जाने काजी के क्या जची कि मन से परे ही जोर से खखार किया। ठकुराई के सपने देखते-देखते अजाने ही लगाम को झटके लगते रहे। घोड़े की लयबद्ध टापों का नशा ही अलग

था! नवाब और बादशाह के नाम की दुहाई देते, उनका गुणगान करते-करते राह के बीच दो रात रुकते-रुकते, मनुहारें झेलते-झेलते तीसरे दिन गोधूलि की वेला थटाभखर के दरबार में पहुँचा तो बादशाह की खुशी का ओर-छोर नहीं रहा! वह भी खुली आँखों से बूबना के रूप-जोबन के सपने देख रहा था! मुँदी हुई पलकों से मन-वांछित सपने आएँ, न आएँ, क्या पता! एक बार तो गहरी नींद में कब्र के भीतर दफ्न होते-होते, अकस्मात् उसकी पलकें उघड़ गयीं, वरना मरने में कोई कमी नहीं थी। फिर तो उसे नींद लेने में भी डर लगने लगा। भोजन के बिना चल सकता था, मगर नींद के बिना नहीं चल सकता। मामूली जगने पर भी उसे सर-दर्द होने लगता था। इसीलिए सोने से पहले वह अध-घड़ी ज्यादा तसबीह जपने लगा। सचमुच खुदा की ऐसी मेहर हुई कि वैसा बुरा सपना फिर कभी नहीं आया।

लग्न लेकर काजी के बहाने कहीं स्वयं खुदा तो नहीं आ गया! बादशाह की खुशी के मारे हवा दरकने-सी लगी! चेहरा पहचानते ही बादशाह आश्वस्त हो गया कि आया तो काजी ही है। अकेला खुदा कहाँ-कहाँ सहारा लगाये! वह तो किसी आदमी का रूप धरकर हो प्रकट होता है! बादशाह के हिसाब से इस बार खुदा काजी की खोल में दिखलाई दिया! खुदा की इतनी ही मेहरबानी काफी है! जब काजी ने अतिशय विनम्रता के साथ बादशाह की खातिर, अमूल्य हार व जलाल के लिए सतलड़ी चेन हाथ बढ़ाकर हाजिर की तो बादशाह के सीने में सानन्द-उछाह की लहरें समा नहीं रही थीं। जलाल के कलेजे में लपट उठी। फिर भी उसने खुद पर जबरदस्त नियन्त्रण रखा। होंठों तक आते-आते कलेजे की आँच मुस्कान में बदल गयी! जिसकी झलक मात्र से बादशाह की खुशी में बाढ़-सी आ गयी! भानजे की पीठ थपथपाते हुए कहा, ''जलाल, अब एक पल की भी ढील नहीं करनी है। तू कल ही तीस हाथी और सत्तर घोड़े लेकर ठाट से रवाना हो जा! दरबार में फिलहाल मेरी मौजूदगी बहुत जरूरी है, वरना मैं खुद तेरे साथ चलता। मेरी तलवार के साथ बूबना का निकाह और बड़ी मूमना का तेरे साथ। मूमना बहुत समझदार है। मरजी हो जितना धन लेजा। तबीअत से खर्च करना। थटाभखर के बादशाह की शान के योग्य!''

जलाल किसी दूसरी ही ऊहापोह में फँसा हुआ था! उसे पूरा ध्यान ही नहीं था कि मामू के बोल कब सम्पूर्ण हुए। बादशाह ने सब जानते-बूझते अनजान बनकर पूछा, ''कुछ जवाब नहीं दिया...?''

''जवाब क्या देना है, मामू! आपके आदेश का निश्चित पालन होगा। आपकी मंशा के अलावा कुछ भी नहीं होगा। ऊपर खुदा का हुक्म, नीचे आपका हुक्म! मैं तो इन दो बातों के अलावा तीसरी बात जानना ही नहीं चाहता!''

बादशाह का मोद-गुमान आसमान को छूने लगा। भानजे को गले लगाकर तीन बार थुथकी डाली। फिर जाने क्या सोचकर अपने गले का बेशकीमती हार जलाल को धैर्य के साथ पहनाकर कहा, "निकाह के लिए ससुराल जाते समय कुछ भी कमी नहीं रखनी चाहिए। नामी पेच, उम्दा लिबास, हीरे-मोतियों का सिंगार! सोने के कसीदे की मोजड़ियाँ। इत्र-फुलेल की ऐसी बढ़िया खुशबू कि सौ कदम दूर से भी छिपी न रहे!" तत्पश्चात् खजांची के सामने देखकर हिदायत दी, "मेरा लाड़ला जलाल संकोच काफी रखता है। वह माँगे उस से तिगुना धन इसे सौंप देना! सिंध के नवाब को साफ पता चलना चाहिए कि बादशाह और नवाब में कितना फर्क होता है?" इतनी हिदायत देकर बादशाह खुली आँखों के ख्वाब में तैरने लगा! और उधर जलाल को अपने-आप से ही छिपाने की ऐसी तरकीब आयी कि विधात्री को भी उसका सुराग क्या लग जाये! बादशाह की नाईं उसे खुलकर उफनना सपने में भी नहीं पोसाता!

दूसरे दिन बादशाह के तकाजे से अल्ल-सवेरे ही तीस हाथियों पर सोने की अम्बाड़ियाँ सज गयीं। सत्तर घोड़ों पर सुरंगी काठियाँ। चाँदी की रकाबें। तिहरी गुँथी हुई सुहानी लगामें। एक-से-एक आला नस्ली घोड़े। सौ ही जलाल के साथी-सयाने। बीस या पच्चीस बरस की आयु के। जब गाजों-बाजों के धूम-धड़ाके सिन्ध के रास्ते पर हुजूम रवाना हुआ तो जैसे फरिश्ते की बारात चढ़ी हो! किसी के याद करते ही मंजिल की पहचान नहीं होती और मंजिल के बिना रास्ते की जानकारी नहीं होती!

चौथे दिन जब दो घड़ी दिन चढ़ने पर बादशाह की बारात सिन्ध के दरबार में पहुँची तो बारातियों सहित हाथी एवं घोड़ों के गलों में फकत गुलाब-चम्पा की मालाएँ पहिनाने के बाद ऐसी धमचक मची कि आज से पहले न तो किसी ने सुनी, न किसी ने देखी! नवाब के दिल में अथाह आनन्द की हिलोरें परस्पर घूमर लेने लगीं तो उसका रोम-रोम पुलक उठा। हर्ष-उछाह के लहजे में विनम्रता-पूर्वक कहने लगा, "बादशाह हुजूर के बाराती निकाह से दो घड़ी पहले पधारे। आराम से नहाने की खातिर खूब समय है। तब तक आप सबकी आज्ञा हो तो मैं और मेरे दरबारी निकाह की तैयारियाँ करें...।"

जलाल ने दाहिने हाथ के इशारे से अपनी रजामन्दी दरसा दी।

मूमना के समझाने से सभी मान गये तो निकाह की वेला कतई धूमधाम नहीं हुई। ऐसी सादी निकाह कि किसी गरीब को भी उधार लिए बिना जोर न पड़े! जलाल के बिसुरते दिल ने लगभग ऐसी ही बात सोची थी। उसके दुखी मन को स्वतः चैन मिल गया। मूमना के गम्भीर स्वभाव की ऐसी तासीर तो नहीं

सोची थी। सिमटी हुई कली की नाईं जलाल का हीया खिल गया। एकदम दूर रहे, जैसी तो नहीं लगती। बूबना के बदले अकस्मात् गले पड़ी इस बला को जस-तस मंजूर करना ही पड़ा। आखिर है तो बूबना की बड़ी बहन ही। उसके जूठे स्तन चूँघने पर ही बूबना ने अपना आपा सँभाला। बूबना की पालतू गिलहरी भी उसके लिए आदर योग्य है। बड़े अचरज की बात कि मूमना ने उसके मन का छिपा भेद क्योंकर जान लिया? धूमधाम से निकाह करने की बात के लिए साफ मना कर देता। जब उसका दिल ही बुरी तरह बुझा हुआ है तब खुशियों का धूम-धड़क्का उसे पीठ पर कोड़ों की मार जैसा महसूस होता। तब वह क्योंकर अपने पर अंकुश रख सकता था? अन्ततः मामला कहाँ जाकर छूटता, जिसकी उसे हरगिज जानकारी नहीं होती। यह देखकर तो मूमना की समझ को मानना ही पड़ेगा! सुना कि वह बूबना को बेइन्तहा प्यार करती है। उसे अपने प्राणों से बढ़कर मानती है!

बूबना तो बादशाह का खाँड़ा लेकर अपने सुनहरे महल में छिप गयी। और मूमना अपनी सादी मैड़ी में। जलाल ने तरकीब तो खूब ही भिड़ायी, लेकिन मुस्तैद पहरेदारों ने बूबना के महल की तरफ मुँह ही नहीं करने दिया। इकमन्त्री दोनों बहनों ने परस्पर यही तय किया कि आगे जो कुछ भी करना-धरना है, सब मूमना ही करेगी। बूबना को किसी भी तरह की पंचायती के लिए सोचने की भी जरूरत नहीं। और बूबना को अपनी आपा पर हजार टका भरोसा था कि वह अपने हाथ से अपना बुरा भले ही कर ले, बूबना का सपने में भी नहीं करेगी!

जलाल का कुछ भी वश नहीं चला तो वह मुँह लटकाये अपनी तमन्ना के विरुद्ध मूमना की मैड़ी में आया। एकदम मामूली मैड़ी। निहायत सादी सजावट। साधारण बर्तन-बासन। दोनों बहनों का परस्पर अटूट भरोसा। मैड़ी में छाये असह्य मौन से वह विचलित हो उठा। उसे बोलने की खातिर मजबूर होना ही पड़ा, "मेरी मंशा के मुताबिक सादा...एकदम सादा निकाह के लिए तुम्हारा अहसान मानता हूँ। यदि मेरे प्यार की परी बूबना से मेरा ब्याह होता तो ऐसा धूम-धड़क्का मचवाता कि सभी दरबारी अपनी सुध-बुध बिसर जाते। बरसों तक याद करते कि थटाभखर के बादशाह की अनोखी बारात आयी थी! निछरावलों की मोहरों से गरीब-दुखियारों के आनन्द-उछाह का पार नहीं रहता! लेकिन... ।"

"मुझ से निकाह होने पर आप के दिल की सारी कलियाँ जल गयीं! जिस से आपके दमकते चेहरे की आब बुझ गयी। उजाले की जगह आपके अन्तस् में काला-बहरा अँधेरा छा गया। मगर दुनिया के सभी मर्दों से अकेली बूबना का ब्याह तो होने से रहा! जब निकाह के नगारे, मैं आपके हिस्से में आ गयी तो

शिष्टाचार के नाते उसकी मर्यादा तो रखनी ही पड़ेगी। आपके मामू बादशाह के खाँड़े से बूबना का निकाह हुआ, इस रिश्ते से बूबना आपकी मामी हुई। इसकी इज्जत-आबरू आप नहीं रखेंगे तो और कौन रखेगा? बादशाह के खास दरबारी—दीवान, सेनापति और खजांची भीतर-ही-भीतर जाल गूँथे रहे हैं। रैयत को सताते हैं। अपनी तिजोरियाँ भरते हैं। जब आपके इस तमाशे का उन्हें पता चलेगा तो उनकी मनचीती होगी। मौत से भले ही चूक हो जाये, लेकिन चुगलखोर से चूक नहीं होती! बादशाह का गुस्सा भड़कने पर आपकी जान को कदम-कदम पर जोखिम है...!''

''होने दो...बूबना से प्यार न होने पर, मेरे जीने का कुछ मतलब ही नहीं रह जाता! मरने पर आहें तो नहीं भरनी होंगी...!''

होंठों तक उछली मुस्कराहट को जबरदस्ती निगलकर मूमना ने पूछा, ''फिर मुझ से निकाह का मायना क्या था? मैं भी औरत की जात हूँ, तुम्हारी बीवी हूँ और मेरे ही सामने छोटी बहन बूबना से प्यार करने की बात करते, आपको तनिक हिचक भी नहीं होती? अपने ही दुख और वियोग के आगे मेरे दुख-दरद का आपको कुछ खयाल ही नहीं? मुझे क्या काठ की पुतली समझ रखा है...?''

जलाल ने आज दिन तक ऐसे खरे और सच्चे बोल सुने नहीं थे। झेंपते हुए माफी माँगने के लहजे से बोला, ''बादशाह की जालसाजी और उनकी गन्दी हरकतों की वजह से मेरे लिए कोई दूसरा चारा ही नहीं था। एक खास बात और भी है कि तुम्हारे सामने गोल-मोल बात करने की इच्छा नहीं हुई। मेरी सब हेकड़ी और हिम्मत मानो पैंदे ही बैठ गयी! दिल की इस निजोरी प्रीत के सामने किसी का कुछ भी जोर नहीं चलता! वाकई मैं तुम्हारा कसूरवार हूँ जो भी सजा दोगी, उसे राजी-खुशी मंजूर करूँगा। इतने बरस मैं अन्धा और बहरा बना हुआ था। जवानी की ऐसी ही तासीर होती है...!''

इस बार मूमना से हँसी की बौछार रुकी नहीं। जोर से हँसी, जैसे हँसी की हिलोर आयी हो। हँसते-हँसते कहने लगी, ''वैसी जर्जर बुढ़िया तो मैं भी नहीं हूँ! बूबना से पौने दो बरस ही बड़ी हूँ। मेरे जोबन की तासीर खाविन्द के अलावा किसे बताऊँ? क्या आपकी तरह मैं भी अन्धी और बहरी बन जाऊँ तो आपको कुछ भी एतराज नहीं होगा...?''

जलाल के फटते जोबन को आज पहली बार हकलाना पड़ा, ''एतराज...तो होगा ही...क्यूँ नहीं होगा? एतराज के साथ ही नाक-कान काटे बिना चैन ही नहीं पड़ेगा! फिर कटार की सार्थकता ही क्या है...?''

मूमना की हँसी के झरने की खिल-खिल ध्वनि सुनते ही जलाल को बीच ही में रुकना पड़ा। हँसी के साथ मूमना के बोल भी जारी थे, ''किस कटार की

सार्थकता...मर्द के हाथ की कटार या औरत के हाथ की कटार? मर्द के चेहरे पर भी नाक-कान तो होते ही हैं! काटने के कर्तव्य में कटार पक्षपात तो रखती नहीं है? मगर औरत के निर्बल हाथ जरूर पक्षपात रखते हैं। मर्द का क्या...राह चलते ही बाड़ में पेशाब कर देता है। मगर औरत को ऐसी छूट कहाँ? इसीलिए नाक-कान कटने के डर से उसके रूप-जोबन की तासीर बर्फ की नाईं ठंडी पड़ जाती है!''

जलाल घुड़सवारी में अव्वल था, अस्त्र-शस्त्र के मसले में कुशल था। पाँच-सात योद्धाओं को तो पास ही नहीं फटकने देता था। राजनीति के दाँव-पेचों में जबरदस्त प्रवीण था। महज उसी की वजह से बादशाह का सिंहासान खिसकते-खिसकते तीन बार बचा। पुराने शास्त्रों का ज्ञान भी बेशुमार था। कुरान और गीता उसकी दानों आँखें थीं। डर या कमजोरी का तो नाम ही नहीं जानता था। मगर अभी मूमना की निराली बातें सुनकर उसका माथा ही चकरा गया। आँखों के सामने अँधेरा-सा छाने लगा! उदास लहजे से अटकते-अटकते बड़ी मुश्किल से बोल पाया, ''मैं समझूँगा कि मेरे साथ तुम्हारा ब्याह ही नहीं हुआ। मेरी तरफ से तुम्हें पूरी छूट है कि अपनी जवानी को जिस तरह बरतना चाहो, बरतो, मुझे कुछ भी एतराज नहीं है...!''

मूमना ने गम्भीर स्वर में हाथोंहाथ जवाब दिया, ''आपको एतराज नहीं, मुझे एतराज है। दी हुई छूट का फायदा उठानेवाली निकम्मी बन्दी मैं भी नहीं हूँ! आप भूल सकते हैं, मगर मैं नहीं भूल सकती कि आपके साथ मेरा निकाह हुआ है। पायली मूँगों से भी ब्याह होता और पायली मोतियों से भी! आप खुले हैं, लेकिन मैं बँधी हूँ! और यही मेरी सच्ची आजादी है! बादशाह की जालसाजी और उसकी कामुकता के सामने आपको कुछ भी दूसरा उपाय नहीं सूझता, मैं बताऊँगी! बूबना की अटूट प्रीत तो उसकी है, लेकिन उसकी जलन मेरी है! दो अलग-अलग शरीर भले ही हों, हमारे प्राण एक हैं! उसके सुख को ही मैं अपना सुख-सन्तोष मानती हूँ। वह आपके वियोग में छटपटा रही होगी। इतनी देर तक आपकी परख करने की नीयत से मैंने किस तरह बूबना की जलन सही, वह मैं ही जानती हूँ...!'' ये अन्तिम बोल सुनाकर उसने नगारे पर डंका दिया कि दूसरे ही क्षण नेतराँ खवासन हाजिर हुई। वह बूबना की खास भरोसेमन्द बाँदी थी। बाहर खड़ी अब तक बहुत मुश्किल से वह धीरज रख पायी होगी। बूबना का तेज स्वभाव वह भली-भाँति जानती थी। एक बार पाठ पढ़ा दिया तो निश्चिन्त! सपने में भी ढील या चूक नहीं होती थी। जलाल की ओर देखकर कहा, ''अब तक देर हुई सो काफी है! अब एक-एक क्षण अमूल्य साबित होगा, चलिए मेरे साथ...!''

लेकिन जलाल धर्म-संकट में फँस गया। मूमना की अनोखी बातें सुनकर उसका अन्तस् बहुत-कुछ बदल गया। मूमना की ओर देखते हुए कहने लगा, ''आपकी अमृत-वाणी ने मुझ पर जादू ही कर दिया कि कैसे भी धुरन्धर आलिम के समझाने पर भी नहीं समझता सो एक घड़ी में समझ गया! ऐसा कमीना नहीं हूँ कि अपनी ब्याहता को छोड़कर कहीं दूसरी ठौर मुँह मारता फिरूँ! और ब्याहता भी लाखों में एक! जिसका बाहरी रूप तो खूबसूरत है ही, लेकिन भीतर का स्वरूप भी बेहद लुभानेवाला है, जिसे देखकर शेर भी पूँछ हिलाने लगें! फिर मैं तो मनुष्य हूँ, मेरी औकात ही क्या? अब तो जन्नत की हूरें भी पाँवों में आ पड़ें तो मेरा मन विचलित नहीं हो सकता...!''

जलाल के वे बड़बोल नेतराँ के हिये में झरे नहीं। मुँह बनाकर बोली, ''जन्नत की हूरें बेचारी जिएँ कि मरें! बूबना का रूप-जोबन देखते ही भ्रमित हो जाओगे! आँखों के साथ अक्ल भी चकरा जाएगी।'' फिर मूमना की ओर मुड़कर कहने लगी, ''आप फरमाएँ तो बूबना को यहीं बुला लाऊँ।'' मूमना कुछ कहे उसके पहले ही जलाल को सम्बोधित करके नेतराँ कहने लगी, ''आँखें पर तिहरी पट्टी बाँध लें तो अच्छा रहेगा, वरना बेहोश होकर नीचे गिर पड़ेंगे...!''

जलाल बीच में बोल पड़ा, ''उसका चित्र भी कम लुभावना नहीं है! हर किसी के मुँह से उसकी सुन्दरता का बखान भी खूब सुना। मगर अभी-अभी मूमना के अमृत-बोल सुनने पर मेरी तो मति ही बदल गयी, वरना बेहोश होने में कोई कसर नहीं रहती! मेरा मिजाज भी कुछ इसी तरह का ही है। लेकिन अब समझ में आया कि औरत की सही पहचान उसके अन्तस् की आभा है और वही उसका गुण है! मनुष्य की समझ बदलने पर उसकी रुचि भी बदल जाती है...!''

मूमना के कहने पर नेतराँ खवासन बूबना को बुलाने की खातिर रवाना हो गयी। बूबना के चेहरे की झलक मिलते ही जलाल को उसी क्षण पता चल गया कि वह भीतर-ही-भीतर दुखी भले ही हो लेकिन बाहर उदासी का कोई लक्षण नजर नहीं आया। नेतराँ के कहते ही राजी-खुशी रवाना हो गयी। बादशाह का खाँड़ा एक पल के लिए भी अलग नहीं रखा। हीरों जड़ी मूठ को पकड़े हुए वह मूमना की मैड़ी में आयी। उसके लिए तो बूबना की देहयष्टि का एक रोम भी छिपा हुआ नहीं था। उसकी आँखें के सामने तिल-तिल बड़ी हुई, मानो वह उसी की अपनी काया हो! जलाल अपने वश रहते खूब मजबूत रहा, मगर उस बेजोड़ रूप की झाँकी मिलते ही उस पर नशा-सा तारी होने लगा! शराब के नशे से भी ज्यादा उन्मत्त! आँखों के भीतर धीरे-धीरे ऊँघ-सी छाने लगी! पूनम के चाँद की अनन्त चाँदनी कैसे भी सुन्दर चित्र में नहीं समा सकती, तब बूबना के प्रत्यक्ष स्वरूप को कैसी भी तस्वीर क्योंकर समाहित कर सकेगी? उसके रूप की

अतुलनीय दीप्ति वह एक क्षण से अधिक झेल नहीं सका। विक्षिप्त होने में कुछ भी कसर बाकी नहीं रही। यदि ज्यादा देर निहारने का हौसला जुटा पाता तो निश्चित रूप से पागल हो जाता। उसकी चेतना में धीरे-धीरे मूर्छा छाने लगी। यदि मूमना दोनों बाँहें पसार उसे नहीं थामती तो आँगन पर गिर ही पड़ता। बूबना धप्प-से नीचे बैठ गयी। बूबना तो भीतर-ही-भीतर दहल उठी, मगर अपनी ठौर से एक अंगुल भी आगे नहीं बढ़ी। मूमना जैसी आपा किसके भाग्य में लिखी होती है? कितना भी बड़ा राज्य या साम्राज्य उसके नाखून की होड़ नहीं कर सकता! उसके पास रहने पर कुछ भी करना-धरना उसे शोभा नहीं देता। बादशाह के बेशकीमती खाँड़े से निकाह किया तो क्या हुआ! उसने तो तन-मन से जलाल को ही वरण किया है। जालसाजी तो जालसाजी ही है। भले ही चाकर करे या बादशाह करे! उनके जुर्म की सजा वह क्यों भुगते...?

सहसा अर्द्ध विमूर्छित जलाल के होंठ हरकत में आये। अगले ही क्षण वह प्रलाप करने लगा, "मामू, बूबना तो आपकी पोती के समान है, फिर क्या सोचकर उसके साथ निकाह करने का लालच किया? उसका कीमा करके भले ही पकाओ, मगर सुहागरात की चौपड़ में आप लगातार मात खाएँगे! एक क्षण भर का सहवास भी आपके लिए मुश्किल है, फिर उसके रूप-जोबन की खातिर लार टपकाने से क्या गरज पूरी होगी? न आपकी, न खाँड़े की और न बूबना की! इसकी एवज में तो उसे बाँधकर जला देते तो अच्छा था! रोज-रोज जलने की बजाय एक बार जलना बेहतर था! मामू, मेरे साथ आपने किस जन्म का बदला लिया...? नहीं चाहिए मुझे आपकी सल्तनत! इस से तो भिखारी का कटोरा बहुत ठीक था...!"

जलाल को आधी-अधूरी चेतना अवश्य थी। वह मामू के बहाने दोनों बहनों को अपने दिल का गहरा दरद बताना चाहता था, सो स्वतः ही उसकी मंशा पूरी हो गयी। लेकिन मामू की नाईं वह किसी के साथ भी छल-कपट नहीं करना चाहता था! मूमना उसकी बीवी है तो बूबना उसकी प्रेमिका! दोनों आँखों के समान एक-दूसरी से बढ़कर। मूमना ने छुटकी की झाँकी तो साम्प्रत बतायी। उसके साथ जाल गूँथना तो जैसे अपने साथ जाल गूँथना होगा! दोनों पाँव, दोनों हाथ, दोनों कान और दोनों आँखों में कौन बेशी और कौन कम? बूबना का बाहरी रूप लाजवाब तो मूमना की भीतरी छवि बेजोड़, जिसकी आभा बाहर भी प्रकट होती है! अब कौन-सी आँख फोड़े और कौन-सी रखे? कौन-सा हाथ काटे और कौन-सा बचाये...?

आखिर आधी-अधूरी चेतना से छटपटाकर उसने पलकें उघाड़ीं। बूबना की मौजूदगी में वह मूमना की गोद में बेहिचक सो रहा था। मूमना की नजर जलाल की आँखों में अटकी थी। उसकी ओर पुतलियाँ घुमाकर बोला, "मूमना, तू हम तीनों के मन का सच्चा भेद खुदा से भी ज्यादा जानती है! तेरी बात सपने में

भी नहीं टालूँगा। मामू की ताकत और उसके कमीनेपन का उपाय तेरे अलावा कोई भी नहीं सोच सकता...।''

जलाल पूरे धीरज के साथ खड़ा हुआ। बूबना की सूरत में आँखें गड़ाकर निरखने लगा तो ऐसा महसूस हुआ कि इस रूप-जोबन को तो वह युग-युग से पहचानता है, उसकी नस-नस से वाकिफ है! उसके साथ अटूट रिश्ता है! फकत उसी की खातिर बूबना बार-बार जन्म लेती है! फिर भी उसने अपने दिल का गहरा भेद दोनों के सामने बिछा दिया, राई-रत्ती भी मन-सुहाती बात नहीं की। बूबना की बात का प्रतिवाद करते कहा, ''मर्यादा समझूँगा फिर कब, मैं तो पहले ही पूरा समझ चुका हूँ कि परवरदिगार की बात मानूँ, न मानूँ, मगर मूमना का कहा सपने में भी नहीं टालूँगा!''

मूमना कुछ देर के लिए पसोपेश में पड़ गयी। फिर आपा सँभालकर सहज भाव से बोली, ''काजी और बादशाह की साँठ-गाँठ का पता चलते ही मैंने तो उपाय सोच लिया था कि ऐसे ढुलमुल बादशाह से सल्तनत की बागडोर सँभाली नहीं जाएगी, हमें ही सारी व्यवस्था सँभालनी है। लेकिन दरबार के पुराने मगरमच्छ हरगिज खामोश नहीं रहेंगे। उनकी कमाई के ठोकर लगने पर वे बादशाह के कान भरेंगे! और बादशाह कानों का एकदम कच्चा है। उनकी चेहती बेगमों के दिलों में भी आग भड़क उठेगी! उनकी सिखायी हुई दूतियाँ आठों-पहर जलाल-बूबना की जासूसी करेंगी। हमें पूरी सावचेती बरतनी है। जहाँ तक बन पड़े बादशाह को भनक तक नहीं पड़नी चाहिए। बिल्ली से भले ही चूक हो जाये, मगर चुगलखोरों से चूक नहीं होती! छोटी-बड़ी कई अड़चनें आएँगी। सब्र के साथ पूरी चौकसी रखनी है। यहाँ भी अधिक रुकने में काफी खतरा है। अगर बादशाह के कमजोर हाथों से बैरियों ने लगाम छीन ली तो हम टुकुर-टुकुर देखते रह जाएँगे। फिर तो अपनी जान बचाना भी मुश्किल हो जाएगा। बाल-बाल होशियारी रखनी है। मेरे वश चलते तुम दोनों की पूरी हिफाजत रखूँगी...!''

''मगर मुझे तो सल्तनत की बिल्कुल ही चाह नहीं है। भले ही कुत्तों के पास जाये कि भेड़ियों के पास! हम तीनों के प्यार की क्या बिसात? जैसे बब्बर शेर के सामने खरगोश...!''

अधीर बूबना ने बीच में प्रतिवाद किया, ''खरगोश की अक्ल के सामने जंगल का राजा दहाड़ते-दहाड़ते कुएँ में गिरा ही था! ठेठ बचपन में तूने ही यह बात मुझे सुनायी, भूल गयी क्या...?''

मूमना ने मुस्कुराते हुए जवाब दिया, ''ये बेशकीमती बातें भुलाने जैसी हैं क्या? मगर बातें—बातों की जगह अच्छी लगती हैं। हकूमत अपनी जगह जूँझती है। जो जीतेगा वही सल्तनत का मालिक होगा और हारनेवाला बागी! तोप-तलवारों

का न्योता। इतने बरस नादानी से पार पड़ गया। अब कई गहरी बातों पर विचार करना पड़ेगा। जब तक बादशाह का तकाजा न आाये, तुम दानों मेरी ओट में मनचाही मौज करलो! मैं तो निकाह के बाद भी हमेशा कुँआरी रहूँगी। यही मेरा पुख्ता इरादा है। तुम दोनों के सुख में ही मेरा सुख है। मेरे परदे के भीतर तुम्हें मामूली तकलीफ भी क्या हो जाये! अब एक पल की भी देर मत करो। नेतराँ खवासन एकदम भरोसेमन्द है। वही अपने साथ चलेगी। इसके सिवा किसी भी बाँदी पर एतबार न करना। जीवन के ये अमूल्य क्षण हैं, भोगें सो अपने! यहाँ और वहाँ दोनों ठौर सारी बातें सँभाल लूँगी...।''

लेकिन दोनों ही इस तरह तटस्थ रहे, जैसे मूमना की हिदायत का एक अक्षर भी नहीं सुना हो। तीनों ही बारी-बारी से एक-दूसरे का मुँह निहारते रहे। अचानक बूबना, मूमना के गले से झूलती कहने लगी, ''मेरी बेहद अक्लवान आपा, ऐसा भयंकर अन्याय तो कोई निर्मम राजा भी न करे! जलाल पहले आपका है, फिर मेरा। उसने आप से निकाह किया है। क्यूँ, जलाल-मियाँ, आपको कोई दूसरी बात तो नहीं कहनी है...?''

''मुँह माँगा हुआ है सो दूसरी बात कहूँगा। तूने जो भी कहा, वह अमिट है। उस से टले सो दोगला! मगर बूबना, तुझ से ऐसी उम्मीद नहीं थी। मूमना की बात तो दरकिनार, मैं तेरी बात भी नहीं टाल सकता...।''

''और कभी टालना भी मत। फिर मुझ जैसी बुरी, मैं ही हूँ! अब अपने ठिकाने चलती हूँ। तुम जानो और तुम्हारा काम जाने। बेइन्तहा मेरी प्यारी आपा को कभी भूल-चूक से भी तकलीफ दी तो मेरी छाया से भी आप भेंट नहीं कर सकेंगे...।'' साफ खुलासा करके वह तेज-तेज कदमों से अपने स्वर्णिम निवास की ओर रवाना हो गयी। फिर वापस उतनी ही तेजी से मुड़ी और दौड़ती-दौड़ती मूमना के गले झूलती कहने लगी, ''जलाल आपका खाविन्द है, पहली सुहागरात आपके साथ, फिर आपकी जूठन खाऊँ तो नाराज मत होना! अगर जलाल अछूता आ गया तो न यहाँ अपनी देहरी चढ़ने दूँगी और न वहाँ। आप से आग्रह तो क्या करूँ, फकत अरदास कर सकती हूँ, बेकार मत जाने दीजिएगा। सुहागरात का एक-एक लम्हा अमूल्य होता है! आपके ही मन्त्र आपको क्या याद दिलाऊँ!''

बूबना की तरफ जलाल ने एक बार भी नहीं देखा। उसके ओझल होते ही मूमना के पास आकर बोला, ''यहाँ की हवा और तुम्हारे अनोखे स्वभाव का मुझ पर ऐसा जादू हुआ कि उसे बयान करने के लायक मेरे पास शब्द नहीं हैं! एक ही काया में मुझे दूसरा जन्म मिला! पारस पत्थर के छूने से लोहा बनने का करिश्मा तो बचपन से सुनता आ रहा हूँ, लेकिन आँखों से रूबरू देखा नहीं। मगर किसी की संगति से कौआ, हंस क्योंकार बन जाता है, मेरे साथ हूबहू यही

बीती है! तुम्हें कभी एतबार नहीं होगा कि यहाँ आने से पहले मैं कैसा बर्बर था! मुझे भी मुश्किल से विश्वास हुआ। पति के अधिकार से मैं तुम पर कभी आधिपत्य नहीं जमाऊँगा। जैसी तुम्हारी इच्छा होगी, उतने ही कदम भरूँगा। बादशाह जीती हुई बाजी नहीं बिखेरता तो बूबना मेरी ही थी। मगर पासा उलटने से तुम्हारे साथ मेरा रिश्ता हमेशा के लिए जुड़ गया! मगर मन की सच्ची बात यह है कि न तुम्हारे बिना जिन्दा रह सकता हूँ और न बूबना के बिना। तुम दोनों मिलकर एक पूर्ण औरत की गर्ज सारती हो! मैं तुम दोनों का अहसानमन्द हूँ। तुमने जो उपाय सोचा, एक बार सुनने पर भी हमेशा उसकी पाबन्दी रखूँगा...।''

जलाल एक अबोध बच्चे की नाईं मूमना के सामने ताकता रहा, जैसे उसकी कामना अदेर पूरी होगी!

मूमना का आपा भी डगमगाने लगा। भरपूर उम्र होने के बाद पहली बार एक सम्पूर्ण युवक उसके रूप-जोबन की इच्छा कर रहा है। परस्पर एक-दूसरे को सौंपने के अलावा दूसरा कोई उपाय नहीं था। मगर वह अथाह संयम की मालकिन थी! क्योंकर चटोरापन दरसाये? नीचे गरदन करके धीमे से बोली, ''इतने बरस मैंने कुँआरी रहनेका ही इरादा किया था। प्रीत के मामले में निपट एकांगी हूँ। और मर्द की जात ही ऐसी है कि वह इधर-उधर मुँह मारे बिना नहीं रह सकता! मैं अपने प्यार में किसी को साझेदार सपने में भी नहीं रखना चाहती! मर्द को मौका मिले तो अपनी छाया से भी नहीं चूके! अनगिनत बेगमों और बाँदियों के नवाब का नमूना आँखों के सामने ही था। अब्बा का ठिकाना छोड़कर कहीं दूसरी ठौर जाने की हिम्मत नहीं थी। तब अपने वश रहते सीधी-सादी जिन्दगी बिताने का उपाय सोचना पड़ा। बूबना की जादुई खूबसूरती मुझे ठेठ से ही पसन्द है! स्वयं दुख उठाकर उसे सुखी रखने की अडिग तमन्ना है...!''

वह थोड़ी-सी अटकी तो जलाल को बीच में बोलने का मौका मिल गया, ''मेरे वियोग में वह सुखी रह सकती है क्या...?'' इस सवाल के साथ ही जलाल मूमना की आँखें उकेरते मानो बार-बार यही सवाल पूछ रहा हो। चुप रहना और भी असह्य जान पड़ा तो उसने हिचकिचाते हुए जवाब दिया, ''हरगिज नहीं रह सकती...!''

मूमना की हिम्मत धीरे-धीरे एकत्र होने लगी। उसने गम्भीर स्वर में तनिक मुस्कराते कहा, ''बूबना मेरी ही काया का दूसरा स्वरूप है, मेरे प्यार में उसकी हिस्सेदारी भले ही रहे। हम दोनों ही निष्कलंक हैं। फिर कैसा पक्षपात? कैसा संकोच? मैं जिस उपाय के बारे में सोच रही थी, वह आपके मुँह से ही सुनना चाहती थी। आज हम दानों के लिए अपूर्व सुहागरात होगी। कल बूबना के लिए! और आपकी साझेदारी हम दोनों में ही रहेगी। तीनों की राजी-खुशी रजामन्दी से

ऐसी निराली सुहागरातें पृथ्वी की स्थापना के बाद अब तक नहीं जगमगाई होंगी! यह सौभाग्य पहली और अन्तिम बार फकत हमारी किस्मत में लिखा हुआ है...!"

उधर थटाभखर के बादशाह की खातिर एक-एक दिन बरस जितना लम्बा-ही-लम्बा हो गया! बड़ी मुश्किल से जबरन वे सात दिन क्योंकर सरकाये, उसका लेखा-जोखा किसी भी बनिये के वश की बात नहीं! आठवें दिन बुरी तरह परेशान होकर दरबार का सबसे तेज घोड़ा मँगवाया और वैसे ही बेजोड़ सवार के साथ परवाना भेजा, जिसे बाँचते ही नवाब के दिल में भारी खलबली मची। साँझ की वेला ही दोनों बेटियाँ को ब्यालू करवाकर विदा कर दिया। मूमना की मंशा के अनुसार एकदम सादी विदाई। नेतराँ खवासन और उसके पति की खातिर अलग ही रथ। मूमना और बूबना के लिए अलग-अलग दो रथ। भीतर एकदम सादे ही बिछौने। आगे मूमना का रथ और पीछे बूबना का। आधी रात ढले तक जलाल मूमना के रथ में, फिर बूबना के रथ में! बाकी हाथी-घोड़ों का हुजूम सवा-कोस दूर रहा। नेतराँ और उसके पति चनणा खवास के अलावा और किसे भी उस उपाय की भनक तक नहीं पड़ी! शायद राम और रहीम को भी उसकी जानकारी नहीं होगी! इसीलिए कि आज के पहले ऐसे अद्‌भुत घरवास का उन्हें सपना भी नहीं आया होगा...!

घुड़सवार के बार-बार कहने पर भी वह अलमस्त मजमा दो रात देरी से पहुँचा। बादशाह ने अपने हिसाब से दो दिन पहले ही झरोखे की जगह चुन ली थी। सिन्ध की राह आँखें फाड़-फाड़कर देखने लगा। न दिन की चैन और न रात को राहत! चहेती बेगमों ने खूब निहोरे किये, लेकिन सनकी बादशाह ने किंचित् भी परवाह नहीं की, मानो निपट बहरा ही हो गया हो। एकटक इन्तजार करते-करते आँखों के चारों तरफ सूजन आ गयी। पहले से नजर कमजोर थी और भी मन्द पड़ गयी। बत्तीसी में केवल नीचे मसूड़ों के बीचोबीच सिर्फ एक दाँत ही स्वामीभक्त रहा! मालिक का पूरा साथ निभाया। कुदरत इस से ज्यादा बादशह की और कितनी मर्यादा रखती! मगर वैद्य-हकीमों को तो आठों पहर हाजिरी बजानी पड़ती! वे कुदरत का सामना करने की तजीबजें सोचते रहते। बूबना का नारियल कबूल करने के उपरान्त वैद्य-हकीमों की नींद हराम हो गयी। बीती हुई जवानी को कायम रखने की अटकलें गले पड़ती गयीं। सोने के भगोने में असंख्य चिड़ियों की जिव्हाएँ एकत्र कीं, बकरों के ढेर सारे कपूरिये इकट्ठे किये। तोलों के हिसाब से केसर और कस्तूरी मिलाकर दुबारे की शराब निकलवायी। सुबह-शाम चार जाम का दस्तूर। दिन में तीन बार शिलाजीत चाटता। मछलियों का तेल निकलवा

कर दो जाम पीता। बादशाह को वहम होता कि जवानी वापस लौट रही है। दरबार के किसी काम में मन लगने का सवाल ही नहीं था। सारे दिन सूरज के उजाले में बूबना की तस्वीर निरखता रहता। गर्म-गर्म आहें भरता। रात को पीलाजोतों के प्रकाश में नजर गड़ाकर उसकी सूरत कुरटता रहता! बेगमें पास आकर कुछ भी अरदास करतीं तो उसे बेहद परेशानी होती। बूबना के आने की खबर सुनी तो उसने सूरज की भी परवाह नहीं की। चार की बजाय छह जाम चढ़ा लिए! सवाई शिलाजीज साफ कर गया। मच्छी का तेल ड्योढ़ा पी गया। नेतराँ खवासन के साथ लड़खड़ाता हुआ बड़ी मुश्किल से पाँव घसीटने लगा! उसने बादशाह का हाथ थामते कहा, "अन्नदाता थोड़ा आराम फरमाकर पधारते तो अच्छा रहता! आपकी आज्ञा हो तो बूबना को यहीं बुला लूँ। वापस आऊँ तब तक मूमना ध्यान रख लेगी। आपको तिनके जितनी भी तकलीफ नहीं होने देगी।"

बादशाह के लिए लाभकारी सुझाव था। हामी भरते हकलाते हुए कहा, "हाँ, यह तरकीब तो नामी सुझायी। ले...ये ग्यारह मोहरें बख्शिश की!"

बादशाह ने तो बहुत खुश होकर वह उदारता दिखालायी थी। मगर खवासन बड़ी दुविधा में फँस गयी। उसके पास तो एक कमजोर मुँह था। बादशाह के रूबरू क्योंकर इनकार करती! मूमना और बूबना की उसके लिए ऐसी ही सीख थी। उसके मुँह पर साफ झलकती दुविधा मूमना से क्योंकार छिपी रहती। बूबना के लिए बादशाह के मुँह में लार टपकती रहती थी। इसीलिए वह लिहाज के मारे एकदम चुप रही। तब मूमना को नेतराँ के पक्ष में बँधना ही पड़ा। वह दो कदम आगे सरककर अतिशय विनम्रता के लहजे में बोली, "गरीब-परवर, अबोध बाँदी पर बिजली की कड़क मत कीजिएगा! इसकी औकात ही क्या है? मोथिये की जड़ कितनी गहरी? पसीने की कमाई के अलावा, बख्शिश के नाम पर वह खुदा से भी कुछ ख्वाहिश नहीं रखती! आपकी बाँदियों से मेरे अब्बा की बाँदियों का हाल एकदम अलग है! धीरे-धीरे आपके दिल में भी बूबना के विचार समाये बिना नहीं रहेंगे। बूबना का चिर-सौभाग्य कि आप जैसा मालिक मिला। और दूसरी तरफ आपकी किस्मत भी कम नहीं कि आपको बूबना जैसी बेगम मिली! जिस तरह उसके रूप-जोबन का पार नहीं है, उसी तरह उसकी बुद्धि की भी कोई सीमा नहीं है। मेरी बुद्धि तो उसके पासंग बराबर भी नहीं है।" वे बोल सम्पूरण होते ही नेतराँ की ओर देखकर कहा, "अब बादशाह के दरसनों में क्या कमी,तेरा मन सरोबार न हो जाये तब तक नजर ही मत हटाना। मगर बूबना का भी थोड़ा-बहुत ध्यान रख कि वह परवरदिगार के दरसनों की खातिर किस तरह छटपटाती होगी। जा, उसे फटाफट बुलाकर ला, जैसे यहीं खड़ी हो।"

वह अपरिचित वाणी सुनकर बादशाह को ऐसी अनुभूमि हुई गोया दोनों कानों

से अमृत बरसा हो! उसका नशा काफी-कुछ निथर गया। उधर मुँह किया तो सूरत स्पष्ट नजर नहीं आयी। नजर की कमजोरी आज पहली बार अखरी। दाहिनी हथेली का आँखों पर छज्जा बनाते कहने लगा, "बेगमों ने शायद नयी बाँदी मेरी सुविधा के लिए रखी है। बाँदी में और इतनी समझ...! आज से पहले कभी सुनने में नहीं आयी। तू अब मेरी हाजिरी में तैनात रहना। तुझे दुगनी क्या तिगुनी पगार दूँगा। नजदीक आ...और भी नजदीक आ। नजर कुछ खराब हो गयी। फिर भी एक बार देखने के बाद कभी नहीं भूलता...।"

मूमना काफी नजदीक आकर खड़ी हुई, तब भी बादशाह उसे अच्छी तरह देख नहीं पाया। आँखों पर हथेली का छज्जा बरकरार था। उसे बबूना के खोटे भाग्य पर बड़ा पछतावा हुआ। सर कलम होने की अपेक्षा सपना कलम होने का सदमा बेहद असह्य होता है! खुदा ने उसके साथ ऐसा मखौल क्यों किया? थोड़ा नीचे झुककर बादशाह की आँखों के ऐन सामने सूरत करके पूछा, "आपके कान तो एकदम ठीक हैं...?"

बादशाह ने मोद भरे उछाह से कहा, "हाँ, कान तो एकदम सही हैं! किसी सुन्दर बाँदी की पलंग पर पाजेब बजने लगती है तो साफ सुन लेता हूँ! आँखों के अलावा मेरा सारा शरीर दुरुस्त है, समझ गयी...?"

मूमना की भावना पर जैसे अंगार चिपका हो! फिर भी उसने धीरज नहीं खोया, "हुजूर, मेरी बाँदी नेतराँ बेइन्तहा बुद्धिमान है। बूबना को यहाँ बुलाने की बात कही थी। हम दोनों से भी ज्यादा समझ-बूझ है, उस में।"

बादशाह कुछ कहने के लिए आतुर हुआ ही था कि ऐन उसी वक्त नेतराँ बूबना के साथ भीतर आयी। बूबना के रूप की दमक अन्धे से भी छिपी नहीं रह सकती थी, तिस पर बादशाह की आँखों में थोड़ी-बहुत जोत बाकी थी। सपनों के साथ घुलने से उसके रूप की दुगुनी चौंध दमकी! बादशाह की बुझी-बुझी देह में काफी उत्ताप उफना! नेतराँ खवासन ने फिर अपनी समझदारी बघारी, "हुजूर खुदावन्द, अब मैं और मूमना यहाँ से रुखसत चाहती हैं। बूबना फिलहाल नादान है, लाड़-कोड से उसका दिल बहलाइएगा।" और सचमुच उस हिदायत के साथ दोनों बाहर जाती नजर आयीं। उनके अदीठ होते ही बूबना ने सोने की अरगला जड़ दी। फिर बादशाह के पास आकर बोली, "आपका खाँडा सँभालिए! इसके साथ ही मेरा ब्याह हुआ! इस में जड़े हीरे-मोतियों का मोल चौगुना बढ़ गया! अब मेरे हाथ में यह शोभा नहीं देता!"

बादशाह ने बड़े गर्व-गुमान के साथ उस अमूल्य खाँडे को कबूल किया! हाथ से छूते ही बादशाह का जोश दुगुना बढ़ गया। ढुलमुल मर्दों के बल की

आन–बान हमेशा अस्त्र–शस्त्र से ही चमकती है! बादशाह को अपनी अमानत सौंपते ही बूबना ने विद्रूप के लहजे में कहा, "दादा की उम्र से भी बड़े खाविन्द के चरणों में तसलीम करती हूँ! सोने के पलंग तक पहुँचने की मेहरबानी तो आप ही को करनी पड़ेगी!" बड़े अचरज की बात कि बादशाह को कुछ ऐसा महसूस हुआ कि उसे कोई युद्ध की खातिर ललकार रहा है! वह सोने के कसीदे की मोजड़ियों के जोम में जोश खाकर रुआब से चलने लगा। सुनहरे पलंग के पास पहुँचते ही उसे विभ्रम हुआ कि पलंग पर बिछी अनगिनत कलियाँ एक साथ मुस्कराने लगी हैं, मानो उसका मखौल उड़ा रही हों! उसने याचक के उनमान बूबना के सामने देखा, शायद उसके रूप–जोबन का तप–तेज उसे ताकत बख्शे तो थोड़ी–बहुत इज्जत रह सकती है!

थटाभखर के बादशाह की ऐसी अक्षमता देखकर बबूना के होंठों तक जबरन हँसी उछल पड़ी! उसे दबाने की चेष्टा करती हुई सादे स्वर में बोली, "मेरे बेहद प्यारे खाविन्द थकान चढ़ गयी हो तो कलियों के पलंग पर आराम फरमाइये। अगर हड्डियाँ दुख रही हों तो यह बाँदी हाजिर है...!"

बादशाह ने अचरज से दुहराया, "बाँदी...? बाँदी क्योंकर...? तू तो मेरी बेगम है, मेरी खास बेगम! हड्डियाँ दुखें तो दुखती रहें। कुछ भी परवाह नहीं करता। यदि दबाने की जरूरत होगी तो सैकड़ों बाँदियाँ हाजिर हैं। तेरा खूबसूरत हुलिया देखकर मेरा दिल धड़कने लगता है, उसकी कोई दवा बता, ताकि टीसते दिल को दिलासा मिले...!"

बूबना को बड़ा अचरज हुआ कि गुस्से की बजाय उसके अन्तस् में दया उमड़ पड़ी, "बादशाह हुजूर, दिल टीसने की या दिल धड़कने की दवा हकीम लुकमान या धन्वन्तरि वैद्य के पास भी नहीं है। यदि कुछ मदद मिल सकती हो तो मैं आपकी सेवा में बत्तीस घड़ी तैनात हूँ!" प्यार का ऐसा ऐतिहासिक इजहार करके उसने खाँड़े के खाविन्द को बाँहों में भर लिया! मेहँदी में दमकती डाढ़ी को तीन बार चूमा। लेकन सब अकारथ! बादशाह की नाजुक देह में किसी भी प्रकार की हरकत नहीं हुई! उलटा और अधिक घबरा गया! बादशाह के मन में बहुतेरा पछतावा भी हुआ कि यदि जवानी के जोश–जोश में बेगमों और बाँदियों के साथ सहवास में रात–दिन डूबा नहीं रहता तो काफी–कुछ पोते–बाकी बची रहती मगर आज उस वासना के निमित्त उसका पूरा दिवाला पिट चुका था!

अकस्मात् बूबना को आपा की पुरानी हिदायत याद आ गयी कि समय पर बोये मोती उपजते हैं! बादशाह की पीठ को सहलाते बोली, "सिन्ध के दरबार मैंने खुद बुजुर्गों के मुँह से सुना कि दवा से ज्यादा दुआ काम करती है। आपके चहेते सभी दरबारी होंठों की बजाय ललाट पर अंजलि टिकाये रहते हैं। यह चर्चा

दूर-दूर तक हवा में फैली हुई है कि इस तरह सौ साल तक भी इनकी प्यास बुझ नहीं सकती! और उधर सल्तनत की तमाम रैयत भीतर-ही-भीतर दुख के आँसू बहा रही है! लेकिन सुननेवाला कोई नहीं। इसलिए इस नारकीय जिन्दगी से सात पीढ़ियों तक उसका पीछा नहीं छूट सकता। यदि आपकी आज्ञा हो जाये तो मूमना आपा और मैं दरबारियों के द्वारा लूट-खसोट को रोकें। हम दोनों बहनों की वजह से ही सिन्ध में अब्बा का डंका खुले आम बजता है। हमारे राज्य का खजाना ज्यादातर रैयत की भलाई के निमित्त ही खर्च होता है। अब तो अब्बा भी राज चलाने में पूरे पारंगत हो चुके हैं। शातिर-से-शातिर दरबारी के बहकावे में नहीं आते। गाँव-गाँव के नेक, कर्मठ और समझदार व्यक्ति अब्बा के साथ जुड़ गये हैं। आठों-पहर चौकस रहते हैं। नवाब होते हुए भी हमारे अब्बा अपने हाथों से मजूरी करते हैं। अपने कपड़ों की सिलाई खुद करते हैं। यह सब मेरी आपा मूमना की समझ-बूझ का करिश्मा है...!''

बादशाह की चेतना धीरे-धीरे लौटने लगी थी। हामी भरते कहा, ''हाँ बूबना,मैंने भी नवाब के पागलपन की ऐसी कई बातें सुनी थीं, मगर मुझे विश्वास नहीं हुआ। तेरे मुँह से कुछ वैसी ही बातें सुनीं तो मुझे भी कुछ-कुछ भरोसा होने लगा कि यदि मैं सच्चे मन से चाहूँ तो अपनी सल्तनत में भी घर-घर आनन्द की बंशी बजने लगेगी...!'' अचानक बादशाह को एक नयी बात का ध्यान बँधा तो उछाह से कहने लगा, ''बूबना, गरीब-दुखियारों को सुख पहुँचाने का काम बड़ा पेचीदा है। बहुत समय खर्च करना पड़ता है। और परेशानियाँ भी नहीं उठा सकता। इसलिए तू और मूमना कल से ही...!''

बूबना के दोनों हाथों में मेहँदी लगी थी। और बादशाह की डाढ़ी और सिर दोनों पर मेहँदी चमक रही थी। बूबना का नारियल कबूल करने के बाद ही उसे वह शौक लगा था! बूबना उसे बीच में ही टोकते बोली, ''मेरे मन के मयूर! कल पर कभी कैसी भी छोटी-बड़ी बात नहीं टालनी चाहिए। करना है तो आज ही करो,यही पूर्वजों की अमोलक सीख है...!''

बादशाह ने बूबना के मुँह से सीख सुनी तो अवश्य, लेकिन खास परवाह नहीं की। वह अपने ही सपने में खोया था। एक बार बूबना के गालों का परस करने की मंशा से दोनों हाथ आगे बढ़ाये ही थे कि तत्काल वापस खींच लिये! मानो बूबना के बहाने कोई अजगर प्रकट हुआ हो! उसके साहस, शौर्य, उत्साह और जोश का इस कदर सत्यानाश क्योंकर हुआ? बूबना को अपने हृदय का अन्तर्द्वन्द्व बताये बिना कोई निस्तार नजर नहीं आ रहा था। मगर बादशाह अपनी ही खामखयाली में डुबकियाँ लगा रहा था। उस से उबरते ही सामान्य आदमी की तरह कहने लगा, ''बूबना, मेरी छटपटाहट और परेशानी को ध्यान से सुनना। मेरे लिए अब

तू ही खुदा है, जिसके सामने अपना दिल उघाड़कर बता सकूँ! तेरी तस्वीर देखने के बाद मैंने राज करने की तमन्ना ही छोड़ दी। और तुझे रूबरू देखने पर तो मेरा माथा ही चकरा गया। यदि मैं एक बार भी तेरे साथ मनचीता सहवास कर लूँ तो ऐसे छप्पन साम्राज्य एक पल में न्योछावर कर दूँ, तब भी उस आनन्द के पासंग में भी नहीं ठहरते। परन्तु तेरे रूप-जोबन को भोगने के निमित्त मैं निपट अपाहिज हो गया हूँ! मेरे ऐन करीब होते हुए भी तू मुझ से चाँद जितनी दूर है! मेरा यह भीषण दुख तेरे सिवाय किसी के सामने प्रकट नहीं कर सकता! और दूसरी तरफ अपनी नयी बेगम के सामने इस हादसे को दरसाने की इस से बड़ी बहादुरी भी कोई नहीं है! युद्ध की हार-जीत तो अनादि काल से होती रही है और होती रहेगी। उसकी हार-जीत में ज्यादा फर्क नहीं है। जीता, वह भी हारे हुए के समान और जो हारा, वह जीते हुए के समान! हुकूमत करने की दीनता और हीनता का मायना तुझ से निकाह करने के बाद ही समझ में आया! सेज के रणक्षेत्र की हार ही सबसे भयंकर हार है! मेरे लिए इस जीत का फकत एक ही उपाय है...अमरफल! बचपन में ऐसी कई बातें सुनीं कि अस्सी-अस्सी बरस के राजा-रानी अमरफल खाते ही सोलह-सोलह बरस के पट्ठे हो गये, जो जिन्दा शेरनी का दूध निकाल लाते थे! मेरे शक्तिहीन बुढ़ापे की हालत मैं ही जानता हूँ कि शेरनी के दूध की बात तो सपने में भी सम्भव नहीं। मैं तो एक मरियल बकरी को भी दूह नहीं सकता! यदि भीम जैसा कोई भी मर्द, थटाभखर साम्राज्य के बदले आधा ही अमरफल लाकर दे तो ऐसे लाख साम्राज्य भरपाये! मेरी नजर में जलाल के अलावा कोई ऐसा जवाँ-मर्द नहीं जो अपनी जान जोखिम में डालकर मेरे लिए अमरफल ला सके! इसके लिए मूमना की इजाजत लेना जरूरी है! वह हामी न भरे तो मैं जिन्दा पुतली की तरह तेरा रूप-जोबन निरखता रहूँगा! न रात की परवाह, न दिन की! जाने या अनजाने अपनी मौज-मस्ती के लिये नारियल कबूल करने के निमित्त जो जुर्म मुझ से हुआ, मेरे रोम-रोम में कोढ़ निकलने पर भी जिसका प्रायश्चित नहीं हो सकता! कोई मुझे हजार बार मारकर हजार बार ही वापस जिलाये तब भी इस प्रचंड अपराध की यह उचित सजा नहीं होगी! दादा के चरणों में तसलीम का घाव, टीसती हड्डियों के दबाने का घाव कब्र में दफनाने के बाद भी नहीं भरेंगे! इतनी बड़ी हुकूमत का शहंशाह होने के बावजूद मुझ जैसा अनाथ व्यक्ति संसार में भी नहीं मिलेगा! मेरे मन के खौलते अदहन की जलन मूमना के अलावा कोई समझ नहीं सकता। तू समझना चाहे तो तुझ से भी छिपी नहीं रह सकेगी। बीच में बोले बिना मेरी मन की यह असह्य पीड़ा तूने सुनी, उसके अहसान का बोझ भी कम नहीं है...!''

बूबना को इस बात का बेहद अचरज हुआ कि उसने बादशाह की यह

धधकती घुटन सुनी क्योंकर? ऐसा स्वभाव तो उसका नहीं था! क्या इतने बरस स्वयं उसे भी अपनी पहचान नहीं हुई? यह मनुष्य नाम का जन्तु है ही ऐसा कि मरते दम तक उसे अपनी सही पहचान नहीं हो सकती! और मरने के बाद तो पहचान का अवसर ही नहीं रहता! फिर भी मनुष्य को अपनी सूझ-बूझ का कितना गर्व है? मगर बादशाह को उसके बालहठ का मायना समझाये बिना वह निश्चित पागल हो जाएगा। उसकी खामखयाली का निराधार दर्द सुनने पर बूबना के मन में क्रोध, दया, खीज के साथ हँसी भी आती है। उसकी यह बेइन्तहा नासमझी किसी के समझाने से मिटनेवाली नहीं है। आपा और मैंने क्या सोचा था और क्या परिणाम सामने आया? इस धर्म-संकट की वजह तो खुद बादशाह ही है। अब इसे कौन समझाये, क्योंकर समझाये...? कितना अपाहिज और अपंग है इसका वहम! और यह वहम मिटे बिना सच्चाई के पैंदे तक नहीं पहुँचा जा सकता! अब इस हारे हुए को क्योंकर हराये? इसने तो अपनी सारी पाँखें बिखेर दीं! और उधर बूबना के लिए भी सारी बाजी ही उलट गयी! बादशाह का बाल-अवसाद सुनने पर उसकी समूची हेकड़ी, कुदरती चंचलता, रूप का असीम उन्माद, जोबन के अनगिनत सपने, चाँद तक उड़ने का अदम्य हौसला, मन में एक नया सूरज गढ़ने की आकांक्षा और आकाश-गंगा में तैरने की हवस इत्यादि सब-कुछ घरौंदे की तरह बिखर गया? क्या बादशाह की उम्र पाने पर आपा और मेरी भी यही दुर्दशा होनी है? फिर इस मानव-जीवन का अर्थ ही क्या है...?

बादशाह मन-ही-मन यह सोचकर आश्वस्त हुआ कि बूबना अमरफल मँगवाने की तजबीज सोच रही है। इसलिए वह जानकर ही चुप रहा। मगर अब और धीरज रख पाना उसके वश की बात नहीं थी। आशा के मोहवश पूछा, ''क्या अमरफल पाने का उपाय सोच लिया...?''

ऐसे ऊल-जलूल सवाल का जवाब कौन दे सकता है...? अलबत्ता यह सवाल बूबना के लिए ऊल-जलूल या बेहूदा हो तो हो, मगर बादशाह के लिए जीवन मरण का सवाल था! बूबना ने मेहँदी रचे दोनों हाथों से बादशाह की सुरंगी डाढ़ी सहलाते अतिशय जागरूक स्वर में कहा, ''बादशाह हुजूर, बातों के अमरफल, बातों की बाड़ियों में पैदा होते हैं और बातों के लोग-बाग ही मँगवाते हैं और खाकर जवान हो जाते हैं! मगर मनुष्यों की वास्तविक दुनिया में आज दिन तक उनका कुछ भी सबूत नहीं हैं...!''

बूबना के प्रति उसकी निष्फल प्रीत की वजह से बादशाह के मन में ऐसी-ऐसी बातें उपजने लगीं, जिनका पहले सपना भी सम्भव नहीं था! बच्चे की तरह पूछा, ''तो फिर बातों के लोग-बाग मनुष्य नहीं होते क्या? आखिर वे किस देश के राजा-रानी हैं, किस रियासत के राजकुँअर हैं और किस सल्तनत के बादशाह

हैं...? कुछ तो पड़ताल करके बताओ...!"

बादशाह की जिज्ञासा बिलकुल स्वाभाविक थी, मगर बूबना वैसी विकट स्थिति में कभी नहीं फँसी। इच्छा न होने के बावजूद उसने जो जवाब दिया, उस से स्वयं भी सन्तुष्ट नहीं हुई! कैसा उम्दा काम रहता, यदि मूमना आपा इस वक्त यहीं होती! अगर...अगर...वह भी इन सवालों का जवाब नहीं जानती हो तो...! आगे उस से कुछ सोचा नहीं गया। फिर भी आधी–अधूरी दुविधा के बावजूद उसे जवाब देना ही पड़ा, "मेरे बेइन्तहा बुद्धिमान खाविन्द, ये बातों के ही देश हैं, बातों के ही रजवाड़े हैं और बातों के ही साम्राज्य हैं। बातों के ही राजा–रानी हैं, राजकुँअर हैं, अपने मानवीय संसार और उसके लोगों से जिसका कुछ भी वास्ता नहीं है...!"

बादशाह का सपना बस टूटने ही वाला था कि उसने मन की गहराइयों में उस सपने को अवस्थित कर लिया। उसे कुछ ऐसा लगा कि बूबना के मुँह से वह अपनी कजा की बात ही सुन रहा हो? जिन्दा रहते ऐसी दुर्दान्त मौत तो किसी की भी नहीं हुई होगी! वह न जिन्दा है और न मरा हुआ! उफनते दिल से पूछा, "तो क्या ये सारी बातें झूठी हैं...? यदि अमरफल नहीं मिला तो मेरा जीना और मेरा साम्राज्य दोनों धूल से भी बदतर हैं...!"

बूबना को कोई माकूल जवाब नहीं सूझा तो इच्छा न होते हुए भी उसे मजबूर होकर जवाब देना पड़ा। बादशाह के प्रति उसकी दया का स्रोत बन्द ही नहीं हो रहा था! दया के साथ खुन्दक भी कम नहीं थी, "बादशाह हुजूर, आप तो मुझ से ऐसी उम्मीद रख रहे हैं जैसे ये पुरानी बातें मैंने ही रची हों! और इस झूठ–साँच के लिए मैं कसूरवार हूँ!"

"किन्तु कोई–न–कोई तो कसूरवार है ही! अब मुझे न राज चाहिए, न खजाना और न सल्तनत ही! फकत अमरफल की चाहना है, जिसे खाकर मैं फिर से एक बार जवान बन जाऊँ! वरना मैं तमाम मुल्क में ऐसी डोंडी पिटवा दूँगा कि जिस किसी के मुँह से सरासर ऐसी झूठी बातें निकलेंगी, उसे वहीं तत्काल सूली की सजा दी जाये...!"

बादशाह की सुदृढ़ नादानी पर बूबना को हँसी आ गयी, "सारे मुल्क के हर व्यक्ति को सूली चढ़ाये बिना, ये बातें हरगिज बन्द नहीं होंगी। फिर आप किस रैयत पर हुकूमत करेंगे...?"

बादशाह को थोड़ी खुन्दक और चढ़ गयी, "मैंने तो पहले ही खुलासा कर दिया था, इतनी जल्दी भूल गयी कि मुझे राज और रैयत की कतई जरूरत नहीं है! बस, चाहना है तो एकमात्र अमरफल की...अमरफल की...! किसी भी कीमत

पर तुम दोनों मेरी यह आखिरी इच्छा पूरी करो तो...!'' बादशाह का गला भर आया, मानो मुँह के भीतर कहीं आँसुओं का स्रोत उमग पड़ा हो! आँखें भी छलछला आयीं। तत्काल पीठ फिराकरा बोलने की भरसक कोशिश की, मगर एक आखर भी बोला नहीं गया, जैसे जीभ को लकवा मार गया हो...!

बूबना का वहाँ ठहरना असम्भव हो गया था। वह जितनी जल्दी जाकर अपनी आपा को बादशाह की अनर्गल बातें सुनाये तो उसे चैन पड़े! दोनों के सोचे हुए सभी मनसूबे ही उलट गये! क्या सोचा था और क्या घटित हुआ? उसके पाँवों पर चींटियाँ रेंगने लगीं! उसने जाने का इरादा किया ही था कि शहंशाह को एक झटका-सा लगा। और उसी क्षण उसकी जीभ खुल गयी, ''ज्यादा बकवास करने की मेरी आदत नहीं है। आज पहली बार तुम्हारे सामने इतना अफरा झाड़ा है! अब सौ खातों की एक ही फारखती है कि दोनों बहनें अनगिनत गरीब-दुखियारों को अदेर सुख पहुँचाने के लिए अभी से जूँझ पड़ो। खर्च के बारे में चिन्ता करने की जरूरत नहीं। मगर तुम्हारे वश रहते कोई कमी मत रखना! अब तुम जानो और राज का खजाना जाने। खजांची को मैं हमेशा के लिए पूरी हिदायत दे दूँगा। मुझे पुख्ता विश्वास है कि लाखों गरीबों की दुआएँ जरूर फलेंगी! अब इस उपाय का ही मुझे एकमात्र भरोसा है! इस अमिट आस के आसरे ही मैं तेरे प्यार की पल-पल प्रतीक्षा करूँगा! तब तक तू जाने और खुदा जाने। अब मेरे लिए तू ही खुदा है! खुदा से भी बढ़कर है! चाहो तो जलाल से भी पूरा सहयोग ले सकती हो! मगर अमरफल हाथ लगे तो क्षण भर की भी ढील मत करना! उसी के मीठे रस में मेरे प्राण अटके हुए हैं! बूबना बेगम, तू मेरी अन्दरूनी मंशा का मायना अच्छी तरह समझ तो गयी...?''

जवाब देते समय उसे ज्यादा खुशी नहीं हुई, इसलिए कि कुछ भी बोलने के लिए वहाँ ठहरना पड़ रहा था। उसका मन तो मूमना की सादी मैड़ी में कब का पहुँच चुका था। फिर भी मजबूरी में मुस्कुराते हुए बोली, ''हाँ, समझ गयी परवरदिगार, अच्छी तरह समझ गयी! आप समझाएँ और मैं नहीं समझूँ, यह हो नहीं सकता! मेरी आपा और आपके दुलारे भानजे ऐसी अनोखी आस का मर्म समझने पर जरूर खुश होंगे...बेहद खुश होंगे...!!''

*11 जुलाई, 2007 अदीतवार, साँझ 7 बजकर 5 मिनट*

❑ ❑ ❑

श्रेष्ठ भारतीय साहित्य

भारतीय ज्ञानपीठ